Sombras da Noite

Stephen KING

Sombras da Noite

Tradução
Adriana Lisboa

10ª reimpressão

Copyright © 1976, 1977, 1978 by Stephen King
Publicado mediante acordo com The Doubleday Broadway Publishing Group,
uma divisão de Randon House, Inc.

Título original
Night Shift

Capa
Igor Machado

Copidesque
André Gordirro

Revisão
Sônia Peçanha
Tathyana Viana

CIP-Brasil. Catalogação na fonte
Sindicato Nacional dos Editores de Livros, RJ

K64s
    King, Stephen, 1947-
        Sombras da noite / Stephen King ; tradução Adriana Lisboa. – 2ª ed. – Rio de Janeiro : Suma de Letras, 2008.

        Tradução de: *Night Shift*.
    ISBN 978-85-8105-041-6

      1. Ficção americana. I. Lisboa, Adriana, 1970- II. Título.

                            CDD: 813
11-7330   CDU: 821.111(73)-3

Todos os direitos desta edição reservados à
EDITORA SCHWARCZ S.A.
Praça Floriano, 19, sala 3001 — Cinelândia
20031-050 — Rio de Janeiro — RJ
Telefone: (21) 3993-7510
www.companhiadasletras.com.br
www.blogdacompanhia.com.br
facebook.com/editorasuma
instagram.com/editorasuma
twitter.com/Suma_BR

Sumário

Introdução 7
Prefácio 11
Jerusalem's Lot 25
Último Turno 65
Ondas Noturnas 86
Eu Sou o Portal 96
A Máquina de Passar Roupa 111
O Bicho-Papão 135
Massa Cinzenta 149
Campo de Batalha 163
Caminhões 175
Às Vezes Eles Voltam 195
Primavera Vermelha 229
O Ressalto 241
O Homem do Cortador de Grama 261
Ex-Fumantes Ltda. 273
Eu Sei do que Você Precisa 297
As Crianças do Milharal 324
O Último Degrau da Escada 357
O Homem que Adorava Flores 371
A Saideira 378
A Mulher no Quarto 397

Introdução

Nas festas (às quais evito comparecer sempre que possível), muitas vezes recebo sorridentes apertos de mão de gente que, com um alegre ar de cumplicidade, me diz: "Sabe, eu sempre quis escrever."

Eu costumava tentar ser simpático.

Hoje em dia, respondo com a mesma animação exultante: "Sabe, eu sempre quis ser neurocirurgião."

As pessoas ficam sem jeito. Não importa. Há um bocado de gente sem jeito por aí ultimamente.

Se você quiser escrever, escreva.

A única maneira de aprender a escrever é escrevendo. E esta não seria uma forma muito útil de se aprender neurocirurgia.

Stephen King sempre quis escrever, e escreve.

Assim, escreveu *Carrie, a Estranha* e *A Hora do Vampiro* e *O Iluminado,* e os bons contos que você pode ler neste livro, e um número estupendo de outras histórias e livros e fragmentos e poemas e ensaios e outros escritos inclassificáveis, a maioria destes ruins demais para virem a ser publicados.

Porque é assim que se faz.

Porque não há outro jeito. Nenhum outro jeito.

A dedicação compulsiva quase chega a ser suficiente. Quase. Você precisa ter gosto pelas palavras. Ser glutão. Precisa querer nadar nelas. Precisa ler milhares de palavras escritas por outras pessoas.

Você lê tudo com uma inveja que te consome, ou com um tedioso desprezo.

E a maior parte desse desprezo vai para as pessoas que disfarçam a falta de talento com palavras difíceis, estruturas de frases dignas do alemão, símbolos que saltam aos olhos e nenhum senso de narrativa, ritmo ou construção de personagem.

Então você tem de começar a se conhecer tão bem que comece a conhecer outras pessoas. Um pedaço de nós está em cada pessoa que venhamos a encontrar.

Muito bem, então. Uma extraordinária dedicação, mais o amor pelas palavras, mais a empatia, e deste conjunto pode advir, com muito esforço, alguma objetividade.

Nunca objetividade total.

Neste momento frágil do tempo, estou datilografando estas palavras em minha triste máquina, na sétima linha da segunda página desta introdução, sabendo com exatidão qual o tom e o significado que procuro, mas sem qualquer certeza de que os esteja alcançando.

Como estou nesse negócio pelo dobro do tempo de Stephen King, sou um pouco mais objetivo diante do meu próprio trabalho do que ele diante do seu.

A objetividade é conquistada tão dolorosa e lentamente.

Você liberta os livros no mundo e é muito difícil arrancá-los do espírito. São filhos problemáticos, tentando seguir suas vidas apesar das deficiências impostas por você. O que eu não daria para tê-los todos outra vez em casa e dar uma última e boa palmada em cada um deles. Página por página. Cavando e limpando, escovando e polindo. Arrumando.

Stephen King é um escritor muito, muito melhor aos 30 anos do que eu era aos 30 ou aos 40.

Tenho o direito de odiá-lo um pouquinho por causa disso.

E acho que conheço uma dúzia dos demônios escondidos nos arbustos aonde seu caminho leva, e mesmo que tivesse uma forma de adverti-lo, não adiantaria. Ou ele bate neles ou apanha.

É simples assim.

Está me acompanhando, até aqui?

Dedicação, o tesão pelas palavras, e empatia resultam em objetividade crescente, e em seguida vem o quê?

A história. A história. Diabos, a história!

A história é algo que acontece a uma pessoa por quem você passou a se importar. Pode acontecer em qualquer dimensão — física, mental, espiritual — e em combinações dessas dimensões.

Sem a intromissão do autor.

A intromissão do autor é: "Meu Deus, mamãe, veja só como eu estou escrevendo *bem!*"

Um outro tipo de intromissão é uma coisa grotesca. Eis uma das minhas preferidas, retirada de um dos grandes *best-sellers* do ano passado: "Seus olhos escorregaram pela frente do vestido dela."

A intromissão do autor é uma frase tão idiota que o leitor subitamente se dá conta de que está lendo, e sai da história. É levado, pelo choque, para fora da história.

Uma outra intromissão do autor é a pequena aula embutida na história. Este é um dos meus mais graves defeitos.

Uma imagem pode ser criada de forma elegante e inesperada, e não quebrar o encantamento. Num conto deste livro, chamado "Caminhões", Stephen King escreve sobre uma cena tensa de espera numa parada de caminhões, descrevendo as pessoas: "Era um vendedor e mantinha sua maleta de amostras junto de si, como um cachorrinho de estimação que tivesse adormecido."

Acho isso elegante.

Em outro conto, ele demonstra seu bom ouvido, o tom de exatidão e veracidade que é capaz de dar ao diálogo. Um homem e sua mulher saíram numa longa viagem. Estão passando por uma estrada secundária. Ela diz: "Sim, Burt. Eu sei que estamos em Nebraska, Burt. Mas *onde* diabos nós estamos?" Ele diz: "Você está com o guia de estradas. Procure nele. Ou será que não sabe ler?"

Ótimo. Parece tão simples. Exatamente como neurocirurgia. A faca tem um gume. Você segura deste jeito. E corta.

Agora, correndo o risco de ser um iconoclasta, direi que não dou a mínima para a área que Stephen King escolhe para escrever. O fato de ele atualmente gostar de escrever sobre fantasmas e feitiços e coisas deslizando no porão é para mim o que há de menos importante e menos útil sobre ele que alguém possa me contar.

Há um bocado de coisas deslizando aqui, e há uma máquina de passar roupa enlouquecida que me assombra, como fará com você, e há crianças convincentemente malvadas em número bastante para encher a Disney World em qualquer domingo de fevereiro, mas o principal é a história.

Você acaba se importando com ela.

Note bem. Duas das áreas mais difíceis nas quais escrever são o humor e o oculto. Em mãos inábeis, o humor se torna um lamento fúnebre e o oculto se torna engraçado.

Mas uma vez sabendo como, você pode escrever em qualquer área.

Stephen King não vai se restringir ao presente campo de interesse.

Uma das mais vibrantes e comoventes histórias deste livro é: "O último degrau da escada". Uma pérola. Nenhum farfalhar ou sussurrar do outro mundo ali.

Uma última palavra.

Ele não escreve para te agradar. Escreve para agradar a si mesmo. Eu escrevo para agradar a mim mesmo. Quando isso acontece, você também vai gostar da obra. Estes contos agradaram a Stephen King e agradaram a mim.

Por uma estranha coincidência, no dia em que escrevo isto, o romance *O Iluminado*, de Stephen King, e meu romance *Condomínio de Luxo* estão ambos na lista de *best-sellers*. Não estamos competindo um com o outro pela sua atenção. Estamos competindo, eu acho, com os livros ineptos e pretensiosos e sensacionais publicados por nomes conhecidos que nunca se preocuparam de verdade em aprender seu ofício.

No que diz respeito à história, e ao prazer, não há Stephen Kings suficientes por aí.

Se você leu tudo o que acabo de escrever, imagino que tenha bastante tempo. Poderia estar lendo os contos.

JOHN D. MACDONALD

Prefácio

Vamos conversar, você e eu. Vamos conversar sobre o medo.

A casa está vazia quando escrevo isto; uma fria chuva de fevereiro cai lá fora. É noite. Às vezes, quando o vento sopra do jeito que está soprando agora, falta luz. Mas por enquanto não está faltando, então vamos conversar muito honestamente sobre o medo. Vamos conversar muito racionalmente sobre chegar às raias da loucura... e talvez cruzar a fronteira.

Meu nome é Stephen King. Sou um homem adulto, com mulher e três filhos. Eu os amo, e acredito que o sentimento seja recíproco. Meu trabalho é escrever, e é um trabalho de que gosto muito. As histórias — *Carrie, a Estranha, A Hora do Vampiro* e *O Iluminado* — fizeram sucesso suficiente para me permitir escrever em tempo integral, o que é algo agradável de se fazer. Neste momento da minha vida, parece que estou razoavelmente saudável. No ano passado, consegui diminuir meu vício de fumar, trocando a marca de cigarros sem filtro que fumava desde os 18 anos por uma outra, com baixos teores de nicotina e alcatrão, e ainda tenho esperanças de conseguir parar por completo. Minha família e eu vivemos numa casa agradável junto a um lago relativamente livre de poluição no Maine; no outono passado, acordei certa manhã e vi um cervo no gramado dos fundos, junto à mesa de piquenique. Temos uma vida boa.

Mesmo assim... vamos conversar sobre o medo. Não vamos elevar nossas vozes nem gritar; vamos conversar racionalmente, você e eu. Vamos conversar sobre o modo como o tecido resistente das coisas consegue se rasgar de maneira assustadoramente repentina.

À noite, quando vou para a cama, ainda me esforço para ter certeza de que minhas pernas estejam debaixo dos cobertores quando as luzes se apagam. Não sou mais criança, mas... não gosto de dormir com uma perna para fora. Porque se uma mão fria sair de sob a cama e agarrar meu tornozelo, sou capaz de gritar. Sim, sou capaz de gritar a ponto de acordar os mortos. Esse tipo de coisa não acontece, é claro, todos nós sabemos disso. Nas histórias que se seguem, você vai encontrar todo tipo de criaturas da noite: vampiros, amantes demoníacos, uma coisa que vive dentro do armário, todo tipo de terrores diversos. Nenhum deles é real. A coisa debaixo da minha cama esperando para agarrar meu tornozelo não é real. Sei disso, e também sei que se eu tomar cuidado e ficar sempre com as pernas debaixo da coberta, ela jamais vai conseguir agarrar meu tornozelo.

Às vezes falo diante de grupos de pessoas interessadas pela escrita ou pela literatura, e antes que termine o tempo das perguntas e respostas, alguém sempre se levanta e indaga: Por que você escolheu escrever sobre temas tão horríveis?

Normalmente respondo com outra pergunta: *Por que você acha que eu tenho escolha?*

Escrever é meio que uma ocupação improvisada. Todos nós parecemos vir equipados com filtros no chão das nossas mentes, e todos os filtros têm tamanhos e tramas diferentes. O que fica preso no meu filtro pode passar pelo seu. O que fica preso no seu talvez passe sem problemas pelo meu. Todos nós parecemos ter a obrigação inata de remexer nos resíduos que ficam presos em nossos respectivos filtros mentais, e o que encontramos ali normalmente evolui para uma espécie de atividade paralela. O contador também pode ser um fotógrafo. O astrônomo talvez colecione moedas. O professor pode copiar entalhes de lápides, usando a técnica de passar carvão por cima de um papel. Os resíduos apanhados pelo filtro mental, aquelas coisas que se recusam a passar, com freqüência se tornam a obsessão particular de cada um. Na sociedade civilizada, temos um acordo tácito de chamar nossas obsessões de *"hobbies"*.

Às vezes o *hobby* pode-se tornar uma ocupação em tempo integral. O contador pode descobrir que é capaz de ganhar dinheiro suficiente para sustentar a família tirando fotografias; o professor pode se tornar tão competente nas cópias de lápides a ponto de começar a fazer conferências sobre o assunto. E há algumas profissões que começam como *hobbies* e continuam sendo *hobbies* mesmo depois que o praticante consegue ganhar a vida dedicando-se a eles; mas como *"hobby"* é uma palavrinha aparentemente tão corriqueira e sem graça, também temos uma acordo tácito de chamar nossos *hobbies* profissionais de "as artes".

Pintura. Escultura. Composição. Canto. Representar. Tocar um instrumento musical. Escrever. Livros já foram escritos sobre os sete assuntos em quantidade suficiente para afundar uma frota de transatlânticos de luxo. E a única coisa em que parecemos concordar a respeito deles é o seguinte: que aqueles que se dedicam honestamente a essas artes continuariam a se dedicar mesmo que não fossem pagos por seus esforços; mesmo que seus esforços fossem criticados ou até difamados; mesmo sob risco de prisão ou morte. Para mim, esta parece ser uma definição bem precisa de comportamento obsessivo. Aplica-se aos *hobbies* comuns tanto quanto aos sofisticados a que chamamos "as artes"; colecionadores de armas colam em seus carros adesivos com as palavras VOCÊ SÓ TIRA MINHA ARMA DOS DEDOS GELADOS DO MEU CADÁVER, e nos subúrbios de Boston, donas de casa que descobriram a militância política durante a confusão dos ônibus* com freqüência exibem adesivos semelhante com as palavras VOCÊ VAI TER QUE ME LEVAR PRESA ANTES DE TIRAR MEUS FILHOS DO BAIRRO no vidro traseiro de seus carros de família. De maneira similar, se amanhã colecionar moedas passasse a ser ilegal, o astrônomo muito provavelmente não entregaria os centavos feitos de aço e as moedas de cinco centavos com efígie de búfalo; ia embrulhá-las cuidadosamente em plástico, enfiá-las no tanque da descarga da privada e regozijar-se com elas depois da meia-noite.

Parece que nos afastamos do assunto do medo, mas na verdade ainda não nos afastamos tanto assim. O resíduo que fica preso na tela do meu filtro mental é a substância do medo. Minha obsessão é pelo macabro. Não escrevi nenhuma das histórias que se seguem por dinhei-

---

* Nos anos 60, uma política norte-americana que objetivava promover a integração racial levava de ônibus crianças de seu distrito residencial para estudar em escolas de distritos diferentes, numa espécie de permuta. Nos Estados Unidos, cada distrito é autônomo e as crianças estudam obrigatoriamente na escola pública de seu distrito — ou optam por uma escola particular, o que é muito mais raro. (N. da T.)

ro, embora algumas delas tenham sido vendidas para revistas antes de aparecerem aqui, e eu nunca devolvi um cheque sem tê-lo descontado. Posso ser obsessivo, mas não sou *louco*. No entanto, repito: não as escrevi por dinheiro; escrevi porque me ocorreu escrevê-las. Tenho uma obsessão comercializável. Há homens e mulheres loucos, presos em celas acolchoadas pelo mundo afora, que não têm tanta sorte assim.

Não sou um grande artista, mas sempre me senti compelido a escrever. Então, a cada dia volto a remexer nos resíduos, examinando os refugos da observação, da memória, da especulação, tentando criar algo com aquela substância que não passou pelo filtro e não conseguiu ir embora pelo ralo até o subconsciente.

Eu e Louis L'Amour, o escritor de faroestes, poderíamos estar de pé nas margens de um pequeno lago no Colorado, e ambos poderíamos ter uma idéia exatamente no mesmo instante. Poderíamos ambos sentir o impulso de nos sentar e tentar expressá-la em palavras. A história dele talvez fosse sobre o direito à água na estação da seca; minha história provavelmente seria sobre alguma criatura enorme e terrível emergindo das águas calmas e sumindo com carneiros... e cavalos... e finalmente pessoas. A "obsessão" de Louis L'Amour está centralizada na história do oeste americano; eu tendo mais na direção das coisas que se esgueiram sob a luz das estrelas. Ele escreve faroestes; eu escrevo histórias de terror. Somos ambos um pouco malucos.

As artes podem obcecar, e a obsessão é perigosa. É como uma faca dentro da mente. Em alguns casos — Dylan Thomas me vem à memória, e Ross Lockridge, e Hart Crane, e Sylvia Plath —, a faca pode se voltar selvagemente contra a pessoa que a empunha. A arte é uma doença localizada, normalmente benigna — pessoas criativas tendem a viver por longos anos —, às vezes terrivelmente maligna. Você usa a faca com cuidado, porque sabe que ela não se importa em saber quem está cortando. E se você for inteligente, remexe nos resíduos com cuidado... porque algumas coisas ali talvez não estejam mortas.

Depois de a pergunta sobre *por que você escreve essas coisas* ter sido respondida, surge outra que a acompanha: *Por que as pessoas lêem essas coisas? O que faz com que vendam?* Essa pergunta leva consigo uma suposição oculta, e é a suposição de que gostar de histórias sobre o medo, sobre o terror, não é lá muito saudável. As pessoas que escrevem para mim muitas vezes começam dizendo, "Imagino que você vai achar que sou estranho, mas eu realmente gostei de *A Hora do Vampiro*" ou "Provavelmente sou mórbido, mais adorei cada página de *O Iluminado*"...

Acho que a explicação para isso pode estar num trecho de uma crítica de cinema da revista *Newsweek*. A crítica era de um filme de terror, não muito bom, e dizia algo mais ou menos assim: "...um filme maravilhoso para pessoas que gostam de diminuir a velocidade para ver acidentes de carro." É uma fase incisiva, mas quando você pára para pensar nela, vê que se aplica a todos os filmes e histórias de terror. *A Noite dos Mortos-vivos*, com suas cenas hediondas de canibalismo humano e matricídio, certamente era um filme destinado às pessoas que gostam de diminuir a velocidade para ver acidentes de carro; e quanto àquela garotinha vomitando sopa de ervilha em cima do padre, em *O Exorcista*? *Drácula,* de Bram Stoker, freqüentemente uma base de comparação para histórias modernas de terror (como deveria ser; é a primeira com um toque abertamente psicofreudiano), apresenta um maníaco chamado Renfield que devora moscas, aranhas, e, por fim, um passarinho. Ele regurgita o passarinho, que havia comido inteiro, com penas e tudo. O romance também fala da empalação — a penetração ritual, se poderia dizer — de uma jovem e adorável vampira, e o assassinato de um bebê e sua mãe.

A grande literatura do sobrenatural muitas vezes contém a mesma síndrome do "vamos diminuir e dar uma olhada no acidente": Beowulf matando a mãe de Grendel; o narrador de "O coração denunciador" desmembrando seu benfeitor acometido de catarata e colocando os pedaços debaixo das tábuas do piso; a feroz batalha do hobbit Sam contra Laracna, a aranha, no livro final da trilogia do anel, de Tolkien.

Alguns vão se opor com firmeza a esta linha de pensamento, dizendo que Henry James não nos mostra um acidente de carro em *A Volta do Parafuso*; dirão que as histórias de Nathaniel Hawthorne sobre o macabro, tais como "O jovem Goodman Brown" e "O véu negro do ministro" também são de melhor gosto do que *Drácula*. A idéia não faz sentido. Eles ainda estão nos mostrando o acidente de carro; os corpos foram removidos, mas ainda podemos ver as ferragens retorcidas e observar o sangue sobre o estofamento. Em alguns casos, a delicadeza, a ausência de melodrama, o tom grave e estudado de racionalidade que perpassa uma história como "O véu negro do ministro" é ainda mais terrível do que as monstruosidades batráquias de Lovecraft ou o auto-da-fé de "O poço e o pêndulo," de Poe.

O fato é — e a maior parte de nós sabe disso, no fundo — que muito poucos entre nós conseguem evitar uma espiada nervosa para a sucata cercada por carros de polícia e sinais luminosos na estrada, à noite. Idosos apanham o jornal pela manhã e imediatamente abrem na coluna de óbitos, para ver quem é que se foi antes deles. Todos nós ficamos abalados por um momento quando ouvimos dizer que um Dan Blocker morreu, um Freddie Prinze, uma Janis Joplin. Sentimos terror misturado com um estranho júbilo quando ouvimos Paul Harvey anunciar no rádio que uma mulher foi apanhada pela hélice de um avião durante uma tempestade, num pequeno aeroporto do interior, ou que um homem foi vaporizado imediatamente num liquidificador industrial gigante quando um colega de trabalho esbarrou num dos controles. Não é preciso elaborar o óbvio; a vida está cheia de horrores pequenos e grandes, mas pelo fato de os pequenos serem aqueles que conseguimos compreender, são os que nos atingem com toda a força da mortalidade.

Nosso interesse nesses horrores de bolso é inegável, mas também o é nossa repulsa. Os dois se misturam com dificuldade, e o produto dessa mistura parece ser a culpa... uma culpa que não parece muito diferente da culpa que costuma acompanhar o despertar sexual.

Não me cabe dizer a você que não se sinta culpado, assim como não me cabe oferecer justificativas aos meus romances e aos contos que se seguem. Mas um interessante paralelo entre o sexo e o medo pode ser observado. Quando nos tornamos capazes de ter relações sexuais, nosso interesse por essas relações é despertado; o interesse, a menos que de algum modo seja pervertido, tende naturalmente na direção da cópula e da continuidade da espécie. Quando nos damos conta do nosso fim inevitável, também nos damos conta da emoção do medo. E acho que, como a cópula leva à autopreservação, todo o medo leva a uma compreensão de nosso fim derradeiro.

Há uma antiga fábula sobre sete cegos que agarraram sete diferentes partes de um elefante. Um deles achou que segurava uma cobra, outro achou que tinha nas mãos uma folha de palmeira gigante. Outro pensou que tocava numa pilastra de pedra. Quando se reuniram, chegaram à conclusão de que se tratava de um elefante.

O medo é a emoção que nos torna cegos. De quantas coisas temos medo? Temos medo de desligar a luz quando nossas mãos estão molhadas. Temos medo de enfiar uma faca dentro da torradeira para tirar o *muffin* inglês que ficou preso lá dentro sem desligá-la primeiro da tomada. Temos medo do que o médico pode nos dizer quando o exame tiver terminado; quando o avião de repente dá uma sacudidela em pleno vôo. Temos medo de que o petróleo acabe, de que o ar puro acabe, de que a água potável, a vida saudável se acabem. Quando a filha prometeu chegar às onze e já é meia-noite e quinze e a chuva congelada fustiga a janela como areia seca, nós nos sentamos e fingimos assistir a Johnny Carson, e olhamos ocasionalmente para o telefone mudo, e sentimos a emoção que nos torna cegos, a emoção que deixa em ruínas o processo do pensamento.

A criança é uma criatura destemida apenas até a primeira vez em que sua mãe não está lá para colocar o mamilo dentro de sua boca quando ela chora. O bebê que começa a andar logo descobre as verdades duras e dolorosas da porta que se bate, da boca acesa do fogão elétrico, da febre que vem com a laringite ou o sarampo. As crianças aprendem rápido o medo; conseguem percebê-lo no rosto da mãe ou do pai quando um deles entra no banheiro e as vê com um frasco de remédio ou o aparelho de barbear.

O medo nos deixa cegos, e tocamos cada medo com a ávida curiosidade do interesse próprio, tentando construir um todo a partir de uma centena de partes, como os homens cegos e seu elefante.

Sentimos a forma. As crianças percebem depressa, esquecem, e reaprendem quando se tornam adultas. A forma está ali, e a maioria de nós se dá conta do que se trata mais cedo ou mais tarde: é a forma de um corpo debaixo de um lençol. Todos os nossos medos reunidos constituem um grande medo, todos os nossos medos são partes desse grande medo — um braço, uma perna, um dedo, uma orelha. Temos medo do corpo debaixo do lençol. É o nosso corpo. E o grande atrativo da ficção de terror ao longo das épocas é que ela serve de ensaio para nossa própria morte.

Esse ramo nunca foi muito respeitado; durante muito tempo os únicos amigos que Poe e Lovecraft tinham eram os franceses, que de algum modo chegaram a um acordo tanto com o sexo quanto com a morte, um acordo para o qual os compatriotas americanos de Poe e Lovecraft não tiveram paciência. Os americanos estavam ocupados construindo ferrovias, e Poe e Lovecraft morreram pobres. A fantasia de Tolkien sobre a Terra Média vagou a esmo durante vinte anos antes de obter algum sucesso fora do nicho da contracultura, e Kurt Vonnegut, cujos livros geralmente lidam com a idéia do ensaio para a morte, tem enfrentado uma onda constante de críticas, a maioria delas chegando às raias da histeria.

Talvez isso se dê porque o autor de histórias de terror sempre traz más notícias: você vai morrer, ele fala; diz para você não dar importância a Oral Roberts* e seu "algo de *bom* vai acontecer com *você*", porque algo de *ruim* também vai acontecer com *você*, e talvez seja câncer, ou talvez seja um ataque cardíaco, ou talvez seja um acidente de carro, mas vai acontecer. E o autor toma sua mão na dele, e o leva para dentro do quarto e coloca suas mãos sobre aquela forma debaixo do lençol... e lhe diz para tocar aqui... aqui... e *aqui*...

É claro que os temas da morte e do medo não são território exclusivo do escritor de terror. Vários dos chamados escritores "tradicionais" lidaram com esses temas, e de uma variedade de formas diferentes — desde *Crime e Castigo*, de Fiodor Dostoievski, a *Quem Tem Medo de Virginia Woolf?*, de Edward Albee e às histórias de Lew Archer, por Ross MacDonald. O medo sempre foi um tema importante. A morte sempre foi um tema importante. São duas das constantes do ser humano. Mas apenas o escritor de terror e do sobrenatural dá ao leitor uma oportunidade para total identificação e catarse. Os que trabalham no gênero com a mínima compreensão que seja do que estão fazendo sabem que todo o território do horror e do sobrenatural é uma espécie de filtro entre o consciente e o subconsciente; a ficção de terror é como uma estação central de metrô na psique humana, entre a linha azul daquilo que conseguimos incorporar com segurança e a linha vermelha daquilo de que precisamos nos livrar, de um jeito ou de outro.

---

* Tele-evangelista norte-americano. (N. da E.)

Quando você lê histórias de horror, não acredita realmente no que está lendo. Não acredita em vampiros, lobisomens, caminhões que subitamente funcionam e se movem sozinhos. Os horrores em que todos nós acreditamos são do tipo descrito por Dostoievski e Albee e MacDonald: o ódio, a alienação, envelhecer sem amor, adentrar um mundo hostil com as pernas inseguras da adolescência. Nós somos, em nosso mundo real e cotidiano, muitas vezes semelhantes às máscaras da Comédia e da Tragédia, rindo por fora, uma careta de dor por dentro. Há um interruptor central em algum lugar dentro de nós, um transformador, talvez, onde os fios que ligam as duas máscaras se conectam. E esse é o local onde a história de terror muitas vezes atinge seu alvo.

O escritor de histórias de terror não é tão diferente do comedor de pecados galês, que teoricamente assume os pecados do caro falecido comendo a comida dele. O conto que trata de monstruosidades e terror é um cesto mais ou menos cheio de fobias; quando o escritor passa, você tira do cesto um dos horrores imaginários dele e coloca ali um de seus horrores pessoais reais — pelo menos por algum tempo.

Nos idos de 1950, houve uma onda tremenda de filmes sobre insetos gigantes — *O Mundo em Perigo, O Começo do Fim, The Deadly Mantis (A louva-a-deus mortífera)* e assim por diante. Quase sem exceção, com o desenrolar do filme descobríamos que aqueles mutantes horrorosos e gigantescos eram resultados de testes atômicos no Novo México ou em algum atol deserto no Pacífico (e no mais recente *Horror of Party Beach (O horror da praia de festas),* que poderia ter recebido o subtítulo de *Beach Blanket Armageddon (Armageddon na toalha de praia),* a culpa cabia ao lixo atômico). Considerados em conjunto, os filmes de insetos gigantes formam um padrão inegável, uma desconfortável gestalt do terror de um país inteiro diante da nova era que o Projeto Manhattan inaugurara. Mais tarde nos anos 1950 houve um ciclo de filmes de terror "adolescentes," começando com *I Was a Teen-age Werewolf* e culminando com épicos como *Teen-agers from Outer Space (Adolescentes extraterrestres)* e *A Bolha Assassina,* em que um Steve McQueen imberbe lutava contra uma espécie de gelatina mutante com a ajuda de seus amigos adolescentes. Numa época em que todas as revistas semanais continham pelo menos um artigo sobre o aumento da delinqüência juvenil, os filmes de terror juvenis expressavam o desconforto de todo um país diante da revolução jovem que já fermentava; quando você via Michael London se transformar num lobisomem com um casaco de ginasial, uma conexão se estabelecia entre a fantasia na tela e suas próprias ansiedades flutuantes dirigidas ao *nerd* no carrão envenenado que sua filha estava namorando. Para os próprios adolescentes (eu era um deles e falo por experiência própria), os monstros produzidos pelos estúdios da American-International davam a oportunidade de ver alguém ainda mais feio do que eles se sentiam; o que eram umas poucas espinhas comparadas àquela *coisa* trôpega que antes era um ginasial em *I Was a Teen-age Frankenstein (Eu fui um Frankestein adolescente)*? O mesmo ciclo também expressava os sentimentos dos próprios adolescentes, de que estavam sendo injustamente subjugados e diminuídos pelos mais velhos, que seus pais simplesmente "não entendiam". Os filmes obedecem a uma fórmula (como grande parte da ficção de terror, escrita ou filmada), e o que esta fórmula expressa com maior clareza é a paranóia de toda uma geração — uma paranóia sem dúvida causada, em parte, por todos os artigos que seus pais estavam lendo. Nos filmes, uma criatura terrível e verruguenta está ameaçando Elmville. Os garotos sabem, porque o disco voador pousou perto da alameda dos namorados. No primeiro rolo de filme, a criatura verruguenta mata um velho numa picape (o velho era invariavelmente interpretado por Elisha Cook, Jr.). Nos três rolos seguintes, os garotos tentam convencer os mais velhos de que aquela criatura verruguenta está de fato à solta nas redondezas. "Dêem o fora daqui antes que eu prenda vocês todos por violar o toque de recolher!", o chefe de polícia de Elmville brada logo antes que o monstro se esgueire por Main Street, deixando um rastro de destruição por toda parte. No fim, são os garotos espertos que dão cabo da criatura verruguenta, e depois se reúnem no ponto de encontro costumeiro para tomar chocolate maltado e dançar ao som de alguma cançãozinha boba enquanto os créditos deslizam pela tela.

São três oportunidades distintas de catarse num ciclo de filmes — nada mau para um punhado de épicos de baixo orçamento que normalmente eram rodados em menos de dez dias. Isso não aconteceu porque os roteiristas e produtores e diretores desses filmes queriam que acontecesse; aconteceu porque as histórias de terror ficam mais à vontade naquele ponto de conexão entre consciente e o subconsciente, o lugar onde tanto a imagem como a alegoria ocorrem mais naturalmente e com efeito mais devastador. Há uma linha direta de evolução entre *I Was a Teen-age Werewolf (Eu fui um lobisomem adolescente)* e *Laranja Mecânica*, de Stanley Kubrick, e entre *Teen-age Monster (Monstro adolescente)* e o filme de Brian De Palma *Carrie, a Estranha*.

A grande ficção de horror é quase sempre alegórica; às vezes a alegoria é intencional, como em *A Revolução dos Bichos* e *1984*, e às vezes simplesmente acontece — J. R. R. Tolkien jurava de pés juntos que o Senhor do Escuro de Mordor não era Hitler num disfarce da fantasia, mas as teses e monografias continuam afirmando o contrário... talvez porque, como diz Bob Dylan, quando você tem muitas facas e garfos, tem de cortar alguma coisa.

As obras de Edward Albee, de Steinbeck, Camus, Faulkner — essas obras lidam com o medo e a morte, às vezes com o horror, mas normalmente esses escritores tradicionais abordam o tema de modo mais normal e realista. Seu trabalho se enquadra em um mundo racional; são histórias que "poderiam acontecer". Estão naquela linha de metrô que atravessa o mundo externo. Há outros escritores — James Joyce, Faulkner novamente, poetas como T. S. Eliot e Sylvia Plath e Anne Sexton — cuja obra se situa no território do inconsciente simbólico. Estão na linha de metrô que atravessa a paisagem interna. Mas o escritor de horror está quase sempre na estação que une as duas, pelo menos se ele está afiado. Quando está em sua melhor forma, muitas vezes temos a estranha sensação de não estarmos totalmente adormecidos ou acordados, o tempo se distende e sai de lado, ouvimos vozes mas não distinguimos as palavras ou o sentido, os sonhos parecem reais e a realidade parece um sonho.

Trata-se de uma estação estranha e maravilhosa. Hill House fica ali, naquele lugar onde os trens passam nos dois sentidos, com as portas que se fecham de modo perceptível; a mulher no quarto com papel de parede amarelo está ali, rastejando pelo chão com a cabeça pressionada sobre aquela leve mancha de gordura; as criaturas tumulares que ameaçavam Frodo e Sam estão ali; e o modelo de Pickman, do conto homônimo de M.P. Lorscraft; o wendigo, o monstro canibal dos índios algonquinos no Canadá; Norman Bates e sua terrível mãe. Não há despertar ou sonhar nessa estação, mas apenas a voz do escritor, baixa e racional, falando sobre como o tecido resistente das coisas às vezes pode se rasgar de maneira assustadoramente repentina. O escritor lhe diz que você quer ver o acidente de carro, e ele está certo — você quer mesmo. Há a voz de um morto ao telefone... alguma coisa atrás das paredes da velha casa que pelo som parece maior do que um rato... movimentos ao pé da escada do porão. Ele quer que você veja todas essas coisas, e mais; quer que você coloque sua mão no vulto debaixo do lençol. E você quer colocar sua mão ali. Sim.

Estas são algumas das coisas que sinto que a narrativa de terror faz, mas estou firmemente convencido de que deve fazer mais uma, e esta acima de todas as outras: deve contar uma história que mantenha o leitor ou o ouvinte fascinado por algum tempo, perdido num mundo que nunca existiu e nunca poderia existir. Deve ser como o convidado do casamento que pega um drinque a cada três vezes que o garçom passa. Durante toda minha vida como escritor, tenho defendido a idéia de que na ficção o valor da história prevalece sobre todas as outras facetas do ofício da escrita; caracterização, tema, atmosfera, nada disso vale alguma coisa se a história não tiver graça. E se a história conseguir prendê-lo, todo o resto é perdoável. Minha citação predileta a respeito disso veio da pena de Edgar Rice Burroughs, que não é o candidato de ninguém para a vaga de Maior Escritor do Mundo, mas um homem que compreendeu por completo o valor da história. Na página um de *A Terra que o Tempo Esqueceu*, o narrador encontra um manuscrito numa garrafa; o resto do romance é a apresentação desse manuscrito. O narrador diz: "Leia uma página, e eu serei esquecido." É uma promessa que Burroughs cumpre — e muitos escritores com mais talento do que ele não.

Em suma, meu nobre leitor, eis uma verdade que faz o mais forte escritor ranger os dentes: com exceção de três pequenos grupos de pessoas, ninguém lê o prefácio de um autor. As exceções são: um, os parentes mais próximos do escritor (normalmente sua mulher e sua mãe); dois, os representantes oficiais do escritor (e o pessoal do setor editorial e afins), cujo interesse principal é descobrir se ao longo das divagações do autor alguém foi difamado ou caluniado; e três, aquelas pessoas que de algum modo ajudaram o escritor em seu caminho. Essas são as pessoas que querem saber se o autor agora está tão cheio de si a ponto de esquecer que não chegou até ali sozinho.

Outros leitores podem sentir, o que é perfeitamente justificável, que o prefácio do autor é uma imposição indecente, um comercial de várias páginas sobre ele mesmo, mais ofensivo até do que os anúncios de cigarro que proliferam na parte central dos livros de bolso. A maior parte dos leitores vem assistir ao espetáculo, e não ficar vendo o contra-regra agradecer aos aplausos diante das luzes. Mais uma vez, isso é perfeitamente justificável.

Vou me despedir agora. O espetáculo em breve começará. Entraremos naquele quarto e tocaremos o vulto sob o lençol. Mas antes que eu vá embora, quero tomar só mais uns dois ou três minutos do seu tempo e agradecer a algumas pessoas que pertencem aos três grupos mencionados acima — e a um quarto grupo. Agüente mais um pouco enquanto digo alguns muito-obrigados:

À minha mulher, Tabitha, minha melhor e mais afiada crítica. Quando ela sente que o trabalho está bom, diz; quando sente que meti os pés pelas mãos, consegue me colocar no meu devido lugar da maneira mais gentil e amável possível. Aos meus filhos, Naomi, Joe e Owen, que têm sido bastante compreensivos com a ocupação peculiar de seu pai no quarto lá de baixo. E à minha mãe, que faleceu em 1973 e a quem este livro é dedicado. Seu encorajamento era firme e constante, ela sempre parecia dispor de 40 ou 50 centavos para o envelope auto-endereçado e selado de resposta e ninguém — incluindo eu mesmo — ficou mais feliz do que ela quando consegui "chegar lá".

No segundo grupo, agradecimentos especiais vão para meu editor, William G. Thompson da Doubleday & Company, que tem trabalhado pacientemente comigo, que tem suportado meus telefonemas diários com bom humor constante, e que foi gentil com um jovem escritor sem qualquer currículo alguns anos atrás, ficando ao seu lado desde então.

No terceiro grupo estão os primeiros compradores da minha obra: Sr. Robert A. W. Lowndes, que adquiriu os dois primeiros contos que vendi em minha vida; Sr. Douglas Allen e Sr. Nye Willden da Dugent Publishing Corporation, que compraram tantos dos seguintes para as revistas *Cavalier* e *Gent,* nos velhos tempos de dureza em que os cheques chegavam bem a tempo de evitar o que a companhia elétrica eufemisticamente chama de "interrupção do serviço"; a Elaine Geiger e Herbert Schnall e Carolyn Stromberg da New American Library; a Gerard Van der Leun da *Penthouse* e Harris Deinstfrey da *Cosmopolitan*. Muito obrigado a todos vocês.

Há um último grupo ao qual eu gostaria de agradecer, o grupo composto por cada um dos leitores que um dia sacou a carteira para comprar alguma coisa escrita por mim. De muitas maneiras, este livro é seu, porque tenho certeza de que jamais teria acontecido sem você. Então, obrigado.

Aqui onde eu estou, ainda está escuro e chove. Uma noite bem agradável. Há uma coisa que quero mostrar a você, uma coisa em que quero que toque. Está num quarto não muito longe daqui — na verdade, fica bem na próxima página.

Vamos?

Bridgton, Maine
27 de fevereiro de 1977

Jerusalem's Lot

2 de outubro de 1850

CARO BONES,

Como foi bom penetrar no saguão frio e arejado aqui de Chapelwaite, todos os ossos doendo por causa daquela abominável carruagem, necessitando de um alívio imediato de minha bexiga inchada — e ver uma carta endereçada com o seu próprio e inimitável garrancho sobre a horrível mesinha de cerejeira ao lado da porta! Esteja certo de que me pus a decifrá-la assim que as necessidades do corpo foram satisfeitas (num banheiro no andar de baixo, friamente decorado, onde eu podia ver meu hálito subindo diante dos meus olhos).

Fico feliz por saber que você se recuperou do *miasma* que durante tanto tempo esteve instalado em seus pulmões, embora lhe garanta que na verdade simpatizo com o dilema moral em que a cura o deixou. Um abolicionista enfermo curado pelo clima ensolarado da escravagista Flórida! Ainda assim, Bones, peço-lhe, como um amigo que também caminhou pelo vale das sombras, *que se cuide* e não se aventure de volta a Massachusetts até que seu corpo lhe dê permissão. Sua mente lúcida e sua pena incisiva não nos servem para nada se você regressar ao pó, e se o Sul é uma região capaz de curá-lo, não há uma justiça poética nisso?

Sim, a casa é tão bonita quanto fui levado a crer pelos testamenteiros do meu primo, mas bem mais sinistra. Fica no alto de um imenso e saliente promontório a talvez uns 2 quilômetros ao norte de Falmouth e a uns 6 quilômetros ao norte de Portland. Atrás dela há cerca de um hectare e meio de terra, dominado outra vez pela natureza da maneira mais formidável que se poderia imaginar — juníperos, cipós, arbustos e várias formas de trepadeiras sobem desordenadamente pelos pitorescos muros de pedra que separam a propriedade das terras municipais. Horrorosas imitações da estatuaria grega espiam às cegas através de todo esse mato, no alto de várias pequenas colinas — parecem, na maioria dos casos, prestes a investir contra o passante. O gosto do meu primo Stephen parece ter percorrido toda a escala desde o inaceitável até o claramente horrível. Há uma casinha de verão esquisita que foi quase soterrada pelo sumagre escarlate e um grotesco relógio de sol no meio do que outrora deve ter sido um jardim. Ele dá o toque lunático final.

Porém a vista do salão mais do que justifica tudo isso; tenho um panorama vertiginoso dos rochedos ao pé do promontório de Chapelwaite e do próprio Atlântico. Uma imensa janela saliente abre-se para essa paisagem, a cujo pé fica uma imensa secretária, de forma semelhante a um sapo. Vai ser ótimo para o começo daquele romance sobre qual venho falando faz tanto tempo (e sem dúvida cansativamente).

Hoje o dia esteve cinzento com ocasionais períodos de chuva fina. Tudo parece aos meus olhos ser um estudo em cinza escuro — as rochas, velhas e gastas como o próprio Tempo, o céu, e, é claro, o mar, a arrebentar contra as presas de granito lá embaixo com um som que não é precisamente som, mas vibração — posso sentir as ondas sob os meus pés no instante mesmo em que escrevo. A sensação não é de todo desagradável.

Sei que você desaprova meus hábitos solitários, caro Bones, mas asseguro-lhe de que estou bem e feliz. O Calvin está comigo, prático, silencioso e digno de confiança como sempre, e lá pelo meio da semana tenho certeza de que nós dois já teremos arranjado nossos negócios e tomado providências para as entregas necessárias da cidade — e uma equipe de faxineiras para começar a tirar a poeira deste lugar!

Vou terminar — há tantas coisas mais para ver, quartos a explorar, e sem dúvida mil peças de execrável mobília para serem contempladas por estes olhos delicados. Mais uma vez, meus agradecimentos pelo toque familiar trazido pela sua carta, e pela sua constante consideração.

Mande meu apreço à sua mulher, já que vocês dois o têm.

CHARLES.

6 de outubro de 1850

CARO BONES,

Que lugar, este aqui!

Continua a me surpreender — tanto quanto as reações dos moradores da aldeia mais próxima à minha presença. É um lugarzinho esquisito com o nome pitoresco de Preacher's Corners. Foi lá que Calvin fez um acordo para o envio das provisões semanais. Da outra incumbência, a de garantir um suprimento suficiente de lenha para o inverno, ele também cuidou. Mas Cal voltou com um rosto sombrio, e quando lhe perguntei qual era o problema, ele respondeu, de um modo bem sinistro:

— Acham que o senhor é maluco, Sr. Boone!

Ri e disse que talvez tivessem ouvido falar da febre cerebral que me acometeu após a morte da minha Sarah — com certeza eu falava de um jeito bem maluco naquela época, como você pode comprovar.

Mas Cal alegou que ninguém sabia de coisa alguma a meu respeito exceto por intermédio do meu primo Stephen, que havia contratado os mesmos serviços que eu agora tomava providências para assegurar.

— O que disseram, senhor, é que qualquer um capaz de morar em Chapelwaite ou deve ser maluco ou corre o risco de se tornar um.

Isso me deixou totalmente perplexo, como você pode imaginar, e perguntei quem lhe dissera coisa tão surpreendente. Ele me disse que se referia a um madeireiro carrancudo e algo embriagado chamado Thompson, proprietário de 160 hectares de pinheiros, bétulas e abetos, que derruba e transporta a madeira com a ajuda de seus cinco filhos, para vendê-la às fábricas em Portland e aos proprietários das imediações.

Quando Cal, ignorante de seu estranho preconceito, informou-lhe a localidade em que a madeira deveria ser entregue, esse tal de Thompson encarou-o de queixo caído e disse que mandaria os filhos com a madeira, durante a segura luz do dia e pela estrada que acompanha o mar.

Calvin, aparentemente tomando a minha perplexidade por aflição, apressou-se em dizer que o homem fedia a uísque barato e que havia então mergulhado num falatório sem sentido sobre uma aldeia abandonada e os parentes do primo Stephen — e vermes! Calvin terminou seus negócios com um dos filhos de Thompson, que, presumo, foi bastante ríspido e não estava nem um pouco mais sóbrio ou com o odor mais agradável. Também presumo que houve reações semelhantes na própria Preacher's Corners, na mercearia, com cujo dono Cal falou, embora neste caso os comentários tenham sido mais no estilo da fofoca, do disse-me-disse.

Nada disso me incomodou muito; sabemos como essa gente rústica adora enriquecer suas vidas com o cheiro do escândalo e do mito, e suponho que o pobre Stephen e esta parte da família sejam um prato cheio. Como disse para o Cal, um homem que morre caindo praticamente do seu próprio pórtico de entrada provavelmente vai dar o que falar.

A casa em si é uma surpresa constante. Vinte e três quartos, Bones! Os lambris que revestem os pisos no andar de cima e a galeria dos retratos estão embolorados, mas ainda são sólidos. Enquanto eu estive no quarto do meu finado primo, no andar de cima, podia ouvir os ratos correndo por trás dos lambris, e devem ser ratos grandes, pelo barulho que fazem — é quase como se houvesse gente andando ali. Detestaria encontrar um deles no escuro; aliás, mesmo no claro. Não notei, entretanto, nem buracos nem excrementos. Estranho.

A galeria no andar de cima é recoberta por retratos ruins em molduras que devem valer uma fortuna. Alguns assemelham-se com Stephen, tal como me lembro dele. Acredito ter identificado corretamente meu tio Henry Boone e sua mulher Judith; e os outros não são familiares. Suponho que um deles seja o meu notório bisavô, Robert. Mas o lado de Stephen da família é praticamente desconhecido para mim, o que lamento do fundo do coração. O mesmo bom humor estampado nas cartas de Stephen para Sarah e para mim, a mesma luz do intelecto elevado brilham nesses retratos, por piores que sejam. Por que razões tolas as famílias brigam! Um *escritoire* arrombado, palavras duras entre irmãos hoje mortos há três gerações, e descendentes sem qualquer culpa encontram-se desnecessariamente afastados. Não posso evitar refletir sobre como foi uma grande sorte você e John Petty terem conseguido contactar Stephen quando parecia que talvez eu fosse acompanhar minha Sarah, atravessando os Portões — e sobre como foi um grande azar o fato de que o destino nos roubasse um encontro face a face. Como eu teria adorado ouvi-lo defender a estatuaria e a mobília ancestrais!

Mas não quero denegrir este lugar ao extremo. O gosto de Stephen não era o meu, verdade, mas abaixo da superfície de suas aquisições há peças (algumas delas protegidas por capas, nos aposentos superiores) que são verdadeiras obras de arte. Há camas, mesas e volutas pesadas e escuras feitas em teca e mogno, e muitos dos quartos e salas de recepção, o escritório no andar de cima e a pequena sala de visitas têm um charme sombrio. Os pisos são de pinho de excelente qualidade, que brilha com uma luz interna e secreta. Há dignidade aqui; dignidade e o peso dos anos. Ainda não posso dizer que gosto do lugar, mas respeito-o. Estou ansioso para observá-lo mudar, conforme atravessemos as mudanças deste clima setentrional.

Deus, não paro de falar! Escreva em breve, Bones. Conte-me sua melhora, e dê-me as notícias que tiver da Petty e do resto. E por favor, não cometa o erro de tentar convencer algum novo conhecido sulista a adotar seus pontos de vista por imposição demasiada — suponho que nem todos se contentem em responder apenas com a boca, como o nosso prolixo *amigo*, Sr. Calhoun.

Seu afetuoso amigo,
CHARLES.

16 de outubro de 1850

CARO RICHARD,

Olá, como vai? Pensei em você com freqüência desde que passei a residir aqui em Chapelwaite, e meio que esperava receber notícias suas — e agora recebo uma carta de Bones dizendo que esqueci de deixar meu endereço no clube! Tenha certeza de que eu acabaria escrevendo, de qualquer modo, pois às vezes parece que meus verdadeiros e fiéis amigos são as únicas coisas seguras e completamente normais que me restaram neste mundo. E, por Deus, como nós nos dispersamos! Você em Boston, escrevendo constantemente para o *The Liberator* (para onde também mandei meu endereço, por falar nisso), Hanson na Inglaterra, em mais uma de suas malditas *excursões*, e o velho Bones na própria *cova dos leões*, recuperando-se dos pulmões.

Tudo corre tão bem quanto se pode esperar por aqui, Dick, e esteja certo de que vou lhe fazer um relato completo quando não estiver tão pressionado por certos eventos que ocorrem neste lugar — creio que sua mente jurídica virá a ficar bastante intrigada com alguns acontecimentos em Chapelwaite e nos arredores.

Mas, enquanto isso, tenho um favor para pedir, se você me permite. Lembra-se do historiador a quem me apresentou no jantar beneficente oferecido pelo Sr. Clary pela causa? Acredito que seu nome fosse Bigelow. De qualquer modo, ele mencionou que tinha como passatempo recolher estranhas passagens de folclore e história concernentes à área exata em que agora estou vivendo. O favor, então, é este: poderia entrar em contato com ele e perguntar-lhe que fatos, lendas folclóricas ou *boatos generalizados* — se houver algum — podem estar relacionados a um pequeno e deserto vilarejo chamado JERUSALEM'S LOT, perto de um distrito chamado Preacher's Corners, rio Royal? Esse rio é ele próprio um afluente do Androscoggin, em que deságua aproximadamente 18 quilômetros acima da foz, perto de Chapelwaite. Isso me deixaria bastante satisfeito e, mais importante, talvez seja assunto de certa gravidade.

Relendo esta carta, sinto que fui um pouco breve demais com você, Dick, pelo que lamento sinceramente. Mas garanto-lhe que vou me explicar em breve, e por ora envio os meus melhores votos à sua mulher, aos seus dois lindos filhos e, é claro, a você.

Seu afetuoso amigo,
CHARLES.

16 de outubro de 1850

CARO BONES,

Tenho uma história para lhe contar que parece um pouco estranha (e mesmo inquietante) tanto para Cal quanto para mim — veja o que acha. Na pior das hipóteses, pode servir para diverti-lo enquanto luta contra os mosquitos!

Dois dias após ter enviado minha última carta a você, um grupo de quatro moças chegou, vindas de Corners sob a supervisão de uma senhora mais velha, com um rosto intimidante e competente, chamada Sra. Cloris, para colocar este lugar em ordem e remover um pouco da poeira que estava me fazendo espirrar aparentemente a cada dois passos.

Todas pareciam um pouco nervosas enquanto executavam seus serviços domésticos; uma mocinha distraída chegou a dar um gritinho quando entrei na sala de visitas no andar superior, enquanto ela tirava o pó.

Perguntei a Sra. Cloris do que se tratava (estava tirando o pó do salão no andar inferior com uma determinação implacável que teria surpreendido você, o cabelo amarrado no alto com um lenço velho e desbotado); ela se virou para mim e disse com um ar decidido:

— Elas não gostam da casa, e eu não gosto da casa, senhor, porque ela sempre foi uma casa *ruim*.

Fiquei de queixo caído diante dessas palavras inesperadas, e ela prosseguiu num tom mais gentil:

— Não estou querendo dizer que Stephen Boone não fosse um bom homem, ele era: limpei a casa para ele duas quintas-feiras ao mês durante todo o tempo em que ele esteve aqui, como antes limpava para o seu pai, Sr. Randolph Boone, até que ele e sua mulher desapareceram em 1816. O Sr. Stephen era um homem bondoso e gentil, como o senhor também parece ser (por favor, perdoe minha franqueza; não sei falar de outro jeito), mas a casa é *ruim*, como *sempre foi*, e nenhum Boone foi feliz aqui desde que o seu avô Robert e o irmão dele brigaram por causa de (e aqui ela fez uma pausa, quase culpada) coisas roubadas em 1789.

Que memória tem essa gente, Bones!

A Sra. Cloris continuou:

— A casa foi construída com tristeza, tem sido habitada com tristeza, sangue foi derramado neste chão (talvez você saiba, talvez não, Bones, que meu tio Randolph esteve envolvido num acidente na escada do porão, que tirou a vida de sua filha Marcella; ele então pôs fim à sua própria vida num acesso de remorso. O incidente foi relatado em uma das cartas de Stephen para mim, na triste ocasião do aniversário de sua falecida irmã), houve desaparecimentos e acidentes.

"Trabalhei aqui, Sr. Boone, e não sou nem cega, nem surda. Já ouvi sons medonhos nas paredes, senhor, sons medonhos — coisas batendo e estrondos, e uma vez um estranho lamento que era meio que uma risada. Fez meu sangue gelar. É um lugar tenebroso, senhor" — e aqui ela se interrompeu, talvez com medo de ter falado demais.

Quanto a mim, mal sabia se me sentia ofendido ou se achava graça, se estava curioso ou pouco me importava. Temo que a graça tenha ganho aquele dia.

— E de que a senhora desconfia, Sra. Cloris? Fantasmas arrastando correntes?

Mas ela apenas olhou para mim com uma expressão estranha.

— Pode haver fantasmas. Mas não são fantasmas nas paredes. Não são fantasmas que se lamentam e choram como condenados e tropeçam e esbarram nos cantos pela escuridão. É...

— Vamos lá, Sra. Cloris — eu a encorajei. — A senhora chegou até aqui. Ora, será que pode terminar o que começou?

A mais estranha expressão de terror, ressentimento e — eu poderia jurar — temor religioso passou pelo seu rosto.

— Alguns não morrem — ela sussurrou. — Alguns vivem nas sombras do crepúsculo do Além, para servir... a Ele!

E esse foi o final. Por alguns minutos continuei a interrogá-la, mas ela foi ficando mais obstinada, e nada mais disse. Por fim desisti, temendo que ela pudesse arrumar suas coisas e ir embora.

Esse foi o fim de um episódio, mas um segundo ocorreu na noite seguinte. Calvin tinha acendido o fogo no andar de baixo e eu estava sentado na sala de estar, cochilando com um exemplar do *The Intelligencer* na mão, ouvindo o som da chuva que o vento lançava contra a grande janela saliente. Sentia-me confortável como só é possível em noites como essa, quando tudo do lado de fora é desagradável e, do lado de dentro, quente e cômodo; um instante mais tarde porém Cal apareceu na porta, com um aspecto exaltado e um pouco nervoso.

— O senhor está acordado? — ele perguntou.

— Mais ou menos — eu disse. — O que foi?

— Encontrei algo lá em cima que acho que o senhor deveria ver — ele respondeu, com o mesmo ar de exaltação contida.

Levantei-me e o acompanhei. Enquanto subíamos pela escada de largos degraus, Calvin disse:

— Eu estava lendo um livro no gabinete, no andar de cima... um livro bem estranho... quando ouvi um barulho na parede.

— Ratos — eu disse. — Isso é tudo?

Ele fez uma pausa no patamar, olhando para mim com ar solene. A lamparina que segurava lançava sombras estranhas e sorrateiras sobre as cortinas escuras e os retratos, que, na penumbra, agora pareciam olhar com malícia mais do que sorrir. Do lado de fora o vento aumentou, num breve grito agudo, e depois diminuiu com relutância.

— Não eram ratos — Cal disse. — Havia um som que era como o de alguém andando às tontas e um baque surdo vindo de trás das estantes de livros, depois um horrível gorgolejar... horrível, senhor. E arranhões, como se alguma coisa estivesse tentando sair... para me pegar!

Você pode imaginar minha surpresa, Bones. O Calvin não é o tipo que se entrega a vôos histéricos da imaginação. Começava a parecer que havia um mistério aqui afinal de contas — e talvez um dos feios, de fato.

— E depois? — perguntei. Tínhamos recomeçado a andar, eu podia ver a luz do gabinete derramando-se sobre o chão da galeria. Eu a vi com uma certa ansiedade; a noite já não parecia mais confortável.

— O barulho de arranhões parou. Após um instante, os sons de baques e pés arrastando recomeçaram, desta vez se afastando de mim. Houve uma pausa, e juro que ouvi uma estranha e quase inaudível risada! Voltei para a estante de livros e comecei a empurrar e puxar, achando que talvez houvesse uma parede divisória, ou uma porta secreta.

— Encontrou alguma?

Cal deteve-se na porta do gabinete.

— Não... mas encontrei isto!

Entramos, e vi um buraco quadrado e escuro na estante da esquerda. Os livros naquele local eram falsos, e o que Cal encontrara era um pequeno esconderijo. Iluminei seu interior com minha lamparina e o que vi foi só uma espessa camada de poeira, poeira que devia estar ali por décadas.

— Só o que havia era isso — disse Cal em voz baixa, e me entregou um papel amarelado.

Era um mapa, traçado com tinta preta em linhas finas como teias de aranha — o mapa de uma cidade ou povoado. Havia talvez sete construções, e uma, nitidamente marcada com um campanário, ostentava a seguinte legenda logo abaixo: *O Verme que Vos Corrompe*.

No canto superior esquerdo, no que devia ter sido o noroeste desse pequeno povoado, uma seta apontava. Inscrito sob a seta: *Chapelwaite*.

Calvin disse:

— Na cidade, senhor, alguém mencionou de forma bem supersticiosa um povoado abandonado chamado Jerusalem's Lot. É um lugar que eles evitam.

— Mas e isto? — perguntei, apontando para a estranha legenda abaixo do campanário.

— Não sei.

Uma lembrança de Sra. Cloris, inflexível e, no entanto, assustada, passou por minha mente.

— O Verme... — murmurei.

— O senhor sabe de alguma coisa, Sr. Boone?

— Talvez... pode ser divertido procurar por esta cidade amanhã, não acha, Cal?

Ele fez que sim, os olhos brilhando. Passamos quase uma hora depois disso procurando alguma fenda na parede por trás do cubículo que Cal encontrara, mas sem sucesso. Tampouco houve recorrência dos barulhos que Cal descrevera.

Nós nos recolhemos sem mais aventuras naquela noite.

Na manhã seguinte, Calvin e eu partimos em nossa perambulação pela floresta. A chuva da noite anterior havia cessado, mas o céu estava sombrio e fechado. Podia ver Cal olhando para mim com ar um pouco desconfiado, e apressei-me em lhe garantir que se eu me cansasse, ou se a viagem se revelasse muito longa, não hesitaria em fazer uma pausa na expedição. Havíamos nos equipado com um almoço leve, uma boa bússola Buckwhite e, é claro, o estranho e antigo mapa de Jerusalem's Lot.

Era um dia estranho e deprimente; nem um único pássaro parecia cantar ou um único animal se mover enquanto seguíamos pelas imensas e lúgubres fileiras de pinheiros, rumo ao sul e ao leste. Os únicos sons eram os de nossos próprios passos e o martelar constante do Atlântico sobre os promontórios. O cheiro do mar, intenso de uma forma quase sobrenatural, era nossa companhia constante.

Não havíamos caminhado por mais de 3 quilômetros, quando chegamos a uma estrada coberta pela vegetação, uma estrada construída de toras de madeira que, creio, outrora chamavam de *"corduroy"*; a estrada seguia na mesma direção que nós, e avançamos por ela, ganhando tempo. Falávamos pouco. O dia, com seu ar silencioso e sinistro, pesava em nossos espíritos.

Por volta das onze horas, ouvimos o ruído de água corrente. O que restava da estrada virava abruptamente para a esquerda, e do outro lado de um riacho cinzento e corrediço, feito uma aparição, estava Jerusalem's Lot!

O riacho tinha talvez 2,5m de largura, e era atravessado por uma ponte coberta de musgo. Do outro lado, Bones, ficava a mais perfeita aldeiazinha que você possa imaginar, compreensivelmente desgastada pelo tempo, mas preservada de forma surpreendente. Várias casas, construídas naquele estilo austero, porém imponente, pelo qual os puritanos eram merecidamente famosos, amontoavam-se perto da margem íngreme. Mais adiante, ao longo de uma rua coberta de mato, ficavam três ou quatro do que talvez tenham sido simplórios estabelecimentos comerciais, e mais adiante, a agulha da igreja marcada no mapa, projetando-se na direção do céu cinzento e de aspecto indescritivelmente sinistro com sua pintura descascada e a cruz sem brilho, pendendo para um lado.

— A cidade tem um nome bem apropriado — disse Cal, ao meu lado.*

Atravessamos a ponte até cidade e começamos a explorá-la — e é aqui que a minha história se torna um tanto surpreendente, Bones, portanto prepare-se!

O ar parecia de chumbo, enquanto andávamos por entre as construções; pesava, por assim dizer. Os prédios estavam em estado de deterioração — postigos arrancados, telhados desabando sob o peso de fortes nevascas passadas, janelas empoeiradas e tortas. Sombras projetadas por cantos irregulares e ângulos fora de prumo pareciam se depositar em poças sinistras.

Entramos numa antiga e apodrecida taberna primeiro — de algum modo não parecia correto que invadíssemos qualquer uma daquelas casas às quais as pessoas se recolhiam quando desejavam privacidade. Uma velha e gasta placa acima da porta lascada anunciava que aquela havia sido a ESTALAGEM E TABERNA CABEÇA DE JAVALI. A porta rangeu malignamente na única dobradiça restante, e penetramos no sombrio interior. O cheiro de podridão e mofo era intenso e quase insuportável. E parecia ocultar

---

* Uma possível tradução para Jerusalem's Lot seria "o destino de Jerusalém". (N. da T.)

um cheiro ainda mais profundo, um cheiro viscoso e pestilento, um cheiro de décadas e do apodrecimento de décadas. Um fedor como o que poderia sair de caixões estragados ou túmulos violados. Levei o meu lenço ao nariz e Cal fez a mesma coisa. Examinamos o local.

— Meu Deus, senhor... — Cal disse, num sussurro.

— Nunca foi tocada — completei por ele.

E de fato não tinha sido. Mesas e cadeiras espalhavam-se por ali como guardiães fantasmagóricas de vigia, empoeiradas, empenadas pelas mudanças extremas de temperatura que fazem a fama do clima da Nova Inglaterra, mas perfeitas fora isso — como se tivessem esperado durante as silenciosas e reverberantes décadas que aqueles há muito se foram entrassem outra vez, pedissem uma cerveja ou um trago, jogassem cartas e acendessem cachimbos de barro. Um pequeno espelho quadrado pendia abaixo do regulamento da taberna, *inteiro.* Percebe o que isso significa, Bones? Os garotos são famosos por suas explorações e vandalismo; não há uma casa "assombrada" que permaneça com janelas intactas, não importa o quão assustadores sejam os rumores sobre seus habitantes sobrenaturais; nem um cemitério sombrio sem pelo menos uma lápide derrubada por jovens travessos. Com certeza deve haver um grupo de jovens travessos em Preacher's Corners, a menos de 3 quilômetros de Jerusalem's Lot. No entanto, o espelho do dono da estalagem (que deve ter-lhe custado uma boa quantia) estava intacto — bem como os outros itens frágeis que encontramos na nossa sondagem. O único estrago em Jerusalem's Lot tinha sido causado pela Natureza impessoal. A dedução é óbvia: Jerusalem's Lot é uma cidade que as pessoas evitam. Mas por quê? Tenho uma vaga noção, mas antes mesmo de chegar a dar meu palpite devo prosseguir com o relato do desfecho perturbador de nossa visita.

Subimos aos quartos de dormir e encontramos camas arrumadas, jarros de estanho para água organizadamente dispostos ao lado delas. A cozinha estava igualmente intocada pelo que quer que fosse exceto a poeira dos anos e aquele horrível, profundo fedor de decomposição. A taberna sozinha já seria o paraíso de um antiquário; o fogão da cozinha, maravilhosamente extravagante, por si só alcançaria um belo preço no leilão de Boston.

— O que você acha, Cal? — perguntei, quando emergimos outra vez à luz pouco firme do dia.

— Acho que isto é coisa ruim Sr. Boone — ele replicou com seu jeito lúgubre. — E acho que precisamos ver mais para saber mais.

Não prestamos muita atenção nos outros estabelecimentos comerciais — havia uma loja de seleiro com objetos mofados de couro ainda pendurados em pregos enferrujados, uma mercearia, um armazém com tábuas de carvalho e pinho ainda empilhadas lá dentro, uma ferraria.

Entramos em duas casas enquanto seguíamos na direção da igreja, no centro do povoado. Ambas seguiam perfeitamente a moda puritana, cheias de artigos pelos quais um colecionador teria dado seu braço, ambas abandonadas e tomadas por aquele mesmo cheiro podre.

Nada parecia viver ou se mexer onde quer que fosse, exceto nós dois. Não vimos insetos, pássaros, nem mesmo uma teia de aranha construída no canto de uma janela. Somente poeira.

Por fim chegamos à igreja. Ela se erguia acima de nós, soturna, fria, nada convidativa. Suas janelas estavam negras com as sombras lá dentro, e qualquer atributo divino ou santo já havia partido dali fazia muito tempo. Disso tenho certeza. Subimos os degraus e coloquei a mão no grande puxador de ferro, na porta. Um olhar determinado e sombrio passou de mim para Calvin, e de volta outra vez. Abri o portal. Quanto tempo fazia que aquela porta tinha sido tocada pela última vez? Eu diria com segurança que era o primeiro a tocá-la em cinqüenta anos; talvez mais. Dobradiças endurecidas pela ferrugem rangeram quando a abri. O cheiro de podridão e decomposição que nos atingiu era quase palpável. Um arquejo subiu da garganta de Cal, que virou involuntariamente a cabeça em busca de ar puro.

— Senhor — ele perguntou —, senhor tem certeza de que está...?

— Estou bem — disse, com calma.

Mas eu não me sentia calmo, Bones, não mais do que agora. Acredito, juntamente com Moisés, com Jereboão, com Increase Mather,* e com o nosso Hanson (quando ele está em um estado de espírito *filosófico*) que há locais espiritualmente nocivos, construções em que o leite

---

* Pastor puritano envolvido no julgamento das bruxas de Salém em 1962. (N. da E.)

do cosmos se tornou azedo e rançoso. Essa igreja é um desses lugares; posso jurá-lo.

Ingressamos num comprido vestíbulo equipado com um empoeirado cabideiro e com hinários organizados numa estante. Não tinha janelas. Lamparinas a óleo estavam dispostas em nichos, aqui e ali. Um aposento nada extraordinário, pensei, até que ouvi o arquejo agudo de Calvin e vi o que ele já notara.

Era uma obscenidade.

Não ouso descrever aquele quadro de moldura elaborada com mais palavras do que as seguintes: que era pintado imitando o estilo roliço de Rubens; que continha uma grotesca paródia de uma madona com o menino; que estranhas criaturas, parcialmente imersas na sombra, divertiam-se e rastejavam no fundo.

— Deus — sussurrei.

— Não há nenhum Deus aqui — Calvin disse, e suas palavras pareceram ficar suspensas no ar.

Abri a porta que levava à igreja propriamente dita, e o odor tornou-se um miasma, quase insuportável.

Na reluzente meia-luz da tarde, os bancos se esticavam fantasmagoricamente na direção do altar. Acima deles havia um púlpito alto, de carvalho, com um nártex imerso na penumbra, no qual o ouro brilhava.

Com um soluço engasgado, Calvin, aquele protestante devoto, fez o sinal-da-cruz, e o imitei. Pois o ouro era uma cruz, grande e lindamente ornamentada — mas estava pendurada de cabeça para baixo, como o símbolo da missa satânica.

— Temos que manter a calma — ouvi-me dizer. — Temos que manter a calma, Calvin. Temos que manter a calma.

Mas algo soturno tocara meu coração, e eu sentia medo como nunca antes havia sentido. Eu caminhara sob a sombra da morte e achava que não existia nada mais negro. Mas existe. Existe.

Caminhamos pela nave lateral, nossos passos ecoando acima de nós e ao nosso redor. Deixávamos pegadas no pó. E no altar havia outros tenebrosos *objets d'art*. Não vou, não posso deixar minha mente se ater a eles.

Comecei a subir no próprio púlpito.

— Não, Sr. Boone! — Cal exclamou, de repente. — Eu receio...

Mas eu já estava lá em cima. Um livro enorme se encontrava aberto sobre a estante, escrito em latim e em runas confusas que pareciam, aos meus olhos pouco familiarizados, druidas ou pré-célticas. Estou anexando um cartão com vários dos símbolos, que desenhei de memória.

Fechei o livro e olhei para as palavras impressas no couro: *De Vermis Mysteriis.* Meu latim está enferrujado, mas aproveitável o suficiente para traduzir: *Os Mistérios do Verme.*

Quando o toquei, aquela igreja maldita e a face branca de Calvin, voltada para cima, pareceram girar diante de mim. Tive a impressão de ouvir vozes num cântico baixo, cheias de um medo abominável e ainda assim ávido — e por baixo desse som, um outro, que ocupava as entranhas da terra. Uma alucinação, não tenho dúvidas — mas ao mesmo tempo a igreja foi ocupada por um som bastante real, que só posso descrever como uma imensa e macabra *rotação* sob meus pés. O púlpito tremeu debaixo dos meus dedos; a cruz profanada tremeu sobre a parede.

Saímos juntos, Cal e eu, deixando o local entregue à sua própria escuridão, e nenhum de nós dois ousou olhar para trás antes de cruzar as toscas tábuas sobre o riacho. Não direi que desonramos os 1.900 anos que o homem passou evoluindo do selvagem curvado e supersticioso que era pondo-nos a correr; mas seria um mentiroso se dissesse que apenas seguimos andando.

Esta é minha história. Você não deve comprometer sua recuperação temendo que a febre tenha se apossado de mim outra vez; o Cal pode testemunhar tudo o que há nestas páginas, até e inclusive o abominável *barulho.*

Então fico aqui, dizendo apenas que gostaria de poder vê-lo (ciente de que grande parte da minha perplexidade desapareceria imediatamente), e que subscrevo-me, seu amigo e admirador,

CHARLES.

17 de outubro de 1850

PREZADOS CAVALHEIROS:

Na mais recente edição de seu catálogo de artigos para o lar (i.e., verão, 1850), notei um preparado que recebe o nome de Veneno para

Ratos. Gostaria de comprar uma (1) lata de 2 quilos deste preparado, ao preço mencionado de 30 centavos ($.30). Incluo aqui as despesas postais para a resposta. Por favor remetam-na a: Calvin McCann, Chapelwaite, Preacher's Corners, Cumberland County, Maine.

Grato por sua atenção.

Subscrevo-me, atenciosamente,
CALVIN McCANN

19 de outubro de 1850

CARO BONES,

Eventos de natureza perturbadora.

Os barulhos da casa se intensificaram, e estou chegando à conclusão de que os ratos não são tudo o que se move dentro das nossas paredes. Calvin e eu fizemos mais uma infrutífera busca por frestas ou passagens ocultas, mas nada encontramos. Seríamos péssimos personagens dos romances da Sra. Radcliffe! Cal alega, contudo, que a maior parte do som vem do porão, que pretendemos explorar amanhã. Não fico nem um pouco mais à vontade sabendo que a irmã do primo Stephen encontrou seu triste fim ali.

Seu retrato, aliás, faz parte da galeria no andar de cima. Marcella Boone era uma coisinha tristonha e bonita, se o artista lhe foi fiel, e sei que nunca se casou. Às vezes acho que Sra. Cloris tinha razão, que esta *é* uma casa ruim. De qualquer modo, não proporcionou coisa alguma além de tristeza aos seus habitantes passados.

Mas tenho mais a dizer a respeito da temível Sra. Cloris, pois tive hoje uma segunda conversa com ela. Sendo a pessoa mais sensata em Corners que conheci até o momento, procurei por ela hoje à tarde, após uma desagradável conversa que vou relatar.

A lenha era para ter sido entregue esta manhã, e quando o meio-dia chegou e se foi sem que a lenha viesse, decidi ir até a cidade em minha caminhada diária. Meu objetivo era visitar Thompson, o homem com quem Cal tratou o negócio.

Era um dia encantador, com o frescor seco de um outono radiante, e quando cheguei à residência do Thompson (Cal, que ficara em casa para examinar mais um pouco a biblioteca do primo Stephen, deu-me as coordenadas corretas) sentia-me com a melhor disposição que tive nos últimos dias, bem como pronto a perdoar o atraso de Thompson com a lenha.

O lugar era um denso emaranhado de mato e construções arruinadas precisando de pintura; à esquerda do celeiro uma porca imensa, pronta para o abate de novembro, grunhia e se espojava no chiqueiro enlameado, e no quintal sujo entre a casa e as outras construções uma mulher num esfarrapado vestido de riscado dava às galinhas a ração que tirava do avental. Quando a chamei, ela virou um rosto pálido e desanimado em minha direção.

A súbita mudança em sua expressão, que passou de um vazio completo e apatetado a um exaltado terror, foi bastante assombrosa de se observar. Só posso pensar que ela me tomou pelo próprio Stephen, pois ergueu a mão fazendo chifres com os dedos e gritou. A ração das galinhas se espalhou pelo chão e as aves bateram as asas para longe, cacarejando.

Antes que eu pudesse pronunciar um único som, o vulto imenso e maciço de um homem vestido apenas com roupas de baixo surradas arrastou-se para fora de casa com um rifle numa das mãos e um jarro na outra. Pelo brilho vermelho em seus olhos e a maneira cambaleante de andar, julguei que fosse o próprio Thompson, o lenhador.

— Um Boone! — ele rugiu. — Maldito seja! — deixou cair o jarro, que rolou no chão, e também fez o Sinal.

— Eu vim — disse, com a calma que pude reunir, dadas as circunstâncias —, porque a lenha não veio. De acordo com o acerto que fez com meu criado...

— Maldito seja o seu criado também! — e pela primeira vez reparei que por baixo daquela fúria e gritos ele estava mortalmente apavorado. Comecei a me perguntar com sinceridade se ele não chegaria mesmo a usar seu rifle contra mim, em meio àquela exaltação.

Comecei a falar com bastante cuidado:

— Como um gesto de cortesia, você talvez pudesse...

— Maldita seja a sua cortesia!

— Muito bem, então — eu disse, com toda a dignidade que pude reunir. — Desejo-lhe um bom dia, até que esteja mais sob controle de si.

E com isso eu me virei e retomei a estrada que levava ao povoado.

— E num volte aqui! — ele gritou, às minhas costas. — Fique por lá cum sua maldade! Maldito! Maldito! Maldito!

Ele atirou em mim uma pedra, que me atingiu no ombro. Eu não lhe daria a satisfação de me esquivar.

Então procurei pela Sra. Cloris, determinado a desvendar o mistério da inimizade de Thompson, pelo menos. Ela é uma viúva (e me poupe da sua abominável vocação de *casamenteiro*, Bones; ela deve ter uns quinze anos a mais do que eu, que não voltarei a ter quarenta) e vive só numa cabaninha simpática bem diante do oceano. Encontrei a senhora pendurando a roupa lavada, e ela pareceu genuinamente satisfeita em me ver. Isso me foi de grande alívio; é uma vergonha quase indescritível ser considerado um pária por nenhuma razão compreensível.

— Sr. Boone — ela disse, fazendo uma pequena reverência. — Se o senhor veio a respeito da roupa para lavar, eu não pego nenhum serviço depois de setembro. Meu reumatismo me dói tanto que já é um incômodo suficiente ter que dar conta da minha própria roupa.

— Gostaria que roupa para lavar *fosse* o objetivo da minha visita. Vim pedir ajuda, Sra. Cloris. Preciso saber tudo o que possa me dizer a respeito de Chapelwaite e Jerusalem's Lot, e por que a gente do povoado olha para mim com tanto medo e tanta desconfiança!

— Jerusalem's Lot! O senhor sabe a respeito *disso*, então.

— Sim — respondi —, e visitei o lugar com meu ajudante uma semana atrás.

— Deus! — ela ficou pálida como leite, e cambaleou. Estendi a mão para segurá-la. Seus olhos rolavam de forma horrível, e por um instante tive certeza de que ela ia desmaiar.

— Sra. Cloris, sinto muito se disse alguma coisa que...

— Venha para dentro — ela disse. — O senhor precisa saber. Meu bom Jesus, os dias amaldiçoados estão de volta!

Ela não quis dizer mais coisa alguma antes de fazer um chá forte em sua cozinha ensolarada. Quando a bebida estava diante de nós, ela olhou pensativamente para o oceano por algum tempo. Era inevitável que seus olhos e os meus fossem atraídos para o cume saliente do promontório de Chapelwaite, onde a casa se abria para o mar. A grande janela saliente brilhava aos raios do sol poente como um diamante. A vista era bela, mas estranhamente perturbadora. Ela de repente se virou para mim e disse, com veemência:

— Sr. Boone, o senhor precisa deixar Chapelwaite imediatamente!

Fiquei estupefato.

— Há um sopro maligno no ar desde que o senhor se mudou para lá. Na semana passada, desde que o senhor pôs os pés naquele lugar maldito, têm ocorrido presságios e augúrios. Uma coifa sobre a face da lua; bandos de bacuraus que se empoleiram nos cemitérios; um nascimento anormal. O senhor *tem que* ir embora!

Quando consegui falar, disse, da maneira mais gentil possível.

— Sra. Cloris, essas coisas são sonhos. A senhora deve saber disso.

— É um sonho que Barbara Brown tenha dado à luz uma criança sem olhos? Ou que Clifton Brockett tenha encontrado uma trilha lisa e batida com um metro e meio de largura na floresta que fica para além de Chapelwaite *em que tudo murchou e ficou branco*? E será que o senhor, que visitou Jerusalem's Lot, pode dizer com certeza que nada mais vive lá?

Eu não sabia responder; o episódio naquela igreja abominável saltou diante de meus olhos.

Ela juntou as mãos nodosas com um gesto brusco, num esforço para se acalmar.

— Só sei dessas coisas por minha mãe e pela mãe dela. O senhor conhece a história da sua família, no que diz respeito a Chapelwaite?

— Vagamente — eu disse. — A casa tem sido o lar dos descendentes de Philip Boone desde os anos de 1780; seu irmão Robert, meu avô, mudou-se para Massachusetts após uma discussão a respeito de papéis roubados. Do lado de Philip sei pouco, é certo que uma sombra de infelicidade se abateu sobre eles, estendendo-se do pai ao filho e aos netos: Marcella morreu num acidente trágico e Stephen faleceu numa queda. Foi seu desejo que Chapelwaite se tornasse o meu lar, e meu também, para que assim aquela rixa familiar fosse superada.

— Para que jamais seja superada — ela sussurrou. — O senhor não sabe nada sobre a briga inicial?

— Robert Boone foi descoberto roubando coisas na escrivaninha de seu irmão.

— Philip Boone era louco — ela disse. — Um homem que fazia tratos com o profano. O que Robert Boone *tentou* apanhar era uma

Bíblia herege escrita nas línguas antigas... latim, druida e outras. Um livro do inferno.

— *De Vermis Mysteriis.*

Ela recuou como se um golpe a tivesse atingido.

— O senhor já ouviu falar nesse livro?

— Eu já o vi... toquei nele.

Ela mais uma vez pareceu prestes a desmaiar. Levou a mão à boca para reprimir um grito.

— Sim; em Jerusalem's Lot. No púlpito de uma igreja corrompida e profanada.

— Ainda está lá; ainda está lá, então — ela se balançou em sua cadeira. — Eu tinha esperanças de que Deus em Sua sabedoria o tivesse atirado nas profundezas do inferno.

— Que relações tinha Philip Boone com Jerusalem's Lot?

— Relações de sangue — ela disse, num tom sombrio. — A Marca da Besta estava nele, embora ele caminhasse com as roupas do Cordeiro. E na noite de 31 de outubro de 1789, Philip Boone desapareceu... e com ele a população inteira daquele maldito povoado.

Pouco mais ela disse; na verdade, pouco mais parecia saber. Apenas reiterava seus pedidos de que eu fosse embora, oferecendo como razão alguma coisa a respeito de "sangue atrair sangue" e murmurando algo sobre "aqueles que *vigiam* e aqueles que *guardam*". Conforme o crepúsculo se aproximava, sua agitação parecia aumentar, mais do que diminuir, e para acalmá-la prometi que seus desejos seriam levados em grande consideração.

Caminhei de volta para casa através de sombras que cresciam, lúgubres, meu bom humor já bastante dissipado e minha cabeça rodando com questões que ainda me atormentam. Cal me recebeu com a notícia de que nossos ruídos nas paredes pioraram ainda mais — como posso atestar neste momento. Procuro dizer a mim mesmo que o que ouço são só ratos, mas então vejo o rosto aterrorizado e sério da Sra. Cloris.

A lua se ergueu sobre o mar, inchada, cheia, cor de sangue, manchando o oceano com uma sombra doentia. Minha mente regressa outra vez àquela igreja e

(aqui uma linha foi riscada)

Mas você não verá isso, Bones. É loucura demasiada. Está na hora de ir dormir, acho. Penso sempre em você.

Saudações,
CHARLES

(O trecho seguinte é do diário de bolso de Calvin McCann)

20 de outubro de 1850

Tomei a liberdade, esta manhã, de forçar a tranca que fecha o livro; fiz isso antes do Sr. Boone acordar. Não adiantou; está tudo cifrado. Um código simples, me parece. Talvez eu consiga quebrá-lo com a mesma facilidade da tranca. Um diário, tenho certeza, a caligrafia estranhamente parecida com a do próprio Sr. Boone. De quem será este livro, guardado no canto mais obscuro desta biblioteca e com as páginas cifradas? Parece antigo, mas como saber? Suas páginas ficaram em grande parte protegidas do ar que corrompe. Continuo mais tarde, se tiver tempo; Sr. Boone está decidido a investigar o porão. Tenho medo de que esses acontecimentos assustadores sejam demais para sua saúde ainda fraca. Preciso tentar convencê-lo...

Mas aí vem ele.

20 de outubro de 1850.

BONES,

Eu não consigo escrever Eu não concigo *(sic)* escrever sobre isso ainda eu eu eu

(Do diário de bolso de Calvin McCann)

20 de outubro de 50.

Como eu temia, sua saúde cedeu...

Querido Deus, Pai nosso que estais no Céu!

Não suporto pensar nisso; mas foi tudo impresso, impresso a fogo no meu cérebro como com ferrotipia; o horror naquele porão...!

Sozinho agora; oito e meia; casa silenciosa, exceto...

Eu o encontrei desmaiado sobre sua escrivaninha; ainda está dormindo; mas naqueles poucos momentos com que nobreza ele se portou, enquanto eu fiquei paralisado e desconcertado!

Sua pele está branca feito cera e fria. A febre não voltou, graças a Deus. Não ouso mudá-lo de lugar ou deixá-lo para ir ao povoado. E se eu fosse, quem voltaria comigo para ajudá-lo? Quem viria a esta casa amaldiçoada?

Ah, o porão! As coisas no porão que assombram nossas paredes!

22 de outubro de 1850.

CARO BONES,

Voltei a mim, ainda que esteja fraco, após 36 horas de inconsciência. Voltei a mim... que piada cruel e amarga! Jamais voltarei a mim novamente, jamais. Encontrei-me face a face com uma insanidade e um horror para além dos limites da expressão humana. E o fim ainda não chegou.

Se não fosse pelo Cal, acredito que poria um fim à minha vida neste minuto. Ele é a única ilha de sanidade em toda essa loucura.

Você saberá de tudo.

Havíamos nos equipado com velas para nossa exploração do porão, e elas projetavam um brilho forte que era bastante adequado — diabolicamente adequado! Calvin tentou me dissuadir, recordando a minha enfermidade recente, dizendo que provavelmente tudo o que encontraríamos seriam alguns ratos saudáveis que mais tarde teríamos de envenenar.

Eu me mantive, contudo, determinado; Calvin suspirou e respondeu:

— Como o senhor quiser, então, Sr. Boone.

A entrada para o porão se faz através de um alçapão no chão da cozinha (que Cal me assegura ter fechado firmemente com tábuas), e nós só o levantamos puxando-o com grande esforço.

Um cheiro fétido e insuportável subiu da escuridão, não muito diferente daquele que impregnava a cidade deserta do outro lado do rio Royal. A vela que eu segurava projetou seu clarão sobre um lance íngreme de escada que levava até a escuridão. Estava em péssimo estado de conservação — num local, faltava todo o espelho de um degrau, e só o que havia era um buraco escuro — era fácil ver como a desafortunada Marcella podia ter encontrado seu fim ali.

— Tome cuidado, Sr. Boone! — Cal disse; eu lhe respondi que minha intenção não era outra, e descemos.

O chão era de terra batida, e as paredes de sólido granito, e pouco úmidas. Aquele lugar não parecia de modo algum uma toca de ratos, pois não havia nenhuma daquelas coisas que os ratos gostam de usar para fazer seus ninhos, como caixas velhas, mobília abandonada, pilhas de papel e similares. Erguemos nossas velas, criando um pequeno círculo de luz, mas ainda não conseguimos ver muita coisa. O chão tinha um declive gradual que parecia passar por baixo da sala de estar principal e da sala de jantar — ou seja, rumo a oeste. Foi nessa direção que caminhamos. Tudo estava no mais completo silêncio. O fedor no ar se tornava cada vez mais forte, e a escuridão ao nosso redor parecia nos envolver como se fosse uma venda, como se sentisse inveja da luz que a depusera temporariamente após tantos anos de domínio inquestionado.

Na outra extremidade, as paredes de granito davam lugar a uma madeira polida que parecia totalmente preta e sem propriedades refletivas. Ali terminava o porão, deixando o que parecia ser um nicho junto à sala principal. Estava posicionada num ângulo que tornava impossível inspecioná-lo sem dobrar o canto.

Calvin e eu fizemos isso.

Foi como se um espectro apodrecido do sinistro passado desta moradia tivesse se erguido diante de nós. Havia uma única cadeira naquela alcova, e acima dela, presa num gancho numa das resistentes vigas do teto, estava uma deteriorada corda de cânhamo.

— Então foi aqui que ele se enforcou — murmurou Cal. — Deus!

— Sim... com o cadáver de sua filha jazendo ao pé da escada, atrás dele.

Cal começou a falar; então vi que seus olhos saltaram a um ponto atrás de mim; então suas palavras se transformaram num grito.

Como, Bones, posso descrever a visão que veio de encontro aos nossos olhos? Como posso lhe falar dos hediondos inquilinos dentro de nossas paredes?

A parede na outra extremidade recuou, e da escuridão um rosto espreitava — um rosto com olhos de ébano, como o próprio Estige. Sua boca estava aberta num esgar sem dentes, agonizado; uma de suas mãos, amarela e apodrecida, estendeu-se em nossa direção. O rosto fez um som medonho, como um guincho esganiçado, e deu um passo trôpego para a frente. A luz da minha vela caiu sobre ele...

E pude ver a lívida marca da corda em volta de seu pescoço!

Atrás dele alguma outra coisa se movia, uma coisa com a qual hei de sonhar até a chegada do dia em que todos os sonhos cessam: uma garota com o rosto pálido e apodrecido, com o esgar de um cadáver; uma garota cuja cabeça pendia num ângulo bizarro.

Queriam-nos; sei disso. E sei que eles nos teriam levado para aquela escuridão e feito de nós seres como eles, se eu não tivesse jogado minha vela diretamente naquela coisa que se encontrava na divisória, e depois a cadeira que estava sob a corda.

Depois disso, tudo é uma escuridão confusa. Minha mente puxou uma cortina. Acordei, como disse, no meu quarto, com Cal ao lado.

Se eu pudesse sair daqui, fugiria desta casa de horror com minha roupa de dormir batendo nos calcanhares. Mas não posso. Tornei-me um peão num jogo mais profundo e mais sombrio. Não me pergunte como sei; apenas sei. Sra. Cloris estava certa quando falou a respeito de sangue chamando sangue; e quão horrivelmente certa estava quando falou daqueles que *vigiam* e daqueles que *guardam.* Temo ter acordado uma Força que dormia no tenebroso povoado de 'Salem's Lot por meio século, uma Força que matou meus ancestrais e se apoderou deles, numa escravidão profana, como *nosferatu* — os desmortos. E tenho temores maiores do que esses, Bones, mas só os vejo em parte. Se eu soubesse... se eu apenas soubesse de tudo!

CHARLES

Postsciptum — E é claro que escrevo isto para mim mesmo; estamos isolados de Preacher's Corners. Não ouso levar minha mácula até lá para postar a carta, e o Calvin não quer me deixar. Talvez, se Deus for bom, isto venha a chegar até você de alguma forma.

C.

(Do diário de Calvin McCann)

23 de outubro de 1850

Ele está mais forte hoje; conversamos brevemente sobre as *aparições* no porão; concordamos que não eram nem alucinações nem de origem *ectoplasmática*, mas *reais*. Será que Sr. Boone suspeita, como eu, que foram embora? Talvez; os barulhos cessaram, mas tudo ainda é agourento, coberto com uma mortalha negra. Parece que estamos aguardando no ilusório Olho da Tempestade...

Encontrei um maço de papéis num quarto no andar de cima, na gaveta inferior de uma velha escrivaninha de tampo corrediço. Certas cartas e recibos levaram-me a crer que o quarto era o de Robert Boone. Mas o documento mais interessante é uma série de rabiscos nas costas de uma propaganda de chapéus de pele de castor para cavalheiros. No alto está escrito:

Bem-aventurados os mansos.

Abaixo, a seguinte aparente tolice está escrita:

b k m o v d n h u e a m o h o s m e n n o
s e m a o e r t r r s d a s d s a a m s e s

Acredito que este seja o código do livro trancado e cifrado na biblioteca. A cifra acima com certeza é uma cifra rústica usada na Guerra da Independência, chamada *Gradeamento*. Quando são removidos os "nulos" da segunda parte do rabisco, o que se obtém é o seguinte:

b m v n u a o o m n o
e a e t r d s s a s s

Lido de cima para baixo, em vez de da esquerda para a direita, o resultado é a citação original das bem-aventuranças.

Antes de ousar mostrar isso ao Sr. Boone, tenho que me certificar sobre o conteúdo do livro...

24 de outubro de 1850

CARO BONES,

Um acontecimento surpreendente — Cal, sempre de boca fechada até que se sinta inteiramente seguro (característica humana rara e admirável!), encontrou o diário de meu avô Robert. O documento estava num código que o próprio Cal decifrou. Ele modestamente declara que a descoberta foi um acidente, mas suspeito de que a perseverança e o trabalho árduo têm mais a ver com o resultado.

De qualquer modo, que luz sombria projeta em nossos mistérios!

O primeiro registro está datado de 1º de junho de 1789, e o último de 27 de outubro de 1789 — quatro dias antes do cataclísmico desaparecimento de que falou a Sra. Cloris. Conta uma história de crescente obsessão — não, loucura — e deixa clara de maneira hedionda a relação entre o tio-avô Philip, a cidade de Jerusalem's Lot e o livro que se encontra na igreja profanada.

A própria cidade, de acordo com Robert Boone, é mais antiga do que Chapelwaite (construída em 1782) e Preacher's Corners (conhecida naqueles dias como Preacher's Rest e fundada em 1741); foi fundada por um grupo dissidente de fé puritana em 1710, uma seita liderada por um austero fanático religioso chamado James Boon. Que sobressalto esse nome me deu! Que esse Boon tenha relações com minha família não se pode duvidar, creio eu. A Sra. Cloris não poderia estar mais correta em suas crenças supersticiosas de que a linhagem sanguínea da família é de importância crucial nesta questão; e eu me lembro com terror de sua resposta acerca de Philip e *sua* relação com 'Salem's Lot. "Relação de sangue", ela disse, e temo que seja isso mesmo.

A cidade se tornou uma comunidade permanente construída ao redor da igreja onde Boon pregava — ou imperava. Meu avô insinua que ele tinha relações com qualquer uma das mulheres da cidade, assegurando-lhes que esse era o caminho e a vontade de Deus. Em resultado disso, a cidade se tornou uma anomalia que só poderia ter existido naqueles dias isolados e estranhos, em que a crença em bruxas e na imaculada concepção existiam lado a lado: um povoado religioso consangüíneo, bastante degenerado e controlado por um pregador meio louco cujos evangelhos duplos eram a Bíblia e o sinistro *Moradia do Demônio,* escrito por de Goudge; uma comunidade em que ritos de exorcismo aconteciam regularmente; uma comunidade de incesto, com a insanidade e os defeitos físicos que tão freqüentemente acompanham esse pecado. Suspeito (e acredito que Robert Boone também suspeitava) que um dos filhos bastardos de Boon deve ter deixado Jerusalem's Lot (ou deve ter sido levado embora por alguém), para tentar a sorte no sul — fundando assim nossa presente linhagem. O que sei, de acordo com a opinião da minha própria família, é que nosso clã supostamente se originou naquela parte de Massachusetts que mais tarde tornou-se este Estado Soberano do Maine. Meu bisavô, Kenneth Boone, tornou-se um homem rico em conseqüência do comércio de peles, que então florescia. Foi sua fortuna, aumentada pelo tempo e por sábios investimentos, que construiu esta casa ancestral bem depois de sua morte em 1763. Seus filhos, Philip e Robert, construíram Chapelwaite. *Sangue atrai sangue,* disse Sra. Cloris. Será possível que Kenneth fosse filho de James Boon, que tenha fugido da loucura de seu pai e da cidade de seu pai, só para que seus filhos, ignorantes de tudo, construíssem o lar dos Boone *a menos de 3 quilômetros das origens de Boon?* Se isso for verdade, não parece que uma imensa e invisível Mão nos guiou?

De acordo com o diário de Robert, James Boon era um ancião em 1789 — e devia ser. Se considerarmos que tinha 25 anos quando a cidade foi fundada, devia estar com 104, uma idade prodigiosa. O trecho seguinte é uma citação do diário de Robert Boone:

> 4 de agosto de 1789
> Hoje foi a primeira vez em que encontrei este Homem por quem meu Irmão se deixa influenciar de maneira tão pouco saudável; devo admitir que esse Boon tem um estranho Magnetismo que me perturba deveras. É um verdadeiro Ancião, de barbas brancas, e se veste com uma Batina preta que aos meus olhos é algo obscena. Mais perturbador ainda foi o Fato de que estava rodeado por Mulheres, como um Sultão estaria rodeado pelo seu Harém; e P. garante que ele ainda está ativo, embora seja no mínimo Octogenário...
> O próprio Povoado eu só havia visitado uma vez antes, e não voltarei a fazê-lo; suas Ruas são silenciosas e cheias do Medo que o Velho inspira de seu Púlpito: também temo que Semelhante tenha procriado com Semelhante, já que tantos dos Rostos são similares. Parecia que a cada lado ao qual me virava contemplava a Face do Velho... todos são tão abatidos; parecem embaciados, como que sugados de toda a Vitalidade, contemplei Crianças sem Olhos e sem Narizes, Mulheres que choravam e tagare-

lavam de maneira incoerente e apontavam para o Céu sem qualquer Razão, e truncavam Trechos das Escrituras com Assuntos sobre Demônios;...

P. queria que eu ficasse para o Serviço, mas a idéia daquele sinistro Ancião no Púlpito diante de uma Audiência da População consangüínea daquela Cidade me causou repulsa, e dei uma Desculpa...

Os registros precedentes e seguintes falam da fascinação crescente de Philip por James Boon. No dia 1º de setembro de 1789, Philip foi batizado na igreja de Boon. Seu irmão diz: "Estou pasmo, tomado pelo Assombro e pelo Horror — meu Irmão mudou diante dos meus próprios Olhos — parece até mesmo tornar-se semelhante àquele Homem degenerado."

A primeira menção ao livro ocorre em 23 de julho. O diário de Robert registra-o de maneira breve: "P. voltou do Vilarejo hoje à noite com um Rosto em minha opinião bastante ensandecido. Não disse nada até a Hora de ir dormir, quando falou que Boon havia perguntado a respeito de um Livro intitulado *Mistérios do Verme*. Para agradar a P., prometi escrever a Johns & Goodfellow uma carta, informando-me; P. grato quase às Raias da Adulação."

Em 12 de agosto, esta nota: "Recebi duas Cartas pelo Correio hoje... Uma de Johns & Goodfellow, em Boston. Eles têm um Registro do Tomo pelo qual P. demonstrou Interesse. Somente cinco Cópias existentes nesta Região. A Carta é bastante fria, o que é deveras estranho. Conheço Henry Goodfellow há Anos."

13 de agosto:
P. loucamente empolgado com a carta de Goodfellow. Recusa-se a dizer por quê. Só o que diz é que Boon está *extremamente ansioso* para obter uma Cópia. Não imagino por que, já que pelo Título parece apenas um Tratado inofensivo de Jardinagem...

Preocupado com Philip; parece mais estranho a cada Dia. Agora preferia que não tivéssemos voltado para

Chapelwaite. O Verão está quente, opressivo, e cheio de Presságios...

Só há mais duas referências ao livro infame no diário de Robert (ele parece não ter se dado conta de sua verdadeira importância, nem mesmo no fim). Do registro de 4 de setembro:

Solicitei a Goodfellow que fizesse as Vezes de Agente de P. na questão da Compra, embora meu bom senso seja contra. De que adianta objetar? Não tem ele seu próprio Dinheiro, eu deveria recusar? Em troca obtive de Philip a Promessa de abjurar esse Batismo repelente... Mas ele está tão Agitado; quase Febril; não confio nele. Estou completamente *desorientado* nesta Questão...

Finalmente, 16 de setembro:

O Livro chegou hoje, com uma nota de Goodfellow dizendo que não quer mais fazer Negócios comigo... P. ficou empolgado a um Nível incomum; só faltou arrancar o Livro das minhas Mãos. Está escrito num Latim vulgar e numa Escritura Rúnica de que não consigo ler Coisa alguma. Parece quase quente sob os Dedos, e parece vibrar em minhas Mãos, como se contivesse um imenso Poder... Lembrei a P. sua promessa de Abjuração, e ele só fez rir de uma Maneira feia, enlouquecida, sacudindo o Livro diante do meu Rosto e gritando repetidamente: "Conseguimos o Livro! Conseguimos o Livro! O Verme! O Segredo do Verme!"
Ele agora se foi, suponho que ao encontro do seu louco Benfeitor, e não voltei a vê-lo neste Dia...

Sobre o livro não há mais referências, mas fiz certas deduções que parecem pelo menos prováveis. Primeiro, que esse livro foi, como a Sra. Cloris disse, o motivo da desavença entre Robert e Philip; segundo, que é um repositório de feitiçarias profanas, possivelmente de origem druida (muitos dos rituais de sangue druidas foram preservados por escrito pelos conquistadores romanos da Bretanha em nome do conhecimento, e muitos desses manuais infernais estão em meio à literatura proibida do mundo); terceiro, que Boon e Philip tencionavam usar o livro para seus próprios fins. Talvez, de alguma maneira enviesada, seu objetivo fosse bom, mas não creio nisso. Acredito que muito antes eles haviam se ligado a quaisquer que sejam os poderes sem rosto existentes para além da beira do Universo; poderes que talvez existam para além da própria estrutura do Tempo. Os últimos registros do diário de Robert Boone conferem um brilho opaco de concordância a essas especulações, e deixo que falem por si mesmos:

26 de outubro de 1789
Um terrível Falatório hoje em Precher's Corners; Frawley, o Ferreiro, agarrou-me pelo Braço e exigiu saber "O que seu Irmão e aquele Anticristo louco andam fazendo". Goody Randall alega que houve no Céu *Sinais de um grande Desastre iminente.* Uma Vaca nasceu com duas Cabeças.

Quanto a Mim, não sei o que está para acontecer; talvez seja Insanidade do meu Irmão. Seu Cabelo se tornou Cinzento quase que da Noite para o Dia, seus Olhos são grandes Círculos injetados dos quais o brilho agradável da Sanidade parece ter desaparecido. Ele mostra os dentes e sussurra, e, por algum Motivo Pessoal, começou a freqüentar nosso Porão quando não está em Jerusalem's Lot. Os Bacuraus se reúnem por volta da Casa e sobre a Grama; seu Chamado conjunto em meio à Névoa mistura-se ao Mar, transformando-se num Grito agudo e sobrenatural que torna impossível até mesmo pensar em dormir.

27 de outubro de 1789
Segui P. esta Noite quando ele partiu rumo a Jerusalem's Lot, mantendo uma Distância segura para evitar que Descobrisse. Os amaldiçoados Bacuraus reúnem-se na

Floresta, enchendo tudo com um Cântico mortífero e capaz de guiar as almas do além. Não tive Coragem de atravessar a Ponte; a Cidade estava escura por completo, à exceção da Igreja, que estava iluminada com um fantasmagórico Brilho vermelho que parecia transformar as Janelas altas e pontiagudas nos Olhos do Inferno. Vozes se elevavam e diminuíam na Litania do Diabo, às vezes rindo, às vezes soluçando. O próprio Chão parecia se distender e rugir debaixo de mim, como se suportasse um Peso terrível, e eu fugi, assombrado e tomado pelo Terror, os Pios infernais e agudos dos Bacuraus atordoando-me enquanto eu corria por aquela Floresta rasgada pelas Sombras.

Tudo leva à direção do Clímax, ainda imprevisto. Não ouso dormir, devido aos Sonhos que surgem, mas tampouco ficar acordado, devido aos ensandecidos Terrores que podem surgir. A noite está cheia de Sons medonhos e temo que...

E no entanto sinto a necessidade de ir até lá outra vez, de observar, de *ver*. Parece que o próprio Philip me chama, e o Velho.
Os Pássaros
malditos malditos malditos

Aqui termina o diário de Robert Boone.
Mas você deve notar, Bones, que perto do fim ele alega que o próprio Philip parecia chamá-lo. Minha conclusão final é formada por essas linhas, pela conversa com a Sra. Cloris e os outros, mas sobretudo por todos aqueles vultos aterrorizantes no porão, mortos e ainda assim vivos. Nossa linhagem ainda é desafortunada, Bones. Há uma maldição sobre nós que se recusa a ser enterrada; vive uma hedionda vida de sombras nesta casa e naquela cidade. E o ponto culminante do ciclo está se aproximando novamente. Sou o último com o sangue dos Boone. Temo

que alguma coisa saiba disso, e que eu seja o nexo de um esforço maligno acima de qualquer compreensão normal. O aniversário é a véspera do dia de Todos os Santos, a uma semana a contar de hoje.

Como vou proceder? Se ao menos você estivesse aqui para me aconselhar, para me ajudar! Se ao menos você estivesse aqui!

Tenho de saber de tudo; tenho de voltar àquela cidade abandonada. Que Deus me ajude!

CHARLES.

(Do diário de bolso de Calvin McCann)

25 de outubro de 1850.

O Sr. Boone dormiu quase o dia todo. Seu rosto está pálido e muito mais magro. Temo que a recorrência da febre seja inevitável.

Enquanto trocava sua garrafa de água, dei com os olhos em duas cartas ainda não enviadas para Sr. Granson, na Flórida. Ele planeja voltar a Jerusalem's Lot; seria a sua morte se eu deixasse. Será que tenho coragem de dar uma escapada até Preacher's Corners e alugar uma charrete? Tenho de fazer isso, mas e se ele acordar? Se ao voltar eu não encontrá-lo mais aqui?

Os barulhos em nossas paredes recomeçaram. Graças a Deus por ele ainda estar dormindo! Minha mente estremece diante da causa disto.

Mais tarde

Trouxe-lhe o jantar numa bandeja. Ele planeja se levantar mais tarde, e, apesar de suas evasivas, sei o que planeja; mesmo assim vou até Preacher's Corners. Vários dos remédios em pó para dormir receitados para ele durante a última enfermidade estão ainda entre as minhas coisas; tomou um junto com o chá, sem saber. Está dormindo novamente.

Deixá-lo com as Coisas que se arrastam por trás de nossas paredes me aterroriza; deixá-lo continuar mais um dia que seja dentro destas paredes me aterroriza ainda mais. Tranquei-o lá dentro.

Queira Deus que ele ainda esteja lá, a salvo e adormecido, quando eu voltar com a charrete.

Ainda mais tarde

Fui apedrejado! Fui apedrejado como um cachorro louco e raivoso! Aqueles monstros e demônios! Aqueles que chamam a si mesmos *homens!* Somos prisioneiros aqui...

Os pássaros, os bacuraus, começaram a se reunir.

26 de outubro de 1850

CARO BONES,

Já está quase na hora do pôr do sol, e acabei de acordar, tendo dormido quase durante as últimas 24 horas. Embora Cal nada tenha dito, suspeito que tenha posto um sonífero em meu chá, percebendo meus planos. Ele é um amigo bom e fiel, com as melhores intenções, e nada direi.

Mas já tomei a decisão. Amanhã é o dia. Estou calmo, determinado, mas também pareço sentir a sutil investida da febre outra vez. Se for o caso, *tem* de ser amanhã. Talvez hoje à noite fosse ainda melhor; mas nem mesmo o próprio fogo do Inferno seria capaz de me convencer a colocar os pés naquele povoado na escuridão.

Se eu não escrever mais, que Deus o abençoe e guarde, Bones.

CHARLES

Postscriptum — Os pássaros começaram a piar, e aqueles horríveis sons de pés arrastados voltaram. Cal não acredita que os ouço, mas sim, eu os ouço.

C.

(Do diário de bolso de Calvin McCann)

27 de outubro de 1850.

Impossível persuadi-lo. Muito bem. Vou com ele.

4 de novembro de 1850

CARO BONES,

Fraco, mas lúcido. Não tenho certeza da data, mas meu calendário me diz que, pelos horários da maré e do pôr do sol, deve estar correta. Sento-me à minha mesa, onde sentei quando lhe escrevi pela primeira vez de Chapelwaite, e olho para o mar escuro do qual a réstia de luz está rapidamente desaparecendo. Jamais voltarei a vê-la. Esta noite é a minha noite; deixo-a em troca de quaisquer sombras que existam.

Como ele se projeta nas rochas, este mar! Lança nuvens de espuma no céu que escurece, como faixas, fazendo o chão abaixo de mim tremer. Na vidraça da janela, vejo meu reflexo, pálido com o de um vampiro. Estou sem me alimentar desde o dia 27 de outubro, e também estaria sem beber água, se Calvin não tivesse deixado a garrafa ao lado da minha cama naquele dia.

Ah, Cal! Ele já não vive mais, Bones. Foi-se em meu lugar, em lugar deste infeliz com seus braços finos e seu rosto de caveira que vejo refletido na vidraça escura. E mesmo assim talvez ele seja mais afortunado; pois nenhum sonho o persegue como me tem perseguido nesses últimos dias — vultos retorcidos que se movem furtivamente nos corredores tenebrosos do delírio. Neste exato instante, minhas mãos tremem; borrei esta página de tinta.

Calvin me confrontou naquela manhã, no instante em que eu estava prestes a escapulir — e eu acreditando que tinha sido muito astuto. Dissera a ele que havia tomado a decisão de partir, e perguntei se poderia ir até Tandrell, a cerca de 15 quilômetros daqui, para contratar uma carruagem num local onde fôssemos menos notórios. Ele concordou em fazer a viagem a pé e eu o observei partir pela estrada junto ao mar. Quando ele sumiu de vista, rapidamente me aprontei, colocando o casaco e também o cachecol (pois o tempo agora estava gelado; já se podia sentir o prelúdio do inverno que se aproximava na brisa cortante daquela manhã). Durante alguns instantes, desejei ter uma arma, depois ri de mim mesmo por causa desse desejo. De que serviriam armas numa situação daquelas?

Saía pela porta da copa, fazendo uma pausa a fim de dar uma última olhada para o mar e o céu; para sentir o cheiro do ar fresco antes da putrescência que sabia que ia respirar muito em breve; para ter a visão de uma gaivota à procura de alimento, voando em círculos abaixo das nuvens.

Voltei-me — e ali estava Calvin McCann.

— O senhor não vai sozinho — ele disse; e seu rosto estava mais soturno do que eu jamais tinha visto.

— Mas Calvin... — comecei a dizer.

— Não, nem uma única palavra! Vamos juntos e faremos o que for preciso, ou eu mesmo faço o senhor entrar à força em casa. O senhor não está bem. Não irá sozinho.

É impossível descrever as emoções conflitantes que me assaltavam: confusão, ressentimento, gratidão —, porém a mais forte delas era amor.

Seguimos silenciosamente, deixando para trás a casa de verão e o relógio de sol — nem um único pássaro cantava, nem um único grilo cricrilava. O mundo parecia envolvido por uma silenciosa mortalha. Só o que havia era o onipresente cheiro de sal, e de muito longe o cheiro discreto de madeira queimando. A floresta era uma profusão brilhante de cores, mas para os meus olhos o escarlate parecia predominar sobre tudo mais.

Logo o cheiro de sal passou, e um outro odor, mais sinistro, ocupou seu lugar; aquela podridão que mencionei. Quando chegamos à ponte torta que cruzava o Royal, esperei que Cal fosse mais uma vez pedir que eu desistisse, mas ele nada disse. Fez uma pausa, olhou para aquela soturna agulha que parecia debochar do céu azul lá em cima, e então olhou para mim. Seguimos em frente.

Avançamos com passos rápidos mas aterrorizados até a igreja de James Boon. A porta ainda estava entreaberta, depois da nossa última saída, e a escuridão lá dentro parecia fitar-nos com malícia. Conforme subíamos os degraus, meu coração parecia ficar pesado; minha mão tremia quando toquei a maçaneta e puxei. O cheiro lá dentro estava mais forte e mais doentio do que nunca.

Entramos na sombria antecâmara e, sem fazer qualquer pausa, na câmara principal.

Estava em ruínas.

Alguma coisa enorme tinha andado ocupada por ali, e uma grande destruição acontecera. Os bancos estavam de cabeça para baixo e empilhados como varetas de um jogo. A cruz perversa estava apoiada na parede oriental, e um buraco irregular no gesso acima dela testemunhava a força com que havia sido arremessada. As lamparinas a querosene tinham sido arrancadas de seus lugares no alto, e o cheiro forte de óleo de baleia misturava-se ao terrível fedor que impregnava a cidade. E ao longo da nave central, como um macabro tapete de núpcias, estava uma trilha de icor negro, misturado com sinistros filetes de sangue. Nossos olhos seguiram-na até o púlpito — o único local visível que estava intocado. No alto, olhando para nós com expressão vidrada do outro lado daquele Livro blasfemo, estava o corpo chacinado de um cordeiro.

— Deus — Calvin sussurrou.

Aproximamo-nos, sem pisar no líquido viscoso no chão. Nossos passos ecoavam pela nave, que parecia transformá-los no som de uma gargalhada gigantesca.

Subimos juntos no nártex. O cordeiro não havia sido despedaçado ou comido; parecia, antes, ter sido *espremido* até que suas veias forçosamente se rompessem. Havia sangue em poças espessas e repugnantes na própria estante, e em volta de sua base... *no livro, no entanto, o sangue era transparente, e as runas obscuras podiam ser lidas por baixo dele, como se através de um vidro colorido!*

— Temos de tocar nisto? — Cal perguntou, firme.

— Sim. Tenho de pegá-lo.

— O que o senhor vai fazer?

— O que deveria ter sido feito há sessenta anos. Vou destruí-lo.

Rolamos o cadáver do cordeiro para longe do livro; caiu no chão com um baque hediondo, desconjuntado. As páginas manchadas de sangue agora pareciam vivas com brilho escarlate próprio.

Meus ouvidos começaram a tinir e zumbir; um cântico baixo parecia emanar das próprias paredes. Pela expressão desorientada no rosto de Cal, sabia que ele tinha ouvido a mesma coisa. O chão abaixo de nós tremeu, como se o demônio familiar que assombrava aquela igreja viesse agora até nós, para proteger o que era seu. O tecido do espaço e do tempo racionais parecia se retorcer e rachar; a igreja parecia cheia de espectros e iluminada com o brilho infernal do eterno fogo frio. Tive a impressão de ver James Boon, hediondo e disforme, saltando ao redor do corpo de bruços de uma mulher, e meu tio-avô Philip atrás deles, um acólito numa batina negra, encapuzado, segurando uma faca e uma tigela.

"Deum vobiscum magna vermis..."

As palavras tremeram e se retorceram na página diante de mim, ensopada com o sangue do sacrifício, oferenda a uma criatura que se arrasta além das estrelas...

Uma congregação consangüínea se agitava em um louvor irracional, demoníaco; rostos deformados tomados pela expectativa ávida, nefanda...

E o latim foi substituído por uma língua mais velha, que já era antiga quando o Egito era jovem e as Pirâmides ainda não tinham sido construídas, que já era antiga quando esta Terra ainda se pendurava no firmamento informe e fervente de gás vazio:

"*Gyyagin vardar Yogsoggoth! Verminis! Gyyagin! Gyyagin! Gyyagin!*"

O púlpito começou a ceder e rachar, elevando-se...

Calvin gritou e levantou o braço para proteger o rosto. O nártex tremeu com uma onda imensa e tenebrosa, como um barco arruinado numa tormenta. Agarrei o livro e segurei-o longe de mim; parecia tomado pelo calor do sol, e senti que poderia ficar carbonizado, cego.

— Corra! — Calvin gritou. — Corra!

Mas eu estava imobilizado e a presença estranha me encheu como um antigo recipiente que tivesse aguardado durante anos — durante gerações!

— Gyyagin vardar! — gritei. — Servo de Yogsoggoth, o Sem Nome! O Verme além do Espaço! Comedor de Estrelas! Aquele que Cega o Tempo! Verminis! É chegada a Hora da Completude, o Momento de dilacerar! Verminis! Alyah! Alyah! Gyyagin!

O Calvin me puxou e eu titubeei, a igreja rodopiando diante de mim, e caí no chão. Minha cabeça bateu na ponta de um banco virado, e um fogo vermelho encheu minha cabeça — parecendo, no entanto, clareá-la.

Tentei pegar os fósforos de enxofre que havia trazido.

Um trovão subterrâneo encheu o local. O reboco caiu. O sino enferrujado na torre tocava um sufocado carrilhão do diabo, vibrando por simpatia.

Meu fósforo chamejou. Encostei-o no livro no instante em que o púlpito explodiu, arremessando para o alto uma dilacerada profusão de madeira. Uma imensa bocarra negra descobriu-se, lá embaixo; Cal titubeou na beirada com as mãos estendidas, o rosto esticado num grito sem palavras que hei de ouvir para sempre.

E então surgiu uma imensa onda de carne cinzenta, vibrante. O cheiro se tornou uma vaga de pesadelo. Vinha à superfície uma geléia viscosa e pustulenta, uma gigantesca e medonha forma que parecia subir vertiginosamente das entranhas da própria terra. E no entanto, com uma súbita e horrenda compreensão que homem algum jamais conheceu, percebi *que aquilo não passava de um anel, um segmento de um monstruoso verme que existia, sem olhos, durante anos, nas câmaras da escuridão, sob aquela abominável igreja!*

O livro pegou fogo em minhas mãos, e a Coisa pareceu gritar sem emitir som, acima de mim. Calvin foi atingido num golpe de raspão e arremessado através da igreja como um boneco de pescoço quebrado.

Ela afundou — a coisa afundou, deixando apenas um imenso e despedaçado buraco cercado por muco preto e um grito forte e esganiçado que pareceu se dissipar ao longo de uma distância colossal, e se foi.

Olhei para baixo. O livro se transformara em cinzas.

Comecei a rir, depois a uivar como um animal ferido.

Toda a sanidade me abandonou, e sentei-me no chão com sangue escorrendo de minha têmpora, gritando e dizendo palavras incoerentes na direção daquelas sombras profanas, enquanto o Calvin encontrava-se estatelado do outro lado, olhando fixamente para mim com olhos vidrados, tomados pelo horror.

Não tenho idéia do tempo em que fiquei nesse estado. Ultrapassa qualquer possibilidade de relato. Mas quando recuperei minhas faculdades, as sombras haviam desenhado longas trilhas ao meu redor, e eu estava sentado no meio do crepúsculo. Um movimento atraíra meu olhar, um movimento vindo do buraco despedaçado no chão do nártex.

Uma pálida mão abria caminho em meio às tábuas arrancadas do chão.

Minha risada enlouquecida morreu em minha garganta. Toda a histeria se dissolveu num torpor emudecido.

Com uma lentidão terrível, vingativa, um vulto em ruínas ergueu-se da escuridão, e metade de um crânio olhou para mim. Besouros se arrastavam pela testa descarnada. Uma batina apodrecida prendia-se a clavículas tortas que se desfaziam. Somente os olhos ainda viviam — poços vermelhos, ensandecidos, que me fitavam com algo mais do que loucura; fitavam-me com a vida vazia dos ermos sem caminhos que ficam além das margens do Universo.

Viera para me levar à escuridão lá embaixo.

Foi então que fugi, aos berros, deixando o corpo de meu amigo da vida inteira abandonado naquele lugar medonho. Corri até que o ar pareceu irromper feito lava em meus pulmões e meu cérebro. Corri até que estivesse de volta a esta casa possuída e maculada novamente, e ao meu quarto, onde desabei e onde até agora estou, deitado como um morto. Corri porque até mesmo em meu estado enlouquecido, e mesmo na ruína daquele vulto morto e, no entanto, vivo, *notei a semelhança da família*. Mas não de Philip ou Robert, cujos retratos estão na galeria lá em cima. *Aquele rosto apodrecido pertencia a James Boon, Guardião do Verme!*

Ele ainda vive em algum lugar nos caminhos tortuosos e escuros embaixo de Jerusalem's Lot e Chapelwaite — e *Aquilo* ainda vive. Queimar o livro contrariou a *Coisa*, mas há outras cópias.

Sou, contudo, a passagem, e sou o último com o sangue dos Boone. Pelo bem da humanidade, devo morrer... e romper essa corrente para sempre!

Vou para o mar agora, Bones. Minha jornada, como minha história, chega ao fim. Que Deus esteja com você e lhe dê paz.

CHARLES.

A curiosa série de papéis acima foi subseqüentemente recebida pelo Sr. Everett Granson, a quem tinha sido endereçadas. Deduziu-se que uma recorrência da desafortunada febre cerebral que o acometeu originalmente após a morte de sua mulher, em 1848, fez com que Charles Boone perdesse a lucidez e assassinasse seu ajudante e amigo de toda a vida, Sr. Calvin McCann.

Os registros no diário de bolso de Calvin McCann são um fascinante exercício de falsificação, sem dúvida perpetrada por Charles Boone, num esforço para reforçar seus próprios delírios paranóicos.

Em pelo menos dois detalhes, contudo, Charles Boone se equivocou. Primeiro, quando a cidade de Jerusalem's Lot foi "redescoberta" (uso o termo historicamente, é claro), o piso do nártex, embora apodrecido, não revelava sinais de explosão ou grandes danos. Embora os antigos bancos *estivessem* virados e várias janelas quebradas, isso pode ser explicado pela ação de vândalos das cidades vizinhas ao longo dos anos. Entre os residentes mais antigos de Preacher's Corners e Tandrell, ainda há alguns rumores infundados sobre Jerusalem's Lot (talvez, em sua época, tenha sido o tipo de inofensiva lenda popular que provocou na mente de Charles Boone seu declínio fatal), mas isto não parece ter relevância.

Segundo, Charles Boone não era o último de sua linhagem. Seu avô, Robert Boone, foi pai de pelo menos dois bastardos. Um deles morreu na infância. O segundo assumiu o nome Boone e se instalou na cidade de Central Falls, Rhode Island. Sou o descendente final desse ramo ilegítimo da linhagem de Boone; sou o primo de segundo grau de Charles Boone, afastado por três gerações. Estou de posse destes papéis há dez anos. Ofereço-os para publicação na ocasião de minha residência na casa ancestral dos Boone, Chapelwaite, na esperança de que o leitor encontre em seu coração alguma simpatia pela pobre e desorientada alma de Charles Boone. Até onde posso dizer, ele estava correto acerca de uma coisa apenas: este lugar precisa muito dos serviços de um exterminador.

Há ratos imensos nas paredes, a julgar pelo barulho.

Assinado,
James Robert Boone
2 de outubro de 1971.

Último Turno*

Duas da manhã, sexta-feira.

Hall estava sentado no banco junto ao elevador, o único lugar no terceiro andar onde um peão podia fumar um pouquinho durante o expediente, quando Warwick apareceu. Ele não ficou feliz de ver o Warwick. Não era para o supervisor aparecer no terceiro andar durante o último turno; ele deveria ficar em seu escritório no subsolo tomando café da cafeteira que ficava no canto de sua mesa. Além disso, fazia calor.

Era o mês de junho mais quente registrado em Gates Falls, e o termômetro de propaganda do Crush, que também ficava ao lado do elevador, tinha chegado aos 34 graus às três da manhã. Só Deus sabia que inferno era a fábrica durante o turno que ia das três às onze.

Hall operava a máquina desbastadora de fibras, uma engenhoca teimosa produzida em 1934 por uma firma falida de Cleveland. Ele só estava trabalhando na fábrica desde abril, o que significava que ainda ganhava o mínimo de $1.78 por hora, mas tudo bem. Não tinha mulher, namorada fixa, não pagava pensão alimentícia. Ele era um nômade, e durante os últimos três anos tinha se mudado, pedindo carona, de Berkeley (estudante universitário) para Lake Tahoe (ajudante de garçom), Galveston (estivador), Miami (cozinheiro de lanchonetes), Wheeling (motorista de táxi e lavador de pratos) e Gates Falls, Maine (operador de calandra). Não pensava em se mudar outra vez antes de a

---

* No original, *Graveyard shift*, expressão que quer dizer "último turno de trabalho", mas que faz um trocadilho com as palavras *graveyard*, "cemitério", e *shift*, que pode significar "mudança de lugar" ou "ardil, estratagema", entre outras acepções. (N. da T.)

neve cair. Era uma pessoa solitária e gostava das horas entre onze e sete, quando o fluxo sangüíneo da grande fábrica estava no momento mais fresco, para não falar da temperatura.

A única coisa de que ele não gostava eram os ratos.

O terceiro andar era comprido e abandonado, iluminado apenas pelo brilho intermitente das lâmpadas fluorescentes. Ao contrário dos outros andares da fábrica, este era relativamente silencioso e desocupado — pelo menos por seres humanos. Os ratos eram outra história. A única máquina ali era a calandra; o resto do andar era um depósito para as sacas de 40 quilos de fibras que ainda tinham de ser separadas pela máquina e seus longos dentes. Estavam empilhados como lingüiças em longas fileiras, alguns deles (sobretudo as peças de lã fora de linha irregulares para os quais não havia pedidos) com vários anos de idade e a sujeira cinzenta do resíduo industrial. Eram ótimos lugares para os ratos construírem seus ninhos, criaturas imensas, barrigudas, com olhos raivosos e corpos em que pululavam piolhos e vermes.

Hall desenvolvera o hábito de recolher um pequeno arsenal de latas de refrigerante nas latas de lixo durante o intervalo de descanso. Atirava-as nos ratos nos momentos em que o trabalho andava mais devagar, catando as latas mais tarde nas suas horas vagas. Só que dessa vez o Sr. Capataz o apanhara, subindo pelas escadas em vez de usar o elevador como o f.d.p. furtivo que todo mundo dizia que ele era.

— O que você está fazendo, Hall?

— Os ratos — Hall disse, percebendo que devia soar como desculpa esfarrapada que os ratos tinham se esgueirado de volta para a segurança de suas tocas. — Jogo latas neles quando aparecem.

Warwick fez que sim uma vez, sucintamente. Era um homenzarrão robusto, com corte de cabelo militar. As mangas de sua camisa estavam enroladas e sua gravata, afrouxada. Olhou atentamente para Hall.

— Nós não te pagamos para jogar latas em ratos, rapaz. Nem mesmo se você as pega depois.

— Faz vinte minutos que Harry não manda um pedido — Hall respondeu, pensando: *Diabos, você não podia ficar quieto no seu canto tomando o seu café?* — Não posso usar a máquina sem receber pedidos.

Warwick fez que sim como se o assunto não o interessasse mais.

— Talvez eu deva dar uma volta para ir ver Wisconsky lá em cima — ele disse. — Aposto cinco contra um que ele está lendo uma revista, enquanto a merda se acumula na caixa de pedidos.

Hall não disse nada.

Warwick de repente apontou.

— Ali está um! Acerte o desgraçado!

Hall disparou a lata de Nehi que estava segurando com um movimento rápido. O rato, que os observava do alto de um dos sacos de tecido com seus brilhantes olhos como balas de chumbinho, fugiu com um guincho débil. Warwick atirou a cabeça para trás e soltou uma risada, enquanto Hall ia buscar a lata.

— Vim falar sobre outra coisa com você — disse Warwick.

— Ah, é?

— Semana que vem é a semana do Quatro de Julho — Hall fez que sim. A fábrica ficaria fechada de segunda a sábado: semana de folga para homens com pelo menos um ano de trabalho. Semana de demissão para homens com menos de um ano. — Você quer trabalhar?

Hall deu de ombros.

— Fazendo o quê?

— Vamos limpar todo o porão. Ninguém mexe ali há 12 anos. Uma zona. Vamos usar mangueiras.

— O comitê de zoneamento da cidade dando uma prensa na diretoria?

Warwick olhou firmemente para Hall.

— Você quer ou não? Dois dólares por hora, o dobro no dia 4. Vamos trabalhar no turno da madrugada, porque é mais fresco.

Hall fez os cálculos. Poderia tirar 75 paus, descontadas as taxas. Melhor que a joça alguma que ia ganhar ficando em casa.

— Tudo bem.

— Apresente-se à tinturaria na próxima segunda.

Hall ficou olhando enquanto ele retornava à escada. Warwick parou no meio do caminho e se voltou de novo para ele.

— Você era estudante universitário, não era?

Hall fez que sim.

— Certo, universitário, vou me lembrar disso.

Foi embora. Hall se sentou e acendeu um outro cigarro, segurando uma lata de refrigerante numa das mãos e esperando pelos ratos. Podia imaginar exatamente como seria lá no subsolo — o sub-porão, na verdade, um andar abaixo da tinturaria. Úmido, escuro, cheio de aranhas e panos podres e limo do rio — e ratos. Talvez até morcegos, os aviadores da família dos roedores. *Irgh.*

Hall jogou a lata com força, depois sorriu de leve consigo mesmo ao ouvir o som distante da voz de Warwick, trazida pelos dutos no alto, dando uma dura em Harry Wisconsky.

Certo, universitário, vou me lembrar disso.

Parou abruptamente de sorrir e apagou o cigarro. Alguns instantes mais tarde, Wisconsky começou a enviar náilon bruto pelos dutos, e Hall se pôs a trabalhar. E após alguns instantes, os ratos saíram e se sentaram em cima dos sacos da sala comprida, observando-o com seus olhos pretos, sem pestanejar. Eles pareciam um júri.

Onze da noite, segunda-feira.

Havia cerca de 36 homens sentados quando Warwick chegou, usando um jeans velho enfiado dentro de botas de borracha de cano alto. Hall escutara Harry Wisconsky, que era imensamente gordo, imensamente preguiçoso e imensamente melancólico.

— Vai ser uma zona — dizia Wisconsky quando o Sr. Supervisor entrou. — Espere para ver, vamos todos voltar para casa mais pretos do que breu.

— Muito bem! — disse Warwick. — Penduramos sessenta lâmpadas lá embaixo, de modo que deve estar claro o bastante para vocês verem o que estão fazendo. Vocês aí — ele apontou para um grupo de homens encostados nas bobinas de secagem —, quero que prendam as mangueiras ali, no encanamento principal de água junto da escada. Temos cerca de 70 metros para cada homem, o que deve ser suficiente. Não banquem os brincalhões mirando num dos colegas, ou vão mandá-lo para o hospital. A pressão tem um baita coice.

— Alguém vai se machucar — Wisconsky profetizou, mal-humorado. — Espere para ver.

— Vocês outros aí — Warwick disse, apontando para o grupo de que Hall e Wisconsky faziam parte. — Vocês são a turma do lixo esta noite. Vão aos pares com um carrinho elétrico para cada dupla. Lá tem mobília velha de escritório, sacos de tecido, pedaços de maquinaria quebrada, é só escolher. Vamos empilhar tudo junto do duto de ventilação, na extremidade oeste. Alguém que não saiba como conduzir o carrinho?

Ninguém levantou a mão. Os carrinhos elétricos eram engenhocas movidas a bateria, feito caminhões basculantes em miniatura. Depois do uso contínuo, começavam a soltar um fedor nauseante que lembrava a Hall fios em curto-circuito.

— Muito bem — disse Warwick. — Dividimos o subsolo em duas seções, e lá pela quinta-feira já estará tudo terminado. Na sexta, içamos o lixo para fora usando correntes. Perguntas?

Não havia nenhuma. Hall estudou atentamente o rosto do capataz, e teve a súbita premonição de que alguma coisa estranha estava para acontecer. A idéia lhe agradou. Ele não gostava muito do Warwick.

— Ótimo — disse Warwick. — Vamos começar.

Duas da manhã, terça-feira.

Hall estava esgotado e muito cansado de ouvir a ladainha de reclamações e palavrões de Wisconsky. Imaginava se adiantaria dar um murro nele. Duvidava. Isso só lhe daria mais um motivo para ficar se queixando.

Hall sabia que seria difícil, mas aquilo era de matar. Em primeiro lugar, ele não previra o cheiro. O fedor poluído do rio, misturado ao odor de tecido em decomposição, alvenaria apodrecendo, matéria vegetal. No canto mais distante, onde haviam começado, Hall descobriu uma colônia de imensos cogumelos brancos brotando por entre o cimento quebrado. Suas mãos tinham tocado neles quando puxava uma roda dentada enferrujada, e eram curiosamente mornos e fofos ao tato, como a pele de um homem afligido por um edema.

As lâmpadas não conseguiam banir a escuridão de 12 anos; só a faziam recuar um pouco e lançavam um pálido brilho amarelo sobre toda aquela bagunça. O lugar parecia a nave despedaçada de uma igreja profana, com seu teto alto e sua imensa maquinaria descartada que eles jamais conseguiriam tirar dali, suas paredes úmidas com manchas de limo amarelado, e o coro atonal formado pela água das mangueiras, correndo pela rede de canos de esgoto parcialmente entupidos que ao fim iam se esvaziar no rio, abaixo da cachoeira.

E os ratos — ratos imensos que faziam com que os do terceiro andar parecessem anões. Deus sabia o que eles andavam comendo lá embaixo. Derrubavam continuamente tábuas e sacos, revelando enormes ninhos de jornal rasgado, e observavam com nojo atávico, enquanto os filhotes fugiam para dentro das rachaduras e frestas, os olhos imensos e cegos devido à escuridão contínua.

— Vamos parar para um cigarrinho — Wisconsky disse. Ele parecia sem fôlego, mas Hall não tinha idéia do motivo; tinha feito corpo mole a noite inteira. Ainda assim, estava mesmo na hora, e no momento estavam fora da vista de qualquer outra pessoa.

— Tudo bem — ele se apoiou na beirada do carrinho e acendeu o cigarro.

— Eu nunca devia ter deixado O Warwick me convencer a fazer isso — Wisconsky disse, melancolicamente. — Não é trabalho para um *homem*. Mas ele ficou uma fera na outra noite, quando me pegou sentado na privada, no quarto andar, só que de calças. Deus do céu, ele ficou uma fera.

Hall não disse nada. Estava pensando em Warwick e nos ratos. Era estranho como as duas coisas pareciam ter a ver. Os ratos aparentemente tinham esquecido tudo a respeito dos homens em sua longa estada debaixo da fábrica; eram atrevidos e praticamente não tinham medo. Um deles sentara-se nas pernas traseiras como um esquilo até que Hall chegasse a ponto de chutar, então se lançara sobre sua bota, mordendo o couro. Centenas, talvez milhares. Ele se perguntava quantas variedades de doenças carregavam consigo naquele buraco escuro. E Warwick. Alguma coisa nele...

— Preciso do dinheiro — Wisconsky disse. — Mas Jesus Cristo, cara, isto aqui não é trabalho para um *homem*. Esses ratos — ele olhou ao redor apreensivo. — É quase como se pudessem pensar. Já imaginou como seria se a gente fosse pequenos e eles fossem grandes...

— Ah, cala a boca — Hall disse.

Wisconsky olhou para ele, magoado.

— Olha, me desculpa, cara, é só que... — e deixou a frase morrer. — Jesus, como este lugar fede! — exclamou. — Isto aqui não é *trabalho para um homem!* — Uma aranha subiu pela lateral do carrinho e escalou seu braço. Ele espantou-a com um barulho engasgado de nojo.

— Vamos lá — Hall disse, tragando seu cigarro. — Quanto mais rápido, mais cedo a gente acaba.

— Acho que sim — Wisconsky disse, num tom miserável. — Acho que sim.

Quatro da manhã, terça-feira.

Hora do lanche.

Hall e Wisconsky estavam sentados com três ou quatro outros homens, comendo seus sanduíches com mãos pretas que nem mesmo o detergente industrial conseguira limpar. Hall comia olhando para o pequeno escritório envidraçado do capataz. Warwick estava tomando café e comendo hambúrgueres frios com grande satisfação.

— Ray Upson teve que ir embora — Charlie Brochu disse.

— Ele vomitou? — alguém perguntou. — Eu quase.

— Não. O Ray teria que comer merda de vaca para vomitar. Um rato o mordeu.

Hall desviou pensativamente o olhar que antes examinava Warwick.

— É mesmo? — perguntou.

— É — Brochu balançou a cabeça. — Eu estava fazendo dupla com ele. A coisa mais medonha que eu já vi. Saltou de um buraco numa daquelas sacas velhas de tecido. Devia ser do tamanho de um gato. Agarrou a mão dele e começou a roer.

— Je-*sus* — um dos homens disse, com ficando verde de nojo.

— É — Brochu disse. — O Ray gritou como uma mulher, e eu não o culpo. Sangrava como um porco. E você acha que a coisa largava? Não, senhor. Tive que bater nela três ou quatro vezes com uma tábua para que largasse. O Ray quase endoidou. Pisou no rato até que ele não passasse de uma massa de pêlo. A coisa mais medonha que já vi. O Warwick pôs um curativo nele e o mandou para casa. Disse para ir ao médico amanhã.

— Grande coisa, vindo daquele safado — alguém disse.

Como se tivesse ouvido, Warwick ficou de pé no escritório, se esticou e foi até a porta.

— Hora de voltar ao trabalho.

Os homens ficaram de pé devagar, gastando o maior tempo possível para guardar as marmitas, pegar bebidas geladas, comprar doces. Então começaram a descer, as solas dos sapatos ressoando desanimadamente na malha de aço dos degraus da escada.

Warwick passou por Hall, dando-lhe um tapinha no ombro.

— Como está indo, universitário?

Não esperou pela resposta.

— Vamos lá — Hall disse pacientemente a Wisconsky, que estava amarrando o sapato. Desceram.

Sete da manhã, terça-feira.

Hall e Wisconsky saíram juntos; Hall tinha a impressão de ter de algum modo herdado o gordo polaco. Wisconsky estava sujo de um jeito quase cômico, seu rosto redondo abatido como o de um garotinho que acabasse de ter levado uma surra do valentão da cidade.

Não houve nenhuma das brincadeiras rudes usuais por parte dos outros homens, as puxadas de camisa, as piadinhas sobre quem estava aquecendo a mulher do Tony entre uma e quatro da manhã. Nada além de silêncio e um ocasional som de pigarrear, quando alguém cuspia no chão sujo.

— Quer uma carona? — Wisconsky perguntou, hesitante.

— Obrigado.

Eles não conversaram enquanto seguiam por Mill Street e atravessavam a ponte. Só trocaram palavras rápidas quando Wisconsky deixou-o em frente ao seu apartamento.

Hall foi direto para o chuveiro, ainda pensando no Warwick, tentando descobrir o que havia com o Sr. Supervisor capaz de atraí-lo, capaz de deixá-lo com aquela impressão de que de algum modo estavam agora unidos.

Dormiu assim que a cabeça encostou no travesseiro, mas seu sono foi entrecortado e inquieto: sonhou com ratos.

Uma da manhã, quarta-feira.

Usar as mangueiras era melhor.

Não podiam entrar até que o pessoal do lixo tivesse terminado uma seção, e com bastante freqüência terminavam de usar as mangueiras antes que a próxima seção estivesse pronta — o que significava tempo para um cigarro. Hall manejava o esguicho de uma das longas mangueiras e Wisconsky andava para cima e para baixo, desenrolando pedaços da mangueira, ligando e desligando a água, removendo obstruções.

Warwick estava com o pavio curto, porque o trabalho caminhava devagar. Jamais terminariam na quinta-feira, pelo andar da carruagem.

Agora trabalhavam no meio de uma bagunça dos diabos, formada por equipamento de escritório do século XIX que tinha sido empilhado num canto — escrivaninhas de tampo corrediço despedaçadas, livros-razões embolorados, resmas de faturas, cadeiras com assentos quebrados — e era o paraíso dos ratos. Dezenas deles guinchavam e corriam pelas escuras e desordenadas passagens que cortavam a pilha, e depois que dois homens foram mordidos, os outros se recusaram a trabalhar até que Warwick mandasse alguém lá para cima a fim de pegar grossas luvas de borracha, do tipo normalmente reservado para o pessoal da tinturaria, que tinha de trabalhar com ácidos.

Hall e Wisconsky estavam esperando para entrar com suas mangueiras quando um sujeito ruivo quase sem pescoço chamado Carmichael começou a xingar aos berros e recuar, batendo no peito com as mãos enluvadas.

Um rato imenso, com pêlo raiado de cinza e olhos feios e brilhantes, tinha mordido sua camisa e estava pendurado lá, guinchando e chutando a barriga do Carmichael com suas patas traseiras. Carmichael finalmente conseguiu socar o bicho para longe, mas sua camisa ficou com um buraco imenso, e um fiapo de sangue escorria de uma ferida acima do mamilo. A raiva desapareceu de seu rosto. Ele se virou, com ânsias de vômito.

Hall ligou a mangueira na direção do rato, que era velho e se mexia devagar, um pedaço da camisa de Carmichael ainda preso entre os dentes. A pressão extraordinária atirou-o para trás, de encontro à parede, contra a qual ele se chocou, inerte.

Warwick apareceu, um sorriso estranho e forçado no rosto. Bateu no ombro do Hall.

— Bem melhor do que jogar latas nos danadinhos, não é, universitário?

— E que danadinho — disse Wisconsky. — Esse tem uns 30 centímetros.

— Virem essa mangueira para lá. — Warwick apontou para o monte de mobília. — Vocês aí, saiam da frente!

— Com prazer — alguém murmurou.

Carmichael avançou na direção de Warwick, o rosto retorcido de raiva.

— Vou receber alguma compensação por isso! Vou...

— Claro — Warwick disse, sorrindo. — Você foi mordido no peitinho. Saia da frente antes que a água te derrube.

Hall apontou o bocal e liberou o fluxo, que atingiu o alvo com uma explosão branca de água, derrubando uma escrivaninha e reduzindo duas cadeiras a lascas de madeira. Ratos correram para todo lado, maiores do que qualquer um que Hall jamais tivesse visto. Podia ouvir os homens gritando de asco e de horror enquanto eles fugiam, coisas com olhos imensos e corpos lustrosos e carnudos. Viu de relance um que parecia tão grande quanto um cachorrinho saudável de seis semanas. Continuou até que não conseguisse ver mais nada, então desligou a água.

— Muito bem! — gritou Warwick. — Vamos em frente!

— Não fui contratado como exterminador! — Cy Ippeston gritou, em tom de revolta. Hall bebera algumas com ele na semana anterior. Era um sujeito jovem e usava um boné de beisebol sujo de fuligem e uma camiseta de malha.

— Foi você, Ippeston? — Warwick perguntou, afavelmente.

Ippeston pareceu um pouco inseguro, mas deu um passo à frente.

— Fui eu. Não quero mais saber desses ratos. Fui contratado para fazer limpeza, não para correr o risco de pegar raiva ou febre tifóide ou algo desse tipo. Talvez seja melhor você não contar mais comigo.

Ouviu-se um murmúrio de concordância por parte dos outros. Wisconsky deu uma olhada rápida para o Hall, que estava, porém, examinando o bocal da mangueira em suas mãos. O buraco era como o de uma .45, e provavelmente poderia arremessar um homem a uns 6 metros de distância.

— Você tá dizendo que quer bater o ponto, Cy?
— Tô pensando nisso — Ippestone disse.
Warwick fez que sim.
— Tudo bem. Você e quem mais quiser. Mas esse lance aqui não é sindicalizado, nem nunca foi. Se você bater o ponto, não volta nunca mais. Eu mesmo vou garantir que não.
— Como você é um sujeito bacana. — murmurou Hall.
Warwick virou-se.
— Disse alguma coisa, universitário?
Hall encarou-o com calma.
— Só estou limpando a garganta, Sr. Supervisor.
Warwick sorriu.
— Alguma coisa está te desagradando?
Hall não disse nada.
— Muito bem, vamos em frente! — gritou Warwick.
Voltaram ao trabalho.

Duas das manhã, quinta-feira.
Hall e Wisconsky estavam trabalhando com os carrinhos elétricos outra vez, recolhendo o lixo. A pilha junto ao conduto de ar a oeste ganhara proporções assustadoras, mas eles ainda não tinham dado conta nem da metade.
— Feliz 4 de julho — Wisconsky disse, quando pararam para um cigarro. Estavam trabalhando perto da parede ao norte, longe da escada. A luz era extremamente fraca, e a acústica fazia com que os outros homens parecessem estar a quilômetros de distância.
— Obrigado — Hall tragou o cigarro. — Não vi muitos ratos esta noite.
— Ninguém viu — Wisconsky disse. — Talvez eles agora estejam mais espertos.
Estavam de pé no final de um beco maluco, em ziguezague, formado por pilhas de antigos livros-razões e faturas, sacos de tecido mofados e dois vultos gigantescos e chatos de antigos teares.
— Bah — Wisconsky disse, cuspindo. — Esse Warwick...
— Para onde você acha que todos os ratos foram? — perguntou Hall, quase para si mesmo. — Não entraram nas paredes... — ele olhou

para o reboco úmido, que se desfazia, em torno das imensas pedras dos alicerces. — Iam se afogar. O rio saturou tudo.

Alguma coisa preta, batendo as asas, subitamente mergulhou na direção deles. Wisconsky deu um grito e colocou as mãos acima da cabeça.

— Um morcego — Hall disse, observando o bicho, enquanto Wisconsky se endireitava.

— Um morcego! Um morcego! — berrou Wisconsky. — O que um morcego está fazendo no porão? Teoricamente, eles deveriam ficar nas árvores, e debaixo das calhas e...

— Era um dos grandes — Hall disse, em voz baixa. — E o que é um morcego senão um rato com asas?

— Jesus — gemeu Wisconsky. — Como é que ele...

— Entrou? Talvez da mesma forma como os ratos saíram.

— O que está acontecendo aí? — Warwick gritou de algum lugar atrás deles. — Onde vocês estão?

— Não esquenta — Hall disse, a voz baixa. Seus olhos brilhavam no escuro.

— Foi você, universitário? — perguntou Warwick. Pelo som, parecia estar mais perto.

— Está tudo bem! — Hall gritou. — Só dei uma canelada!

A risada curta de Warwick, como um latido.

— Quer uma medalha por isso?

Wisconsky olhou para Hall.

— Por que você disse isso?

— Olhe. — Hall se ajoelhou e acendeu um fósforo. Havia um quadrado no meio do cimento úmido, que se desfazia. — Bata aqui.

Wisconsky obedeceu.

— É madeira.

Hall fez que sim.

— É a parte de cima de um suporte. Já vi outras por aqui. Há um outro nível debaixo desta parte do subsolo.

— Meu Deus — Wisconsky disse, totalmente enojado.

Três e meia da manhã, quinta-feira.

Estavam na extremidade que ficava a nordeste, Ippeston e Brochu atrás deles com uma das mangueiras de alta pressão, quando Hall parou e apontou para o chão.

— Achei que a gente fosse encontrar isto aqui.

Havia um alçapão de madeira com uma cavilha antiga de ferro presa perto do centro.

Ele voltou para junto do Ippeston e disse:

— Desligue isso um minuto — quando o fluxo de água da mangueira foi reduzido a um gotejar, sua voz transformou-se num grito. — Ei! Ei, Warwick! Melhor vir aqui um instante!

Warwick apareceu, chapinhando na água, olhando para Hall com o mesmo sorriso duro nos olhos.

— Seu sapato desamarrou, universitário?

— Olhe — Hall disse. Bateu no alçapão com o pé. — Subporão.

— E daí? — Warwick perguntou. — Ainda não está na hora do descanso, univer...

— É lá que estão os seus ratos — Hall disse. — Estão se multiplicando lá embaixo. Wisconsky e eu chegamos a ver um morcego, mais cedo.

Alguns dos outros homens tinham se reunido ao redor deles e estavam olhando para o alçapão.

— Não importa — Warwick disse. — O trabalho era no porão, e não...

— Você vai precisar mais ou menos de vinte exterminadores, e dos treinados — continuou Hall. — Vai custar uma bela grana à direção. Que pena.

Alguém riu.

— É ruim, hein...

Warwick olhou para Hall como se ele fosse um inseto debaixo de uma lupa.

— Você é mesmo um caso sério, sabia? — ele disse, parecendo fascinado. — Acha mesmo que eu dou a mínima para quantos ratos há lá embaixo?

— Estive na biblioteca hoje à tarde e ontem — Hall disse. — Foi ótimo você ficar a toda hora me lembrando que eu era um universitário. Li as normas do zoneamento da cidade, Warwick, foram estabelecidas em 1911, antes que esta fábrica ficasse grande o suficiente para subornar a junta de zoneamento. Sabe o que eu descobri?

Os olhos do Warwick estavam frios.

— Cai fora, universitário. Está despedido.

— Descobri — Hall continuou, como se não tivesse ouvido —, descobri que há uma lei de zoneamento em Gates Falls sobre animais nocivos. Isso se escreve n-o-c-i-v-o-s, caso não saiba. Significa animais portadores de doenças, como morcegos, gambás, cachorros sem licença... e ratos. Sobretudo ratos. Os ratos são mencionados 14 vezes em dois parágrafos, Sr. Supervisor. Então é bom colocar na sua cabeça que no minuto em que eu bater meu ponto vou diretamente ao comissário municipal dizer qual é a situação por aqui.

Ele fez uma pausa, saboreando a expressão cheia de raiva do rosto de Warwick.

— Acho que eu, ele e o comitê da cidade juntos podemos fazer com que uma injunção seja aplicada por aqui. Vocês vão ficar fechados durante um tempo bem maior do que apenas o sábado, Sr. Supervisor. E eu tenho uma boa idéia do que o *seu* chefe vai dizer quando aparecer. Espero que seu seguro desemprego esteja em dia, Warwick.

As mãos de Warwick se fecharam como se fossem garras.

— Seu moleque de uma figa, eu devia... — ele olhou para baixo na direção do alçapão, e subitamente seu sorriso reapareceu. — Considere-se contratado outra vez, universitário.

— Achei que você acabaria vendo a luz.

Warwick fez que sim, o mesmo riso estranho no rosto.

— Você é tão esperto. Acho que talvez devesse ir lá embaixo, Hall, assim a gente teria alguém com educação superior para nos dar uma uma opinião instruída. Você e Wisconsky.

— Eu não! — Wisconsky exclamou. — Eu não, eu...

Warwick olhou para ele.

— Você o quê?

Wisconsky calou a boca.

— Ótimo — disse Hall, alegremente. — Vamos precisar de três lanternas. Acho que vi uma prateleira cheia daquelas que usam seis pilhas, no escritório principal, não vi?

— Quer levar mais alguém com você? — Warwick perguntou, apontando para os demais. — Claro, escolha o seu homem.

— Você — Hall disse, gentilmente. A estranha expressão voltara ao seu rosto. — Afinal, devemos ter um representante da direção, não acha? Para o caso do Wisconsky e eu não vermos *tantos* ratos assim lá embaixo?

Alguém (parecia ser Ippeston) riu alto.

Warwick olhou para os homens atentamente. Eles baixaram os olhos para a ponta dos sapatos. Finalmente ele apontou para Brochu.

— Brochu, vá até o escritório e traga três lanternas. Diga ao vigia que eu falei para te deixar entrar.

— Como foi que você me meteu nisso? — Wisconsky resmungou para Hall. — Sabe como eu odeio esses...

— Não fui eu — Hall disse, e olhou para Warwick.

Warwick olhou de volta, e ambos sustentaram o olhar.

Quatro da manhã, quinta-feira.

Brochu voltou com as lanternas. Deu uma para Hall, uma para Wisconsky, uma para Warwick.

— Ippeston! Dê a mangueira para o Wisconsky.

Ippeston obedeceu. O bocal tremeu de leve entre as mãos do polonês.

— Muito bem — Warwick disse ao Wisconsky. — Você vai no meio. Se houver ratos, isso é para eles.

Claro, Hall pensou. E se houver ratos, Warwick não vai vê-los. E nem Wisconsky, depois que encontrar uma nota de dez a mais no envelope com o seu pagamento.

Warwick apontou para dois dos homens.

— Levantem.

Um deles se curvou sobre a cavilha e puxou. Por um instante, Hall duvidou que ela fosse ceder, mas então ela se abriu com um puxão, dando um estalo esquisito, como um rangido. O outro homem colocou os dedos na parte de baixo para ajudar a puxar, e então recuou com um grito. Suas mãos estavam cobertas de imensos besouros cegos.

Com um grunhido convulso, o homem com a cavilha puxou para trás o alçapão e o deixou cair. A parte de baixo estava preta com um fungo estranho que Hall nunca tinha visto antes. Os besouros caíram dentro da escuridão lá embaixo ou saíram correndo pelo chão, onde foram esmagados.

— Olhe — Hall disse.

Havia uma tranca enferrujada na parte de baixo, agora quebrada.

— Mas isso não devia estar por baixo — Warwick disse. — Devia estar em cima. Por que...

— Uma porção de razões — Hall disse. — Talvez para que nada deste lado conseguisse abrir... pelo menos quando a tranca estava nova. Talvez para que nada deste lado conseguisse subir.

— Mas quem trancou? — Wisconsky perguntou.

— Ah — Hall disse, num tom de deboche, olhando para Warwick. — Um mistério.

— Escutem — sussurrou Brochu.

— Ah, meu Deus — Wisconsky choramingou. — Eu não vou lá para baixo!

Era um ruído suave, quase que de expectativa; os movimentos rápidos e os passos de milhares de patas, os guinchos de ratos.

— Talvez sejam rãs — disse Warwick.

Hall riu alto.

Warwick iluminou lá embaixo. Um lance pouco firme de degraus de madeira conduzia até as pedras negras do piso do andar inferior. Não havia um único rato à vista.

— Esta escada não vai suportar o nosso peso — Warwick disse, em tom decisivo.

Brochu deu dois passos para a frente e pulou no primeiro degrau, para baixo e para cima. Ele estalou, mas não mostrou sinais de que fosse ceder.

— Não te pedi para fazer isso — Warwick disse.

— Você não estava lá quando aquele rato mordeu o Ray — disse Brochu, suavemente.

— Vamos lá — disse Hall.

Warwick lançou um último e sardônico olhar ao redor do círculo de homens, depois andou até a beirada com Hall. Wisconsky se colocou relutante entre os dois. Desceram um de cada vez. Hall, depois Wisconsky, e então Warwick. Os fachos de luz de suas lanternas dançavam sobre o chão, que era irregular e ondulava em centenas de colinas e vales inconstantes. A mangueira vinha-se arrastando pesadamente atrás deles como uma serpente desajeitada.

Quando chegaram lá embaixo, Warwick iluminou os arredores com a lanterna. Viram algumas caixas apodrecendo, alguns barris, pouca coisa além disso. A água do rio, que se infiltrara, estava acumulada em poças que chegavam à altura do tornozelo em suas botas.

— Não estou mais ouvindo os bichos — Wisconsky sussurrou.

Caminharam devagar para longe do alçapão, arrastando os pés pelo limo. Hall fez uma pausa e iluminou uma imensa caixa de madeira com letras brancas inscritas.

— Elias Varney, 1841 — leu. — A fábrica já existia nessa época?

— Não — disse Warwick. — Só foi construída em 1897. Que diferença isso faz?

Hall não respondeu. Voltaram a avançar. O andar abaixo do porão era maior do que deveria ser, aparentemente. O fedor era intenso, um cheiro de decomposição e podridão e coisas enterradas. E o único som ainda era o gotejar suave da água, como que dentro de uma caverna.

— O que é aquilo? — Hall perguntou, apontando a lanterna para uma saliência no concreto que se introduzia talvez por meio metro no porão. Para além dela, a escuridão continuava, e Hall teve a impressão de ouvir ruídos lá em cima, curiosamente furtivos.

Warwick espiou.

— É... não, não pode ser isso.

— A parede externa da fábrica, não é? E lá em cima...

— Vou voltar — Warwick disse, virando-se subitamente.

Hall agarrou-o bruscamente pelo pescoço.

— Você não vai a lugar algum, Sr. Supervisor.

Warwick levantou os olhos para ele, seu sorriso de cólera cortando a escuridão.

— Você é doido, universitário. Não é verdade? Doido varrido.

— Você não deveria provocar as pessoas, amigo. Continue andando.

Wisconsky gemeu.

— Hall...

— Me dá isso.

Hall apanhou a mangueira. Soltou o pescoço de Warwick e apontou a mangueira para sua cabeça. Wisconsky se virou abruptamente e saiu correndo na direção do alçapão. Hall sequer se voltou.

— Você primeiro, Sr. Supervisor.

Warwick deu um passo para a frente, caminhando sob o local onde a fábrica terminava, acima deles. Hall iluminou os arredores com a lanterna, e sentiu uma satisfação gelada — premonição confirmada. Os ratos tinham fechado o cerco em torno deles, silenciosos como a morte. Eram uma multidão, fileira sobre fileira. Milhares de olhos fitavam-no também, com uma expressão ávida. Em fileiras até a parede, alguns chegando à altura da canela de um homem.

Warwick viu-os um instante mais tarde e parou por completo.

— Estão por toda parte ao nosso redor, universitário — sua voz ainda estava calma, ainda sob controle, mas tinha um tom de inquietude.

— Isso mesmo — Hall disse. — Continue andando.

Seguiram adiante, arrastando a mangueira atrás de si. Hall olhou para trás uma vez e viu que os ratos tinham fechado a passagem atrás dele e estavam roendo a mangueira de lona grossa. Um levantou a cabeça e pareceu quase rir maldosamente em sua direção, antes de baixá-la outra vez. Agora também podia ver os morcegos. Estavam empoleirados no teto mal-acabado, imensos, do tamanho de corvos ou gralhas.

— Olhe — disse Warwick, iluminando com a lanterna um local cerca de um metro e meio adiante.

Um crânio, verde de mofo, ria para eles. Mais adiante, Hall podia ver um cúbito, um osso pélvico, parte de uma caixa torácica.

— Continue andando — Hall disse. Sentiu alguma coisa estourando em seu interior, alguma coisa ensandecida e de tons escuros. *Você vai ceder antes de mim, Sr. Supervisor, é o que peço a Deus.*

Deixaram os ossos para trás. Os ratos não estavam se aproximando deles; a distância parecia constante. Adiante, Hall viu um deles atravessar seu caminho. As sombras o esconderam, mas ele viu rapidamente uma cauda cor-de-rosa contorcendo-se, grossa como um fio de telefone.

Adiante, o piso se elevava bastante, depois afundava. Hall podia ouvir um som como um farfalhar, um som forte. Talvez alguma coisa que nenhum homem vivo jamais tivesse visto. Ocorreu a Hall que talvez estivesse procurando por alguma coisa como aquela ao longo de todos os seus dias de loucas andanças.

Os ratos se moviam, arrastando-se no chão e forçando-os a seguir em frente.

— Olhe — Warwick disse, friamente.

Hall viu. Algo tinha acontecido com os ratos ali, alguma mutação hedionda que jamais teria podido sobreviver sob o sol; a natureza teria proibido. Mas ali embaixo, a natureza assumira um outro rosto, que era medonho.

Os ratos eram gigantes, alguns chegavam a ter quase um metro de altura. Mas suas patas traseiras tinham desaparecido, e eles eram cegos como toupeiras, como seus primos voadores. Arrastavam-se para a frente com uma ânsia pavorosa.

Warwick se virou e encarou Hall, um sorriso mantido por pura força de vontade. Hall realmente tinha de admirá-lo.

— Não podemos continuar, Hall. Você tem que reconhecer isso.

— Os ratos têm negócios a tratar com você, eu acho — Hall disse.

O autocontrole de Warwick titubeou.

— Por favor — ele disse. — Por favor.

Hall sorriu.

— Continue andando.

Warwick olhava por cima de seu ombro.

— Eles estão roendo a mangueira. Quando conseguirem, jamais voltaremos.

— Eu sei. Continue andando.

— Você é louco...

Um rato passou por cima do sapato de Warwick e ele deu um grito. Hall sorriu e fez um gesto com a lanterna. Estavam em toda parte ao redor deles, o mais próximo a menos de meio metro de distância, agora.

Warwick começou a andar outra vez. Os ratos recuaram.

Chegaram ao topo daquela subida em miniatura e olharam para baixo. Warwick chegou ao alto primeiro, e Hall viu seu rosto ficar branco feito papel. A saliva escorria pelo seu queixo.

— Ah, meu Deus. Meu Jesus Cristo.

E ele se virou para correr.

Hall abriu o bocal da mangueira e o fluxo de água, em alta pressão, atingiu Warwick bem no peito, arremessando-o para fora do alcance de sua visão. Ouviu-se um grito longo que se elevava acima do som da água. Sons de alguém se debatendo.

— *Hall!*

Grunhidos. Um imenso e tenebroso guincho que pareceu ocupar o espaço inteiro.

— HALL, PELO AMOR DE DEUS...

Um repentino som úmido de algo se rasgando. Um outro grito, mais fraco. Alguma coisa imensa se movia e se virava. Hall ouviu distintamente o estalo úmido que faz um osso quebrado.

Um rato sem patas, guiado por alguma forma degenerada de sonar, investiu contra ele, mordendo. Seu corpo era flácido e quente. Hall, quase ausente, ligou a mangueira em sua direção, atirando-o para longe. A mangueira agora já não tinha tanta pressão.

Hall andou até o topo da colina molhada e olhou para baixo.

O rato ocupava toda a vala na outra extremidade daquela tumba podre. Era uma forma imensa e cinzenta, pulsante, sem olhos, completamente sem pernas. Quando a luz da lanterna de Hall o atingiu, soltou um guincho hediondo. A rainha deles, então, a *magna mater*. Uma criatura imensa e sem nome cuja prole talvez um dia desenvolvesse asas. Parecia maior do que o que restava do Warwick, mas isso provavelmente era só ilusão. Era o choque de ver um rato do tamanho de um bezerro Holstein.

— Adeus, Warwick — disse Hall. A ratazana se curvou possessivamente sobre o Sr. Supervisor, rasgando um de seus braços pendentes.

Hall se virou e começou rapidamente a fazer o caminho de volta, detendo os ratos com sua mangueira, cuja potência diminuía cada vez mais. Alguns conseguiram passar e atacavam suas pernas acima da altura das botas, investindo com mordidas. Um ficou dependurado obstinadamente em sua coxa, rasgando o tecido de suas calças de veludo cotelê. Com um soco, Hall atirou-o para longe.

Tinha atravessado quase três quartos do caminho de volta quando o farfalhar gigante encheu a escuridão. Olhou para cima e o imenso vulto voador bateu contra o seu rosto.

Os morcegos mutantes ainda não tinham perdido a cauda. O bicho enroscou a sua no pescoço de Hall, num abominável anel, que apertava enquanto seus dentes buscavam o ponto macio logo abaixo. Retorcia-se e batia as asas membranosas, agarrando-se aos farrapos de sua camisa para se apoiar.

Hall ergueu às cegas o bocal da mangueira e bateu com ela no corpo mole, repetidas vezes. O morcego caiu e Hall pisoteou-o, quase inconsciente do fato de que estava gritando. Os ratos corriam como uma onda sobre seus pés, subindo por suas pernas.

Ele começou a correr, titubeante, sacudindo alguns para longe. Os outros mordiam sua barriga, seu peito. Um correu para cima de seu ombro e enfiou o focinho farejante em sua orelha.

Hall colidiu com o segundo morcego, que se empoleirou em sua cabeça por um momento, guinchando, e depois arrancou um pedaço de seu escalpo.

Ele sentiu seu corpo começar a ficar entorpecido. Seus ouvidos foram inundados pelos guinchos e gritos de inúmeros ratos. Fez um último esforço para escapar, tropeçou em corpos peludos, caiu de joelhos. Começou a rir, uma risada alta e estridente.

Cinco da manhã, quinta-feira.
— É melhor alguém ir lá embaixo — disse Brochu, hesitante.
— Eu não — Wisconsky sussurrou. — Eu não.
— Não, você não, seu frouxo — disse Ippeston, com desprezo.
— Bem, *vamos lá* — disse Brogan, apanhando outra mangueira. — Eu, Ippeston, Dangerfield, Nedeau. Stevenson, suba ao escritório e traga mais algumas lanternas.

Ippeston olhou para a escuridão lá embaixo, pensativo.
— Talvez eles tenham parado para fumar um cigarro — disse. — Uns poucos ratinhos, que diabos.

Stevenson voltou com as lanternas; alguns instantes depois, começaram a descer.

Ondas Noturnas

Depois que o cara já estava morto e o cheiro de sua carne queimada tinha sumido do ar, voltamos todos para a praia. Corey estava com o rádio, um daqueles aparelhos a transistor do tamanho de uma pasta que usam cerca de quarenta pilhas e também gravam e tocam fitas. Não dá para dizer que a qualidade sonora da reprodução fosse grande coisa, mas com certeza era alta. Corey tinha sido rico antes da A6, mas coisa assim já não tinha importância. Mesmo seu enorme radiogravador já não passava de um belo monte de lixo. Só havia duas estações no ar que conseguíamos sintonizar. Uma era a WKDM de Portsmouth — algum DJ da roça que tinha se tornado um fanático religioso. Tocava um disco de Perry Como, dizia uma oração, vociferava, tocava um disco de Johnny Ray, lia alguma coisa dos Salmos (trechos completos com cada "selá",* exatamente como James Dean em *Vidas Amargas*), depois vociferava mais um pouco. Coisas desse gênero. Um dia cantou "Bringing in the Sheaves" com uma voz chata, de taquara rachada, que quase matou de rir a Needles e a mim.

    A estação de Massachusetts era melhor, mas só conseguíamos sintonizar à noite. Um bando de garotos. Acho que tomaram conta do local de transmissão da WRKO ou da WBZ depois que todos por lá foram embora ou morreram. Eles só usavam siglas de sacanagem, como WFUMO ou XOTA ou WA6. Engraçado à beça, sabe — você morria de rir. Era essa a rádio que estávamos escutando durante o caminho de volta para a praia. Eu estava de mãos dadas com Susie; Kelly e Joan es-

---

* Palavra hebraica presente nos salmos que remete a uma pausa para a reflexão. (N. da E.)

tavam à nossa frente, e Needles já tinha passado pelo topo do promontório e estava fora de vista. Corey vinha por último, segurando o rádio. Os Stones estavam cantando "Angie".

— Você me *ama*? — Susie perguntava. — É só isso que eu quero saber, você me *ama*? — Susie precisava de reafirmação constante. Eu era o seu ursinho de estimação.

— Não — eu disse. Ela estava engordando, e se vivesse por tempo suficiente, o que não era provável, ficaria realmente flácida. Fora que era tagarela.

— Você não presta — ela disse, colocando a mão no rosto. Suas unhas pintadas brilhavam de leve à luz da meia-lua que nascera havia cerca de uma hora.

— Vai chorar de novo?

— Cala a boca! — pelo tom de voz, ela com certeza ia chorar de novo.

Passamos pelo topo e fiz uma pausa. Sempre tenho de fazer pausas. Antes da A6, esta era uma praia pública. Turistas, gente fazendo piquenique, crianças de nariz escorrendo e avós gordas e flácidas com cotovelos vermelhos do sol. Papéis de bala e pauzinhos de pirulito na areia, todas aquelas pessoas bonitas se agarrando nas suas esteiras de praia, um fedor misturado de canos de descarga do estacionamento, algas marinhas e óleo Coppertone.

Mas agora toda a sujeira e todo o lixo haviam desaparecido. O oceano devorara tudo, como você despreocupadamente acaba com um punhado de Cracker Jacks*. Não havia gente para voltar e sujá-la outra vez. Só nós, e não éramos bastantes para fazer muita zona. Também amávamos a praia, acho — pois não tínhamos acabado de oferecer-lhe uma espécie de sacrifício? Até mesmo Susie, aquela piranhazinha da Susie, com sua bunda gorda e suas calças boca-de-sino cor de uva.

A areia era branca e formava dunas, marcada apenas pela linha da maré alta — novelos de algas, imensas algas marrons, pedaços de madeira flutuante. O luar costurava sombras na forma de crescentes e com elas cobria tudo. A torre abandonada dos salva-vidas erguia-se branca, como um esqueleto, a uns 50 metros dos vestiários, apontando para o céu como o osso de um dedo descarnado.

---

* Famoso lanche norte-americano feito de amendoins caramelizados. (N. da E.)

E as ondas, as ondas noturnas, lançando grandes explosões de espuma, arrebentando sobre os promontórios até onde a nossa vista alcançava, em ataques intermináveis. Talvez aquela água estivesse a meio caminho da Inglaterra na noite anterior.

"'Angie', dos Stones", a voz de taquara rachada no rádio de Corey disse. "Essa daí eu desenterrei, um hit do passado que é de deixar você ligado, um balanço saído da tumba, um disco sem risco. Sou Bobby. Esta deveria ser a noite de Fred, mas Fred pegou a gripe. Ele está todo inchado." Susie deu então uma risadinha, com as primeiras lágrimas nos cílios. Comecei a andar na direção da praia um pouco mais rápido, para que ela ficasse quieta.

— Espera aí! — Corey gritou. — Bernie? Ei, Bernie, espera aí!

O cara no rádio estava lendo uns poeminhas sacanas, e uma garota lá no fundo perguntou-lhe onde tinha colocado a cerveja. Ele respondeu alguma coisa, mas a essa altura já estávamos na praia. Olhei para trás, para ver como Corey estava indo. Ele descia sentado, escorregando com a bunda, como o habitual, e parecia tão ridículo que tive pena dele.

— Vem correr comigo — eu disse a Susie.

— Por quê?

Dei um tapa no seu traseiro e ela soltou um gritinho agudo.

— Só porque é gostoso correr.

Corremos. Ela ficou para trás, ofegando como um cavalo e gritando para que eu fosse mais devagar, mas tirei-a da cabeça. O vento passava correndo pelos meus ouvidos e afastava o cabelo da minha testa. Pude sentir o cheiro do sol no mar, acre e penetrante. A arrebentação batia forte. As ondas eram como espuma de vidro preto. Chutei para longe minhas sandálias de borracha e corri pela areia descalço, sem ligar para as espetadelas de uma ou outra concha pontuda. Meu sangue rugia nas veias.

E então lá estava o abrigo, com Neddles já dentro, e Kelly e Joan de pé ao lado, de mãos dadas e olhando para o mar. Rolei para a frente, sentindo a areia descer pelas costas da minha camiseta, e esbarrei nas pernas de Kelly. Ele caiu por cima de mim e esfregou minha cara na areia enquanto Joan ria.

Levantamos e sorrimos uns para os outros. Susie tinha desistido de correr e vinha se arrastando em nossa direção. Corey quase a alcançou.

— Bela fogueira — Kelly disse.

— Você acha que ele veio mesmo de Nova York, como disse? — Joan perguntou.

— Não sei.

De qualquer modo, eu não achava que isso importasse. Estava atrás da direção de um grande Lincoln quando o encontramos, semiconsciente e delirando. Sua cabeça estava inchada, do tamanho de uma bola de futebol americano, e seu pescoço parecia um salsichão. Ele tinha Captain Trips* e não duraria muito, também. Então, nós o levamos até o promontório que se projeta sobre a praia e o queimamos. Ele disse que seu nome era Alvin Sackheim. Ficava o tempo todo chamando pela avó. Pensou que Susie era sua avó. Ela achou graça disso, Deus sabe por quê. Susie acha graça das coisas mais estranhas.

Foi idéia de Corey queimá-lo, mas começou como uma brincadeira. Ele tinha lido todos aqueles livros sobre feitiçaria e magia negra na faculdade, e ficava nos olhando de esguelha, na escuridão, ao lado do Lincoln de Alvin Sackheim, e dizendo que se fizéssemos um sacrifício aos deuses negros, talvez os espíritos continuassem a nos proteger da A6.

É claro que nenhum de nós acreditava realmente naquela bobagem, mas a conversa foi ficando cada vez mais séria. Era uma coisa nova a se fazer, e finalmente fomos em frente e fizemos. Amarramos o sujeito àquela espécie de telescópio lá em cima — você coloca uma moeda e num dia claro consegue ver até o Farol de Portland. Usamos nosssos cintos para amarrá-lo, depois começamos a remexer o chão ao redor em busca de arbustos secos e pedaços de madeira trazida pelo mar, feito crianças brincando de um novo tipo de esconde-esconde. Durante todo o tempo em que fizemos isso, Alvin Sackheim ficou largado no seu canto murmurando qualquer coisa para a avó. Os olhos de Susie ficaram muito brilhantes, e ela respirava rápido. Aquilo realmente a estava deixando empolgada. Quando a gente estava lá embaixo na ravina, do outro lado da ponta de pedra, ela se inclinou na minha direção e me beijou. Estava usando batom demais e foi como beijar uma dentadura engordurada.

---

* Vírus que assola o mundo no livro de Stephen King *A dança da morte* (1978). (N. da E.)

Afastei-a de mim, e foi então que ela começou a amarrar aquela tromba.

Voltamos lá para cima, todos nós, e empilhamos galhos secos e gravetos ao redor da cintura de Alvin Sackheim. Needles ateou fogo à pira com seu Zippo, e as chamas se espalharam rápido. No final, logo antes de seu cabelo pegar fogo, o sujeito começou a gritar. O cheiro era igualzinho ao do porco agridoce chinês.

— Você tem um cigarro, Bernie? — Needles perguntou.

— Tem mais ou menos uns cinqüenta pacotes bem atrás de você.

Ele sorriu e matou com um tapa um mosquito que estava picando seu braço.

— Não quero me mexer.

Dei-lhe o cigarro e me sentei. Susie e eu encontramos Needles em Portland. Ele estava sentado no meio-fio em frente ao State Theater, tocando melodias do Leadbelly num velho violão Gibson, grandão, que havia roubado em algum lugar. O som ecoava pela Congress Street como se ele estivesse tocando numa casa de shows.

Susie parou diante de nós, ainda sem fôlego.

— Você não presta, Bernie.

— Vamos lá, Sue. Vira o disco. Esse lado já encheu.

— Seu canalha. Seu estúpido, seu insensível filho de uma puta. *Cretino!*

— Vá embora — eu disse —, ou vai ficar com um olho roxo, Susie. Não duvide.

Ela começou a chorar outra vez. Era realmente boa nisso. Corey se aproximou e tentou colocar o braço ao redor de seus ombros. Ela lhe deu uma cotovelada no meio das pernas, e ele cuspiu em seu rosto.

— Eu te *mato!* — ela se atirou sobre ele, gritando e chorando, agitando as mãos. Corey recuou, quase caiu, depois se virou e correu. Susie seguiu-o, berrando obscenidades histéricas. Needles jogou a cabeça para trás e riu. O som do rádio de Corey chegava bem fraco até nós por sobre as ondas da arrebentação.

Kelly e Joan tinham-se afastado. Eu podia vê-los na beira da água, caminhando com os braços ao redor da cintura um do outro. Pareciam uma propaganda na vitrine de uma agência de viagens — *Voe para a bela St. Lorca.* Era legal. O lance deles era bacana.

— Bernie?

— O quê? — eu estava sentado fumando e pensando em Needles girando a parte de cima do seu Zippo, fazendo a pedra do isqueiro bater no metal, acendendo o fogo como um homem das cavernas.

— Eu peguei — Needles disse.

— É? — olhei para ele. — Tem certeza?

— Tenho sim. Minha cabeça está doendo. Meu estômago está doendo. Dói quando eu mijo.

— Vai ver que é só a gripe de Hong Kong. Susie teve a gripe de Hong Kong. Ela queria uma Bíblia. — eu ri. Isso tinha acontecido quando ainda estávamos na Universidade, cerca de uma semana antes que fosse fechada para valer, um mês antes de começarem a levar os corpos em caminhões de lixo e enterrá-los em valas comuns com retroescavadeiras.

— Olhe — ele acendeu um fósforo e segurou-o no ângulo do queixo. Eu podia ver as primeiras manchas triangulares, os primeiros inchaços. Era a A6, sem dúvida.

— Certo — eu disse.

— Não me sinto tão mal assim — ele disse. — Na minha cabeça, quero dizer. Mas você, você pensa nisso um bocado. Dá para ver.

— Não penso, não.

Mentira.

— Claro que pensa. Como aquele cara hoje à noite. Você também está pensando nisso. Provavelmente fizemos um favor a ele, se formos analisar a situação. Acho que ele nem sabia o que estava acontecendo.

— Ele sabia.

Ele deu de ombros e se virou de lado:

— Não importa.

Ficamos fumando, e eu observava as ondas indo e vindo. Needles estava com a Captain Trips. Isso tornava tudo real outra vez. Já estávamos no final de agosto, e em algumas semanas o frio do outono começaria a se aproximar. Seria hora de irmos para dentro de algum lugar. Inverno. Mortos lá pelo Natal, talvez, todos nós. Na sala de estar de alguém com o radiogravador caro de Corey no alto de uma estante cheia de exemplares de Seleções e o sol fraco do inverno cobrindo o tapete com os padrões sem sentido das vidraças da janela.

A visão foi tão clara que me fez estremecer. Ninguém deveria pensar sobre o inverno em agosto. É como alguém caminhando sobre a sua sepultura.

Needles riu.

— Está vendo? Você pensa nisso *sim*.

O que eu podia dizer? Fiquei de pé.

— Vou procurar a Susie.

— Talvez nós sejamos as últimas pessoas na face da Terra, Bernie. Já pensou nisso?

Sob a luz fraca da lua, ele já parecia meio morto, com círculos sob os olhos e dedos pálidos, imóveis como lápis.

Desci até a arrebentação e olhei para o mar. Não havia nada para ver além das corcovas inquietas e móveis das ondas, cobertas por delicados cachos de espuma. O estrondo da arrebentação era imenso ali embaixo, maior do que o mundo. Era como estar de pé dentro de uma tempestade de relâmpagos. Fechei os olhos e girei sobre meus pés descalços. A areia estava fria e úmida e compacta. E se fôssemos as últimas pessoas na face da Terra, e daí? Aquilo continuaria enquanto houvesse uma lua para atrair a água.

Susie e Corey estavam na praia. Susie estava montada nele como se ele fosse um potro selvagem, batendo com sua cabeça na água que ia e vinha, espumando. Corey chapinhava e batia os braços. Os dois estavam ensopados. Fui até lá e empurrei-a com o pé. Corey saiu chapinhando de quatro, bufando e ofegando.

— Eu *te odeio!* — Susie gritou para mim. Sua boca, numa careta, era um crescente negro. Parecia a entrada de uma casa dos horrores. Quando eu era criança, minha mãe costumava nos levar ao Harrison State Park, e lá havia uma casa dos horrores com o rosto grandão de um palhaço na frente. A gente entrava pela boca.

— Vamos lá, Susie. De pé, Rex — estendi a mão. Ela segurou-a um pouco relutante e levantou-se. Havia areia molhada grudada na sua blusa e na sua pele.

— Você não precisava me empurrar, Bernie. Você nunca...

— Vamos lá — ela não era igual a uma *jukebox*; você nunca precisava colocar uma moeda e ela nunca desligava da tomada.

Caminhamos pela praia na direção da loja de conveniência. O homem que dirigia aquele lugar tinha um pequeno apartamento no segundo andar. Havia uma cama ali. Na verdade, ela não merecia uma cama, mas Needles estava certo a respeito disso. Ninguém estava mais contando a pontuação no jogo.

A escada era na parte lateral da construção, e fiz uma pausa por apenas um minuto, a fim de olhar pela janela quebrada para as mercadorias empoeiradas lá dentro, que ninguém tinha se dado ao trabalho de saquear — prateleiras com casacos de moletom ("Anson Beach" e uma fotografia do céu e das ondas impressa na frente), pulseiras reluzentes que deixariam o pulso verde no segundo dia, brincos brilhantes que eram verdadeira sucata, bolas para jogar na praia, cartões com dizeres sacanas, madonas de cerâmica muito mal pintadas, vômito de plástico (*Parece tão real! Experimente com a sua mulher!*), estrelinhas para uma festa de Quatro de Julho que nunca houve, toalhas de praia com uma garota voluptuosa de biquíni, de pé em meio aos nomes de centenas de balneários famosos, flâmulas (*Lembrança de Anson Beach & Park*), balões, roupa de banho. Havia uma lanchonete na frente, com um cartaz dizendo EXPERIMENTE A NOSSA TORTA ESPECIAL DE MEXILHÕES.

Eu costumava vir um bocado a Anson Beach quando ainda estava na escola. Isso foi sete anos antes da A6, e eu saía com uma garota chamada Maureen. Ela era alta. Tinha um maiô cor-de-rosa de xadrez. Eu costumava dizer a ela que parecia uma toalha de mesa. Tínhamos caminhado pelo deque em frente àquela loja, descalços, as tábuas quentes e cheias de areia sob nossos calcanhares. Nunca experimentamos a torta especial de mexilhões.

— Para o que você está olhando?
— Nada. Venha.

Tive sonhos horríveis com Alvin Sackheim, que me fizeram suar. Ele estava atrás da direção do seu Lincoln amarelo reluzente, falando sobre a avó. Não passava de uma cabeça inchada e enegrecida, e um esqueleto carbonizado. Cheirava a queimado. Falava sem parar, e depois de algum tempo eu já não conseguia mais distinguir uma única palavra. Acordei respirando com dificuldade.

Susie estava escarrapachada por cima das minhas coxas, pálida e inchada. Meu relógio marcava 3h50, mas tinha parado. Ainda estava escuro lá fora. As ondas da arrebentação golpeavam a areia, com um estrondo. Maré alta. Digamos que fossem 4h15. Luz em breve. Saí da cama e fui até a porta. Era agradável sentir a brisa do mar no meu corpo. Apesar de tudo, eu não queria morrer.

Fui até o canto e peguei uma cerveja. Havia três ou quatro caixas de Bud empilhadas junto à parede. Estava quente, porque não havia eletricidade. Mas não me incomodo em beber cerveja quente, como algumas pessoas. Só faz um pouco mais de espuma. Cerveja é cerveja. Saí para o patamar e me sentei, e abri a lata, e bebi.

Então ali estávamos nós, com toda a raça humana exterminada, não por armas atômicas ou biológicas ou poluição ou alguma coisa *grandiosa* desse tipo. *Apenas a gripe.* Eu gostaria de colocar uma placa imensa em algum lugar, no Bonneville Salt Flats, talvez. Bronze Square. Com cinco quilômetros de comprimento. E em grandes letras em alto-relevo o aviso diria, para ajudar algum alienígena aterrissando por aqui: APENAS A GRIPE.

Joguei a lata de cerveja por cima do corrimão. Ela aterrissou com um retinir oco no caminho cimentado que contornava a construção. O telhado era um triângulo preto na areia. Imaginei se Needles estaria acordado. Imaginei se eu estaria.

— Bernie?

Ela estava de pé, na porta, usando uma das minhas camisetas. Odeio isso. Ela sua feito um porco.

— Você não gosta mais muito de mim, não é mesmo, Bernie?

Eu não disse nada. Havia momentos em que eu ainda conseguia lamentar tudo aquilo. Ela não me merecia, não mais do que eu a ela.

— Posso me sentar com você?

— Duvido que haja espaço suficiente para nós dois.

Ela fez um barulho de soluço sufocado e começou a voltar lá para dentro.

— Needles está com A6 — eu disse.

Ela parou e olhou para mim. Seu rosto estava imóvel.

— Sem piadas, Bernie.

Acendi um cigarro.

— Não é possível! Ele teve...

— É, ele teve A2. A gripe de Hong Kong. Assim como você e eu e Corey e Kelly e Joan.

— Mas isso significa que ele não é...
— Imune.
— É. Então nós poderíamos pegar.
— Talvez ele tenha mentido quando disse que tinha tido A2. Para que a gente trouxesse ele conosco, daquela vez — eu disse.

O alívio se espalhou pelo seu rosto.

— Claro, foi isso. Eu teria mentido, no lugar dele. Ninguém gosta de ficar sozinho, não é? — ela hesitou. — Você vem para a cama?
— Agora não.

Ela entrou. Eu não precisava lhe dizer que a A2 não era uma garantia contra a A6. Ela sabia disso. Simplesmente preferia esquecer. Fiquei sentado olhando as ondas. O mar estava mesmo forte. Anos atrás, Anson tinha sido o único lugar mais ou menos decente para o surfe no estado. O promontório era uma corcova escura e saliente contra o céu. Eu tinha a impressão de ver o posto de observação erguendo-se verticalmente, mas provavelmente era só imaginação. Às vezes Kelly levava Joan até o topo do promontório. Acho que eles não estavam ali naquela noite.

Coloquei o rosto nas mãos e o apertei, sentindo a pele, sua granulação e sua textura. Tudo estava se estreitando tão depressa, e tudo era tão miserável — não havia dignidade naquilo.

As ondas se aproximando, se aproximando, se aproximando. Sem limite. Limpas e profundas. Tínhamos vindo aqui no verão, Maureen e eu, no verão depois da escola, no verão antes da faculdade e da realidade e da A6 chegando do sudeste da Ásia e cobrindo o mundo como uma mortalha, julho, tínhamos comido pizza e ouvido o rádio dela, eu tinha passado óleo em suas costas, ela tinha passado óleo nas minhas, o ar estava quente, a areia brilhava, o sol era como um vidro em chamas.

Eu Sou o Portal

Richard e eu estávamos sentados na varanda, olhando para o Golfo, por sobre as dunas. A fumaça do cigarro dele pairava suavemente no ar, mantendo os mosquitos a uma distância segura. A água estava clara, um tom de água-marinha suave, e o céu era de um azul mais escuro, mais intenso. Uma combinação agradável.

— Você é o portal — Richard repetiu, pensativo. — Tem certeza de que matou o garoto... não foi só um sonho?

— Não foi um sonho. E eu também não matei... eu te disse isso. Eles mataram. Eu sou o portal.

Richard suspirou.

— Você o enterrou?

— Enterrei.

— Consegue se lembrar onde foi?

— Sim — levei a mão ao bolso da camisa e peguei um cigarro. Minhas mãos estavam desajeitadas cobertas de ataduras. Coçavam de uma forma insuportável. — Se você quiser ver, vai ter que pegar o bugre. Não dá para sair empurrando isto — indiquei minha cadeira de rodas — pela areia.

O bugre de Richard era um Volkswagen 59 tala larga. Com ele, Richard recolhia madeira flutuante. Desde que se aposentara no mercado imobiliário em Maryland, vivia em Key Caroline, construindo esculturas com madeira trazida pelo mar que vendia aos turistas de inverno a preços escandalosos.

Ele tragou o cigarro e olhou na direção do Golfo.

— Ainda não. Pode me contar mais uma vez?

Suspirei e tentei acender o cigarro. Ele afastou os fósforos de mim e acendeu ele mesmo. Traguei duas vezes, com força. A coceira em meus dedos era enlouquecedora.

— Tudo bem — eu disse. — Ontem à noite, às sete, lá estava eu, olhando para o Golfo e fumando, exatamente como agora, e...

— Antes disso — ele sugeriu.

— Antes?

— Fale-me do vôo.

Balancei a cabeça.

— Richard, já falamos sobre isso várias vezes. Não há nada...

O rosto cheio de rugas e fissuras era tão enigmático quanto o de suas próprias esculturas em madeira.

— Talvez você se lembre — ele disse. — Agora talvez você se lembre.

— Você acha?

— É possível. E quando tiver terminado, podemos procurar o túmulo.

— O túmulo — eu disse.

O som era oco, horrível, mais escuro do que tudo, mais escuro mesmo do que aquele terrível oceano pelo qual Cory e eu tínhamos navegado, cinco anos atrás. Escuro, escuro, escuro.

Por trás das ataduras, meus novos olhos fitavam cegamente a escuridão que lhes era imposta pelas ataduras. Coçavam.

Cory e eu fomos colocados em órbita pelo Saturno 16, aquele que todos os comentaristas chamavam de foguete Empire State Building. Era mesmo um monstrengo. Fazia com que o velho Saturno 1-B parecesse um brinquedo, e decolava de uma casamata com 60 metros de profundidade — tinha de ser assim, de modo a não levar consigo metade do Cabo Kennedy.

Circundamos a Terra, verificando todos os nossos sistemas, e então acionamos os propulsores. Em direção a Vênus. Deixamos para trás uma briga do Senado a respeito de um projeto de orçamento para novas explorações do espaço e um punhado de gente da NASA rezando para que encontrássemos alguma coisa, qualquer coisa.

— Não importa o quê — Don Lovinger, o garoto prodígio particular do Projeto Zeus, gostava de ficar dizendo depois de tomar umas e outras. — Vocês têm todos os aparelhos, mais cinco câmeras de TV envenenadas e um telescópio bem bacaninha com um zilhão de lentes e filtros. Encontrem um pouco de ouro ou platina. Melhor ainda, encontrem alguns homenzinhos azuis, bonzinhos e burros, para a gente explorar e se sentir superior. Qualquer coisa. Até mesmo o fantasma de Howdy Doody* seria um bom começo.

Cory e eu estávamos suficientemente ansiosos para atendê-lo, se pudéssemos. Nada tinha funcionado para o programa espacial. Desde Borman, Anders e Lovell, que tinham feito a órbita da Lua em 68 e encontrado um mundo vazio e hostil, parecido com a areia suja de uma praia, até Markhan e Jacks, que pisaram em Marte 11 anos mais tarde, encontrando uma superfície deserta e árida de areia congelada e algum líquen tentando sobreviver, o programa espacial fora um caro fracasso. E tinha havido vítimas — Pedersen e Lederer, circundando eternamente o Sol quando de súbito nada mais funcionava no penúltimo vôo da Apollo. John Davis, cujo pequenino observatório orbital foi atingido por um meteoróide, o que tinha uma chance em mil de acontecer. Não, o programa espacial não ia nada bem. Ao que tudo indicava, a órbita de Vênus talvez fosse nossa última chance de afirmar "nós dissemos".

Estávamos no espaço havia 16 dias — comíamos um bocado de concentrados, jogávamos um bocado de buraco e trocávamos resfriados um com outro — e do ponto de vista técnico aquela era uma missão bem moleza. Perdemos um conversor de umidade no terceiro dia, ligamos o sobressalente e isso foi tudo, exceto por detalhes sem importância, até a reentrada. Observamos Vênus crescer de uma estrela a uma moedinha de 25 centavos e depois a uma bola de cristal leitosa, trocávamos piadas com o controle em Huntsville, ouvíamos fitas de Wagner e dos Beatles, cuidávamos dos experimentos automatizados que tratavam de tudo desde a medição do vento solar até a navegação do espaço. Fizemos duas correções do curso, ambas infinitesimais, e no nono dia de vôo Cory foi lá fora e bateu na DESA retrátil até que ela decidiu funcionar. Não havia nada fora do costumeiro até que...

---

* Marionete que estrelava um programa televisivo para crianças entre 1947 e 1960, nos EUA. (N. da E.)

— DESA — disse Richard. — O que é isso?

— Um experimento que não teve bom resultado. No jargão da Nasa, significa *Deep Space Antenna**. Estávamos transmitindo impulsos de alta freqüência para quem estivesse a fim de ouvir — esfreguei os dedos na calça, mas não adiantou; na verdade, até piorou. — A mesma idéia do radiotelescópio em West Virginia. Você sabe, aquele que ouve as estrelas. Só que, em vez de ouvir, estávamos transmitindo, sobretudo para os planetas mais afastados, Júpiter, Saturno e Urano. Se há vida inteligente por lá, estava tirando um cochilo.

— Só o Cory saiu da nave?

— Só. E se trouxe alguma praga interestelar, a telemetria não mostrou.

— Mesmo assim...

— Não importa — eu disse, irritado. — Só o aqui e o agora importam. Mataram o garoto ontem à noite, Richard. Não foi uma coisa bonita de se ver... ou sentir. Sua cabeça... explodiu. Como se alguém tivesse tirado seu cérebro do crânio e colocado uma granada no lugar.

— Termine a história — ele disse.

Dei uma risada cínica.

— O que há para contar?

Entramos numa órbita excêntrica ao redor do planeta. Era radical e se deteriorava, 512 por cento e 12 quilômetros. Essa foi a primeira volta. Na segunda, nosso apogeu foi ainda mais alto, e o perigeu mais baixo. Tínhamos um máximo de quatro órbitas. Fizemos todas as quatro. Demos uma boa olhada no planeta. E também tiramos mais de seiscentas fotografias e filmamos sabe Deus quantos metros de filme.

A cobertura de nuvens é composta por partes iguais de metano, amônia, poeira e lixo voador. O planeta inteiro se parece com o Grand Canyon num túnel de vento. Cory estimou a velocidade do vento em cerca de 950 km/h perto da superfície. Nossa sonda bipou durante todo o trajeto até o solo, depois pifou. Não vimos vegetação ou sinais de vida. O espectroscópio só indicava traços dos minerais valiosos. E Vênus era isso aí. Nada além de nada — a não ser o fato de que me deu medo. Foi como circundar uma casa mal-assombrada no meio do espaço. Sei que

---

* Antena de grande alcance projetada para funcionar nas profundezas do espaço. (N. da T.)

isso não soa nada científico, mas fiquei apavorado até que saíssemos da lá. Acho que se nossos foguetes não tivessem pifado, eu teria cortado a garganta na descida. Não é como a Lua. A Lua é desolada, mas de algum modo antisséptica. Aquele mundo que vimos era completamente diferente de qualquer coisa que alguém jamais tenha visto. Talvez a existência daquela nuvem sobre o planeta seja uma coisa boa. Era como um crânio cuja carne tivesse sido arrancada — é o mais próximo que consigo chegar.

Ao regressar, ouvimos que o Senado havia votado pela redução dos fundos de exploração espacial à metade. Cory disse alguma coisa como "parece que estamos de volta ao mercado dos satélites meteorológicos, Artie." Mas eu estava quase feliz. Talvez lá em cima não seja o nosso lugar.

Doze dias mais tarde, Cory estava morto, e eu, aleijado para sempre. Os problemas aconteceram ao regressar. A descida foi um fracasso. Mais uma das pequeninas ironias da vida! Tínhamos ficado no espaço por mais de um mês, ido mais longe do que qualquer ser humano, e tudo acabou do jeito que acabou porque algum cara estava com pressa para tomar um cafezinho e deixou que algumas linhas embaraçassem.

Batemos com força. Um sujeito que estava num dos helicópteros disse que parecia um bebê gigante caindo do céu, arrastando a placenta atrás de si. Perdi a consciência com a colisão.

Voltei a mim quando estavam me levando pelo convés do *Portland*. Não tiveram nem mesmo a chance de desenrolar o tapete vermelho em que teoricamente devíamos pisar. Eu estava sangrando. Sangrando e sendo levado às pressas para a enfermaria sobre um tapete vermelho que nem de longe parecia tão vermelho quanto eu...

— ...Fiquei em Bethesda por dois anos. Eles me deram a Medalha de Honra e um bocado de dinheiro e esta cadeira de rodas. Vim para cá no ano passado. Gosto de observar os foguetes decolando.

— Eu sei — Richard disse. Fez uma pausa. — Mostre-me suas mãos.

— Não — a resposta veio bem rápida e áspera. — Não posso deixar que eles vejam. Já te disse isso.

— Cinco anos se passaram — Richard disse. — Por que agora, Arthur? Pode me dizer?

— Não sei. Não sei! Talvez o que quer que seja tenha um longo período de gestação. Ou quem pode garantir que arranjei isso lá em cima? O que quer que fosse, pode ter entrado em mim em Fort Lauderdale. Ou exatamente aqui nesta varanda, pelo que sei.

Richard suspirou e olhou para a distância além da água, agora avermelhada com o sol do fim da tarde.

— Estou tentando. Arthur, não quero pensar que você está ficando biruta.

— Se eu tiver que te mostrar as minhas mãos, então mostro — falei eu. Foi um esforço dizê-lo. — Mas só se eu tiver que mostrar.

Richard ficou de pé e pegou a bengala. Sua aparência era envelhecida e frágil.

— Vou pegar o bugre. Vamos procurar o garoto.

— Obrigado, Richard.

Ele caminhou na direção da estrada de terra esburacada que levava à sua cabana — eu só conseguia ver o teto sobre a Grande Duna, aquela que tem quase toda a extensão de Key Caroline. Sobre a água, na direção do Cabo, o céu assumira uma cor feia de ameixa, e o som de trovões distantes chegou aos meus ouvidos.

Eu não sabia o nome do garoto, mas costumava vê-lo de vez em quando, caminhando pela praia ao pôr do sol, com sua peneira debaixo do braço. O sol o deixara quase negro, e sempre estava vestido apenas com um par de bermudas de brim. Na outra extremidade de Key Caroline há uma praia pública, e um jovem empreendedor pode tirar talvez uns 5 dólares num bom dia, peneirando pacientemente a areia em busca de moedas de 10 ou 25 centavos enterradas. De vez em quando eu acenava para ele, e ele acenava de volta, ambos estranhos que se evitavam e ainda assim irmãos, moradores permanentes diante de um mar de turistas gastando dinheiro, dirigindo Cadillacs e falando alto. Imagino que ele vivesse no pequeno povoado que se aglomerava ao redor do correio, a cerca de uns 700 metros dali.

Quando passou, naquela tarde, eu já estava na varanda havia uma hora, imóvel, observando. Tinha tirado as ataduras mais cedo. A coceira ficara intolerável, e sempre era melhor quando eles podiam olhar com os próprios olhos.

Era uma sensação sem paralelo no mundo inteiro — como se eu fosse um portal ligeiramente entreaberto através do qual eles espiavam um mundo que odiavam e temiam. Mas a pior parte era que, de certa forma, eu também podia ver. Imagine sua mente transportada para o corpo de uma mosca doméstica, uma mosca olhando para o seu próprio rosto com mil olhos. Então talvez você comece a entender por que eu mantinha as ataduras nas minhas mãos mesmo quando não havia ninguém por perto para vê-las.

Começou em Miami. Eu tinha uns assuntos por lá com um homem chamado Cresswell, um investigador do Departamento da Marinha. Ele me analisa uma vez por ano — durante algum tempo, eu estive mais perto do que qualquer outra pessoa jamais esteve daqueles assuntos confidenciais que o nosso programa espacial tem. Não sei o que ele busca; um brilho traidor em meus olhos, talvez, ou talvez uma letra escarlate em minha testa. Deus sabe por quê. Minha pensão é alta o suficiente para ser quase vergonhosa.

Cresswell e eu estávamos sentados na varanda de seu quarto de hotel, bebericando drinques e discutindo o futuro do programa espacial americano. Era por volta das 3h15. Meus dedos começaram a coçar. Não foi nem um pouco gradual. Foi acionado, como uma corrente elétrica. Mencionei-o a Cresswell.

— Então você pegou alguma hera venenosa naquela ilhota tuberculosa — ele disse, rindo.

— A única vegetação de Key Caroline é um arbustinho de palmito — eu disse. — Talvez seja a coceira do sétimo ano.

Baixei os olhos para minhas mãos. Mãos absolutamente comuns. Mas que coçavam.

No final da tarde, assinei o mesmo velho papel ("Juro solenemente não ter recebido ou fornecido e divulgado informações que poderiam...") e dirigi de volta a Key. Tenho um velho Ford, equipado com freio e acelerador operados manualmente. Adoro esse carro — ele faz com que eu me sinta auto-suficiente.

O caminho de volta é demorado, pela Rota 1, e quando saí da grande rodovia, pegando o desvio para Key Caroline, já estava quase enlouquecendo. Minhas mãos coçavam insuportavelmente. Se você já passou pela cicatrização de um corte profundo ou de uma incisão cirúrgica, talvez tenha alguma idéia do tipo de coceira a que estou me referindo. Coisas vivas pareciam estar rastejando e escavando dentro da minha pele.

O sol já tinha quase se posto e observei cuidadosamente minhas mãos à luz do painel. As pontas agora estavam vermelhas, vermelhas em pequeninos círculos perfeitos, logo acima da parte macia em que ficam as impressões digitais, naquele lugar em que se formam calos quando você toca violão. Também havia círculos vermelhos de infecção no espaço entre a primeira e segunda junta de cada polegar e cada dedo, e na pele entre a segunda junta e o nó dos dedos. Apertei os dedos da mão direita contra os lábios e os retirei rapidamente, com uma súbita repulsa. Um sentimento de absoluto horror subira pela minha garganta, rouco e abafado. A pele onde os pontos vermelhos tinham aparecido estava quente, febril, e a carne estava mole e gélida, como o miolo de uma maçã apodrecida.

Dirigi o resto do caminho tentando persuadir-me de que de fato colocara a mão numa hera venenosa, de algum modo. Mas no fundo da minha mente havia um outro pensamento, bem desagradável. Eu tinha uma tia, na infância, que passou os últimos dez anos de vida encarcerada longe do mundo num quarto, no andar de cima. Minha mãe levava-lhe suas refeições, e seu nome era assunto proibido. Mais tarde descobri que ela tinha hanseníase — lepra.

Quando cheguei em casa, liguei para o Dr. Flanders, no continente. Falei com seu serviço de atendimento. O Dr. Flanders tinha embarcado num cruzeiro de pesca, mas se fosse urgente, o Dr. Ballanger...

— Quando é que o Dr. Flanders vai voltar?

— Amanhã de tarde, no máximo. Isso seria...

— Claro.

Desliguei devagar, e então liguei para o Richard. Deixei tocar uma dezena de vezes antes de desligar. Em seguida, fiquei sentado, indeciso, durante algum tempo. A coceira tinha aumentado. Parecia emanar da própria carne.

Rolei com a cadeira de rodas até a estante de livros, e puxei a enciclopédia médica já bastante usada que eu tinha havia anos. O livro era insuportavelmente vago. Podia ser qualquer coisa, ou nada.

Reclinei e fechei os olhos. Podia ouvir o tique-taque do velho relógio de navio na prateleira, do outro lado da sala. Havia o zumbido fraco e distante de um jato, a caminho de Miami. Havia o murmúrio suave de minha própria respiração.

Eu ainda olhava para o livro.

A noção foi chegando de mansinho, até que bateu com uma rapidez assustadora. Meus olhos estavam fechados, mas eu ainda olhava para o livro. O que via era algo manchado e monstruoso, a duplicata distorcida e em quatro dimensões de um livro, inconfundível apesar de tudo isso.

E eu não era o único a observar.

Abri de uma vez os olhos, sentindo o aperto em meu coração. A sensação passou um pouco, mas não inteiramente. Eu olhava para o livro, via a página impressa e os diagramas com meus próprios olhos, uma experiência cotidiana perfeitamente normal, e também via de um ângulo diferente, mais baixo, com outros olhos. Via não um livro, mas um objeto alienígena, algo com uma forma monstruosa e intenções ameaçadoras.

Levei as mãos devagar até o rosto, vendo a imagem assustadora da transformação de minha sala de estar em uma casa dos horrores.

Gritei.

Havia olhos me espiando através de fendas na carne dos meus dedos. E mesmo no instante em que eu observava, a pele se dilatava, se recolhia, conforme eles abriam um insano caminho até a superfície.

Mas não foi isso o que me fez gritar. Eu tinha olhado para o meu próprio rosto e visto um monstro.

O bugre avançou por sobre o alto da colina e Richard parou junto à varanda. O motor acelerava e pipocava. Desci rolando minha cadeira de rodas pelo plano inclinado até ficar à direita dos degraus normais, e Richard me ajudou a entrar.

— Muito bem, Arthur — ele disse. — A festa é sua. Para onde vamos?

Apontei na direção da água, onde a Grande Duna finalmente começa aos poucos a sumir. Richard fez que sim com a cabeça. As rodas traseiras derraparam, cuspindo areia, e partimos. Eu normalmente encontrava tempo para zombar de Richard na direção, mas naquela noite não me dei ao trabalho. Havia muito mais em que pensar — e muito mais para sentir: eles não queriam a escuridão, podia senti-los esforçando-se para ver através das ataduras, obrigando-me a arrancá-las.

O bugre quicava e roncava pela areia, na direção da água, parecendo quase levantar vôo do alto das pequenas dunas. À esquerda, o sol descia num esplendor vermelho como sangue. Bem à nossa frente, do outro lado da água, as nuvens tempestuosas avançavam em nossa direção. Raios bifurcavam-se sobre a superfície.

— É para a sua direita — eu disse. — Ao lado daquele abrigo.

Richard freou o bugre, jogando areia para o ar, ao lado dos restos apodrecidos do abrigo, virou-se para o banco de trás e de lá tirou uma pá. Estremeci quando a vi.

— Onde? — Richard perguntou, sem expressão no rosto.

— Bem aqui — apontei para o local.

Ele saiu e caminhou devagar pela areia até o ponto, hesitou por um segundo, depois afundou a pá na areia. Pareceu cavar durante muito tempo. A areia que lançava por cima do ombro parecia úmida. As nuvens de chuva estavam mais escuras, mais altas, a água parecia raivosa e implacável sob suas sombras e o brilho refletido do pôr do sol.

Eu sabia, bem antes que ele parasse de cavar, que não encontraria o garoto. Eles o haviam tirado dali. Não tinha enfaixado minhas mãos na noite passada, de modo que eles podiam ver — e agir. Se tinham conseguido me usar para matar o garoto, podiam me usar para mudá-lo de lugar, mesmo enquanto dormia.

— Não há nenhum garoto, Arthur — ele atirou a pá suja dentro do bugre e sentou-se cansado no assento.

A tempestade que se aproximava lançava sobre a areia sombras em forma de crescente, que aumentavam pouco a pouco. A brisa cada vez mais intensa jogava areia sobre o corpo enferrujado do bugre. Meus dedos coçavam.

— Eles me usaram para mudá-lo de lugar — eu disse, desanimadamente. — Estão assumindo o controle, Richard. Estão forçando o portal a se abrir aos poucos. Uma centena de vezes por dia, eu me encontro de pé diante de algum objeto perfeitamente familiar, uma espátula, uma fotografia, até mesmo uma lata de feijões, sem a menor idéia de como fui parar ali, com as mãos esticadas, mostrando o objeto para eles, vendo-o como eles vêem, como uma obscenidade, algo deformado e grotesco...

— Arthur — ele disse. — Arthur, não. Não — sob a luz decrescente, seu rosto estava pálido de compaixão. — *De pé* diante de algo, você disse. *Mudando de lugar* o corpo do rapaz, você disse. *Mas você não pode andar, Arthur.* Você está morto da cintura para baixo.

Toquei o painel do bugre.

— Isto aqui também está morto. Mas quando você entra nele, pode fazer com que se mova. Poderia fazer com que matasse. Não poderia deter você, mesmo que quisesse. — Eu podia ouvir minha voz se elevando histericamente. — Eu sou o portal, você não entende isso? Eles mataram o garoto, Richard! Eles mudaram o corpo de lugar!

— Acho que é melhor você procurar um médico — ele disse, em voz baixa. — Vamos voltar. Vamos...

— Pergunte! Pergunte sobre o garoto! Descubra...

— Você disse que nem sabia o nome dele.

— Devia ser do povoado. É um povoado pequeno. Pergunte...

— Falei com Maud Harrington no telefone quando fui pegar o bugre. Se existe alguém mais fofoqueira do que ela no estado, ainda não conheci. Perguntei se tinha ouvido falar de alguém cujo filho não tivesse voltado para casa ontem à noite. Ela disse que não.

— Mas ele é daqui! Tem que ser!

Ele estendeu a mão para girar a chave na ignição, mas eu o detive. Voltou-se para olhar para mim, e comecei a tirar as ataduras das minhas mãos.

No golfo, os trovões ressoavam e rosnavam.

Não fui ao médico e não voltei a ligar para o Richard. Passei três semanas com minhas mãos enfaixadas a cada vez que saía. Três semanas apenas desejando, numa esperança cega, que aquilo simplesmente passasse. Não foi uma atitude racional; admito. Se eu fosse um homem são, que não precisasse de uma cadeira de rodas para as pernas e que tivesse tido uma vida normal numa profissão normal, poderia ter procurado o Dr. Flanders ou o Richard. Ainda poderia, se não fosse pela memória da minha tia, afastada de tudo, virtualmente uma prisioneira, sendo devorada viva por sua própria carne que caía. Então, mantive um silêncio desesperado e rezei para acordar numa bela manhã e descobrir que fora tudo um sonho.

E aos poucos eu os sentia. Eles. Uma inteligência anônima. Nunca me perguntei realmente qual era o seu aspecto, ou de onde tinham vindo. Era irrelevante. Eu era seu portal, e sua janela para o mundo. Havia entre nós comunicação suficiente para que eu sentisse sua repulsa e seu horror, para que soubesse que nosso mundo era bastante diferente do seu. Comunicação suficiente para que eu sentisse seu ódio cego. Mas ainda assim eles observavam. Sua carne estava encravada na minha. Comecei a me dar conta de que estavam me usando, até mesmo me manipulando.

Quando o garoto passou, acenando em seu cumprimento evasivo habitual, eu havia acabado de decidir que entraria em contato com Cresswell através de seu telefone no Departamento da Marinha. Richard estava certo sobre uma coisa — eu tinha certeza de que o quer quer que tivesse se apoderado de mim tinha feito isso no espaço ou naquela estranha órbita ao redor de Vênus. A Marinha me estudaria, mas não ia me transformar num monstro. Eu não teria mais de acordar no meio da escuridão cheia de ruídos e sufocar um grito enquanto sentia-os a observar, observar, observar.

Minhas mãos se estenderam na direção do garoto e eu me dei conta de que não as havia enfaixado. Podia ver os olhos no crepúsculo, observando silenciosamente. Estavam grandes, dilatados, irisados de dourado. Eu havia cutucado um deles com a ponta de um lápis, certa vez, e sentira uma dor excruciante subir pelo meu braço. O olho parecia olhar para mim com um ódio acorrentado que era pior do que a dor física. Não voltei a cutucá-los.

E agora eles observavam o garoto. Senti minha mente derrapar. Um instante mais tarde, havia perdido o controle. O portal estava aberto. Eu cambaleava pela areia em sua direção, as pernas fracas se cruzando por tanto tempo sem uso. Meus próprios olhos pareceram se fechar, e eu só enxergava com aqueles os olhos alienígenas — vi um mar branco, monstruoso, encimado por um céu que era como uma imensa estrada púrpura, vi um barracão inclinado, corroído, que poderia ser a carcaça de alguma criatura desconhecida e carnívora, vi uma criatura abominável que se movia e respirava e carregava um aparelho de madeira e arame debaixo do braço, um aparelho construído com ângulos retos geometricamente impossíveis.

Pergunto-me o que ele pensou, aquele infeliz garoto sem nome, com a peneira debaixo do braço e os bolsos inchados por um acúmulo bizarro de moedas de turistas, cheias de areia, o que ele pensou quando me viu cambaleando em sua direção como um maestro cego regendo uma orquestra lunática, o que ele pensou quando a última luz do dia caiu sobre minhas mãos, vermelhas e abertas e brilhando com todos aqueles olhos, o que ele pensou quando as mãos fizeram aquele gesto súbito no ar, imediatamente antes de sua cabeça explodir.

Sei o que eu pensei.

Pensei que havia espiado por sobre a beira do universo e visto o fogo do próprio inferno.

O vento soprava nas ataduras e as transformava em bandeirolas finas, agitadas, enquanto eu as desatava. As nuvens haviam borrado os restos vermelhos do pôr do sol, e as dunas estavam escuras, tomadas pelas sombras. As nuvens corriam velozes acima de nós.

— Você tem que me prometer uma coisa, Richard — eu disse, por cima do ruído do vento, que aumentava. — Você deve correr se parecer que talvez eu tente... te machucar. Está entendendo?

— Estou. — Sua camisa aberta no pescoço se agitava e ondulava com o vento. Seu rosto estava imóvel, e seus olhos quase não passavam de duas órbitas, no crepúsculo.

A última das ataduras se foi.

Eu olhava para o Richard, e eles olhavam para o Richard. Eu via um rosto que conhecia havia cinco anos e que passara a amar. Eles viam um monolito vivo e distorcido.

— Você está vendo — eu disse, a voz rouca. — Agora você está vendo.

Ele deu um passo involuntário para trás. Seu rosto se deformou com um súbito e incrédulo terror. Relâmpagos iluminaram o céu. Trovões atravessavam as nuvens e a água tinha ficado tão preta quanto o rio Estige.

— Arthur...

Como ele era medonho! Como eu podia ter vivido perto dele, falado com ele? Ele não era uma criatura, mas uma pestilência muda. Ele era...

— Corra! Corra, Richard!

E ele correu. Correu dando saltos imensos. Transformou-se num andaime contra o céu gigantesco. Minhas mãos ergueram-se, ergueram-se por cima de minha cabeça num gesto gritante, estranho, os dedos apelando para a única coisa familiar naquele mundo de pesadelo — apelando para as nuvens.

E as nuvens responderam.

Surgiu a imensa listra branco-azulada de um raio, que se parecia com o fim do mundo. Atingiu Richard, envolveu-o. A última coisa de que me lembro é o fedor elétrico de ozônio e carne queimada.

Quando acordei, estava sentado calmamente em minha varanda, olhando na direção da Grande Duna. A tempestade havia passado, e o ar estava agradavelmente fresco. A lua era uma pequenina fenda prateada. A areia era virginal — não havia sinal de Richard ou do bugre.

Baixei os olhos para minhas próprias mãos. Os olhos estavam abertos, mas vítreos. Tinham-se exaurido. Estavam cochilando.

Eu sabia muito bem o que tinha de ser feito. Antes que o portal se abrisse ainda mais, tinha de ser trancado. Para sempre. Eu já podia notar os primeiros sinais de mudanças estruturais nas próprias mãos. Os dedos estavam começando a encurtar... e a se modificar.

Havia uma pequena lareira na sala de estar, e naquela estação eu tinha o hábito de acender o fogo para me proteger do frio úmido da Flórida. Acendi-o agora, agindo com pressa. Não tinha idéia de quando poderiam acordar e notar o que eu estava fazendo.

Quando o fogo já queimava com intensidade, saí e fui até o tambor de querosene, mergulhando as duas mãos. Eles acordaram imediatamente, gritando de dor. Quase não consegui voltar à sala de estar, e à lareira.

Mas consegui.

Tudo isso aconteceu há sete anos.

Ainda estou aqui, ainda observo os foguetes decolando. Tem havido mais foguetes, ultimamente. Esta é uma administração que se preocupa com o espaço. Já chegaram até a falar sobre mais uma série de sondas tripuladas para Vênus.

Descobri o nome do garoto, não que isso importe. Ele era do povoado, exatamente como pensei. Mas sua mãe imaginava que ia ficar com um amigo no continente naquela noite, e o alarme não foi dado até a segunda-feira seguinte. Richard — bem, todo mundo pensava que Richard era um cara esquisitão, de qualquer modo. Suspeitam que tenha voltado para Maryland ou caído de amores por alguma mulher.

Quanto a mim, sou tolerado, embora eu mesmo tenha uma boa reputação por excentricidade. Afinal de contas, quantos ex-astronautas escrevem regularmente aos seus representantes eleitos, em Washington, defendendo a idéia de que o dinheiro destinado à exploração espacial poderia ser melhor gasto em outro lugar?

Eu me viro muito bem com estes ganchos. Houve uma dor terrível durante o primeiro ano, mais ou menos, mas o corpo humano pode se ajustar a praticamente qualquer coisa. Barbeio-me com eles e até dou os laços dos meus próprios sapatos. E como você pode ver, datilografo bem. Não imagino que vá encontrar dificuldades em colocar a escopeta dentro da boca, ou puxar o gatilho. Começou outra vez há três semanas, sabe.

Há um círculo perfeito de 12 olhos dourados no meu peito.

A Máquina de Passar Roupa

O guarda Hunton chegou à lavanderia no exato momento em que a ambulância partia — devagar, sem sirene ou luzes. Sinistro. Lá dentro, o escritório estava cheio de pessoas silenciosas, andando a esmo, algumas das quais choravam. O local das máquinas em si estava vazio; as grandes lava-roupas automáticas na outra extremidade não haviam sido sequer desligadas. Isso deixou Hunton bastante desconfiado. Aquele monte de gente devia estar no local do acidente, e não no escritório. Era assim que as coisas funcionavam — o animal humano tinha um desejo intrínseco de ver os restos mortais. Então era porque tinha sido grave. Hunton sentiu o estômago se contrair, como sempre acontecia quando o acidente era feio. Catorze anos limpando lixo humano de estradas e ruas e calçadas embaixo de prédios muito altos não tinham sido capazes de eliminar aquele nó na barriga, como se alguma coisa maligna tivesse se coagulado ali.

Um homem numa camisa branca viu Hunton e caminhou em sua direção com relutância. Era um homem que mais parecia um búfalo, com a cabeça projetada para frente por entre os ombros, e o nariz e as bochechas cheios de veias, ou devido à pressão alta, ou a muitas conversas com a garrafa. Tentava escolher as palavras, mas após duas tentativas Hunton interrompeu-o bruscamente:

— O senhor é o proprietário? Sr. Gartley?

— Não... Não. Sou Stanner. O supervisor. Meu Deus, isto...

Hunton pegou o bloco.

— Por favor, mostre-me o local do acidente, Sr. Stanner, e me diga o que aconteceu.

Stanner pareceu ficar mais branco ainda; as manchas em seu nariz e bochechas ressaltaram como se fossem marcas de nascença.

— E-eu preciso mesmo?

Hunton ergueu as sobrancelhas.

— Sinto muito, mas precisa. A ligação que recebi disse que era sério.

— Sério... — Stanner parecia estar travando uma luta com a garganta; por um instante seu pomo-de-adão subiu e desceu como um macaco num galho. — A Sra. Frawley morreu. Jesus, eu gostaria que Bill Gartley *estivesse* aqui.

— O que aconteceu?

Stanner disse:

— É melhor vir até aqui.

Levou Hunton por uma fileira de máquinas de passar manuais, uma máquina de dobrar camisas, e então parou junto de uma marcadora mecânica. Passou a mão trêmula pela testa.

— O senhor vai ter que continuar sozinho, seu guarda. Não consigo olhar de novo. Aquilo me deixa... Não consigo. Desculpe-me.

Hunton circundou a marcadora mecânica com um certo sentimento de desprezo pelo homem. Eles dirigem um negócio desleixado, fazem economia porca, usam canos soldados em casa para o vapor quente, trabalham com perigosos produtos químicos de limpeza sem a proteção adequada e, por fim, alguém se machuca. Ou morre. Então eles não conseguem olhar. Não conseguem...

Hunton viu.

A máquina ainda estava funcionando. Ninguém a desligara. A máquina que mais tarde ele viria a conhecer intimamente: a Passadeira e Dobradeira Rápida Hadley-Watson Modelo-6. Um nome comprido e deselegante. As pessoas que trabalhavam ali em meio ao vapor e à umidade tinham um nome melhor para ela: A máquina de passar roupa.*

Hunton olhou demoradamente, imóvel, e em seguida fez algo que em 14 anos como agente da lei não fizera: virou-se de costas, levou a mão trêmula à boca e vomitou.

---

* No original, *the mangler*, o título do conto. O verbo *to mangle* significa passar roupa, mas também "lacerar", "mutilar", "retalhar". (N. da T.)

— Você não comeu muita coisa — disse Jackson.

As mulheres estavam lá dentro, lavando os pratos e falando sobre os bebês, enquanto John Hunton e Mark Jackson sentavam-se nas cadeiras de jardim perto do churrasco que cheirava bem. Hunton sorriu de leve diante daquele eufemismo. Ele não havia comido nada.

— Hoje houve um dos feios — ele disse. — O pior.

— Batida de carro?

— Não. Industrial.

— Barra-pesada?

Hunton não respondeu de imediato, mas seu rosto se contorceu involuntariamente. Ele tirou uma cerveja do isopor entre eles, abriu-a, e esvaziou a metade.

— Imagino que vocês, professores universitários, não sabem nada a respeito de lavanderias industriais?

Jackson deu um risinho.

— Este aqui sabe. Passei um verão trabalhando numa, antes de me formar.

— Então você conhece a máquina que eles chamam de passadeira rápida?

Jackson fez que sim.

— Claro. Fazem peças grandes e úmidas deslizar por dentro dela, sobretudo lençóis e toalhas. Uma máquina grande, comprida.

— É essa — Hunton disse. — Uma mulher chamada Adelle Frawley ficou presa numa na Lavanderia Blue Ribbon, do outro lado da cidade. A máquina sugou-a lá para dentro.

Jackson pareceu subitamente enjoado.

— Mas... mas isso não pode acontecer, Johnny. Há uma barra de segurança. Se uma das mulheres que alimenta a máquina acidentalmente fica com a mão por baixo, a barra avança e faz a máquina parar. Pelo menos é disso que eu me lembro.

Hunton fez que sim.

— É uma lei estadual. Mas aconteceu.

Hunton fechou os olhos e na escuridão podia ver outra vez a máquina de passar Hadley-Watson, como vira aquela tarde. Tinha o formato de uma caixa comprida e retangular, com 9 metros por 1,8 metro. Ao fim do alimentador, uma esteira móvel de lona passava por baixo da barra de segurança, subia, num ângulo suave, depois descia novamente. A esteira levava os lençóis amassados, secos no vapor, num ciclo contínuo por cima e por baixo de 16 imensos cilindros giratórios, que constituíam a parte principal da máquina. Oito cilindros por cima e oito por baixo, e os lençóis comprimidos no meio como finas fatias de presunto entre pedaços superaquecidos de pão. O calor do vapor nos cilindros podia ser ajustado a até 150 graus, para a secagem máxima. A pressão sobre os lençóis que deslizavam sobre a esteira móvel de lona era ajustada para mais de 700 quilos por metro quadrado, para alisar cada ruga.

E a Sra. Frawley, de algum modo, tinha sido pega e arrastada para dentro. Os cilindros de aço, recobertos de amianto, estavam vermelhos como tinta usada para pintar celeiros, e o vapor que subia da máquina levava o fedor enojante de sangue quente. Pedaços de sua blusa branca e suas calças azuis, até mesmo fragmentos rasgados do seu sutiã e de suas calcinhas tinham sido arrancados e ejetados pela extremidade da máquina quase 10 metros adiante, os maiores pedaços de roupa manchados de sangue e dobrados com uma perfeição grotesca pela máquina automática de dobrar. Mas nem isso chegava a ser o pior.

— A máquina tentou dobrar tudo — ele disse a Jackson, sentindo gosto de bile na garganta. — Mas uma pessoa não é um lençol, Mark. O que eu vi... o que restou dela... — Como Stanner, o infeliz supervisor, ele não conseguiu terminar. — Tiraram-na de lá num cesto — ele disse, a voz baixa.

Jackson assobiou.

— Quem é que vai pagar por isso? A lavanderia ou os fiscais estaduais?

— Ainda não sei — disse Hunton. A imagem maligna ainda estava gravada no fundo de seus olhos, a imagem da máquina de passar chiando e batendo e assobiando, o sangue pingando pelas laterais esverdeadas do comprido gabinete, o *fedor* de queimado dela... — Depende de quem foi que deu o ok àquela maldita barra de segurança, e sob que circunstâncias.

— Se tiver sido a administração, será que eles conseguem escapar desta?

Hunton sorriu sem graça.

— A mulher morreu, Mark. Se Gartley e Stanner estavam economizando na manutenção da máquina de passar, vão para a cadeia. Não importa quem eles conhecem na Câmara Municipal.

— Você acha que eles estavam economizando?

Hunton pensou na Lavanderia Blue Ribbon, mal iluminada, o piso úmido e escorregadio, algumas das máquinas inacreditavelmente velhas e estalando.

— Acho que é provável — ele disse, em voz baixa.

Eles se levantaram ao mesmo tempo para entrar em casa.

— Conte-me o que for descoberto, Johnny — Jackson disse. — Estou interessado.

Hunton estava errado a respeito da máquina de passar; não havia absolutamente nada de errado com ela.

Seis inspetores estaduais examinaram-na antes do inquérito judicial, peça por peça. O exame não relatou coisa alguma. O veredicto do inquérito foi morte por acidente.

Hunton, aturdido, interpelou Roger Martin, um dos inspetores, após a audiência. Martin era alto como um varapau, com óculos fundo de garrafa. Ele manuseava nervosamente uma caneta esferográfica diante das perguntas de Hunton.

— Nada? Absolutamente nada a ver com a máquina?

— Nada — Martin disse. — A barra de segurança, é claro, é o xis da questão. Está perfeitamente em ordem. Você ouviu o depoimento daquela Sra. Gillian. A Sra. Frawley deve ter colocado a mão longe demais. Ninguém viu, estavam acompanhando seu próprio trabalho. Ela começou a gritar. Sua mão já tinha entrado, e a máquina estava puxando seu braço. Tentaram puxá-la para fora em vez de desligar a máquina... puro pânico. Uma outra mulher, Sra. Keene, disse que tentou *sim* desligá-la, mas é provável que tenha apertado o botão de ligar em vez disso, no meio da confusão. A essa altura, já era tarde demais.

— Então a barra de segurança não funcionou direito — Hunton disse, categoricamente. — A menos que ela tenha passado a mão por cima, em vez de por baixo.

— Não é possível. Há uma cobertura de aço inoxidável sobre a barra de segurança. E a própria barra não estava funcionando mal. Fica ligada à própria máquina. Se quebra, a máquina desliga.

— Então como é que isso aconteceu, meu Deus do céu?

— Não sabemos. Meus colegas e eu somos de opinião que a única forma pela qual a máquina de passar poderia ter matado a Sra. Frawley era se ela tivesse caído lá dentro do alto. E ela estava com os dois pés no chão quando aconteceu. Uma dezena de testemunhas podem atestar isso.

— Você está descrevendo um acidente impossível — Hunton disse.

— Não. Apenas um acidente que não conseguimos entender.

Ele fez uma pausa, hesitou, e então falou:

— Vou lhe dizer uma coisa, Hunton, já que você parece estar particularmente interessado neste caso. Se mencionar isto a qualquer outra pessoa, vou negar que disse. Mas eu não gostei daquela máquina. Ela parecia... quase estar debochando de nós. Inspecionei mais de uma dezena de máquinas de passar roupa nos últimos cinco anos, regularmente. Algumas delas estão em tão mau estado que eu não deixaria um cachorro solto perto delas... a lei estadual é lamentavelmente branda. Mas apesar disso tudo, eram apenas máquinas. Esta, no entanto... é uma assombração. Não sei por que, mas é. Acho que se eu tivesse encontrado uma coisa que fosse, o menor detalhe técnico fora de ordem, teria ordenado que se desligasse a máquina. Uma maluquice, não é?

— Senti a mesma coisa — Hunton disse.

— Vou te contar uma coisa que aconteceu há dois anos em Milton — o inspetor disse. Tirou os óculos e começou a limpá-los devagar no colete. — Um sujeito tinha deixado uma velha geladeira no quintal dos fundos. A mulher que nos chamou disse que seu cachorro tinha ficado preso lá dentro e sufocado. Chamamos a polícia municipal para ir à área informar ao sujeito que a máquina tinha que ir para o depósito de lixo. O sujeito era gente boa, lamentava pelo cachorro. Colocou a geladeira na picape e a levou ao depósito de lixo na manhã seguinte. Naquela tarde, uma mulher nas vizinhanças relatou que o filho tinha desaparecido.

— Meu Deus — Hunton disse.

— A geladeira estava no depósito de lixo e o garoto lá dentro, morto. Um garoto inteligente, de acordo com sua mãe. Ela disse que ele nunca brincaria com uma geladeira vazia, assim como não pegaria uma carona com um estranho. Bem, foi o que ele fez. Arquivamos como acidente. Caso encerrado?

— Imagino que sim — Hunton disse.

— Não. O vigia no depósito de lixo foi lá fora no dia seguinte para tirar a porta da geladeira. Regulamento Municipal número 58 sobre a manutenção de depósitos de lixo públicos — Martin olhou para ele sem expressão no rosto. — Encontrou seis pássaros mortos lá dentro. Gaivotas, pardais, um tordo. E disse que a porta fechou sobre seu braço quando ele os estava tirando. Deu-lhe um baita susto. Aquela máquina de passar roupa na Blue Ribbon me dá a mesma impressão, Hunton. Não gosto dela.

Os dois se entreolharam sem nada dizer na sala de audiências vazia, a cerca de seis quarteirões de onde a Passadeira e Dobradeira Rápida Hadley-Watson Modelo-6 se encontrava, na lavanderia apinhada, fumegando vapor sobre seus lençóis.

O caso saiu de sua cabeça após uma semana, devido à urgência do trabalho policial mais comum. Só regressou quando ele e sua mulher passaram na casa de Mark Jackson para uma noite de bridge e cerveja.

Jackson o saudou com:

— Já imaginou se aquela máquina de passar sobre a qual você me falou for assombrada, Johnny?

Hunton piscou os olhos, desconcertado.

— O quê?

— A máquina de passar roupa na Lavanderia Blue Ribbon, acho que desta vez não foi você que atendeu a chamada.

— Que chamada? — Huntou perguntou, interessado.

Jackson passou-lhe o jornal vespertino e apontou para a nota no pé da página dois. Dizia a nota que um tubo de vapor se rompera na grande máquina de passar na Lavanderia Blue Ribbon, queimando três das seis mulheres que trabalhavam junto ao alimentador. O acidente ocorrera às 15h45 e fora atribuído a um aumento da pressão do vapor na caldeira da lavanderia. Uma das mulheres, Sra. Annette Gillian, estava no City Receiving Hospital, com queimaduras de segundo grau.

— Curiosa coincidência — ele disse, mas a lembrança das palavras do inspetor Martin na sala de audiências vazia subitamente lhe voltou à cabeça: *É uma assombração...* E a história sobre o cachorro e o garoto e os pássaros presos na geladeira jogada fora.

Ele jogou cartas muito mal naquela noite.

A Sra. Gillian estava sentada na cama lendo *Screen Secrets* quando Hunton entrou no quarto de hospital com quatro leitos. Um dos braços estava coberto por ataduras, bem como a lateral de seu pescoço. A outra ocupante do quarto, uma mulher jovem de rosto pálido, estava dormindo.

A Sra. Gillian piscou os olhos diante do uniforme azul e então sorriu hesitante.

— Se for para ver a Sra. Cherinikov, vai ter que voltar mais tarde. Eles acabaram de dar o remédio dela.

— Não, é para ver a senhora, Sra. Gillian — o sorriso dela esmaeceu ligeiramente. — Estou aqui extra-oficialmente, o que significa que estou curioso a respeito do acidente na lavanderia. John Hunton — ele estendeu a mão.

Foi o gesto acertado. O sorriso da Sra. Gillian tornou-se reluzente, e ela cumprimentou-o desajeitadamente, com a mão que não tinha sido queimada.

— Estou às suas ordens, Sr. Hunton. Meu Deus, achei que meu Andy estava tendo problemas na escola outra vez.

— O que aconteceu?

— A gente estava passando os lençóis, e a máquina simplesmente explodiu... pelo menos, foi o que pareceu. Estava pensando em ir para casa e sair com os cachorros quando, de repente, ocorreu um grande estouro, feito uma bomba. Vapor em toda parte, e aquela espécie de assobio... medonho — seu sorriso por pouco não se extinguiu. — Era como se a máquina de passar estivesse bafejando. Igual a um dragão, sabe? E Alberta... Alberta Keene... gritou que alguma coisa estava explodindo, de repente todo mundo corria e gritava e Ginny Jason começou a berrar que tinha se queimado. Comecei a correr e caí. Não sabia que o pior tinha acontecido comigo até então. Graças a Deus que não foi ainda pior. Aquele vapor está a 150 graus.

— O jornal disse que um tubo de vapor se soltou. O que isso quer dizer?

— O cano que fica no alto desce numa espécie de tubo mais ou menos flexível que alimenta a máquina. George — o Sr. Stanner — disse que deve ter ocorrido uma sobrecarga na caldeira, ou algo desse tipo. O tubo se abriu completamente.

Não ocorria a Hunton mais nada para perguntar. Estava se preparando para ir embora quando ela disse, pensativamente:

— Isso nunca costumava acontecer naquela máquina. Só ultimamente. O tubo de vapor se rompendo. Aquele acidente pavoroso com a Sra. Frawley, que Deus a tenha. E outras coisinhas. Como no dia em que Essie ficou com um vestido preso numa das correntes de transmissão. Podia ter sido perigoso, se ela não tivesse rasgado o pedaço no mesmo instante. Parafusos e outras coisas ficam caindo. Ah, Herb Diment, ele é o homem que faz os consertos na lavanderia, passou um mau bocado com ela. Lençóis ficam presos no local onde deveriam ser dobrados. George diz que é porque estão usando muita água sanitária nas lava-roupas, mas isso não costumava acontecer. Agora as garotas detestam trabalhar com ela. Essie chega a dizer que ainda há pedacinhos da Adelle Frawley presos lá dentro, que isso é sacrilégio, ou algo desse tipo. Como se estivesse amaldiçoada. Tem sido assim desde que Sherry cortou a mão num dos grampos.

— Sherry? — Hunton perguntou.

— Sherry Ouelette. Uma mocinha bonita, acabou de sair da escola. Uma boa trabalhadora. Mas, às vezes, meio desajeitada. Sabe como as garotas são.

— Ela cortou a mão em alguma coisa?

— Não há nada de estranho *nisso*. Há grampos a ser apertados ao longo da esteira, sabe? Sherry estava ajustando esses grampos para que a gente pudesse colocar mais carga, e provavelmente sonhava com um garoto. Cortou o dedo e o sangue se espalhou por toda parte — a Sra. Gillian parecia confusa. — Foi só depois disso que os parafusos começaram a cair. Adelle foi... o senhor sabe... uma semana depois, mais ou menos. Como se a máquina tivesse sentido o gosto do sangue e gostado. As mulheres não têm umas idéias engraçadas, às vezes, guarda Hinton?

— Hunton — ele disse, ausente, olhando acima da cabeça dela, para o nada.

Ironicamente, ele conhecera Mark Jacobs numa lavanderia no quarteirão que separava suas casas, e era ali que o policial e o professor de inglês ainda tinham suas conversas mais interessantes.

Agora estavam sentados lado a lado em cadeiras leves de plástico, suas roupas girando por trás das portinholas de vidro das lava-roupas operadas com moedas. A edição de bolso das obras reunidas de Milton pertencente a Jackson repousava esquecida ao seu lado, enquanto ele ouvia Hunton contar a história da Sra. Gillian.

Quando Hunton terminou, Jackson disse:

— Certa vez te perguntei se você achava que a máquina de passar roupa podia estar assombrada. Estava meio que brincando. Vou te perguntar outra vez agora.

— Não — Hunton disse, constrangido. — Não seja idiota.

Jackson observava pensativamente as roupas girando.

— Assombrada é uma palavra ruim. Digamos possuída. Há quase tantos encantamentos para invocar demônios quanto para expulsá-los. O *Ramo Dourado* de Frazier está cheio deles. O folclore druida e asteca contém outros. E há encantamentos ainda mais antigos, da época do Egito. Quase todos eles podem ser reduzidos de modo surpreendente a denominadores comuns. O mais comum, é claro, é o sangue de uma virgem — ele olhou para Hunton. — A Sra. Gillian disse que o problema começou depois que essa Sherry Ouelette acidentalmente se cortou.

— Ah, por favor — Hunton disse.

— Você tem que admitir que pela descrição ela é o tipo exato — Jackson disse.

— Vou imediatamente até a casa dela — Hunton disse, com um sorrisinho. — Já posso até ver. "Srta. Oulette, sou o guarda John Hunton. Estou investigando uma máquina de passar roupa com caso grave de possessão demoníaca e gostaria de saber se a senhorita é virgem." Você acha que eu teria uma chance de dizer adeus a Sandra e às crianças antes que me levassem para o hospício?

— Sou capaz de apostar que você vai acabar dizendo algo desse tipo — Jackson disse, sem sorrir. — Estou falando sério, Johnny. Esta máquina me deixa apavorado, e eu nunca a vi.

— Apenas em nome da nossa conversa — Hunton disse —, quais são os outros supostos denominadores comuns?

Jackson deu de ombros.

— É difícil dizer sem estudar. A maioria dos feitiços anglo-saxônicos especificam terra de sepultura ou olho de sapo. Encantos europeus mencionam com freqüência a mão da glória, que pode ser interpretada como a mão real de um morto ou um dos alucinógenos usados em associação com a Missa das Bruxas, normalmente beladona ou um derivado de psilocibina. Poderia haver outros.

— E você acha que todas essas coisas entraram na máquina de passar da Blue Ribbon? Meu Deus, Mark, aposto que não há beladona num raio de mil quilômetros. Ou você acha que alguém cortou a mão do seu tio Fred e jogou-a na máquina?

— Se setecentos macacos datilografassem durante setecentos anos...

— Um deles ia acabar escrevendo a obra de Shakespeare — Hunton completou, de mau humor. — Vá para o inferno. É sua vez de ir até a farmácia e trocar dinheiro para as secadoras.

Foi muito engraçado como George Stanner perdeu o braço na máquina de passar roupa.

Às sete da manhã de segunda-feira, a lavanderia estava deserta, exceto pela presença de Stanner e Herb Diment, o homem da manutenção. Estavam lubrificando as chumaceiras da máquina, trabalho que executavam duas vezes por ano, antes que a jornada normal da lavanderia começasse, às sete e meia. Diment estava numa ponta, lubrificando as quatro chumaceiras secundárias e pensando em como essa máquina ultimamente o desagradava, quando subitamente ela se pôs a funcionar, num rugido.

Ele estava segurando quatro das esteiras de lona que saíam da máquina, a fim de alcançar o motor lá embaixo, e subitamente as esteiras estavam correndo em suas mãos, arrancando suas peles, arrastando-o junto.

Conseguiu se livrar com um puxão convulso, antes que as esteiras carregassem suas mãos para dentro do compartimento que dobrava as roupas.

— Jesus Cristo, George, o que houve? — ele berrou. — Desligue essa *maldita máquina!*

George Stanner começou a gritar.

Era um som alto, um lamento enlouquecido, que se ouvia por toda a lavanderia, ecoando nas faces de metal das lava-roupas, nas bocas escancaradas das prensas a vapor, nas órbitas vazias das secadoras industriais. Stanner tomou um grande gole de ar e gritou novamente:

— *Meu Deus do céu eu estou preso EU ESTOU PRESO...*

Os cilindros começaram a produzir vapor. A máquina rangia e trepidava. As chumaceiras e o motor pareciam soltar exclamações com uma vida própria, que ninguém jamais vira.

Diment correu até a outra ponta da máquina.

O primeiro cilindro já estava se tingindo de um vermelho sinistro. Diment soltou um gemido gutural, gorgolejante. A máquina de passar roupa gemia e trepidava e assobiava.

Um observador surdo poderia pensar, a princípio, que Stanner estava simplesmente inclinado sobre a máquina num ângulo esquisito. Então, mesmo um surdo teria visto o espasmo que era a expressão de seu rosto pálido, os olhos arregalados, a boca escancarada num berro contínuo. O braço estava desaparecendo por baixo da barra de segurança e sob o primeiro cilindro; o tecido de sua camisa tinha-se rasgado, e a articulação do ombro e a parte superior do braço inchavam de forma grotesca, conforme o sangue era continuamente pressionado para trás.

— Desligue! — Stanner gritava. Houve um estalo quando seu cotovelo se quebrou.

Diment apertou com o polegar o botão de desligar.

A máquina de passar continuou zumbindo e rosnando e se movendo.

Incapaz de acreditar, ele acionou o botão repetidas vezes — nada. A pele do braço de Stanner tinha se tornado reluzente e esticada. Em breve ia-se romper com a pressão que o cilindro estava exercendo; ainda assim, ele estava consciente e gritava. Diment vislumbrou, como num pesadelo, a imagem de desenho animado de um homem achatado por um rolo compressor, deixando apenas uma sombra.

— Fusíveis... — Stanner deu um grito penetrante. Sua cabeça era puxada cada vez mais para baixo, conforme ele era arrastado para a frente.

Diment virou-se e correu em direção da sala onde ficava a caldeira, os gritos de Stanner perseguindo-o como fantasmas enlouquecidos. O fedor de sangue misturado com vapor se elevou no ar.

Na parede da esquerda havia três pesadas caixas cinzentas contendo todos os fusíveis usados na eletricidade da lavanderia. Diment abriu-as com um puxão e começou a arrancar os fusíveis compridos e cilíndricos feito um louco, atirando-os para trás, por cima dos ombros. As luzes no alto se apagaram; depois, o compressor de ar desligou; por fim, a própria caldeira, com um gemido imenso que aos poucos morria.

E a máquina de passar continuava funcionando. Os gritos de Stanner tinham-se reduzido a lamentos gorgolejantes.

Os olhos de Diment, bateram, por acaso, no machado contra incêndio, em seu compartimento de vidro. Agarrou-o com um curto som de lamento engasgado, e correu de volta. O braço de Stanner tinha desaparecido até quase a altura do ombro. Dentro de poucos segundos, seu pescoço retesado ia se partir contra a barra de segurança.

— Não posso — Diment balbuciou, entre soluços, segurando o machado. — Meu Deus, George, não posso, não posso, não...

A máquina agora era um abatedouro. O compartimento de dobrar roupas cuspia pedaços de camisa, fragmentos de pele, um dedo. Stanner deu um berro alucinado, e Diment ergueu o machado, baixando-o na penumbra cheia de sombras da lavanderia. Duas vezes. Novamente.

Stanner caiu longe, inconsciente e azul, o sangue esguichando do toco logo abaixo do ombro. A máquina de passar sugou o que restava para o seu interior... e desligou.

Chorando, Diment tirou o cinto da calça e começou a fazer um torniquete.

Hunton falava ao telefone com Roger Martin, o inspetor. Jackson o observava enquanto ele pacientemente rolava uma bola de um lado para o outro, para que Patty Hunton, de 3 anos de idade, fosse buscar.

— Ele arrancou *todos* os fusíveis? — Hunton perguntava. — E o botão para desligar simplesmente não funcionou, é?... A máquina de passar roupa foi desativada?... Bom. Ótimo. O quê? Não, não oficial. — Hunton franziu a sobrancelha, depois olhou de soslaio para Jackson. — Isso ainda te lembra aquela geladeira, Roger?... Sim. A mim também. Até logo.

Ele desligou e olhou para Jackson.

— Vamos ver a garota, Mark.

Ela morava em seu próprio apartamento (a forma hesitante, mas com ares de proprietária, com que pediu que entrassem depois que Hunton tocou a campainha o fez suspeitar de que não estava ali fazia muito tempo), e sentou-se de forma desconfortável diante deles na sala de estar cuidadosamente decorada e minúscula.

— Sou o guarda Hunton, e este é o meu assistente, Sr. Jackson. É a respeito do acidente na lavanderia — sentia-se imensamente desconfortável com aquela garota de beleza tímida e misteriosa.

— Horrível — Sherry Ouelette murmurou. — Foi o único local em que trabalhei. Sr. Gartley é meu tio. Gostava de lá porque podia ter este apartamento e meus próprios amigos. Mas agora... Está tão *fantasmagórico.*

— O Conselho Estadual de Segurança desativou a máquina de passar roupa até que se faça uma investigação completa — disse Hunton. — Você sabia disso?

— Claro — ela suspirou, inquieta. — Não sei o que vou fazer...

— Srta. Ouelette — Jackson interrompeu, — você teve um acidente com a máquina, não teve? Creio que cortou o dedo num grampo?

— É, cortei o dedo — subitamente seu rosto se fechou. — Essa foi a primeira coisa que aconteceu — olhou para eles com um ar aflito. — Às vezes sinto que as garotas de lá não gostam mais tanto de mim... como se eu tivesse culpa.

— Preciso lhe fazer uma pergunta difícil — Jackson disse, devagar. — Uma pergunta de que você não vai gostar. Parece absurdamente pessoal e fora de propósito, mas só o que posso lhe dizer é que não é. Suas respostas nem mesmo vão ficar anotadas numa ficha ou num registro.

Ela pareceu amedrontada.

— E-eu fiz alguma coisa?

Jackson sorriu e negou com a cabeça; ela relaxou. *Graças a Deus por Mark estar aqui,* Hunton pensou.

— Mas vou acrescentar o seguinte: sua resposta pode ajudar você a manter seu belo apartamentinho aqui, conseguir seu emprego de volta e fazer com que as coisas na lavanderia fiquem do jeito que eram antes.

— Respondo qualquer coisa para conseguir isso — ela disse.

— Sherry, você é virgem?

Ela pareceu completamente pasma, completamente chocada, como se um padre lhe tivesse dado a comunhão e depois a esbofeteado. Então ergueu a cabeça, fez um gesto para o seu apartamento bem arrumado, como se perguntasse como poderiam achar que aquilo ali era um local para aventuras amorosas.

— Estou me guardando para o meu marido — foi tudo o que disse.

Hunton e Jackson se entreolharam calmamente, e naquele segundo Hunton soube que era tudo verdade: um demônio tinha se apossado do aço e das rodas dentadas e das engrenagens da máquina de passar roupa, transformando-a em algo dotado de vida própria.

— Obrigado — Jackson disse, em voz baixa.

— E agora? — Hunton perguntou, desolado, no carro, enquanto voltavam — Encontramos um padre para exorcizar a máquina?

Jackson riu com desdém.

— Você ia ter que procurar muito para encontrar algum que não lhe desse as Escrituras para ler enquanto telefonasse para o hospício. Esse número é nosso, Johnny.

— Será que nós conseguimos?

— Talvez. O problema é o seguinte: sabemos que alguma coisa está dentro da máquina. Não sabemos *o quê* — Hunton sentiu frio, como se tivesse sido tocado por um dedo descarnado. — Há muitos, muitos demônios. Será que este com que estamos lidando faz parte do círculo de Bubástis ou Pã? Baal? Ou da divindade católica que chamamos de Satã? Não sabemos. Se o demônio foi deliberadamente invocado, teremos mais chances. Mas este parece ser um caso de possessão aleatória.

Jackson passou os dedos pelo cabelo.

— O sangue de uma virgem, sim. Mas isso não define quase nada. Precisamos ter certeza, certeza absoluta.

— Por quê? — Hunton perguntou, bruscamente. — Por que nós simplesmente não juntamos um punhado de fórmulas de exorcismo e experimentamos?

O rosto de Jackson tornou-se frio.

— Isto não é polícia e ladrão, Johnny. Pelo amor de Deus, não pense que é. É como fissão nuclear controlada, num certo sentido. Poderíamos cometer um erro e destruir a nós mesmos. O demônio está preso naquela máquina. Mas dê a ele uma chance e...

— Ele poderia sair?

— Ele adoraria sair — disse Jackson, de modo sinistro. — E ele gosta de matar.

Quando Jackson o visitou, na noite seguinte, Hunton havia mandado a mulher e a filha para o cinema. Tinham a sala de estar à disposição, e isso deixava Hunton aliviado. Ainda mal podia acreditar no que tinha se envolvido.

— Cancelei minhas aulas — Jackson disse — e passei o dia com alguns dos livros mais hediondos que você possa imaginar. Esta tarde coloquei no computador mais de trinta receitas de invocar demônios. Descobri alguns elementos comuns. Surpreendentemente poucos.

Mostrou a Hunton a lista: sangue de uma virgem, terra de sepultura, sangue de morcego, mão da glória, musgo noturno, casco de cavalo, olho de sapo.

Havia outros, todos marcados como sendo secundários.

— Casco de cavalo — Hunton disse, pensativo. — Engraçado...

— Muito comum. Na verdade...

— Será que essas coisas... qualquer uma delas... poderiam ser interpretadas livremente? — Hunton interrompeu.

— Se líquens recolhidos à noite poderiam ser substituídos por musgo noturno, por exemplo?

— Isso.

— É bem provável — Jackson disse. — Fórmulas mágicas são freqüentemente ambíguas e elásticas. As artes das trevas sempre deixaram bastante espaço para a criatividade.

— Substituir gelatina por casco de cavalo — Hunton disse. — Muito popular em refeições entregues em domicílio. Notei uma caixinha sob a gaveta de lençóis da máquina de passar roupa no dia em que Frawley morreu. Gelatina é feita de casco de cavalo.

Jackson fez que sim com a cabeça.

— Mais alguma coisa?

— Sangue de morcego... bem, o local é grande. Vários cantos e frestas escuros. É provável que haja morcegos, embora eu duvide que a gerência admitisse. Pode-se imaginar que um deles tenha ficado preso na máquina de passar.

Jackson inclinou a cabeça para trás e esfregou os olhos injetados.

— Isso se encaixa... tudo se encaixa.

— É mesmo?

— É. Podemos com segurança excluir a mão da glória, eu acho. Com certeza a mão de ninguém caiu dentro da máquina *antes* da morte da Sra. Frawley, e a beladona definitivamente não é nativa daquela área.

— Terra de sepultura?

— O que você acha?

— Seria uma enorme coincidência — Hunton disse. — O cemitério mais próximo é Pleasant Hill, que fica a uns 8 quilômetros da Blue Ribbon.

— Muito bem — Jackson disse. — Consegui que o operador do computador, que pensou que eu estava me preparando para o Halloween, fizesse uma análise de todos os elementos primários e secundários da lista. Todas as combinações possíveis. Joguei fora umas duas dezenas que achei que eram completamente sem sentido. As outras se encaixam em categorias bem distintas. Os elementos que isolamos estão numa delas.

— Qual é?

Jackson riu, mostrando os dentes.

— Uma bem comum. A lenda é centrada na América do Sul, com ramificações no Caribe. Relacionadas com vodu. A literatura que consegui considera as divindades como bem chinfrins, se comparadas com alguns dos barra-pesada, como Saddath ou Aquele-Que-Não-Pode-Ser-Nomeado. A coisa que está naquela máquina vai dar o fora como o valentão do bairro.

— Como fazemos isso?

— Água benta e um fragmento da Santa Eucaristia devem ser suficientes. E podemos ler um um trecho do Levítico. Magia branca cristã, estritamente falando.

— Tem certeza de que o caso não é pior?

— Não vejo como pode ser — Jackson disse, pensativamente. — Não me importo de lhe dizer que estava preocupado com aquela mão da glória. É uma magia das mais sombrias. Magia das fortes.

— A água benta não seria um antídoto suficiente?

— Um demônio invocado pela feitiçaria da mão da glória comeria uma pilha de Bíblias no café-da-manhã. Estaríamos em maus lençóis se nos metêssemos com algo desse tipo. Seria melhor desmontar a máquina.

— Bem, você está cem por cento seguro...

— Não, mas bastante seguro. Tudo se encaixa bem demais.

— Quando?

— Quanto antes melhor — Jackson disse. — Como é que entramos? Quebrando uma janela?

Hunton sorriu, colocou a mão no bolso e balançou uma chave diante do nariz de Jackson.

— Onde você conseguiu isso? Gartley?

— Não — Hunton disse. — Com um inspetor estadual chamado Martin.

— Ele sabe o que vamos fazer?

— Acho que suspeita. Me contou uma história curiosa há umas duas semanas.

— Sobre a máquina de passar roupa?

— Não — Hunton disse. — Sobre uma geladeira. Vamos.

Adelle Frawley estava morta; costurada por um agente funerário paciente, jazia em seu caixão. Mas algo de seu espírito talvez permanecesse na máquina, e, se isso fosse verdade, gritaria. Ela saberia, poderia tê-los advertido. Ela era propensa a má digestão, e para esse incômodo comum tomara um tablete estomacal comum chamado E-Z Gel, que pode ser encontrado no balcão de qualquer farmácia por 79 centavos. A caixa tem um aviso impresso em sua lateral: pessoas com glaucoma não devem tomar E-Z Gel, pois o ingrediente ativo causa um agravamento dessa condição. Infelizmente, Adelle Frawley não apresentava essa condição. Ela talvez se lembrasse do dia, logo antes que Sherry Ouelette cortou a mão, em que deixou cair acidentalmente uma caixa inteira de tabletes E-Z Gel dentro da máquina de passar roupa. Mas já estava morta, sem saber que o ingrediente ativo que mitigava sua azia era um derivado químico da beladona, curiosamente conhecido em alguns países europeus como a mão da glória.

Houve um súbito ruído medonho, como um arroto, no silêncio espectral da Lavanderia Blue Ribbon — um morcego bateu cegamente as asas rumo à sua toca na camada de isolamento acima das secadoras, onde fizera seu ninho, envolvendo com as asas seu rosto cego.

O ruído era quase uma risada de satisfação.

A máquina de passar roupa começou a funcionar com um rangido súbito — esteiras deslizando velozmente na escuridão, rodas dentadas se encontrando e se encaixando e rodando, cilindros pesados e capazes de reduzir qualquer coisa a pó girando sem cessar.

Estava pronta para eles.

Quanto Hunton parou no estacionamento, passava um pouco da meia-noite, e a lua estava oculta por trás do movimento de nuvens espessas. Ele pisou no freio e desligou os faróis com o mesmo movimento; a testa de Jackson quase bateu no painel acolchoado.

Desligou a ignição, e o trepidar e o assobiar contínuos tornaram-se mais altos.

— É a máquina de passar — ele disse, devagar. — É a máquina de passar. Funcionando por conta própria. No meio da noite.

Ficaram sentados em silêncio por um momento, sentindo o medo subir por suas pernas.

Hunton disse:

— Muito bem. Vamos lá.

Saíram e andaram até a lavanderia, o som da máquina de passar cada vez mais forte. Quando Hunton introduziu a chave na fechadura da porta de serviço, pensou que, pelo som, a máquina *parecia* viva — como se estivesse respirando em grandes arquejos quentes e falando consigo mesma em sussurros sibilantes e sardônicos.

— De repente, sinto-me feliz por estar com um tira — Jackson disse.

Passou a sacola marrom que levava de um braço para o outro. Lá dentro havia um pequeno vidro de geléia cheio de água benta, embrulhado em papel impermeável, e uma Bíblia de Gideon.*

Entraram, e Hunton ligou os interruptores de luz junto à porta. As lâmpadas fluorescentes piscaram, incertas, e acenderam seu brilho frio. No mesmo instante, a máquina de passar parou de funcionar.

Uma membrana de vapor pairava sobre os cilindros. A máquina esperava por eles num novo e agourento silêncio.

— Meu Deus, ela é bem feia — Jackson sussurrou.

— Vamos logo — disse Hunton —, antes que percamos a coragem.

Caminharam até ela. A barra de segurança estava em sua posição inferior, sobre a esteira que alimentava a máquina.

Hunton estendeu a mão.

— Já estou perto o bastante, Mark. Me dê as coisas e me diga o que fazer.

— Mas...

— Sem discussão.

Jackson lhe entregou a sacola e Hunton colocou-a na mesa destinada aos lençóis em frente à máquina. Ele deu a Jackson a Bíblia.

— Vou ler — Jackson disse. — Quando apontar para você, salpique a água benta sobre a máquina com os dedos. Diga: em nome do Pai, do Filho e do Espírito Santo, saia-te deste lugar, vosso espírito imundo. Entendeu?

— Entendi.

— Na segunda vez em que eu apontar, parta a hóstia e repita o encantamento.

— Como vamos saber se está funcionando?

— Você saberá. Provavelmente a coisa vai quebrar todas as janelas deste lugar ao sair. Se não funcionar da primeira vez, continuamos repetindo até que funcione.

— Estou apavorado — Hunton disse.

— Para dizer a verdade, eu também.

---

* Bíblia distribuída de graça pela organização evangélica Gideon. (N. da E.)

— Se estivermos errados sobre a mão da glória...

— Não estamos — Jackson disse. — Lá vamos nós.

Ele começou. Sua voz ressoava por toda a lavanderia vazia com ecos espectrais.

— Não vos volteis para os ídolos, nem façais para vós deuses fundidos. Eu sou o Senhor vosso Deus... — As palavras caíram como pedras num silêncio que subitamente se enchera de um frio arrepiante, sepulcral.

A máquina de passar roupa permanecia imóvel e silenciosa sob as lâmpadas fluorescentes, e para Hunton ainda parecia rir mostrando os dentes.

— ...todas essas execrações cometeram os que foram antes de vós habitantes desta terra, e a contaminaram. Vede, pois, não suceda que, assim como ela vomitou a gente que aqui estava antes de vós, vos vomite também a vós, se fizerdes outro tanto — Jackson ergueu os olhos, o rosto tenso, e apontou.

Hunton espargiu água benta sobre a esteira que alimentava a máquina.

Ouviu-se um súbito grito de metal torturado, como um ranger de dentes. Vapor ergueu-se das esteiras de lona, nos locais em que a água benta havia caído e assumido formas retorcidas, tingidas de vermelho. Com um solavanco, a máquina subitamente se pôs a funcionar.

— Conseguimos! — Jackson gritou sobre o estrépito crescente. — Está fugindo!

Ele voltou a ler, sua voz se erguendo sobre o barulho da maquinaria. Ele apontou outra vez para Hunton, e Hunton polvilhou um pouco da hóstia. Quando o fez, foi subitamente invadido por um terror de gelar os ossos, uma súbita e nítida sensação de que tinha dado errado, de que a máquina os desmascarara — e era mais forte do que eles.

A voz de Jackson elevava-se novamente, aproximando-se do clímax.

Faíscas começaram a saltar pelo arco entre o motor principal e o secundário; o odor do ozônio encheu o ar, como o cheiro de cobre de sangue quente. Agora saía fumaça do motor principal; a máquina estava funcionando a uma velocidade insana, inacreditável: um dedo tocando a esteira principal faria com que todo o corpo fosse tragado e transformado num trapo sanguinolento no intervalo de cinco segundos. O concreto sob seus pés tremia e trepidava.

Uma das chumaceiras principais explodiu, com um clarão púrpura, espalhando pelo ar frio um cheiro de tempestade elétrica, e mesmo assim a máquina de passar roupa ainda funcionava, cada vez mais rápido, esteiras e cilindros e engrenagens dentadas numa velocidade que fazia com que parecessem se misturar e se fundir, mudar, derreter, transmutar-se...

Hunton, que estivera parado, quase hipnotizado, subitamente deu um passo para trás.

— Afaste-se! — ele gritou, por cima do barulho ensurdecedor.

— Já estamos quase conseguindo! — Jackson respondeu, num grito. — Por quê...

Houve um repentino e indescritível barulho de algo se partindo, e uma rachadura no piso de concreto subitamente correu na direção deles, sem se deter, cada vez mais larga. Fragmentos do cimento antigo voaram numa explosão.

Jackson olhou para a máquina de passar roupa e gritou.

Ela estava tentando se soltar do concreto, como um dinossauro tentando escapar de um poço de piche. E já não era mais exatamente uma máquina de passar. Ainda estava se modificando, derretendo. O cabo de 550 volts caiu, cuspindo fogo azul, entre os cilindros, e foi esmagado. Por um instante, duas bolas de fogo fitaram-nos como dois olhos tremulantes, olhos cheios de uma fome imensa e fria.

Uma outra rachadura surgiu. A máquina de passar roupa inclinava-se na direção deles, num esforço para se libertar dos grilhões de concreto que a seguravam. Fitava-os com malícia; a barra de segurança tinha sido bruscamente atirada para o alto, e o que Hunton via era uma boca escancarada e faminta, soltando vapor.

Viraram-se para correr e uma outra rachadura se abriu sob seus pés. Atrás deles, um rugido ensurdecedor se ouviu quando a coisa se soltou. Hunton saltou sobre a rachadura, mas Jackson tropeçou e caiu estatelado.

Hunton voltou-se para ajudar e uma sombra imensa, amorfa, projetou-se sobre ele, bloqueando as luzes fluorescentes.

Estava sobre Jackson, caído de costas, olhando para cima numa silenciosa careta de terror — o sacrifício perfeito. Hunton teve apenas a impressão confusa de alguma coisa negra que se movia e se erguia a uma altura tremenda acima dos dois, alguma coisa com olhos elétricos do tamanho de bolas de futebol, e uma boca aberta com uma língua de lona que se agitava.

Ele correu; o grito de Jackson morrendo seguiu-o.

Quando Roger Martin finalmente saiu da cama para atender a campainha, ainda estava só um terço acordado; mas quando Hunton entrou cambaleando, o choque trouxe-o por completo de volta ao mundo, como uma rude bofetada.

Os olhos de Hunton saltavam alucinadamente do rosto, e suas mãos eram como garras ao arranhar o robe de Martin pela frente. O sangue brotava de um pequeno corte em sua face, que estava toda salpicada de pó de cimento cinza.

Seu cabelo tinha ficado totalmente branco.

— Ajude-me... pelo amor de Deus, ajude-me. Mark está morto. Jackson está morto.

— Fale mais devagar — Martin disse. — Venha para a sala.

Hunton seguiu-o, e de sua garganta vinha um lamento agudo, como o ganido de um cachorro.

Martin serviu-o de uma dose de Jim Beam, e Hunton segurou o copo com as duas mãos, engolindo o uísque puro com um ruído sufocado. O copo caiu no carpete sem que ele parecesse notar, e suas mãos, como fantasmas errantes, foram buscar outra vez a lapela de Martin.

— A máquina de passar roupa matou Mark Jackson. Ela... ela... ah, meu Deus, ela pode sair! Nós não podemos deixá-la sair! Nós não podemos... nós... ah!... — ele começou a gritar, um berro alucinado que aumentava e diminuía em ciclos irregulares.

Martin tentou lhe servir um outro drinque, mas Hunton derrubou-o com um safanão.

— Precisamos queimá-la — ele disse. — Queimá-la antes que consiga sair. Ah, e se sair? Ah, meu Deus, e se... — seus olhos subitamente brilharam, ficaram vítreos, rolaram para cima, e ele caiu no carpete feito uma pedra, desmaiado.

A Sra. Martin estava na porta, segurando o robe na altura do pescoço.

— Quem é ele, Rog? Está louco? Eu pensei... — ela estremeceu.

— Não acho que ele esteja louco. — Ela ficou subitamente assustada com a sombra aflita de medo no rosto de seu marido. — Meu Deus, espero que ele tenha vindo rápido o bastante.

Voltou-se para o telefone, tirou-o do gancho, imobilizou-se.

Havia um ruído distante, que se avolumava, vindo da direção a este da casa, do lado em que Hunton aparecera. Um clangor contínuo, estridente, cada vez mais forte. A janela da sala estava parcialmente aberta, e Martin então sentiu um cheiro tenebroso na brisa. Um cheiro de ozônio... ou sangue.

Ficou, com a mão no telefone inútil, enquanto o som ficava mais alto, mais alto, rilhando, fumegando, alguma coisa pelas ruas que era quente e soltava vapor. O fedor de sangue encheu toda a sala.

Largou o telefone.

A máquina já tinha saído.

O Bicho-Papão

— Vim vê-lo porque quero contar minha história — dizia o homem no divã do Dr. Harper.

O homem era Lester Billings, de Waterbury, Connecticut. De acordo com o histórico anotado pela enfermeira Vickers, tinha 28 anos, trabalhava numa firma industrial em Nova York, era divorciado e pai de três filhos. Todos falecidos.

— Não posso procurar um padre porque não sou católico. Não posso procurar um advogado porque nada do que eu fiz justificaria uma consulta. Tudo o que fiz foi matar meus filhos. Um de cada vez. Matei todos.

O Dr. Harper ligou o gravador.

Billings estava deitado duro como uma régua no divã, cada centímetro do corpo tenso. Seus pés sobravam para fora do divã, rígidos. O retrato de um homem que se submetia a uma humilhação necessária. Suas mãos estavam unidas sobre o peito como as de um cadáver. A expressão de seu rosto estava cuidadosamente equilibrada. Ele olhava para o teto branco como se visse cenas e fotografias estampadas lá.

— Está querendo dizer que os matou mesmo, ou...

— Não — um gesto impaciente da mão. — Mas fui responsável. Denny em 1967. Shirl em 1971. E Andy este ano. Quero falar com o senhor sobre isso.

O Dr. Harper nada disse. Pensou que Billings parecia abatido e envelhecido. Seu cabelo escasseava, ele estava pálido. Seus olhos encerravam todos os miseráveis segredos do uísque.

— Eles foram assassinados, compreende? Só que ninguém acredita nisso. Se eles acreditassem, estaria tudo bem.

— E por quê?

— Porque...

Billings interrompeu-se e ergueu-se subitamente nos cotovelos, olhando fixamente para a outra extremidade da sala.

— O que é aquilo? — ele vociferou. Seus olhos tinham-se tornado duas fendas pretas.

— O que é o quê?

— Aquela porta.

— O armário — disse o Dr. Harper. — É onde penduro meu casaco e deixo minhas galochas.

— Abra. Quero ver.

O Dr. Harper se levantou, em silêncio, cruzou a sala e abriu o armário. Lá dentro, uma capa de chuva ocupava um dos quatro cabides. Abaixo havia um par de galochas brilhantes. O *New York Times* tinha sido cuidadosamente enfiado dentro de uma delas. Era tudo.

— Tudo bem? — perguntou o Dr. Harper.

— Tudo bem.

Billings relaxou os braços e voltou à sua posição prévia.

— Você dizia — o Dr. Harper falou, enquanto voltava à sua cadeira — que se o assassinato dos seus três filhos pudesse ser provado, todos os seus problemas terminariam. Por quê?

— Eu iria para a cadeia — Billings disse, imediatamente. — Para o resto da vida. E você pode olhar dentro de todos os cômodos de uma cadeia. Todos os cômodos — ele sorriu para ninguém.

— Como seus filhos foram assassinados?

— Não tente arrancar isso de mim à força!

Billings se virou e olhou fixa e malignamente para Harper.

— Vou lhe dizer, não se preocupe. Não sou um dos seus malucos gaguejando por aí fingindo ser Napoleão ou explicando que eu me viciei em heroína porque minha mãe não me amava. Sei que o senhor não vai acreditar em mim. Não ligo. Não tem importância. O simples fato de contar já vai ser suficiente.

— Muito bem — o Dr. Harper pegou o cachimbo.

— Eu me casei com Rita em 1965... eu tinha 21 anos, e ela, 18. Estava grávida. De Denny — seus lábios se contorceram numa careta elástica, assustadora, que desapareceu num piscar de olhos. — Tive que largar a faculdade e arranjar um emprego, mas não me incomodei. Eu amava os dois. Éramos muito felizes.

— Rita engravidou pouco depois de Denny ter nascido, e Shirl nasceu em dezembro de 1966. Andy nasceu no verão de 1969, e a essa altura Danny já estava morto. Andy foi um acidente. Foi o que Rita disse. Ela disse que às vezes os anticoncepcionais não funcionam. Acho que foi mais do que um acidente. Filhos tolhem a liberdade do homem, o senhor sabe. As mulheres gostam disso, especialmente quando o homem é mais brilhante do que elas. Não acha que isso é verdade?

Harper deu um grunhido evasivo.

— Mas não importa. Eu o amava, mesmo assim — disse isso quase que de maneira vingativa, como se amasse o filho para contrariar a mulher.

— Quem matou as crianças?

— O bicho-papão — Lester Billings respondeu imediatamente. — O bicho-papão matou as três. Simplesmente saiu do armário e as matou — ele se virou e sorriu, com os dentes à mostra. — O senhor acha que eu sou louco, com certeza. Está escrito no seu rosto. Mas não me importo. Tudo o que eu quero é lhe contar e me mandar daqui.

— Estou ouvindo — Harper disse.

— Começou quando Denny estava com quase 2 anos e Shirl ainda era apenas um bebê. Ele começava a chorar quando Rita o colocava na cama. Morávamos num dois quartos, entende? Shirl dormia num berço no nosso quarto. Primeiro achei que ele chorava porque já não tinha mais uma mamadeira para levar para a cama. Rita disse não crie caso por causa disso, deixe, dê a ele uma mamadeira e ele acaba largando sozinho. Mas é assim que as crianças começam a crescer da maneira errada. Você se torna permissivo com elas, acaba mimando-as. Elas o magoam. Engravidam uma garota, o senhor sabe, ou começam a se drogar. Ou viram bichas. Já pensou, o senhor acordar certa manhã e descobrir que seu garoto... seu *filho*... é uma bicha?

"Depois de algum tempo, porém, já que ele não parava, comecei a colocá-lo na cama eu mesmo. E se ele não parasse de chorar, eu lhe dava uma palmada. Então Rita contou que ele estava repetindo 'luz' sem parar. Bem, eu não sabia. Com crianças tão pequenas, como você pode saber o que estão dizendo. Só a mãe sabe.

"Rita queria colocar uma luz noturna. Uma daquelas coisas para se ligar na tomada com o Mickey Mouse ou o Dom Pixote ou algo do gênero. Eu não deixei. Se uma criança não consegue superar o medo do escuro quando é pequena, jamais conseguirá.

"De qualquer modo, ele morreu no verão seguinte ao nascimento de Shirl. Coloquei-o na cama naquela noite e ele começou a chorar imediatamente. Entendi o que disse, dessa vez. Apontou diretamente para o armário quando falou. 'Bicho-papão', disse o garoto. 'Bicho-papão, pai.'

"Apaguei a luz e fui para o nosso quarto e perguntei a Rita por que ensinar ao garoto uma palavra como aquela. Fiquei tentado a lhe dar uns tabefes, mas não dei. Ela disse que nunca tinha ensinado aquela palavra a ele. Eu disse que ela era uma maldita de uma mentirosa.

"Foi um verão ruim para mim, sabe. O único emprego que consegui arrumar foi carregar caminhões de Pepsi-Cola no depósito, e estava cansado o tempo todo. Shirl acordava e chorava todas as noites, e Rita a pegava para niná-la. Vou dizer ao senhor, às vezes eu sentia vontade de jogar as duas pela janela. Meu Deus, filhos às vezes deixam a gente louco. Eu seria capaz de matá-las.

"Bem, a garota me acordou às três da manhã, no horário certinho. Fui ao banheiro, só 25 por cento acordado, o senhor sabe, e Rita me pediu para ver se estava tudo bem com Denny. Disse-lhe que fizesse isso ela mesma, e voltei para a cama. Estava quase dormindo quando ela começou a gritar.

"Levantei-me e fui até lá. O garoto estava deitado de costas, morto. Branco feito farinha, exceto nos lugares onde o sangue havia... havia molhado. Na parte de trás das pernas, na cabeça, na b... nas nádegas. Seus olhos estavam abertos. Isso era o pior, sabe? Olhos arregalados e vidrados, como os olhos de uma cabeça de alce que algum sujeito pendurou sobre sua lareira. Como fotografias que a gente vê dessas crianças do Vietnã. Mas um garoto americano não devia ter esse aspecto. Deitado de costas, morto. Usando fraldas e calça de plástico porque tinha voltado a molhar a cama nas duas últimas semanas. Terrível, eu amava aquele garoto."

Billings meneou a cabeça devagar, depois fez de novo aquela careta elástica, assustadora.

— Rita gritava até não poder mais. Tentou pegar Denny no colo e embalá-lo, mas eu não deixei. Os tiras não gostam que você toque nas provas. Eu sei disso...

— Você sabia que era o bicho-papão, então? — Harper perguntou, em voz baixa.

— Ah, não. Naquela época não. Mas vi uma coisa. Não significou nada na época, mas minha mente registrou.

— E o que foi?

— A porta do armário estava aberta. Não muito. Só uma fresta. Mas eu sei que tinha deixado fechada, entende? Há sacos de lixo lá dentro. Se uma criança brinca com um desses sacos, já era. Asfixia. Sabia disso?

— Sim. E o que aconteceu, então?

Billings deu de ombros.

— Nós o sepultamos — ele lançou um olhar mórbido para as próprias mãos, que tinham jogado terra sobre três caixões pequeninos.

— Houve um inquérito?

— Claro — os olhos de Billings reluziram com um brilho sardônico. — Um caipira idiota com um estetoscópio e uma maleta preta cheia de balas Junior Mints e um diploma de alguma faculdade provinciana. Morte no berço, foi o que ele disse! Já ouviu uma besteira maior do que essa? O garoto tinha 3 anos de idade!

— A morte no berço é mais comum durante o primeiro ano — Harper disse, cuidadosamente —, mas esse diagnóstico já apareceu em atestados de óbito de crianças de até 5 anos de idade, em falta de um melhor...

— *Uma ova!* — Billings disse, com violência.

Harper reacendeu o cachimbo.

— Transferimos Shirl para o antigo quarto de Denny um mês depois do funeral. Rita lutou contra isso com unhas e dentes, mas dei a última palavra. É claro que isso doeu. Jesus, eu adorava ter a garota conosco. Mas você não pode ser superprotetor. Estraga a criança desse jeito. Quando eu era garoto, minha mãe costumava me levar à praia e gritar até ficar rouca. "Não vá tão para longe! Não vá para aquele lado!

Há uma corrente ali! Só faz uma hora que você comeu! Aí não dá pé!" Até mesmo para que tomasse cuidado com tubarões, meu Deus do céu. Sabe o que aconteceu? Agora não consigo nem chegar perto da água. É verdade. Sinto cólicas se me aproximar de uma praia. Rita me fez levar a ela e às crianças uma vez para Savin Rock, quando Denny ainda estava vivo. Passei muito mal. Sei disso, o senhor entende? Nós não podemos superproteger as crianças. E você também não pode ficar mimando a si mesmo. A vida continua. Shirl foi dormir na mesma caminha de Denny. Mas mandamos o colchão antigo para o lixo. Não queria que minha garota pegasse germes.

"Então, um ano se passou. E certa noite, quando estava colocando Shirl no berço, ela começou a gritar e a chorar. 'Bicho-papão, pai, bicho-papão, bicho-papão!'

"Isso me causou um sobressalto. Era igualzinho a Denny. E comecei a me lembrar da porta do armário, com uma fresta aberta quando nós o encontramos. Quis levá-la para passar a noite no nosso quarto."

— E levou?

— Não — Billings olhou para as próprias mãos, o rosto contraído. — Como eu podia admitir para Rita que estava errado? *Tinha* que ser forte. Ela era sempre tão covarde... veja com que facilidade foi para a cama comigo quando não éramos casados.

Harper disse:

— Por outro lado, veja com que facilidade *você* foi para a cama com *ela*.

Billings, que mudava a posição das mãos, congelou o gesto no alto, e virou devagar a cabeça para fitar Harper.

— O senhor está querendo bancar o engraçadinho?

— Certamente que não — Harper disse.

— Então deixe-me contar as coisas do meu jeito — Billings respondeu, asperamente. — Vim aqui para tirar isso do peito, para contar minha história. Não vou falar sobre minha vida sexual, se é o que o senhor espera. Rita e eu tínhamos uma vida sexual bastante normal, sem nenhuma daquelas coisas sujas. Sei que algumas pessoas gostam de falar disso, mas não sou uma delas.

— Tudo bem — Harper disse.

— Tudo bem — Billings repetiu, com uma arrogância nervosa. Parecia ter perdido o fio da meada, e seus olhos passeavam inquietos pela porta do armário, que estava firmemente fechada.

— Gostaria de abri-la?

— Não! — Billings disse, rapidamente. Deu um risinho nervoso. — Para que eu haveria de querer olhar para as suas galochas?

— O bicho-papão pegou a garota também — ele disse. Coçou a testa, como se estivesse vasculhando a memória. — Um mês depois. Mas algo aconteceu antes disso. Ouvi um barulho lá certa noite. Então ela gritou. Abri a porta bem depressa, a luz do corredor estava acesa e... ela estava sentada no berço chorando e... algo *se moveu*. Nas sombras, junto ao armário. Algo *deslizou*.

— A porta do armário estava aberta?

— Um pouco. Só uma fresta — Billings passou a língua pelos lábios. — Shirl estava gritando sobre o bicho-papão. E alguma outra coisa que parecia "garra". Só que ela disse "gala", o senhor sabe. As crianças pequenas têm problemas com o som do "r". Rita correu lá para cima e perguntou o que estava acontecendo. Eu disse que ela havia ficado com medo das sombras dos galhos se movendo no teto.

— Gala? — Harper disse.

— É.

— Gala... "malo". Talvez ela estivesse tentando dizer "armário".

— Talvez — Billings disse. — Talvez fosse isso. Mas eu não acho. Acho que era "garras" — seus olhos voltaram a buscar a porta do armário. — Garras, garras compridas — sua voz tinha-se reduzido a um sussurro.

— Você olhou dentro do armário?

— O-olhei — as mãos de Billings estavam unidas com força sobre o peito, com força suficiente para revelar uma lua branca nos nós dos dedos.

— Havia alguma coisa lá dentro? Você viu o...

— *Eu não vi nada!* — Billings gritou, de repente. Ele soltou as palavras como se uma rolha negra tivesse sido puxada do fundo da sua alma. — Quando ela morreu, eu a encontrei, entende? E ela estava preta. Toda preta. Tinha engolido a própria língua e estava tão preta quanto um ator pintado de negro em uma comédia e olhava fixamente para mim. Seus olhos se pareciam com os que a gente vê em animais empalhados, brilhantes e medonhos, como mármore, e me diziam ele me pegou, pai, você deixou ele me pegar, você me matou, você o ajudou a me matar... — suas palavras foram morrendo. Uma única lágrima, muito grande e silenciosa, correu pelo lado da sua face.

— Foi uma convulsão cerebral, entende? — ele prosseguiu. — Isso acontece com as crianças, às vezes. Um sinal errado mandado pelo cérebro. Fizeram uma autópsia no Hartford Receiving e disseram que ela engoliu a própria língua devido à convulsão. E tive que ir para casa sozinho, porque mantiveram Rita sedada. Ela estava fora de si. Tive que voltar para aquela casa sozinho, e sei que uma criança não tem convulsões porque o seu cérebro simplesmente pifou. Você pode assustar uma criança até que ela tenha convulsões. E tive que voltar para a casa onde *a coisa* estava.

Ele sussurrou:

— Dormi no sofá. Com a luz acesa.

— Aconteceu alguma coisa?

— Tive um sonho — Billings disse. — Estava num quarto escuro e havia algo que eu não... eu não conseguia ver direito, no armário. Fazia um barulho... um barulho úmido. Lembrou-me uma revista em quadrinhos que eu havia lido quando era criança. *Contos da Cripta*, o senhor se lembra disso? Jesus! Tinham um sujeito chamado Graham Ingles; ele conseguia desenhar as coisas mais horrorosas deste mundo... e algumas do outro. Seja como for, nessa história a mulher afogava o marido, entende? Prendia blocos de cimento nos pés dele e o jogava num poço. Só que ele voltava. Estava todo podre e verde-escuro, e os peixes haviam comido seus olhos, e havia algas em seus cabelos. Ele voltava e a matava. E quando acordei no meio da noite, achei que aquela criatura estava debruçada sobre mim. Com garras... garras compridas...

O Dr. Harper olhou para o relógio digital sobre a escrivaninha. Lester Billings estava falando já fazia quase meia hora. Ele disse:

— Quando sua mulher voltou para casa, qual foi a atitude dela para com você?

— Ela ainda me amava — Billings disse, com orgulho. — Ainda queria fazer o que eu mandasse. Esse é o lugar da mulher, certo? Esse movimento feminista só produz gente doente. A coisa mais importante da vida de uma pessoa é que ela conheça seu lugar... Seu... seu... ã...

— Seu devido lugar?

— É isso! — Billing estalou os dedos. — É exatamente isso. E uma mulher deve seguir o marido. Ah, ela ficou meio abatida, por assim dizer, durante os primeiros quatro ou cinco meses depois do que houve... se arrastava pela casa, não cantava, não via tevê, não ria. Eu sabia que ela ia superar isso. Quando eles são assim tão pequenos, você não se sente tão apegado. Depois de algum tempo, tem que abrir uma gaveta da cômoda e ver um retrato para conseguir se lembrar de como exatamente eles eram.

— Ela queria outro bebê — ele acrescentou, sombrio. — Disse-lhe que era uma má idéia. Ah, não para sempre, mas por algum tempo. Disse-lhe que era um período para que nós superássemos as coisas e começássemos a desfrutar da companhia um do outro. Nunca tínhamos tido chance de fazer isso antes. Se a gente queria ir ao cinema, tinha que sair à cata de uma *baby-sitter*. Não dava para ir à cidade ver os Mets a menos que a família dela ficasse com as crianças, porque a minha mãe não queria saber de nós. Denny nasceu cedo demais após o nosso casamento, entende? Ela dizia que Rita não passava de uma vagabunda, uma rameirazinha qualquer. Rameira é como a minha mãe sempre as chamou. Não é uma figura? Uma vez me fez sentar e ouvir as doenças que a gente pode contrair se estiver com uma r... com uma prostituta. Como o seu pa... o seu pênis fica com uma feridinha de nada certo dia e no dia seguinte está caindo de podre. Ela sequer foi ao casamento.

Billings tamborilou com os dedos no peito.

— O ginecologista de Rita convenceu-a a usar esse tal de DIU... dispositivo intra-uterino. Infalível, o médico disse. É só enfiar lá na... lá no lugar da mulher e pronto. Se houver alguma coisa lá dentro, o ovo não consegue ser fertilizado. A pessoa nem sabe que a coisa está lá — ele sorriu para o teto com uma doçura sombria. — A pessoa nem sabe se a coisa está lá ou não. E no ano seguinte, ela está grávida de novo. Infalível, sim senhor.

— Nenhum método anticoncepcional é perfeito — Harper disse. — A pílula só é 98 por cento. O DIU pode ser eliminado pelas cólicas, fluxo menstrual forte e, em casos excepcionais, pela evacuação.

— É. Ou você pode tirá-lo.

— É possível.

— Então o que acontece em seguida? Lá está ela tricotando roupinhas, cantando no chuveiro e comendo picles feito louca. Sentando-se no meu colo e dizendo coisas sobre como devia ter sido a vontade de Deus. *O cacete!*

— O bebê nasceu no final do ano após a morte de Shirl?

— Correto. Um menino. Ela o chamou de Andrew Lester Billings. Eu não queria nada com o bebê, pelo menos no começo. Meu lema era: ela ferrou com tudo, então agora que cuide. Sei como isso soa, mas o senhor precisa se lembrar de que eu havia passado por um bocado de coisa.

"Mas acabei me apegando a ele, sabe? Era o único entre as crianças que se parecia comigo, para começo de conversa. Denny se parecia com a mãe, e Shirl não se parecia com ninguém, exceto talvez com minha avó Ann. Mas Andy era a minha cara, cuspida e escarrada.

"Comecei a ficar brincando com ele no cercadinho quando chegava em casa do trabalho. Ele só agarrava meu dedo e sorria e fazia gugu. Nove semanas de vida e o garoto estava sorrindo para o pai. Acredita nisso?

"Então, certa noite, lá estou eu voltando de uma farmácia com um móbile para pendurar no berço do garoto. Eu! As crianças não ligam para presentes até que tenham idade suficiente para dizer obrigado, é o que eu sempre digo. Mas lá estava eu, comprando essas bobagens para ele e de repente me dando conta de que o amava mais do que tudo. Nessa época tinha um outro emprego, bastante bom, vendendo brocas de perfuração para Cluett and Sons. Estava me saindo muito bem, e quando Andy estava com um ano nós nos mudamos para Waterbury. Aquele lugar tinha muitas lembranças ruins.

"E armários demais.

"O ano seguinte foi o melhor para nós. Eu daria todos os dedos da minha mão direita para tê-lo de volta. Ah, a guerra do Vietnã ainda não havia acabado, e os hippies ainda estavam por aí, sem roupa, e os negros estavam fazendo um bocado de barulho, mas nada disso nos dizia respeito. Estávamos numa rua tranqüila com vizinhos agradáveis. Éramos felizes — ele resumiu, simplesmente. — Perguntei uma vez a Rita se ela não estava preocupada. O senhor sabe, o azar sempre vem em número de três e tudo isso. Ela disse que não para nós. Disse que Andy era especial. Disse que Deus havia desenhado um círculo ao redor dele."

Billings fitou o teto com um olhar mórbido.

— O ano passado não foi tão bom. Alguma coisa na casa mudou. Comecei a deixar minhas botas no corredor, porque não gostava mais de abrir a porta do armário. Eu ficava pensando: Muito bem, e se aquela coisa estiver lá dentro? Toda encolhida e pronta para saltar no momento em que eu abrir a porta? E comecei a achar que ouvia barulhos úmidos, como se algo preto e verde e molhado estivesse se mexendo lá dentro, discretamente.

"Rita me perguntou se eu estava trabalhando demais, e comecei a responder com grosseria, como nos velhos tempos. Odiava ter que deixá-los sozinhos para ir trabalhar, mas era bom sair. Que Deus me perdoe, era bom sair. Comecei a pensar, compreende, que a coisa havia perdido nosso rastro por algum tempo quando nos mudamos. Teve que nos caçar, movendo-se furtivamente pelas ruas de noite e talvez se arrastando pela rede de esgoto. Buscando o nosso cheiro. Custou-lhe um ano, mas nos encontrou. Estava de volta. Queria Andy e a mim também. Comecei a achar que talvez se você pensar numa determinada coisa por tempo suficiente e acreditar nela, ela se torna real. Talvez todos os monstros de que tínhamos medo quando éramos crianças, Frankenstein e o lobisomem e a múmia, talvez eles fossem reais. Reais o suficiente para matar crianças que teoricamente caíram em poços, ou se afogaram em lagos, ou simplesmente nunca foram encontradas. Talvez...

— Você está evitando alguma coisa, Sr. Billings?

Billings ficou em silêncio por um longo tempo — o relógio digital marcou dois minutos. Então disse, abruptamente:

— Andy morreu em fevereiro. Rita não estava lá. Tinha recebido um telefonema de seu pai. Sua mãe tinha sofrido um acidente de carro depois do Ano-Novo e não tinham esperanças de que sobrevivesse. Ela tomou um ônibus naquela noite.

"Sua mãe não morreu, mas ficou em estado crítico por um longo tempo — dois meses. Eu contratei uma mulher muito boa que cuidava de Andy durante o dia. À noite, ficávamos em casa. E as portas dos armários ficavam se abrindo."

Billings passou a língua pelos lábios.

— O garoto estava dormindo no quarto comigo. Isso também é engraçado. Rita uma vez me perguntou, quando ele estava com 2 anos, se eu queria passá-lo para o outro quarto. Spock* ou um outro desses

---

* Dr. Spock, famoso pediatra americano e autor de best-sellers sobre educação infantil. (N. da T.)

charlatães dizem que é ruim para as crianças dormir com os pais, entende? Teoricamente, isso lhes causa traumas com relação ao sexo e tudo mais. Mas nós nunca fazíamos a menos que o garoto estivesse dormindo. E eu não queria passá-lo para o outro quarto. Estava com medo, depois de Denny e Shirl.

— Mas acabou passando, não foi? — perguntou o Dr. Harper.

— Foi — Billings disse. Ele sorriu um sorriso amarelo, doentio. — Acabei passando.

Silêncio novamente. Billings lutava contra ele.

— Tive que fazer isso! — ele exclamou, por fim. — Tive que fazer! Estava tudo bem quando Rita estava lá, mas depois que ela se foi, a coisa começou a ficar mais audaciosa. Começou... — ele rolou os olhos na direção de Harper e mostrou os dentes num sorriso desatinado. — Ah, o senhor não vai acreditar. Sei o que está pensando, mais um maluco para o seu arquivo, sei disso, mas o senhor não estava lá, seu bisbilhoteiro metido a besta.

"Certa noite, todas as portas da casa se escancararam de repente. Certa manhã, eu me levantei e encontrei um rastro de lama e sujeira pelo corredor entre o armário dos casacos e a porta da frente. Será que ele estava saindo? Entrando? Não sei! Jesus Cristo, simplesmente não sei! Discos todos arranhados e cobertos de limo, espelhos quebrados... e os barulhos... os barulhos..."

Ele passou a mão pelo cabelo.

— Você acordava às três da manhã e olhava para a escuridão e a princípio pensava "É só o relógio". Mas podia ouvir alguma coisa se movendo lá embaixo, discretamente. Mas não discretamente demais, porque queria que você ouvisse. Um som escorregadio e úmido, como alguma coisa no ralo da cozinha. Ou um estalo, como garras arrastando-se de leve sobre o corrimão da escada. E você fechava os olhos, sabendo que ouvir aquilo era ruim, mas que se *visse*...

"E o tempo todo você ficava com medo de que os sons se interrompessem durante algum tempo, e que em seguida fosse ouvir uma risada bem diante do seu rosto e sentir um bafo de repolho podre no seu rosto, e depois mãos na sua garganta."

Billings estava pálido e tremendo

"Então eu o transferi para o quarto. Sabia que a coisa ia atrás dele, entende? Porque ele era mais fraco. E foi o que aconteceu. Naquela mesma primeira noite, ele gritou no meio da madrugada e finalmente, quando eu me sentia com colhões o suficiente para entrar, ele estava de pé na cama, gritando. 'O bicho-papão, pai... bicho-papão... quero ir com o papai, ir com o papai.'"

A voz de Billings assumiu um timbre agudo alto, como o de uma criança. Seus olhos pareciam ocupar seu rosto todo; era quase como se ele afundasse no divã.

— Mas eu não consegui — o timbre irregular e infantil continuou —, eu não consegui. E uma hora mais tarde, houve um grito. Um grito medonho, como um gorgolejar. Eu soube o quanto o amava porque corri lá para dentro, nem mesmo cheguei a acender a luz, corri, corri, *corri*, ah, meu Jesus Cristo, a coisa o havia apanhado; sacudia o garoto, como um cachorro sacode um pedaço de pano, e eu pude ver algo com ombros horrivelmente caídos e uma cabeça de espantalho, e pude sentir o cheiro semelhante ao de um rato morto numa garrafa de refrigerante, e ouvi... — ele se interrompeu, então sua voz retomou o timbre de adulto. — Ouvi quando o pescoço de Andy se partiu — a voz de Billings era fria e inexpressiva. — Fez um som como gelo quebrando quando você está patinando num lago no interior, no inverno.

— E então, o que aconteceu?

— Ah, eu corri — Billings disse, com a mesma voz fria e inexpressiva. — Fui para uma dessas lanchonetes que ficam abertas 24 horas. Um bom exemplo de total covardia, não é mesmo? Corri para uma lanchonete 24 horas e tomei seis xícaras de café. Depois fui para casa. Já amanhecia. Chamei a polícia antes mesmo de subir ao andar de cima. Ele estava deitado no chão, olhando para mim. Me acusando. Uma quantidade bem pequena de sangue havia escorrido de um ouvido. Na verdade, apenas uma gota. E a porta do armário estava aberta... mas só uma fresta.

A voz parou. Harper olhou para o relógio digital. Cinqüenta minutos haviam se passado.

— Marque uma sessão com a enfermeira — ele disse. — Na verdade, marque várias. Terças e quintas?

— Só vim para contar minha história — Billings disse. — Para desabafar. Menti para a polícia, entende? Disse a eles que o garoto devia ter tentado sair do berço durante a noite e... eles engoliram. Claro que sim. Porque era isso que parecia. Acidental, como os outros. Mas Rita sabia. Rita... finalmente... sabia...

Ele cobriu os olhos com o braço direito e começou a chorar.

— Sr. Billings, há muita coisa a conversar. — O Dr. Harper disse, após uma pausa. — Acredito que podemos remover parte da culpa que você está carregando, mas em primeiro lugar precisa querer se livrar dela.

— Não acredita que é o que eu *quero*? — Billings exclamou, tirando o braço da frente dos olhos. Estavam vermelhos, inchados, machucados.

— Ainda não — Harper disse, a voz baixa. — Terças e quintas?

Depois de um longo silêncio, Billings balbuciou:

— Maldito analista. Está certo. Está certo.

— Marque um horário com a enfermeira, Sr. Billings. E tenha um bom dia.

Billings deu um riso sem graça e saiu rapidamente do consultório, sem olhar para trás.

O balcão da enfermeira estava vazio. Um bilhete sobre a mesa dizia: "Volto em um minuto."

Billings se virou e voltou ao consultório.

— Doutor, sua enfermeira...

A sala estava vazia.

Mas a porta do armário estava aberta. Só uma fresta.

— Tão bom — a voz do armário disse. — Tão bom.

As palavras pareciam saídas de uma boca cheia de algas podres.

Billings ficou imobilizado no lugar enquanto a porta do armário se abriu. Ele sentiu um ligeiro calor na virilha ao urinar nas calças.

— Tão bom — disse o bicho-papão ao sair, arrastando os pés.

Ainda segurava a máscara do Dr. Harper numa das mãos apodrecidas, com enormes garras.

Massa Cinzenta

Durante toda a semana, previram uma tempestade vinda do norte, e por volta de quinta-feira ela chegou, uma nevasca violenta de ventos uivantes que já amontoara 20 centímetros de neve às quatro da tarde e não dava sinais de que fosse diminuir. Os cinco ou seis de sempre estavam reunidos ao redor do forno-fogão Reliable no Henry's Nite-Owl, o único estabelecimento desta parte de Bangor que fica aberto noite e dia.

O bar do Henry não fatura muito — basicamente, vende cerveja e vinho para os garotos da faculdade —, mas ele se vira, e é um lugar em que nós, os velhos aposentados, podemos nos encontrar para comentar quem morreu recentemente e como é que este mundo está indo para o inferno.

Nessa tarde, Henry estava no balcão; Bill Pelham, Bertie Connors, Carl Littlefield e eu estávamos perto do fogão. Lá fora, nem um único carro passava pela Ohio Street, e os tratores davam duro para remover a neve. O vento soprava forte e formava montes que pareciam a espinha dorsal de um dinossauro.

Henry só tinha tido três fregueses durante toda a tarde — isso se você contar o cego Eddie. Eddie tem cerca de 70 anos, e não é totalmente cego. Na maioria das vezes, esbarra nas coisas. Aparece uma ou duas vezes por semana e coloca uma fatia de pão debaixo do casaco e sai com uma expressão no rosto que parece dizer: *Aí está, seus idiotas de uma figa, enganei vocês de novo.*

Bertie uma vez perguntou a Henry por que ele nunca punha um fim àquilo.

— Vou lhe dizer — Henry falou. — Alguns anos atrás, a Força Aérea queria 20 milhões de dólares para fabricar o protótipo de um avião que tinham planejado. Bem, custou 75 milhões e o desgraçado não voava. Isso aconteceu faz dez anos, quando o cego Eddie e eu éramos consideravelmente mais jovens, e eu votei na mulher que patrocinou o projeto. O cego Eddie votou contra. E, desde então, eu pago o pão dele.

Bertie não pareceu compreender muito bem a história, mas se recostou na cadeira para refletir.

A porta então se abriu de novo, deixando passar uma rajada do frio ar cinzento lá de fora, e um jovem entrou, batendo os pés para sacudir a neve. Reconheci-o depois de um segundo. Era o filho de Richie Grenadine, e parecia ter chupado limão. Seu pomo-de-adão subia e descia, e seu rosto estava da cor de um oleado velho.

— Sr. Parmalee — ele disse a Henry, os olhos rolando nas órbitas como se fossem rolamentos de esferas —, o senhor precisa vir. Precisa levar a cerveja para ele e vir. Não posso voltar lá. Estou com medo.

— Vamos com calma — Henry disse, tirando o avental branco de açougueiro e saindo de trás do balcão. — Qual é o problema? Seu pai está bêbado?

Quando ele disse isso, me dei conta de que Richie não aparecia fazia um bom tempo. Normalmente, passava uma vez por dia para levar uma caixa da cerveja que estivesse mais barata no momento, um homem grandalhão e gordo com uma papada igual ao traseiro de um porco e braços iguais a uma peça de presunto. Richie sempre havia exagerado na cerveja, mas lidava bem com isso, enquanto trabalhava na serraria em Clifton. Então, algo aconteceu... uma máquina de polpação funcionou mal, ou talvez Richie apenas tenha inventado isso... e Richie estava dispensado do trabalho, livre para voar, com a companhia da serraria pagando-lhe indenização. Algo nas suas costas. Seja como for, ficou absurdamente gordo. Não andava aparecendo ultimamente, embora de vez em quando eu visse seu garoto buscar a caixa noturna de Richie. Um garoto muito bonzinho. Henry vendia-lhe a cerveja, pois sabia que o garoto estava apenas obedecendo ao pai.

— Ele está bêbado — o garoto dizia, agora — mas esse não é o problema. É que... que... ah, meu Deus, é *horrível!*

Henry viu que ele ia chorar, então disse, bem depressa:

— Carl, você pode dar uma olhada nas coisas por um instante?

— Claro.

— Muito bem, Timmy, você vem comigo até o depósito e me explica o que está acontecendo.

Levou o garoto consigo, e Carl passou para trás do balcão e sentou-se no banco de Henry. Ninguém disse uma palavra durante um bom tempo. Podíamos ouvi-los lá atrás, a voz grave e lenta de Henry, e depois o agudo de Timmy Grenadine falando muito rápido. Então o garoto começou a chorar, e Bill Pelham pigarreou e começou a colocar fumo no cachimbo.

— Faz uns dois meses que não vejo Richie — disse eu.

Bill resmungou:

— Não faz falta.

— Ele esteve aqui... ah, quase no fim de outubro — Carl disse. — Perto do Halloween. Comprou uma caixa de cerveja Schlitz. Estava ficando horrivelmente gordo.

Não havia mais muito o que dizer. O garoto ainda estava chorando, mas falava ao mesmo tempo. Lá fora o vento continuava uivando e urrando, e o rádio disse que teríamos mais uns 15 centímetros de neve pela manhã. Estávamos no meio de janeiro e eu me perguntava se alguém teria visto Richie desde outubro — exceto seu garoto, é claro.

A conversa prosseguiu por um bom tempo, mas finalmente Henry e o garoto saíram. O garoto havia tirado o casaco, mas Henry colocara o seu. O garoto estava respirando fundo, como você faz quando o pior já passou, mas seus olhos estavam vermelhos, e, quando cruzavam os seus, ele os virava para o chão.

Henry parecia preocupado.

— Pensei em mandar Timmy lá para cima e pedir para a minha mulher preparar um queijo-quente para ele, ou algo assim. Talvez alguns de vocês pudessem dar um pulo na casa de Richie comigo. Timothy está dizendo que ele quer umas cervejas. Já me deu o dinheiro — tentou sorrir, mas a situação era difícil, e ele logo desistiu.

— Claro — Bertie disse. — Que marca de cerveja? Vou lá pegar.

— Traga umas Harrow's Supreme — Henry disse. — Temos umas caixas em promoção lá atrás.

Também me levantei. Teríamos de ser Bertie e eu. A artrite de Carl fica terrível em dias assim, e Billy Pelham já não consegue mais usar muito bem o braço direito.

Bertie trouxe quatro caixas de seis Harrow's, e embalei enquanto Henry levava o garoto para o apartamento, no andar de cima.

Bem, ele acertou as coisas com sua patroa e voltou para baixo, dando uma olhada por cima do ombro para se certificar de que a porta de cima estava fechada. Billy perguntou, mal reprimindo a curiosidade:

— O que houve? Richie andou batendo no garoto?

— Não — Henry disse. — Prefiro não dizer nada por enquanto. Pareceria loucura. Mas vou mostrar uma coisa a vocês. O dinheiro com que Timmy deveria pagar a bebida.

Tirou quatro notas de um dólar do bolso, segurando-as pelas beiradas, e não o culpo. Estavam todas cobertas por uma substância cinzenta e viscosa que parecia essa espuma que se forma sobre um enlatado estragado. Colocou-as sobre o balcão com um sorriso gozado e disse a Carl:

— Não deixe ninguém tocar nisto. Nem se a metade do que o garoto contou for verdade!

E ele deu a volta, indo até a pia ao lado do balcão de carnes, e lavou as mãos.

Levantei-me, vesti meu casaco de marinheiro e meu cachecol e fechei os botões. Não adiantava ir de carro; Richie morava num prédio em Curve Street, que é tão íngreme quanto a lei permite, e é o último lugar em que os tratores de remover a neve costumam passar.

Quando saíamos, Bill Pelham nos chamou:

— Tomem cuidado, viu?

Henry apenas fez que sim e colocou o pacote com as Harrow's no carrinho de mão que está sempre junto à sua porta, e lá fomos nós rolando-o pela rua.

O vento nos atingiu como um serrote, e no mesmo instante levantei meu cachecol, cobrindo as orelhas. Fizemos uma pausa na porta por apenas um segundo, enquanto Bertie colocava as luvas. Seu rosto estava como que encolhido de dor, e eu sabia como ele se sentia. Para os jovens, é ótimo sair para esquiar o dia todo, ou dirigir aqueles malditos carrinhos velozes de neve durante metade da noite, mas quando você passa dos 70 sem uma troca de óleo, sente aquele vento nordeste soprar no seu coração.

— Não quero amedrontar vocês, garotos — Harry disse, com aquele sorriso esquisito, como que cheio de repugnância. — Mas vou mostrar-lhes isto assim mesmo. E vou lhes contar o que o garoto me contou enquanto caminhamos... porque quero que saibam, entendem!

E sacou um revólver calibre .45 de cano longo do bolso do casaco — a arma que tinha sempre carregada debaixo do balcão, desde que começara a funcionar 24 horas por dia, em 1958. Não sei onde ele a arrumou, mas sei que da única vez que a exibiu a um assaltante, o sujeito simplesmente se virou e saiu correndo pela porta. Henry era um cara durão, sem dúvida. E já o vi enxotando um sujeito da faculdade que apareceu uma vez e lhe deu um bocado de trabalho para descontar um cheque. O garoto foi embora como se sua bunda fosse do avesso e ele tivesse que cagar.

Bem, só estou dizendo isso porque Henry queria que Bertie e eu soubéssemos que ele falava sério, e nós também.

Então, lá fomos nós, curvados sob o vento como lavadeiras, Henry empurrando aquele carrinho e nos contando o que o garoto havia dito. O vento tentava levar suas palavras para longe antes que pudéssemos ouvi-las, mas entendemos a maior parte — mais do que gostaríamos. Eu estava bastante contente por Henry estar levando seu trabuco escondido no bolso do casaco.

O garoto disse que devia ter sido a cerveja — você sabe como, de vez em quando, aparece uma lata estragada. Choca ou cheirando mal, ou verde como as manchas de urina nas cuecas de um irlandês. Um sujeito uma vez me disse que só é preciso um buraquinho de nada para deixar entrar bactérias que fazem coisas bastante estranhas. O buraco pode ser tão pequeno que a cerveja mal se derrama, mas as bactérias conseguem entrar. E cerveja é um bom alimento para alguns desses bichos.

Seja como for, o garoto contou que Richie levou para casa uma caixa de Golden Light, como de hábito, naquela noite de outubro, e sentou-se para entorná-la enquanto Timmy fazia o dever de casa.

Timmy estava quase pronto para ir para a cama quando ouviu Richie dizer:

— Jesus Cristo, isto aqui está esquisito.

E Timmy disse:

— O que houve, pai?

— Essa cerveja — Richie disse. — Meu Deus, é o *pior* gosto que já senti na minha boca.

A maioria das pessoas se perguntaria por que, em nome de Deus, ele bebeu, se o gosto era tão ruim, mas isso porque a maioria das pessoas nunca viu Richie Grenadine bebendo. Certa tarde, estive em Wally's Spa e o vi ganhar uma aposta das mais bizarras. Ele apostou com um sujeito que conseguia beber vinte copos pequenos de cerveja em um minuto. Ninguém dos arredores estava disposto a aceitar a aposta, mas esse comerciante de Montpelier tirou do bolso uma nota de 20 dólares, que Richie cobriu. Já tinha bebido os vinte copos sete segundos antes de completar um minuto — embora, ao sair de lá, estivesse para lá de Bagdá. Então, acho que Richie já havia bebido quase toda aquela lata estragada, antes que seu cérebro pudesse avisá-lo.

— Vou vomitar — Richie disse. — Cuidado!

Mas quando chegou ao banheiro a vontade passou, e tudo terminou ali. O garoto disse que cheirou a lata, e o cheiro era como se alguma coisa tivesse se arrastado lá para dentro e morrido. Havia também uma baba cinzenta na parte de cima.

Dois dias depois, o garoto chega em casa da escola e lá está Richie sentado em frente da TV, assistindo àquelas novelas vespertinas com todas as cortinas fechadas.

— O que houve? — Timmy pergunta, pois Richie raramente chega em casa antes das nove, após suas bebedeiras.

— Estou vendo TV — diz Richie. — Não estava a fim de sair hoje.

Timmy acendeu a luz que ficava sobre a pia, e Richie gritou:

— E apague essa maldita luz!

Timmy obedeceu, sem perguntar como haveria de fazer o dever de casa no escuro. Quando o humor de Richie está desse jeito, você não pergunta a ele coisa alguma.

— E vê se me traz umas latinhas — diz Richie. — O dinheiro está em cima da mesa.

Quando o garoto volta, seu pai ainda está sentado no escuro, só que agora também está escuro lá fora. E a TV está desligada. O garoto começa a ficar apavorado — bem, quem não ficaria? Nada além de um apartamento na escuridão e o seu pai sentado num canto como uma massa disforme.

Então ele coloca a cerveja em cima da mesa, sabendo que Richie não gosta da bebida tão gelada a ponto de lhe dar pontadas na testa, e, quando chega perto do seu velho, começa a notar uma espécie de cheiro podre, como um queijo velho que alguém deixou sobre o balcão durante o fim de semana. Mas ele não se preocupa tanto assim, já que o seu velho nunca foi o que você chamaria de pessoa asseada. Em vez disso, vai para o seu quarto e fecha a porta e faz o dever de casa, e depois de algum tempo ouve a TV ser ligada e Richie abrir a primeira latinha da noite.

E por cerca de duas semanas as coisas prosseguiram desse jeito. O garoto se levantava pela manhã e ia para a escola e, quando voltava para casa, Richie estava na frente da televisão, e o dinheiro da cerveja em cima da mesa.

O apartamento também cheirava cada vez pior. Richie não deixava abrir as cortinas de jeito algum, e mais ou menos em meados de novembro fez com que Timmy parasse de estudar no quarto. Disse que não conseguia suportar a luz que vinha por baixo da porta. Então Timmy começou a ir para a casa de um amigo no quarteirão, depois de comprar a cerveja do pai.

Um dia, quando Timmy chegava da escola — eram quatro da tarde e já bastante escuro —, eis que Richie diz:

— Acenda a luz.

O garoto acende a luz de cima da pia, e caramba, Richie está todo embrulhado num cobertor.

— Olhe — Richie diz, e uma de suas mãos se esgueira para fora do cobertor. Só que não é uma de suas mãos de jeito maneira. *Alguma coisa cinza*, é tudo o que o garoto conseguiu dizer a Henry. *Não se parecia com a mão dele nem um pouco. Era só uma massa disforme e cinzenta.*

Bem, Timmy Grenadine ficou bastante assustado. Ele pergunta:

— Pai, o que está acontecendo com você?

E Richie diz:

— Sei lá. Mas não dói. Até que eu me sinto... bem.

Então, Timmy diz:

— Vou ligar para o Dr. Westphail.

E o cobertor começa a tremer por inteiro, como se alguma coisa medonha estivesse tremendo — *por inteiro* — lá embaixo. E Richie diz:

— Não se atreva a fazer isso. Se ligar, eu encosto em você, e você vai acabar deste jeito — e ele descobre o rosto por um minuto apenas.

A essa altura, já estávamos na esquina de Harlow com Curve Street, e eu estava mais frio por dentro do que a temperatura que o termômetro do Crush marcava, na loja de Henry, quando saímos. Normalmente as pessoas não querem acreditar nesse tipo de coisa, mas ainda assim acontecem fatos estranhos neste mundo.

Certa vez, conheci um sujeito chamado George Kelso, que trabalhava para o Departamento de Obras Públicas de Bangor. Passou 15 anos consertando canos d'água, cabos elétricos, e coisas desse tipo, e de repente, um dia, ele simplesmente largou tudo, a menos de dois anos da aposentadoria. Frankie Haldeman, que o conhecia, disse que George desceu num cano de esgoto em Essex rindo e contando piadas como sempre, e subiu 15 minutos mais tarde com o cabelo branco feito neve e os olhos vidrados, como se acabasse de espiar por uma janela que dava para o inferno. Foi caminhando diretamente para a garagem do DOP, bateu seu ponto, dali seguiu direto para Wally's Spa e começou a beber. Foi o que o matou, dois anos mais tarde. Frankie disse que tentou conversar com ele a respeito, e que George disse uma coisa certa vez, isso quando estava completamente bêbado. Ele se virou no banco em que estava sentado e perguntou a Frankie Haldeman se ele alguma vez tinha visto uma aranha do tamanho de um cachorro bem grande, tecendo uma teia cheia de gatinhos e outros bichos todos embrulhados em fios de seda. Bem, o que ele poderia responder? Não estou dizendo que haja alguma verdade nisso, mas estou dizendo que há coisas nos recantos deste mundo capazes de enlouquecer um homem, se ele olhar para elas cara a cara.

Então, ficamos ali parados na esquina por um instante, apesar do vento que uivava na rua.

— O que foi que ele viu? — Bertie perguntou.

— Disse que ainda conseguia ver o pai — Henry respondeu —, mas disse que era como se ele estivesse enterrado em geléia cinzenta... e estava tudo meio misturado. Ele disse que suas roupas entravam e brotavam da pele, como se tivessem se fundido ao seu corpo.

— Jesus Cristo — Bertie disse.

— Então ele se cobriu todo outra vez e começou a gritar para que o garoto apagasse a luz.

— Como se fosse um fungo — eu disse.

— É — disse Henry. — Mais ou menos isso.

— Vê se fica com a pistola bem à mão — Bertie disse.

— É, acho que vou ficar mesmo — e com isso começamos a subir Curve Street.

O prédio em que ficava o apartamento de Richie Grenadine era quase no alto da ladeira, um daqueles enormes monstros vitorianos construídos pelos barões da madeira na virada do século. Todos eles acabavam de ser transformados em prédios residenciais. Quando Bertie recuperou o fôlego, disse-nos que Richie morava no terceiro andar, abaixo daquele frontão que ressaltava como se fosse uma sobrancelha. Aproveitei para perguntar a Henry o que havia acontecido com o garoto depois daquilo.

Por volta da terceira semana de novembro, o garoto voltou para casa certa tarde e descobriu que Richie tinha ido além do hábito de baixar as cortinas. Tinha apanhado cobertores e pregado sobre todas as janelas do apartamento. E o cheiro também estava pior — uma espécie de cheiro de mofo, como ficam as frutas quando fermentam com levedura.

Uma semana mais tarde, mais ou menos, Richie mandou o garoto começar a esquentar a cerveja no fogão. Dá para imaginar uma coisa dessas? O garoto sozinho naquele apartamento, com seu pai se transformando num... bem, em alguma coisa... e esquentando sua cerveja e depois tendo que ouvir o sujeito — ouvir o que quer que ele fosse — engolindo a bebida fazendo barulhos horríveis, como um velho tomando sopa. Dá para imaginar?

E foi assim que as coisas caminharam até hoje, quando a escola do garoto liberou as crianças mais cedo por causa da tempestade.

— O garoto disse que foi direto para casa — Henry nos contou. — Não havia luz no corredor do andar de cima. O garoto alega que seu pai devia ter se esgueirado para fora certa noite e quebrado a luz, de modo que ele tinha que ir quase se arrastando até sua porta.

"Bem, ele ouve alguma coisa se mexendo lá dentro, e de repente lhe ocorre que não tem idéia do que Richie faz durante o dia, a semana inteira. Não chegou a ver seu pai sair daquela cadeira durante quase um mês, e em algum momento um homem precisa dormir e ir ao banheiro.

"Há um postigo no meio da porta, e supostamente um trinco do lado de dentro, para mantê-lo fechado, mas está quebrado desde que se mudaram para lá. Então o garoto chega facilmente à porta e empurra um pouquinho o trinco do olho mágico com o polegar, espiando lá dentro."

A essa altura, estávamos ao pé da escada, e a casa agiganta-se sobre nós como um rosto alto e feio, com aquelas janelas do terceiro andar em lugar dos olhos. Olhei lá para cima, e com certeza aquelas duas janelas estavam pretas como breu. Como se alguém tivesse colocado cobertores sobre elas, ou as pintado de preto.

— Os olhos dele levaram um minuto para se ajustar ao escuro. Então ele viu uma enorme massa cinza, nem um pouco parecida com um homem, deslizando pelo chão, e deixando atrás de si um rastro viscoso e cinzento. E então a coisa meio que esticou um braço... ou algo parecido com um braço... e arrancou uma tábua da parede. De lá, tirou um gato.

Henry calou-se por um segundo. Bertie batia as mãos uma contra a outra e estava terrivelmente frio lá fora na rua, mas nenhum de nós estava pronto para subir naquele instante.

— Um gato morto — Henry recomeçou — que estava putrefato. O garoto disse que ele parecia todo inchado e duro... e que havia coisinhas brancas se arrastando por todo o seu corpo...

— Pare — Bertie disse. — Pelo amor de Deus.

— E então seu pai comeu o gato.

Tentei engolir e senti um gosto oleoso na garganta.

— Foi quando Timmy fechou o postigo — Henry concluiu, a voz bem baixa. — E correu.

— Acho que não consigo ir lá em cima — Bertie disse.

Henry ficou em silêncio, apenas olhando para Bertie e para mim, sucessivamente.

— Acho que é melhor irmos — eu disse. — Estamos com a cerveja de Richie.

Bertie não fez nenhum comentário diante disso, então subimos os degraus e passamos pela porta principal. Senti imediatamente o cheiro.

Sabe qual é o cheiro de uma fábrica de cidra no verão? Você nunca consegue tirar o cheiro das maçãs, mas no outono tudo bem, porque é penetrante e forte o suficiente para entupir seu nariz. Mas no verão não passa de um cheiro ruim, e esse cheiro era parecido, só que um pouco pior.

Havia uma luz acesa no corredor do primeiro andar, uma coisinha amarelada e insignificante que projetava um brilho fraco feito soro de leite. E aquela escada subia para o interior das sombras.

Henry parou o carrinho, e enquanto tirava a caixa de cerveja, apertei com o polegar o botão que controlava a lâmpada do segundo andar. Mas estava quebrada, exatamente como o garoto dissera.

Bertie disse, com a voz trêmula:

— Eu levo a cerveja. E você cuide dessa pistola.

Henry não discutiu. Entregou a caixa e começamos a subir, Henry primeiro, depois eu, e em seguida Bertie com as cervejas nos braços. Quando chegamos ao corredor do segundo andar, o cheiro estava muito pior. Maçãs podres, todas fermentadas, e sob esse fedor, um outro ainda pior.

Quando eu morava em Levant, tive um cachorro certa vez — Rex era o nome dele —, era um bom animal, mas não muito esperto no que dizia respeito a carros. Foi atropelado certa tarde, quando eu estava no trabalho, e se arrastou para baixo da casa e morreu ali. Meu Deus, que fedor. Por fim tive de ir lá embaixo e tirá-lo com uma vara. Aquele outro fedor era parecido com esse; estragado e pútrido e imundo.

Até aquele momento, eu estava pensando que talvez fosse alguma espécie de brincadeira, mas vi que não era.

— Meu Deus, por que os vizinhos não expulsam Richie? — perguntei.

— Que vizinhos? — Henry perguntou, e estava sorrindo aquele sorriso esquisito outra vez.

Olhei ao redor e vi que todo o corredor tinha uma espécie de aspecto empoeirado, de desuso, e que as portas de todos os apartamentos do terceiro andar estavam trancadas.

— Só queria saber quem é o senhorio? — Bertie disse, colocando a caixa no balaústre da escada e recobrando o fôlego. — Gaiteau? Fico surpreso por ele não expulsá-lo.

— Quem vai subir e colocá-lo para fora? — Henry perguntou. — Você?

Bertie não disse nada.

Em seguida, começamos a subir o último lance de escada, que era ainda mais íngreme e estreito do que o anterior. Também estava mais quente. Pelo som, parecia que cada radiador daquele lugar estava retinindo e assobiando. O cheiro era medonho, e comecei a me sentir como se alguém estivesse mexendo com uma vareta nas minhas entranhas.

No alto, havia um corredor curto, e uma porta com um pequeno postigo no meio.

Bertie choramingou baixinho e sussurrou:

— Olhem só no que a gente está pisando!

Baixei os olhos e vi toda aquela substância viscosa no chão do corredor, em pequenas poças. Parecia ter havido antes um carpete ali, mas a substância cinzenta o havia corroído por completo.

Henry caminhou até a porta, e nós o seguimos. Não sei quanto a Bertie, mas eu estava tremendo feito uma vara verde. Henry, contudo, não hesitou por um único instante; ergueu aquela arma e bateu na porta com a coronha.

— Richie? — ele chamou, e sua voz não parecia nem um pouco amedrontada, embora seu rosto estivesse mortalmente pálido. — Aqui é Henry Parmalee lá da Nite-Owl. Trouxe a sua cerveja.

Não houve resposta por talvez um minuto, e em seguida uma voz disse:

— Onde está Timmy? Onde está o meu garoto?

Quase saí correndo naquele mesmo instante. Aquela voz não era humana de jeito maneira. Era esquisita e grave e gorgolejante, como alguém falando com a boca cheia de sebo.

— Ele está na minha loja — Henry disse —, comendo uma refeição decente. Está magro como um gato de rua, Richie.

Não se ouviu coisa alguma durante algum tempo, e depois vieram uns ruídos horríveis, úmidos, como um homem com botas de borracha andando na lama. Então, aquela voz putrefata falou bem do outro lado da porta.

— Abra a porta e empurre a cerveja para dentro — disse. — Só que tem que abrir todas as latas para mim primeiro. Eu não consigo.

— Num minuto — Henry disse. — Como vai essa forma física, Richie?

— Deixe isso para lá — a voz disse, e estava horrivelmente ansiosa. — Apenas empurre a cerveja e vá embora!

— Já não são mais apenas os gatos mortos, não é? — Henry disse, e seu tom de voz parecia triste. Já não estava mais segurando a pistola com a coronha para cima; agora era a parte séria que vinha primeiro.

E de repente, num lampejo de luz, fiz o raciocínio que Henry já havia feito, talvez no instante mesmo em que Timmy contava sua história. O cheiro de podre e de decomposição pareceu redobrar em minhas narinas quando me lembrei. Duas meninas e um velho pau-d'água do Exército da Salvação tinham desaparecido na cidade ao longo das últimas três semanas, mais ou menos — sempre depois do anoitecer.

— Empurre a bebida aqui para dentro ou vou sair para pegar — disse a voz.

Henry fez um gesto para que nos afastássemos, e obedecemos.

— Acho que assim é melhor, Richie — ele brandiu a arma.

Não se ouviu mais nada, mas não por muito tempo. Para dizer a verdade, comecei a ter a impressão de que tudo estava acabado. Então a porta se abriu de todo, tão subitamente e com tanta força que chegou a *se arquear* antes de bater com um estrondo na parede. E de lá saiu Richie.

Foi apenas um segundo, apenas um segundo antes que Bertie e eu estivéssemos descendo aquelas escadas correndo feito dois menininhos, quatro ou cinco degraus de cada vez, e saindo desabalados do prédio para a neve, caindo e escorregando.

Ao descer, ouvimos Henry disparar três vezes, o estrondo dos tiros alto como se fossem granadas nos corredores fechados daquela casa vazia e amaldiçoada.

O que vimos naquele instante de um ou dois segundos vai me acompanhar pela vida inteira — ou pelo que quer que reste dela. Foi como uma imensa onda cinzenta de geléia, geléia que se parecia com um homem e deixava um rastro de limo atrás de si.

Mas isso não foi o pior. Seus olhos eram achatados e amarelos e selvagens, sem uma alma humana por trás. Só que não eram dois. Eram quatro, e bem no meio do corpo da criatura, entre os dois pares de olhos, havia uma linha esbranquiçada e fibrosa, com uma espécie de pele rósea e pulsante aparecendo, feito um talho na barriga de um porco de abate.

Estava se dividindo, entende? Dividindo-se em dois.

Bertie e eu não dissemos nada um ao outro no caminho de volta para o bar. Não sei o que se passava na mente dele, mas sei muito bem o que ocupava a minha: a tabuada de multiplicação. Dois vezes dois é igual a quatro, quatro vezes dois é igual a oito, oito vezes dois é igual a 16, 16 vezes dois é...

Estávamos de volta. Carl e Bill Pelham levantaram-se num salto e começaram a fazer perguntas no mesmo instante. Nenhum de nós dois respondia. Só nos viramos e ficamos esperando para ver se Henry ia aparecer, chegando em meio a neve. Eu já havia chegado à conclusão de que 32.768 vezes dois seria o fim da espécie humana e então ficamos sentados tentando fazer as pazes com toda aquela cerveja e esperando para ver qual dos dois regressaria por fim, e aqui ainda estamos.

Espero que seja o Henry. Espero mesmo.

Campo de Batalha

— Sr. Renshaw?

Ele ouviu a voz do recepcionista quando estava a meio caminho em direção aos elevadores, e Renshaw se voltou com impaciência, transferindo a mala que trouxera a bordo do avião de uma das mãos para a outra. O envelope no bolso de seu casaco, recheado de notas de 20 e 50, estalou audivelmente. O trabalho tinha sido bem-sucedido, e o pagamento, excelente — mesmo após descontados os 15 por cento de comissão da Organização. Agora, tudo o que ele queria era um chuveiro quente e um gim-tônica e sono.

— O que foi?

— Um pacote, senhor. Pode assinar o recibo?

Renshaw assinou e olhou pensativamente para o pacote retangular. Seu nome e o endereço estavam escritos na etiqueta adesiva com uma caligrafia oblíqua e inclinada para a esquerda, que lhe parecia familiar. Balançou o pacote sobre a superfície de mármore falso do balcão, e alguma coisa retiniu bem de leve lá dentro.

— Devo mandar para o seu quarto, Sr. Renshaw?

— Não, eu levo comigo.

Tinha cerca de 45 centímetros de largura, e cabia desajeitadamente sob seu braço. Colocou-o sobre o carpete alto que cobria o chão do elevador e girou sua chave na ranhura correspondente ao apartamento de cobertura, que ficava no alto do painel de botões dos outros andares. O elevador subiu devagar e em silêncio. Ele fechou os olhos e deixou que o trabalho fosse exibido como um filme na tela negra de sua mente.

Primeiro, como sempre, um telefonema de Cal Bates:

— Está disponível, Johnny?

Ele estava disponível duas vezes por ano, preço mínimo $10.000. Era muito bom, muito confiável, mas o que seus clientes realmente pagavam era seu talento infalível de predador. John Renshaw era um falcão humano, construído tanto pela genética quanto pelo ambiente para fazer duas coisas de maneira soberba: matar e sobreviver.

Após o telefonema de Bates, um envelope amarelo-claro apareceu na caixa de correio de Renshaw. Um nome, um endereço, uma fotografia. Todos guardados de memória; depois tudo foi para a para a lata de lixo, com as cinzas do envelope e seu conteúdo.

Desta vez, o rosto era o de um pálido homem de negócios de Miami chamado Hans Morris, fundador e proprietário da Fábrica de Brinquedos Morris. Alguém queria Morris fora do caminho, e recorrera à Organização. A Organização, por intermédio de Calvin Bates, falara com John Renshaw. *Pou.* É favor não enviar flores.

As portas se abriram, ele pegou o pacote e saiu. Destrancou a suíte e entrou. A essa hora do dia, logo após as três da tarde, o sol de abril batia forte na espaçosa sala de estar. Ele se deteve por um momento, desfrutando da luz, depois colocou o embrulho sobre a mesinha junto à porta, afrouxando a gravata. Largou o envelope sobre o pacote e foi para o terraço.

Abriu a porta corrediça de vidro e saiu. Fazia frio, e o vento o açoitava através do seu sobretudo leve. Mesmo assim, ele se deteve por um momento, olhando para a cidade lá embaixo do modo como um general talvez tivesse observado um país conquistado. O tráfego rastejava como besouros nas ruas. Lá longe, quase enterrada na névoa dourada da tarde, a Bay Bridge reluzia como a miragem de um louco. Para leste, quase desaparecendo por trás dos prédios altos do centro da cidade, cortiços sujos se acotovelavam com sua floresta de antenas de TV de aço inoxidável. Ali em cima era melhor, melhor do que nas sarjetas.

Voltou para dentro, fechou a porta corrediça e foi até o banheiro para uma chuveirada longa e quente.

Quando se sentou, quarenta minutos mais tarde, para estudar o pacote, um drinque na mão, as sombras já tinham alcançado a metade do carpete cor de vinho, e a melhor parte da tarde já tinha se passado.

Era uma bomba.

Claro que não, mas sempre devíamos proceder como se fosse. Era por isso que ainda estávamos de pé e comendo, enquanto tantos outros tinham ido parar naquele enorme escritório de desempregados no céu.

E se fosse uma bomba, não era ativada por relógio. Era completamente silenciosa; leve e enigmática. O explosivo plástico era mais usado hoje em dia, de qualquer modo. Menos temperamental do que as molas de relógio manufaturadas pela Westclox e Big Ben.

Renshaw olhou para a marca da postagem. Miami, 15 de abril. Cinco dias atrás. Então a bomba não era operada por um relógio. Teria explodido no cofre do hotel, nesse caso.

Miami. Sim. E aquela caligrafia oblíqua e inclinada para a esquerda. Havia uma fotografia emoldurada na mesa do pálido homem de negócios. Era o retrato de uma velha ainda mais pálida usando um lenço de cabeça amarrado no queixo. A dedicatória na parte inferior dizia: "Com carinho da sua garota de idéias brilhantes — Mamãe."

Que tipo de idéia brilhante é esta, Mamãe? Um kit de exterminação faça-você-mesmo?

Ele observava o pacote com absoluta concentração, sem se mover, as mãos unidas. Perguntas insignificantes, tais como de que modo a garota de idéias brilhantes de Morris poderia ter descoberto o seu endereço, não lhe ocorreram. Eram para mais tarde, para Cal Bates. Não importavam agora.

Com um gesto súbito e quase desatento, tirou um pequeno calendário de celulóide da valise e o inseriu habilmente sob o cordão que amarrava o papel pardo. Deslizou-o por baixo da fita adesiva que prendia a aba de uma das extremidades. A aba se soltou, ficando frouxa dentro do cordão.

Ele fez uma pausa durante algum tempo, observando, depois se aproximou e cheirou. Papelão, papel, corda. Nada além disso. Caminhou ao redor da caixa, agachou-se agilmente sobre as coxas, e repetiu o processo. O crepúsculo invadia seu apartamento com dedos cinzentos e sombrios.

Uma das abas se soltou do cordão que amarrava o pacote, revelando uma caixa verde e opaca por baixo. Metal. Com dobradiças. Ele pegou um canivete e cortou o cordão, que se soltou, e algumas estocadas a mais com a ponta do canivete revelaram a caixa.

Era verde com marcas pretas e, na frente, letras brancas em estêncil escreviam as palavras: BAÚ DE SOLDADOS AMERICANOS DO VIETNÃ. Embaixo disso: 20 soldados de infantaria, 10 helicópteros, 2 operadores de rifles automáticos Browning, 2 operadores de bazucas, 2 médicos, 4 jipes. Embaixo disso: o decalque de uma bandeira. Embaixo disso, no canto: Fábrica de Brinquedos Morris, Miami, Florida.

Ele estendeu a mão para tocá-la, mas logo a retirou. Alguma coisa dentro do baú tinha se movido.

Renshaw ficou de pé, sem pressa, e recuou através da sala na direção da cozinha e do corredor. Acendeu as luzes.

O Baú do Vietnã balançava, fazendo o papel pardo farfalhar por baixo. Perdeu subitamente o equilíbrio e caiu sobre o carpete com um baque surdo, aterrissando numa das extremidades. Na tampa com dobradiças, abriu-se uma fenda de cerca de 5 centímetros.

Pequeninos soldados de infantaria, com uns 3 centímetros de altura, começaram a rastejar para fora. Renshaw os observava, sem piscar. Sua mente não fez qualquer esforço de absorver os aspectos reais ou irreais do que ele via — apenas as possíveis conseqüências para sua sobrevivência.

Os soldados usavam minúsculos uniformes do exército, capacetes e mochilas. Carregavam sobre os ombros pequenas carabinas. Dois deles olharam rapidamente para Renshaw, do outro lado da sala. Seus olhos, que não eram maiores do que pontas de lápis, brilharam.

Cinco, dez, 12, e então todos os vinte. Um deles gesticulava, ordenando aos outros. Eles se alinharam ao longo da fenda que a queda produzira e passaram a empurrar. A fenda começou a aumentar.

Renshaw pegou uma das grandes almofadas do sofá e começou a andar na direção deles. O oficial no comando se virou e gesticulou. Os outros se viraram e empunharam as carabinas. Ouviram-se sons de estouro, débeis, quase delicados, e Renshaw subitamente teve a sensação de que estava sendo picado por abelhas.

Atirou a almofada. Atingiu-os, derrubando-os e os deixando estatelados no chão, depois atingiu a caixa e abriu-a por completo. Como se fossem insetos, com um zumbido fraco e agudo, uma nuvem de helicópteros miniatura, pintados de verde-musgo, levantou vôo de dentro da caixa.

Sons fracos de *put! put!* chegaram aos ouvidos de Renshaw, e ele viu clarões de armas de fogo, do tamanho de pontas de alfinete, vindo das portas abertas dos helicópteros. Agulhas espetaram sua barriga, seu braço direito, a parte lateral do seu pescoço. Ele deu uma patada e agarrou um deles — súbita dor nos dedos; sangue brotando. As hélices os haviam cortado até os ossos, em marcas diagonais e rubras que sangravam. Os outros voaram para fora de alcance, circundando-o como mutucas. O helicóptero abatido caiu sobre o tapete, imóvel.

Uma súbita e excruciante dor no pé fez com que ele gritasse. Um dos soldados de infantaria estava de pé em seu sapato, enterrando a baioneta em seu tornozelo. O rosto minúsculo olhava para cima, ofegando e arreganhando os dentes.

Renshaw chutou-o para longe e o pequeno corpo atravessou a sala, indo se espatifar contra a parede. Não deixou marcas de sangue, mas uma mancha púrpura e viscosa.

Houve uma explosão discreta, como uma tossidela, e uma dor enlouquecedora transpassou sua coxa. Um dos homens que operavam a bazuca tinha saído do baú. Um discreto fio de fumaça elevava-se preguiçosamente de sua arma. Renshaw olhou para a própria perna e viu um buraco escuro e fumegante em sua calça, do tamanho de uma moeda de 25 centavos. A pele ali estava carbonizada.

O desgraçado atirou em mim!

Virou-se e disparou até o corredor, e depois para o seu quarto. Um dos helicópteros passou zumbindo ao lado do seu rosto, as hélices girando veloz e ruidosamente. O leve gaguejar de um Browning. Então voou para longe.

A arma embaixo de seu travesseiro era uma Magnum 44, grande o suficiente para fazer um buraco do tamanho de dois punhos em qualquer coisa que atingisse. Renshaw se virou, segurando a pistola com as duas mãos. Deu-se conta, friamente, de que devia atirar num alvo móvel não muito maior do que uma lâmpada voadora.

Dois dos helicópteros zumbiram em sua direção. Sentado na cama, Renshaw atirou uma vez. Um dos helicópteros explodiu, reduzindo-se a pó. Já são dois, ele pensou. Mirou no segundo... apertou o gatilho...

Ele saiu da mira! Maldito, ele saiu da mira!

O helicóptero se lançou sobre ele num súbito arco mortal, as hélices dianteiras e traseiras girando com velocidade alucinada. Renshaw viu de soslaio um dos homens que operavam o rifle Browning agachado junto à porta aberta, atirando disparos mortíferos, em intervalos curtos, e então se jogou no chão e saiu rolando.

Meus olhos, o desgraçado estava mirando nos meus olhos!

Ele se ergueu apoiado nas costas, na parede da outra extremidade do quarto, segurando a arma na altura do peito. Mas o helicóptero estava indo embora. Pareceu fazer uma pausa por um momento, e mergulhar, em reconhecimento ao poder de fogo superior de Renshaw. Então se foi, voltando à sala de estar.

Renshaw se levantou, contraindo-se quando o peso recaiu sobre a perna ferida. Sangrava em profusão. E por que não haveria de sangrar?, ele pensou, com ódio. Não é todo mundo que leva um tiro à queima-roupa de uma bazuca e vive para contar a história.

Então a Mamãe era sua garota de idéias brilhantes, não era? Pois ela era tudo isso e mais um pouco.

Sacudiu uma almofada até tirar a capa e rasgou uma tira, fazendo uma atadura para a perna, depois pegou o espelho que usava para se barbear na cômoda e foi até a porta do corredor. De joelhos, empurrou-o pelo carpete, fazendo um ângulo, e espiou.

Eles estavam fazendo um acampamento junto ao baú, por incrível que parecesse. Soldados em miniatura corriam de um lado para o outro, montando barracas. Jipes com 5 centímetros de altura transitavam com um ar imponente. Um médico assistia o soldado que Renshaw havia chutado. Os oito helicópteros restantes voavam num enxame protetor por cima, à altura da mesinha de centro.

Subitamente, deram-se conta do espelho, e três dos soldados de infantaria agacharam-se, apoiados num joelho, e começaram a disparar. Segundos mais tarde, o espelho se estilhaçou em quatro lugares. *Muito bem, muito bem, então.*

Renshaw voltou à cômoda e pegou a pesada caixa de mogno para bugigangas que Linda lhe dera no Natal. Avaliou seu peso erguendo-a uma vez, fez que sim, foi até a porta e saiu para o corredor. Contraiu-se e arremessou feito um lançador de beisebol atirando uma bola rápida.

A caixa descreveu uma trajetória veloz e certeira, esmagando homenzinhos como num jogo de boliche. Um dos jipes capotou duas vezes. Renshaw avançou até a porta da sala de estar, mirou num dos soldados estatelados e atirou.

Vários dos outros tinham se recobrado. Alguns estavam se ajoelhando e atirando sob ordens. Outros haviam se abrigado. E outros mais haviam se refugiado dentro do baú.

As picadas de abelha começaram a atingi-lo nas pernas e no tronco, mas nenhuma passou da altura de suas costelas. Talvez o alvo fosse muito extenso. Não importava; ele não tinha qualquer intenção de ser mandado embora. E ponto final.

Ele errou o tiro seguinte — eram tão pequenos, aqueles malditos soldadinhos —, mas o próximo derrubou mais um, estatelado.

Os helicópteros vinham zumbindo ferozmente na sua direção. Agora as pequeninas balas começaram a atingi-lo no rosto, acima e abaixo dos olhos. Ele apanhou o helicóptero líder, e depois o segundo. Raios pontiagudos de dor ofuscaram sua visão.

Os seis helicópteros restantes se dividiram em duas esquadrilhas, retrocedendo. Seu rosto estava molhado de sangue, e ele o enxugou com o antebraço. Estava pronto para começar a atirar novamente, quando fez uma pausa. Os soldados que tinham se retirado para dentro do baú estavam trazendo para fora alguma coisa sobre rodas. Algo que parecia...

Houve um clarão amarelo cegante, e uma súbita explosão de madeira e reboco ocorreu na parede à sua esquerda.

...um lança-mísseis!

Ele apertou o gatilho, errou o alvo, virou-se e correu para o banheiro na extremidade do corredor. Bateu a porta e trancou-a por dentro. No espelho do banheiro, um índio fitava-o com olhos vidrados e assombrados, um índio enlouquecido pela guerra e com pequenos traços de pintura vermelha saindo de buracos não muito maiores do que grãos de pimenta. Uma aba esfarrapada de pele pendia de uma de suas faces. Havia um sulco aberto em seu pescoço.

Estou perdendo!

Ele passou a mão trêmula pelo cabelo. Eles haviam cortado seu acesso à porta da frente. Assim como o telefone e a extensão na cozinha.

Eles tinham um maldito lança-mísseis e se um daqueles o acertasse era capaz de arrancar sua cabeça.

Droga, isso não estava nem mesmo listado na caixa!

Ele havia começado a inspirar bem lentamente, mas deixou o ar sair num súbito grunhido, quando um pedaço da porta do tamanho de um punho explodiu, lançando destroços de madeira carbonizada. Chamas diminutas reluziram brevemente em volta das beiradas irregulares do buraco, e ele viu o clarão brilhante quando dispararam outro míssil. Mais pedaços de madeira explodiram para dentro do banheiro, lançando lascas em chamas no tapete. Ele as apagou com o pé e dois dos helicópteros entraram pelo buraco, zumbindo raivosos. Minúsculas balas do Browning entraram em seu peito, com pontadas de dor.

Com um rugido de raiva, ele derrubou um deles usando as próprias mãos, o que resultou numa série de talhos profundos em sua palma. Com uma criatividade súbita e desesperada, lançou uma pesada toalha de banho sobre o outro. O helicóptero caiu no chão, retorcendo-se, e ele acabou de destruí-lo com uma pisada. Sua respiração estava ruidosa. O sangue escorreu sobre um de seus olhos, quente, ardendo, e ele enxugou-o.

Aí está, diabos. Aí está. Isso vai fazê-los pensar.

De fato, parecia que os estava fazendo pensar. Não houve qualquer movimento por 15 minutos. Renshaw ficou sentado na beirada da banheira, pensando febrilmente. Tinha de haver uma forma de sair daquele beco. *Tinha* de haver. Se apenas houvesse uma maneira de atacá-los pelo flanco...

Subitamente ele se virou e olhou para a pequena janela sobre a banheira. Havia uma maneira. Claro que havia.

Seus olhos viram o recipiente de fluido para isqueiro no alto do armário de remédios. Ia apanhá-lo quando ouviu o farfalhar.

Girou, empunhando a Magnum... mas era só um pequeno pedaço de papel que deslizava por baixo da porta. A abertura, Renshaw notou, com ódio, era muito estreita para que mesmo um *deles* passasse.

Havia uma palavra pequenina escrita no papel:

Renda-se

Renshaw sorriu, ferozmente, e colocou o fluido de isqueiro no bolso da camisa. Havia um toco mastigado de lápis ao lado. Ele rabiscou duas palavras no papel e deslizou-o de volta sob a porta. As palavras eram:

NEM PENSAR*

Houve um súbito bombardeio ofuscante de mísseis, e Renshaw recuou. Eles se curvaram pelo buraco da porta e detonaram os azulejos azul-claros acima do toalheiro, transformando a parede elegante numa miniatura de paisagem lunar. Renshaw colocou a mão sobre os olhos, enquanto o reboco voava numa chuva quente de estilhaços. Buracos fumegantes se espalhavam por sua camisa e suas costas foram bombardeadas.

Quando o bombardeio parou, Renshaw se mexeu. Subiu na beirada da banheira e abriu a janela de correr. Estrelas frias fitavam-no. Era uma janela estreita com o peitoril estreito do lado de fora. Mas não havia tempo para pensar nisso.

Ele se lançou por ela, e o ar frio agrediu seu rosto e seu pescoço dilacerados como uma mão aberta. Ele estava apoiado no ponto de equilíbrio de suas mãos, olhando diretamente para baixo. Quarenta andares para baixo. Daquela altura, a rua não parecia mais estreita do que uma ferrovia de brinquedo. As luzes da cidade, brilhantes e intermitentes, reluziam loucamente lá embaixo, como jóias lançadas ao chão.

Com a facilidade ilusória de um ginasta treinado, Renshaw elevou os joelhos, repousando-os na parte inferior da janela. Se um daqueles helicópteros do tamanho de vespas entrasse voando pelo buraco na porta agora, um tiro no traseiro haveria de mandá-lo diretamente lá para baixo, gritando durante todo o trajeto.

Nenhum entrou.

Ele se virou, colocou uma perna do lado de fora e, tateando com uma das mãos, agarrou a cornija acima de sua cabeça, segurando-a. Um momento mais tarde estava de pé no peitoril do lado de fora da janela.

Deliberadamente sem pensar no terrível abismo abaixo de seus calcanhares, sem pensar no que aconteceria se um dos helicópteros viesse zumbindo atrás dele, Renshaw foi se esgueirando até a lateral do prédio.

---

* Nuts (no original): a única palavra dada como resposta pelo general americano Anthony McAuliffe ao ultimato de rendição por parte dos alemães na II Guerra Mundial. (N. da T.)

Quatro metros... três... ali estava. Ele fez uma pausa, o peito pressionado contra a parede, as mãos chapadas sobre a superfície áspera. Podia sentir o fluido do isqueiro no bolso da camisa e o peso reconfortante da Magnum enfiada na cintura da calça.

Agora faltava passar pela maldita quina.

Devagar, ele passou um pé pelo ângulo e transferiu o peso do corpo para ele. O ângulo reto estava agora pressionado como uma lâmina contra seu peito e ventre. Havia uma mancha de excremento de pássaro diante de seus olhos, na pedra áspera. Meu Deus, ele pensou, despropositadamente. Não sabia que eles conseguiam voar tão alto.

Seu pé esquerdo escorregou.

Durante um instante estranho, fora do tempo, ele cambaleou sobre a beirada, o braço direito girando alucinadamente para manter o equilíbrio, e em seguida estava agarrado aos dois lados do prédio num abraço de amante, o rosto pressionado contra a quina dura, o ar de seus pulmões entrando e saindo em sobressaltos.

Um pouco de cada vez, deslizou o outro pé ao redor do ângulo.

A cerca de 9 metros dali, o terraço de sua própria sala de estar projetava-se.

Esgueirou-se até lá, o ar deslizando sem forças para dentro e para fora de seus pulmões. Por duas vezes ele foi obrigado a parar, quando rajadas violentas de vento tentaram arrancá-lo do peitoril.

E então lá estava ele, agarrando-se à grade ornamentada de ferro.

Ergueu-se, passando por cima da grade sem fazer barulho. Tinha deixado as cortinas parcialmente fechadas sobre a divisória corrediça de vidro, e agora espiava cuidadosamente lá para dentro. Estavam exatamente como ele queria que estivessem — de costas para ele.

Quatro soldados e um helicóptero tinham sido deixados para guardar o baú. O resto devia estar do lado de fora da porta do banheiro com o lança-mísseis.

Muito bem. Entrar pela abertura como policiais atrás de uma gangue. Apagar os que estão junto ao baú, e sair pela porta. Então, um táxi rápido até o aeroporto. Voar até Miami e encontrar a garota de idéias brilhantes de Morris. Ele pensou que podia apenas destruir o rosto dela com um lança-chamas. Isso seria justiça poética.

Tirou a camisa e rasgou uma tira comprida de uma das mangas. Largou o restante, que ficou esvoaçando preguiçosamente aos seus pés, e arrancou com os dentes o bico do frasco de fluido de isqueiro. Enfiou uma ponta do trapo lá dentro, tirou-a, depois enfiou a outra ponta de modo a ficar com apenas 15 centímetros de algodão embebido em fluido para fora.

Pegou seu isqueiro, respirou fundo e girou a roda com o polegar. Encostou-o no trapo e, quando este se incendiou, abriu de sopetão a divisória de vidro e arremessou-se para dentro da sala.

O helicóptero reagiu instantaneamente, lançando-se num mergulho suicida, enquanto ele avançava pelo tapete, derramando diminutos pingos de fogo líquido. Renshaw golpeou-o com o braço, mal notando a onda de dor que subiu por ali quando as hélices, girando, cortaram sulcos na sua pele.

Os soldadinhos de infantaria debandaram para dentro do baú.

Depois disso, tudo aconteceu muito rápido.

Renshaw jogou o fluido de isqueiro. A lata entrou em chamas, transformando-se numa bola de fogo. No instante seguinte, ele estava de costas, correndo na direção da porta.

Nunca soube o que o atingiu.

Foi como o baque de um cofre de aço caindo de uma altura considerável. Só que esse baque correu por todo o alto prédio de apartamentos, vibrando por sua estrutura de aço como um diapasão.

A porta da cobertura explodiu, soltando-se das dobradiças e indo se espatifar na parede, do outro lado.

Um casal que andava de mãos dadas lá embaixo olhou para cima a tempo de ver um intenso clarão branco, como se uma centena de flashes fotográficos tivessem sido disparados simultaneamente.

— Alguém causou um curto-circuito — o homem disse. — Acho que...

— O que é aquilo? — sua garota perguntou.

Alguma coisa vinha flutuando preguiçosamente na direção deles; ele esticou a mão e a apanhou.

— Jesus, é a camisa de algum cara. Toda cheia de buraquinhos. E de sangue também.

— Não estou gostando disso — ela disse, nervosamente. — Chame um táxi, está bem, Ralph? Vamos ter que falar com os guardas se alguma coisa tiver acontecido lá em cima, e eu não deveria estar com você.

— Claro, tudo bem.

Ele olhou ao redor, viu um táxi e assobiou. A luz de freio acendeu e eles correram em sua direção.

Atrás deles, um pequeno pedaço de papel veio flutuando sem ser visto e aterrissou perto dos restos da camisa de John Renshaw. Lia-se ali, numa caligrafia oblíqua e inclinada para a esquerda:

Ei, crianças! Especial neste Baú do Vietnã!

(Promoção por tempo limitado)
1 Lança-mísseis
20 Mísseis terra-ar "Twister"
1 Arma Termonuclear (Modelo em Escala)

Caminhões

O nome do sujeito era Snodgrass e eu podia ver que se preparava para tomar alguma atitude insensata. Seus olhos estavam arregalados, mostrando boa parte do branco, como um cachorro se preparando para lutar. O jovem casal que tinha vindo derrapando pelo estacionamento no velho Fury tentava falar com ele, mas sua cabeça estava erguida como se ouvisse outras vozes. Tinha uma pancinha metida num terno de boa qualidade que estava ficando um pouco brilhante nos fundilhos. Era um vendedor e mantinha sua maleta de amostras junto de si, como um cachorrinho de estimação que tivesse adormecido.

— Tente o rádio outra vez — disse o motorista do caminhão junto ao balcão.

O cozinheiro de lanchonete deu de ombros e ligou-o. Tentou sintonizá-lo ao longo de toda a faixa de ondas, mas só o que obteve foi estática.

— Você foi rápido demais — o caminhoneiro protestou. — Deve ter passado por cima de alguma estação.

— Diabo — o cozinheiro disse. Era um homem idoso, negro, com um sorriso de dentes de ouro, e não estava olhando para o caminhoneiro. Fitava o estacionamento, pela janela panorâmica que corria de ponta a ponta da lanchonete.

Lá fora estavam sete ou oito caminhões, os motores em baixa rotação, roncando preguiçosos como enormes gatos ronronando. Havia dois Macks, um Hemingway e quatro ou cinco Reos. Carretas de transporte interestadual, com um bocado de placas de licença e antenas flexíveis de rádio amador na traseira.

O Fury dos garotos encontrava-se de rodas para o ar no fim de marcas compridas e sinuosas de derrapagem sobre o cascalho do estacionamento. Reduzira-se a um monte de sucata. Junto à entrada do desvio para o estacionamento dos caminhões estava um Cadillac amassado. Seu proprietário olhava fixamente pelo pára-brisas estilhaçado como se fosse um peixe estripado. De uma de suas orelhas pendia um par de óculos com armação de tartaruga.

A meio caminho entre o Cadillac e o estacionamento, jazia o corpo de uma garota de vestido cor-de-rosa. Ela saltara do carro ao ver que ia bater. Conseguira sair correndo, mas não tivera a mínima chance. Ela era a que se encontrava em pior estado, mesmo de bruços. Havia nuvens de moscas ao seu redor.

Do outro lado da estrada, uma velha caminhonete Ford fora arremessada através da mureta que separa as pistas. Isso acontecera havia uma hora. Ninguém passara desde então. Não se conseguia ver a estrada da janela, e o telefone estava mudo.

— Você foi rápido demais — protestava o caminhoneiro. — Devia...

Foi então que Snodgrass perdeu o controle. Derrubou a mesa ao se levantar, quebrando xícaras e fazendo com que o açúcar voasse pelos ares numa chuva. Seus olhos estavam mais alucinados do que nunca, a boca frouxamente aberta, e ele balbuciava:

— Temos que dar o fora daqui temos que daroforadaqui temosquedaroforadaqui...

O garoto gritou, e sua namorada deu um berro.

Eu estava no banco mais próximo à porta e segurei-o pela camisa, mas ele se soltou com um puxão. Parecia enlouquecido. Teria sido capaz de atravessar a porta da caixa-forte de um banco.

Fechou a porta com um estrondo e saiu correndo pelo cascalho na direção da vala de drenagem, à esquerda. Dois dos caminhões saíram em seu encalço, os canos de descarga verticais exalando a fumaça marrom-escura de óleo diesel no céu, as imensas rodas traseiras levantando uma chuva de cascalho.

Snodgrass não devia estar a mais do que cinco ou seis passos da extremidade do estacionamento, quando se virou para olhar, o medo estampado no rosto. Seus pés se embaraçaram, ele tropeçou e quase caiu. Recuperou o equilíbrio, mas era tarde demais.

Um dos caminhões abriu passagem e o outro atacou, a grade da frente reluzindo ferozmente sob o sol. Snodgrass gritou, um grito agudo e estridente, quase totalmente abafado pelo ronco intenso do motor a diesel do Reo.

Não o arrastou para baixo das rodas. Na verdade, isso teria sido melhor. Ao contrário, arremessou-o para cima e para a frente, do modo como um jogador de futebol chuta a bola. Por um momento, sua silhueta se recortou contra o céu da tarde quente como um espantalho mutilado, e então ele desapareceu na vala de drenagem.

Os freios do enorme caminhão assobiaram como o sopro de um dragão e as rodas dianteiras travaram, cavando sulcos no piso de cascalho do estacionamento. Ele parou antes de se desgovernar. Desgraçado.

A garota no reservado gritou. As duas mãos estavam enterradas na face, puxando a pele para baixo e transformando-a na máscara de uma bruxa.

Barulho de vidro se partindo. Virei a cabeça e vi que o caminhoneiro tinha apertado seu copo com tanta força a ponto de quebrá-lo. Acho que ainda não tinha se dado conta disso. Leite e algumas gotas de sangue caíam sobre o balcão.

O cozinheiro negro estava imobilizado junto ao rádio, um pano de prato na mão, a expressão de total perplexidade. Seus dentes reluziam. Por um momento, não se ouviu ruído algum além do zumbido do relógio de parede elétrico Westclox e o ronco do motor do Reo, que voltava para junto de seus companheiros. Então, a garota começou a chorar, e tudo ficou bem — ou pelo menos ficou melhor.

O meu carro estava ao lado da lanchonete, também ele reduzido a sucata. Era um Camaro 1971 que eu ainda estava pagando, mas acho que àquela altura isso não importava.

Não havia ninguém nos caminhões.

O sol reluzia e se refletia nas cabines vazias. Os volantes giravam por conta própria. Você não conseguia ficar muito tempo pensando nisso. Se o fizesse, ia acabar maluco. Como Snodgrass.

Duas horas se passaram. O sol começou a descer no horizonte. Lá fora, os caminhões faziam patrulha em círculos lentos, ou desenhando números oito. As luzes de estacionamento e as lanternas tinham sido acesas.

Andei até a outra ponta do balcão e voltei para mexer um pouco as pernas, então sentei-me a um dos reservados junto à grande janela da frente. Era uma típica parada de caminhões, perto de uma grande rodovia, com instalações de serviços completas nos fundos, bombas de gasolina e diesel. Os caminhoneiros entravam para tomar um café e comer um pedaço de torta.

— Moço? — a voz era hesitante.

Virei o rosto. Era o jovem casal do Fury. O rapaz parecia ter mais ou menos 19 anos. Tinha cabelos compridos e uma barba rala, começando a ficar mais espessa. Sua namorada parecia mais nova.

— Sim?

— O que foi que aconteceu com o senhor?

Dei de ombros.

— Eu vinha pela rodovia interestadual para Pelson — eu disse. — Havia um caminhão atrás de mim. Eu podia vê-lo pelo retrovisor, bem distante... a toda. Dava para ouvi-lo a um quilômetro e meio de distância na rodovia. Ultrapassou um Fusca e jogou-o para fora da estrada com uma chicotada da carreta, como você atiraria uma bolinha de papel para fora da mesa dando um peteleco. Pensei que o caminhão também fosse sair da estrada. Nenhum motorista conseguiria manter o controle sobre ele com a carreta rabeando daquele jeito. Mas não saiu. O Fusca capotou umas seis ou sete vezes e explodiu. E o caminhão se livrou do carro seguinte do mesmo modo. Aproximava-se de mim, e rapidamente tomei uma rampa de saída. — Ri, mas não foi um riso sincero. — Cheguei a uma parada de caminhões, entre todos os lugares possíveis. Saltei da frigideira para o fogo.

A garota engoliu em seco.

— Vimos um ônibus Greyhound indo pela contramão na rodovia que vai para o sul. Ele abria caminho... passando... por cima dos carros. Explodiu e pegou fogo, mas antes fez uma verdadeira... carnificina.

Um ônibus Greyhound. Isso era novidade. E uma péssima novidade.

Lá fora, todos os faróis subitamente se acenderam ao mesmo tempo, banhando o estacionamento num brilho raso e fantasmagórico. Rosnando, os caminhões andavam de um lado a outro. Os faróis pareciam dotá-los de olhos, e na crescente penumbra as escuras carrocerias pareciam os ombros quadrados e arqueados de gigantes pré-históricos.

O cozinheiro perguntou:

— É seguro acender as luzes?

— Acenda — eu disse —, e saberemos.

Ele acionou os interruptores e uma série de globos cheios de insetos mortos se acendeu no teto. Ao mesmo tempo, um letreiro fluorescente lá fora piscou, titubeante, ostentando em seguida as palavras: "Parada de caminhões e Lanchonete Conant's — Boa Comida." nada aconteceu. Os caminhões continuaram sua patrulha.

— Não consigo entender — o caminhoneiro disse. Ele descera do seu banco e andava de um lado para outro, a mão enrolada num lenço vermelho. — Nunca tive problemas com meu caminhão. É um velho camarada. Parei aqui um pouco depois de uma hora para comer um espaguete, e acontece isso — fez um gesto com o braço, e o lenço esvoaçou. — Meu caminhão está lá fora neste exato instante, é aquele com a luz traseira esquerda meio fraca. Estou com ele há seis anos. Mas se eu pusesse o pé para fora dessa porta...

— Isso é apenas o começo — disse o cozinheiro, os olhos perturbados, semicerrados. — A coisa deve estar feia, se o rádio parou de funcionar. Isso é apenas o começo.

A garota agora estava branca feito leite.

— Deixa isso para lá — eu disse ao cozinheiro. — Pelo menos por ora.

— Qual deve ser o motivo disso? — o caminhoneiro se perguntava, inquieto. — Tempestades elétricas na atmosfera? Testes nucleares? O quê?

— Talvez eles tenham enlouquecido — eu disse.

Por volta das sete horas, aproximei-me do cozinheiro.

— Como é que estão as provisões por aqui? Quero dizer, se tivermos que ficar por algum tempo?

Ele franziu a testa.

— Não estamos tão mal assim. Ontem foi dia de entrega. Recebemos uns duzentos ou trezentos hambúrgueres, frutas e legumes em conserva, cereais, ovos... quanto ao leite, só temos o que está na geladeira, mas a água é do poço. Se for preciso, nós cinco conseguimos sobreviver durante um mês ou mais.

O caminhoneiro se aproximou e piscou os olhos.

— Meus cigarros acabaram. Mas aquela máquina de cigarros...

— Não é minha — o cozinheiro disse. — Não, senhor.

O caminhoneiro tinha uma barra de aço que arranjara no depósito dos fundos. Começou a usá-la na máquina de cigarros.

O garoto foi até a reluzente e iluminada jukebox e depositou uma moeda de 25 centavos. John Fogarty começou a cantar qualquer coisa sobre ter nascido num igarapé.

Sentei-me e fiquei olhando pela janela. Vi logo de saída algo de que não gostei. Uma pequena picape Chevrolet tinha-se juntado à patrulha, como um pônei Shetland em meio a Percherões.* Observei-a, até que ela rolou imparcialmente sobre o corpo da garota do Cadillac, e desviei os olhos.

— Nós os *fabricamos!* — gritou a garota, num súbito ataque de desespero. — Eles *não podem* fazer isso!

Seu namorado disse-lhe que ficasse quieta. O caminhoneiro conseguiu abrir a máquina de cigarros e pegou seis ou oito maços de Viceroy. Guardou-os em bolsos diferentes, depois abriu um maço. Pela expressão intensa em seu rosto, eu não conseguia saber se iria fumá-los ou comê-los.

Um outro disco começou a tocar na jukebox. Eram oito horas.

Às oito e meia, a energia elétrica acabou.

Quando as luzes se apagaram, a garota gritou, um grito que se interrompeu subitamente, como se o namorado tivesse posto a mão sobre sua boca. A jukebox parou de funcionar num lamento grave e arrastado.

— Mas que *diabo!* — o caminhoneiro disse.

— Cozinheiro! — chamei. — Você por acaso tem velas?

— Acho que sim. Espere... tenho. Tome aqui algumas.

Levantei-me e as apanhei. Nós as acendemos e começamos a espalhá-las pelo local.

— Tomem cuidado — eu disse. — Se incendiarmos isto aqui, vai ser o diabo.

Ele deu uma risadinha rabugenta:

---

* Uma das maiores raças de cavalo do mundo. (N. da E.)

— Você manda.

Quando terminamos de distribuir as velas, o garoto e sua namorada estavam encolhidos, um junto do outro, e o caminhoneiro estava perto da porta dos fundos, observando mais seis caminhões pesados rondando por entre as ilhas de concreto onde ficavam as bombas de combustível.

— Isso muda as coisas, não muda? — perguntei.

— Com certeza, se a energia acabou de vez.

— E o que vai piorar?

— O hambúrguer estraga em três dias. O resto da carne e dos ovos, mais ou menos no mesmo prazo. Quanto às latas, tudo bem, e os cereais. Mas isso não é o pior. Não teremos água sem a bomba.

— Quanto tempo?

— Sem água? Uma semana.

— Encha todas as jarras que tiver. Encha-as até não conseguir mais nada além de ar. Onde ficam os banheiros? Há água potável nas caixas.

— O banheiro dos empregados é nos fundos. Mas você tem que ir lá fora para chegar ao das senhoras e dos cavalheiros.

— Ir até o posto? — eu não estava pronto para aquilo. Ainda não.

— Não. Saindo pela porta lateral, um pouco mais abaixo neste mesmo prédio.

— Me arranje dois baldes.

Ele encontrou dois baldes galvanizados. O rapaz se aproximou.

— O que vocês vão fazer?

— Temos que conseguir água. Toda a água que for possível.

— Então me dê um balde.

Entreguei-lhe um dos meus.

— Jerry! — a garota gritou. — Você...

Ele ergueu os olhos e ela não disse mais nada, mas apanhou um guardanapo e começou a rasgar as pontas. O caminhoneiro fumava outro cigarro e sorria um sorriso amargo para o chão. Não disse nada.

Fomos até a porta lateral por onde eu entrara naquela tarde e ficamos ali parados por um segundo, observando as sombras inchar e minguar, conforme os caminhões andavam de um lado a outro.

— Agora? — disse o garoto.

Seu braço roçou no meu, e os músculos estavam saltando e vibrando como fios de arame. Se alguém esbarrasse nele, ele iria direto para o céu.

— Relaxe — eu disse.

Ele sorriu de leve. Era um sorriso amarelo, mas melhor do que nenhum.

— Tudo bem.

Saímos de mansinho.

O ar da noite estava mais fresco. Grilos cricrilavam na grama, e rãs coaxavam e faziam aquele ruído de batidas ritmadas na vala de drenagem. Lá fora, o ronco dos caminhões era mais alto, mais ameaçador, o ronco de feras. De dentro, parecia um filme. Aqui fora era real, você podia ser morto.

Caminhamos rente à parede lateral de azulejos. Uma pequena marquise nos ocultava um pouco. Meu Camaro estava imprensado contra a cerca à nossa frente, e o brilho fraco do letreiro à beira da estrada reluzia no metal quebrado e nas poças de gasolina e óleo.

— Você vai até o banheiro das mulheres — sussurrei. — Encha o balde com a água da caixa do vaso e espere.

Constante ronco dos motores a diesel. Era traiçoeiro; você pensava que eles estavam vindo, mas eram apenas ecos que nos chegavam das paredes do prédio. Não eram mais do que 6 metros de distância, mas parecia muito mais longe.

Ele abriu a porta do banheiro feminino e entrou. Passei dali e entrei no masculino. Pude sentir meus músculos relaxarem e soltei o ar dos pulmões com um assobio. Vi de soslaio meu reflexo no espelho, um rosto tenso e pálido com olhos soturnos.

Removi a tampa de louça da caixa e enchi o balde. Derramei de volta um pouquinho, para evitar que entornasse, e fui até a porta.

— Ei!

— Ahn — ele sussurrou.

— Está pronto?

— Estou.

Saímos de novo. Tínhamos dado talvez uns seis passos, quando os faróis acenderam na nossa cara. O caminhão se aproximara sorrateiro, os pneus enormes mal rodando sobre o cascalho. Ficara lá fora esperando e agora saltava sobre nós, as lâmpadas elétricas dos faróis brilhando em círculos selvagens, a imensa grade cromada parecendo rosnar.

O garoto ficou petrificado, o rosto tomado pelo terror, os olhos vidrados, as pupilas do tamanho de cabeças de alfinete. Dei-lhe um empurrão, derramando metade da sua água.

— *Corra!*

O ronco forte daquele motor a diesel elevou-se até se transformar num guincho. Passei a mão sobre o ombro do garoto para abrir a porta, mas, antes que pudesse fazê-lo, ela foi aberta por dentro. Olhei para trás a tempo de ver o caminhão — um imenso Peterbilt — raspar na parede externa, arrancando nacos pontudos de azulejos. Houve um ruído agudo, de doer os ouvidos, como dedos gigantescos arranhando um quadro-negro. Então o pára-lamas direito e as laterais da grade esmagaram-se de encontro à porta, que ainda estava aberta, lançando uma chuva de estilhaços de vidro e arrancando as dobradiças de aço como se fossem de papel fino. A porta foi atirada no meio da noite como algo saído de um quadro de Dalí, e o caminhão acelerou rumo ao estacionamento da frente, seu escapamento pipocando como uma rajada de metralhadora. Fazia um ruído desapontado e raivoso.

O garoto colocou o balde no chão e desabou entre os braços da namorada, tremendo.

Meu coração batia com força dentro do peito e as batatas das minhas pernas pareciam feitas de água. E por falar em água, tínhamos trazido conosco cerca de um balde inteiro mais um quarto, somando tudo. Mal parecia ter valido a pena.

— Quero obstruir aquela porta — eu disse ao cozinheiro. — O que poderia ser usado?

— Bem...

O caminhoneiro interrompeu:

— Por quê? Um daqueles caminhões enormes não conseguiria fazer passar uma roda por ali.

— Não é com os caminhões enormes que estou preocupado.

O caminhoneiro começou a procurar um cigarro no bolso.

— Temos algumas folhas de zinco lá no depósito — o cozinheiro disse. — O patrão ia construir um galpão para guardar o gás de butano.

— Vamos cobrir a porta com elas e escorá-las com uns dois bancos dos reservados.

— Vai ajudar — disse o caminhoneiro.

Levou cerca de uma hora e no fim todos tínhamos nos envolvido na tarefa, até a garota. Estava razoavelmente sólido. É claro que razoavelmente sólido não seria o bastante, não se algo batesse ali a toda velocidade. Acho que todos sabíamos disso.

Ainda havia três reservados alinhados ao longo do janelão da frente, e eu me sentei num deles. O relógio atrás do balcão parara às 8h32, mas eu tinha a sensação de que deviam ser dez horas. Lá fora, os caminhões rondavam e rosnavam. Alguns partiam, indo apressados cumprir missões desconhecidas, e outros chegavam. Havia três picapes agora, rodando em círculos, com ar importante, entre seus irmãos mais velhos.

Eu começava a cochilar, e em vez de contar carneirinhos contava caminhões. Quantos havia no estado, quantos havia na América? Carretas, picapes, pranchões, basculantes, caminhões comuns e militares às dezenas de milhares e ônibus. A visão de pesadelo de um ônibus urbano, duas rodas na valeta e duas na calçada, rugindo e ceifando pedestres, que gritavam apavorados, como se estes fossem pinos de boliche.

Afastei a imagem da cabeça e mergulhei num sono superficial e agitado.

Devia ser cedo pela manhã quando Snodgrass começou a gritar. A nesga de uma lua nova se erguera no céu e projetava seu brilho gélido através de uma camada alta de nuvens. Uma nova nota, aguda, se ouvia agora, em contraponto ao rugido gutural e arrastado dos grandes caminhões. Tentei descobrir de onde vinha e vi uma enfardadeira de feno circulando perto do letreiro apagado. A luz da lua se refletia nos cones pontiagudos do rolo giratório.

Ouvi outra vez o grito, que vinha sem dúvida da vala de drenagem:

— So... *corro...*

— O que foi isso? — era a garota. Em meio às sombras, seus olhos estavam arregalados e ela parecia terrivelmente assustada.

— Nada — eu disse.

— So... *corro...*

— Ele está vivo — ela sussurrou. — Oh, meu Deus. *Vivo*.

Eu não precisava vê-lo. Podia imaginar a situação muito bem. Snodgrass deitado com a metade do corpo dentro da vala de drenagem e a outra metade fora, a coluna e as pernas quebradas, o terno cuidadosamente passado sujo de lama, o rosto pálido e ofegante voltado na direção da lua indiferente...

— Não estou ouvindo nada — eu disse. — Você está?

Ela olhou para mim.

— Como você pode ser capaz disso? Como?

— Bem, se você o acordasse — eu disse, apontando para o rapaz com o polegar —, talvez *ele* ouvisse alguma coisa. Talvez fosse lá fora. Você ia gostar disso?

Seu rosto começou a se contorcer e se deformar como se esticado por agulhas invisíveis.

— Nada — ela sussurrou. — Não há nada lá fora.

Voltou para junto do namorado e apoiou a cabeça em seu peito. Seus braços a envolveram, enquanto ele dormia.

Ninguém mais acordou. Snodgrass gritou e chorou e berrou durante um bom tempo, e depois parou.

Raiar do dia.

Outro caminhão havia chegado, desta vez uma enorme jamanta para transporte de automóveis. A ele se juntou um trator tipo Buldôzer. Isso me assustou.

O caminhoneiro se aproximou e me puxou pelo braço.

— Venha até os fundos — ele sussurrou, animado. Os outros ainda dormiam. — Venha dar uma olhada nisso.

Acompanhei-o até o depósito de suprimentos. Cerca de dez caminhões faziam a patrulha ali. A princípio, não vi nada de novo.

— Está vendo? — ele perguntou, e apontou. — Bem ali.

Então eu vi. Uma das picapes tinha parado por completo. Estava imóvel ali como uma massa disforme, destituída de todo aspecto ameaçador.

— Acabou a gasolina?

— Isso mesmo, amigo. *E eles não têm como se reabastecer sozinhos.* Ganhamos a parada. Tudo o que temos a fazer é esperar — ele riu e tateou os bolsos em busca de um cigarro.

Era por volta de nove horas, e eu comia uma fatia da torta da véspera no café-da-manhã, quando começou a soar a buzina de ar comprimido — toques longos e ribombantes que faziam o seu crânio tremer. Fomos até as janelas e olhamos para fora. Os caminhões estavam parados, os motores em ponto morto. Uma imensa carreta Reo com cabine vermelha chegara até a estreita faixa de grama entre o restaurante e o estacionamento. A essa distância, a grade quadrada do radiador era imensa e parecia mortífera. Os pneus batiam na altura do tórax de um homem.

A buzina soou outra vez; toques profundos e ávidos que atravessavam o ar em linha reta e ecoavam de volta. Havia um padrão. Toques curtos e longos, numa espécie de ritmo.

— Isso é código Morse! — o garoto, Jerry, exclamou subitamente.

O caminhoneiro olhou para ele.

— E como é que você sabe?

O garoto corou de leve:

— Aprendi quando era escoteiro.

— Você? — perguntou o caminhoneiro. — *Você?* Uau — e balançou a cabeça.

— Deixem isso para lá — eu disse. — Você se lembra do suficiente para...

— Claro. Deixa eu escutar. Tem um lápis?

O cozinheiro lhe deu um, e o garoto começou a escrever letras num guardanapo. Depois de um tempo, parou.

— Está apenas repetindo "atenção" várias vezes. Esperem.

Esperamos. A buzina de ar comprimido soava seus toques longos e curtos no ar tranqüilo da manhã. Então o padrão mudou e o garoto recomeçou a escrever. Olhamos sobre seus ombros e observamos a mensagem se formar. "Alguém precisa bombear combustível. Alguém não será ferido. Todo o combustível será bombeado. Isso será feito agora. Agora alguém irá bombear combustível."

Os toques de buzina continuaram, mas o garoto parou de escrever.

— Está só repetindo "atenção" outra vez — ele disse.

O caminhão repetia sua mensagem sem cessar. Eu não gostava do jeito das palavras, escritas sobre o guardanapo com letras de forma. Pareciam maquinais, desumanas. Não haveria qualquer meio-termo com aquelas palavras. Ou você obedecia, ou não obedecia.

— Bem — disse o garoto —, o que vamos fazer?

— Nada — o caminhoneiro disse. Seu rosto estava agitado, contorcendo-se. — Tudo o que temos que fazer é esperar. Eles todos já devem estar com o combustível acabando. Um dos pequenininhos lá fora já parou. Tudo o que temos que fazer...

A buzina de ar comprimido cessou. O caminhão recuou e se juntou aos companheiros. Aguardaram num semicírculo, os faróis apontados na nossa direção.

— Há um trator lá fora — eu disse.

Jerry olhou para mim.

— Acha que vão derrubar isto aqui?

— Acho.

Ele olhou para o cozinheiro.

— Não conseguiriam fazer isso, não é mesmo?

O cozinheiro deu de ombros.

— Temos que votar — o caminhoneiro disse. — Nada de chantagem, diabos. Tudo o que temos que fazer é esperar — ele repetira a frase três vezes agora, como um encantamento.

— Muito bem — eu disse. — Vote.

— Esperar — o caminhoneiro disse, imediatamente.

— Acho que deveríamos abastecê-los — eu disse. — Podemos esperar por uma chance melhor para fugir. Cozinheiro?

— Ficar aqui — ele disse. — Quer que sejamos escravos deles? Isso é o que vai acabar acontecendo. Quer passar o resto da sua vida trocando filtros de óleo a cada vez que uma daquelas... *coisas* buzinar? Eu não — ele olhou pela janela sombriamente. — Que morram de fome.

Olhei para o rapaz e a garota.

— Acho que ele está certo — ele disse. — Essa é a única forma de detê-los. Se alguém fosse vir nos resgatar, já teria vindo. Sabe Deus o que está acontecendo em outros lugares — e a garota, com Snodgrass nos olhos, balançou a cabeça e deu um passo mais para perto dele.

— Então é isso — eu disse.

Fui até a máquina de cigarros e peguei um maço sem olhar a marca. Eu parara de fumar havia um ano, mas aquela parecia uma boa ocasião para voltar. A fumaça raspou asperamente o interior dos meus pulmões.

Vinte arrastados minutos se passaram. Os caminhões lá fora, na frente, aguardavam. Nos fundos, estavam fazendo fila junto às bombas.

— Acho que foi tudo um blefe — o caminhoneiro disse. — Apenas...

Então ouviu-se um som mais alto, mais áspero, mais entrecortado, o som de um motor acelerando e diminuindo, depois acelerando outra vez. O trator.

Reluzia como uma vespa amarela, um Caterpillar com ruidosas esteiras de aço. Vomitava fumaça negra pelo curto cano de descarga, enquanto dava a volta para se colocar de frente para nós.

— Vai atacar — disse o caminhoneiro. Havia uma expressão de absoluta surpresa estampada em seu rosto. — Vai atacar!

— Para trás — eu disse. — Para trás do balcão.

O trator ainda estava acelerando. As alavancas de controle moviam-se sozinhas. O ar tremeluzia logo acima de seu cano de descarga fumegante. Subitamente, a lâmina do trator se ergueu, uma pesada curva de aço com terra ressecada presa em seus dentes. Então, com um rugido tremendo de poder, avançou diretamente em nossa direção.

— O *balcão!* — dei um empurrão no caminhoneiro, e isso fez com que se mexessem.

Havia uma estreita calçada de concreto entre o estacionamento e a grama. O trator avançou por cima dela, erguendo por um momento a lâmina, depois bateu de frente na parede. A vidraça explodiu para dentro da lanchonete com um rugido estrondoso, e a esquadria de madeira espatifou-se em mil lascas. Um dos globos do teto caiu, arremessando mais vidro partido. A louça caiu das prateleiras. A garota gritava, mas quase não era possível ouvi-la sob o rugido constante e poderoso do motor do Caterpillar.

Deu marcha a ré, passando com um clangor sobre a grama castigada, e tornou a atacar, lançando os reservados remanescentes em pedaços pelo ar. A vitrine das tortas caiu do balcão, e pedaços delas foram arremessados deslizando pelo chão.

O cozinheiro estava agachado de olhos fechados, e o rapaz abraçava sua namorada. O caminhoneiro tinha os olhos arregalados de medo.

— Temos que detê-lo — ele balbuciou. — Diga a eles que vamos obedecer, vamos fazer qualquer coisa...

— Um pouco tarde, não acha?

O Caterpillar deu ré e se preparou para atacar novamente. Novos arranhões em sua lâmina reluziam como espelhos ao sol. Avançou com um rugido tremendo, e dessa vez derrubou a principal coluna à esquerda do que havia sido a janela. Aquela parte do teto caiu com um estrondo. Uma nuvem de pó de reboco formou-se.

O trator recuou, livrando-se dos escombros. Atrás dele, eu podia ver o grupo de caminhões, esperando.

Agarrei o cozinheiro.

— Onde estão os tambores de óleo? — os fogões funcionavam a gás de butano, mas eu tinha visto dutos de uma fornalha para aquecimento do ambiente.

— No depósito, nos fundos — ele disse.

Segurei o garoto.

— Vamos lá.

Levantamos e corremos para o depósito. O trator acertou outra vez o prédio, que estremeceu. Mais duas ou três investidas e já poderia ir diretamente ao balcão tomar uma xícara de café.

Havia dois grandes tambores de 200 litros de óleo, com saídas para a fornalha e torneiras de controle. Havia uma caixa com frascos vazios de ketchup próxima à porta dos fundos.

— Pegue aqueles frascos, Jerry.

Enquanto ele o fazia, tirei minha camisa e rasguei-a em tiras. O trator acertava o prédio sem cessar, e cada golpe era acompanhado pelo barulho de mais destruição.

Enchi quatro frascos nas torneiras, e ele enfiou os trapos lá dentro.

— Você joga futebol americano? — perguntei-lhe.

— Joguei na escola.

— Muito bem. Finja que está indo para a linha do gol.

Voltamos para o restaurante. Toda a frente estava aberta ao ar livre. Estilhaços de vidro reluziam como diamantes. Uma viga pesada caíra na diagonal, através da abertura. O trator recuava para retirá-la, e pensei que dessa vez continuaria vindo, abrindo caminho por entre os bancos e depois demolindo o próprio balcão.

Ajoelhamos, estendendo as garrafas.

— Acenda — eu disse ao caminhoneiro.

Ele pegou os fósforos, mas suas mãos tremiam demais, e ele os deixou cair. O cozinheiro os apanhou, riscou um, e os oleosos trapos de camisa se incendiaram.

— Rápido — eu disse.

Corremos, o garoto ligeiramente à frente. Vidro quebrado estalava e rangia sob nossos pés. Havia um cheiro quente de óleo no ar. Tudo à volta era muito alto e muito claro.

O trator avançou.

O garoto passou por baixo da viga e ficou de pé, a silhueta recortada contra aquela pesada lâmina de aço temperado. Saí pela direita. O primeiro lançamento do rapaz caiu no chão antes de atingir o alvo. O segundo acertou a lâmina, e a chama se espalhou inofensivamente.

Ele tentou dar meia-volta, mas então o trator estava sobre ele, um rolo compressor feito de quatro toneladas de aço. Ele lançou os braços para cima e desapareceu, esmagado.

Corri em linha reta e girei de repente, lançando um dos frascos para dentro da cabine aberta, e o segundo bem dentro do motor. Explodiram juntos, numa língua de fogo.

Por um momento, o motor do trator soltou um grito quase humano de dor e de raiva. Ele girou num semicírculo desvairado, arrancando o canto esquerdo da lanchonete, e saiu rolando como bêbado na direção da vala de drenagem.

As lagartas de aço estavam sujas de sangue, e no lugar onde antes estava o garoto havia algo parecido com uma toalha amarrotada.

O trator chegou quase até a vala, com as chamas brotando por baixo do capô do motor e da cabine, e então explodiu numa erupção de fogo.

Recuei aos tropeços e quase caí sobre uma pilha de escombros. Havia um cheiro quente que não era somente óleo. Era cabelo queimando. Eu estava em chamas.

Agarrei uma toalha de mesa, apertei-a contra a cabeça, corri para trás do balcão e mergulhei a cabeça na pia com força suficiente para rachar o fundo. A garota gritava incessantemente o nome de Jerry numa litania esganiçada e enlouquecida.

Virei-me e vi a imensa jamanta aproximando-se devagar da frente exposta da lanchonete.

O caminhoneiro deu um berro e saiu em disparada em direção à porta lateral.

— Não! — o cozinheiro gritou. — Não faça isso...

Mas ele já tinha saído e corria na direção da vala de drenagem e do campo aberto que ficava para além dela.

O caminhão devia estar de sentinela fora do campo de visão daquela porta lateral — um pequeno furgão com as palavras "Lavanderia Wong" inscritas do lado. Atropelou-o antes que nos déssemos conta do que estava acontecendo. E então ele se foi e apenas o caminhoneiro ficou, todo retorcido no cascalho. O golpe atirara para longe seus sapatos.

A jamanta avançou devagar sobre a faixa de concreto, sobre a grama, sobre os restos mortais do garoto, e parou com o enorme focinho dentro da lanchonete.

A buzina de ar comprimido emitiu um súbito e ensurdecedor toque, seguido por outro, e mais outro.

— Pare! — a garota choramingou. — Pare, oh, por favor, pare...

Mas a buzina continuou por um bom tempo. Levei apenas um minuto para identificar o padrão. Era o mesmo de antes. Queria que alguém a abastecesse, e aos outros.

— Eu vou — disse eu. — As bombas estão liberadas?

O cozinheiro fez que sim com a cabeça. Tinha envelhecido cinqüenta anos.

— Não! — a garota gritou. Atirou-se sobre mim. — Você tem que detê-los! Tem que acertá-los, queimá-los, quebrá-los... — sua voz vacilou e morreu num soluço sufocado de dor e tristeza.

O cozinheiro segurou-a. Dei a volta pela extremidade do balcão, abrindo caminho por entre os escombros, e saí pela porta do depósito. Meu coração batia com força quando saí para o sol quente. Queria um outro cigarro, mas você não deve fumar perto de bombas de combustível.

Os caminhões ainda estavam enfileirados. Um pouco afetado no piso de cascalho, o furgão da lavanderia parecia pronto para o bote, como um cão de caça, rosnando e grunhindo. Um movimento em falso e ele me esmagaria. O sol reluzia em seu pára-brisa vazio e eu estremeci. Era como olhar para o rosto de um idiota.

Puxei a alavanca da bomba para a posição "ligado" e peguei a mangueira; desatarraxei a tampa do primeiro tanque e comecei a enchê-lo de combustível.

Levei meia hora para esvaziar o primeiro tanque subterrâneo, e então passei para a segunda ilha de bombas. Eu alternava entre gasolina e diesel. Os caminhões passavam numa fila interminável. Agora começava a compreender. As pessoas estavam fazendo a mesma coisa em todo o país, ou então jaziam mortas como o caminhoneiro, com os sapatos atirados para longe e grandes marcas de pneu impressas em suas barrigas esmagadas.

O segundo tanque subterrâneo esvaziou-se, e passei para o terceiro. O sol me castigava como um martelo e minha cabeça começava a doer devido aos vapores do combustível. Eu tinha bolhas na pele macia entre o polegar e o indicador. Mas os caminhões não tinham como sabê-lo. Só entendiam de tubulações com vazamento e juntas queimadas e eixos grimpados, mas nada sabiam a respeito de bolhas ou insolação ou vontade de gritar. Só precisavam saber de uma coisa acerca de seus antigos senhores, e sabiam. Nós sangrávamos.

O último tanque ficou vazio, e joguei a mangueira no chão. Ainda havia mais caminhões, alinhados numa fila que dobrava a esquina do prédio. Virei a cabeça para aliviar uma cãibra no pescoço e arregalei os olhos. A fila se estendia até o estacionamento da frente, seguia pela estrada até se perder de vista, com duas e três colunas. Era como um pesadelo com a auto-estrada de Los Angeles na hora do rush. O horizonte tremeluzia e dançava com os gases do escapamento; o ar fedia a carburação.

— Não — eu disse. — A gasolina acabou. Acabou de todo, pessoal.

Ouviu-se então um ronco mais forte, um ruído grave de fazer os dentes chacoalhar. Um imenso caminhão prateado se aproximava, um caminhão-tanque. Estava escrito em sua lateral: "Encha o tanque com Phillips 66 — o Combustível dos Aeroportos!".

Uma mangueira pesada caiu da traseira.

Fui até lá, apanhei-a, abri a tampa do primeiro tanque subterrâneo e atarraxei a mangueira. O caminhão começou a bombear. O fedor do petróleo se infiltrou em mim — o mesmo cheiro que os dinossauros deviam morrer sentindo, quando caíam nos poços de alcatrão. Enchi os outros dois tanques e voltei ao trabalho.

Minha consciência começou a se esvair a um ponto em que perdi a noção do tempo e da quantidade de caminhões. Eu desatarraxava a tampa, enfiava a mangueira no buraco, abastecia até que o líquido quente e espesso derramasse, então recolocava a tampa. Minhas bolhas estouraram, e o pus escorria até meus pulsos. Minha cabeça latejava como um dente podre e meu estômago se revolvia desamparadamente com o fedor dos hidrocarbonetos.

Eu ia desmaiar. Ia desmaiar e isso seria o meu fim. Eu abasteceria combustível até cair.

Senti então mãos em meus ombros, as mãos escuras do cozinheiro.

— Vá para dentro — ele disse. — Descanse. Vou cuidar disso até o anoitecer. Tente dormir.

Entreguei-lhe a bomba.

Mas não consigo dormir.

A garota dorme. Está esparramada no canto com a cabeça sobre uma toalha de mesa, e seu rosto não se descontrai nem mesmo durante o sono. É o rosto inalterável, eterno de uma bruxa guerreira. Vou acordá-la daqui a pouco. Já está escurecendo e o cozinheiro está lá fora há cinco horas.

Eles continuam chegando. Olho lá para fora pela janela destruída e seus faróis se estendem por uns dois quilômetros e meio ou mais, reluzindo como safiras amarelas na escuridão crescente. A fila deve se estender até a auto-estrada, talvez para além dela.

A garota vai ter de fazer o seu turno. Posso ensinar-lhe como. Ela vai dizer que não é capaz, mas terá de fazê-lo. Quer continuar viva.

Quer que sejamos escravos deles?, o cozinheiro dissera. *Isso é o que vai acabar acontecendo. Quer passar o resto da sua vida trocando filtros de óleo a cada vez que uma daquelas coisas buzinar?*

Talvez pudéssemos fugir. Seria fácil chegar até a vala de drenagem agora, do jeito como estão enfileirados, bem juntos um do outro. Correr pelos campos, pelos pântanos onde os caminhões atolariam como mastodontes, e...

... *voltar às cavernas.*

Fazer desenhos com carvão. Este é o deus da lua. Esta é uma árvore. Este é um caminhão Mack matando um caçador.

Nem mesmo isso. Uma parte tão grande do mundo é agora pavimentada. Até mesmo os pátios são pavimentados. E para todos os campos e pântanos e florestas cerradas há tanques, semitratores, veículos militares equipados com laser, *maser*,* radares guiados pelo calor. E pouco a pouco podem transformar este mundo no mundo que desejam.

Posso ver enormes comboios de caminhões enchendo o Pântano Okefenokee de areia, os tratores abrindo caminho pelos parques nacionais e pelas florestas, nivelando a terra, reduzindo-a a uma única e vasta planície. Então os caminhões-chefe chegando.

Mas eles são máquinas. Não importa o que lhes tenha acontecido, qual a consciência de massa que lhes tenhamos dado, *não são capazes de se reproduzir.* Dentro de cinqüenta ou sessenta anos, serão carcaças enferrujadas destituídas de toda a possibilidade de nos ameaçar, carcaças imóveis em que os homens livres atirarão pedras e cuspirão.

E se eu fechar os olhos, posso ver as linhas de montagem em Detroit e Dearborn e Youngstown e Mackinac, novos caminhões sendo montados por operários que já não batem mais cartões de ponto, mas simplesmente caem mortos e são substituídos.

O cozinheiro já está cambaleando um pouco. Também é um cara velho. Tenho de acordar a garota.

Dois aviões deixam rastros prateados no horizonte que vai escurecendo, a leste.

Gostaria de poder acreditar que há pessoas a bordo.

---

* Precursor do laser, que funciona a partir de radiação de microondas. (N. da T.)

Às Vezes Eles Voltam

A mulher de Jim Norman ficara esperando por ele desde as duas horas, e quando viu o carro parar em frente ao prédio saiu para recebê-lo. Tinha ido até a loja comprar comida para comemorarem — dois bifes, uma garrafa de Lancer's, um pé de alface e molho Thousand Island. Agora, observando-o sair do carro, viu que desejava desesperadamente (e não pela primeira vez naquele dia) que houvesse algo a comemorar.

Ele veio pela calçada, segurando a pasta nova numa das mãos e quatro livros didáticos na outra. Ela podia ver o título na capa do que estava por cima — *Introdução à Gramática*. Pôs as mãos em seu ombro e perguntou:

— Como foi?

E ele sorriu.

Mas naquela noite ele voltou a ter o velho sonho pela primeira vez em muito tempo, e acordou suando, com um grito preso na garganta.

Sua entrevista fora conduzida pelo diretor da Escola Harold Davis e pelo chefe do Departamento de Inglês. O assunto de seu colapso tinha surgido. Ele já esperava por isso.

O diretor, um homem careca e cadavérico chamado Fenton, recostara e ficara olhando para o teto. Simmons, o chefe do Departamento de Inglês, acendera o cachimbo.

— Eu estava sob um bocado de pressão naquela época — Jim Norman disse. Seus dedos queriam agitar-se em seu colo, mas ele não deixaria.

— Acho que compreendemos isso — Fenton disse, sorrindo. — E embora não seja nosso desejo parecer intrometidos, com certeza todos concordamos que o ensino é uma ocupação que nos pressiona, sobretudo no nível médio. Estamos no palco durante cinco dos sete períodos diários de aula, e atuamos diante da platéia mais difícil do mundo. É por isso — ele concluiu, com certo orgulho — que os professores têm mais úlceras do que qualquer outro grupo profissional, à exceção dos controladores de tráfego aéreo.

Jim disse:

— As pressões envolvidas no meu colapso foram... extremas.

Fenton e Simmons fizeram que sim num encorajamento neutro e Simmons abriu seu isqueiro com um clique, para reacender o cachimbo. Subitamente, o gabinete parecia muito pequeno e abafado. Jim tinha a estranha sensação de que alguém acabara de acender uma lâmpada de aquecimento atrás de seu pescoço. Seus dedos agitavam-se no colo, e ele os obrigou a parar.

— Eu estava no último ano da universidade e estagiava como professor. Minha mãe tinha morrido no verão anterior... câncer... e em nossa última conversa ela havia me pedido para ir em frente e terminar o curso. Meu irmão, meu irmão mais velho, morreu quando éramos ambos muito jovens. Ele planejava ser professor e ela pensou...

Notou pelo olhar deles que estava divagando, e pensou: *Meu Deus, estou estragando tudo.*

— Fiz o que ela me pediu — disse, deixando de lado o complicado relacionamento entre sua mãe e seu irmão Wayne, o pobre Wayne, que fora assassinado... e ele próprio. — Durante a segunda semana do meu estágio temporário, minha noiva foi envolvida num atropelamento. Ela foi a vítima. Algum garoto num carrão envenenado... Nunca o apanharam.

Simmons fez um leve ruído de encorajamento.

— Fui em frente. Não parecia haver outro caminho. Ela estava sentindo um bocado de dor... uma fratura grave na perna e quatro costelas quebradas... mas não corria perigo de vida. Não creio que eu próprio realmente soubesse a pressão a que estava submetido.

Tome cuidado agora. Este é o terreno delicado.

— Estagiei na Escola de Ofícios Vocacionais de Center Street — Jim disse.

— O jardim encantado da cidade — Fenton disse. — Canivetes automáticos, botas de motocicleta, armas de fabricação caseira nos armários, extorsão do dinheiro do lanche e um entre cada três garotos vendendo drogas aos outros dois. Conheço bem a Escola de Ofícios.

— Havia um garoto chamado Mack Zimmerman — disse Jim. — Um garoto sensível. Tocava violão. Fui seu professor numa turma de redação, ele tinha talento. Cheguei certa manhã e dois garotos o seguravam, enquanto um terceiro destroçava seu violão Yamaha de encontro ao radiador. Zimmerman gritava. Dei um berro, mandando que parassem com aquilo e me dessem o violão. Avancei na direção deles e alguém me agrediu — Jim deu de ombros. — Foi isso. Tive um colapso. Não do tipo que me levasse a ficar gritando ou me encolher num canto. Simplesmente não conseguia voltar lá. Quando me aproximava da Escola de Ofícios, sentia um aperto no peito. Não conseguia respirar direito, começava a suar frio...

— Isso também acontece comigo — disse Fenton, amigavelmente.

— Comecei a fazer análise. Terapia de grupo. Não tinha condições de pagar um psiquiatra. O tratamento me fez bem. Sally e eu estamos casados. Ela manca um pouco e tem uma cicatriz, mas fora isso está nova em folha — encarou-os abertamente. — Acho que podem dizer o mesmo a meu respeito.

Fenton disse:

— Você finalmente completou seu estágio na Escola Cortez, correto?

— Aquilo lá também não é nenhum mar de rosas — Simmons disse.

— Eu queria uma escola dura — disse Jim. — Fiz uma troca com um outro sujeito para conseguir ir para a Cortez.

— Recebeu A nas avaliações do seu supervisor e do professor parecerista — comentou Fenton.

— Sim.

— E uma média, ao longo de quatro anos, de 3,88. Isso está bem perto de um A.

— Eu gostava do meu trabalho acadêmico.

Fenton e Simmons se entreolharam rapidamente, depois levantaram. Jim ficou de pé.

— Manteremos contato, Sr. Norman — disse Fenton. — Temos mais alguns candidatos a entrevistar...

— Sim, é claro.

— ...mas eu pessoalmente estou impressionado com seu currículo acadêmico e com sua franqueza.

— Bondade sua dizer isso.

— Simmons, talvez o Sr. Norman queira tomar um café antes de sair.

Apertaram as mãos.

No corredor, Simmons disse:

— Acho que o emprego é seu, se quiser. Digo isso em caráter sigiloso, é claro.

Jim fez que sim. Ele próprio também tinha mantido sob sigilo um bocado de coisas.

A Escola Davis era uma severa construção de pedra que abrigava instalações notavelmente modernas — só a ala das ciências recebera fundos de 1,5 milhão no orçamento do ano anterior. As salas de aula, ainda ocupadas pelos fantasmas dos operários da Works Progress Administration* que as haviam construído e pelos alunos do período pós-guerra que haviam sido os primeiros a ocupá-las, eram mobiliadas com carteiras modernas e quadros-negros anti-reflexo. Os alunos eram limpos, bem vestidos, vivazes, ricos. Seis de cada dez estudantes do último ano possuíam seus próprios carros. Resumindo, uma boa escola. Uma escola excelente na qual dar aula durante os loucos anos 70. Fazia com que a Escola de Ofícios Vocacionais de Center Street parecesse o coração da África Selvagem.

Mas depois que os garotos iam embora, alguma coisa velha e sorumbática parecia se instalar nos corredores e sussurrar nas salas vazias. Uma besta negra e nefasta, que jamais se mostrava abertamente. Às

---

* Agência de empregos criada para atender os desempregados pela Grande Depressão. (N. da T.)

vezes, enquanto caminhava pelo corredor da Ala 4 na direção do estacionamento com sua nova pasta numa das mãos, Jim Norman tinha a impressão de quase poder ouvi-la respirar.

Voltou a ter o sonho por volta do final de outubro, e dessa vez gritou de fato. Arrastou-se com unhas e dentes de volta à realidade e encontrou Sally sentada ao seu lado na cama, segurando-o pelo ombro. Seu coração batia com força.
— Meu Deus — ele disse, esfregando o rosto com a mão.
— Tudo bem com você?
— Está. Eu gritei, não foi?
— Nossa, se gritou. Pesadelo?
— Foi.
— Alguma coisa a ver com a ocasião em que aqueles garotos quebraram o violão do outro?
— Não — ele disse. — Algo muito mais antigo do que isso. Às vezes volta, é tudo. Nada de grave.
— Tem certeza?
— Tenho.
— Quer um copo de leite? — os olhos dela estavam sombrios de preocupação.
Ele beijou-a no ombro.
— Não. Volte a dormir.
Ela apagou a luz e ele ficou ali deitado, fitando a escuridão.

Tinha um bom horário, levando-se em conta que era o novo membro do corpo docente. O primeiro tempo estava livre. O segundo e o terceiro eram redação para o segundo ano; uma das turmas era meio apática, a outra divertida. O quarto tempo era a sua melhor aula: literatura americana para alunos do último ano que rumavam para a universidade e gostavam de criticar os grandes autores durante uma aula por dia. O quinto tempo era destinado a "reuniões", nas quais ele supostamente receberia alunos que apresentassem problemas pessoais ou acadêmicos. Muito poucos pareciam ter qualquer um dos dois (ou estar dispostos a discuti-los com ele), e Jim passava a maior parte desse horário lendo um bom romance. O sexto tempo era uma aula de gramática, insossa como pó de giz.

O sétimo tempo era sua única cruz. A matéria se chamava Vivendo com a Literatura, e era ministrada num cubículo no terceiro andar. A sala de aula ficava quente no início do outono e fria conforme o inverno se aproxima. A matéria em si era eletiva para aqueles que os catálogos escolares pudicamente chamam de "alunos lentos".

Havia 27 "alunos lentos" na turma de Jim, a maior parte deles atletas que jogavam nos times da escola. A acusação mais gentil que poderiam receber seria de desinteresse, e alguns deles tinham um traço nítido de malevolência. Certa vez, ele entrou na sala e se deparou com uma caricatura sua, obscena e cruelmente fiel, no quadro-negro, com o nome "Sr. Norman" desnecessariamente inscrito com giz abaixo. Apagou-a sem fazer comentários e começou a aula apesar das risadinhas.

Elaborou interessantes planos de aula, incluindo material audiovisual, e encomendou vários textos de grande interesse e bem compreensíveis — mas de nada adiantou. O humor da turma variava entre a hilaridade desordeira e o silêncio mal-humorado. No começo de novembro, irrompeu uma briga entre dois garotos durante uma discussão do livro *Ratos e Homens*. Jim apartou a briga e mandou os dois para o gabinete do diretor. Quando abriu seu livro na página em que interrompera a aula, as palavras "Vá se foder" saltaram aos seus olhos.

Levou o problema a Simmons, que deu de ombros e acendeu o cachimbo.

— Não tenho nenhuma solução real, Jim. O último tempo é sempre uma droga. E para alguns deles levar um D na sua matéria significa não jogar mais futebol ou basquete. E como já fizeram os outros cursos fáceis de inglês, estão presos a essa eletiva.

— E eu também — disse Jim, com desânimo.

Simmons fez que sim.

— Mostre a eles que está falando sério, e eles vão colocar o rabo entre as pernas, nem que seja apenas para poderem continuar inscritos nos esportes.

Mas o sétimo tempo continuava sendo uma pedra no seu sapato.

Um dos maiores problemas no curso Vivendo com a Literatura era um rapaz grandalhão e moroso chamado Chip Osway. No começo de dezembro, durante o breve hiato entre o futebol e o basquete (Osway jogava ambos), Jim o apanhou com uma folha de cola e o expulsou da sala.

— Se você me reprovar a gente te pega, seu filho-da-puta! — Osway gritou pelo corredor mal-iluminado do terceiro andar. — Está me ouvindo?

— Vá embora — Jim disse. — Poupe seu fôlego.

— A gente te pega, seu babaca!

Jim voltou para a sala de aula. Os alunos olhavam para ele inexpressivamente, os rostos sem revelar qualquer emoção. Ele foi invadido por uma sensação de irrealidade, como a que se apossara dele antes... antes...

A gente te pega, seu babaca.

Tirou da gaveta o diário de classe, abriu-o na página intitulada "Vivendo com a Literatura", e cuidadosamente escreveu a letra F no local correspondente ao nome de Chip Osway.

Naquela noite, voltou a ter o sonho.

Era sempre cruelmente vagaroso. Havia tempo de ver e sentir tudo. E havia mais ainda o horror de reviver acontecimentos que levavam a uma conclusão conhecida, tão impotente quanto um homem preso num carro que caísse de um penhasco.

No sonho, ele tinha 9 anos e seu irmão Wayne, 12. Desciam pela Broad Street em Stratford, Connecticut, dirigindo-se à Biblioteca de Stratford. Jim estava com seus livros dois dias atrasados, e tinha surrupiado 4 centavos da jarra sobre o armário para pagar a multa. Eram as férias de verão. Dava para sentir o cheiro da grama recém-cortada. Dava para ouvir o som de um jogo de beisebol vindo da janela de algum apartamento no segundo andar, os Yankees vencendo os Red Sox por seis a zero no penúltimo período, Ted Williams rebatendo, e dava para ver a sombra do Burrets Building Company alongando-se devagar pela rua, conforme a tarde cedia lentamente lugar ao crepúsculo.

Atrás do Teddy's Market e da Burrets havia uma passarela sobre a estrada de ferro, e do outro lado um bando dos desocupados locais reunia-se num posto de gasolina fechado — cinco ou seis garotos com jaquetas de couro e calças jeans de barra virada. Jim detestava passar por eles. Gritavam ei quatro-olhos, e ei seu merdinha, e ei me dá um trocado aí, e uma vez perseguiram-nos por meio quarteirão. Mas Wayne se recusava a fazer um contorno pelo caminho mais longo. Isso seria covardia.

No sonho, a passarela aproximava-se cada vez mais, e você começava a sentir o pânico se debatendo dentro da garganta como um enorme pássaro preto. Via tudo: o letreiro fluorescente da Burrets, que começara a piscar havia pouco; os pontos de ferrugem na passarela verde; o reluzir do vidro quebrado entre os trilhos da ferrovia; um aro quebrado de bicicleta na sarjeta.

Você tenta dizer a Wayne que já passou por isso, uma centena de vezes. Os desocupados locais não estão no posto de gasolina desta vez; estão escondidos nas sombras debaixo do viaduto. Mas você não consegue pronunciar as palavras. Está impotente.

Então, lá estão vocês, ali embaixo, e algumas das sombras se destacam dos muros, e um garoto alto com cabelos louros com corte militar e nariz quebrado empurra Wayne de encontro aos blocos de cimento sujos de fuligem e diz: *Passa o dinheiro.*

Me deixa em paz.

Você tenta fugir, mas um garoto gordo de cabelo preto e oleoso o agarra e o joga contra a parede, junto ao seu irmão. A pálpebra esquerda do garoto treme, com um tique nervoso, e ele diz: *Vamos lá, moleque, quanto é que você tem aí?*

Qua-quatro centavos.

Seu mentiroso de merda.

Wayne tenta escapar e um garoto de cabelo esquisito, cor de laranja, ajuda o louro a segurá-lo. O cara com o tique na pálpebra subitamente te dá um soco na boca. Você sente um peso repentino na virilha, e uma mancha escura aparece no seu jeans.

Olha só, Vinnie, ele se mijou!

Wayne se debate freneticamente e quase consegue se livrar — quase. Um outro garoto, de calças pretas de algodão e blusa de malha branca, empurra-o de volta. Há uma pequena marca avermelhada de nascença no seu queixo. As pedras da passarela começam a tremer. As vigas metálicas vibram com um zumbido. Um trem se aproximando.

Alguém arranca os livros da sua mão, e o garoto com a marca de nascença no queixo chuta-os para a sarjeta. De repente, Wayne dá um chute com o pé direito, acertando o garoto do tique nervoso no meio das pernas. Ele grita.

Vinnie, ele vai fugir!

O garoto do tique nervoso grita por causa da dor no saco, mas mesmo esses berros se perdem no rugido crescente do trem que se aproxima, sacudindo tudo. E então está sobre eles, enchendo o mundo inteiro com o barulho.

A luz se reflete nos canivetes automáticos. O garoto com cabelo louro militar segura um, e o Marca-de-Nascença, o outro. Você não consegue ouvir Wayne, mas lê as palavras em seus lábios:

Dê o fora, Jimmy.

Você cai de joelhos e as mãos que te seguram desapareceram e você passa em meio a um par de pernas como uma rã. Alguém te dá um tapa nas costas, tentando agarrá-lo, mas não consegue. Então você está correndo de volta pelo caminho de onde veio, com toda aquela lentidão horrível e viscosa dos sonhos. Vira-se, olhando por cima do ombro, e vê...

Acordou no escuro, Sally dormindo placidamente ao seu lado. Reprimiu o grito mordendo o lábio, e, quando conseguiu sufocá-lo, caiu outra vez na cama.

Ao olhar para trás, para a escuridão que engolia a passarela, tinha visto o garoto louro e o outro com a marca de nascença enfiarem seus canivetes em seu irmão — o Louro abaixo do esterno, e o Marca-de-Nascença diretamente na virilha.

Ficou deitado no escuro, respirando com dificuldade, esperando que aquele fantasma de 9 anos de idade fosse embora, esperando que o sono dos justos apagasse tudo aquilo.

Muito tempo depois, de fato apagou.

As férias de Natal e o intervalo entre os dois semestres coincidiam no distrito em que ficava a escola, e o recesso durava quase um mês inteiro. O sonho retornou duas vezes, logo no início, depois não mais. Ele e Sally foram visitar a irmã dela em Vermont, e esquiaram um bocado. Estavam felizes.

O problema de Jim relativo à matéria Vivendo com a Literatura parecia irrelevante e um pouco tolo ao ar livre e cristalino. Voltou para a escola com um bronzeado de inverno, sentindo-se tranqüilo e equilibrado.

Simmons o interceptou quando se dirigia à sua aula do segundo tempo, entregando-lhe uma pasta.

— Aluno novo, sétimo tempo. Chama-se Robert Lawson. Transferência.

— Ei, estou com 27 alunos nessa turma no momento, Sim. Estou sobrecarregado.

— Continua com 27. Bill Stearns morreu na terça-feira após o Natal. Acidente de carro. Atropelamento.

— *Billy?*

O quadro se formou em sua mente, em preto-e-branco, como uma fotografia dos alunos do último ano. William Stearns, Key Club* 1, Futebol 1, 2, *Pen & Lance,* 2. Era um dos poucos bons alunos em Vivendo com a Literatura. Quieto, consistentes graus A e B em suas provas. Não participava voluntariamente com freqüência, mas normalmente dava as respostas corretas (temperadas com um humor agradável e discreto) quando solicitado. Morto? Quinze anos de idade. Sua própria mortalidade subitamente passou pelos seus ossos como uma corrente de ar frio por baixo da porta.

— Meu Deus, isso é horrível. Já sabem o que aconteceu?

— A polícia está investigando. Ele estava no centro da cidade, trocando um presente de Natal. Começou a atravessar a Rampart Street e um velho Ford sedã o acertou. Ninguém anotou a placa, mas as palavras "Olhos de Cobra" estavam escritas na porta... coisa típica de um garoto.

— Jesus Cristo — Jim disse, outra vez.

— O sinal está tocando — disse Simmons.

Ele se apressou, fazendo uma pausa para dispersar um grupo de garotos em volta de um bebedouro. Foi para sua sala de aula, sentindo-se vazio.

Durante o horário livre, abriu a pasta de Robert Lawson. A primeira página era uma folha verde da Escola Milford, de que Jim nunca ouvira falar. A segunda, um perfil da personalidade do aluno. Q.I. médio de 78. Algumas habilidades manuais, não muitas. Respostas anti-sociais ao teste de personalidade Barnett-Hudson. Notas baixas quanto às apti-

---

* Programa estudantil focado em itens como liderança, serviço e inclusão sociais. (N. da T.)

dões. Jim pensou com certo azedume que ele era perfeito para a turma Vivendo com a Literatura.

A página seguinte era um histórico disciplinar, o formulário amarelo. A folha da Escola Milford era branca com uma faixa lateral preta, e cheia de anotações. Lawson tinha se metido em uma centena de tipos de encrencas.

Virou a outra página, baixou os olhos rapidamente sobre um retrato escolar de Robert Lawson, depois olhou de novo. O terror subitamente se esgueirou para dentro do seu estômago e se aninhou ali, perigoso e sibilante.

Lawson encarava a câmera com antagonismo, como se posasse para uma foto de ficha criminal, e não para um fotógrafo da escola. Havia uma pequena mancha avermelhada de nascença em seu queixo.

À altura do sétimo tempo, ele já tinha chegando civilizadamente a uma conclusão lógica. Disse a si mesmo que devia haver milhares de garotos com marcas de nascença no queixo. Disse a si mesmo que o marginal que apunhalara seu irmão naquele dia, 16 longos anos atrás, devia ter agora pelo menos 32.

Mas ao subir para o terceiro andar, a apreensão permanecia. Acompanhada de um outro temor: *Era assim que você se sentia quando teve o colapso.* Sentia o metal reluzente do pânico na boca.

O grupo habitual de garotos andava para lá e para cá perto da porta da Sala 33, e alguns entraram quando viram Jim se aproximando. Uns poucos permaneceram, falando aos cochichos e sorrindo. Ele viu o garoto novo de pé ao lado de Chip Osway. Robert Lawson usava jeans e pesados coturnos amarelos — que estavam no auge da moda naquele ano.

— Entre, Chip.

— Isso é uma ordem? — ele sorriu indolentemente, levantando o queixo sobre a cabeça de Jim.

— Claro.

— Você me deu zero naquela prova?

— Claro.

— É, isso... — o resto era um murmúrio inaudível.

Jim se virou para Robert Lawson.

— Você é novo — disse. — Gostaria de explicar como as coisas funcionam por aqui.

— Claro, Sr. Norman.

Sua sobrancelha direita era dividida por uma pequena cicatriz, uma cicatriz que Jim conhecia. Não podia haver engano. Era uma loucura, era impossível, mas também era um fato. Dezesseis anos antes, aquele garoto havia enfiado um canivete no seu irmão.

Atordoado, como se assistisse àquela cena de uma grande distância, ele se ouviu começar a expor as regras e os regulamentos do curso. Robert Lawson prendeu os polegares no cinto de lona estilo militar, ouviu, sorriu, e começou a dizer sim com a cabeça, como se fossem velhos amigos.

— Jim?

— Hmmm?

— Há algo errado?

— Não.

— Aqueles garotos do Vivendo com a Literatura ainda estão lhe dando trabalho?

Nenhuma resposta.

— Jim?

— Não.

— Por que você não vai se deitar mais cedo hoje?

Mas ele não foi.

Naquela noite, o sonho foi terrível. Quando o garoto com a marca avermelhada de nascença esfaqueou seu irmão, gritou para Jim:

— Você é o próximo, garoto. Bem no saco.

Ele acordou aos berros.

Estava dando aulas sobre *O Senhor das Moscas* naquela semana, e falando sobre simbolismo, quando Lawson levantou a mão.

— Robert? — ele disse, com tranqüilidade.

— Por que você não pára de me encarar?

Jim pestanejou e sentiu a boca ficar seca.

— Estou ficando verde? Ou meu zíper está aberto?

Um risinho nervoso no restante da turma.

Jim respondeu com tranqüilidade:

— Eu não estava encarando você, Sr. Lawson. Pode nos dizer por que Ralph e Jack discordaram com relação a...

— Você *estava* me encarando.

— Quer conversar sobre isso com o Sr. Fenton?

Lawson pareceu pensar no assunto.

— Não.

— Ótimo. Pode então nos dizer por que Ralph e Jack...

— Eu não cheguei a ler o livro. Acho que é idiota.

Jim sorriu um sorriso tenso.

— Acha mesmo, é? É bom se lembrar de que enquanto está julgando o livro, o livro também está julgando-o. Será que alguém pode me dizer por que os dois discordavam com relação à existência do animal?

Kathy Slavin ergueu a mão, tímida, e Lawson olhou-a cinicamente dos pés à cabeça, dizendo alguma coisa a Chip Osway. As palavras que saíam de seus lábios pareciam ser "belos peitos". Chip fez que sim.

— Kathy?

— Não era porque Jack queria caçar o animal?

— Muito bem.

Ele se virou e começou a escrever no quadro-negro. No instante em que virou as costas, uma laranja atingiu o quadro ao lado de sua cabeça.

Voltou-se e olhou para trás. Alguns alunos riam, mas Osway e Lawson apenas olhavam inocentemente para Jim.

Jim se interrompeu e pegou a laranja.

— Alguém — ele disse, olhando para o fundo da sala — devia engolir à força esta porcaria.

Kathy Slavin arquejou.

Ele atirou a laranja na lata de lixo e voltou ao quadro-negro.

Abriu o jornal matutino, bebericando seu café, e viu a manchete, mais ou menos no meio da página.

— Meu Deus! — ele disse, interrompendo a torrente matinal de tagarelice da mulher. Sua barriga lhe pareceu encher-se de farpas...

"Adolescente morta ao cair do telhado: Katherine Slavin, 17 anos, aluna do Colégio Harold Davis, caiu ou foi empurrada do telhado do prédio onde residia, no início da tarde de ontem. A garota, que tinha um pombal no telhado, subira com um saco de comida para os pássaros, de acordo com sua mãe.

"A polícia disse que uma mulher não-identificada, residente num conjunto habitacional na vizinhança, afirmou ter visto três garotos correndo sobre o telhado às 6h45, poucos minutos após o corpo da jovem (continua na página 3)..."

— Jim, ela era sua aluna?

Mas ele só foi capaz de olhá-la, emudecido.

Duas semanas mais tarde, Simmons o encontrou no corredor após o sinal do almoço com outra pasta nas mãos, e Jim sentiu um frio na barriga.

— Aluno novo — ele disse a Simmons, sem rodeios. — Vivendo com a Literatura.

Sim alteou as sobrancelhas.

— Como sabia?

Jim deu de ombros e estendeu a mão para pegar a pasta.

— Tenho que correr — Simmons disse. — Os chefes de departamento têm uma reunião para a avaliação dos cursos. Você está com uma cara de enterro. Tudo bem?

Exatamente, com uma cara de enterro. Assim como Billy Stearns.

— Claro — ele disse.

— É isso aí — Simmons disse, dando-lhe um tapinha nas costas.

Depois que ele se foi, Jim abriu a pasta em busca do retrato, recuando antecipadamente o rosto, como um homem prestes a ser agredido.

Mas o retrato não lhe pareceu de imediato familiar. Era só o rosto de um garoto. Talvez o tivesse visto antes, talvez não. O garoto, David Garcia, era corpulento, tinha cabelos escuros, lábios com traços negróides e olhos pretos e sonolentos. A folha amarela dizia que também era do Colégio Milford e que passara dois anos no Reformatório Granville. Furto de automóveis.

Jim fechou a pasta com as mãos ligeiramente trêmulas.

— Sally?

Ela levantou os olhos da tábua de passar roupa. Ele estava assistindo a um jogo de basquete na TV sem prestar a mínima atenção.

— Nada — ele disse. — Esqueci o que ia dizer.

— Então era mentira.

Ele sorriu mecanicamente e olhou outra vez para a TV. Por muito pouco não contara tudo. Mas como poderia contar? Era mais do que insanidade. Por onde você começaria? Pelo sonho? Pelo colapso nervoso? Pelo aparecimento de Robert Lawson?

Não. Por Wayne — seu irmão.

Mas ele jamais falara a ninguém sobre aquilo, nem mesmo na análise. Seu pensamento voltou a David Garcia, e o terror etéreo que se apossara dele quando seus olhares se cruzaram, no corredor. É claro, no retrato ele lhe parecera apenas vagamente familiar. Retratos não se mexem... nem têm tiques nas pálpebras.

Garcia estava em pé ao lado de Lawson e Chip Osway, e quando levantou os olhos e viu Jim Norman, sorriu, e suas pálpebras começaram a tremer, e vozes falaram na mente de Jim com uma clareza sobrenatural:

Vamos lá, moleque, quanto é que você tem aí?

Qua-quatro centavos.

Seu mentiroso de merda... olha só, Vinnie, ele se mijou!

— Jim? Você disse alguma coisa?

— Não — mas ele não estava bem certo se dissera ou não. Começava a se sentir bastante assustado.

Certo dia após a escola, no começo de fevereiro, alguém bateu à porta da sala dos professores, e quando Jim abriu-a lá estava Chip Oswen. Parecia assustado. Jim estava sozinho; eram 16h10 e o último professor havia ido embora uma hora antes. Ele corrigia uma pilha de redações dos alunos de Vivendo com a Literatura.

— Chip? — ele disse, com calma.

Chip esfregou os pés no chão.

— Posso falar um minuto com o senhor, Sr. Norman?

— Claro. Mas se for a respeito do teste, está perdendo seu...

— Não é sobre isso. Hm... posso fumar aqui?

— À vontade.

Acendeu o cigarro com a mão levemente trêmula. Não falou durante talvez um minuto completo. Parecia não ser capaz. Seus lábios tremiam, ele esfregava as mãos, e seus olhos estavam semicerrados, como se internamente ele travasse uma luta para conseguir se expressar.

De repente, explodiu:

— Se eles fizerem mesmo isso, quero que o senhor saiba que eu não estou envolvido! Não gosto desses caras! Eles são sinistros!

— Que caras, Chip?

— Lawson e aquele maluco do Garcia.

— Eles estão planejando me dar uma lição? — o velho terror do sonho regressara, e ele sabia qual era a resposta.

— Gostei deles no começo — Chip disse. — Saímos e tomamos umas cervejas. Comecei a reclamar do senhor e daquele teste. A falar que o senhor ia ver só. Mas era só conversa fiada! Juro que era!

— O que aconteceu?

— Eles me levaram a sério logo de cara. Perguntaram a que horas o senhor saía da escola, como era o seu carro, todas essas coisas. Perguntei o que vocês têm contra ele e Garcia disse que conheciam o senhor fazia muito tempo... ei, está tudo bem?

— O cigarro — ele disse, articulando as palavras com dificuldade. — Nunca consegui me habituar à fumaça.

Chip jogou-o no chão e o apagou.

— Perguntei a eles quando haviam conhecido o senhor, e Bob Lawson disse que nessa época eu ainda mijava nas fraldas. Mas eles têm 17, a minha idade.

— E depois?

— Bem, Garcia se debruça sobre a mesa e diz que não é possível dar uma lição no cara se você nem mesmo sabe a que horas ele vai embora da porra da escola. O que eu pretendia fazer? Então eu disse que ia esvaziar seus quatro pneus — ele fitou Jim com olhos suplicantes. — Eu nem ia fazer isso. Disse porque...

— Estava com medo?

— É, e ainda estou.

— O que eles acharam da sua idéia?

Chip deu de ombros.

— Bob Lawson disse, é isso que você ia fazer, seu merdinha? E eu disse, tentando dar uma de durão, o que você faria, ia matar o sujeito? E Garcia — as pálpebras dele começaram a tremer — tirou uma coisa do bolso e abriu com um estalo e vi que era um canivete automático. Foi quando eu me mandei.

— Quando foi isso, Chip?

— Ontem. Agora estou com medo de me sentar perto daqueles caras, Sr. Norman.

— Tudo bem — Jim disse. — Tudo bem.

Baixou os olhos para os papéis que antes corrigia, sem chegar a vê-los de fato.

— O que o senhor vai fazer?

— Não sei — Jim respondeu. — Realmente não sei.

Na manhã de segunda-feira, ele ainda não sabia. Seu primeiro pensamento havia sido contar tudo a Sally, começando pelo assassinato de seu irmão, 16 anos antes. Mas era impossível. Ela se mostraria solidária, mas amedrontada e incrédula.

Simmons? Também era impossível. Simmons pensaria que ele estava louco. E talvez estivesse. Um homem numa sessão da terapia de grupo que ele freqüentara disse que ter um colapso era como quebrar um vaso e depois colá-lo de volta. Você nunca mais se sentia seguro para pegar aquele vaso. Não podia colocar uma flor dentro dele, porque flores precisam de água, e a água poderia dissolver a cola.

Será que então estou louco?

Se estivesse, Chip Osway também estava. Isso lhe ocorreu quando entrava no carro, e um choque de animação percorreu seu corpo todo.

É claro! Lawson e Garcia o haviam ameaçado na presença de Chip Osway. Isso não se sustentaria num tribunal, mas resultaria numa suspensão para os dois, se ele conseguisse fazer com que Chip repetisse a história no gabinete de Fenton. E tinha quase certeza de que conseguia convencer o garoto a fazê-lo. Chip tinha suas próprias razões para que querer os dois bem longe.

Chegava ao estacionamento, quando pensou no que acontecera a Billy Stearns e Kathy Slavin.

Durante o seu horário livre, foi até a secretaria e se debruçou sobre a mesa da encarregada dos registros. Ela estava elaborando a lista de faltas.

— Chip Osway veio hoje? — ele perguntou, com naturalidade.

— Chip...? — ela olhou em sua direção, hesitante.

— Charles Osway — corrigiu Jim. — Chip é apelido.

Ela examinou uma pilha de papéis, deteve-se num deles e tirou-o da pilha.

— Está ausente, Sr. Norman.

— Pode me conseguir o telefone dele?

Ela enfiou o lápis no cabelo e disse:

— Claro.

Tirou o número do arquivo da letra O e o entregou a Jim. Ele discou o número no telefone da secretaria.

O telefone tocou uma dúzia de vezes, e ele estava prestes a desligar quando uma voz áspera e sonolenta disse:

— Alô.

— Sr. Osway?

— Barry Osway morreu faz seis anos. Sou Gary Denkinger.

— O senhor é o padrasto de Chip Osway?

— O que foi que ele fez?

— Perdão?

— Ele fugiu de casa. Quero saber o que foi que fez.

— Até onde eu saiba, nada. Só queria falar com ele. Tem alguma idéia de onde ele possa estar?

— Não, trabalho de noite. Não conheço nenhum dos amigos dele.

— Alguma idéia de...

— Não. Ele pegou a velha mala e 50 paus que economizou roubando carros ou vendendo drogas ou o que quer que seja que esses garotos fazem para ganhar dinheiro. Pode ter ido para São Francisco virar hippie, pelo que sei.

— Se tiver notícias dele, pode ligar para mim, na escola? Jim Norman, Departamento de Inglês.

— Ligo sim.

Jim desligou o telefone. A funcionária que trabalhava com os registros levantou os olhos e lançou-lhe um sorrisinho sem maiores significados. Jim não retribuiu.

Dois dias mais tarde, as palavras "Abandono da escola" apareceram acompanhando o nome de Chip Osway na lista matinal de faltas. Jim começou a esperar que Simmons aparecesse com uma nova pasta. Foi o que aconteceu uma semana depois.

Ele fitou atordoado o retrato. Quanto àquele ali, não havia dúvidas. O corte militar havia sido substituído pelo cabelo comprido, mas ainda era louro. E o rosto era o mesmo, Vincent Corey. Vinnie, para seus amigos íntimos. Ele encarava Jim da fotografia, um sorriso insolente nos lábios.

Quando ele se aproximou da sala de aula do sétimo tempo, seu coração começou a bater com força no peito. Lawson e Garcia e Vinnie Corey estavam de pé junto ao quadros de avisos ao lado da porta — os três se impertigaram quando ele veio em sua direção.

Vinnie sorriu seu sorriso insolente, mas seus olhos estavam tão frios e mortos quanto cubos de gelo.

— O senhor deve ser o Sr. Norman. Oi, Norm.

Lawson e Garcia deram risadinhas zombeteiras.

— Sou o Sr. Norman — Jim disse, ignorando a mão que Vinnie lhe estendera. — Você consegue se lembrar disso?

— Claro, consigo sim. Como vai seu irmão?

Jim ficou petrificado. Sentiu a bexiga relaxar, e como que de muito longe, do outro lado de um corredor em algum lugar dentro de seu crânio, ouviu uma voz fantasmagórica: *Olha só, Vinnie, ele se mijou!*

— O que você sabe sobre meu irmão? — perguntou, pronunciando as palavras com dificuldade.

— Nada — disse Vinnie. — Nada de mais — eles sorriram com seus sorrisos vazios e perigosos.

O sinal tocou e entraram na sala de aula.

Cabine telefônica da drogaria, dez horas daquela mesma noite.

— Telefonista, quero falar com a delegacia de polícia em Stratford, Connecticut. Não, não sei o número.

Estalidos na linha. Conferências.

O policial havia sido o Sr. Nell. Naquela época, tinha cabelos brancos, talvez cinqüenta e poucos anos. É difícil dizer quando você ainda é criança. O pai deles havia morrido, e de algum modo o Sr. Nell sabia disso.

Podem me chamar de Sr. Nell, garotos.

Jim e seu irmão se encontravam na hora do almoço todos os dias, e iam à Lanchonete Stratford comer o lanche da merendeira. A mãe dava a cada um uns trocados para comprar leite — isso antes do início do programa de merenda escolar. E às vezes o Sr. Nell entrava, o cinto de couro estalando com o peso da barriga e o revólver calibre .38, e comprava para cada um deles uma fatia de torta de maçã com sorvete.

Onde estava o senhor quando esfaquearam meu irmão, Sr. Nell?

A ligação foi completada. O telefone tocou uma vez.

— Polícia de Stratford.

— Alô. Meu nome é James Norman, seu guarda. É uma chamada interurbana — disse o nome da cidade. — Gostaria de saber se pode me dar alguma informação sobre um homem que pertenceu à polícia de Stratford mais ou menos em 1957.

— Aguarde na linha um momento, Sr. Norman.

Uma pausa, e em seguida uma outra voz.

— Sou o sargento Morton Livingston, Sr. Norman. Quem o senhor está tentando localizar?

— Bem, quando éramos garotos costumávamos chamá-lo de Sr. Nell. Por acaso...

— Claro que sim! Don Nell agora está aposentado. Deve ter uns 73 ou 74 anos.

— Ele ainda mora em Stratford?

— Mora, na Barnum Avenue. O senhor quer o endereço?

— E o telefone, se tiver.

— Tudo bem. O senhor conheceu Don?

— Ele costumava pagar uma torta de maçã com sorvete para mim e para meu irmão na Lanchonete de Stratford.

— Meu Deus, esse lugar já fechou faz dez anos. Espere um minuto.

Ele voltou ao telefone e leu um endereço e um número. Jim os anotou, agradeceu a Livingston e desligou.

Ligou novamente para a telefonista de interurbanos, forneceu o número e aguardou. Quando o telefone começou a tocar, sentiu-se invadir por uma súbita e violenta tensão, e se inclinou para a frente, afastando-se instintivamente do balcão da lanchonete, embora não houvesse ninguém ali além de uma adolescente gorducha lendo uma revista.

Atenderam o telefone e uma voz masculina bastante sonora, que não parecia em nada pertencer a um velho, disse:

— Alô?

Aquela simples palavra desencadeou uma empoeirada reação em cadeia de memórias e emoções, tão surpreendente quanto a reação pavloviana que pode ser provocada ao se ouvir um antigo disco pelo rádio.

— Sr. Nell? Donald Nell?

— Sim.

— Meu nome é James Norman, Sr. Nell. O senhor por acaso se lembra de mim?

— Sim — a voz respondeu imediatamente. — Torta de maçã com sorvete. Seu irmão foi morto... Esfaqueado. Uma vergonha. Era um garoto adorável.

Jim desmoronou sobre uma das paredes de vidro da cabine. O súbito desaparecimento da tensão deixou-o tão fraco quanto um brinquedo de pano. Sentiu-se prestes a contar tudo de uma vez só, e refreou desesperadamente aquele impulso.

— Sr. Nell, nunca apanharam aqueles garotos.

— Não — disse Nell. — Tínhamos suspeitos. Pelo que me lembro, enfileiramos os suspeitos na delegacia de Bridgeport.

— Esses suspeitos foram identificados para mim pelo nome?

— Não. O procedimento nesses casos era dirigir-se aos participantes por número. Qual é o seu interesse nisso agora, Sr. Norman?

— Vou dizer ao senhor alguns nomes — propôs Jim. — Quero saber se remetem o senhor de algum modo ao caso.

— Filho, eu não seria capaz de...

— Talvez se lembre — Jim disse, começando a se sentir algo desesperado. — Robert Lawson, David Garcia, Vincent Corey. Será que algum deles...

— Corey — o Sr. Nell disse, sem rodeios. — Eu me lembro dele. Vinnie, a Víbora. Sim, nós o detivemos para identificação por causa desse crime. Sua mãe lhe forneceu um álibi. Robert Lawson não me diz nada. Pode ser o nome de qualquer um. Mas Garcia... isso me fala à memória. Não sei exatamente por quê. Diabos. Estou velho — ele parecia desgostoso.

— Sr. Nell, o senhor de algum modo poderia obter informações sobre esses garotos?

— Bem, é claro que já não são mais garotos.

Ah, é?

— Ouça, Jimmy. Por acaso um deles apareceu e começou a te incomodar?

— Não sei. Coisas estranhas têm acontecido. Coisas ligadas ao esfaqueamento do meu irmão.

— Que coisas?

— Sr. Nell, não posso lhe dizer. O senhor pensaria que estou louco.

Sua resposta, rápida, firme, interessada:

— E está?

Jim fez uma pausa.

— Não — disse.

— Muito bem, posso procurar os nomes nos registros policiais de Stratford. Como posso entrar em contato com você?

Jim lhe deu seu telefone.

— É mais fácil me encontrar nas noites de terça.

Ele estava em casa quase todas as noites, mas às terças Sally ia à aula de cerâmica.

— O que faz atualmente, Jimmy?

— Sou professor numa escola.

— Ótimo. Isso talvez leve alguns dias, você sabe. Agora estou aposentado.

— Sua voz continua a mesma.

— Ah, mas se você pudesse me ver! — ele deu uma risadinha. — Ainda gosta de comer um bom pedaço de torta de maçã com sorvete, Jimmy?

— Claro — Jim disse. Era mentira. Detestava torta de maçã com sorvete.

— Fico feliz em saber disso. Bem, se é tudo, vou...

— Há uma outra coisa. Por acaso há algum Colégio Milford em Stratford?

— Não que eu saiba.
— Foi o que eu...
— A única coisa com o nome de Milford por aqui é o Cemitério Milford, em Ash Heights Road. E ninguém nunca se diplomou lá — deu uma risada seca, que aos ouvidos de Jim soou como o súbito chacoalhar de ossos numa cova.
— Obrigado — ele ouviu a si mesmo dizer. — Até logo.
O Sr. Nell desligou. A telefonista pediu-lhe que depositasse 60 centavos, o que ele fez automaticamente. Virou-se, e deu de cara com um rosto horrendo, amassado de encontro ao vidro e emoldurado por duas mãos espalmadas, cujos dedos abertos estavam brancos devido à pressão, bem como a ponta do nariz.
Era Vinnie, sorrindo para ele.
Jim deu um berro.

Aula outra vez.
A turma Vivendo com a Literatura fazia uma redação, e quase todos os alunos debruçavam-se compenetrados sobre as folhas de papel, lutando para colocar seus pensamentos naquela página, como se rachassem lenha. Todos, exceto três. Robert Lawson, sentado no lugar de Billy Stearns, David Garcia, no de Kathy Slavin, Vinnie Corey, no de Chip Osway. Sentavam-se com as folhas em branco à sua frente, fitando o professor.
Um instante antes de o sinal tocar, Jim disse, em voz baixa:
— Quero falar com você por um minuto depois da aula, Sr. Corey.
— Claro, Norm.
Lawson e Garcia riram ruidosamente, mas o resto da turma não. Quando o sinal tocou, entregaram os papéis e dispararam como raios pela porta. Lawson e Garcia ficaram para trás, e Jim sentiu um aperto na barriga.
Será que vai ser agora?
Então, Lawson fez que sim para Vinnie.
— Vejo você mais tarde.
— Falou.
Saíram. Lawson fechou a porta, e por trás do vidro fosco David Garcia subitamente gritou, a voz rouca:

— *Norm é um bundão!*

Vinnie olhou para a porta, e depois outra vez para Jim. Sorria. Disse:

— Eu estava me perguntando se algum dia você tocaria no assunto.

— É mesmo?

— Levou um susto outro dia na cabine telefônica, não foi, bicho?

— Ninguém mais diz bicho, Vinnie. Não é bacana. Como dizer bacana também não é mais bacana. Essa gíria já está tão morta quanto Buddy Holly.

— Falo do jeito que eu quiser — Vinnie disse.

— Onde está o outro? O garoto com aquele cabelo esquisito, avermelhado.

— A gente rompeu, cara — mas por baixo da sua estudada indiferença, Jim pressentiu o estado de alerta.

— Ele está vivo, não está? É por isso que não está aqui. Está vivo, com 32 ou 33 anos, a idade que você teria, se...

— O Desbotado sempre foi um chato. Ele é um zero à esquerda — Vinnie sentou-se atrás de sua carteira e colocou as mãos espalmadas sobre o tampo pichado. Seus olhos brilhavam. — Cara, eu me lembro de você quando a polícia alinhou os suspeitos. Você parecia prestes a mijar naquelas suas calças velhas de veludo cotelê. Eu te vi olhando para mim e para Davie. Roguei praga em você.

— Acho que rogou mesmo — Jim disse. — Você me trouxe 16 anos de pesadelos. Isso não foi suficiente. Por que agora? Por que eu?

Vinnie pareceu confuso, depois voltou a sorrir.

— Porque você é um negócio inacabado, cara. Tem que ser apagado.

— Onde vocês estavam? — Jim perguntou. — Antes?

Os lábios de Vinnie se estreitaram.

— Não vamos falar sobre isso. Sacou?

— Cavaram um buraco *para você*, não foi, Vinnie? Com sete palmos de profundidade. Lá no Cemitério Milford. Sete palmos de...

— *Cala essa boca!*

Ele se levantou. A carteira caiu para o lado.

— Não vai ser fácil — Jim disse. — Não vou tornar as coisas fáceis para vocês.

— Nós vamos te matar, bicho. Você vai saber tudo sobre aquele buraco.

— Saia daqui.

— Talvez aquela sua mulherzinha também.

— Seu moleque maldito, se você tocar nela... — ele avançou cegamente, sentindo-se violado e apavorado pela menção a Sally.

Vinnie sorriu e se encaminhou para a porta.

— Fica frio. Frio como um defunto — ele deu uma risadinha zombeteira.

— Se você tocar na minha mulher, eu te mato.

O sorriso de Vinnie se alargou.

— Você me mata? Cara, achei que você soubesse, já estou morto.

E saiu. Seus passos ecoaram no corredor por muito tempo.

— O que você está lendo, querido?

Jim mostrou a lombada do livro, *Como Evocar Demônios,* para que ela lesse.

— Nossa — ela se virou outra vez para o espelho, ajeitando o cabelo.

— Vai voltar de táxi? — ele perguntou.

— São só quatro quarteirões. Além disso, andar faz bem para manter a forma.

— Alguém agarrou uma de minhas alunas em Summer Street — ele mentiu. — Ela acha que o objetivo era estupro.

— Mesmo? Quem?

— Dianne Snow — ele disse, inventando um nome qualquer. — Ela é uma garota ajuizada. Tome um táxi, está bem?

— Está bem — ela disse. Parou diante da cadeira dele, ajoelhou-se, colocou as mãos em seu rosto e encarou seus olhos. — Qual é o problema, Jim?

— Nada.

— Mentira. Houve alguma coisa.

— Nada que eu não possa resolver.

— É alguma coisa... relacionada ao seu irmão?

O terror soprou sobre ele, como se uma porta interna tivesse sido aberta.

— Por que está dizendo isso?

— Essa noite você estava murmurando o nome dele enquanto dormia. *Wayne, Wayne*, você dizia. *Corra, Wayne.*

— Não é nada.

Mas era. Ambos sabiam. Ele observou-a sair.

O Sr. Nell telefonou às 8h15.

— Não precisa se preocupar com aqueles garotos — disse. — Estão todos mortos.

— É mesmo? — ele marcava a página em que parara no *Como Evocar Demônios* com o dedo indicador enquanto falava.

— Acidente de carro. Seis meses depois que seu irmão morreu. Um policial os perseguia. Um policial chamado Frank Simon, aliás. Agora trabalha em Sikorsky. Provavelmente ganha bem melhor.

— E eles bateram?

— O carro saiu da estrada a mais de 160 por hora e bateu num poste de alta-tensão. Quando finalmente conseguiram desligar a eletricidade e arrastá-los para fora do carro, pareciam carne bem-passada.

Jim fechou os olhos.

— O senhor leu o relatório?

— Pessoalmente.

— Alguma coisa a respeito do carro?

— Era um carrão envenenado.

— Havia a descrição?

— Um Ford preto 1954 com as palavras "Olhos de Cobra" escritas na lateral. Bem apropriado. Eles se arrebentaram.

— Tinham um amigo, Sr. Nell. Não sei o nome dele, mas o apelido era Desbotado.

— Deve ser Charlie Sponder — o Sr. Nell disse, sem hesitar. — Ele descoloriu os cabelos com Clorox certa vez. Lembro-me disso. Ficou com mechas brancas, ele tentou tingir de preto. As mechas ficaram cor de laranja.

— Sabe o que ele faz atualmente?

— Seguiu a carreira militar. Alistou-se em 58 ou 59, depois de engravidar uma garota daqui.

— Será que eu conseguiria entrar em contato com ele?

— Sua mãe vive em Stratford. Ela deve saber.

— Pode me dar seu endereço?

— Não, Jimmy. A menos que você me diga o que está te incomodando.

— Não posso, Sr. Nell. O senhor acharia que fiquei maluco.

— Experimente.

— Não posso.

— Muito bem, filho.

— Será que o senhor... — mas ele já havia desligado.

— Desgraçado — Jim disse, e colocou o telefone de volta no gancho. O aparelho tocou em sua mão e ele o largou com um sobressalto, como se de repente o tivesse queimado. Olhou para o telefone, a respiração pesada. A campainha soou três, quatro vezes. Ele atendeu. Escutou. Fechou os olhos.

Um policial o deteve quando estava a caminho do hospital, depois seguiu à sua frente, a sirene ligada. Havia um jovem médico de bigode escovinha na sala de emergência. Olhou para Jim com olhos sombrios, desprovidos de emoção.

— Com licença, sou James Norman e...

— Sinto muito, Sr. Norman. Ela morreu às 9h40.

Ele ia desmaiar. O mundo foi girando para muito longe, e havia um zumbido alto em seus ouvidos. Seus olhos vagavam sem se deter em nenhum objeto, vendo paredes de azulejo verdes, uma maca de rodas reluzindo sob as lâmpadas fluorescentes no teto, uma enfermeira com a touca virada para o lado. *Hora de descansar, querida.* Um servente estava recostado na parede do lado de fora da Sala de Emergências nº 1. Usando um uniforme branco e sujo, com alguns respingos de sangue coagulado na frente. Limpando as unhas com uma faca. O servente levantou os olhos e sorriu para Jim. O servente era David Garcia.

Jim desmaiou.

Funeral. Como um balé em três atos. A casa. A capela mortuária. O cemitério. Rostos saindo do nada, rodopiando até chegar perto, afastando-se en novo rodopio para a escuridão. A mãe de Sally, os olhos derramando lágrimas por trás de um véu negro. Seu pai, a expressão chocada e envelhecida. Simmons. Outros. Apresentavam-se e apertavam sua mão. Ele fazia que sim com a cabeça, sem se lembrar de seus nomes. Algumas das mulheres trouxeram comida, e uma senhora trouxe uma torta de maçã, e alguém comeu um pedaço e, quando ele foi até a cozinha, viu-a sobre o balcão, aberta e escorrendo caldo sobre o prato como sangue cor de âmbar, e pensou: *Devia ter uma bela colher de sorvete de baunilha por cima.*

Sentiu suas mãos e pernas tremendo, com vontade de ir até ao balcão e jogar a torta na parede.

Então todos estavam indo embora, e ele assistia a si mesmo, do modo como as pessoas assistem a si mesmas num filme caseiro, apertando mãos e fazendo que sim e dizendo: Obrigado... Sim, eu irei... Obrigado... Com certeza ela está... Obrigado...

Depois que se foram, a casa era sua novamente. Foi até o aparador da lareira. Estava coberto de lembranças de seu casamento. Um cachorro de pano com olhos de cristal que ela ganhara em Coney Island, durante a lua-de-mel. Duas molduras de couro — o diploma dele, da Universidade de Boston, e dela, da Universidade de Massachusetts. Um par gigante de dados de espuma que ela lhe dera, de brincadeira, depois que ele perdera 16 dólares no jogo de pôquer de Pinky Silverstein, cerca de um ano atrás. Uma fina xícara de porcelana que ela comprara num brechó em Cleveland, no ano passado. No meio do aparador, seu retrato de casamento. Ele o virou para a parede e sentou-se em sua cadeira e olhou para a televisão desligada. Uma idéia começou a se formar em sua mente.

Uma hora mais tarde, o telefone tocou, despertando-o de um leve cochilo. Tateou à sua procura.

— Você é o próximo, Norm.

— Vinnie?

— Cara, ela parecia um daqueles pássaros de argila numa barraca de tiro. Foi acertar, e estilhaços por todo lado.

— Estarei na escola hoje, Vinnie. Sala 33. Vou deixar as luzes apagadas. Vai ser exatamente como na passarela, naquele dia. Acho que posso até providenciar um trem.

— Quer acabar com a história logo de uma vez, não é?

— Isso mesmo — Jim disse. — Esteja lá.

— Talvez.

— Você vai estar lá — Jim disse, e desligou.

Estava quase escuro quando chegou à escola. Estacionou na vaga habitual, abriu a porta dos fundos com a chave-mestra e foi primeiro ao gabinete do Departamento de Inglês, no segundo andar. Entrou, abriu o armário de discos e começou a correr rapidamente os dedos por eles. Parou mais ou menos no meio da pilha e retirou um disco chamado *Efeitos de Som em Hi-fi*. Virou-o. A terceira faixa do lado A era "Trem de Carga: 3h04". Colocou o álbum em cima do toca-discos portátil do departamento e tirou *Como Evocar Demônios* do bolso do sobretudo. Procurou um trecho marcado, leu alguma coisa e fez que sim com a cabeça. Apagou as luzes.

Sala 33.

Instalou a aparelhagem de som, colocando as caixas o mais afastadas possível uma da outra, e então pôs para tocar a faixa do trem de carga. O som veio crescendo do nada até ocupar toda a sala com o estridente barulho de motores a diesel e aço sobre aço.

De olhos fechados, quase podia crer que estava sob a passarela de Broad Street, caído de joelhos, observando enquanto o pequeno drama selvagem caminhava para sua conclusão inevitável...

Abriu os olhos, fez parar o disco e depois recolocou-o. Sentou-se atrás de sua mesa e abriu *Como Evocar Demônios* num capítulo intitulado "Espíritos maléficos e como invocá-los". Seus lábios se moviam conforme ele lia, e fazia pausas a intervalos para tirar certos objetos dos bolso e colocá-los sobre a mesa.

Primeiro, a velha e amarrotada fotografia dele e do irmão, de pé no gramado em frente ao prédio onde moravam, em Broad Street. Os dois tinham cortes militares idênticos, e os dois sorriam timidamente para a câmera. Segundo, uma garrafinha de sangue. Tinha apanhado um gato de rua e lhe rasgara a garganta com o canivete. Terceiro, o próprio canivete. Por último, o protetor contra suor arrancado de um velho boné de beisebol da Liga Mirim. O boné de Wayne. Fora guardado por Jim, na secreta esperança de que algum dia ele e Sally tivessem um filho para usá-lo.

Levantou-se, foi até a janela e olhou para fora. O estacionamento estava vazio.

Começou a empurrar as carteiras para a parede, deixando um círculo irregular no centro da sala. Quando acabou, pegou giz na gaveta da mesa e, seguindo com exatidão o diagrama do livro e usando um metro, desenhou um pentagrama no chão.

Sua respiração estava ficando mais pesada. Apagou as luzes, juntou seus objetos numa das mãos e começou a recitar.

— Pai da Escuridão, escute-me em nome da minha alma. Sou alguém que promete sacrifícios. Sou alguém que roga uma dádiva sombria para o sacrifício. Sou alguém que busca a vingança da mão esquerda. Trago sangue na promessa de sacrifício.

Tirou a tampa do pote, que originalmente guardara pasta de amendoim, e espalhou o sangue no meio do pentagrama.

Algo aconteceu na sala de aula escura. Não era possível dizer exatamente o que, mas o ar se tornou mais pesado. Havia nele uma densidade que parecia encher a garganta e o estômago com aço cinzento. O profundo silêncio aumentou, inchado por alguma coisa invisível.

Ele procedeu como os velhos rituais orientavam.

Então, sentiu algo no ar que lhe recordou o tempo em que levara uma turma para visitar uma imensa central elétrica — uma sensação de que o próprio ar estava carregado de eletricidade, e que vibrava. E então uma voz, curiosamente baixa e desagradável, lhe falou:

— O que deseja?

Ele não saberia dizer se a ouvia de fato ou se apenas pensava ouvir. Disse duas frases.

— É uma dádiva pequena. O que oferece?

Jim disse duas palavras.

— Ambos — disse a voz. — Direito e esquerdo. Concorda?

— Sim.

— Então me dê o que é meu.

Ele abriu o canivete, virou-se para a mesa, espalmou a mão direita e decepou o indicador com quatro golpes violentos. O sangue se espalhou sobre o papel absorvente em padrões escuros. Não doeu nem um pouco. Ele empurrou o dedo para o lado e trocou o canivete de mão. Cortar o dedo da mão esquerda foi mais difícil. Sua mão direita estava desajeitada e estranha sem o dedo indicador, e a faca ficava escorregando. Por fim, com um grunhido impaciente, ele atirou para longe o canivete, quebrou o osso e arrancou o dedo. Pegou ambos como se fossem palitinhos de biscoito e jogou-os no pentagrama. Houve um clarão brilhante de luz, como o flash de um fotógrafo das antigas. Nenhuma fumaça, ele notou. Nenhum cheiro de enxofre.

— Que objetos você trouxe?

— Uma fotografia. Um pedaço de pano que foi embebido no suor dele.

— O suor é precioso — a voz observou, num tom de fria cobiça que fez Jim estremecer. — Entregue-os a mim.

Jim jogou os objetos no pentagrama. O clarão reluziu.

— Assim está bom — a voz disse.

— Se eles vierem — Jim falou.

Não houve resposta. A voz desapareceu — se é que em algum momento estivera lá. Ele se debruçou mais perto do pentagrama. O desenho ainda estava lá, mas escurecido e chamuscado. A tira do boné desaparecera.

Da rua chegou um barulho, discreto a princípio, depois aumentando. Um carrão envenenado equipado com silenciosos cromados, primeiro dobrando a esquina de Davis Street, depois se aproximando. Jim se sentou, ouvindo com atenção para verificar se passaria direto ou se entraria na escola.

Entrou.

Passos na escada, ecoando.

A risadinha aguda de Robert Lawson, e então alguém fazendo "Shhhhh!" e outra vez a risadinha de Lawson. Os passos se aproximaram, perderam o eco, e em seguida a porta de vidro no alto da escada se abriu com um estrondo.

— U-huuu, Normie! — chamou David Garcia, num falsete.

— Você está aí, Normie? — sussurrou Lawson, e depois deu uma risada. — Essstáss aí, Cholly?

Vinnie não falou, mas conforme avançavam pelo corredor, Jim pôde ver suas sombras. Vinnie era o mais alto, e segurava um objeto comprido numa das mãos. Houve um ligeiro estalido e o objeto comprido se tornou ainda maior.

Estavam de pé junto à porta, Vinnie no meio. Todos os três seguravam canivetes.

— Aqui vamos nós, cara — Vinnie disse, baixinho. — Aqui vamos nós te pegar.

Jim ligou o toca-discos.

— Jesus! — exclamou Garcia, num sobressalto. — O que é isso?

O trem de carga se aproximava. Você quase podia sentir as paredes vibrando.

O som já não parecia estar saindo das caixas, mas vindo pelo corredor, de trilhos situados em algum lugar muito longe no tempo e no espaço.

— Não estou gostando disso, cara — Lawson disse.

— É tarde demais — Vinnie disse. Deu um passo à frente e gesticulou com o canivete. — Passa o dinheiro, bicho.

...deixem a gente ir...

Garcia recuou.

— Que diabos...

Mas Vinnie não hesitou. Fez sinal para que os outros se espalhassem, e a expressão em seus olhos talvez fosse de alívio.

— Vamos lá, moleque, quanto é que você tem aí? — Garcia perguntou, de repente.

— Quatro centavos — Jim disse. Era verdade. Ele os apanhara no pote de moedas em seu quarto. A mais recente datava de 1956.

— Seu mentiroso de merda.

...deixem ele em paz...

Lawson espiou por cima do ombro e arregalou os olhos. As paredes haviam se tornado nebulosas, insubstanciais. O trem de carga apitou. A luz que vinha dos postes do estacionamento estava agora avermelhada, como o letreiro em neon da Burrets Building Company, piscando contra o céu crepuscular.

Alguma coisa saía do pentagrama, alguma coisa com o rosto de um garoto pequeno, de talvez 12 anos de idade. Um garoto com cabelo militar.

Garcia avançou como um raio e esmurrou Jim na boca. Ele pôde sentir em seu hálito uma mistura de alho e pepperoni. Tudo foi muito lento e indolor.

Jim sentiu um peso repentino, como chumbo, na virilha, e sua bexiga relaxou. Ele olhou para baixo e viu uma mancha escura aparecer e se espalhar por suas calças.

— Olha só, Vinnie, ele se mijou! — Lawson exclamou. O tom estava certo, mas a expressão em seu rosto era de terror, a expressão de uma marionete que ganha vida apenas para descobrir que cordas a manipulam.

— Deixem ele em paz — disse a coisa, que se parecia com Wayne, mas a voz não era a de Wayne, era a voz fria e cobiçosa da coisa no pentagrama. — Corra, Jimmy! Corra! Corra! Corra!

Jim caiu de joelhos e alguém lhe deu um tapa nas costas, tentando agarrá-lo, mas não conseguiu.

Ele ergueu os olhos e viu Vinnie, o rosto transformado numa caricatura do ódio, enfiar o canivete na coisa que se parecia com Wayne, logo abaixo do esterno... e então gritar, o rosto se desmanchando, carbonizado, enegrecido, cada vez mais medonho.

E então sumiu.

Garcia e Lawson golpearam um instante depois, retorceram-se, ficaram carbonizados e desapareceram.

Jim estava caído no chão, a respiração pesada. O som do trem de carga foi morrendo até sumir.

Seu irmão olhava para ele.

— Wayne? — ele arquejou.

E o rosto mudou. Pareceu derreter e escorrer. Os olhos se tornaram amarelos, e uma malignidade horrível fitou-o, num sorriso.

— Eu voltarei, Jim — a voz fria sussurrou.

E se foi.

Ele se levantou e desligou o toca-discos com a mão mutilada. Tocou a boca. Sangrava, com o murro de Garcia. Atravessou a sala e acendeu as luzes. A sala estava vazia. Olhou para o estacionamento, que também estava vazio, exceto pela calota de um automóvel, que refletia a lua numa mímica idiota. O ar na sala de aula tinha um cheiro velho e estragado — a atmosfera dos túmulos. Ele apagou o pentagrama do chão e então começou a arrumar as carteiras para o substituto, no dia seguinte. Seus dedos doíam muito — *que dedos?* Teria de ir ver um médico. Fechou a porta e desceu devagar, segurando as mãos junto ao peito. No meio do caminho, alguma coisa — uma sombra, ou talvez apenas uma intuição — fez com que se virasse.

Algo invisível pareceu recuar com um salto.

Jim lembrou-se da advertência em *Como Evocar Demônios* — o perigo envolvido. Você podia talvez evocá-los, talvez fazer com que trabalhassem para você. Podia até mesmo se livrar deles.

Mas, às vezes, eles voltam.

Ele continuou a descer a escada, perguntando-se se o pesadelo teria realmente terminado.

Primavera Vermelha

Jack Salto-de-Molas...
Vi essas palavras no jornal hoje pela manhã, e meu Deus, como elas me levam de volta ao passado! Tudo aconteceu há oito anos quase exatos. Certa vez, durante o episódio, eu me vi na tevê, em cadeia nacional — o noticiário de Walter Cronkite. Apenas um rosto passando depressa no fundo indistinto atrás do repórter, mas minha família me identificou de imediato. Fizeram um interurbano. Meu pai queria saber qual a minha análise da situação; estava muito cordial e entusiasmado e falando naquele clima de conversa de homem para homem. Minha mãe só queria que eu voltasse para casa. Mas eu não queria voltar para casa. Estava encantado.

Encantado por aquela sombria e enevoada primavera vermelha, e pela sombra de morte violenta que perambulava por ela, naquelas noites de oito anos atrás. A sombra de Jack Salto-de-Molas.

Na Nova Inglaterra chamam-na de primavera vermelha. Ninguém sabe por quê; é apenas uma expressão que os mais velhos usam. Dizem que acontece uma vez a cada dez anos. O que aconteceu no New Sharon Teacher's College naquela específica primavera vermelha... talvez também haja um ciclo para isso, mas se alguém sabe qual é, nunca disse.

No New Sharon, a primavera vermelha começou no dia 16 de março de 1968. O inverno mais frio dos últimos vinte anos terminou naquele dia. Chovia, e era possível sentir o cheiro do mar a 30 quilômetros a oeste da praia. A neve, que em alguns locais chegara a quase 90 centímetros de profundidade, começou a derreter, e as alamedas do campus ficaram cobertas de lama de neve derretida. As esculturas de neve do Carnaval de Inverno, que durante dois meses ficaram nítidas e bem delineadas pelas temperaturas abaixo de zero, por fim começaram a derreter e perder a consistência. A caricatura de Lyndon Johnson diante da sede da fraternidade Tep chorava lágrimas de gelo derretido. A pomba diante do Prashner Hall perdeu suas penas congeladas, e seu esqueleto de compensado se deixava ver tristemente em alguns lugares.

E quando a noite veio, trouxe consigo o nevoeiro, movendo-se silencioso e branco ao longo das estreitas vias e avenidas da faculdade. Os pinheiros na alameda furavam a neblina como dedos apontados para cima e ela pairava, lenta como a fumaça de um cigarro, sob a pequena ponte junto aos canhões da Guerra Civil. Fazia com que as coisas parecessem esquisitas, fantasmagóricas, mágicas. O viajante desavisado sairia do Grinder, em toda sua confusão radiantemente iluminada e vibrante com o som da jukebox, esperando ver um inverno de céu límpido e estrelado... e em vez disso encontrava-se de repente num mundo silencioso e abafado feito de névoa branca, deslizando lentamente, em que o único som era o de seus próprios passos e o gotejar suave da água caindo de antigas calhas. Você meio que esperava ver Gollum ou Frodo ou Sam passando às pressas, ou virar-se e descobrir que o Grinder desaparecera, sumira, substituído por um panorama enevoado de pântanos e teixos e talvez um círculo druida ou uma cintilante reunião de fadas.

A jukebox tocava "Love is blue" naquele ano. Tocava "Hey, Jude" incessantemente. Tocava "Scarborough Fair".

E às 11h10, naquela noite, um aluno do penúltimo ano chamado John Dancey, a caminho de seu dormitório, começou a gritar no meio da neblina, deixando cair seus livros sobre e entre as pernas abertas da garota que jazia morta num canto sombrio do estacionamento do setor de zoologia, a garganta cortada de orelha a orelha, mas os olhos abertos e parecendo quase brilhar, como se ela acabasse de contar com sucesso a piada mais engraçada de sua jovem vida — Dancey, que se formava em pedagogia e oratória, gritou e gritou e gritou.

O dia seguinte estava nublado e ameaçador, e fomos para nossas aulas com perguntas ansiosas na ponta da língua — Quem? Por quê? Quando você acha que vão pegá-lo? E sempre a pergunta final, arrebatada: Você a conhecia? Você a conhecia?

Sim, fiz um curso de arte com ela.

Sim, um amigo do meu colega de dormitório saiu com ela no período passado.

Sim, ela me pediu fogo certa vez no Grinder. Estava na mesa ao lado.

Sim,

Sim, eu

Sim... sim... ah, sim, eu

Todos nós a conhecíamos. Seu nome era Gale Cerman (pronunciava-se Querr-man), e estudava arte. Usava óculos de velha e tinha um belo corpo. Gostavam muito dela, mas suas colegas de dormitório a odiavam. Não saía muito, mesmo sendo uma das garotas mais promíscuas do campus. Era feia, mas engraçadinha. Era uma garota cheia de vida, que falava pouco e raramente sorria. Estava grávida e tinha leucemia. Era uma lésbica que havia sido assassinada pelo namorado. Aquela era a primavera vermelha, e na manhã do dia 17 de março todos nós conhecíamos Gale Cerman.

Meia dúzia de carros da polícia chegaram vagarosos ao campus, e a maioria estacionou em frente ao Judith Franklin Hall, onde a garota antes morava. Ao passar por eles, dirigindo-me à minha aula das dez horas, pediram-me que mostrasse minha carteira de estudante. Fui esperto. Mostrei-lhes uma sem as presas.

— Você anda com uma faca? — o policial perguntou, perspicaz.

— Isso é a respeito de Gale Cerman? — perguntei, após dizer a ele que o objeto mais letal que carregava era um chaveiro de pata de coelho.

— Por que pergunta? — ele disparou.

Cheguei cinco minutos atrasado à aula.

Era a primavera vermelha, e ninguém andou sozinho pelo campus metade acadêmico e metade fantástico naquela noite. O nevoeiro voltara, com cheiro de mar, silencioso e profundo.

Por volta das nove horas, meu colega de dormitório irrompeu em nosso quarto, onde eu estava queimando as pestanas num ensaio sobre Milton desde as sete.

— Pegaram o sujeito — ele disse. — Ouvi dizer lá no Grinder.

— Quem foi que disse?

— Sei lá. Um cara qualquer. Foi o namorado dela. Ele se chama Carl Amalara.

Recostei-me na cadeira, aliviado e desapontado. Com um nome daqueles, tinha de ser verdade. Um crime passional, sórdido e letal.

— Certo — eu disse. — Que bom.

Ele saiu do quarto para espalhar a notícia pelo corredor. Reli meu ensaio sobre Milton, e como não consegui entender o que eu próprio tentara dizer, rasguei o papel e recomecei.

Estava nos jornais no dia seguinte. Havia um retrato incongruamente bacana de Amalara — provavelmente o retrato de sua formatura, na escola —, que mostrava um garoto de ar bem tristonho, moreno, de olhos escuros e marcas de varíola no nariz. O garoto ainda não havia confessado, mas as provas contra ele eram fortes. Ele e Gale Cerman tinham andado discutindo um bocado durante o último mês ou coisa assim, e tinham rompido na semana anterior. O colega de dormitório de Amalara disse que ele ficara "melancólico". Num baú embaixo da sua cama, a polícia encontrara uma faca de caça da L. L. Beans, de 16 centímetros, e uma foto da garota, aparentemente cortada com uma tesoura.

Ao lado do retrato de Amalara havia um de Gale Cerman. Desfocada, mostrava um cachorro, uma estátua de flamingo de jardim e uma tímida garota loura de óculos. Um sorriso desconfortável puxara-lhe os lábios para cima, e seus olhos estavam semicerrados. Uma das mãos estava sobre a cabeça do cachorro. Era verdade, então. Tinha de ser verdade.

O nevoeiro voltou naquela noite, não aos poucos, com os passos de um gatinho, mas esparramando-se silencioso e de forma inconveniente. Naquela noite, saí para andar. Estava com dor de cabeça e queria respirar ar puro, sentindo o cheiro úmido e enevoado da primavera que aos poucos derretia a neve relutante, deixando pontos da grama sem vida do ano passado a nu, descobertos, como a cabeça de uma avó idosa e dada a suspiros.

Por mim, foi uma das noites mais bonitas de que me lembro. As pessoas com as quais eu cruzava sob os postes de luz envoltos por halos eram sombras murmurantes, e todas elas pareciam casais apaixonados, andando de mãos dadas e de olhos uns nos outros. A neve derretida pingava e escorria, pingava e escorria, de cada bueiro escuro elevava-se o barulho do mar, um sombrio mar de inverno agora em plena vazante.

Caminhei até perto da meia-noite, até ficar coberto de umidade, e passei por muitas sombras, ouvi muitos passos ecoando sonhadoramente pelas aléias sinuosas. Quem pode dizer que uma daquelas sombras não era o homem ou a coisa que veio a ser conhecida como Jack Salto-de-Molas? Eu não, pois passei por muitas sombras no nevoeiro, mas não vi rosto algum.

Na manhã seguinte, fui acordado por um alvoroço no corredor. Saí do quarto aos tropeços para ver quem havia sido convocado para o serviço militar, ajeitando com as mãos o cabelo e passando pelo céu da boca, muito seco, a lagarta peluda que espertamente substituíra minha língua.

— Ele pegou mais uma — alguém me disse, o rosto pálido de excitação. — Tiveram que soltá-lo.

— Soltar quem?

— Amalara! — outra pessoa disse, satisfeita. — Ele estava na cadeia quando aconteceu.

— Quando o que aconteceu? — perguntei, pacientemente. Mais cedo ou mais tarde eu entenderia. Tinha certeza disso.

— O sujeito matou outra pessoa ontem à noite. E agora estão procurando por toda parte.

— Procurando o quê?

O rosto pálido surgiu outra vez diante de mim.

— A cabeça da garota. A pessoa que a matou levou a cabeça consigo.

New Sharon não é uma universidade grande hoje em dia, e era ainda menor naquela época — o tipo de instituição a que o pessoal das relações públicas amigavelmente chama de "universidade comunitária". E era realmente igual a uma pequena comunidade, pelo menos naquela época; entre você e seus amigos, você provavelmente conhecia de vista todas as outras pessoas e os amigos delas. Gale Cerman era o tipo de garota que você apenas cumprimentava com um gesto de cabeça, vagamente consciente de que a havia visto em algum lugar por ali.

Todos nós conhecíamos Ann Bray. Tinha sido a segunda colocada no concurso de Miss Nova Inglaterra no ano anterior, em que sua demonstração de talento havia consistido em girar uma baliza em chamas ao som de "Hey, Look Me Over". Também era inteligente; até a data de sua morte, havia sido editora do jornal da escola (um pasquim semanal com um monte de charges políticas e cartas bombásticas), membro da sociedade de teatro estudantil e presidente da National Service Sorority, Seção de New Sharon. Na efervescência quente e feroz da minha época de calouro, eu apresentara ao jornal uma idéia para uma coluna e convidara-a para sair — tive rejeitadas ambas as propostas.

E agora ela estava morta... pior do que morta.

Andei até minhas aulas da tarde como todo mundo, acenando com a cabeça para as pessoas que conhecia e dizendo oi com um pouco mais de ênfase do que o habitual, como se isso compensasse a atenção com que examinava seus rostos. A mesma atenção com que estudavam o meu. Havia algo sombrio entre nós, tão sombrio quanto as alamedas que serpenteavam pelo passeio público ou passavam sinuosas por entre os carvalhos centenários no espaço atrás do ginásio. Tão sombrio quanto os canhões da Guerra Civil vistos atrás de uma membrana movediça de nevoeiro. Olhávamos para os rostos uns dos outros e tentávamos ver a escuridão por trás de cada um.

Desta vez a polícia não prendeu ninguém. Os Fuscas azuis patrulharam incessantemente o campus nas noites enevoadas de primavera dos dias 18, 19 e 20, e os holofotes vasculhavam os recantos sombrios com um entusiasmo errático. A administração impôs o toque de recolher às nove horas. Um casal imprudente, surpreendido namorando em meio aos arbustos bem podados ao norte do Prédio de Alunos Tate, foi levado para a delegacia de New Sharon e impiedosamente interrogado durante três horas.

Houve um histérico alarme falso no dia 20, quando um garoto foi encontrado inconsciente no mesmo estacionamento em que o corpo de Gale Cerman havia sido achado. Um guarda do campus, afobado, levou-o para o banco traseiro do carro e cobriu seu rosto com um mapa do condado sem se lembrar de tomar-lhe o pulso, e seguiu para o hospital local, a sirene gritando pelo campus deserto como um bando de *banshees*.*

---

* Demônio em forma de mulher do folclore irlândes. (N. da T.)

No meio do caminho, o cadáver no banco de trás se levantou, perguntando, atordoado:

— Onde diabos eu estou?

O guarda deu um grito esganiçado e saiu da estrada. O cadáver se revelou ser um aluno do penúltimo ano chamado Donald Morris, que tinha estado de cama durante os dois últimos dias com uma gripe bastante forte — era a gripe asiática, naquele ano? Não me lembro. De qualquer modo, ele desmaiou no estacionamento, a caminho do Grinder para tomar um prato de sopa com torradas.

Os dias continuavam nublados e com temperaturas medianas. As pessoas se reuniam em pequenos grupos que tinham a tendência de se dissolver e se recompor com uma rapidez surpreendente. Olhar para o mesmo conjunto de rostos por um tempo mais longo fazia nascer idéias estranhas sobre alguns deles. E a rapidez com que os boatos se espalhavam de uma extremidade a outra do campus começou se aproximar da velocidade da luz; ouviram um estimado professor de história rindo e chorando ao mesmo tempo junto à pequena ponte; Gale Cerman deixara uma mensagem cifrada de duas palavras escrita com seu próprio sangue no asfalto, no estacionamento da ala de zoologia; os dois assassinatos eram na verdade crimes políticos, mortes rituais levadas a cabo por uma ramificação da SDS* em protesto contra a guerra. Isso era bastante risível. A SDS de New Sharon tinha sete membros. Uma ramificação significativa seria o equivalente do fim da organização. Esse fato suscitou uma invenção ainda mais sinistra por parte dos direitistas do campus: agitadores de fora. Assim sendo, ao longo daqueles estranhos e tépidos dias, todos nos mantínhamos atentos a eles.

A imprensa, sempre volúvel, ignorava a enorme semelhança entre o nosso assassino e Jack, o Estripador, e remontou a uma época ainda mais distante — foi vasculhar no ano de 1819. Ann Bray fora encontrada num úmido caminho de terra a cerca de 4 metros da calçada mais próxima, e ainda assim não havia pegadas, nem mesmo as dela. Um empreendedor jornalista de New Hampshire, com uma paixão pelas coisas do passado distante, batizou o matador de Jack Salto-de-Molas, inspi-

---

* Students for a Democratic Society, uma organização ativista de estudantes de esquerda dos anos 1960. (N. da E.)

rado no infame Dr. John Hawkins, de Bristol, que acabara com a vida de cinco de suas mulheres usando estranhos preparados farmacêuticos. E o nome pegou, provavelmente por causa daquele chão enlameado e ainda assim intacto.

No dia 21, choveu outra vez, e o passeio público e o pátio se transformaram em atoleiros. A polícia anunciou que espalharia por ali agentes à paisana, tanto homens quanto mulheres, e retirou metade dos carros-patrulha.

O jornal do campus publicou um editorial bastante indignado, ainda que algo incoerente, protestando contra a medida. A essência de seus argumentos parecia ser que com todos os policiais disfarçados de estudantes ficaria difícil distinguir um verdadeiro agitador vindo de fora de um falso.

Veio o crepúsculo, e com ele a neblina, subindo pelas avenidas arborizadas devagar, quase pensativamente, borrando um a um os contornos dos prédios. Era uma névoa suave, insubstancial, mas de algum modo implacável e assustadora. Jack Salto-de-Molas era um homem, ninguém parecia duvidar disso, mas a neblina era sua cúmplice, e era feminina... ou pelo menos assim me parecia. Era como se a nossa pequena escola estivesse encurralada entre os dois, esmagada no meio de um ensandecido abraço de amantes, parte de um casamento que fora consumado com sangue. Eu me sentei e fiquei fumando e observando as luzes se acenderem na escuridão crescente, perguntando-me se tudo já estaria terminado. Meu colega de quarto entrou e fechou silenciosamente a porta atrás de si.

— Vai nevar em breve — ele disse.

Virei-me para encará-lo.

— O rádio disse isso?

— Não — ele respondeu. — Quem precisa de alguém para fazer a previsão do tempo? Você já ouviu falar da primavera vermelha?

— Talvez — eu disse. — Há muito tempo. É uma coisa de que as avós falam, não é?

Ele ficou de pé ao meu lado, olhando lá para fora, para a escuridão cada vez mais densa.

— A primavera vermelha é como o verão indiano — ele disse —, só que muito mais rara. Nesta parte do país, o verão indiano acontece a cada dois ou três anos. Um tipo de clima como o que estamos tendo, teoricamente ocorre a cada oito ou dez. É uma primavera falsa, uma primavera mentirosa, como o verão indiano é um falso verão. Minha avó costumava dizer que a primavera vermelha significa que o pior vento norte do inverno ainda está por vir... e quanto mais tempo durar, pior será a tempestade.

— Lendas — eu disse. — Não acredito numa única palavra — olhei para ele. — Mas estou nervoso. E você?

Ele sorriu, benevolente, e roubou um dos meus cigarros do maço aberto sobre o peitoril da janela.

— Suspeito de todo mundo, menos de mim e de você — disse ele, e então seu sorriso se desfez um pouco. — E às vezes tenho minhas dúvidas quanto a você. Quer ir ao Union jogar um pouco de sinuca? Aposto dez pratas.

— Tenho prova preliminar de trigonometria na próxima semana. Vou ficar quietinho aqui com um marcador de textos e uma pilha de anotações.

Por um longo tempo depois que ele se foi, só o que consegui fazer foi ficar olhando pela janela. E mesmo depois que abri meu livro e comecei a estudar, parte de mim ainda estava lá, andando pelas sombras onde algo de natureza negra se encontrava agora no comando.

Naquela noite, Adelle Parkins foi morta. Seis carros de polícia e 17 agentes à paisana com jeito de colegiais (oito dos quais eram mulheres importadas diretamente de Boston) patrulhavam o campus. Mas Jack Salto-de-Molas matou-a assim mesmo, passando-se convincentemente por um de nós. A primavera falsa, a primavera mentirosa, ajudou-o e acobertou-o — ele a matou e deixou-a recostada atrás do volante de seu Dodge 1964, e o corpo só foi encontrado no dia seguinte, parte no banco traseiro e parte no porta-malas. Escritas a sangue no pára-brisa — desta vez era realidade, não um mero boato — estavam as palavras: *Ha! Ha!*

O campus perdeu um pouco do juízo depois disso; todos nós e nenhum de nós tínhamos conhecido Adelle Parkins. Ela era uma daquelas mulheres anônimas e atormentadas que trabalhavam no turno estafante das três às dez no Grinder, enfrentando hordas de alunos famintos por hambúrgueres no intervalo dos estudos, vindos da biblioteca em frente.

Ela devia ter tido maior sossego naquelas suas três últimas enevoadas noites de vida; o toque de recolher estava sendo rigorosamente observado, e depois das nove os únicos clientes do Grinder eram guardas esfomeados e faxineiros felizes — os prédios vazios haviam melhorado consideravelmente seu mau humor habitual.

Há pouco mais o que contar. A polícia, tão propensa à histeria quanto qualquer um de nós, e imprensada contra a parede, prendeu um inofensivo homossexual do último ano de sociologia chamado Hanson Grey, que alegava não se lembrar onde havia passado várias das noites fatídicas. Ficharam o sujeito, formalizaram uma acusação e o soltaram, após o que ele regressou às pressas à sua cidade natal em New Hampshire, depois da última e inominável noite da primavera vermelha, em que Martha Curran foi chacinada no passeio público.

Por que ela estava lá fora sozinha, jamais se saberá — ela era uma gordinha de beleza triste que morava num apartamento na cidade com três outras garotas. Deslizara para o campus tão silenciosa e facilmente quanto o próprio Jack Salto-de-Molas. O que a levou até lá? Talvez suas necessidades fossem profundas e indomáveis, assim como as de seu assassino, e tão incompreensíveis quanto. Talvez a necessidade de um romance desesperado e apaixonado com a noite cálida, a neblina cálida, o cheiro do mar, o punhal frio.

Isso foi no dia 23. No dia 24, o reitor da universidade anunciou que o recesso de primavera seria antecipado em uma semana, e nós nos dispersamos, não alegremente, mas como carneirinhos assustados diante de uma tempestade, deixando o campus vazio e assombrado pelos carros de polícia e por um espectro sombrio.

Eu tinha meu próprio carro no campus, e levei de carona seis pessoas que iam na mesma direção, sua bagagem entulhada de qualquer maneira. Não foi uma viagem agradável. Pelo que sabíamos, Jack Salto-de-Molas podia estar no carro conosco.

Naquela noite, o termômetro caiu quase dez graus, e toda a área norte da Nova Inglaterra foi assolada por um furioso vento norte que começou com granizo e terminou com mais de 30 centímetros de neve. O número habitual de pessoas idosas teve ataques cardíacos tentando removê-la — e então, como num passe de mágica, era abril. Aguaceiros limpos e noites estreladas.

Chamam-na de primavera vermelha. Sabe Deus por que, e é uma época malévola, enganadora, que só regressa uma vez a cada oito ou dez anos. Jack Salto-de-Molas se foi com o nevoeiro, e no início de junho as conversas pelo campus voltaram-se para uma série de protestos contra a convocação para o serviço militar e uma vigília diante do prédio onde um conhecido fabricante de napalm entrevistava candidatos em busca de emprego. Em junho, Jack Salto-de-Molas era um assunto quase que unanimemente evitado — pelo menos em voz alta. Desconfio que muitos eram os que o revolviam em particular, em busca daquela rachadura no ovo da loucura que daria sentido a tudo aquilo.

Esse foi o ano em que me graduei, e no seguinte me casei. Um bom emprego numa editora local. Em 1971, tivemos um filho, que está agora quase em idade escolar. Um ótimo garoto, inteligente, que tem os meus olhos e a boca da mãe.

Então, o jornal de hoje.

É claro que eu sabia que ela havia chegado. Soube ontem pela manhã, quando me levantei e ouvi o som misterioso da neve derretida escorrendo pela sarjeta, e senti o cheiro do oceano na nossa varanda da frente, a 15 quilômetros da praia mais próxima. Sabia que a primavera vermelha estava de volta quando regressava à minha casa ontem à noite e tive de acender os faróis em meio à neblina, que começava a se erguer dos campos e ravinas, borrando os contornos dos prédios e imprimindo halos feéricos ao redor das lâmpadas dos postes.

O jornal desta manhã diz que uma garota foi assassinada no campus de New Sharon, perto dos canhões da Guerra Civil. Foi assassinada ontem à noite e encontrada num monte de neve que começava a derreter. Ela não estava... não estava toda ali.

Minha mulher está aborrecida. Quer saber onde eu estive ontem à noite. Não posso lhe dizer porque não me lembro. Lembro-me de dirigir para casa depois do trabalho, e lembro-me de acender os faróis para tentar me orientar em meio à adorável neblina que começava a se espalhar, mas isso é tudo.

Estive pensando sobre aquela noite enevoada em que sentia dor de cabeça e saí para caminhar ao ar livre e passei por todas aquelas sombras agradáveis sem forma ou substância. E estive pensando sobre o porta-malas do meu carro — um nome tão feio, *porta-malas** — e me perguntando por que diabos estou com medo de abri-lo.

Posso ouvir minha mulher enquanto escrevo isto, no quarto ao lado, chorando. Ela acha que eu estive com outra mulher ontem à noite.

Ah, meu Deus, também acho que estive.

---

* Em inglês, *trunk*, que também pode significar "tronco". (N. da T.)

O Ressalto

— Vamos lá — Cressner repetiu. — Olhe na sacola.

Estávamos no seu apartamento de cobertura, a 43 andares do térreo. O carpete era espesso e felpudo, cor de laranja opaco. No meio dele, entre a cadeira reclinável basca em que Cressner se sentava e o sofá de couro legítimo em que ninguém se sentava, encontrava-se uma sacola de compras marrom.

— É um suborno, esqueça — retruquei. — Eu a amo.

— É dinheiro, mas não suborno. Vamos lá. Olhe.

Ele fumava um cigarro turco numa piteira de ônix. O sistema de circulação de ar só deixava chegar até mim uma leve amostra do aroma do fumo, que logo varria para longe. Ele usava um roupão de seda com um dragão bordado. Seus olhos eram calmos e inteligentes por trás dos óculos. Ele parecia ser exatamente aquilo que era. Um legítimo filho-da-puta de primeira linha, quinhentos quilates. Eu amava sua mulher, e ela me amava. Esperava que ele fosse causar problemas, e sabia que era o que estava acontecendo, mas não tinha certeza do tipo de problema.

Aproximei-me da sacola de compras e virei-a. Maços de notas presos com elásticos caíram sobre o tapete. Notas de 20, todas elas. Apanhei um dos maços e contei. Dez notas por maço. Havia um bocado deles.

— Vinte mil dólares — ele disse, e tragou o cigarro.

Fiquei de pé.

— Certo.

— São para você.

— Não quero.

— Minha mulher vai junto.

Eu não disse nada. Márcia me advertira sobre como as coisas iam se passar. Ele é como um gato, ela dissera. Um gato bem esperto, cheio de malícia. Tentará fazer de você um camundongo.

— Então você é um tenista profissional — disse ele. — Acho que nunca tinha visto um antes.

— Quer dizer que os seus detetives não tiraram nenhuma fotografia?

— Ah, sim, tiraram — ele gesticulou negligentemente com a piteira. — Fizeram até um filme em câmera lenta de vocês dois no Motel Bayside. Havia uma câmera atrás do espelho. Mas as fotografias raramente são fiéis à realidade, não é mesmo?

— Se você diz.

Ele vai ficar o tempo todo mudando de assunto, Márcia dissera. É a maneira como coloca as pessoas na defensiva. Em pouco tempo, você vai golpear na direção em que acha que ele se encontra, e ele vai te desviar para outro lugar. Fale o mínimo necessário, Stan. E lembre-se de que eu te amo.

— Convidei-o porque acho que devemos bater um papo de homem para homem, Sr. Norris. Apenas uma conversa agradável entre dois seres humanos civilizados, um dos quais roubou a mulher do outro.

Comecei a responder, mas decidi não fazê-lo.

— Gostou de San Quentin? — Cressner perguntou, soltando uma baforada indolente.

— Não particularmente.

— Creio que passou três anos por lá. Acusação de furto qualificado, se não me engano.

— Márcia sabe disso — falei, no mesmo instante desejei não tê-lo feito. Estava jogando o jogo dele, exatamente o que ela me aconselhara a não fazer. Levantando com delicadeza as bolas para que ele as rebatesse com toda força.

— Tomei a liberdade de remover seu carro — ele disse, lançando um olhar pela janela, na outra extremidade da sala. Na verdade, não era em absoluto uma janela: a parede inteira era de vidro. No meio havia uma porta corrediça, também de vidro. Do outro lado, uma sacada pequena. Do outro lado, uma queda bastante pronunciada. Havia algo de estranho com aquela porta, mas eu não conseguia identificar o quê.

— Este é um prédio muito agradável — Cressner disse. — Boa segurança. Circuito interno de TV e tudo mais. Quando soube que você estava no saguão, dei um telefonema. Um empregado então fez uma ligação direta na ignição do seu carro e levou-o do estacionamento até um local público, a vários quarteirões daqui — ele levantou os olhos para o relógio em forma de sol, em estilo modernista, que ficava sobre o sofá. Eram 8h05. — Às 8h20, o mesmo empregado ligará para a polícia de um telefone público, para falar a respeito de seu carro. Às 8h30, no máximo, os agentes da lei terão encontrado quase 200 gramas de heroína escondidos no estepe, na mala de seu carro. Vão procurar por você com afinco depois disso, Sr. Norris.

Eu estava preso numa cilada. Tentara me defender da melhor forma possível, mas no fim das contas tinha sido brincadeira de criança para ele.

— Essas coisas vão acontecer, a menos que eu ligue para o meu empregado e diga-lhe que esqueça o tal telefonema.

— Tudo o que preciso fazer é contar onde Márcia está — eu disse. — Nada feito, Cressner, eu não sei. Combinamos desse jeito por sua causa.

— Meus homens a seguiram.

— Não creio. Acho que os despistamos no aeroporto.

Cressner suspirou, removeu a piteira do cigarro e o apagou num cinzeiro cromado com tampa deslizante. Nada de sujeira. A guimba de cigarro e Stan Norris tinham sido descartados com a mesma tranqüilidade.

— Na verdade — disse ele —, você tem razão. O velho truque de desaparecimento no banheiro feminino. Meus agentes ficaram extremamente envergonhados por cair num truque tão antigo. Acho que é tão velho que eles nem chegaram a prevê-lo.

Eu não disse nada. Depois que Márcia despistara os agentes de Cressner no aeroporto, havia tomado um ônibus de volta à cidade e dali até a estação rodoviária; esse fora o plano. Levava consigo 200 dólares, todo o dinheiro da minha caderneta de poupança. Duzentos dólares e um ônibus Greyhound podiam levar você a qualquer lugar do país.

— Você é sempre tão comunicativo assim? — Cressner perguntou, e dava a impressão de estar genuinamente interessado.

— Márcia me aconselhou a falar pouco.

Um pouco mais áspero, ele disse:

— Então imagino que vá fazer valer seu direito de permanecer em silêncio quando a polícia levá-lo. E na próxima vez em que vir minha mulher, ela talvez já seja uma vovozinha numa cadeira de balanço. Já enfiou isso na cabeça? Acredito que a posse de 200 gramas de heroína poderia custar quarenta anos de prisão.

— Isso não vai trazer Márcia de volta para você.

Ele sorriu ligeiramente.

— E esse é o xis da questão, não é? Será que preciso recapitular as coisas? Você e a minha mulher se apaixonaram. Tiveram um caso... se você chama de caso uma série de encontros de uma noite em motéis baratos. Minha mulher me deixou. Mas eu tenho você. E você se encontra naquilo que chamamos de beco sem saída. Isso resume bem a situação?

— Agora entendo por que ela se cansou de você — disse eu.

Para minha surpresa, ele jogou a cabeça para trás e riu.

— Sabe de uma coisa, até que eu gosto de você, Sr. Norris. Você é vulgar, é mesquinho, mas parece ter coragem. Márcia disse que tinha. Bem que duvidei. Ela julga mal as pessoas. Mas você tem uma certa... verve. É por isso que arranjei as coisas dessa forma. Sem dúvida, Márcia lhe disse que eu gosto de apostar.

— Sim — agora eu sabia o que havia de errado com a porta no meio da parede de vidro. Estávamos em pleno inverno, e ninguém ia querer tomar chá numa sacada a 43 andares de altura. Na sacada não havia móveis. E a tela da porta fora removida. Por que diabos Cressner teria feito isso?

— Não gosto muito da minha mulher — Cressner disse, colocando cuidadosamente um outro cigarro na piteira. — Isso não é segredo. Tenho certeza de que ela lhe disse isso. E tenho certeza de que um homem com a sua... experiência sabe que mulheres satisfeitas não vão para a cama com o tenista do clube local logo de cara. Na minha opinião, Márcia é uma puritanazinha afetada e assustadiça, uma choramingona, uma mexeriqueira, uma...

— Já chega — disse eu.

Ele sorriu friamente.

— Peço desculpas. Toda hora me esqueço de que estamos falando da sua amada. São 8h16. Está nervoso?

Dei de ombros.

— Durão até o fim — ele disse, acendendo um cigarro. — De qualquer modo, você pode se perguntar por que, se Márcia me desagrada tanto, simplesmente não dou a ela sua liberdade...

— Não, não me pergunto em absoluto.

Ele franziu a testa.

— Você é um filho-da-puta egoísta, ganancioso e egocêntrico. É por isso. Ninguém tira o que é seu. Nem mesmo quando você já não quer mais.

Ele ficou vermelho, depois riu.

— Ponto para você, Sr. Norris. Muito bom.

Dei de ombros outra vez.

— Vou te propor um desafio. Se ganhar, pode sair daqui com o dinheiro, a mulher e sua liberdade. Por outro lado, se perder, perde sua vida.

Olhei para o relógio. Não pude evitar. Eram 8h19.

— Tudo bem — eu disse. O que mais poderia fazer? Pelo menos ganharia tempo. Tempo para pensar em algum modo de dar o fora dali, com ou sem o dinheiro.

Cressner apanhou o telefone ao lado e discou um número.

— Tony? Plano dois. Sim — desligou.

— Qual é o plano dois? — perguntei.

— Vou ligar outra vez para Tony dentro de 15 minutos, e ele removerá a... substância incriminadora da mala do seu carro, trazendo-a de volta para cá. Se eu não ligar, ele entra em contato com a polícia.

— Você não confia muito nas pessoas, não é?

— Seja sensato, Sr. Norris. Há 20 mil dólares sobre o carpete, entre nós. Nesta cidade, as pessoas cometem assassinatos por 20 centavos.

— Qual é a aposta?

Ele pareceu genuinamente magoado.

— Desafio, Sr. Norris, desafio. Cavalheiros fazem desafios. Gente vulgar é que aposta.

— Como quiser.

— Muito bem. Reparei que estava olhando para a minha sacada.

— Tiraram a tela da porta.

— Sim. Mandei tirar hoje à tarde. O que proponho é o seguinte: que você contorne o prédio andando sobre o ressalto que fica logo abaixo do nível da cobertura. Se conseguir circundar com sucesso o prédio, o dinheiro é seu.

— Você é louco.

— Pelo contrário. Propus este desafio seis vezes a seis pessoas diferentes durante meus 12 anos neste apartamento. Três delas eram atletas profissionais, como você... um deles, um notório jogador de futebol americano, mais famoso pelos seus comerciais na tevê do que por seus passes no campo, outro um jogador de beisebol, outro um jóquei bem famoso que ganhava um salário anual extraordinário e que também tinha problemas extraordinários com pensão alimentícia. Os outros três eram cidadãos mais normais, que tinham profissões diferentes, mas duas coisas em comum: necessidade de dinheiro e um certo grau de elegância física — ele tragou o cigarro pensativamente, e então prosseguiu. — O desafio foi declinado cinco vezes. Na outra ocasião, foi aceito. Os termos eram 20 mil dólares ou seis meses de serviços para mim. Ganhei. O sujeito deu uma olhada pela sacada e quase desmaiou — Cressner pareceu achar graça e ao mesmo tempo ser tomado pelo desprezo. — Disse que tudo lá embaixo parecia tão pequeno. Foi o que acabou com sua coragem.

— O que o faz pensar...

Ele me interrompeu com um gesto impaciente da mão.

— Não me aborreça, Sr. Norris. Acho que vai aceitar porque não tem escolha. É meu desafio numa das mãos ou quarenta anos em San Quentin na outra. O dinheiro e minha mulher são apenas dádivas adicionais, que demonstram a minha generosidade.

— Que garantias eu tenho de que você não vai me trair? Talvez eu fizesse o que sugere para depois descobrir que você ligou para Tony e disse-lhe para seguir em frente de qualquer modo.

Ele suspirou.

— Você é um caso de paranóia ambulante, Sr. Norris. Não amo minha mulher. Tê-la por perto não faz nada bem ao meu célebre ego. Vinte mil dólares são uma ninharia para mim. Gasto quatro vezes isso por semana, em propinas para a polícia. Quanto ao desafio, porém... — seus olhos brilharam. — Isso não tem preço.

Pensei a respeito, e ele me deixou pensar. Creio que sabia que o verdadeiro otário sempre convence si mesmo. Eu era um tenista vagabundo com 36 anos de idade, e o clube andara pensando em me mandar embora quando Márcia fez uma pequena pressão. O tênis era a única profissão que eu conhecia, e, sem isso, mesmo arranjar um emprego como zelador seria difícil — sobretudo com uma ficha criminal. Foi um delito chinfrim, mas os empregadores não levariam isso em conta.

E o engraçado naquilo tudo era que eu realmente amava Márcia Cressner. Apaixonara-me por ela depois de duas aulas de tênis às nove da manhã, e ela por mim, no mesmo ritmo. Era a sorte de Stan Norris em cena, sem dúvida. Depois de 36 anos de uma feliz vida de solteiro, eu fiquei de pneus arriados pela mulher de um dos chefões da Organização.

A raposa velha sentada ali fumando seu cigarro turco importado sabia disso tudo, é claro. E de mais alguma coisa também. Eu não tinha nenhuma garantia de que ele não fosse me entregar, se eu aceitasse a aposta e vencesse, mas sabia muito bem que estaria atrás das grades às dez da manhã, se não aceitasse. E só recuperaria minha liberdade na virada do século.

— Quero saber uma coisa — eu disse.

— E o que seria, Sr. Norris?

— Olhe para mim bem nos olhos e me diga se você é um caloteiro ou não.

Ele encarou meus olhos.

— Sr. Norris — disse, em voz baixa —, nunca trapaceio.

— Tudo bem — eu disse. Que outra escolha eu tinha?

Ele se ergueu, radiante.

— Excelente! Realmente excelente! Aproxime-se da porta da sacada comigo, Sr. Norris.

Caminhamos juntos até lá. Seu rosto era o de um homem que sonhara com aquela cena centenas de vezes, e saboreava até a última gota sua concretização.

— O ressalto tem 12 centímetros de largura — ele disse, com ar sonhador. — Eu próprio o medi. Na verdade, já fiquei de pé sobre ele, segurando-me na sacada, é claro. Tudo o que você tem que fazer é passar por cima da grade de ferro. Ficará à altura do peito. Mas é claro que para além da grade não há nada em que se segurar. Vai ter que avançar centímetro a centímetro, tomando muito cuidado para não se desequilibrar.

Meu olhar bateu em uma outra coisa do lado de fora da janela... uma coisa que fez a temperatura do meu sangue baixar vários graus. Era um anemômetro. O apartamento de Cressner era bem próximo ao lago, e tinha altura suficiente para que não houvesse prédios mais altos a barrar o vento. Que seria frio, e cortaria feito uma faca. A agulha estava bem firme nos 15km/h, mas uma rajada a levaria quase a 40 durante uns poucos segundos, antes de regressar à marca anterior.

— Ah, vejo que você reparou no meu anemômetro — Cressner disse, jovial. — Na verdade, é o outro lado que recebe a maior parte do vento; de modo que a brisa talvez seja um pouco mais forte por lá. Mas hoje está uma noite bem tranqüila. Já houve outras em que o vento chegou a marcar 135 km/h... você chega mesmo a sentir o prédio balançar um pouco. Algo como estar num navio, no cesto da gávea. Hoje está bem calmo, para esta época do ano.

Ele apontou e vi os números acesos no alto do prédio de um banco, um arranha-céu, à esquerda. Dizia ali que a temperatura era de seis graus. Mas com o vento, a sensação térmica com certeza cairia a quatro abaixo de zero.

— Você tem um casaco? — perguntei. Usava um paletó bem leve.

— Puxa vida, não — os números luminosos no banco mudaram para mostrar as horas. Eram 8h32. — E é melhor andar logo com isso, Sr. Norris, assim posso ligar para Tony e colocar em ação o plano três. Um bom rapaz, com tendência a ser impulsivo. Você entende.

Eu entendia, sim. Entendia bem demais.

Mas a idéia de estar com Márcia, livre dos tentáculos de Cressner e com dinheiro suficiente para começar a vida fez com que eu abrisse a porta corrediça e saísse para a sacada. Estava frio e úmido; o vento jogava meus cabelos sobre os olhos.

— *Bon soir* — Cressner disse atrás de mim, mas não me dei ao trabalho de me virar. Aproximei-me da grade, sem contudo olhar para baixo. Ainda não. Comecei a respirar fundo.

Não é exatamente um exercício, de jeito e maneira, mas uma forma de auto-hipnose. A cada inspiração e expiração, você remove uma distração da mente, até que já não haja mais nada além do desafio à sua frente. Livrei-me do dinheiro com uma respiração e do próprio Cressner com duas. Márcia levou mais tempo — seu rosto não parava de surgir em minha mente, dizendo-me que não fosse idiota, que não jogasse o jogo dele, que talvez Cressner nunca trapaceasse, mas sempre tomava cuidado para estar em vantagem em suas apostas. Não ouvi. Não podia me permitir ouvir. Se eu perdesse essa partida, não teria de pagar as cervejas e agüentar as gozações; seria um bocado de massa sangrenta espalhada por um quarteirão da Deakman Street, nas duas direções.

Quando pensei que já estava preparado, olhei para baixo.

O prédio descia vertiginosamente como um liso penhasco de calcário até a rua, bem longe lá embaixo. Os carros estacionados ali pareciam aquelas miniaturas de ferro que você compra nas lojas. Os que passavam pelo prédio eram apenas pequeninos pontos de luz. Se você caísse de tão alto, teria tempo suficiente para se dar conta do que acontecia, para ver o vento inflando suas roupas conforme a terra o puxasse de volta, cada vez mais rápido. Teria tempo para dar um grito muito, muito longo. E o som que faria ao atingir o calçamento seria como o de uma melancia madura demais.

Eu entendia muito bem por que o outro cara se acovardara. Mas ele tinha de se preocupar com seis meses. E eu encarava quarenta longos e cinzentos anos, sem Márcia.

Olhei para o ressalto. Parecia pequeno. Eu nunca vira 12 centímetros tão parecidos com 5. Pelo menos o prédio era razoavelmente novo; não haveria de desmoronar sob o meu peso.

Assim eu esperava.

Passei por cima da grade e baixei o corpo com cuidado até encontrar-me de pé sobre o ressalto. Meus calcanhares estavam no ar. O piso da sacada ficava mais ou menos na altura do peito, e eu olhava para a cobertura de Cressner através das barras ornamentais de ferro batido. Ele estava de pé atrás da porta, fumando, observando-me da forma como um cientista observa um porquinho-da-índia para ver quais os resultados da última injeção.

— Ligue — eu disse, segurando-me à grade.

— O quê?

— Ligue para Tony. Não me mexo até que você faça isso.

Ele voltou para a sala — que parecia surpreendentemente aquecida e segura e confortável — e pegou o telefone. Era um gesto inútil, na verdade. Com o vento, eu não conseguia ouvir o que dizia. Ele desligou e voltou.

— Tudo providenciado, Sr. Norris.

— É melhor que esteja mesmo.

— Adeus, Sr. Norris. Torno a vê-lo daqui a pouco... talvez.

Estava na hora de começar. A conversa terminara. Permiti-me pensar em Márcia uma última vez, seu cabelo castanho-claro, seus grandes olhos cinzentos, seu belo corpo, então tirei-a da cabeça de uma vez por todas. Nada de tornar a olhar para baixo, também. Seria muito fácil ficar paralisado, olhando para baixo, àquela altura imensa. Muito fácil simplesmente congelar até perder o equilíbrio ou simplesmente desmaiar de medo. Era chegada a hora de ficar cem por cento focado. A hora de me concentrar em nada além de pé esquerdo, pé direito.

Comecei a avançar para a direita, segurando-me à grade da sacada pelo maior tempo possível. Não demorou muito para que percebesse que precisaria de todos os músculos de tenista que meus tornozelos tinham. Com os calcanhares fora do ressalto, aqueles tendões teriam de suportar todo o meu peso.

Cheguei à extremidade da sacada, e por um momento não me achei capaz de soltar aquela segurança. Forcei-me a fazê-lo. Doze centímetros, diabos, aquilo era espaço bastante. Se o ressalto ficasse a apenas meio metro do chão em vez de 120, você conseguiria facilmente contornar o prédio em quatro minutos, eu disse a mim mesmo. Então basta fingir que fica.

É, e se você cai de um ressalto a meio metro do chão, diz droga e tenta de novo. Aqui em cima só haveria uma chance.

Deslizei o pé direito para mais longe e então trouxe o esquerdo para perto dele. Soltei a grade. Levantei as mãos abertas, permitindo que as palmas repousassem sobre a pedra áspera do prédio. Acariciei a pedra. Podia tê-la beijado.

Uma rajada de vento me atingiu, colando a gola do meu paletó ao meu rosto, fazendo meu corpo oscilar sobre o ressalto. Meu coração foi parar na garganta e ali ficou até o vento diminuir. Uma rajada forte o suficiente teria me arrancado na mesma hora do meu poleiro e me arremessado para baixo, no meio da noite. E o vento seria mais forte do outro lado.

Virei a cabeça para a esquerda, pressionando a face contra a pedra. Cressner estava debruçado na sacada, me observando.

— Está se divertindo? — ele perguntou, num tom afável.

Usava um sobretudo marrom de pêlo de camelo.

— Achei que você não tinha um casaco — eu disse.

— Menti — ele respondeu, sem mudar o tom de voz. — Minto a respeito de muitas coisas.

— O que quer dizer com isso?

— Nada... absolutamente nada. Ou talvez queira mesmo dizer alguma coisa. Uma guerrinha psicológica, não é, Sr. Norris? Não recomendo ficar por aí muito tempo. Os tornozelos se cansam, e se eles cederem... — tirou uma maçã do bolso, deu uma mordida e depois atirou-a por cima da grade. Não se ouviu som algum durante um bom tempo. Então, um débil e apavorante *plop*. Cressner deu uma risada baixinha.

Tinha quebrado minha concentração, e eu podia sentir o pânico roendo as bordas da minha mente com dentes de aço. Uma torrente de terror queria invadir-me e afogar-me. Virei a cabeça na outra direção e respirei fundo, varrendo para longe o pânico. Estava olhando para o sinal luminoso no banco, que agora dizia: 8h46, Hora de Poupar no Mutual!

Quando os números luminosos mostravam 8h49, senti que havia recobrado o controle. Acho que Cressner devia ter concluído que eu congelara, e ouvi um sardônico aplauso quando comecei a avançar novamente na direção da quina do edifício.

Comecei a sentir o frio. O lago tornara o vento cortante; sua umidade gelada mordia minha pele como uma broca. Meu fino paletó esvoaçava às minhas costas, enquanto eu avançava. Com frio ou não, eu me movia devagar. Se ia mesmo fazer aquilo, tinha de fazê-lo lenta e calculadamente. Se corresse, cairia.

O relógio do banco marcava 8h52 quando cheguei à quina do prédio. Ela não parecia ser um problema — o ressalto a contornava, fazendo um ângulo reto —, mas minha mão direita revelou-me que ali havia um vento contra. Se eu fosse apanhado inclinando-me na direção errada, voaria para longe em pouco tempo.

Esperei que o vento diminuísse, mas por um longo tempo ele se recusou, quase como se fosse aliado de Cressner. Batia em mim com dedos malévolos e invisíveis, fustigando, cutucando, fazendo cócegas. Por fim, após uma rajada particularmente forte que me fez oscilar, percebi que poderia esperar para sempre e o vento jamais cessaria de todo.

Então, assim que ele voltou a diminuir um pouco, deslizei o pé direito em torno da quina e, agarrando as duas paredes com as mãos, contornei-a. O vento me empurrou em duas direções ao mesmo tempo, e vacilei. Por um segundo, tive a horrível certeza de que Cressner vencera a aposta. Então, avancei mais um passo e pressionei o corpo com força de encontro à parede, a respiração presa por fim saindo de minha garganta seca.

Foi então que escutei um ruído insultante, como alguém mostrando a língua para mim, quase junto ao meu ouvido.

Alarmado, recuei até quase perder o equilíbrio. Minhas mãos se soltaram da parede e rodopiaram loucamente, em busca de equilíbrio. Acho que, se uma delas tivesse esbarrado na parede do prédio, teria sido o meu fim. Mas após o que pareceu uma eternidade, a gravidade decidiu permitir que eu voltasse para junto da parede em vez de me lançar na calçada lá embaixo, numa queda de 43 andares.

O fôlego saía dos meus pulmões num assovio doloroso. Minhas pernas pareciam de borracha. Os tendões dos meus tornozelos vibravam como fios de alta-tensão. Eu nunca me sentira tão mortal. O cara com a foice estava perto o suficiente para espiar por cima do meu ombro.

Virei o pescoço, olhei para cima, e lá estava Cressner, espiando pela janela de seu quarto, a pouco mais de um metro acima de mim. Sorria, e na mão direita segurava uma buzina daquelas que se usam na noite de Ano-Novo.

— É só para ajudá-lo a ficar alerta — ele disse.

Não desperdicei meu fôlego. De todo modo, eu mal conseguia falar. Meu coração batia alucinadamente no peito. Avancei mais cerca de uns 2 metros, para o caso de ele estar pensando em se debruçar para fora e me dar um bom empurrão. Então parei e fechei os olhos e respirei fundo até conseguir recuperar o autocontrole.

Estava na fachada mais estreita do prédio, agora. À minha direita, só apareciam as mais altas torres da cidade. À esquerda, apenas o círculo escuro do lago, com pequeninos pontos luminosos flutuando em sua superfície. O vento zumbia e gemia.

O vento após a segunda quina não era tão traiçoeiro, e consegui contorná-la sem problemas. E então algo me mordeu.

Perdi o folêgo e me sacudi. A perda de equilíbrio me deixou apavorado, e apertei com força o corpo de encontro ao prédio. Fui mordido outra vez. Não... não mordido, mas bicado. Olhei para baixo.

Havia um pombo de pé sobre o ressalto, olhando para cima com olhos brilhantes e cheios de ódio.

Você se habitua aos pombos na cidade; eles são tão comuns quanto motoristas de táxi sem troco para uma nota de 10. Eles não gostam de voar, e é com relutância que abrem caminho, como se as calçadas fossem suas por usucapião. Ah, sim, e você costuma encontrar seus cartões de visita no capô do carro. Mas nunca dá muita bola. Eles ocasionalmente podem ser irritantes, mas são intrusos em nosso mundo.

Agora, porém, eu era o intruso no mundo dele, praticamente indefeso, e ele parecia saber disso. Bicou novamente meu cansado tornozelo direito, lançando uma pontada de dor pela minha perna.

— Fora — eu rosnei para ele. — Dê o fora.

O pombo só fez me bicar outra vez. Eu obviamente estava no lugar que ele considerava seu lar; aquela parte do ressalto estava coberta de excrementos, antigos e novos.

Um gorjeio abafado acima de mim.

Virei o pescoço para trás ao máximo e olhei para cima. Um bico avançou contra meu rosto, e quase recuei. Se tivesse feito isso, poderia ter-me tornado a primeira vítima de um pombo na cidade. Era a Mamãe Pomba, protegendo uma ninhada de pombinhos logo abaixo da estreita marquise no topo do prédio. Longe demais para bicar minha cabeça, graças a Deus.

Seu marido bicou-me outra vez, e agora o sangue começou a escorrer. Podia senti-lo. Comecei a avançar outra vez, centímetro a centímetro, na esperança de afugentar o pombo e obrigá-lo a sair do ressalto. Sem sucesso. Pombos não se assustam, não os pombos urbanos, pelo menos. Se um furgão em movimento só faz com que andem um pouco mais depressa, um homem preso a um ressalto elevado não conseguirá incomodá-los de modo algum.

O pombo recuava à medida que eu avançava, sem tirar os olhos brilhantes do meu rosto, exceto quando o bico afiado descia para bicar meu tornozelo. E a dor tornava-se mais intensa agora; o pombo já bicava carne viva... e a comia, ao que me constava.

Chutei-o com o pé direito. Foi um chute fraco, o único de que era capaz. O pombo só bateu um pouco as asas e voltou ao ataque. Eu, por outro lado, quase despenquei lá de cima.

O pombo me bicou de novo, e de novo, e de novo. Uma rajada de vento frio me atingiu, fazendo com que eu por pouco não perdesse o equilíbrio; as pontas de meus dedos rasparam a parede áspera e consegui recobrar o equilíbrio, a face esquerda pressionada contra a pedra, a respiração pesada.

Cressner não poderia ter concebido uma tortura pior, se a tivesse planejado durante dez anos. Uma bicada não era tão ruim. Duas ou três eram apenas um pouco pior. Mas aquele maldito pássaro deve ter me bicado sessenta vezes antes que eu chegasse à grade de ferro da sacada, no apartamento vizinho ao de Cressner.

Chegar àquela grade foi como chegar aos portões do paraíso. Minhas mãos se fecharam suavemente sobre suas colunas frias e as seguraram como se jamais fossem soltá-las outra vez.

Bicada.

O pombo me fitava quase que com ar superior, com seus olhos brilhantes, confiante em minha impotência e em sua própria invulnerabilidade. Lembrou-me a expressão de Cressner ao me conduzir à sacada, do outro lado do prédio.

Agarrei-me com mais força às barras de ferro e desferi um chute violento que atingiu em cheio o pombo. O pássaro emitiu um pio de dor imensamente satisfatório e subiu no ar, as asas batendo. Algumas penas cinzentas flutuaram de volta ao ressalto ou desapareceram na escuridão, oscilando para um lado e para o outro no ar.

Ofegando, ergui o corpo para dentro da sacada e desabei ali. Apesar do frio, meu corpo estava molhado de suor. Não sei por quanto tempo fiquei deitado ali, me recuperando. O prédio escondia o relógio do banco, e não uso relógio de pulso.

Sentei antes que meus músculos pudessem enrijecer e cuidadosamente baixei a meia. O tornozelo direito estava dilacerado e sangrando, mas a ferida parecia superficial. Ainda assim, eu teria de cuidar dela, se chegasse a sair daquela situação. Sabe Deus que germes os pombos transmitem. Pensei em fazer uma atadura sobre aquele pedaço em carne viva, mas decidi que não faria. Uma atadura poderia acabar me causando um tropeço. Haveria tempo mais tarde. Eu então poderia comprar 20 mil dólares de ataduras.

Levantei-me e olhei com cobiça para a cobertura escura oposta à de Cressner. Desabitada, nua, vazia. A pesada tela de proteção contra tempestades cobria a porta. Talvez eu conseguisse arrombá-la, mas isso seria perder a aposta. E eu tinha mais coisas a perder do que apenas o dinheiro.

Quando já não podia mais prolongar aquela pausa, passei por sobre a grade e voltei ao ressalto. O pombo, a quem faltavam algumas penas, estava pousado abaixo do ninho de sua companheira, onde a camada de excremento era mais espessa, me encarando de modo malévolo. Mas não achei que fosse me incomodar, não agora que via que eu me afastava.

Foi muito difícil afastar-me — muito mais difícil do que havia sido deixar a sacada de Cressner. Minha mente sabia que eu tinha de fazê-lo, mas meu corpo, particularmente meus tornozelos, gritava que seria loucura abandonar aquele porto seguro. Foi o que eu fiz, porém, com o rosto de Márcia na escuridão a me incitar.

Cheguei à segunda fachada mais estreita, passei pela quina e avancei devagar pela extensão da largura do prédio. Agora que eu chegava perto, havia uma vontade quase irrefreável de me apressar, de acabar logo com aquilo. Mas, se me apressasse, morreria. Então me obriguei a ir devagar.

O vento quase me pegou outra vez na quarta quina, e, se passei por ela, foi graças à sorte, mais do que à habilidade. Descansei apoiado no prédio, recobrando o fôlego. Mas pela primeira vez eu soube que ia conseguir, que ia vencer. Minhas mãos eram como bifes meio congelados, meus tornozelos doíam como se estivessem pegando fogo (sobretudo o direito, bicado pelo pombo), o suor não parava de escorrer sobre meus olhos, mas eu sabia que ia conseguir. No meio do caminho, no último trecho, uma luz amarela brilhou sobre a sacada de Cressner. A distância, eu podia ver o letreiro luminoso do banco reluzindo como uma faixa de boas-vindas. Eram 10h48, mas parecia que eu havia passado a minha vida inteira sobre aqueles 12 centímetros de ressalto.

E que Deus tivesse piedade de Cressner, se ele resolvesse trapacear. A vontade de ir mais depressa desaparecera. Eu quase que me demorava de propósito. Eram 11h09, quando coloquei primeiro a mão direita na grade de ferro da sacada, e depois a esquerda. Ergui o corpo, passei por cima da grade e desabei no chão com uma sensação de gratidão... sentindo então o cano frio de uma pistola calibre .45 em minha têmpora.

Levantei os olhos e vi um capanga feio o suficiente para congelar os ponteiros do Big Ben. Ele sorria, com os dentes à mostra.

— Excelente! — disse lá de dentro a voz de Cressner. — Minhas palmas para você, Sr. Norris! — e em seguida às palavras, vieram as palmas de fato. — Traga-o para dentro, Tony.

Tony me ergueu e me colocou de pé tão abruptamente que meus tornozelos fracos quase cederam. Ao entrar, cambaleei e esbarrei na porta da sacada.

Cressner estava de pé junto à lareira da sala, bebericando conhaque numa taça do tamanho de um aquário. O dinheiro tinha sido recolocado na sacola de compras, que ainda se encontrava no meio do tapete cor de laranja opaco.

Vi a mim mesmo de relance num pequeno espelho, do outro lado da sala. O cabelo estava desgrenhado, e o rosto, pálido, exceto por duas manchas brilhantes nas bochechas. Os olhos pareciam insanos.

Mas foi só uma visão de relance, porque no instante seguinte eu voava pela sala. Bati na cadeira basca e caí em cima dela, fazendo com que se virasse sobre mim e perdendo o fôlego.

Quando recuperei parte dele, sentei-me e consegui dizer:

— Seu trapaceiro desgraçado. Você tinha planejado isto.

— De fato eu tinha — Cressner disse, colocando cuidadosamente o conhaque sobre o aparador da lareira. — Mas não sou um trapaceiro, Sr. Norris. De jeito nenhum. Apenas um péssimo perdedor. Tony está aqui apenas para garantir que você não tome nenhuma atitude... imprudente — ele pôs os dedos sob o queixo e deu uma risadinha. Não parecia ser um mau perdedor. Parecia mais um gato com penas de canário no focinho. Fiquei de pé, subitamente mais apavorado do que tinha estado no ressalto.

— Você arranjou tudo — eu disse, devagar. — De algum modo, arranjou tudo.

— De jeito nenhum. A heroína foi retirada de seu carro. O próprio carro está de volta ao estacionamento. O dinheiro está ali. Pode pegá-lo e ir embora.

— Muito bem — eu disse.

Tony estava de pé junto à porta de vidro da sacada, ainda parecendo alguma coisa que sobrara do Halloween. Segurava a pistola calibre .45. Fui até a sacola de compras, apanhei-a e segui na direção da porta, caminhando com meus tornozelos trêmulos, esperando levar a qualquer momento um tiro pelas costas. Mas, quando a abri, comecei a ter a mesma sensação que tivera sobre o ressalto, quando contornara a quarta quina: ia conseguir.

A voz de Cressner, indolente e soando como se ele achasse graça, me deteve.

— Você não acha mesmo que aquele velho truque do banheiro feminino enganou alguém, acha?

Voltei-me devagar, a sacola de compras nos braços.

— O que quer dizer?

— Disse a você que nunca trapaceio, e isso é verdade. Você ganhou três coisas, Sr. Norris. O dinheiro, sua liberdade, minha mulher. Já está de posse das duas primeiras. Pode ir buscar a terceira no necrotério local.

Fiquei olhando fixamente para ele, incapaz de me mover, atingido por um choque semelhante a um raio silencioso.

— Não pensou mesmo que eu fosse permitir que ficasse com ela, pensou? — ele me perguntou, num tom de dó. — Ah, não. O dinheiro, sim. Sua liberdade, sim. Mas não Márcia. Ainda assim, não sou um trapaceiro. E depois que você tiver mandado enterrá-la...

Não cheguei perto dele. Não naquele momento. Ele ficaria para depois. Andei na direção de Tony, que pareceu ligeiramente surpreso até que Cressner lhe disse, numa voz enfadada:

— Atire nele, por favor.

Joguei a sacola de dinheiro. Atingi-o bem na mão que empunhava a arma, e com força. Eu não usara os braços e os punhos lá fora, e essas são as melhores partes do corpo de um tenista. A bala acertou o tapete cor de laranja opaco, e então eu o alcancei.

Seu rosto era o que havia de mais durão nele. Arranquei a pistola de suas mãos e acertei-lhe o nariz com o cano. Ele desabou com um único grunhido bastante extenuado, parecido com Rondo Hatton.*

Cressner já tinha quase conseguido sair, quando disparei um tiro por cima de seu ombro e disse:

— Pare agora mesmo, ou é um cara morto.

Ele pensou a respeito e parou. Quando se virou, sua atitude *blasée* já havia cedido um pouco. Cedeu ainda mais quando ele viu Tony caído no chão, engasgando-se com o próprio sangue.

— Ela não está morta — ele disse, rapidamente. — Eu tinha que preservar alguma coisa, não tinha? — e me lançou um sorriso covarde e amarelo.

— Sou otário, mas não tanto — eu disse. Minha voz parecia sem vida. E por que haveria de ser diferente? Márcia havia sido minha vida, e aquele homem a colocara na mesa de um necrotério.

Com o dedo ligeiramente trêmulo, Cressner apontou para o dinheiro espalhado ao redor dos pés de Tony.

— Isso aí — ele disse — é ninharia. Posso lhe arranjar 100 mil. Ou 500 mil. Ou melhor, o que acha de um milhão, depositado numa conta na Suíça? O que acha disso? O que acha...

— Vou lhe propor uma aposta — eu disse, devagar.

Seu olhar passou do cano da pistola para o meu rosto.

— Uma...

— Uma aposta — repeti. — Não é um desafio. É só um velho e bom joguinho. Aposto que você não consegue dar a volta neste prédio andando sobre o ressalto lá fora.

Seu rosto ficou branco feito cera. Por um momento, achei que ele fosse desmaiar.

— Você... — ele murmurou.

---

* Ator norte-americano de feições disformes que atuava em filmes de horror ou como capanga em policiais, nos anos 1930 e 1940. (N. da T.)

— O que está em jogo é o seguinte — disse, com minha voz fria. — Se conseguir, eu te deixo ir embora. Que tal?

— Não — ele sussurrou. Seus olhos estavam esbugalhados.

— Tudo bem — falei, e engatilhei a pistola.

— Não! — ele disse, estendendo as mãos para a frente. — Não! Não faça isso! Eu... está bem — passou a língua sobre os lábios.

Fiz um gesto com a arma, e ele caminhou à minha frente para a sacada.

— Você está tremendo — disse-lhe. — Isso vai dificultar as coisas.

— Dois milhões — ele disse, sem conseguir fazer de sua voz mais do que um lamento rouco. — Dois milhões em notas sem marcas.

— Não — eu disse. — Nem por 10 milhões. Mas se você conseguir, é um homem livre. Falo sério.

Um minuto mais tarde, ele estava de pé sobre o ressalto. Era mais baixo do que eu; só dava para ver seus olhos por cima da beirada, arregalados e suplicantes, as mãos pálidas nas juntas agarrando a grade de ferro como se fossem as barras de uma prisão.

— Por favor — ele murmurou. — Qualquer coisa.

— Está perdendo tempo — eu disse. — Isso enfraquece os tornozelos.

Mas ele não se moveu até eu colocar a boca do cano da pistola em sua testa. Então começou a arrastar os pés para a direita, gemendo. Olhei de relance para o relógio do banco. Eram 11h29.

Não achei que ele fosse conseguir passar pela primeira quina. Não queria sair do lugar, e, quando o fez, foi aos arrancos, arriscando seu centro de gravidade, o roupão esvoaçando na noite.

Desapareceu do outro lado da quina e saiu do meu campo de visão às 12h01, quase quarenta minutos atrás. Fiquei escutando atentamente, tentando ouvir o grito decrescente quando a corrente de vento o apanhasse, mas o grito não veio. Talvez o vento tenha diminuído. Lembro-me de ter pensado que o vento estava do lado dele, quando me encontrava lá fora. Ou talvez ele apenas tenha tido sorte. Talvez esteja lá na outra sacada agora, caído e tremendo, com medo de prosseguir.

Mas provavelmente ele sabe que se eu encontrá-lo por lá quando arrombar a porta da cobertura vizinha, vou matá-lo como a um cão.

E por falar no outro lado do prédio, pergunto-me se ele terá gostado daquele pombo.

Isso foi um grito? Não sei. Talvez tenha sido o vento. Não importa. O relógio do banco marca 12h44. Muito em breve arrombarei o outro apartamento para verificar a sacada, mas neste instante estou sentado aqui na sacada de Cressner com a pistola calibre .45 de Tony em minhas mãos. Apenas para o caso de ele aparecer na última quina com o roupão esvoaçando atrás.

Cressner disse que nunca trapaçeou.

Mas eu já.

O Homem do Cortador de Grama

Em anos passados, Harold Parkette sempre se orgulhara do seu gramado. Possuía um grande cortador de grama Lawnboy prateado, e pagava ao garoto que morava logo abaixo no quarteirão 5 dólares por vez para apará-lo. Naqueles dias, Harold Parkette acompanhava os Red Sox de Boston no rádio com uma cerveja na mão e tinha a certeza de que havia um Deus no céu e que tudo ia bem no mundo, incluindo seu gramado. Mas no ano passado, em meados de outubro, o destino pregara uma peça de mau gosto em Harold Parkette. Enquanto o garoto aparava a grama pela última vez na estação, o cachorro dos Castonmeyer perseguira o gato dos Smith, que fora parar debaixo do cortador.

A filha de Harold vomitara meio litro de Kool-Aid de cereja no macacão novo, e sua mulher tivera pesadelos durante uma semana, depois daquilo. Embora tivesse chegado após o ocorrido, ela chegara a tempo de ver Harold e o garoto de cara esverdeada limpando as lâminas. A filha deles e a Sra. Smith acompanhavam tudo, chorando, embora Alícia tivesse feito um intervalo longo o suficiente para trocar o macacão por um par de calças jeans e um daqueles detestáveis suéteres apertados. Estava apaixonada pelo garoto que aparava o gramado.

Depois de uma semana ouvindo sua mulher lamentando-se e choramingando na cama ao lado, Harold decidiu se livrar do cortador de grama. Na verdade, supunha que não *precisava* de um cortador de grama. Contratara um garoto este ano; no próximo, simplesmente contrataria um garoto *e* um cortador de grama. E talvez Carla parasse de choramingar durante o sono. Talvez ele até conseguisse transar outra vez.

Então, levou o Lawnboy prateado até o posto de gasolina Sunoco, do Phil, que tentou regatear o preço. Harold voltou para casa com um pneu Kelly novinho em folha e o tanque cheio de gasolina aditivada, e Phil colocou o Lawnboy prateado perto das bombas de gasolina, com um cartaz de VENDE-SE escrito à mão.

E neste ano, Harold simplesmente ficava adiando a contratação necessária. Quando finalmente resolveu chamar o garoto do ano passado, sua mãe disse-lhe que Frank fora estudar na universidade estadual. Harold sacudiu a cabeça, surpreso, e foi até a geladeira pegar uma cerveja. O tempo voava, não era mesmo? Meu Deus, se era.

Adiou a contratação de um outro garoto durante todo o mês de maio e depois de junho, enquanto os Red Sox continuavam a amargar um quarto lugar. Sentava-se na varanda dos fundos nos fins semana e observava de mau humor uma progressão infinita de rapazes que ele nunca vira antes aparecer e balbuciar um rápido oi antes de levar sua formosa filha para o reduto local de namorados. E a grama crescia e verdejava maravilhosamente. Fora um bom verão para a grama; três dias de sol seguidos por um dia de chuva suave, com a regularidade de um relógio.

Em meados de julho, o gramado parecia mais uma campina do que o quintal de uma casa de subúrbio, e Jack Castonmeyer começara a fazer todo tipo de piada extremamente sem graça, a maioria delas aludindo ao preço do feno e da alfafa. E Jenny, a filha de 4 anos de idade de Don Smith, começara a se esconder ali quando havia mingau de aveia no café-da-manhã ou espinafre no jantar.

Um dia, no final de julho, Harold saiu para o pátio quando o jogo já terminava e viu uma marmota petulantemente sentada no caminho de pedras coberto pela grama crescida. Concluiu que o momento chegara. Desligou o rádio, apanhou o jornal e abriu-o nos classificados. No meio da coluna de serviços de meio expediente, encontrou o seguinte: *Aparo gramados. Preço razoável. 776-2390.*

Harold telefonou para aquele número, esperando ser atendido por uma dona de casa ocupada com o aspirador de pó, que chamaria o filho com um berro. Em vez disso, uma voz estritamente profissional disse:

— Serviço de Jardinagem Pastoral... em que posso servi-lo?

Cautelosamente, Harold disse à voz como a Jardinagem Pastoral poderia ajudá-lo. As coisas haviam chegado àquele ponto, então? Será que os cortadores de grama estavam começando seus próprios negócios e contratando serviços de escritório? Perguntou à voz sobre os preços, e a resposta foi uma cifra razoável.

Harold desligou com uma insistente sensação de desconforto e voltou para a varanda. Sentou-se, ligou o rádio e ficou olhando para seu gramado viçoso, enquanto nuvens de sábado deslizavam devagar pelo céu de sábado. Carla e Alícia tinham ido visitar a sogra, e a casa era toda dele. Seria uma agradável surpresa para elas se o garoto que viesse cortar a grama terminasse antes de voltarem.

Abriu uma cerveja e suspirou, quando Dick Drago fez uma jogada ruim e ainda acertou o rebatedor. Uma brisa ligeira soprava pela varanda coberta com tela. Grilos cricrilavam suavemente na grama alta. Harold resmungou alguma coisa desagradável a respeito de Dick Drago e depois cochilou.

Acordou num sobressalto, meia hora mais tarde, com a campainha tocando. Derrubou a cerveja ao se levantar para atender.

Um homem num macacão de brim sujo de grama estava parado em frente ao alpendre, mastigando um palito de dente. Era gordo. A curva de sua barriga inflava o macacão azul a tal ponto que Harold teve a impressão de que ele engolira uma bola de basquete.

— Pois não? — Harold Parkette perguntou, ainda meio tonto de sono.

O homem sorriu, rolou o palito de um canto da boca para o outro, ajeitou os fundilhos do macacão e em seguida empurrou o boné verde de beisebol para o alto da testa. Havia uma mancha recente de óleo de motor na aba do boné. E ali estava ele, cheirando a grama, terra e óleo, sorrindo para Harold Parkette.

— A Pastoral me mandou, companheiro — disse, jovialmente, coçando a virilha. — Você ligou, não ligou? Não ligou, companheiro? — ele continuava a sorrir incessantemente.

— Ah. A grama. Você? — Harold encarou-o estupidamente.

— É, eu — o homem do cortador de grama soltou uma gargalhada no rosto de Harold, ainda inchado de sono.

Harold afastou-se desajeitadamente o homem do cortador de grama avançou com passos pesados, em sua frente, atravessando o vestíbulo, a sala e a cozinha, e saindo pela porta dos fundos. Agora Harold reconhecera o homem e tudo estava bem. Vira aquele tipo antes, trabalhando para o departamento de obras sanitárias e com as equipes de conservação da estrada, na barreira de pedágio. Sempre com um minuto de sobra para se apoiar nas ferramentas e fumar Lucky Strikes ou Camels, e olhando para você como se fossem o sal da terra, capazes de lhe pedir cinco pratas emprestadas ou dormir com sua mulher na hora em que desejassem. Harold sempre tivera um certo medo de homens como esse; eram sempre bem morenos de sol, tinham sempre muitos pés-de-galinha ao redor dos olhos, e eles sempre sabiam o que fazer.

— O gramado dos fundos é a parte principal — ele disse ao homem, inconscientemente engrossando a voz. — É quadrado e não há obstruções, mas cresceu bastante — sua voz falhou, voltando ao registro normal, e ele se descobriu pedindo desculpas. — Sinto tê-lo deixado de lado.

— Não tem problema, companheiro. Tudo tranqüilo. Tudo jóia. — O homem do cortador de grama sorriu para ele com mil piadas de caixeiro-viajante nos olhos. — Quanto mais alto, melhor. Solo saudável, é isso o que você tem, por Circe. É o que eu sempre digo.

Por Circe?

O homem do cortador de grama esticou a cabeça para o rádio. Yastrzemski acabava de perder a jogada.

— Fã dos Red Sox? Eu torço pelos Yankees.

Voltou para dentro de casa com seus passos pesados, indo até a entrada da frente. Harold observava-o com amargor.

Voltou a sentar-se e olhou por um instante, acusatoriamente, a poça de cerveja debaixo da mesa, com a lata derramada de Coors no meio. Pensou em apanhar um pano de chão na cozinha, mas decidiu deixar tudo como estava.

Não tem problema. Tudo tranqüilo.

Abriu o jornal na parte de finanças e deu uma olhada criteriosa nas cotações com que a bolsa de valores fechara o pregão. Como um bom republicano, considerava os executivos de Wall Street por trás daquelas colunas de números no mínimo semideuses...

(*Por Circe?*)

...e por mil vezes desejara entender melhor a Palavra, da forma como ela tinha sido transmitida no alto da montanha, não em tábuas de pedras, mas em abreviações enigmáticas como p/c, arrem. e alta de

2/3 sobre 3.28. Certa vez comprara criteriosamente três cotas numa companhia chamada Midwest Bisonburgers Inc., que falira em 1968. Perdeu todo o seu investimento de 75 dólares. Agora, pelo que entendia, hambúrgueres de bisão eram a futura sensação. A próxima onda. Discutira isso com Sonny, o *barman* do Goldfish Bowl. Sonny dissera a Harold que seu problema era ter estado cinco anos à frente de seu tempo, e que ele deveria...

Um ruído súbito e ensurdecedor arrancou-o de um novo cochilo em que começava a mergulhar.

Harold ficou de pé num salto, derrubando a cadeira e olhando ao redor desvairadamente.

— Isso é um cortador de grama? — Harold Parkette perguntou às paredes da cozinha. — Meu Deus, *isso* é um cortador de grama?

Ele atravessou a casa correndo e olhou pela porta da frente. Não havia nada lá fora além de uma surrada van verde com as palavras JARDINAGEM PASTORAL LTDA. pintadas na lateral. O rugido vinha agora dos fundos. Harold atravessou a casa correndo outra vez, irrompeu na varanda dos fundos e se deteve, paralisado.

Era obsceno.

Era uma visão grotesca.

O antigo cortador de grama vermelho movido a motor que o homem trouxera na van estava funcionando sozinho. Ninguém o empurrava; na verdade, não havia ninguém num raio de um metro e meio de distância dele. Corria de modo quase febril, cortando seu caminho em meio à desafortunada grama do quintal de Harold Parkette como um demônio vermelho vingador saído diretamente do inferno. Berrava e roncava e expelia fumaça azul e oleosa numa espécie de intensa loucura mecânica que deixou Harold doente de pavor. O cheiro desagradável de grama cortada pairava no ar como vinho azedo.

Mas a verdadeira obscenidade era o homem do cortador de grama.

O homem do cortador de grama tirara as roupas — até a última peça. Elas estavam dobradas cuidadosamente no bebedouro de pássaros vazio que ficava no centro do gramado dos fundos. Nu e sujo de grama, ele andava de quatro mais ou menos um metro e meio atrás do cortador, comendo a grama cortada. Um sumo verde escorria pelo seu queixo até sua barriga caída. E a cada vez que o cortador de grama fazia a curva num canto, ele se levantava e dava um pulinho esquisito, antes de se prostrar outra vez.

— *Pare!* — Harold Parkette gritou. — *Pare com isso!*

Mas o homem do cortador de grama não lhe deu a menor atenção, e seu estridente colega vermelho não diminuiu a velocidade. Na verdade, pareceu aumentá-la. Sua grade de aço niquelado parecia mostrar os dentes num sorriso laborioso para Harold, ao passar rugindo.

Então Harold viu a marmota. Devia estar escondida, completamente aterrorizada, logo à frente do cortador de grama, na faixa prestes a ser ceifada. Disparou como um raio pelo trecho de grama já cortado, buscando a segurança da varanda, um pequenino vulto marrom tomado pelo pânico.

O cortador de grama fez uma curva.

Rugindo e uivando, passou por cima da marmota, cuspindo em seguida um rastro de pele e entranhas que fez Harold se lembrar do gato dos Smith. Destruída a marmota, o cortador de grama voltou ao trabalho principal.

O homem do cortador de grama rastejava rapidamente atrás, comendo a grama. Harold estava paralisado de terror; ações, títulos e hambúrgueres de bisão completamente esquecidos. Chegava a poder ver aquela imensa barriga caída se expandindo. *O homem do cortador de grama fez uma curva e comeu a marmota.*

Foi então que Harold Parkette se inclinou para fora da porta de tela e vomitou sobre as zínias. O mundo ficou cinza, e subitamente ele se deu conta de que estava desmaiando, de que *havia* desmaiado. Desabou de costas dentro da varanda e fechou os olhos...

Alguém o sacudia. Era Carla. Ele não lavara os pratos nem esvaziara o lixo, e Carla ficaria muito zangada, mas tudo bem. Contanto que ela o acordasse, o despertasse do horrível sonho que estava tendo, trazendo-o de volta ao mundo normal, Carla, que também era tão normal e boazinha com sua cinta Playtex e seu rosto dentuço...

Rosto dentuço, sim. Mas não o de Carla. Carla tinha dentinhos frágeis como os de um esquilo. Mas aqueles dentes eram...

Peludos.

Pêlos esverdeados cresciam naqueles dentes projetados para a frente. Pêlos que se pareciam talvez com...

Grama?

— Oh, meu Deus — Harold disse.

— Você desmaiou, companheiro, certo, hã? — O homem do cortador de grama estava debruçado sobre ele, sorrindo com seus dentes peludos. Seus lábios e seu queixo também eram peludos. Tudo era peludo. E verde. O quintal fedia a grama e gasolina, num silêncio demasiadamente súbito.

Harold sentou-se bruscamente e olhou para o cortador de grama desligado. Toda a grama havia sido cuidadosamente aparada. E não haveria necessidade de remover os restos, Harold notou, nauseado. Se o homem do cortador de grama deixara escapar uma só folha cortada, ele não conseguia vê-la. Olhou de soslaio para o homem do cortador de grama e fez uma careta. Ele ainda estava nu, e gordo, e aterrorizante. Filetes de sumo verde escorriam pelos cantos de sua boca.

— O que é isso? — Harold perguntou, suplicante.

O homem gesticulou com o braço, um ar benigno, para o gramado.

— Isso? Bem, é uma novidade que o chefe está experimentando. Funciona bem à beça. Bem à beça, companheiro. Matamos dois coelhos com uma cajadada só. Continuamos a seguir até o estágio final, e ainda por cima ganhamos dinheiro para sustentar nossas outras atividades. Está entendendo o que eu quero dizer? É claro que, de vez em quando, nos deparamos com um cliente que não compreende... algumas pessoas não respeitam a eficiência, não é mesmo? Mas um sacrifício sempre agrada ao chefe. Meio que deixa as engrenagens lubrificadas, se você me entende.

Harold não disse nada. Uma palavra ecoava sem cessar em sua mente, e essa palavra era "sacrifício". Viu mentalmente a marmota ser expelida por baixo do velho cortador de grama vermelho.

Levantou-se devagar, como um velho paralítico.

— É claro — disse, e só o que conseguiu dizer foi uma frase de um dos discos de folk-rock de Alícia. — Deus abençoe a grama.

O homem do cortador de grama deu uma palmada na coxa rosada como uma maçã no verão.

— Essa é muito boa, companheiro. Para dizer a verdade, é ótima. Estou vendo que você pegou o espírito da coisa. Tudo bem se eu anotar isso quando voltar para o escritório? Pode até me conseguir uma promoção.

— Claro — Harold disse, recuando em direção à porta dos fundos e lutando para conservar o seu frágil sorriso no rosto. — Vá em frente e termine o serviço. Acho que vou tirar uma soneca...

— Claro, companheiro — o homem do cortador de grama disse, erguendo-se pesadamente. Harold notou a esquisita fenda grande entre o dedão e o segundo dedo dos seus pés, quase como se estes fossem... bem, cascos.

— A princípio todo mundo fica meio surpreso — o homem do cortador de grama disse. — Você vai se acostumar — e ele observou atentamente o vulto corpulento de Harold. — Na verdade, é capaz até de querer experimentar. O chefe está sempre de olho em novos talentos.

— O chefe — Harold repetiu, a voz quase sumindo.

O homem do cortador de grama deteve-se no último degrau e lançou um olhar tolerante para Harold Parkette.

— Bem, companheiro, ora, ora. Achei que você já devia ter adivinhado... Deus abençoe a grama e tudo mais.

Harold que não com a cabeça cautelosamente e o homem do cortador de grama riu.

— Pã. Pã é o chefe — ele deu um passinho saltitante sobre a grama recém-cortada e o cortador de grama voltou à vida, com um estrondo, começando a avançar por volta da casa.

— Os vizinhos... — Harold começou a dizer, mas o homem do cortador de grama apenas acenou alegremente e desapareceu.

Lá na frente, o cortador de grama rugia e uivava. Harold Parkette recusava-se a olhar, como se com esse gesto pudesse negar o grotesco espetáculo que os Castonmeyer e os Smith — ambos malditos democratas — provavelmente absorviam aterrorizados mas sem dúvida com aquela expressão de "eu-não-te-disse?" nos olhos.

Em vez de olhar, Harold foi até o telefone, agarrou-o e ligou para a central de polícia, cujo número de emergência estava numa etiqueta colada ali.

— Sargento Hall — disse a voz do outro lado da linha.

Harold enfiou o dedo no ouvido livre e disse:

— Meu nome é Harold Parkette. Meu endereço é 1.421 East Endicott Street. Gostaria de dar queixa... — de quê? Gostaria de dar queixa de quê? Um homem está estuprando e assassinando meu gramado, e ele trabalha para um cara chamado Pã e tem cascos no lugar dos pés?

— Sim, Sr. Parkette?

Uma idéia lhe ocorreu.

— Gostaria de dar queixa de um caso de atentado ao pudor.

— Atentado ao pudor — o sargento Hall repetiu.

— Sim. Há um homem aparando meu gramado. Ele está, digamos, em pêlo.

— Quer dizer que ele está nu? — o sargento Hall perguntou, polidamente incrédulo.

— Nu! — Harold confirmou, agarrando-se desesperadamente aos restos de seu equilíbrio mental. — Despido. Sem roupas. Com a bunda de fora. No meu jardim da frente. Agora será que dá para mandar alguém para cá?

— O endereço que me deu foi 1.421 West Endicott? — o sargento Hall perguntou, divertido.

— East! — Harold gritou. — Pelo amor de Deus...

— E está afirmando com certeza que ele está nu? Consegue ver seus, bem, seus órgãos genitais e tudo mais?

Harold tentou falar, mas só conseguiu emitir um som engasgado. O barulho do enlouquecido cortador de grama parecia ficar cada vez mais alto, sobrepondo-se ao universo inteiro. Sentiu ânsias de vômito.

— Pode falar mais alto? — o sargento Hall pediu. — Há uma interferência horrível do seu lado da linha...

A porta da frente de súbito se espatifou.

Harold olhou ao seu redor e viu o colega mecânico do homem do cortador de grama avançando pela porta. Atrás dele veio o próprio sujeito, ainda completamente nu. Quase dominado pela total insanidade, Harold viu que os pêlos pubianos do homem eram de um verde intenso e viçoso. Ele girava o boné de beisebol na ponta de um dedo.

— Isso foi um erro da sua parte, companheiro — o homem do cortador de grama disse, em tom de censura. — Você devia ter ficado com "Deus abençoe a grama".

— Alô? Alô, Sr. Parkette...

O telefone caiu dos dedos inertes de Harold quando o cortador de grama começou a avançar em sua direção, abrindo caminho pelo novo tapete Mohawk de Carla, e cuspindo punhados de fibras marrons ao se aproximar.

Harold ficou olhando fixamente para ele com uma espécie de fascinação do pássaro diante da cobra, até que chegasse à mesinha de centro. Quando o cortador de grama atirou-a para o lado, transformando uma das pernas em serragem e estilhaços de madeira, ele trepou por cima das costas da cadeira e começou a recuar na direção da cozinha, arrastando a cadeira em sua frente.

— Isso não vai adiantar nada, companheiro — o homem do cortador de grama disse, gentilmente. — E também vai aumentar a sujeira. Então, se você pudesse me mostrar onde está a sua faca de cozinha mais afiada, resolveríamos essa história do sacrifício de um jeito bastante indolor... acho que o bebedouro de passarinhos serviria... e então...

Harold jogou a cadeira no cortador de grama, que astutamente começara a flanquea-lo, enquanto o homem nu atraía sua atenção, e saiu como um raio pela porta. O cortador de grama rugiu ao redor da cadeira, soltando fumaça, e quando Harold abriu com um empurrão a porta de tela da varanda e desceu às pressas a escada, ouviu-o — sentiu-o, sentiu seu cheiro — bem nos seus calcanhares.

O cortador de grama arremessou-se rugindo do degrau mais alto como um esquiador executando um salto. Harold saiu em disparada pela grama recém-cortada, mas houvera cervejas demais, cochilos demais à tarde. Podia senti-lo se aproximando, e então em seus calcanhares, e então olhou por cima do ombro e tropeçou nos próprios pés.

A última coisa que Harold Parkette viu foi a sorridente grade niquelada do cortador de grama que o atacava, abrindo-se para revelar suas lâminas reluzentes e manchadas de verde, e por cima dela o rosto gordo do homem do cortador de grama, balançando a cabeça numa censura bem-humorada.

— Que coisa — disse o tenente Goodwin, quando a última das fotografias foi tirada. Fez que sim para os dois homens de branco, que saíram arrastando o cesto pelo gramado. — Ele registrou queixa de um sujeito nu em seu gramado há menos de duas horas.

— É mesmo? — o guarda Cooley perguntou.

— É. Um dos vizinhos também telefonou. Um cara chamado Castonmeyer. Pensou que fosse o próprio Parkette. Talvez fosse, Cooley. Talvez fosse.

— Senhor?

— Enlouquecido com o calor — disse o tenente Goodwin num tom grave, e deu um tapinha na própria têmpora. — A porra da esquizofrenia.

— Sim, senhor — Cooley disse, respeitosamente.

— Onde é que está o resto dele? — um dos homens de jaleco perguntou.

— O bebedouro dos passarinhos — Goodwin disse. Levantou os olhos sombriamente para o céu.

— O senhor disse o bebedouro dos passarinhos?

— Exatamente — o tenente Goodwin confirmou. O guarda Cooley olhou para o bebedouro e subitamente quase toda a cor de sua pele se esvaiu.

— Maníaco sexual — o tenente Goodwin disse. — Deve ter sido.

— Impressões? — Cooley perguntou, a voz embargada.

— Seria melhor você procurar por pegadas — Goodwin disse. Fez um gesto indicando a grama recém-aparada.

O guarda Cooley emitiu um ruído abafado com a garganta.

O tenente Goodwin meteu as mãos nos bolsos e balançou-se nos calcanhares.

— O mundo — ele disse, num tom grave — está cheio de gente doida. Nunca se esqueça disso, Cooley. Esquizofrênicos. Os rapazes da perícia dizem que alguém perseguiu Parkette em sua própria sala com um cortador de grama. Consegue imaginar uma coisa dessas?

— Não, senhor — Cooley disse.

Goodwin olhou para o gramado meticulosamente aparado de Harold Parkette.

— Bem, como disse o sujeito ao ver o sueco de cabelos pretos, é com certeza um nórdico de cor diferente.

Goodwin começou a caminhar ao redor da casa, e Cooley o seguiu. Atrás deles, o cheiro de grama recém-podada pairava agradavelmente no ar.

Ex-Fumantes Ltda.

Morrison esperava por alguém que estava detido no tráfego aéreo sobre o Aeroporto Internacional Kennedy, quando viu um rosto familiar na outra extremidade do bar e foi até lá.

— Jimmy? Jimmy McCann?

Era ele. Um pouco mais gordo do que quando Morrison o vira na Exposição de Atlanta, no ano anterior, mas fora isso parecia surpreendentemente em boa forma. Na faculdade era um sujeito pálido, que fumava desbragadamente, escondido atrás de imensos óculos com armação de tartaruga. Pelo visto, optara pelas lentes de contato.

— Dick Morrison?

— Eu mesmo. Você está ótimo — ele estendeu-lhe a mão e se cumprimentaram.

— Você também — McCann disse, mas Morrison sabia que era mentira. Vinha trabalhando demais, comendo demais e fumando demais. — O que está bebendo?

— Bourbon com *bitters** — respondeu Morrison. Puxou com o pé um dos bancos do bar e acendeu um cigarro. — Está esperando alguém, Jimmy?

— Não. Vou a Miami para uma reunião. Um cliente importante. Investe seis milhões de uma vez. Tenho que bajulá-lo, porque na primavera nós deixamos de operar uma grande venda especial.

— Você ainda trabalha para Crager & Barton?

— Sou vice-presidente executivo, agora.

---

* Licor amargo de ervas. (N. da T.)

— Fantástico! Meus parabéns! Quando foi que isso aconteceu? — ele tentava dizer a si mesmo que a minhoquinha de inveja em seu estômago era apenas indigestão causada pela acidez. Apanhou um tubo de pílulas antiácidas e mastigou uma delas.

— Agosto passado. Aconteceu uma coisa que mudou a minha vida — ele olhou especulativamente para Morrison e bebericou seu drinque. — Talvez lhe interesse.

Meu Deus, Morrison pensou, fazendo mentalmente uma careta de reprovação. Jimmy McCann se tornou religioso.

— Claro — ele disse, e bebeu de um gole seu drique, quando este lhe foi servido.

— Eu não estava em muito boa forma — McCann disse. — Problemas pessoais com Sharon, meu pai morreu... ataque cardíaco... e comecei a ter uma tosse insistente. Bobby Crager esteve lá no escritório um dia e me passou um sermão bem paternal. Você se lembra de como era?

— Lembro — ele trabalhara na Crager & Barton por 18 meses antes de ir para a Agência Morton. — Sente essa bunda e trabalhe direito, ou vá sentar essa bunda em outro lugar.

McCann riu.

— Você se lembra. Bem, para resumir a história, o médico me disse que eu tinha um princípio de úlcera. Disse-me para parar de fumar — McCann fez uma careta. — Era o mesmo que me dizer para parar de respirar.

Morrison fez que sim com a cabeça, indicando que compreendia perfeitamente bem. Os não-fumantes podiam se dar ao luxo de ser presunçosos. Olhou para o seu próprio cigarro com desgosto e o esmagou no cinzeiro, sabendo que acenderia outro dentro de cinco minutos.

— Você parou? — ele perguntou.

— Sim, parei. No começo, não achei que conseguiria... sempre acabava acendendo um cigarro. Então conheci um cara que me falou de uma organização na rua 46. Eu me perguntei, bem, o que tenho a perder e fui até lá. Desde então não fumei mais.

Morrison arregalou os olhos.

— O que eles fizeram? Encheram você com alguma droga?

— Não — ele pegara a carteira e procurava alguma coisa dentro dela. — Aqui está. Sabia que ainda tinha algum guardado.

Sobre o bar, entre eles, colocou um cartão de visitas simples, branco.

EX-FUMANTES LTDA.
Pare de fracassar e virar fumaça!
237 East 46th Street
Tratamentos com hora marcada

— Fique com ele, se quiser — McCann disse. — Vão te curar. É garantido.

— Como?

— Não posso te dizer — McCann falou.

— Hã? Por que não?

— É parte do contrato que fazem você assinar. E, de qualquer modo, vão te dizer como funciona quando te entrevistarem.

— Você assinou um *contrato?*

McCann anuiu.

— E de acordo com ele...

— É — ele sorriu para Morrison, que pensava: Bem, aconteceu. Jim McCann juntou-se aos desgraçados dos presunçosos.

— Por que todo esse segredo se a organização é tão fantástica? Como é que eu nunca vi anúncios na TV, cartazes, propagandas em revistas...

— Eles chegam ao seu limite de clientes só com a propaganda boca a boca.

— Você é um publicitário, Jimmy. Não é possível que acredite nisso.

— Acredito — McCann disse. — Eles têm um percentual de cura de 98 por cento.

— Espere um segundo — Morrison disse. Fez um sinal, pedindo um outro drinque, e acendeu um cigarro. — Por acaso esses caras te amarram e te fazem fumar até vomitar?

— Não.

— Te dão alguma coisa que te deixa enjoado todas as vezes em que acende...

— Não, não é nada desse tipo. Vá e veja por si mesmo — ele fez um gesto para o cigarro de Morrison. — Você não gosta realmente disso, gosta?

— Nããão, mas...

— Ter parado realmente mudou as coisas para mim — McCann disse. — Não acredito que seja igual para todo mundo, mas comigo foi exatamente como uma fileira de dominós caindo. Eu me senti melhor e minha relação com Sharon se acertou. Comecei a ter mais energia, e meu desempenho no trabalho começou a progredir.

— Olhe, você conseguiu despertar a minha curiosidade. Será que não pode ao menos...

— Sinto muito, Dick. Realmente não posso falar sobre isso — sua voz era firme.

— Você chegou a engordar?

Por um momento, teve a impressão de que Jimmy McCann parecia quase sinistro.

— Sim. Um pouco demais, na verdade. Mas emagreci outra vez. Agora já estou quase no meu peso ideal. Eu era esquelético antes.

— Convidamos para embarque no Portão 9 os passageiros do vôo 206 — o alto-falante anunciou.

— É o meu vôo — McCann disse, levantando-se. Deixou uma nota de cinco sobre o bar. — Tome mais um, se quiser. E pense no que eu disse, Dick. Pense bem.

Com isso ele se foi, abrindo caminho em meio à multidão até a escada rolante. Morrison apanhou o cartão, estudou-o pensativamente, depois o enfiou na carteira e se esqueceu dele.

O cartão caiu de sua carteira sobre o balcão de um outro bar, um mês mais tarde. Ele saíra do escritório mais cedo e fora até ali para passar o resto da tarde bebendo. As coisas não estavam indo tão bem na Agência Morton. Na verdade, as coisas estavam simplesmente péssimas.

Ele deu a Henry uma nota de dez para pagar pela bebida, depois pegou o pequeno cartão e releu-o — o número 237 da rua 46 leste ficava a apenas dois quarteirões dali; lá fora era um dia fresco e ensolarado de outubro, e talvez, só por diversão...

Quando Henry trouxe o seu troco, ele terminou o drinque e saiu para uma caminhada.

A Ex-Fumantes Ltda. ficava num prédio novo, em que o preço mensal do aluguel de um escritório provavelmente equivalia à renda anual de Morrison. Pelo quadro que ficava no saguão, pareceu-lhe que suas instalações ocupavam todo um andar, e isso significava dinheiro. Um bocado de dinheiro.

Tomou o elevador e desceu num saguão luxuosamente acarpetado, e dali seguiu até uma uma recepção graciosamente decorada com uma ampla janela da qual o mundo lá embaixo parecia povoado por pequenos insetos apressados. Havia três homens e uma mulher sentados nas cadeiras junto à parede, lendo revistas. Gente típica do mundo dos negócios, todos eles. Morrison dirigiu-se à mesa da recepcionista.

— Um amigo me deu isto — ele disse, passando o cartão à recepcionista. — Acho que se pode dizer que ele é um ex-aluno.

Ela sorriu e colocou um formulário na máquina de escrever.

— Qual é o seu nome, senhor?

— Richard Morrison.

Claque-claque-claque. Teclas bem silenciosas; a máquina de escrever era uma IBM.

— Seu endereço?

— Maple Lane número 29, Clinton, Nova York.

— Casado?

— Sim.

— Filhos?

— Um — ele pensou em Alvin e franziu ligeiramente a testa. "Um" era a palavra errada. "Meio" talvez fosse melhor. Seu filho era retardado mental e vivia numa escola para excepcionais em Nova Jersey.

— Quem nos recomendou ao senhor, Sr. Morrison?

— Um antigo colega de escola. James McCann.

— Muito bem. Quer sentar-se, por favor? Hoje estamos com o dia cheio.

Ele se sentou entre a mulher, que usava um costume azul bem tradicional, e o jovem executivo vestido com um blazer listrado e ostentando costeletas estilosas. Pegou o maço de cigarros, olhou ao redor e viu que não havia cinzeiros.

Guardou novamente o maço. Tudo bem. Levaria aquele joguinho até o fim, e então acenderia um cigarro ao sair. Talvez até mesmo batesse algumas cinzas no luxuoso tapete marrom deles, se o fizessem esperar demais. Apanhou um exemplar da *Time* e começou a folheá-lo.

Chamaram-no 15 minutos mais tarde, depois da mulher de costume azul. Sua central consumidora de nicotina falava bem alto, agora. Um homem que entrara depois dele apanhou uma cigarreira, abriu-a, viu que não havia cinzeiros e voltou a guardá-la — parecendo um tanto culpado, Morrison pensou. Isso fez com que se sentisse melhor.

Por fim, a recepcionista ofereceu um sorriso brilhante e disse:

— Pode entrar agora, Sr. Morrison.

Morrison passou pela porta que ficava atrás de sua mesa e viu-se num corredor com iluminação indireta. Um homem corpulento com cabelos brancos que pareciam falsos apertou sua mão, sorriu amigavelmente e disse:

— Acompanhe-me, Sr. Morrison.

Conduziu Morrison ao longo de uma série de portas fechadas, sem qualquer marca, depois abriu com uma chave uma delas, mais ou menos no meio no corredor. A porta dava para uma salinha austera e revestida com painéis de cortiça brancos. A única mobília era uma mesa com uma cadeira de cada lado. Havia o que parecia ser uma pequena janela oblonga na parede atrás da mesa, mas estava coberta com uma cortininha verde. Havia um retrato na parede à esquerda de Morrison — um homem alto com cabelos cor de chumbo. Segurava uma folha de papel numa das mãos. Parecia vagamente familiar.

— Sou Vic Donnati — o homem corpulento disse. — Se o senhor decidir seguir nosso programa, serei o encarregado de seu caso.

— Prazer em conhecê-lo — Morrison disse. Precisava muito de um cigarro.

— Sente-se.

Donnati colocou sobre a mesa o formulário da recepcionista, e em seguida tirou outro formulário da gaveta. Olhou Morrison diretamente nos olhos.

— Quer parar de fumar?

Morrison pigarreou, cruzou as pernas e tentou pensar numa forma de soar ambíguo. Não conseguiu.

— Sim — respondeu.

— Pode assinar isto? — deu a Morrison o formulário. Ele passou os olhos rapidamente pela folha. O abaixo assinado se compromete a não divulgar os métodos ou técnicas ou etc., etc.

— Claro — ele disse, e Donatti colocou uma caneta em sua mão. Rabiscou seu nome, e Donnati assinou embaixo. Um instante depois, o papel desapareceu dentro da gaveta de onde viera. Bem, ele pensou, ironicamente, fiz um juramento. Já o havia feito antes. Uma vez durou dois dias inteiros.

— Ótimo — disse Donnati. — Não nos preocupamos com propaganda aqui, Sr. Morrison. Nem com questões de saúde, gastos, aparência. Não temos qualquer interesse nos motivos pelos quais deseja parar de fumar. Somos pragmatistas.

— Ótimo — Morrison disse, inexpressivamente.

— Não utilizamos drogas. Não utilizamos gente do estilo Dale Carnegie* para lhe fazer sermões. Não recomendamos qualquer dieta especial. E não aceitamos pagamento até que tenha ficado um ano sem fumar.

— Meu Deus — Morrison disse.

— O Sr. McCann não lhe disse isso?

— Não.

— A propósito, como está o Sr. McCann? Ele vai bem?

— Sim, está ótimo.

— Maravilhoso. Excelente. Agora... apenas algumas perguntas, Sr. Morrison. São um tanto quanto pessoais, mas garanto que suas respostas serão mantidas no mais estrito sigilo.

— Sim? — Morrison perguntou, em tom neutro.

— Qual é o nome da sua mulher?

— Lucinda Morrison. Seu sobrenome de solteira era Ramsey.

— O senhor a ama?

Morrison levantou os olhos rispidamente, mas Donatti o olhava com suavidade.

— Sim, é claro — ele disse.

---

* Autor de *Como fazer amigos e influenciar pessoas*. (N. da T.)

— Alguma vez já tiveram problemas conjugais? Uma separação, talvez?

— O que isso tem a ver com largar o vício? — Morrison perguntou. Seu tom de voz estava um pouco mais zangado do que ele tencionava, mas queria um cigarro... diabos, *precisava* de um cigarro.

— Muita coisa — Donatti disse. — Tente colaborar.

— Não, nada desse tipo — embora ultimamente as coisas *tivessem* estado um pouco tensas.

— Os dois só têm esse filho?

— Sim. Alvin. Ele está numa escola particular.

— E qual é a escola?

— Isso — Morrison falou, implacável — eu não vou lhe dizer.

— Muito bem — Donatti disse, compreensivo. Sorriu de forma a desarmar Morrison. — Todas as suas perguntas serão respondidas amanhã, em seu primeiro tratamento.

— Que ótimo — Morrison disse, pondo-se de pé.

— Uma última pergunta — Donatti disse. — Está sem fumar há mais de uma hora. Como se sente?

— Ótimo — Morrison mentiu. — Ótimo mesmo.

— Que bom para o senhor — Donatti exclamou. Contornou a mesa e abriu a porta. — Aproveite-os bem esta noite. Depois de amanhã, jamais voltará a fumar.

— É mesmo?

— Sr. Morrison — Donatti disse, num tom solene —, isso nós garantimos.

Estava sentado na sala de espera da Ex-Fumantes Ltda. no dia seguinte, pontualmente às três. Passara a maior parte do dia oscilando entre faltar à consulta que a recepcionista marcara para ele quando saíra e comparecer num espírito de teimosa colaboração — *Faça o melhor de que for capaz para me convencer, cara.*

No fim, algo que Jimmy McCann dissera o convencera a comparecer — *mudou a minha vida*. Só Deus sabia o quanto a sua própria vida precisava de algumas mudanças. E havia também a curiosidade. Antes de tomar o elevador, fumou um cigarro até o filtro. Que droga se for o último, pensou. O gosto era horrível.

A espera na recepção foi curta, dessa vez. Quando a recepcionista lhe disse para entrar, Donatti o aguardava. Estendeu-lhe a mão e sorriu, e para Morrison o sorriso pareceu quase predatório. Começou a se sentir um pouco tenso, o que o fez desejar um cigarro.

— Venha comigo — Donatti disse, conduzindo-o até a pequena sala. Sentou-se outra vez atrás da mesa, e Morrison ocupou a outra cadeira.

— Fico muito feliz que tenha vindo — Donatti disse. — Vários possíveis clientes nunca voltam aqui após a entrevista inicial. Dão-se conta de que não queriam deixar de fumar tanto quanto pensavam. Será um prazer trabalhar com o senhor.

— Quando começa o tratamento? — hipnose, ele pensava. Deve ser hipnose.

— Oh, já começou. Começou quando nos cumprimentamos no corredor. Tem cigarros consigo, Sr. Morrison?

— Tenho.

— Pode entregá-los a mim, por favor?

Dando de ombros, Morrison entregou o maço a Donatti. De qualquer modo, só restavam uns dois ou três cigarros nele.

Donatti colocou o maço em cima da mesa. Então, encarando Morrison e sorrindo, fechou a mão direita num punho e começou a socar o maço de cigarros, que ficou todo amarrotado e achatado. Uma ponta partida de cigarro voou longe. Pedaços de tabaco se espalharam. O som do punho de Donatti era bem forte na sala fechada. O sorriso permanecia em seu rosto apesar da força dos golpes, e Morrison sentiu um arrepio. Provavelmente era exatamente o efeito que queriam causar, ele pensou.

Por fim, Donatti parou de bater. Pegou o maço, um destroço completamente amassado e desmantelado.

— Não pode imaginar o prazer que isso me dá — ele disse, jogando o maço na lata de lixo. — Mesmo depois de três anos de profissão, ainda me dá prazer.

— Como tratamento, deixa algo a desejar — Morrison disse, sendo gentil. — Há uma banca de jornais no saguão deste prédio. E eles vendem todas as marcas.

— Como quiser — Donatti disse. Entrelaçou os dedos. — Seu filho, Alvin Dawes Morrison, está na Escola Paterson para Crianças Excepcionais. Nasceu com danos cerebrais. Fez 46 pontos no teste de QI. Não pertence exatamente à categoria dos retardados que podem ser educados. Sua mulher...

— Como descobriu isso? — vociferou Morrison. Estava surpreso e furioso. — Não tem o direito de meter o nariz...

— Sabemos muita coisa a seu respeito — Donatti falou, de forma branda. — Mas, como disse, tudo será mantido sob o mais estrito sigilo.

— Vou-me embora daqui — Morrison disse, a voz tensa. Ficou de pé.

— Fique um pouco mais.

Morrison encarou-o fixamente. Donatti não estava aborrecido. Na verdade, parecia até estar achando uma certa graça. Era o rosto de um homem que vira essa reação dezenas ou mesmo centenas de vezes.

— Certo. Mas é melhor que isso seja bom mesmo.

— Ah, mas é — Donatti reclinou-se para trás. — Disse-lhe que aqui nós éramos pragmatistas. E enquanto pragmatistas, temos de começar reconhecendo como é difícil curar o vício do tabagismo. O índice de recaídas é de quase 85 por cento. O índice de recaídas de viciados em heroína é mais baixo do que esse. É um problema extraordinário. *Extraordinário.*

Morrison lançou um olhar para o cesto de lixo. Um dos cigarros, embora amassado, ainda parecia fumável. Donatti riu, bem-humorado, colocou a mão no cesto e destruiu o cigarro com os dedos.

— As legislaturas estaduais às vezes recebem um requerimento de que o sistema penitenciário acabe com a ração semanal de cigarros. Essas propostas são invariavelmente recusadas. Nos poucos casos em que foram aprovadas, houve revoltas ferozes nas prisões. *Revoltas*, Sr. Morrison. Imagine.

— Isso não me surpreende — disse Morrison.

— Mas considere as implicações. Quando você coloca um homem na prisão, o está privando de qualquer vida sexual normal, de sua bebida, de sua política, de sua liberdade de movimentos. Não há revoltas... ou, pelo menos, há poucas, em comparação com o número de prisões.

Mas quando você o priva de seus *cigarros*... bum! — ele bateu o punho na mesa para dar ênfase.

"Durante a Primeira Guerra Mundial, quando ninguém na retaguarda alemã conseguia cigarros, a visão de aristocratas alemães catando guimbas nas sarjetas era bastante comum. Durante a Segunda Guerra Mundial, muitas americanas começaram a fumar cachimbo quando não conseguiam cigarros. Um problema fascinante para o verdadeiro pragmatista, Sr. Morrison."

— Podemos passar ao tratamento?

— Imediatamente. Venha até aqui, por favor.

Donatti se levantara e estava de pé junto à cortina verde que Morrison notara na véspera. Donatti afastou a cortina, revelando uma janela retangular que dava para um quarto vazio. Não, não exatamente vazio. Havia um coelho no chão, comendo bolotas de ração numa vasilha.

— Coelho bonitinho — Morrison comentou.

— De fato. Observe-o.

Donatti apertou um botão no peitoril da janela. O coelho parou de comer e começou a pular pelo quarto alucinadamente. Parecia saltar mais alto a cada vez que seus pés tocavam o chão. Seu pêlo se eriçava em todas as direções. Seus olhos estavam arregalados.

— Pare com isso! Está eletrocutando o coelho!

Donatti soltou o botão.

— Longe disso. A carga elétrica no chão é muito baixa. Observe o coelho, Sr. Morrison!

O coelho estava agachado a cerca de 3 metros de distância do prato de ração. Seu nariz tremia. Subitamente, fugiu para um canto.

— Se o coelho receber um choque com freqüência suficiente enquanto estiver comendo — Donatti disse —, fará a associação bem rapidamente. Comer causa dor. Assim, não vai mais comer. Alguns choques a mais e o coelho morrerá de fome em frente à sua comida. Isso é chamado treinamento de aversão.

Fez-se a luz na mente de Morrison.

— Não, muito obrigado — começou a se encaminhar à porta.

— Espere, por favor, Sr. Morrison.

Morrison não parou de andar. Agarrou a maçaneta... e sentiu-a deslizar solidamente em sua mão.

— Destranque isto.

— Sr. Morrison, se o senhor ao menos se sentasse...

— Destranque esta porta, ou a polícia vai estar aqui antes que você possa dizer Homem de Marlboro.

— *Sente-se* — a voz era fria como gelo.

Morrison olhou para Donatti. Seus olhos castanhos eram turvos e assustadores. Meu Deus, ele pensou, estou trancado aqui com um psicopata. Umedeceu os lábios. Queria um cigarro mais do que em qualquer outro momento da sua vida.

— Deixe-me explicar o tratamento mais detalhadamente — Donatti disse.

— Não está entendendo — Morrison disse, com fingida paciência. — Não quero fazer esse tratamento. Decidi recusá-lo.

— Não, Sr. Morrison, é o *senhor* que não está entendendo. Não tem escolha. Quando lhe disse que o tratamento já tinha começado, estava falando a pura verdade. Achei que já tinha percebido isso, a esta altura.

— Você é louco.

— Não. Apenas um pragmatista. Deixe-me dizer tudo sobre o tratamento.

— Claro — Morrison falou. — Contanto que compreenda que assim que sair daqui vou comprar cinco maços de cigarro e fumar todos eles a caminho da delegacia — ele subitamente se deu conta de que estava roendo a unha do polegar, chupando o dedo, e se obrigou a parar.

— Como quiser. Mas acho que vai mudar de idéia quando compreender a situação como um todo.

Morrison nada disse. Sentou-se novamente e entrelaçou os dedos.

— Durante o primeiro mês de tratamento, nossos agentes o manterão sob constante supervisão — Donatti disse. — Vai conseguir ver alguns deles. Não todos. Mas eles sempre estarão com o senhor. *Sempre*. Se o virem fumando um cigarro, recebo um telefonema.

— E imagino que vai me trazer aqui e me dar o velho tratamento do coelho — Morrison disse. Tentou fazer com que suas palavras soassem frias e sarcásticas, mas subitamente sentiu-se horrivelmente amedrontado. Aquilo era um pesadelo.

— Oh, não — Donatti disse. — Sua mulher recebe o tratamento do coelho, não o senhor.

Morrison encarou-o, emudecido.

Donatti sorriu.

— O senhor — ele disse — apenas assiste.

Depois que Donatti o deixou ir embora, Morrison ficou andando por cerca de duas horas, completamente atordoado. Aquele era um outro dia bonito, mas ele nem notou. A monstruosidade do rosto sorridente de Donatti obscurecia tudo mais.

— Veja bem — ele dissera —, um problema pragmático requer soluções pragmáticas. O senhor precisa compreender que estamos pensando nos seus interesses.

A Ex-Fumantes Ltda., segundo Donatti, era uma espécie de fundação — uma organização sem fins lucrativos criada pelo homem do retrato na parede. O cavalheiro havia sido extremamente bem-sucedido em vários negócios de família — incluindo máquinas caça-níqueis, casas de massagem, loteria ilegal e um ativo (embora clandestino) comércio entre Nova York e a Turquia. Mort "Três-Dedos" Minelli fora um fumante inveterado — na faixa dos três maços por dia. A folha de papel que segurava no retrato era o diagnóstico médico: câncer de pulmão. Mort morrera em 1970, após fundar com recursos da família a Ex-Fumantes Ltda.

— Tentamos equilibrar da melhor forma possível nossa receita e nossos gastos — Donatti dissera. — Mas estamos mais interessados em ajudar nossos semelhantes. E, é claro, isso é um grande argumento do ponto de vista dos impostos.

O tratamento era horripilantemente simples. Uma primeira recaída e Cindy seria trazida ao que Donatti chamava de "sala do coelho". Uma segunda recaída, e a dose seria para Morrison. Uma terceira recaída, ambos seriam levados juntos para a sala. Uma quarta recaída demonstraria graves problemas de cooperação e requereria medidas mais drásticas. Um agente seria enviado à escola de Alvin para dar uma surra no garoto.

— Imagine — dissera Donatti, sorrindo — como seria horrível para o garoto. Ele não compreenderia, mesmo que alguém explicasse. Apenas saberia que alguém o machucava porque o papai tinha sido mau. Ficaria muito assustado.

— Seu desgraçado — Morrison disse, impotente. Sentia-se à beira das lágrimas. — Seu desgraçado miserável.

— Não me entenda mal — Donatti disse. Estava sorrindo, cheio de simpatia. — Tenho certeza de que isso não vai acontecer. Quarenta por cento de nossos clientes jamais chegam a ter que ser disciplinados... e apenas 10 por cento cometem mais do que três deslizes. Esses números são bem reconfortantes, não são?

Morrison não os achava reconfortantes. Achava-os aterrorizantes.

— Naturalmente, se transgredir as regras uma *quinta* vez...

— O que quer dizer?

Donatti sorriu, radiante.

— A sala para o senhor e a sua mulher, uma segunda surra no seu filho e uma surra em sua mulher.

Morrison, que já ultrapassara os limites do pensamento racional, atirou-se por cima da mesa sobre Donatti. Ele moveu-se com velocidade surpreendente para um homem que aparentemente até então estava completamente relaxado. Empurrou a cadeira para trás e lançou os dois pés por cima da mesa, acertando Morrison na barriga. Engasgando e tossindo, Morrison recuou, cambaleante.

— Sente-se, Sr. Morrison — Donatti disse, com ar benigno. — Vamos discutir esse assunto como pessoas racionais.

Quando conseguiu recobrar o fôlego, Morrison seguiu as ordens do outro. Os pesadelos têm de terminar em algum momento, não têm?

A Ex-Fumantes Ltda., Donatti também explicara, funcionava numa escala de punição de dez passos. Os passos seis, sete e oito consistiam em outras visitas à sala do coelho (e aumento de voltagem) e surras mais sérias. O nono passo consistiria em quebrar os braços do filho dele.

— E o décimo? — Morrison perguntou, a boca seca.

Donatti sacudiu pesarosamente a cabeça.

— Então nós desistimos, Sr. Morrison. O senhor passa a fazer parte dos dois por cento dos irrecuperáveis.

— Vocês realmente desistem?

— Por assim dizer — ele abriu uma das gavetas e colocou sobre a mesa uma pistola calibre .45 com um silenciador. Encarou Morrison nos olhos e sorriu. — Mas mesmo os dois por cento dos irrecuperáveis jamais voltam a fumar. Nós garantimos.

O filme de sexta-feira à noite era *Bullitt*, um dos favoritos de Cindy, mas depois de Morrison ficar resmungando e se remexendo durante uma hora, ela perdeu a concentração.

— Qual é o problema com você? — ela perguntou, durante o intervalo.

— Nada... tudo — ele grunhiu. — Estou parando de fumar.

Ela riu.

— Desde quando? Desde cinco minutos atrás?

— Desde as três horas da tarde de hoje.

— Você não fumou mesmo nenhum cigarro desde essa hora?

— Não — ele disse, e começou a roer a unha do polegar, que já estava no sabugo.

— Isso é maravilhoso! E o que foi que te fez decidir parar?

— Você — ele disse. — E... e Alvin.

Ela arregalou os olhos, e, quando o intervalo terminou, nem reparou. Dick raramente mencionava seu filho retardado. Ela se aproximou, olhou para o cinzeiro vazio junto à mão direita dele, e então dentro de seus olhos.

— Você está mesmo tentando parar, Dick?

— Estou.

E se eu procurar a polícia, ele acrescentou, mentalmente, o esquadrão local de capangas estará por perto para deformar o seu rosto, Cindy.

— Fico feliz. Mesmo que você não consiga, nós dois te agradecemos por tentar, Dick.

— Oh, acho que vou conseguir — ele disse, pensando na expressão turva e homicida que os olhos de Donatti haviam assumido quando ele o chutou no estômago.

Dormiu mal naquela noite, acordando repetidas vezes. Por volta das três horas, despertou completamente. A vontade que sentia de fumar era como uma febre baixa. Foi para o seu escritório, no andar de baixo. O cômodo ficava no meio da casa, não havia janelas. Abriu a gaveta superior de sua mesa e olhou para dentro, fascinado pela caixa de cigarros. Olhou ao redor e umedeceu os lábios.

Supervisão constante durante o primeiro mês, Donatti dissera. Dezoito horas por dia durante o segundo e o terceiro mês — mas ele jamais saberia *que* 18 horas. Durante o quarto mês, o mês em que a maioria dos clientes costumava ter uma recaída, o "serviço" retornaria a 24 horas por dia. Então, 12 horas intercaladas de vigilância todos os dias pelo resto do ano. Depois disso? Vigilância ocasional pelo resto da vida do cliente.

Pelo resto de sua vida.

— Podemos verificá-lo a cada dois meses — Donatti disse. — Ou a cada dois dias. Ou constantemente durante uma semana, daqui a dois anos. A questão é, *o senhor não terá como saber.* Se fumar, estará jogando com dados viciados. Será que estão me observando? Será que estão levando minha mulher, ou mandando um sujeito pegar meu filho neste exato instante? É lindo, não acha? E se conseguir fumar um cigarro às escondidas, o gosto será horrível. Será o gosto do sangue de seu filho.

Mas eles não podiam estar observando agora, na calada da noite, em seu próprio escritório. A casa estava silenciosa como um túmulo.

Olhou para os cigarros na caixa durante quase dois minutos, incapaz de desviar o olhar. Depois foi até a porta do escritório e espiou lá fora, o corredor vazio, voltando então para olhar mais um pouco para os cigarros. Um quadro horrível lhe veio à mente: sua vida se estendendo à sua frente e nem um cigarro à vista. Como, em nome de Deus, ele conseguiria voltar a fazer uma boa apresentação de campanha a um cliente desconfiado sem aquele cigarro queimando indolentemente entre seus dedos, enquanto ele apontava para gráficos e esboços? Como conseguiria suportar as intermináveis exposições de jardinagem de Cindy sem um cigarro? Como conseguiria até mesmo levantar-se pela manhã e encarar o dia sem um cigarro para fumar enquanto bebesse o café e lesse o jornal?

Amaldiçoou-se por ter se metido naquilo. Amaldiçoou Donatti. E, acima de tudo, amaldiçoou Jimmy McCann. Como ele podia ter feito isso? O filho-da-puta *sabia*. Suas mãos tremiam de vontade de agarrar aquele Jimmy Judas McCann.

Furtivamente, lançou mais um olhar pelo escritório. Colocou a mão dentro da gaveta e tirou de lá um cigarro. Acariciou-o, acalentou-o. Como era mesmo aquele velho *slogan*? *Tão redondo, tão firme, tão compacto*. Nunca haviam sido ditas palavras mais verdadeiras. Levou o cigarro à boca e então se interrompeu, inclinando a cabeça, atento.

Tinha ouvido um barulho muito discreto no closet? Um leve movimento? Com certeza que não. Mas...

Uma outra imagem mental — aquele coelho saltando alucinadamente sob o efeito da eletricidade. A idéia de Cindy naquela sala...

Ficou escutando desesperadamente, e nada ouviu. Disse a si mesmo que tudo o que tinha a fazer era ir até a porta do closet e escancará-la. Mas estava apavorado demais diante do que poderia encontrar lá. Voltou para a cama, mas não conseguiu dormir durante um longo tempo.

Apesar de sentir-se muito indisposto pela manhã, achou o café-da-manhã gostoso. Após um instante de hesitação, comeu sua tigela costumeira de flocos de milho e em seguida ovos mexidos. Lavava a frigideira, mal-humorado, quando Cindy desceu, de robe.

— Richard Morrison! Você não comia ovos no café desde o tempo do onça.

Morrison resmungou. Achava *Desde o tempo do onça* uma das piores frases de Cindy, junto com *não tem tu, vai tu mesmo*.

— Já fumou? — ela perguntou, servindo-se de suco de laranja.

— Não.

— Já vai ter voltado por volta do meio-dia — ela proclamou, risonha.

— Você ajuda muito, mesmo! — ele bradou, voltando-se para ela. — Você e todas as pessoas que não fumam, vocês todos acham que... ah, deixa pra lá.

Pensou que ela fosse se irritar, mas ela o fitava como que maravilhada.

— Você está falando sério — ela disse. — Está mesmo.

— Pode crer que estou — *jamais saberá* o quanto *estou falando sério. É o que espero.*

— Pobrezinho — ela disse, aproximando-se dele. — Está parecendo um morto-vivo. Mas estou muito orgulhosa.

Morrison a abraçou com força.

Cenas da vida de Richard Morrison, outubro-novembro:

Morrison e um amigo dos Estúdios Larkin, no bar de Jack Dempsey. O amigo oferece um cigarro. Morrison segura o copo com um pouco mais de força e diz: *Estou parando*. O amigo ri e diz: *Eu te dou uma semana*.

Morrison esperando pelo trem, de manhã, olhando por cima do *Times* para um jovem de terno azul. Vê o jovem quase toda manhã, agora, e às vezes em outros lugares. No Onde's, quando foi se encontrar com um cliente. Vendo os discos de 45 rotações na Sam Goody's, onde Morrison procurava um álbum de Sam Cooke. Certa vez no meio de uma partida de duplas, atrás do grupo de Morrison, no clube local de golfe.

Morrison se embebedando numa festa, louco por um cigarro — mas ainda não bêbado o suficiente para fumar um.

Morrison visitando seu filho, levando para ele uma bola enorme que apitava quando apertada. O beijo babado e alegre de seu filho. De certa forma, não tão repulsivo quanto antes. Dando em seu filho um abraço apertado, compreendendo aquilo de que Donatti e seus colegas haviam tão cinicamente se dado conta antes dele: o amor é a droga mais perniciosa de todas. Que os românticos debatam sua existência. Os pragmatistas aceitam-no e fazem uso dele.

Morrison abandonando a compulsão física de fumar pouco a pouco, mas jamais se libertando por completo do anseio psicológico, ou da necessidade de ter alguma coisa na boca — pastilhas contra tosse, balas Life Saver, um palito. Substitutos ineficazes, todos eles.

E finalmente Morrison preso num engarrafamento colossal no túnel Midtown. Escuridão. Buzinas soando. O ar fedendo. O tráfego irremediavelmente congestionado. E subitamente Morrison abrindo o porta-luvas e vendo o maço de cigarros aberto lá dentro. Olhou para o maço por um momento, então apanhou um cigarro e o acendeu com o isqueiro do painel. Se alguma coisa acontecer, é culpa de Cindy, ele disse a si mesmo, em tom de desafio. Disse a ela que sumisse com todos os malditos cigarros.

A primeira tragada o fez tossir fumaça desesperadamente. A segunda trouxe lágrimas aos seus olhos. A terceira fez com que se sentisse tonto, prestes a desmaiar. Tinha um gosto horrível, ele pensou.

E a seguir: meu Deus, o que estou fazendo?

Buzinas soavam impacientemente atrás dele. À sua frente, o trânsito começara a andar outra vez. Ele apagou o cigarro no cinzeiro, abriu as duas janelas dianteiras, os quebra-ventos, e abanou inutilmente o ar, como um garoto que acabasse de jogar na privada sua primeira guimba.

Juntou-se aos trancos ao fluxo do trânsito e seguiu para casa.

— Cindy? — ele chamou. — Cheguei.

Nenhuma resposta.

— Cindy? Onde é que você está, amor?

O telefone tocou, e ele correu para atender.

— Alô? Cindy?

— Alô, Sr. Morrison — disse Donatti. Sua voz era agradavelmente animada e num tom de quem tratava de negócios. — Parece que temos um pequeno compromisso. Cinco horas seria conveniente?

— Você está com a minha mulher?

— Sim, para dizer a verdade estou — Donatti deu uma risadinha condescendente.

— Olhe, deixe-a ir embora — Morrison balbuciou. — Não vai acontecer de novo. Foi um deslize, só um deslize, foi tudo. Só dei três tragadas e meu Deus, *o gosto nem estava bom!*

— Que pena. Espero o senhor às cinco, então?

— Por favor — disse Morrison, à beira das lágrimas. — Por favor...

Falava com um telefone desligado.

Às cinco da tarde, a sala de recepção estava vazia, exceto pela secretária, que lhe sorriu um sorriso radiante, ignorando a palidez de Morrison e sua aparência desalinhada.

— Sr. Donatti? — ela falou, para o interfone. — Sr. Morrison veio ver o senhor — ela fez um sinal afirmativo com a cabeça para Morrison. — Pode entrar.

Donatti estava esperando do lado de fora da sala sem identificação na porta com um homem que usava um moletom do bonequinho SMILE e carregava um .38. Era grandalhão como um macaco.

— Ouça — Morrison disse para Donatti. — Podemos pensar em alguma coisa, não podemos? Posso te pagar. Posso...

— Cala a boca — disse o homem no moletom do bonequinho SMILE.

— É bom ver o senhor — Donatti disse. — Lamento que tenha de ser sob circunstâncias tão adversas. Quer me acompanhar? Vamos resolver isso da forma mais breve possível. Posso lhe garantir que sua mulher não vai se machucar... desta vez.

Morrison retesou o corpo, pronto para saltar sobre Donatti.

— Ora, vamos — Donatti disse, parecendo aborrecido. — Se fizer isso, o nosso Junk aqui acerta-lhe um golpe com o revólver, e sua mulher ainda vai ter de ser punida. O que o senhor tem a ganhar com isso?

— Espero que você queime no inferno — ele disse a Donatti.

Donatti suspirou.

— Se eu recebesse uma moeda a cada vez que alguém expressa um sentimento semelhante, poderia me aposentar. Que isso lhe sirva de lição, Sr. Morrison. Quando um romântico tenta fazer alguma coisa e falha, dão a ele uma medalha. Quando um pragmatista é bem sucedido, desejam vê-lo no inferno. Vamos?

Junk fez um gesto com a pistola.

Morrison foi o primeiro a entrar na sala. Sentia-se entorpecido. A cortininha verde tinha sido afastada. Junk fez com que avançasse, empurrando-o com a arma. Ser testemunha da câmara de gás devia ser daquele jeito, ele pensou.

Olhou lá para dentro. Cindy estava ali, olhando ao redor, desconcertada.

— Cindy! — Morrison gritou, angustiado. — Cindy, eles...

— Ela não pode ouvi-lo ou vê-lo — Donatti disse. — É um espelho falso. Bem, vamos acabar logo com isso. Realmente, foi um deslize bem pequeno. Acho que trinta segundos serão suficientes. Junk?

Junk apertou o botão com uma das mãos e manteve a pistola encostada firmemente nas costas de Morrison com a outra.

Foram os trinta segundos mais longos da sua vida.

Quando tudo terminou, Donatti colocou a mão sobre o ombro de Morrison e perguntou:

— O senhor vai vomitar?

— Não — disse Morrison, com um fiapo de voz. Sua testa estava apoiada no vidro. Suas pernas eram como geléia. — Acho que não — ele se virou e viu que Junk se fora.

— Venha comigo — Donatti disse.

— Para onde? — Morrison perguntou, apático.

— Acho que o senhor tem algumas coisas a explicar, não é verdade?

— Como posso encará-la? Como posso dizer a ela que eu... eu...

— Acho que vai ficar surpreso — Donatti disse.

A sala estava vazia, exceto por um sofá. Cindy estava sentada nele, soluçando, desamparada.

— Cindy? — ele disse, baixinho.

Ela ergueu a cabeça, os olhos muito grandes por causa das lágrimas.

— Dick? — ela sussurrou. — Dick? Oh... Oh, meu Deus... — ele a abraçou com força. — Dois homens — ela disse, a cabeça sobre seu peito. — Lá em casa, e primeiro pensei que eram ladrões, e depois pensei que iam me estuprar, e então eles me levaram para algum lugar com uma venda nos olhos e... e... oh, foi *horrível*...

— Shhh — ele disse. — Shhh.

— Mas por quê? — ela perguntou, olhando para ele. — Por que será que eles...

— Por minha causa — ele disse. — Tenho que te contar uma história, Cindy...

Quando ele terminou, ficou em silêncio por um momento e então disse:

— Imagino que você esteja com muita raiva de mim. Não te culpo.

Ele olhava para o chão, e ela segurou seu rosto com as duas mãos, virando-o para si.

— Não — ela disse. — Não estou com raiva de você.

Ele olhou para ela, mudo de espanto.

— Valeu a pena — ela disse. — Que Deus abençoe essa gente. Eles te libertaram de uma prisão.

— Está falando sério?
— Estou — ela disse, e o beijou. — Podemos ir para casa, agora? Estou me sentindo muito melhor. Muito melhor mesmo.

O telefone tocou certa tarde, uma semana depois, e quando Morrison reconheceu a voz de Donatti, disse:
— Seus rapazes se enganaram. Não cheguei nem perto de um cigarro.
— Sabemos disso. Temos um último assunto para discutir. Pode passar por aqui amanhã à tarde?
— Por acaso...
— Não, não é nada sério. Contabilidade, para falar a verdade. Aliás, parabéns pela sua promoção.
— Como soube disso?
— Nós nos mantemos informados — disse Donatti num tom neutro, e desligou.

Quando entraram na salinha, Donatti disse:
— Não fique tão nervoso. Ninguém vai mordê-lo. Venha até aqui, por favor.
Morrison viu uma balança de banheiro comum.
— Olhe, ganhei um pouco de peso, mas...
— Sim, isso acontece com 73 por cento dos nossos clientes. Suba, por favor.
Morrison obedeceu, e a balança marcou setenta e nove quilos.
— Muito bem, pode descer. Qual é a sua altura, Sr. Morrison?
— Um metro e oitenta.
— Muito bem. Vejamos — ele tirou do bolso um pequeno cartão plastificado. — Ora, não está tão mau assim. Vou lhe dar uma receita de pílulas dietéticas altamente ilegais. Deve tomá-las com parcimônia e de acordo com as instruções. E vou fixar seu peso máximo em... vejamos... — ele consultou o cartão novamente. — Oitenta e dois quilos e meio, o que acha? E como hoje é dia 1º de dezembro, vou aguardá-lo no primeiro dia de cada mês para verificar seu peso. Não tem problema se não conseguir comparecer, contanto que telefone com antecedência.
— E o que acontece se eu passar de 82,5kg?

Donatti sorriu.

— Mandamos alguém até a sua casa para cortar o dedo mínimo da sua mulher — ele disse. — Pode sair por esta porta, Sr. Morrison. Tenha um bom dia.

Oito meses mais tarde:

Morrison encontra o amigo dos Estúdios Larkin no bar de Dempsey. Morrison atingiu o peso que Cindy orgulhosamente chama de seu peso de lutador: 75 quilos. Faz ginástica três vezes por semana e está em plena forma. Comparando, o amigo dos Estúdios Larkin parece mais alguma coisa que um gato trouxe da rua pela boca.

Amigo: Meu Deus, como foi que você conseguiu parar? Estou preso a essa droga de vício. O amigo apaga o cigarro com repulsa genuína, e bebe seu uísque de um gole só.

Morrison olha para ele especulativamente e então tira da carteira um pequeno cartão de visitas branco. Coloca-o sobre o bar, entre eles. Sabe, ele diz, esses caras mudaram a minha vida.

Doze meses mais tarde:

Morrison recebe uma conta pelo correio. A conta diz:

EX-FUMANTES LTDA.
237 East 46th Street
Nova York, N.Y. 10017

1 Tratamento	$2500.00
Orientador (Victor Donatti)	$2500.00
Eletricidade	$ .50
TOTAL (Favor pagar esta importância)	$5000.50

Aqueles filhos-da-puta!, ele explode. Estão me cobrando pela eletricidade que usaram para... para...

Apenas pague a conta, ela diz, beijando-o.

Vinte meses mais tarde:

Por acaso, Morrison e sua mulher encontram o casal Jimmy McCann no Teatro Helen Hayes. As apresentações são feitas. Jimmy está com a aparência tão boa quanto naquele dia no terminal do aeroporto, não tanto tempo atrás — se não melhor. Morrison ainda não conhecia sua mulher. Ela é bonita daquele jeito radiante que as garotas simples têm quando são muito, muito felizes.

Estende a mão e Morrison a cumprimenta. Há alguma coisa estranha no aperto, e no meio do segundo ato ele se dá conta do que é. Ela não tem o dedo mínimo da mão direita.

Eu Sei do que Você Precisa

— Eu sei do que você precisa.

Elizabeth levantou os olhos do seu texto de sociologia, espantada, e viu um jovem de aparência bem comum, usando uma jaqueta militar verde. Por um momento, pensou que ele parecia familiar, como se já o conhecesse; a sensação era parecida com um *déjà-vu*. Então, a impressão se foi. Ele tinha mais ou menos a sua altura, era bem magro e... dava a impressão de estar se contorcendo. Essa era a palavra. Ele não se movia, mas parecia estar se contorcendo dentro da pele, fora da vista dos outros. Seu cabelo era preto e estava despenteado. Usava óculos espessos com armação tartaruga que aumentavam seus olhos castanho-escuros, e as lentes pareciam sujas. Não, ela tinha certeza absoluta de que não o havia visto antes.

— Quer saber? — ela disse. — Duvido.

— Precisa de uma casquinha de morango com duas bolas. Certo?

Ela ficou piscando os olhos, positivamente espantada. Em algum lugar no fundo de sua mente ela *estava* pensando em fazer uma pausa para tomar um sorvete. Estava estudando para os exames finais num canto isolado no terceiro andar da União dos Estudantes, e ainda estava lamentavelmente longe de terminar.

— Certo? — ele insistiu, e sorriu. O sorriso transformou seu rosto de algo por demasiado intenso e quase feio numa outra coisa estranhamente atraente. A palavra "fofo" ocorreu a ela, e não era uma palavra muito boa para se aplicar a um rapaz, mas aquele rapaz era mesmo fofo quando sorria. Retribuiu antes de conseguir impedir que seu próprio sorriso lhe chegasse aos lábios. Se havia algo de que ela não precisava era de ter que perder tempo dando um fora num esquisitão que decidira escolher a pior época do ano para tentar impressioná-la. Ela ainda tinha 16 capítulos do *Introdução à Sociologia* para percorrer.

— Não, obrigada — disse.

— Vamos lá, se você continuar estudando desse jeito vai arranjar uma dor de cabeça. Já está nisso há duas horas, sem nenhuma pausa.

— E como é que você sabe disso?

— Estava te observando — ele disse, prontamente, mas dessa vez seu sorriso de garoto não surtiu efeito. Ela já estava com dor de cabeça.

— Bem, então pode parar — ela disse, com mais aspereza do que pretendia. — Não gosto de gente olhando para mim.

— Desculpe.

Ela sentiu uma certa pena dele, como às vezes sentia pena de cachorros perdidos. Ele parecia flutuar dentro da jaqueta militar verde... sim, usava meias descombinadas. Uma era preta, a outra marrom. Ela se sentiu prestes a sorrir de novo e se refreou.

— Estou em provas finais — ela disse, num tom brando.

— Claro — ele disse. — Tudo bem.

Ficou olhando pensativa, enquanto ele ia embora. Então baixou os olhos para seu livro, mas uma imagem persistente do encontro ainda permanecia: *casquinha de morango com duas bolas.*

Quando voltou para o dormitório eram 11h15 da noite e Alice estava estendida em sua cama, ouvindo Neil Diamond e lendo *A História de O.*

— Não sabia que esse livro era adotado no seu curso — Elizabeth disse.

Alice se sentou.

— Ampliando meus horizontes, querida. Abrindo minhas asas intelectuais. Elevando meu... Liz?

— *Hmmm?*

— Você ouviu o que eu disse?

— Não, me desculpe, eu...

— Parece que alguém te acertou, menina.

— Encontrei um cara hoje à noite. Aliás, um cara meio gozado.

— Ah, é? Ele deve ser mesmo demais, se consegue separar a grande Rogan de seus textos adorados.

— O nome dele é Edward Jackson Hamner Júnior, nada menos. Baixo. Magrelo. Parece ter lavado o cabelo pela última vez no dia em que Washington nasceu. Ah, e meias descombinadas. Uma preta, outra marrom.

— Achei que os caras das fraternidades fossem mais o seu tipo.

— Não é nada disso, Alice. Eu estava estudando na União, no terceiro andar... o Tanque das Idéias... e ele me convidou a ir até o Grinder tomar um sorvete. Eu disse que não e ele foi embora, meio que com o rabo entre as pernas. Mas depois que ele me fez começar a pensar no sorvete, não consegui mais parar. Resolvi fazer uma pausa e lá estava ele, segurando uma enorme e gotejante casquinha dupla de morango em cada mão.

— Estremeço de ansiedade para ouvir o desdobramento.

Elizabeth riu, com desdém.

— Bem, eu não podia dizer que não. Então ele se sentou, e acabei descobrindo que estudou sociologia com o professor Branner no ano passado.

— Os milagres jamais cessarão, que Deus seja louvado. Pela sagrada...

— Preste atenção, isso é mesmo espantoso. Você sabe como eu tenho me esforçado nesse curso?

— Sei. Você praticamente fala sobre ele enquanto dorme.

— Estou com média 78. Preciso ter 80 para continuar com a bolsa, e isso significa que preciso de pelo menos 84 na prova final. Bem, esse Ed Hamner disse que Branner dá praticamente a mesma prova final todos os anos. E Ed é eidético.

— Você quer dizer que ele tem... como é mesmo que se chama?... uma memória fotográfica?

— Isso. Veja só — ela abriu seu livro de sociologia e tirou de lá três folhas de caderno cobertas de anotações.

Alice apanhou-as.

— Isso parece coisa de múltipla escolha.

— E é. Ed disse que é a prova final de Branner do ano passado, *palavra por palavra*.

Alice disse, sem rodeios:

— Não acredito.

— Mas cobre toda a matéria!

— Mesmo assim não acredito — ela devolveu as folhas de papel. — Só porque esse maluco...

— Ele não é maluco. Não fale assim dele.

— Tudo bem. Esse *carinha* não te convenceu a parar de estudar e simplesmente decorar isto, não é?

— Claro que não — ela disse, pouco à vontade.

— E mesmo que essa seja a prova, você acha que isso é ético?

A raiva a surpreendeu e desatou sua língua antes que ela pudesse evitar:

— Isso tem tudo a ver com você, é claro. Está na lista do reitor todos os semestres, e seus pais pagam para você continuar. Você não é... Ei, me desculpe. Eu não precisava responder desse jeito.

Alice deu de ombros e abriu o *O* novamente, o rosto calculadamente neutro.

— Não, você tem razão. Não me diz respeito. Mas por que você não estuda o livro também... por medida de segurança?

— Claro que vou estudar.

Mas ela estudou basicamente as anotações da prova fornecidas por Edward Jackson Hamner Jr.

Quanto saiu do auditório após a prova, ele estava sentado no saguão, flutuando dentro de sua jaqueta militar verde. Sorriu hesitante para ela e ficou de pé.

— Como foi?

Num impulso, ela beijou seu rosto. Não conseguia se lembrar de uma sensação tão abençoada de alívio como aquela.

— Acho que gabaritei.

— É mesmo? Que ótimo. Quer comer um hambúrguer?

— Adoraria — ela disse, ausente. Sua mente ainda estava na prova. Era a que Ed havia lhe dado, quase palavra por palavra, e ela respondera tudo com a maior facilidade.

Enquanto comiam hambúrgueres, ela perguntou a ele como estava indo em suas provas.

— Não tenho provas. Estou no programa especial de estudos avançados, e você só faz provas se quiser. Eu estava indo bem, então não fiz.

— Então por que você ainda está aqui?

— Precisava ver como você tinha se saído, não precisava?

— Ed, não precisava. É bonitinho da sua parte, mas... — A expressão desarmada em seus olhos a perturbava. Ela já tinha visto aquilo antes. Era uma garota bonita.

— Sim — ele disse, ternamente. — Sim, eu precisava.

— Ed, estou agradecida. Acho que você salvou minha bolsa. Estou mesmo. Mas eu tenho namorado, sabe?

— Sério? — ele perguntou, numa tentativa malsucedida de parecer despreocupado.

— Bem sério — ela disse, imitando o tom dele. — Estou quase noiva.

— Ele sabe a sorte que tem? Sabe quanta sorte?

— Eu também tenho — ela disse, pensando em Tony Lombard.

— Beth — ele disse, subitamente.

— O quê? — ela perguntou, espantada.

— Ninguém te chama assim, chama?

— Ora... não. Ninguém me chama assim.

— Nem mesmo esse sujeito?

— Não... — Tony a chamava de Liz. Às vezes de Lizzie, o que era ainda pior.

Ele se inclinou para a frente.

— Mas Beth é o que você prefere, não é?

Ela riu para disfarçar a confusão que sentia.

— Por que cargas d'água...

— Deixa para lá — ele sorriu seu sorriso de garoto. — Vou te chamar de Betty. Assim é melhor. Agora coma seu hambúrguer.

E então o penúltimo ano chegara ao fim, e ela dizia adeus à Alice. Estavam pouco à vontade uma com a outra, e Elizabeth sentia muito. Achava que era culpa sua; ela *havia* se gabado um pouco demais de sua prova final de sociologia quando as notas saíram. Tirara 97 — a nota mais alta da turma.

Bem, ela disse a si mesma, enquanto aguardava, no aeroporto, a chamada para o seu vôo, não era mais antiético do que o estudo de última hora que ela se resignara a dar naquele canto do terceiro andar. O estudo de última hora não era, na verdade, estudo propriamente dito; era apenas uma decoreba mecânica que desaparecia por completo assim que a prova passava.

Apalpou o envelope cuja ponta saía de sua bolsa. O aviso de que recebera a bolsa para o último ano — 2 mil dólares. Ela e Tony trabalhariam juntos em Boothbay, Maine, naquele verão, e o dinheiro que ela ganharia lá completaria o restante. E graças a Ed Hamner, seria um belo verão. Um mar de rosas, do começo ao fim.

Mas foi pior verão do sua vida.

Junho foi um mês chuvoso, a escassez de gasolina diminuiu o movimento dos turistas, e suas gorjetas no Boothbay Inn foram medíocres. Pior ainda, Tony a pressionava com relação ao casamento. Podia arranjar um emprego no campus, ou perto, ele disse, e com a bolsa da Student Aid de Elizabeth ela podia se formar em grande estilo. Ela ficou surpresa ao descobrir que a idéia a amedrontava mais do que agradava.

Alguma coisa estava *errada*. Ela não sabia o que, mas havia algo faltando, desajustado, deslocado. Certa noite, no final de julho, ela se assustou ao ter uma crise de choro histérica em seu apartamento. A única coisa boa naquilo tudo foi que sua colega de quarto, uma garota tímida e miúda chamada Sandra Ackermann, tinha saído com o namorado.

O pesadelo começou no princípio de agosto. Ela estava deitada no fundo de uma sepultura aberta, incapaz de se mexer. A chuva caía de um céu branco sobre seu rosto virado para cima. E então Tony estava de pé à beira da sepultura, com seu capacete amarelo de operário.

— Case-se comigo, Liz — ele disse, olhando para ela lá embaixo, sem qualquer expressão no rosto. — Case-se comigo, ou então...

Ela tentou falar, concordar; faria qualquer coisa para ele tirá-la daquele buraco enlameado medonho. Mas estava paralisada.

— Muito bem — ele disse. — Então é a segunda opção.

Ele foi embora. Ela tentava sair daquela paralisia, mas não era capaz.

Então, ouviu o trator.

Um instante mais tarde conseguiu vê-lo, o imenso monstro amarelo, empurrando com a lâmina um monte de terra molhada. O rosto impiedoso de Tony olhava pela cabine aberta.

Ele ia enterrá-la viva.

Presa ao seu corpo imóvel e mudo, só o que ela podia fazer era observar, num pavor silencioso. Torrões de terra começaram a cair pelas laterais do buraco...

Uma voz familiar gritou:

— Vá embora! Deixe ela em paz! *Vá embora!*

Tony desceu do trator aos tropeços e saiu correndo.

Um enorme alívio a invadiu. Ela teria chorado, se fosse capaz. E seu salvador apareceu, de pé junto ao túmulo aberto, tal como um coveiro. Era Ed Hamner, flutuando em sua jaqueta militar verde, o cabelo despenteado, os óculos com armação de tartaruga escorregando para a ponta do nariz. Estendia-lhe as mãos.

— Levante-se — ele disse, ternamente. — Eu sei do que você precisa. Levante-se, Beth.

E ela conseguiu se levantar. Soluçou de alívio. Tentou agradecer-lhe; suas palavras se embaralhavam umas às outras. E Ed apenas sorria com ternura e fazia que sim com a cabeça. Ela segurou sua mão e olhou para baixo, a fim de ver onde pisava. E quando levantou os olhos outra vez, segurava a pata de um imenso lobo cinzento, que babava, com olhos vermelhos e brilhantes e dentes grossos e afiados na mandíbula aberta, pronta para morder.

Acordou repentinamente sentada na cama, a camisola ensopada de suor. Seu corpo tremia incontrolavelmente. E mesmo depois de um banho morno e um copo de leite, ela não conseguiu fazer as pazes com a escuridão. Dormiu com a luz acesa.

Uma semana mais tarde, Tony morreu.

Ela abriu a porta de roupão, esperando ver Tony, mas era Danny Kilmer, um dos colegas de trabalho dele. Danny era um cara engraçado; ela e Tony haviam saído com ele e sua namorada algumas vezes. Parado ali, contudo, em pé, na porta de seu apartamento no segundo andar, ele parecia não apenas sério, mas doente.

— Danny? — ela disse. — O quê...

— Liz — ele disse. — Liz, você precisa ser forte. Você precisa... *ah, meu Deus!* — ele esmurrou a ombreira da porta com sua mão grande e suja, e ela viu que chorava.

— Danny, foi o Tony? Alguma coisa...

— Tony morreu — Danny disse. — Ele estava... — mas já falava para as paredes. Ela havia desmaiado.

A semana seguinte passou numa espécie de sonho. A história foi montada a partir da nota no jornal, tristemente breve, e do que Danny lhe contou, enquanto bebiam uma cerveja no Harbour Inn.

Estavam consertando bueiros na Rota 16. Parte da pista estava esburacada, e Tony desviava o tráfego. Um garoto dirigindo um Fiat vermelho se aproximava, descendo a colina. Tony agitou a bandeira vermelha, mas o garoto não chegou sequer a diminuir a velocidade. Tony estava de pé junto a um caminhão basculante, e não havia espaço para recuar. O garoto no Fiat tivera ferimentos na cabeça e um braço quebrado; estava histérico e também totalmente sóbrio. A polícia descobriu vários furos na tubulação de freio, como se estes tivessem passado por um superaquecimento e depois derretido. Seu prontuário de motorista era impecável; ele simplesmente não tinha conseguido frear. Tony fora vítima da mais rara entre as fatalidades automobilísticas: um acidente honesto.

O choque e a depressão dela foram aumentados pela culpa. Os fatos tinham tirado de suas mãos a decisão sobre o que fazer a respeito de Tony. E uma parte secreta e doentia sua estava feliz que fosse assim. Porque ela não queria se casar com Tony... pelo menos não desde a noite do sonho.

Ela sucumbiu na véspera de voltar para casa.

Estava sentada num promontório, sozinha, e depois de uma hora ou coisa assim as lágrimas vieram. Surpreenderam-na com sua fúria. Ela chorou até sentir dor de estômago e de cabeça, e quando as lágrimas passaram, ela se sentia não melhor, mas pelo menos seca e vazia.

E foi então que Ed Hamner disse:

— Beth?

Ela se virou subitamente, a boca tomada pelo gosto de cobre do medo, em parte esperando ver o lobo feroz de seu sonho. Mas era apenas

Ed Hamner, vermelho de sol e estranhamente indefeso sem sua jaqueta militar verde e seus jeans. Usava shorts vermelhos que chegavam logo acima de seus joelhos ossudos, uma camiseta branca que se enfunava em seu peito magro como uma vela solta sob a brisa do oceano, e sandálias de borracha. Não␣sorria, e o forte brilho do sol em seus óculos tornava impossível ver seus olhos.

— Ed? — ela perguntou, hesitante, em parte convencida de que aquela era alguma alucinação causada pelo sofrimento. — É mesmo...

— Sim, sou eu.

— Como...

— Estou trabalhando no Teatro Lakewood, em Skowhegan. Encontrei com sua colega de quarto... Alice, não é esse o nome dela?

— Sim.

— Ela me contou o que aconteceu. Vim no mesmo instante. Pobre Beth.

Ele mexeu a cabeça, apenas um grau ou coisa assim, mas o brilho do sol se foi da superfície dos óculos e ela não viu nada que lembrasse um lobo, nada predatório, mas apenas uma solidariedade calma e cálida.

Começou a chorar novamente, e ficou um pouco abalada com a força inesperada daquele choro. Então ele a abraçou, e então tudo ficou bem.

Jantaram no Silent Woman em Waterville, que ficava a 40 quilômetros dali; talvez exatamente a distância de que ela precisava. Foram no carro de Ed, um Corvette novo, e ele dirigia bem — nem de um jeito ostentoso, nem alvoroçado, como ela achou que talvez dirigisse. Ela não queria conversar e não queria que a alegrassem. Ele parecia saber disso, e colocou uma música suave no rádio.

E fez o pedido sem consultá-la — frutos do mar. Ela achou que não estava com fome, mas, quando a comida veio, devorou-a com voracidade.

Quando levantou os olhos outra vez, seu prato estava vazio, e ela riu nervosamente. Ed estava fumando um cigarro e observando-a.

— A donzela enlutada fez uma lauta refeição — ela disse. — Você deve achar que sou uma pessoa horrível.

— Não — ele disse. — Você passou por muita coisa e precisa recuperar suas forças. É como estar doente, não é?

— É. Exatamente.

Ele segurou sua mão por cima da mesa, apertou-a por um breve instante e depois soltou-a.

— Mas agora é hora de se recuperar, Beth.

— Será? Será mesmo?

— Sim — ele disse. — Então me conte. Quais são seus planos?

— Vou para casa amanhã. Depois disso, não sei.

— Vai voltar para a faculdade, não vai?

— Eu juro que não sei. Depois disso, parece tão... tão trivial. Muitos dos meus objetivos parecem ter desaparecido. E toda a graça.

— Essas coisas vão voltar. É difícil acreditar nisso agora, mas é verdade. Experimente durante seis semanas e veja. Você não tem nada melhor do que isso para fazer — a última frase parecia uma pergunta.

— É verdade, eu acho. Mas... Pode me dar um cigarro?

— Claro. Mas são mentolados. Sinto muito.

Ela pegou um cigarro.

— Como você sabia que eu não gosto de cigarros mentolados?

Ele deu de ombros.

— Você não tem cara de quem gosta, acho.

Ela sorriu.

— Você é engraçado, sabia disso?

Ele sorriu um sorriso neutro.

— Não, realmente. Você aparecer, entre todas as pessoas... achei que não queria ver ninguém. Mas estou realmente feliz por ter sido você, Ed.

— Às vezes é bom estar em companhia de alguém com quem você não esteja envolvido.

— Acho que é isso — ela fez uma pausa. — Quem é você, Ed, além de ser uma espécie de anjo da guarda? Quem é você, de verdade? — de repente, era importante para ela saber disso.

Ele deu de ombros.

— Ninguém importante. Apenas um daqueles caras com jeito engraçado que você vê se esgueirando pelo campus com um bocado de livros debaixo do braço...

— Ed, você não tem um jeito engraçado.

— Claro que tenho — ele disse, e sorriu. — Nunca cheguei a passar da fase da acne da adolescência, nunca fui procurado por uma fraternidade estudantil importante, nunca cheguei a causar algum impacto nas rodas sociais. Sou um rato de dormitório que tira notas altas, só isso. Quando as grandes empresas vierem fazer entrevistas no campus na próxima primavera, provavelmente assinarei contrato com uma delas, e então Ed Hamner terá desaparecido para sempre.

— Isso seria uma grande pena — ela disse, ternamente.

Ele sorriu, e foi um sorriso bastante peculiar. Quase amargo.

— E a sua família? — ela perguntou. — Onde você vive, o que gosta de fazer...

— Numa outra ocasião — ele disse. — Quero te levar de volta. Você tem um longo vôo amanhã, e um bocado de preocupações.

Aquela noite deixou-a relaxada pela primeira vez desde a morte de Tony, sem a sensação de que em algum lugar dentro dela havia uma mola mestra retesada quase a ponto de se romper. Achou que o sono viria facilmente, mas não veio.

Algumas questões a incomodavam.

Alice me contou... pobre Beth.

Mas Alice estava passando o verão em Kittery, a quase 130 quilômetros de distância de Skowhegan. Devia ter estado em Lakewood para assistir a uma peça de teatro.

O Corvette, último modelo. Caro. O emprego nos bastidores de um teatro em Lakewood não daria para pagar. Será que os pais dele eram ricos?

Ele pedira exatamente a comida que ela própria teria pedido. Talvez a única coisa do cardápio que ela teria comido o suficiente para descobrir que estava faminta.

Os cigarros mentolados, o jeito como ele lhe dera um beijo de boa-noite, exatamente com ela queria ser beijada. E...

Você tem um longo vôo amanhã.

Ele sabia que ela estava indo para casa porque ela lhe contara. Mas como sabia que ia de avião? Ou que o vôo era longo?

Isso a incomodava. Incomodava porque ela estava a meio caminho de se apaixonar por Ed Hamner.

Eu sei do que você precisa.

Como a voz do comandante de um submarino lendo as braças de profundidade, as palavras com que ele a cumprimentara pela primeira vez acompanharam-na ao submergir no sono.

Ele não foi ao pequenino aeroporto de Augusta despedir-se dela, e, enquanto esperava pelo avião, ela ficou surpresa com o próprio desapontamento. Estava pensando sobre como é possível passar quase que imperceptivelmente a depender de uma pessoa, à semelhança de um toxicômano e seu vício. O viciado se ilude afirmando que pode largar a droga na hora que quiser, quando na verdade...

— Elizabeth Rogan — anunciou o alto-falante. — Por favor, atenda o telefone branco de cortesia.

Ela correu para atender. E a voz de Ed disse:

— Beth?

— Ed! Que bom te ouvir. Achei que talvez...

— Que eu fosse te encontrar? — ele riu. — Você não precisa de mim para isso. É uma garota crescida e forte. Bonita, também. Pode lidar com isso. Eu te vejo na faculdade?

— Eu... Sim, acho que sim.

— Ótimo.

Houve um momento de silêncio. E então ele disse:

— Porque eu te amo. Eu te amo desde a primeira vez que a vi.

Sua língua estava paralisada. Ela não conseguia falar. Mil pensamentos rodopiavam em sua mente.

Ele riu outra vez, com ternura.

— Não, não diga nada. Não agora. Eu vou te ver. Haverá tempo, então. Todo o tempo do mundo. Boa viagem, Beth. Até mais.

E ele desligou, deixando-a com o telefone branco na mão e seus pensamentos e perguntas caóticos.

Setembro.

Elizabeth retomou a antiga rotina da universidade e das aulas como uma mulher que alguém interrompera no meio do seu tricô. Dividiu o quarto com Alice outra vez, é claro; eram companheiras desde a época de calouras, quando o computador do departamento de alojamento as colocara juntas. Sempre tinham se dado bem, apesar de interesses e personalidades diferentes. Alice era a estudiosa das duas, aluna do último ano de química com uma média de 3,6. Elizabeth era mais sociável, menos apaixonada pelos livros, no último ano de pedagogia e matemática.

Ainda se davam bem, mas uma certa frieza parecia ter surgido entre as duas depois do verão. Elizabeth atribuía o fato à diferença de opiniões sobre a prova final de sociologia, e não a mencionava.

Os acontecimentos do verão começaram a tomar a aparência de um sonho. Às vezes parecia, de um modo engraçado, que Tony talvez fosse um garoto que ela conhecera durante a escola. Ainda era doloroso pensar nele, e ela evitava tocar no assunto com Alice, mas a sensação era como o latejar de um velho machucado, e não a dor aguda de uma ferida aberta.

O que doía mais era Ed Hamner não lhe telefonar.

Uma semana se passou, depois duas, e então chegou outubro. Ela conseguiu uma lista telefônica dos alunos com a União e procurou pelo nome dele. Não adiantou; após seu nome, só o que havia eram as palavras "Mill St.". E a rua Mill era realmente muito comprida. Assim sendo, ela esperou, e quando os rapazes a convidavam para sair — o que acontecia com freqüência — ela recusava. Alice alteava as sobrancelhas, mas não dizia nada; estava enterrada viva num projeto de bioquímica de seis semanas, e passava a maior parte do tempo na biblioteca. Elizabeth notou os compridos envelopes brancos que sua colega de quarto recebia uma ou duas vezes por semana pelo correio — já que normalmente voltava das aulas primeiro —, mas não deu importância a eles. A agência de detetives particulares era discreta; não imprimia o endereço do remetente em seus envelopes.

Quando o interfone soou, Alice estava estudando.

— Você atende, Liz. De qualquer modo, deve ser mesmo para você.

Elizabeth foi até o interfone.

— Pois não?

— Um cavalheiro te procurando aqui na porta, Liz.

Ah, meu Deus.

— Quem é? — ela perguntou, aborrecida, passando mentalmente em revista seu estoque esfarrapado de desculpas. Enxaqueca. Ainda não tinha usado essa naquela semana.

A garota da recepção disse, achando graça:

— O nome dele é Edward Jackson Hamner *Júnior*, nada menos do que isso — ela baixou a voz. — Está usando meias descombinadas.

A mão de Elizabeth voou para a gola do roupão.

— Ah, meu Deus. Diga a ele que já vou descer. Não, diga a ele que só vai levar um minuto. Não, uns dois minutos, tudo bem?

— Claro — disse a voz, num tom suspeito. — Não vá ter uma hemorragia.

Elizabeth tirou do armário um par de calças compridas. Tirou uma minissaia de brim. Tocou nos rolinhos em seu cabelo e soltou um gemido. Começou a arrancá-los.

Alice observava tudo aquilo com calma, sem dizer nada, mas ficou olhando com interesse para a porta durante um bom tempo, depois que Elizabeth saiu.

Ele parecia exatamente o mesmo; não havia mudado nada. Usava sua jaqueta militar verde, que ainda dava a impressão de ser pelo menos dois números acima do seu. Uma das hastes de seus óculos com armação de tartaruga tinha sido consertada com fita isolante. Suas calças jeans pareciam novas e duras, a quilômetros de distância da aparência macia e desbotada que estava na moda e que Tony conseguia sem fazer o menor esforço. Usava uma meia verde e outra marrom.

E ela soube que o amava.

— Por que você não me ligou antes? — ela perguntou, caminhando em sua direção.

Ele enfiou as mãos nos bolsos da jaqueta e sorriu timidamente.

— Pensei em te dar um tempo para sair um pouco. Encontrar outros caras. Descobrir o que você quer.

— Acho que eu já sei.

— Ótimo. Gostaria de ir ao cinema?

— O que você quiser — ela disse. — Qualquer coisa.

Conforme os dias se passaram, ocorreu a ela que nunca encontrara ninguém, do sexo masculino ou feminino, que parecesse compreender seus estados de espírito e necessidades tão completamente e sem precisar de palavras. Seus gostos coincidiam. Enquanto Tony gostava de filmes violentos do tipo *O Poderoso Chefão*, Ed parecia preferir as comédias ou os dramas não violentos. Levou-a ao circo certa noite, quando ela se sentia deprimida, e tiveram momentos hilariantes e maravilhosos. Encontros para estudo eram realmente encontros para estudo, não apenas uma desculpa para ficarem se agarrando no terceiro andar da União. Ele a levava para dançar e parecia particularmente bom nas danças de antigamente, que ela adorava. Ganharam um troféu de danças dos anos 1950 num Baile de Nostalgia. Mais importante do que isso, ele parecia compreender quando ela queria ser ardente. Não a forçava ou pressionava; ela nunca tinha a sensação que havia tido com alguns dos outros garotos com quem saíra — de que existia um cronograma interno para o sexo, começando com um beijo de boa-noite no Encontro nº 1 e terminando com uma noite no apartamento emprestado de algum amigo no Encontro nº 10. O apartamento na Mill Street era apenas de Ed, num terceiro andar sem elevador. Iam para lá com freqüência, e Elizabeth não tinha a sensação de que estava adentrando a alcova de algum Don Juan dos pobres. Ele não a pressionava. Parecia honestamente querer o que ela queria, e quando ela queria. E as coisas progrediam.

Quando as aulas recomeçaram, depois da pausa no meio do semestre, Alice parecia estranhamente preocupada. Várias vezes, naquela tarde, antes que Ed viesse buscá-la — iam jantar fora —, Elizabeth levantou os olhos e descobriu sua colega de quarto franzindo a testa para um grande envelope pardo sobre sua mesa. Numa das ocasiões, Elizabeth quase perguntou do que se tratava, depois decidiu não fazê-lo. Provavelmente, algum novo projeto.

Nevava forte quando Ed a trouxe de volta ao dormitório.
— Amanhã — ele perguntou. — Lá em casa?
— Claro. Vou fazer pipocas.
— Ótimo — ele disse, e beijou-a. — Eu te amo, Beth.
— Também te amo.

— Você quer dormir lá? — Ed perguntou, num tom tranqüilo. — Amanhã à noite?

— Tudo bem, Ed — ela fitou-o nos olhos. — O que você quiser.

— Ótimo — ele disse, calmo. — Durma bem, mocinha.

— Você também.

Ela imaginava que Alice já estivesse dormindo, e entrou no quarto sem fazer barulho, mas Alice estava acordada, sentada diante de sua escrivaninha.

— Alice, tudo bem com você?

— Tenho que conversar com você, Liz. Sobre o Ed.

— O que exatamente?

Alice falou, com cautela:

— Acho que, quando eu terminar, nós duas não vamos mais ser amigas. Para mim, isso é abrir mão de uma coisa muito importante. Então, quero que você ouça com atenção.

— Nesse caso, talvez seja melhor você não dizer nada.

— Tenho que tentar.

Elizabeth sentiu sua curiosidade inicial transformar-se em raiva.

— Você andou espionando o Ed?

Alice apenas olhou para ela.

— Você estava com inveja da gente?

— Não. Se eu tivesse inveja de você e seus namorados, teria me mudado daqui dois anos atrás.

Elizabeth encarou-a, perplexa. Sabia que o que Alice estava dizendo era verdade. E subitamente sentiu medo.

— Duas coisas me intrigaram sobre Ed Hamner — Alice disse. — Primeiro, você me escreveu falando da morte de Tony e de que fora muita sorte eu ter encontrado Ed no Teatro Lakewood... de como ele havia ido até Boothbay e te ajudado para valer. Mas eu não me encontrei com ele, Liz. Eu não cheguei nem perto do Teatro Lakewood no verão passado.

— Mas...

— Mas como ele sabia que Tony tinha morrido? Não faço idéia. Só sei que não fui eu quem contou. A outra coisa foi aquela história de memória eidética. Meu Deus, Liz, ele não consegue nem mesmo se lembrar das meias que está usando!

— Isso é completamente diferente — Liz disse, severa. — Isso...

— Ed Hamner estava em Las Vegas no verão passado — Alice disse, a voz suave. — Voltou em meados de julho e se hospedou num quarto de motel em Pemaquid. Isso fica bem em frente ao perímetro urbano de Boothbay Harbor. Quase como se ele estivesse esperando que você viesse a precisar dele.

— Isso é loucura! E como você ficou sabendo que Ed estava em Las Vegas?

— Encontrei Shirley D'Antonio pouco antes de as aulas começarem. Ela estava trabalhando no Restaurante Pines, que fica bem em frente ao teatro. Disse que nunca havia visto ninguém parecido com Ed Hamner. Então fiquei sabendo que ele tinha mentido para você sobre uma porção de coisas. Assim, fui procurar meu pai, expliquei tudo e ele me deu sinal verde.

— Para fazer o quê? — Elizabeth perguntou, aturdida.

— Para contratar uma agência de detetives particulares.

Elizabeth ficou de pé.

— Não diga mais nada, Alice. Já chega — ela tomaria o ônibus até a cidade, passaria a noite no apartamento de Ed. Só estava mesmo esperando que ele a convidasse, de qualquer modo.

— Pelo menos *saiba* — Alice disse. — Depois tome sua decisão.

— Não preciso saber de nada além do fato de que ele é gentil e bom e...

— O amor é cego, não é? — Alice disse, e sorriu amargamente. — Bem, quem sabe talvez eu ame você um pouquinho, Liz. Você já pensou nisso?

Elizabeth se virou e olhou para ela por um longo instante.

— Se ama, tem um jeito engraçado de demonstrar — ela disse. — Vá em frente, então. Talvez você esteja certa. Talvez eu te deva isso. Vá em frente.

— Você conheceu Ed há muito tempo.

— Eu... o quê?

— Escola Pública 119, Bridgeport, Connecticut.

Elizabeth ficou muda. Ela e os pais tinham morado em Bridgeport durante seis anos, mudando-se para sua atual casa no ano em que ela terminara a segunda série. Ela *havia* estudado na Escola Pública 119, mas...

— Alice, tem certeza?

— Você se lembra dele?

— Não, é claro que não! — mas ela se lembrava, sim, da sensação que tivera da primeira vez em que vira Ed, a sensação de *déjà vu*.

— As meninas bonitas nunca se lembram dos patinhos feios, eu acho. Talvez ele estivesse apaixonado por você. Você cursou a primeira série com ele, Liz. Talvez ele se sentasse no fundo da sala e apenas... te observasse. Ou no pátio. Apenas um garoto insignificante que já usava óculos e provavelmente aparelho e você nem mesmo conseguia se lembrar dele, mas aposto que ele se lembra de você.

Elizabeth perguntou:

— O que mais?

— A agência o localizou através das impressões digitais tiradas da escola. Depois disso, foi só uma questão de encontrar as pessoas e falar com elas. O detetive designado para o caso disse que não conseguia entender algumas das informações que estava obtendo. Nem eu. Há coisas assustadoras.

— É melhor que haja mesmo — disse Elizabeth, carrancuda.

— Ed Hamner, o pai, era um jogador compulsivo. Trabalhava para uma das principais agências de publicidade de Nova York e então se mudou para Bridgeport meio que fugido. O detetive disse que ele devia a quase todas as grandes mesas de pôquer e agentes de apostas da cidade.

Elizabeth fechou os olhos.

— Essas pessoas realmente garantiram que seu dinheiro compraria sujeira de primeira, não foi?

— Talvez. Seja como for, o pai de Ed se meteu em outra encrenca em Bridgeport. Jogou novamente, mas dessa vez ele se envolveu com um agiota dos grandes. Arranjou uma perna e um braço quebrados, de algum modo. O detetive disse que duvida ter sido acidente.

— Mais alguma coisa? — Elizabeth perguntou. — Espancamento de crianças? Estelionato?

— Ele arranjou um emprego numa agência de propaganda de segunda em Los Angeles, em 1961. Mas estava perto demais de Las Vegas. Começou a passar os fins de semana por lá, jogando alto... E perdendo. Então começou a levar Ed Júnior com ele. E começou a ganhar.

— Você está inventando tudo isso. Só pode estar.

Alice deu um tapinha no relatório diante dela.

— Está tudo aqui, Liz. Algumas dessas coisas não serviriam como prova no tribunal, mas o detetive disse que nenhuma das pessoas com quem falou teria motivo para mentir. O pai de Ed chamava o filho de "talismã da sorte". A princípio, ninguém protestou contra a presença do garoto, mesmo que sua entrada nos cassinos fosse ilegal. Seu pai era um pato. Mas então o pai começou a jogar só na roleta, apostando apenas ímpar-par e preto-e-vermelho. No final do ano, o menino estava proibido de entrar em todos os cassinos da região. E seu pai se interessou por um novo tipo de jogo.

— Qual?

— O mercado de ações. Quando os Hamner se mudaram para Los Angeles. Em meados de 1961, moravam num cubículo pelo qual pagava 90 dólares por mês, e o Sr. Hamner dirigia um Chevrolet 52. No final de 1962, apenas 16 meses depois, ele largara o emprego, e a família vivia em sua própria casa, em San Jose. O Sr. Hamner dirigia um Thunderbird novinho em folha, e a Sra. Hamner tinha um Volkswagen. Como você sabe, é contra a lei receber um garotinho nos cassinos de Nevada, mas ninguém pode impedi-lo de ler a página do mercado de ações nos jornais.

— Você está querendo dizer que Ed... que ele era capaz de... Alice, você está maluca!

— Não estou querendo dizer nada. A não ser apenas que ele talvez soubesse do que o seu pai precisava.

Eu sei do que você precisa.

Foi quase como se as palavras tivessem sido sussurradas em seu ouvido, e ela estremeceu.

— A Sra. Hamner passou os seis meses seguintes transitando por várias instituições mentais. Supostamente por distúrbios nervosos, mas um servente com quem o detetive conversou disse-lhe que ela era quase psicótica. Alegava que seu filho era um capanga do diabo. Apunhalou-o com uma tesoura em 1964. Tentou matá-lo. Ela... Liz? Liz, o que foi?

— A cicatriz — ela murmurou. — Fomos nadar na piscina da Universidade certa noite, há cerca de um mês. Ele tem uma cicatriz profunda no ombro... aqui — ela colocou a mão logo acima do seio esquerdo. — Ele disse... — uma onda de náusea tentou subir por sua garganta, e ela teve de esperar que retrocedesse antes de conseguir continuar. — Ele disse que caiu numa paliçada quando era criança.

— Quer que eu continue?

— Termine, por que não? Que mal pode me fazer, agora?

— A mãe dele teve alta de uma instituição mental bem luxuosa no Vale de San Joaquin, em 1968. Os três saíram de férias. Pararam num local de piquenique na Rota 101. O garoto estava juntando lenha quando ela jogou o carro por cima da borda do penhasco, sobre o oceano, consigo mesma e com o marido dentro. Talvez tenha sido uma tentativa de atropelar Ed. Naquela época, ele estava com quase 18 anos. Seu pai lhe deixou uma carteira de ações de um milhão de dólares. Ed veio para o leste há um ano e meio, e se matriculou aqui. Este é o fim.

— Não há mais nenhum esqueleto escondido no armário?

— Liz, isso já não é suficiente?

Ela se levantou.

— Não é de se admirar que ele nunca queira mencionar a família. Mas você tinha que desenterrar o cadáver, não tinha?

— Você está cega — Alice falou. Elizabeth vestia o casaco. — Suponho que vai procurá-lo.

— Correto.

— Porque o ama.

— Correto.

Alice atravessou o quarto e a segurou pelo braço.

— Será que dá para tirar essa expressão irritada e petulante da cara por um segundo e *pensar*? Ed Hamner consegue fazer coisas com as quais o restante de nós só pode sonhar. Ganhou para o pai uma fortuna na roleta, e o fez ficar rico jogando no mercado de ações. Parece ser capaz de deliberadamente ganhar o que quiser. Talvez seja algum tipo de médium limitado. Talvez tenha o dom da precognição. Não sei. Existem pessoas que parecem ter um pouco disso. Liz, nunca te ocorreu que ele a forçou a amá-lo?

Liz virou-se para ela devagar.

— Nunca ouvi nada tão ridículo na minha vida.

— É mesmo? Ele te deu aquela prova de sociologia do mesmo modo como dava para o pai o resultado da roleta! Ele nunca se matriculou em nenhum curso de sociologia! Eu verifiquei. Fez aquilo porque era a única maneira de fazer com que você o levasse a sério!

— Pare com isso! — Liz exclamou. Tapou os ouvidos com as mãos.

— Ele sabia qual era a prova, e soube quando Tony morreu, e sabia que você ia para casa de avião! Sabia até mesmo qual o momento psicológico certo para entrar de novo em sua vida, em outubro passado.

Elizabeth soltou-se dela e abriu a porta.

— Por favor — Alice falou. — Por favor, Liz, escute. Não sei como ele consegue fazer essas coisas. Duvido até mesmo que *ele* saiba com certeza. Talvez não tenha a intenção de te causar nenhum mal, mas já causou. Fez com que você o amasse porque sabia dos seus desejos e necessidades mais secretos, e isso não é amor em absoluto. É violação.

Elizabeth bateu a porta e desceu a escada correndo.

Tomou o último ônibus da noite para a cidade. Nevava mais forte do que nunca, e o ônibus se arrastava sobre os montes de neve acumulados na estrada feito um besouro aleijado. Elizabeth estava sentada no fundo, uma entre seis ou sete passageiros, com mil pensamentos na mente.

Os cigarros mentolados. A bolsa de valores. O modo como ele sabia que o apelido da mãe dela era Deedee. Um garotinho sentado no fundo de uma sala de aula do primeiro ano, olhando encantado para uma garotinha esperta e jovem demais para compreender que...

Eu sei do que você precisa.

Não. Não. Não. Eu o amo de verdade!

Amava mesmo? Ou estava apenas encantada em estar na companhia de alguém que sempre pedia a comida certa, levava-a para o filme certo, e não queria ir para qualquer lugar ou fazer qualquer coisa que ela não quisesse? Será que ele era apenas uma espécie de espelho psicológico, mostrando-lhe apenas o que ela queria ver? Os presentes que ele lhe dava eram sempre os presentes certos. Quando o tempo esfriou subitamente e ela queria muito um secador de cabelos, quem foi que lhe deu um de presente? Ed Hamner, é claro. Tinha visto um à venda na Day's, por acaso, ele dissera. Ela ficara encantada, naturalmente.

Isso não é amor em absoluto. É violação.

O vento fustigou seu rosto quando ela desceu na esquina das ruas Main e Mill, e ela se encolheu, enquanto o ônibus se afastava com um suave ronco de motor a diesel. As lanternas traseiras reluziram brevemente na noite, em meio à neve, e desapareceram.

Ela nunca se sentira tão só em toda sua vida.

Ele não estava em casa.

Ela ficou parada diante de sua porta depois de bater por cinco minutos, desorientada. Ocorreu-lhe que não tinha a menor idéia do que Ed fazia ou quem ele via quando não estava com ela. O assunto nunca surgia.

Talvez ele esteja ganhando dinheiro numa mesa de pôquer para comprar outro secador de cabelos.

Com uma determinação súbita, ficou na ponta dos pés e tateou no alto do batente da porta, procurando a cópia da chave que ela sabia que ele guardava ali. Seus dedos esbarraram na chave, que caiu no chão com um ruído metálico.

Ela a apanhou e destrancou a porta.

O apartamento parecia diferente sem Ed — artificial, como um cenário de teatro. Ela sempre achara divertida a idéia de que alguém tão pouco preocupado com sua aparência pessoal tivesse uma residência tão bem arrumada, digna de um mostruário. Quase como se ele tivesse decorado o apartamento para ela, e não para si mesmo. Mas é claro que isso era loucura. Não era?

Ocorreu-lhe novamente, como se fosse a primeira vez, o quanto gostava da poltrona em que se sentava quando estudavam ou viam TV. Era totalmente adequada, do modo como a cadeira do ursinho tinha sido para Cachinhos Dourados. Não era dura demais, nem macia demais. Totalmente adequada. Como tudo o que ela associava a Ed.

Havia duas portas se abrindo para a sala. Uma dava para a cozinha, e a outra, para o quarto.

O vento assobiava lá fora, fazendo o velho prédio estalar vez por outra.

No quarto, ela contemplou a cama de metal. Não parecia dura nem macia demais, mas na medida certa. Uma voz insidiosa zombou: *É quase perfeito demais, não é?*

Ela foi até a estante de livros e correu os olhos aleatoriamente pelos títulos. Um deles lhe saltou aos olhos, e ela o apanhou: *Danças da Moda nos Anos 1950*. O livro abriu-se naturalmente numa certa parte, a mais ou menos um quarto do fim. Um capítulo intitulado "O *Stroll*" tinha sido marcado fortemente com lápis de cera vermelho, e na margem a palavra BETH havia sido escrita em letras grandes, quase de forma acusatória.

Eu devia ir embora agora, ela disse a si mesma. Ainda posso salvar alguma coisa. Se ele voltasse agora, jamais conseguiria encará-lo novamente, e Alice ganharia. O dinheiro que gastou realmente lhe teria valido a pena.

Mas não podia parar, e sabia disso. As coisas tinham ido longe demais.

Foi até o armário e girou a maçaneta, mas a porta não se abriu. Trancada.

Pelo sim, pelo não, ficou na ponta dos pés outra vez e tateou por cima da porta. Seus dedos tocaram numa chave. Ela a apanhou, e em algum lugar dentro dela uma voz disse, nitidamente: *Não faça isso*. Ela pensou na mulher do Barba Azul, e no que ela encontrara ao abrir a porta errada. Mas era mesmo tarde demais; se ela não seguisse adiante agora, ficaria eternamente na dúvida. Abriu o armário.

E teve a estranha sensação de que ali era o lugar onde o verdadeiro Ed Hamner Jr. estivera se escondendo todo o tempo.

O armário estava uma bagunça — um amontoado de roupas, livros, uma raquete de tênis sem as cordas, um par de tênis surrados, velhas apostilas e relatórios espalhados a esmo, uma embalagem de fumo de cachimbo Borkum Riff meio entornado. Sua jaqueta militar verde estava atirada na outra extremidade.

Ela pegou um dos livros e piscou os olhos ao ler o título. *O Galho Dourado*. Outro. *Ritos Antigos, Mistérios Modernos*. Outro. *Vodu Haitiano*. E um último, encapado com couro velho e surrado, o título quase apagado da lombada pelo intenso manuseio, cheirando vagamente a peixe podre: *Necronomicon*. Ela o abriu a esmo, ofegou e o atirou para longe, a obscenidade ainda gravada em seus olhos.

Mais para recobrar a compostura do que qualquer outra coisa, estendeu a mão para pegar a jaqueta militar verde, sem admitir para si mesma que pretendia bisbilhotar nos bolsos. Mas quando a apanhou, viu uma outra coisa. Uma caixinha de metal...

Curiosa, ela revirou-a nas mãos, ouvindo objetos chacoalhar lá dentro. Era o tipo de caixa que um garoto talvez escolhesse para guardar seus tesouros. Impressas em alto relevo no fundo de lata estavam as palavras "Bridgeport Candy Co". Ela a abriu.

A boneca estava por cima. A boneca Elizabeth.

Ela fitou-a e começou a tremer.

A boneca estava vestida com um trapo de náilon vermelho, parte de um lenço que ela perdera dois ou três meses antes. No cinema, com Ed. Os braços eram escovas de limpar cachimbo cobertas com um alguma coisa que parecia musgo azulado. Musgo apanhado num cemitério, talvez. Havia cabelo na cabeça da boneca, mas aquilo estava errado. Era como finos fios de linho branco, presos com fita adesiva na cabeça feita de borracha. Seu próprio cabelo era de um louro cor de areia, e mais grosso. Aquele se parecia mais com seu cabelo quando ela era...

Quando ela era uma garotinha.

Ela engoliu em seco sentindo um nó na garganta. Quando estavam na primeira série, não tinham todos eles recebido tesouras, tesouras pequeninas sem pontas, no tamanho adequado para a mão de uma criança? Teria aquele garotinho de outrora se esgueirado por trás dela, talvez na hora da sesta, e...

Elizabeth pôs a boneca de lado e voltou a olhar dentro da caixa. Havia uma ficha azul de pôquer e uma estranha figura de seis lados desenhada sobre ela, com tinta vermelha. Um surrado obituário de jornal— Sr. e Sra. Edward Hamner. Os dois sorriam inexpressivamente na foto que acompanhava a notícia, e ela viu que a mesma figura de seis lados tinha sido desenhada ao redor de suas cabeças, dessa vez com tinta preta, como uma mortalha. Duas outras bonecas, um homem e uma mulher. Sua semelhança com os rostos na fotografia do obituário era hedionda e inequívoca.

E uma outra coisa.

Ela a trouxe para fora, e seus dedos tremiam tanto que quase a deixou cair. De seus lábios escapou um gemido estrangulado.

Era um carrinho em miniatura, do tipo que os garotos pequenos compram nas lojas e depois montam usando cola de aeromodelagem.

Aquele era um Fiat. Tinha sido pintado de vermelho. E um pedaço do que parecia ser uma das camisas de Tony fora preso com fita adesiva na dianteira.

Ela virou o carrinho de cabeça para baixo. Alguém quebrara a parte inferior a marteladas.

— Então você encontrou, sua vadia ingrata.

Ela deu um grito e deixou cair o carrinho e a caixa. Os tesouros malévolos dele se espalharam pelo chão.

Ele estava de pé junto à porta, encarando-a. Ela jamais vira uma expressão tão intensa de ódio num rosto humano.

Disse:

— Você matou Tony.

Ele deu um sorriso desagradável.

— Acha que conseguiria provar?

— Não importa — ela disse, surpresa com a firmeza de sua própria voz. — Eu sei. E nunca mais quero voltar a te ver. Nunca. E se você fizer... qualquer coisa... a qualquer outra pessoa, ficarei sabendo. E vou dar um jeito em você. De alguma maneira.

O rosto dele se contorceu.

— Esse é o agradecimento que eu recebo. Dei tudo o que você sempre quis. Coisas que nenhum outro homem poderia ter dado. Admita. Eu te fiz completamente feliz.

— *Você matou Tony!* — ela gritou.

Ele deu mais um passo para dentro do quarto.

— Sim, e fiz isso por você. E o que é você, Beth? Não sabe o que é o amor. Eu te amo desde a primeira vez em que te vi, há mais de 17 anos. Tony poderia dizer o mesmo? As coisas nunca foram difíceis para você. Você é *bonita*. Nunca teve de pensar naquilo que queria ou de que precisava, ou sobre estar solitária. Nunca precisou encontrar... outras maneiras de conseguir as coisas que precisava ter. Sempre havia um Tony para te dar essas coisas. Tudo o que você tinha de fazer era sorrir e dizer por favor — a voz dele subiu um tom. — *Eu* nunca consegui o que queria desse jeito. Não acha que tentei? Não funcionou com meu pai. Ele só queria mais e mais. Nunca havia me dado sequer um beijo de boa-noite ou um abraço até eu deixá-lo rico. E minha mãe era a mesma coisa. Eu lhe dei de volta seu casamento, mas isso era suficiente para ela?

Ela me odiava! Não chegava perto de mim! Dizia que eu não era normal! Dei a ela coisas boas, mas... Betty, não faça isso! Não... *nããããoo*...

Ela pisou na boneca Elizabeth e a esmagou, girando sobre ela o salto do sapato. Algo em seu interior agonizou de dor aguda, e então desapareceu. Ela não estava com medo dele agora. Ele não passava de um garotinho franzino no corpo de um rapaz. E suas meias não combinavam.

— Não acho que você seja capaz de fazer qualquer coisa contra mim agora, Ed — ela lhe disse. — Não agora. Estou errada?

Ele lhe deu as costas.

— Vá embora — disse, a voz fraca. — Saia. Mas deixe a minha caixa. Pelo menos isso.

— Vou deixar a caixa. Mas não as coisas que estão dentro dela — Elizabeth passou por ele. Os ombros dele se contraíram, como se estivesse prestes a se virar e tentar agarrá-la, mas logo relaxaram outra vez.

Quando ela chegou ao patamar do segundo andar, ele foi até o alto da escada e gritou para ela, numa voz aguda:

— Vá em frente, então! Mas você não vai ficar satisfeita com nenhum homem depois de mim! E quando a sua boa aparência se acabar e os homens pararem de tentar te dar tudo o que você quer, vai ter saudade de mim! Vai pensar no que jogou fora!

Ela desceu a escada e saiu para a neve lá fora. O frio contra o seu rosto lhe dava uma sensação agradável. Era uma caminhada de mais de 3 quilômetros de volta ao campus, mas ela não se importava. Queria caminhar, queria o frio. Queria que essas coisas a deixassem limpa.

De uma forma estranha e distorcida, sentia pena dele — um garotinho com um imenso poder esmagado dentro de um espírito medíocre. Um garotinho que tentava fazer os humanos se comportarem como soldadinhos de brinquedo, e depois pisava neles num acesso de raiva quando não obedeciam, ou quando descobriam.

E o que era ela? Abençoada com todas as coisas que ele não era, não por culpa dele ou por algum esforço da parte dela? Lembrou-se da forma como reagira a Alice, tentando cegamente e tomada pelos ciúmes agarrar-se a alguma coisa que fosse fácil, embora não necessariamente boa, sem se importar, sem se importar.

Quando a sua boa aparência se acabar e os homens pararem de tentar te dar tudo o que você quer, vai ter saudades de mim!... Eu sei do que você precisa.

Mas será que ela era tão pequenina a ponto de precisar de tão pouco?

Por favor, meu bom Deus, não.

Na ponte entre o campus e a cidade, ela se deteve e jogou os objetos mágicos de Ed Hamner por sobre o parapeito, um a um. O carrinho vermelho Fiat foi o último, e caiu rodopiando em meio à neve até que ela o perdesse de vista. E então ela continuou caminhando.

As Crianças do Milharal

Burt ligou o rádio alto demais e não diminuiu o volume porque estavam prestes a começar uma outra discussão, e ele não queria que isso acontecesse. Desejava desesperadamente que não acontecesse.

Vicky disse alguma coisa.

— O quê? — ele berrou.

— Abaixa isso! Quer estourar meus tímpanos?

Ele mordeu com força a resposta que provavelmente sairia de sua boca e baixou o volume.

Vicky se abanava com um lenço, embora o T-Bird tivesse ar-condicionado.

— Onde é que nós estamos, afinal?

— Nebraska.

Ela lançou-lhe um olhar frio e neutro.

— Sim, Burt. Eu sei que estamos em Nebraska, Burt. Mas *onde* diabos nós estamos?

— Você está com o guia de estradas. Procure nele. Ou será que não sabe ler?

— Como ele é espertinho. Foi por isso que saímos da rodovia. Para contemplar 500 quilômetros de milharal. E desfrutar do bom humor e da sabedoria de Burt Robeson.

Ele agarrava o volante com tanta força que os nós de seus dedos estavam brancos. Decidiu agarrá-lo com toda aquela força porque, se afrouxasse, bem, uma daquelas mãos podia simplesmente voar e acertar a ex-Rainha do Baile Estudantil bem na fuça. Vamos salvar o nosso casamento, ele disse a si mesmo. Sim. Vamos fazer isso do mesmo modo como os soldados de infantaria americanos salvaram os povoados do Vietnã durante a guerra.

— Vicky? — ele disse, com cautela. — Dirigi 2.500 quilômetros nas rodovias principais desde que saímos de Boston. Dirigi sozinho, porque você se recusou a dirigir. Então...

— Eu não me recusei! — disse Vicky, exaltada. — Só porque fico com enxaqueca quando dirijo por muito tempo...

— Então, quando te pedi para ser a navegadora em algumas das estradas secundárias, você disse claro, Burt. Essas foram exatamente as suas palavras. Claro, Burt. Então...

— Às vezes me pergunto como fui acabar casada com você.

— Dizendo uma única palavrinha.

Ela encarou-o durante um momento, os lábios pálidos, e depois pegou o guia de estradas. Virava as páginas com violência.

Tinha sido um erro deixar a estrada principal, Burt pensou, mal-humoradamente. E uma pena também, porque até então estavam se saindo bastante bem, tratando-se um ao outro quase como seres humanos. Às vezes dava a impressão de que aquela viagem para a costa, cujo objetivo aparente era visitar o irmão de Vicky e sua mulher, mas que era, na verdade, uma última tentativa de dar um jeito no seu próprio casamento, funcionaria.

Mas desde que saíram da rodovia principal, as coisas estavam ruins outra vez. Ruins até que ponto? Bem, terríveis, na verdade.

— Saímos da rodovia em Hamburg, certo?

— Certo.

— Não há mais nada até Gatlin — ela disse. — Trinta e dois quilômetros. Um trecho bem comprido da estrada. Acha que podemos fazer uma parada por lá e comer alguma coisa? Ou o seu cronograma todo-poderoso determina que a gente siga até as duas horas, como fizemos ontem?

Ele tirou os olhos da estrada e a encarou.

— Para mim já chega, Vicky. No que me diz respeito, podemos fazer a volta aqui mesmo e ir para casa ver aquele advogado com quem você queria falar. Porque isso não está funcionando de jeito...

Ela olhava outra vez para a frente, a expressão rígida como pedra. Subitamente, transformou-se em surpresa e medo.

— *Burt preste atenção você vai...*

Ele voltou a olhar para a estrada bem a tempo de ver alguma coisa desaparecer debaixo do pára-choque do T-Bird. Um instante mais tarde, quando mal começara a tirar o pé do acelerador para pisar no freio, sentiu um baque medonho sob as rodas dianteiras, e depois sob as traseiras. Foram jogados para a frente quando o carro freou ao longo da faixa central da estrada, desacelerando de oitenta para zero com marcas negras de pneus.

— Um cachorro — ele disse. — Diga-me que foi um cachorro, Vicky.

O rosto dela estava branco, com uma cor de queijo cottage.

— Um garoto. Um garoto pequeno. Ele saiu correndo do meio do milharal e... parabéns, gatão.

Ela abriu a porta do carro de forma estabanada, debruçou-se para fora, vomitou.

Burt estava sentado ereto ao volante do T-Bird, as mãos ainda agarrando-o sem força. Não teve consciência de coisa alguma durante um longo tempo, além do cheiro intenso e desagradável de fertilizante.

Então notou que Vicky saíra, e, quando olhou pelo retrovisor, viu que ela tropeçava desajeitadamente lá atrás, na direção de alguma coisa que parecia uma pilha de trapos. Ela normalmente era uma mulher graciosa, mas agora Vicky fora despojada de sua graça, que desaparecera.

É homicídio culposo. É como chamam. Desviei os olhos da estrada.

Desligou a ignição e saiu do carro. O vento farfalhava suavemente por entre o milho, da altura de um homem, fazendo um som estranho, como uma espécie de respiração. Vicky estava de pé junto à pilha de trapos agora, e ele podia ouvi-la soluçar.

Estava a meio caminho entre o carro e o lugar onde ela se encontrava, e alguma coisa chamou sua atenção à esquerda, uma berrante mancha vermelha no meio de todo aquele verde, tão intensa quanto a pintura de um celeiro.

Ele parou, olhando diretamente para o milharal. Descobriu-se pensando (qualquer coisa para desviar a mente daqueles trapos que não eram trapos) que devia ter sido uma estação maravilhosa para o milho. As plantas estavam crescidas e cerradas, quase prontas para frutificar. Você poderia mergulhar naquelas fileiras regulares e sombreadas e passar o dia inteiro tentando encontrar a saída. Mas a regularidade fora interrompida ali. Vários talos altos de milho tinham sido quebrados e dobrados para o lado. E o que era aquilo, mais adiante, em meio às sombras?

— Burt! — Vicky gritou para ele. — Não quer vir olhar? Para depois poder contar ao seus parceiros de pôquer o que você matou em Nebraska? Não quer... — mas o resto se perdeu em meio a novos soluços. A sombra dela contornava-lhe os pés. Era quase meio-dia.

As sombras se fecharam sobre ele, conforme penetrou no milharal. A tinta vermelha de celeiro era sangue. Havia um zumbido baixo e sonolento, enquanto as moscas pousavam, provavam e levantavam vôo outra vez... talvez para contar às outras. Havia mais sangue nas folhas, mais para o interior. Mas o sangue não poderia ter respingado tão longe assim, certo? E então ele estava de pé junto ao objeto que havia visto da estrada. Apanhou-o.

A regularidade das fileiras era interrompida ali. Vários talos pendiam em direções variadas, dois deles haviam sido quebrados de todo. A terra estava revolvida. Havia sangue. O milho farfalhava. Com um ligeiro estremecimento, ele voltou para a estrada.

Vicky estava histérica, gritando palavras incompreensíveis para ele, chorando, rindo. Quem poderia imaginar que as coisas terminariam de forma tão melodramática? Ele olhou para ela e viu que não estava tendo uma crise de identidade ou um momento difícil na vida ou qualquer um desses termos tão em voga. Odiava-a. Deu-lhe um tapa no rosto, com força.

— Você vai para a cadeia, Burt — ela disse, solenemente.

— Acho que não — ele disse, e colocou aos pés dela a maleta que encontrara no milharal.

— O quê...?

— Não sei. Acho que pertencia a ele — apontou para o corpo que jazia na estrada, de bruços. Não passava dos 13 anos, pela aparência.

A maleta era velha. O couro marrom estava surrado e arranhado. Dois pedaços de corda de varal tinham sido passados em volta dela e amarrados com laços grandes, rústicos. Vicky inclinou-se para desatar um deles, viu o sangue que recobria o nó e recuou.

Burt se ajoelhou e virou o corpo com delicadeza.

— Não quero ver — Vicky disse, sem conseguir tirar os olhos do cadáver. E quando o rosto de olhos fixos e sem vida virou-se na direção deles, ela gritou outra vez. O rosto do garoto estava sujo, e sua expressão era uma careta de terror. Sua garganta fora cortada.

Burt se levantou e envolveu Vicky com os braços, quando ela começou a cair.

— Não desmaie — ele disse, baixinho. — Está me ouvindo, Vicky? Não desmaie.

Repetiu aquelas palavras várias vezes, e por fim ela começou a se recuperar, agarrando-se com força a ele. Parecia que estavam dançando, ali no meio daquela estrada castigada pelo sol do meio-dia, com o cadáver do garoto aos seus pés.

— Vicky?

— O quê? — sua voz saiu abafada de encontro à camisa dele.

— Volte para o carro e coloque as chaves no bolso. Pegue o cobertor do assento traseiro e o meu rifle. Traga-os para cá.

— O rifle?

— Alguém cortou a garganta dele. Talvez esse alguém esteja observando a gente.

Ela esticou a cabeça, e seus olhos arregalados se fixaram no milharal. Ele se estendia até onde os olhos podiam ver, ondulando de acordo com os declives e elevações do terreno.

— Acho que ele deve ter ido embora. Mas por que correr o risco? Vamos lá. Faça o que eu disse.

Ela andou com o corpo rígido de volta ao carro, seguida por sua sombra, um mascote escuro que a acompanhava bem de perto, àquela hora do dia. Quando se inclinou sobre o assento traseiro, Burt agachou-se junto ao menino. Branco, do sexo masculino, sem qualquer marca notável. Atropelado, sim, mas o T-Bird não tinha cortado a garganta do garoto. Aquele corte era irregular, ineficiente — nenhum sargento do exército havia ensinado ao assassino os métodos mais refinados da luta corpo-a-corpo — mas o efeito final fora mortífero. Ele correra ou havia sido empurrado pelos últimos 10 metros do milharal, morto ou mortalmente ferido. E Burt Robeson o atropelara. Se o garoto ainda estivesse vivo quando o carro o atingiu, sua vida fora encurtada em no máximo trinta segundos.

Vicky deu-lhe um tapinha no ombro e ele pulou.

Ela estava ali de pé com o cobertor marrom do exército sobre o braço esquerdo e a espingarda de caça, ainda dentro do estojo, na mão direita, desviando o rosto. Ele pegou o cobertor e o estendeu na estrada. Rolou o cadáver para cima. Vicky deixou escapar um pequeno gemido de desespero.

— Você está bem? — ele ergueu os olhos para ela. — Vicky?

— Tudo bem — ela disse, numa voz estrangulada.

Ele dobrou as bordas do cobertor por cima do cadáver e o ergueu nos braços, sentindo aversão pelo peso morto e intenso. O volume tentou desenhar um U entre seus braços e escorregar por ali. Ele o agarrou com mais força e se encaminharam de volta ao T-Bird.

— Abra o porta-malas — ele grunhiu.

O porta-malas estava cheio de coisas de viagem, maletas e souvenires. Vicky transferiu a maior parte para o banco traseiro, e Burt deixou o cadáver deslizar para o espaço que se abriu ali, fechando com força a tampa do porta-malas. Um suspiro de alívio lhe escapou.

Vicky estava de pé junto à porta do motorista, ainda segurando o rifle dentro do estojo.

— Coloque isso aí atrás e entre.

Ele olhou para o relógio e viu que apenas 15 minutos haviam se passado. Pareciam horas.

— E quanto à maleta? — ela perguntou.

Ele voltou pela estrada até o local onde estava a maleta, sobre a faixa branca, como o centro de uma pintura impressionista. Pegou-a pela alça gasta e se deteve por um instante. Teve a forte sensação de estar sendo observado. Era uma sensação sobre a qual ele já lera em livros, em sua maioria ficção de segunda, e sempre duvidara de que pudesse ser real. Agora não duvidava. Era como se houvesse pessoas no milharal, talvez muitas pessoas, avaliando friamente se a mulher conseguiria tirar a arma do estojo e usá-la antes que conseguissem agarrá-lo, arrastá-lo para as fileiras sombrias de milho, cortar sua garganta...

O coração aos saltos, ele correu de volta ao carro, tirou as chaves da tranca do porta-malas e entrou.

Vicky chorava novamente. Burt deu partida no carro, e antes que um minuto se passasse já não conseguia mais ver na estrada, pelo espelho retrovisor, o local onde tudo acontecera.

— Qual você disse que era a próxima cidade? — ele perguntou.

— Ah — ela se debruçou outra vez sobre o guia de estradas. — Gatlin. Devemos chegar lá dentro de dez minutos.

— Acha que é grande o suficiente para ter uma delegacia de polícia?

— Não. É apenas um pontinho no mapa.

— Talvez haja um policial.

Dirigiram em silêncio por algum tempo. Passaram por um silo à esquerda da estrada. Não havia mais nada além de milho. Não cruzavam com outros veículos vindo na direção oposta, nem mesmo o caminhão de algum fazendeiro.

— Passamos por alguma coisa desde que saímos da rodovia principal, Vicky?

Ela refletiu.

— Um carro e um trator. Naquele cruzamento.

— Não. Desde que estamos nesta estrada. Rota 17.

— Não. Acho que não.

Antes, isso poderia ter sido o prefácio de alguma observação engraçadinha. Agora ela se limitava a olhar fixamente por sua metade do pára-brisa para a estrada que se estendia à sua frente e a interminável faixa tracejada no centro.

— Vicky? Pode abrir a maleta?

— Acha que vai adiantar alguma coisa?

— Não sei. Talvez.

Enquanto ela desatava os nós (o rosto com um aspecto peculiar — sem qualquer expressão, mas com os lábios apertados — que Burt se lembrava de ter visto na mãe dela, enquanto ela tirava as vísceras da galinha do almoço de domingo), Burt ligou outra vez o rádio.

A estação de música pop que antes estavam ouvindo estava quase obliterada pela estática, e Burt girou o botão de sintonia, deslizando o marcador vermelho lentamente pelo seletor. Noticiário rural. Buck Owens. Tammy Wynette. Tudo distante, quase distorcido e transformado em tagarelice. Então, perto do fim do seletor, uma única palavra saiu num berro pelo alto-falante, tão alta e nítida que os lábios que a pronunciaram pareciam estar junto à caixa de som do painel.

— *EXPIAÇÃO!* — berrou a voz.

Burt soltou um grunhido de surpresa. Vicky deu um pulo.

— *SOMENTE PELO SANGUE DO CORDEIRO SEREMOS SALVOS!* — rugiu a voz, e Burt rapidamente baixou o som. Aquela transmissão vinha de muito perto, sem dúvida. Tão perto que... sim, ali estava ela. Sobressaindo do milharal, no horizonte, um tripé vermelho semelhante a uma teia de aranha contra o azul do céu. A torre de rádio.

— Expiação é a palavra, irmãos e irmãs — a voz lhes disse, assumindo um tom mais coloquial. Ao fundo, mais longe do microfone, vozes murmuraram amém. — Alguns acham que está tudo bem em sair por aí, como se fosse possível trabalhar e caminhar pelo mundo sem ser maculado por ele. Ora, é isso que a palavra de Deus nos ensina?

Longe do microfone, mas ainda assim alto:

— Não!

— *SAGRADO JESUS!* — o evangelista berrou, e em seguida as palavras vieram numa cadência forte e bem marcada, quase tão arrebatadora quanto a vigorosa batida de um rock'n'roll. — Quando é que vão perceber que esse caminho é a morte? Quando é que vão perceber que a dívida deste mundo é paga no outro? Hã? Hã? O Senhor disse que há muitas moradas em Sua casa. Mas não há lugar para o fornicador. Não há lugar para o avarento. Não há lugar para aquele que profana o milho. Não há lugar para o homossexual. Não há lugar para...

Vicky desligou o rádio com um safanão.

— Esse locutor está me dando nojo.

— O que foi que ele disse? — Burt perguntou. — O que foi que ele disse sobre o milho?

— Não ouvi — ela estava desatando o segundo nó de corda de varal.

— Ele disse alguma coisa sobre o milho. Sei que disse.

— Consegui! — Vicky disse, e a maleta se abriu sobre seu colo. Estavam passando por uma placa que dizia: GATLIN 8 KM. DIRIJA COM CUIDADO PROTEJA NOSSAS CRIANÇAS. A placa fora colocada pelos Elks.* Havia nela buracos de pistola calibre .22.

---

* Ordem fraternal, similar à maçonaria, fundada em 1868 nos EUA. (N. da T.)

— Meias — Vicky disse. — Duas calças... uma camisa... um cinto... uma gravata com um... — ela suspendeu-a, mostrando a ele o prendedor descascado. — Quem é este?

Burt deu uma olhada.

— Hopalong Cassidy,* acho.

— Oh — ela a colocou de volta. Estava chorando outra vez.

Depois de um instante, Burt disse:

— Não achou nada de estranho naquele sermão do rádio?

— Não. Quando era criança, ouvi o suficiente daquela baboseira para o resto da vida. Já te contei.

— Não acha que pela voz ele parecia bem jovem? O pregador?

Vicky deu uma risada sem humor.

— Um adolescente, talvez, mas e daí? É isso que é tão monstruoso nesse negócio. Eles gostam de tomar conta da mente dos outros quando ainda são fáceis de se moldar. Sabem como usar todos os contrapesos emocionais. Você devia ver as reuniões religiosas a que os meus pais me arrastavam... em algumas delas eu fui "salva".

"Vejamos. Havia Baby Hortense, a Cantora Prodígio. Tinha 8 anos. Vinha para cantar 'Amparados pelos Braços Eternos', enquanto seu pai passava o saco de esmolas, dizendo a todos 'sejam generosos, não vamos decepcionar essa filhinha de Deus'. E havia Norman Staunton. Ele costumava pregar sobre o fogo do inferno e o enxofre com seu conjuntinho Little Lord Fauntleroy,** de calças curtas. Tinha só 7 anos."

Ela sacudiu afirmativamente a cabeça, diante da expressão de incredulidade dele.

— E não eram só os dois. Havia muitos no circuito. Eram bons *atrativos* — ela cuspiu a palavra. — Ruby Stampnell. Ela era uma curandeira de 10 anos de idade. As Irmãs Grace. Costumavam sair com pequenos halos feitos de zinco em torno da cabeça e... *oh!*

— O que foi? — ele esticou a cabeça, olhando para ela e para o que tinha nas mãos. Vicky olhava para o objeto, arrebatada por ele. Suas mãos, remexendo no fundo da maleta, o haviam encontrado e tirado de lá enquanto ela falava. Burt parou o carro para poder dar uma olhada melhor. Ela entregou-o a ele sem dizer uma palavra.

---

* Caubói fictício, protagonista de uma série de livros, filmes e gibis. (N. da T.)
** Personagem de livro infantil homônimo que se vestia como um pequeno lorde vitoriano. (N. da T.)

Era um crucifixo que tinha sido feito de tranças de palha de milho, outrora verdes, agora secas. Preso ali estava um sabugo anão. A maior parte dos grãos havia sido removida, provavelmente arrancados um a um com um canivete. Os grãos restantes formavam uma tosca figura cruciforme no baixo-relevo amarelado. Olhos de grãos de milho, cada um deles cortado longitudinalmente para sugerir pupilas. Braços esticados de grãos de milho, as pernas unidas, terminando numa rude representação de pés descalços. Em cima, quatro letras também desenhadas sobre o sabugo branco: I N R I.

— É uma peça fantástica de artesanato — ele disse.
— É medonho — ela disse, numa voz sem entonação, tensa. — Jogue fora.
— Vicky, talvez a polícia queira ver.
— Por quê?
— Bem, não sei por quê. Talvez...
— Jogue fora. Pode, por favor, fazer isso por mim? Não quero isso no carro.
— Vou colocar lá atrás. Assim que encontrarmos a polícia, a gente se livra dele, de um jeito ou de outro. Prometo. Tudo bem?
— Ah, faça o que você quiser! — ela gritou. — É sempre assim, não é?

Perturbado, ele jogou o objeto no banco de trás, onde aterrissou sobre uma pilha de roupas. Os olhos de grãos de milho encaravam arrebatados a luz do teto do T-Bird. Ele deu novamente a partida, os pneus jogando o cascalho para o alto.

— Vamos entregar o cadáver e tudo o que estava na maleta para a polícia — ele prometeu. — E então estamos livres disso.

Vicky não respondeu. Olhava para as próprias mãos.

Um quilômetro e meio adiante, o milharal interminável se afastava da estrada, revelando casas de fazenda e construções anexas. Num dos quintais, eles viram galinhas sujas ciscando desanimadas o chão. Havia anúncios desbotados de Coca-cola e fumo de mascar nos telhados dos celeiros. Passaram por um grande cartaz que dizia: SÓ JESUS SALVA. Passaram por um café com uma bomba de gasolina Conoco, mas Burt decidiu ir até o centro da cidade, se é que havia algum. Se não houvesse, poderiam voltar ao café.

Só depois que passaram, ocorreu-lhe que o estacionamento estava vazio, à exceção de uma picape velha e suja que parecia ter dois pneus furados.

Vicky de repente começou a rir, um riso alto e tolo que pareceu a Burt perigosamente próximo da histeria.

— O que é tão engraçado?

— As placas — ela disse, arquejando e soluçando. — Você não está lendo? Quando chamaram este lugar de Cinturão Bíblico, não estavam brincando. Oh, meu Deus, lá vêm outras — mais um acesso de riso histérico escapou-lhe, e ela tapou a boca com as duas mãos.

Cada placa tinha apenas uma palavra. Estavam apoiadas em estacas caiadas que haviam sido cravadas no acostamento arenoso, pelo visto fazia muito tempo; o caiamento estava descamado e desbotado. Aproximavam-se com intervalos de 20 metros, e Burt leu:

UMA... NUVEM... DE... DIA... UMA... COLUNA... DE... FOGO... À... NOITE...

— Só se esqueceram de uma coisa — Vicky disse, ainda rindo incontrolavelmente.

— O quê? — Burt perguntou, franzindo o cenho.

— Creme de barbear Burma Shave* — ela apertou o punho cerrado sobre a boca aberta para refrear a gargalhada, mas suas risadinhas semi-histéricas escapavam dali como bolhas efervescentes de água tônica.

— Vicky, você está bem?

— Vou ficar. Assim que estivermos a pelo menos mil quilômetros daqui, na ensolarada e pecaminosa Califórnia, com as Montanhas Rochosas entre nós e Nebraska.

Um outro conjunto de placas surgiu, lidas por eles em silêncio.

TOMAI... E... COMEI... DISSE... O... SENHOR... DEUS...

Ora, pensou Burt, por que será que associo imediatamente a frase ao milho? Não é isso que dizem quando te dão a comunhão? Fazia tanto tempo da última vez em que ele fora à missa que ele não se lembrava ao certo. Não se surpreenderia se usassem pão de milho em lugar da hóstia naquela região. Abriu a boca para dizê-lo a Vicky, mas mudou de idéia.

Transpuseram um leve aclive e ali estava Gatlin logo abaixo deles, parecendo mais o cenário de um filme sobre a Grande Depressão.

---

* A marca ficou famosa por seus cartazes cheios de rima à beira de estradas. (N. da T.)

— Ali vamos encontrar um policial — Burt disse, e se perguntou por que a visão daquela velha cidade caipira cochilando ao sol lhe dava um nó de medo na garganta.

Passaram por uma placa de limite de velocidade avisando que agora só se podia andar a 50 por hora, e uma outra placa, comida pela ferrugem, que dizia: VOCÊ ESTÁ ENTRANDO EM GATLIN, A MELHOR CIDADEZINHA DE NEBRASKA — OU DE QUALQUER OUTRO LUGAR! POP. 5.431.

Havia olmos empoeirados dos dois lados da estrada, a maioria doente. Passaram pelo Depósito de Madeira Gatlin e um posto de gasolina da cadeia 76, onde as placas com os preços balançavam devagar sob a quente brisa do meio-dia: COMUM $35.9 ADITIVADA $38.9, e uma outra que dizia: OLÁ CAMINHONEIROS BOMBA DE DIESEL NOS FUNDOS.

Atravessaram a Elm Street, depois a Birch Street, e saíram na praça da cidade. As casas alinhadas ao longo das ruas eram de madeira com varandas fechadas com tela. Angulosas e funcionais. Os gramados estavam amarelados e sem viço. Lá adiante um cachorro vira-lata caminhou lentamente até o meio da Maple Street, ficou olhando para eles por um instante e depois se deitou na estrada com o focinho em cima das patas.

— Pare — Vicky disse. — Pare aqui mesmo.

Burt parou obedientemente o carro junto ao meio-fio.

— Dê meia-volta. Vamos levar o cadáver para Grand Island. Não fica muito longe, não é? Vamos fazer isso.

— Vicky, qual o problema?

— O que você quer dizer com "qual o problema"? — ela perguntou, elevando a voz para um tom agudo. — Esta cidade está vazia, Burt. Não há ninguém aqui além de nós. Não consegue sentir isso?

Ele havia sentido alguma coisa, e ainda sentia. Mas...

— É só uma impressão — ele disse. — Mas com certeza não passa mesmo de um povoado minúsculo. Devem estar todos na praça, num concurso de bolos ou num jogo de bingo.

— *Não há ninguém aqui* — ela disse as palavras com uma ênfase estranha, tensa. — Você não viu aquele posto de gasolina 76 lá atrás?

— Claro, ao lado do depósito de madeira, e daí? — A mente dele estava longe, escutando o zumbido surdo de uma cigarra num dos olmos perto dali. Podia sentir cheiro de milho, rosas empoeiradas e fertilizante... é claro. Pela primeira vez estavam fora da rodovia principal e numa cidade. Uma cidade num estado a que nunca haviam ido antes (embora o tivessem sobrevoado de vez em quando nos 747 da United Airlines) e de algum modo aquilo parecia completamente errado, mas, ao mesmo tempo, tudo parecia estar bem. Em algum lugar mais adiante haveria uma drogaria com uma máquina de refrigerante, um cinema chamado Bijou e uma escola batizada em homenagem a JFK.

— Burt, os preços eram 35.9 a gasolina comum e 38.9 a aditivada. Ora, quanto tempo faz que alguém nesse país paga esses preços?

— Pelo menos quatro anos — ele admitiu. — Mas, Vicky...

— Estamos no centro da cidade, Burt, e não há um só carro! *Nenhum carro!*

— Grand Island fica a 110 quilômetros daqui. Pareceria estranho se levássemos o cadáver até lá.

— Não me importo.

— Ouça, vamos de carro até o fórum e...

— *Não!*

É isso, diabo. Isso mesmo. O motivo pelo qual nosso casamento está desmoronando, em resumo. Não, eu não quero. Não senhor. E, além disso, vou prender a respiração até ficar azul se as coisas não forem feitas do meu jeito.

— Vicky — ele disse.

— Quero sair daqui, Burt.

— Vicky, preste atenção.

— Dê a volta. Vamos embora.

— Vicky, será que pode parar um minuto?

— Vou parar quando estivermos dirigindo na outra direção. Agora vamos.

— *Nós estamos com uma criança morta no porta-malas do nosso carro!* — ele rugiu, e sentiu um nítido prazer na maneira como ela se encolheu, na maneira como seu rosto pareceu desmoronar. Num tom de voz ligeiramente mais baixo, ele prosseguiu. — A garganta do menino foi cortada e ele foi empurrado para a estrada, e eu o atropelei. Agora vou até o fórum ou o que quer que haja por aqui, e vou comunicar o que aconteceu. Se você quiser voltar na direção da rodovia principal, vá em frente. Depois te pego no caminho. Mas não me diga para fazer a volta e dirigir por 110 quilômetros até Grand Island como se não tivéssemos levando nada além de um saco de lixo na mala do carro. Ele, por acaso, tem uma mãe em algum lugar, e eu vou comunicar o ocorrido antes que a pessoa que o matou se mande para bem longe daqui.

— Seu desgraçado — ela disse, chorando. — O que eu estou fazendo junto de você?

— Não sei — ele disse. — Já não sei mais. Mas a situação pode ser remediada, Vicky.

Ele deu a partida. O cachorro levantou a cabeça diante do ligeiro cantar de pneus e depois voltou a deitá-la sobre as patas.

Percorreram o último quarteirão até a praça. Na esquina de Main e Pleasant, a Main Street dividia-se ao meio. Ali de fato havia uma praça, um parque gramado com um coreto no centro. Na outra ponta, onde a Main Street se tornava outra vez uma só, havia duas construções com aparência oficial. Burt conseguia distinguir o letreiro num deles: CENTRO MUNICIPAL DE GATLIN.

— É ali — ele disse. Vicky continuou calada.

No meio da praça, Burt parou o carro outra vez. Estavam diante de um restaurante, o Gatlin Bar and Grill.

— Aonde você vai? — Vicky perguntou, alarmada, quando ele abriu a porta.

— Descobrir onde está todo mundo. O letreiro da vitrine diz "aberto".

— Você não vai me deixar aqui sozinha.

— Então venha também. Quem está impedindo?

Ela destrancou a porta e saiu, enquanto ele passava pela frente do carro. Viu como seu rosto estava pálido e sentiu um momento de pena. Um desperdício de pena.

— Está ouvindo? — ela perguntou, quando ele se aproximou dela.

— Ouvindo o quê?

— O nada. Nenhum carro. Nenhuma pessoa. Nenhum trator. Nada.

E então, a um quarteirão dali, ouviram o riso agudo e alegre de crianças.

— Estou ouvindo crianças — ele disse. — E você?

Ela olhou para ele perturbada.

Ele abriu a porta do restaurante e entrou para o calor seco, antisséptico. O chão estava empoeirado. Os cromados estavam sem brilho. As pás de madeira dos ventiladores de teto estavam imóveis. Mesas vazias. Bancos vazios junto ao balcão. Mas o espelho por trás do balcão fora quebrado e havia algo mais... num instante, ele percebeu: todas as torneiras de chope tinham sido arrancadas. Jaziam sobre o balcão feito peças de decoração para uma festa.

A voz de Vicky soou alegre e quase num falsete:

— Claro. Pergunte a alguém. Com licença, senhor, mas poderia me dizer...

— Ah, cale a boca.

Mas a voz dele soou inexpressiva e sem força. Estavam de pé numa faixa de sol empoeirada, que entrava pela grande vidraça do restaurante, e mais uma vez ele teve a sensação de estar sendo observado e pensou no garoto que traziam no porta-malas e no riso agudo das crianças. Ocorreu-lhe uma expressão sem nenhum motivo, uma expressão que soava como jurídica, e que começou a se repetir misticamente em sua cabeça: *Às escuras. Às escuras. Às escuras.*

Seus olhos passearam pelos cartazes de papelão amarelados pelo tempo, presos com percevejos atrás do balcão: CHEESEBURGER $ 0,35 O MELHOR CAFÉ DO MUNDO $ 0,10 TORTA DE MORANGO COM RUIBARBO $ 0,25 HOJE PRESUNTO ESPECIAL & MOLHO C/ PURÊ DE BATATAS $0,80.

Há quanto tempo ele não via preços de restaurante como aqueles? Vicky tinha a resposta.

— Veja isto — ela disse, a voz estridente. Apontava para o calendário na parede. — Creio que eles estão nessa situação faz 12 anos — ela deu uma risada aguda.

Ele se aproximou. A ilustração mostrava dois garotos nadando num lago, enquanto um cachorro fofinho levava embora suas roupas. Abaixo dela estava a legenda: COM OS CUMPRIMENTOS DA SERRARIA GATLIN. *Você quebra, nós consertamos.* O mês exibido ali era agosto de 1964.

— Não entendo — ele balbuciou — mas tenho certeza...

— Você tem certeza! — ela exclamou, histérica. — Com certeza, você tem certeza! Esse é o seu problema, Burt, você passou a vida inteira tendo *certeza!*

Ele se virou, encaminhando-se para a porta, e ela o seguiu.

— Aonde você vai?

— Ao Centro Municipal.

— Burt, por que você tem que ser tão teimoso? Sabe que alguma coisa está errada aqui. Será que não pode simplesmente admitir?

— Não estou sendo teimoso. Só quero me livrar daquilo que está no porta-malas.

Saíram para a calçada e Burt mais uma vez sentiu-se surpreso com o silêncio da cidade, e com o cheiro de fertilizante. De algum modo, você nunca pensava naquele cheiro quando passava manteiga numa espiga de milho e depois colocava sal e dava uma mordida. Graças ao sol, à chuva, a todos os tipos de fosfato fabricados pelo homem, e a uma boa e saudável dose de bosta de vaca. Mas de algum modo esse cheiro era diferente do cheiro com que ele fora criado, no norte rural do estado de Nova York. Você podia dizer o que quisesse sobre fertilizante orgânico, mas era quase como se ele fosse perfumado, quando alguém o espalhava pelos campos. Não é um desses grandes perfumes, por deus, não, mas quando a brisa de primavera soprava no final da tarde e o trazia dos campos recém-arados, *era* um cheiro com boas associações. Significava que o inverno tinha acabado definitivamente. Significava que os portões da escola se fechariam dentro de seis semanas, ou coisa assim, e todo mundo ficaria livre para aproveitar o verão. Era um cheiro invariavelmente ligado, em sua mente, a outros aromas que *eram* perfumados: capim rabo de rato, trevos, terra fresca, malva-rosa, corniso.

Mas deviam fabricar algo diferente por ali, ele pensou. O cheiro era parecido, mas não era o mesmo. Havia um traço doce e enjoativo nele. Quase um cheiro de morte. Como servente de hospital de campanha no Vietnã, ele se tornara bem versado naquele cheiro.

Vicky estava sentada dentro do carro, em silêncio, segurando no colo o crucifixo feito de milho e olhando-o com um ar extasiado que não agradava a Burt.

— Largue isso — ele falou.

— Não — ela disse, sem levantar os olhos. — Você continua com os seus joguinhos e eu com os meus.

Ele engrenou a marcha no carro e dirigiu até a esquina. Um sinal de trânsito apagado pendia lá no alto, oscilando na brisa suave. À esquerda havia uma igreja branca bem cuidada. A grama estava aparada. Flores bem tratadas cresciam junto ao caminho que levava até a porta. Burt estacionou.

— O que você vai fazer?

— Vou entrar e dar uma olhada — disse ele. — É o único lugar da cidade que não parece ter uma camada de poeira de dez anos. E veja o quadro de sermões.

Vicky olhou. Letras brancas cuidadosamente dispostas por trás do vidro anunciavam: O PODER E A GRAÇA DAQUELE QUE ANDA POR TRÁS DAS FILEIRAS. A data era 24 de julho de 1976 — o domingo anterior.

— Aquele que Anda por Trás da Fileiras — Burt disse, desligando a ignição. — Um dos 9 mil nomes de Deus que só são usados em Nebraska, acho eu. Você também vem?

Ela não sorriu.

— Não vou com você.

— Tudo bem. Como quiser.

— Não entro numa igreja desde que saí de casa e não quero entrar *nesta* igreja e não quero mais ficar *nesta cidade*, Burt. Estou apavorada, será que não podemos simplesmente *ir embora?*

— Só vai levar um minuto.

— Estou com as minhas chaves, Burt. Se você não estiver de volta em cinco minutos, eu simplesmente vou me embora e te deixo aqui.

— Calma aí, madame.

— É o que vou fazer. A menos que você queira me assaltar como um ladrão barato e tomar minhas chaves. Suponho que seja capaz.

— Mas não acha que vou fazer isso.

— Não.

Sua bolsa estava entre os dois. Ele a apanhou. Ela gritou e tentou agarrar a alça. Ele a puxou para fora do seu alcance. Sem se dar ao trabalho de remexer lá dentro, ele simplesmente virou a bolsa de cabeça para baixo, deixando cair tudo. O chaveiro dela brilhou entre lenços de papel, cosméticos, moedas e listas de compras. Ela tentou alcançar as chaves, mas ele mais uma vez levou a melhor e as colocou em seu próprio bolso.

— Não precisava fazer isso — ela disse, chorando. — Me dê as chaves.

— Não — ele disse, lançando-lhe um sorriso duro e inexpressivo. — De jeito nenhum.

— *Por favor, Burt! Estou com medo!* — Vicky estendeu a mão, agora suplicante.

— Você ia esperar dois minutos e chegaria à conclusão de que já era o suficiente.

— Eu não...

— E então iria embora rindo e dizendo para si mesma, "Isso vai ensinar Burt a não me contrariar quando quero alguma coisa". Não tem sido esse o seu lema ao longo da nossa vida de casados? Isso vai ensinar Burt a não me contrariar?

Ele saiu do carro.

— Por favor, Burt! — ela gritou, escorregando pelo assento. — Ouça... eu sei... vamos sair desta cidade e ligar de um telefone público, está bem? Tenho moedas de todos os valores. Eu só... nós podemos... *não me deixe sozinha, Burt, não me deixe aqui sozinha!*

Ele bateu a porta do carro enquanto ela gritava, e depois ficou encostado na lateral do T-Bird por um momento, apertando os polegares sobre os olhos fechados. Ela esmurrava o vidro da janela do motorista e gritava o nome dele. Ela causaria uma bela impressão quando ele finalmente encontrasse alguma autoridade para se encarregar do cadáver do menino. Ah, se causaria.

Ele se virou e seguiu pelo caminho pavimentado com lajes até a porta da igreja. Dois ou três minutos, só uma espiada, e sairia outra vez. Provavelmente a porta nem devia estar destrancada.

Mas bastou um empurrão leve para abri-la, silenciosamente, nas dobradiças bem lubrificadas (reverentemente lubrificadas, ele pensou, e isso lhe pareceu engraçado por nenhum motivo aparente), e ele se encontrou num vestíbulo tão fresco que chegava quase a estar frio. Seus olhos precisaram de um instante para se ajustar à penumbra.

A primeira coisa que ele notou foi uma pilha de letras de madeira na outra extremidade, empoeiradas e amontoadas negligentemente. Foi até onde estavam, curioso. Pareciam tão velhas e esquecidas quanto o calendário no restaurante, ao contrário do restante do vestíbulo, que estava limpo e arrumado. As letras tinham mais ou menos 60 centímetros de altura e obviamente integravam um conjunto. Ele as espalhou sobre o carpete — havia 18 delas — e as arrumou como anagramas. HURT BITE CRAG CHAP. Não. CRAP TARGET CHIPS HUC. Isso também não servia.

Exceto pelo CH em CHIBS. Ele rapidamente formou a palavra CHURCH e sobraram-lhe RAP TAGET CIBS. Idiotice. Estava agachado ali, brincando com um punhado de letras, enquanto Vicky enlouquecia lá fora no carro. Começou a se levantar, e então percebeu. Formou a palavra BAPTIST, deixando RAG EC — e trocando duas letras de lugar ficava com GRACE. GRACE BAPTIST CHURCH — Igreja Batista da Graça. As letras deviam ficar na entrada. Foram tiradas de lá e jogadas com indiferença num canto, e a igreja tinha sido pintada desde então, de modo que você nem conseguia saber onde as letras estavam antes.

Por quê?

Aquela não era mais a Igreja Batista da Graça, esse era o motivo. Então que tipo de igreja era? Por alguma razão aquela pergunta deu-lhe um arrepio de medo, e ele se levantou depressa, limpando o pó dos dedos. Então tinham removido um punhado de letras, e daí? Talvez a tivessem transformado na Igreja do que Está Acontecendo Agora, de Flip Wilson.*

Mas o que então havia acontecido?

Ele afastou o pensamento, impacientemente, e passou pela porta dupla interna. Agora se encontrava no fundo da igreja propriamente dita, e quando olhou na direção da nave, sentiu o medo rodear seu coração e apertá-lo com força. Prendeu a respiração com um ruído que soou alto no silêncio carregado daquele lugar.

O espaço atrás do púlpito era dominando por um gigantesco retrato do Cristo, e Burt pensou: se nada nesta cidade tivesse deixado Vicky enlouquecida, isto deixaria.

O Cristo tinha um sorriso malicioso no rosto. Seus olhos estavam arregalados e fixos, deixando Burt inquieto ao lembrar de Lon Chaney em *O Fantasma da Ópera*. Em cada uma das grandes pupilas negras, alguém (um pecador, presumivelmente) se afogava num lago de fogo. Mas a coisa mais estranha era que aquele Cristo tinha cabelos verdes... cabelos que um exame mais atento mostravam ser uma massa emaranhada de milho no início do verão. O retrato era tosco, mas eficiente. Parecia um mural de história em quadrinhos desenhado por uma criança talentosa — um Cristo do Antigo Testamento, ou um Cristo pagão que poderia matar seu rebanho em sacrifício, em vez de conduzi-lo.

---

* Comediante negro que fez sucesso na TV americana dos anos 1970. (N. da T.)

Aos pés da fileira esquerda de bancos estava um órgão, e a princípio Burt não foi capaz de dizer o que estava errado com ele. Seguiu pela nave lateral esquerda e viu, com uma sensação de horror nascendo vagarosamente, que as teclas tinham sido arrancadas, os registros removidos... e os próprios tubos tapados com sabugos de milho secos. Por cima do órgão, havia uma placa cuidadosamente desenhada que dizia: NÃO FAÇAIS MÚSICA EXCETO COM A LÍNGUA HUMANA DISSE O SENHOR DEUS.

Vicky tinha razão. Alguma coisa estava terrivelmente errada ali. Considerou a hipótese de voltar para junto dela sem explorar mais o lugar, simplesmente entrar no carro e deixar a cidade o mais rapidamente possível, esquecendo o Centro Municipal. Mas aquilo o irritava. Diga a verdade, ele pensou. Você quer dar trabalho ao desodorante dela antes de voltar e admitir que ela tinha razão desde o início.

Ele voltaria, dentro de um minuto ou dois.

Encaminhou-se para o púlpito, pensando: pessoas devem passar por Gatlin o tempo todo. Deve haver gente nas cidades vizinhas com amigos e parentes aqui. A Polícia Estadual de Nebraska deve passar por aqui de tempos em tempos. E quanto à companhia de eletricidade? O sinal de trânsito estava apagado. É claro que saberiam se estivesse faltando luz há 12 longos anos. Conclusão: O que parecia ter acontecido em Gatlin era impossível.

Ainda assim, ele estava arrepiado.

Subiu os quatro degraus acarpetados até o púlpito e de lá olhou para os bancos vazios, reluzindo em meio às sombras. Parecia sentir o peso daqueles olhos medonhos e decididamente nada cristãos às suas costas.

Havia uma grande Bíblia sobre a estante do púlpito, aberta no capítulo 38 do livro de Jó. Burt deu uma olhada e leu: "Depois disso o senhor respondeu a Jó de um redemoinho, dizendo: quem é este que escurece o conselho com palavras sem conhecimento? Onde estavas tu quando eu fundava a Terra? Faze-mo saber se tens inteligência." O senhor. Aquele que Anda por Trás das Fileiras. Faze-mo saber, se tens a inteligência. E por favor passe o milho.

Ele folheou as páginas da Bíblia, que faziam um ruído seco e sussurrado no silêncio — o ruído que fariam os fantasmas, se realmente existissem. E num lugar como aquele, você quase acreditava que existiam. Partes da Bíblia tinham sido arrancadas. Ele viu que a maioria era do Novo Testamento. Alguém decidira empreender a tarefa de corrigir o Bom Rei Tiago com uma tesoura.

Mas o Antigo Testamento estava intacto.

Ele estava prestes a deixar o púlpito, quando viu um outro livro numa estante mais baixa e o apanhou, pensando que pudesse ser um registro de casamentos e crismas e enterros da igreja.

Fez uma careta ao ver as palavras impressas na capa, gravadas em dourado por mãos inexperientes: QUE OS INJUSTOS SEJAM CEIFADOS PARA QUE O SOLO VOLTE A SER FÉRTIL DISSE O SENHOR DEUS DAS HOSTES.

Parecia haver uma linha de pensamento por ali, e Burt não gostava muito da trilha que ela parecia seguir.

Abriu o livro na primeira página, que era larga e pautada. Uma criança escrevera ali, ele notou imediatamente. Em alguns lugares, uma borracha de apagar canetas havia sido cuidadosamente usada, e embora não houvesse erros de ortografia, as letras eram grandes e infantis, desenhadas, mais do que escritas. A primeira coluna dizia:

Amós Deigan (Richard), n. 4 de set. de 1945   4 de set. de 1964
Isaac Renfrew (William), n. 19 de set. de 1945 19 de set. de 1964
Sofonias Kirk (George), n. 14 de out. de 1945   14 de out. de 1964
Maria Wells (Roberta), n. 12 de nov. de 1945   12 de nov. de 1964
Yemes Hollis (Edward), n. 5 de jan. de 1946   5 de jan. de 1965

Franzindo a testa, Burt continuou a virar as páginas. A três quartos do fim, as colunas duplas terminavam repentinamente:

Raquel Stigman (Donna), n. 21 de jun. de 1957 21 de jun. de 1976
Moisés Richardson (Henry), n. 29 de jul. de 1957
Malaquias Boardman (Craig), n. 15 de ago. de 1957

O último registro no livro era de Rute Clawson (Sandra), n. 30 de abril de 1961. Burt olhou para a estante onde encontrara aquele livro e pegou outros dois. O primeiro tinha o mesmo logotipo, QUE OS INJUSTOS SEJAM CEIFADOS, e continuava o mesmo registro, uma única coluna indicando datas de nascimento e nomes. No início de setembro de

1964, ele encontrou Jó Gilman (Clayton), n. 6 de setembro, e o registro seguinte era Eva Tobin, n. 16 de junho de 1965. Sem um segundo nome entre parênteses.

O terceiro livro estava em branco.

De pé atrás do púlpito, Burt refletiu sobre aquilo.

Alguma coisa acontecera em 1964. Alguma coisa relacionada a religião, e milho... e crianças.

Amado Senhor, imploramos Sua bênção sobre a colheita. Em nome de Jesus, amém.

E a faca se ergueu bem alto para sacrificar o cordeiro — mas será que havia sido um cordeiro? Talvez uma obsessão religiosa os tivesse arrebatado. Sozinhos, completamente sozinhos, isolados do mundo lá fora por centenas de quilômetros quadrados de milharais farfalhante. Sozinhos debaixo de quase 30 milhões de hectares de céu azul. Sozinhos sob o olhar vigilante de Deus, agora um estranho Deus verde, o Deus do milho, que se tornara velho e estranho e faminto. Aquele que Anda por Trás das Fileiras.

Burt sentiu um calafrio percorrer sua pele.

Vicky, deixa eu te contar uma história. É sobre Amós Deigan, nascido Richard Deigan no dia 4 de setembro de 1945. Ele adotou o nome de Amós em 1964, um belo nome do Antigo Testamento, Amós, um dos profetas menores. Bem, Vicky, o que aconteceu — não ria — foi que Dick Deigan e seus amigos — Billy Renfrew, George Kirk, Roberta Wells e Eddie Hollis, entre outros — se tornaram religiosos e mataram os próprios pais. Todos eles. Não é impressionante? Os pais foram mortos a tiros em suas camas, apunhalados nas banheiras, envenenados, enforcados, estripados, até onde eu sei.

Por quê? O milho. Talvez o milho estivesse morrendo. Talvez de algum modo eles tenham imaginado que o milho morria porque havia pecados demais. Não havia sacrifícios o suficiente. Devem tê-los feito no milharal, entre as fileiras.

E de algum modo, Vicky, tenho quase certeza disso, de algum modo, eles concluíram que 19 anos era a idade máxima que viveriam. Richard "Amós" Deigan, o herói da nossa historinha, completou 19 anos no dia 4 de setembro de 1964 — a data que consta do livro. Acho que talvez eles o tenham matado. E o sacrificado no milharal. Não é uma história tola?

Mas vejamos Raquel Stigman, que era Donna Stigman até 1964. Ela fez 19 anos no dia 21 de junho, há mais ou menos um mês. Moisés Richardson nasceu no dia 29 de junho — vai fazer 19 anos daqui a apenas três dias. Você tem alguma idéia do que vai acontecer com o velho Moisés no dia 29?

Eu consigo imaginar.

Burt passou a língua pelos lábios, que estavam secos.

Uma outra coisa, Vicky. Veja isto. Temos Jó Gilman (Clayton), nascido em 6 de setembro de 1964. Nenhum outro nascimento até 16 de junho de 1965. Um intervalo de dez meses. Sabe o que eu acho? Eles mataram todos os pais, inclusive as mães grávidas, é isso que eu acho. E uma *delas* engravidou em outubro de 1964 e deu à luz Eva. Uma garota de 16 ou 17 anos. *Eva. A primeira mulher.*

Ele folheou o livro febrilmente, procurando nas páginas anteriores, e encontrou o registro de Eva Tobin. Logo abaixo: "Adão Greenlaw, n. 11 de julho, 1965."

Devia ter apenas 11 anos agora, ele pensou, sentindo que sua pele começava a formigar. E talvez estejam lá fora. Em algum lugar.

Mas de que modo uma coisa como aquela podia ser mantida em segredo? Como podia continuar?

Como, a não ser que o Deus em questão a aprovasse?

— Oh, Jesus — disse Burt no silêncio, e foi então que que a buzina do T-Bird começou a soar no meio da tarde, um longo e contínuo toque.

Burt saltou do púlpito e saiu correndo pela nave central. Abriu com um empurrão a porta exterior do vestíbulo, saindo para o sol quente e ofuscante. Vicky estava sentada rigidamente atrás do volante, as duas mãos apertando a buzina, a cabeça girando desvairadamente para um lado e outro. De toda parte chegavam as crianças. Algumas delas riam alegremente. Empunhavam facas, machadinhas, canos, pedras, martelos. Uma menina, com talvez 8 anos de idade e cabelos louros belos e compridos, segurava um cabo de macaco de automóvel. Armas rurais. Nenhum deles trazia uma arma de fogo. Burt sentiu um impulso louco de gritar: *Quem entre vocês são Adão e Eva? Quem são as mães? Quem são as filhas? Pais? Filhos?*

Faze-mo saber, se tens a inteligência.

Vinham das ruas transversais, do gramado da praça, através do portão da cerca que contornava o playground da escola, a um quarteirão de distância a oeste. Alguns deles lançavam olhares indiferentes para Burt, de pé, imóvel, nos degraus da igreja, e outros se cutucavam e apontavam e sorriam... doces sorrisos de crianças.

As garotas usavam vestidos compridos de lã marrom e toucas antigas e desbotadas. Os meninos, como pastores Quaker, estavam todos de preto e usavam chapéus de copas arredondadas e abas chatas. Afluíam através da praça na direção do carro, cruzando o gramado, e alguns passaram pelo jardim da frente do que havia sido a Igreja Batista da Graça até 1964. Um ou dois quase ao alcance de sua mão.

— A espingarda! — Burt gritou. — Vicky, pegue a espingarda!

Mas ela estava imobilizada pelo pânico, como ele podia ver dos degraus da igreja. Tinha dúvidas de que ela sequer conseguiria ouvi-lo através de janelas fechadas.

Todos convergiam na direção do Thunderbird. Os machados, machadinhas e pedaços de cano começaram a subir e descer. Meu Deus, estou mesmo vendo isso?, ele pensou, imobilizado. Um detalhe cromado despencou da lateral do carro. O emblema do capô voou longe. Facas desenharam espirais nas laterais dos pneus e o carro arriou. A buzina não parava de soar. O pára-brisa e as janelas laterais ficaram opacos e se quebraram sob aquela investida... e então o vidro de segurança se desfez numa chuva de estilhaços, e ele conseguiu ver novamente. Vicky estava encolhida, apenas uma das mãos sobre a buzina agora, e a outra erguida para proteger o rosto. Mãos ávidas e jovens tatearam lá dentro, em busca da trava. Vicky afastou-os com golpes desvairados. A buzina se tornou intermitente e depois parou de todo.

A porta do motorista, toda amassada e arranhada, foi escancarada. Estavam tentando arrastá-la para fora, mas suas mãos estavam fortemente agarradas ao volante. Então um deles se inclinou para dentro, uma faca na mão, e...

Ele venceu a paralisia e se atirou pelos degraus abaixo, quase caindo, e correu pelo caminho de lajes na direção das crianças. Uma delas, um garoto de 16 anos com um comprido cabelo ruivo escorrendo por baixo do chapéu, virou-se em sua direção, quase que despreocupadamente, e alguma coisa reluziu no ar. O braço esquerdo de Burt foi puxado para trás, e por um momento ocorreu-lhe a idéia absurda de que havia levado um soco à distância. Então veio a dor, tão súbita e aguda que o mundo se tornou cinza.

Ele examinou o braço com uma espécie de assombro idiota. Um canivete Pensey barato, daqueles que custavam um dólar e meio, crescia do seu braço como um estranho tumor. A manga de sua camisa esporte J. C. Penney começava a ficar vermelha. Ele contemplou aquela imagem pelo que pareceu ser uma eternidade, tentando entender como era possível que um canivete estivesse crescendo de seu braço... seria possível?

Quando levantou os olhos, o garoto de cabelo ruivo estava quase sobre ele. Sorria, confiante.

— Ei, seu desgraçado — Burt disse. Sua voz falhava, devido ao choque.

— Entregue sua alma a Deus, pois logo estará diante do Seu trono — disse o garoto de cabelo ruivo, tentando cravar as unhas nos olhos de Burt.

Burt recuou, arrancou o canivete Pensey do braço e enfiou-o na garganta do garoto de cabelo ruivo. O jorro de sangue foi imediato e enorme. Esguichou sobre Burt. O garoto de cabelo ruivo começou a gorgolejar e a caminhar num círculo amplo. Agarrou o canivete, tentando tirá-lo da garganta, mas não conseguiu. Burt o observava, boquiaberto. Nada daquilo estava acontecendo. Era um sonho. O garoto de cabelo ruivo gorgolejava e andava. Agora, o som que ele fazia era o único naquele começo quente de tarde. Os outros olhavam, aturdidos.

Aquela parte não estava no roteiro, Burt pensou, sentindo-se entorpecido. Vicky e eu, nós estávamos no roteiro. E o garoto no milharal, que tentava fugir. Mas não um deles. Ficou a encará-los furiosamente, com vontade de gritar, *E agora, gostaram?*

O garoto ruivo deu um último e fraco gorgolejo, e caiu de joelhos. Encarou Burt por um momento, então suas mãos largaram o cabo do canivete e ele tombou de bruços.

Um suave ruído de lamentação veio das crianças reunidas ao redor do Thunderbird. Olhavam fixamente para Burt. Burt também as encarava, fascinado... e foi então que notou que Vicky tinha desaparecido.

— Onde ela está? — ele perguntou. — Para onde vocês a levaram?

Um dos garotos ergueu uma faca de caça manchada de sangue até o próprio pescoço e fez um gesto de degolá-lo. Sorriu. Foi a única resposta.

De algum lugar lá atrás, a voz de um garoto mais velho, tranqüila:

— Peguem ele.

Os garotos começaram a caminhar na sua direção. Burt recuou. Começaram a andar mais rápido. Burt recuava mais rápido. A espingarda, a maldita espingarda! Fora de alcance. O sol recortava suas sombras escuras sobre o gramado verde da igreja... e então ele estava na calçada. Virou-se e correu.

— *Matem ele!* — alguém berrou, e partiram em seu encalço.

Ele corria, mas não totalmente às cegas. Contornou o Centro Municipal — não adiantaria esconder-se ali, iam cercá-lo como um rato — e seguiu pela Main Street, que se alargava e se tornava outra vez a auto-estrada dois quarteirões adiante. Ele e Vicky estariam naquela estrada agora, e longe dali, se ele apenas tivesse dado ouvidos a ela.

Seus mocassins estalavam sobre a calçada. À sua frente, podia ver mais alguns prédios comerciais, incluindo a Sorveteria Gatlin e — é claro — o Cine Bijou. O letreiro empoeirado anunciava EM EXIBI ÃO CLEÓPA RA COM ELI A TH TAYLOR C NSURA EZ AN S. Depois da próxima rua transversal, havia um posto de gasolina que marcava o limite da cidade. E depois dele o milharal, fechando-se sobre as margens da estrada. Um oceano verde de milho.

Burt corria. Já estava sem fôlego, e a ferida causada pelo canivete em seu braço começava a doer. Ele deixava uma trilha de sangue. Enquanto corria, puxou o lenço do bolso traseiro e o enfiou por dentro da camisa.

Corria. Seus mocassins martelavam o cimento rachado da calçada, sua respiração raspava em sua garganta, cada vez mais quente. Seu braço começou a latejar com força. Uma parte sarcástica de seu cérebro tentava perguntar se ele achava que seria capaz de correr por todo o caminho até a próxima cidade, se agüentaria correr 35 quilômetros de asfalto numa estrada de pista dupla.

Ele corria. Podia ouvi-los lá atrás, 15 anos mais jovens e mais rápidos do que ele, se aproximando. Seus pés batiam sobre a calçada. Eles davam berros e gritavam uns para os outros. Estão se divertindo como se vissem o circo pegar fogo, Burt pensou, com a mente desconexa. Falarão sobre isso durante anos.

Burt corria.

Passou correndo pelo posto de gasolina que marcava o limite da cidade. Sua respiração saía do peito ofegante e rugindo. A calçada acabou debaixo de seus pés. E agora só havia uma coisa a fazer, uma única chance de derrotá-los e escapar com vida. As casas tinham acabado, a cidade tinha acabado. O milharal assomava numa suave onda verde que chegava até a beira da estrada. As folhas verdes, semelhantes a espadas, farfalhavam suavemente. Lá dentro o caminho seria profundo, profundo e fresco, sombreado, naquelas fileiras de milho que chegavam à altura de um homem.

Passou correndo por uma placa que dizia: VOCÊ ESTÁ SAINDO DE GATLIN — A MELHOR CIDADEZINHA DE NEBRASKA — OU DE QUALQUER OUTRO LUGAR! VOLTE SEMPRE!

Com certeza vou voltar, ele pensou, vagamente.

Passou pela placa como um corredor de velocidade aproximando-se da linha de chegada, e então virou à esquerda, atravessando a estrada e chutando para o alto os mocassins. Estava agora no meio do milharal, que se fechava por trás e por cima dele como as ondas de um mar verde, engolindo-o. Ocultando-o. Sentiu-se invadir por uma súbita e totalmente inesperada sensação de alívio, e ao mesmo tempo recuperou o fôlego. Seus pulmões, que pareciam à beira da exaustão, deram a impressão de se dilatar e lhe dar mais fôlego.

Correu diretamente pela primeira fileira em que entrou, a cabeça abaixada, os ombros largos roçando as folhas e as fazendo tremer. Uns 20 metros depois, virou para a direita, paralelo à estrada outra vez, e continuou correndo, mantendo-se abaixado para que não vissem seus cabelos escuros aparecendo em meio aos pendões amarelos do milho. Virou outra vez na direção da estrada por alguns instantes, atravessou mais fileiras, depois deu as costas para a estrada e trocou aleatoriamente de fileira para fileira, mergulhando cada vez mais profundamente no milharal.

Por fim, desabou de joelhos e encostou a testa no chão. Só conseguia ouvir sua própria respiração ofegante, e o pensamento que se repetia em sua mente era: *graças a Deus eu parei de fumar, graças a Deus eu parei de fumar, graças a Deus...*

Então pôde ouvi-los, gritando uns para os outros, em alguns casos esbarrando uns nos outros ("Ei, esta é minha fileira!"), e o som o animou. Estavam bem distantes à sua esquerda, e pelo que ouvia pareciam muito mal organizados.

Tirou o lenço de dentro da camisa, dobrou-o e o enfiou de novo, depois de olhar para o ferimento. O sangramento parecia ter parado, apesar do exercício a que se submeteu.

Descansou mais um instante, e subitamente se deu conta de que se sentia *bem*, fisicamente melhor do que há anos não se sentia... a não ser pelo latejar do braço. Sentia-se bem após o exercício, e subitamente tendo que lidar com um problema bem definido (não importava o quão insano), após dois anos tentando lutar contra aqueles monstrinhos de pesadelo que estavam sugando a vida de seu casamento.

Não era certo sentir-se daquele jeito, ele disse a si mesmo. Corria um sério perigo de vida, e tinham levado embora sua mulher. Talvez ela estivesse morta, agora. Tentou se lembrar do rosto de Vicky e dissipar um pouco daquele estranho bem-estar assim, mas o rosto dela não lhe surgia na lembrança. O que surgia era o garoto de cabelo ruivo com o canivete atravessado na garganta.

Ele então se deu conta do odor do milho em seu nariz, em toda parte ao seu redor. O vento no alto dos pés de milho produzia um som semelhante ao de vozes. Calmante. O que quer que tivesse sido feito em nome daquele milho, ele era agora seu protetor.

Mas eles estavam se aproximando.

Correndo abaixado, ele seguiu pela fileira em que se encontrava, passou para uma outra, voltou atrás e cruzou outras fileiras. Tentava manter as vozes sempre à sua esquerda, mas, conforme a tarde avançava, isso se tornava cada vez mais difícil. As vozes agora estavam muito fracas, e com freqüência o farfalhar do milho as apagava por completo. Ele corria, parava para escutar, corria outra vez. A terra estava bem dura, e seus pés calçados apenas com meias deixavam poucos rastros, ou mesmo nenhum.

Quando parou, bem mais tarde, o sol se inclinava sobre os campos à sua direita, vermelho e inflamado, e, quando consultou o relógio, viu que eram 19h15. O sol tingira as pontas dos pés de milho com um tom de ouro avermelhado, mas ali as sombras eram escuras e profundas. Ele espichou a cabeça, escutando. Com o pôr do sol, o vento cessara por completo, e o milharal estava imóvel, exalando o aroma de seu crescimento no ar quente. Se ainda estivessem no milharal, ou estariam bem longe, ou simplesmente agachados, à escuta. Mas Burt não achava que um punhado de crianças, mesmo crianças malucas, conseguissem ficar quietas por muito tempo. Suspeitava que haviam feito a coisa mais infantil de todas, a despeito das conseqüências que isso poderia lhes trazer: tinham desistido e voltado para casa.

Virou-se na direção do sol poente, que mergulhara em meio às nuvens esparsas no horizonte, e começou a andar. Se mantivesse uma linha diagonal através das fileiras, sempre com o sol poente diante dele, mais cedo ou mais tarde chegaria à Rota 17.

A dor em seu braço se tornara agora um leve latejar que era quase agradável, e aquela boa sensação ainda o acompanhava. Ele decidiu que, enquanto ainda estivesse ali, deixaria que a boa sensação tomasse conta dele, sem culpa. A culpa retornaria quando tivesse de encarar as autoridades e fazer um relato do que acontecera em Gatlin. Mas isso podia esperar.

Apertou o passo através do milharal, pensando que jamais se sentira tão intensamente alerta. Quinze minutos depois, o sol era apenas um semicírculo espiando por cima do horizonte, e ele parou outra vez, seu novo sentido de alerta assumindo um padrão que ele não gostou. Era vagamente... bem, vagamente assustador.

Espichou a cabeça. O milho farfalhava.

Burt percebera aquilo fazia algum tempo, mas simplesmente o associara a alguma outra coisa. Não ventava. Como era possível?

Olhou ao redor desconfiado, quase esperando ver os garotos sorridentes com suas roupas de Quaker esgueirando-se entre os pés de milho, as facas nas mãos. Nada disso. Ainda havia aquele farfalhar. À esquerda.

Começou a caminhar naquela direção, não mais precisando atravessar as fileiras de milho. A fileira o levava na direção em que ele queria seguir, naturalmente. E terminava lá adiante. Terminava? Não, desembocava numa espécie de clareira. O farfalhar estava lá.

Ele parou, subitamente amedrontado.

O cheiro do milho era forte o suficiente para enjoá-lo. As fileiras conservavam o calor do sol, e ele se deu conta de que estava ensopado de suor e coberto de palha e fios finíssimos e sedosos de barba de milho. Os insetos deviam estar sobre seu corpo todo... Mas não estavam.

Ele ficou imóvel, olhando fixamente para aquele lugar onde o milho se abria ao que aparentava ser um largo círculo de terra nua.

Não havia moscas ou mosquitos ali, nem borrachudos ou micuins — aqueles insetos que ele e Vicky chamavam de "insetos de drive-in" quando ainda eram namorados, ele pensou, com uma nostalgia triste, repentina e inesperada. E ele não vira um só corvo. Não era bem estranho aquilo, um milharal sem corvos?

À última luz do dia, ele correu os olhos pela fileira de milho à sua esquerda. E viu que cada folha e talo eram perfeitos, o que simplesmente não era possível. Não havia pragas ou pulgões. Não havia folhas roídas, não havia ovos de lagarta, não havia tocas de animais, não havia...

Arregalou os olhos.

Meu Deus, não há nenhum mato!

Nem um único. A cada 45 centímetros, os pés de milho brotavam da terra. Não havia capim, figueira-brava, erva-dos-cancros, nenhuma erva daninha. Nada.

Burt levantou os olhos, que estavam arregalados. A luz já sumia no oeste. As nuvens esgarçadas tinham-se juntado. Abaixo delas, a luz dourada desbotara, ganhando tons de rosa e ocre. Logo estaria escuro.

Estava na hora de ir até a clareira no milharal e ver o que havia lá — não era esse o plano, desde o início? Durante todo o tempo em que ele achou que estava cortando caminho de volta à estrada, não estava na verdade sendo conduzido àquele lugar?

Sentindo o medo na barriga, ele seguiu pela fileira e se deteve na borda da clareira. Havia luz suficiente para ver o que havia lá. Não podia gritar. Não parecia restar ar suficiente em seus pulmões. Cambaleou nas próprias pernas como se fossem feitas de ripas de madeira lascada. Seus olhos saltaram de seu rosto suado.

— Vicky — ele sussurrou. — Oh, Vicky, meu Deus...

Ela fora colocada numa viga transversal de madeira como um troféu hediondo, os braços amarrados pelos punhos, e as pernas pelos tornozelos, com arame farpado, 70 centavos o metro em qualquer loja de ferragens de Nebraska. Seus olhos tinham sido arrancados. As órbitas, preenchidas com sedosos fiapos de barba de milho. Sua boca estava escancarada num grito silencioso, e cheia de sabugos de milho.

À sua esquerda estava um esqueleto numa batina apodrecida. A mandíbula descarnada se abria num sorriso forçado. As órbitas dos olhos pareciam encarar Burt de modo jocoso, como se o antigo pastor da Igreja Batista da Graça dissesse: *Não é tão ruim, ser sacrificado por crianças-demônios pagãs no milharal não é tão ruim, ter seus olhos arrancados da cara de acordo com as Leis de Moisés não é tão ruim...*

À esquerda do esqueleto de batina havia um segundo esqueleto, vestido com um uniforme azul que apodrecia. Um chapéu pendia sobre o crânio, ocultando seus olhos, e na pala havia um distintivo ficando verde que dizia CHEFE DE POLÍCIA.

Foi então que Burt ouviu o ruído se aproximando: não as crianças, mas alguma coisa muito maior, avançando através do milharal em direção à clareira. Não, não as crianças. As crianças não se aventurariam no milharal à noite. Aquele era o lugar sagrado, o lugar ocupado por Aquele que Anda por Trás das Fileiras.

Trêmulo, Burt se virou para fugir. A fileira pela qual ele entrara na clareira tinha desaparecido. Estava fechada. Todas as fileiras estavam fechadas. O ruído agora estava mais próximo, e ele podia ouvi-lo, abrindo caminho em meio ao milho. Podia ouvir um som de respiração. Um acesso de terror supersticioso se apoderou dele. Aproximava-se. O milho na outra extremidade da clareira tinha subitamente ficado mais escuro, como se uma sombra gigantesca o estivesse cobrindo.

Estava chegando.

Aquele que Anda por Trás das Fileiras.

Começou a penetrar na clareira. Burt viu algo imenso, crescendo na direção do céu... algo verde com terríveis olhos vermelhos do tamanho de bolas de futebol.

Algo com cheiro de palha de milho seco guardada durante anos em algum celeiro escuro.

Começou a gritar. Mas não gritou por muito tempo.

Algum tempo mais tarde, uma enorme lua cheia e alaranjada se elevou no céu.

As crianças do milharal reuniram-se na clareira ao meio-dia, olhando para os dois esqueletos crucificados e os dois corpos... os corpos ainda não eram esqueletos, mas seriam. Com o passar do tempo. E ali, no coração de Nebraska, no meio do milharal, o que mais havia era tempo.

— Ouçam, tive um sonho esta noite, e o Senhor me mostrou tudo isto.

Todos se viraram para olhar para Isaac com temor e espanto, até mesmo Malaquias. Isaac tinha 9 anos, mas era o Vidente desde que o milharal levara Davi, um ano antes. Davi estava com 19 anos e penetrara no milharal no dia de seu aniversário, no momento em que o crepúsculo descia pelas fileiras, no verão.

Agora, o rostinho sério debaixo do chapéu de copa arredondada, Isaac continuou:

— E no meu sonho o Senhor era uma sombra que caminhava atrás das fileiras, e ele falou comigo com as palavras que disse aos nossos irmãos mais velhos, anos atrás. Ele está muito descontente com este sacrifício.

Fizeram um ruído de lamento, entre soluços, e olharam para as paredes verdes ao seu redor.

— E o Senhor disse: não vos dei um lugar de matança, para que lá pudessem fazer sacrifícios? E não vos dediquei a minha estima? Mas este homem cometeu uma blasfêmia contra mim, e eu próprio completei este sacrifício. Como o Homem Azul e o falso pastor, que escaparam, há muitos anos.

— O Homem Azul... o falso pastor — eles sussurraram, e se entreolharam, nervosos.

— Portanto, agora a Idade da Graça baixou de 19 plantações e colheitas para 18 — Isaac prosseguiu, implacável. — Ainda assim, sede férteis e multiplicai-vos como o milho se multiplica, para que minha proteção vos seja revelada e recaia sobre vós.

Isaac se calou.

Os olhos se viraram para Malaquias e José, os dois únicos do grupo que tinham 18 anos. Havia outros na cidade, talvez vinte, ao todo.

Esperaram para ouvir o que Malaquias ia dizer, Malaquias, que liderara a caçada por Jafé, que para todo o sempre seria conhecido como Ahaz, amaldiçoado por Deus. Malaquias que cortara a garganta de Ahaz e atirara seu corpo para fora do milharal, de modo que aquele cadáver imundo não o poluísse ou lhe trouxesse maus fluidos.

— Obedeço a palavra de Deus — Malaquias sussurrou.

O milho pareceu suspirar de satisfação.

Nas semanas seguintes, as garotas fariam vários crucifixos com espigas de milho, para afastar maiores males.

E naquela noite todos aqueles que agora ultrapassavam a Idade da Graça caminharam silenciosamente para dentro do milharal e até a clareira, para ganhar a graça constante d'Aquele que Anda por Trás das Fileiras.

— Adeus, Malaquias — gritou Rute. Ela acenava desconsoladamente. Seu ventre estava crescido com o filho de Malaquias e lágrimas escorriam silenciosamente por sua face. Malaquias não se virou. Suas costas estavam eretas. O milho o engoliu.

Rute se virou, ainda chorando. Ela alimentava uma raiva secreta pelo milharal, e às vezes sonhava em penetrar nele com uma tocha em cada uma das mãos, quando o mês seco de setembro viesse, e os talos estivessem secos e facilmente incendiáveis. Mas ela também o temia. Lá fora, na noite, alguma coisa caminhava, e via tudo... até os segredos guardados nos corações humanos.

O crepúsculo se transformou em noite. Ao redor de Gatlin, o milharal farfalhava e sussurrava secretamente. Estava muito satisfeito.

O Último Degrau da Escada

Recebi a carta de Katrina ontem, menos de uma semana depois que meu pai e eu voltamos de Los Angeles. Estava endereçada a Wilmington, Delaware, e já me mudei duas vezes desde então. As pessoas se mudam tanto hoje em dia, e é engraçado como aqueles endereços riscados e adesivos de mudança de domicílio assumem, às vezes, o aspecto de acusações. Sua carta estava suja e amarrotada, uma das pontas dobradas devido ao manuseio. Li o que dizia, e a próxima coisa de que me dei conta foi de estar na sala de visitas com o telefone na mão, pronto para ligar para o papai. Recoloquei o fone no gancho com uma sensação que era quase de horror. Ele estava velho, e tivera dois ataques cardíacos. Eu devia lhe telefonar e falar da carta de Katrina tão pouco tempo depois de chegarmos a L. A.? Isso poderia muito bem matá-lo.

Então, não telefonei. E não tinha ninguém para quem pudesse contar... algo como aquela carta é pessoal demais para ser contado a qualquer um, exceto uma mulher ou um amigo muito íntimo. Não fiz muitos amigos íntimos ao longo dos últimos anos, e minha mulher e eu nos divorciamos em 1971. Tudo que trocamos agora são cartões de Natal. Como vai você? Como está o trabalho? Tenha um feliz ano novo.

Fiquei a noite toda acordado com aquele papel, com a carta de Katrina. Ela poderia ter escrito as palavras num cartão-postal. Só havia uma única frase abaixo do "Caro Larry". Mas uma frase pode significar muita coisa. Pode resultar em muita coisa.

Lembrei-me do meu pai no avião, o rosto parecendo velho e abatido sob a luz forte do sol a 18 mil pés de altura, enquanto voávamos de

NY rumo ao oeste. Acabávamos de sobrevoar Omaha, de acordo com o piloto, e papai disse: "É um bocado mais longe do que parece, Larry." Havia uma tristeza pesada em sua voz que fazia com que eu me sentisse desconfortável, porque não conseguia entendê-la. Entendi melhor depois que recebi a carta de Katrina.

Crescemos a 130 quilômetros a oeste de Omaha, numa cidade chamada Hemingford Home — meu pai, minha mãe, minha irmã Katrina e eu. Eu era dois anos mais velho do que Katrina, que todo mundo chamava de Kitty. Ela era uma linda criança e uma linda mulher — mesmo aos 8 anos de idade, quando aconteceu o incidente no celeiro, você podia ver que seu cabelo louro e sedoso jamais haveria de escurecer e que aqueles olhos sempre teriam um tom escuro de azul da Escandinávia. Bastaria encarar por um segundo aqueles olhos e qualquer homem estaria perdido.

Acho que você pode dizer que crescemos como caipiras. Meu pai era dono de 120 hectares de terra plana e fértil, onde plantava milho para ração e criava gado. Todo mundo chamava o lugar simplesmente de "casa". Naqueles dias, todas as estradas eram de terra, exceto a Interestadual 80 e a Rota 96 de Nebraska, e uma viagem para a cidade era um acontecimento pelo qual esperávamos com ansiedade durante três dias.

Hoje em dia, sou um dos melhores advogados corporativos autônomos da América, pelo menos é o que me dizem — e tenho de admitir, em nome da honestidade, que acho que têm razão. O presidente de uma grande empresa certa vez me apresentou aos membros da diretoria como seu pistoleiro de aluguel. Uso ternos caros e o couro dos meus sapatos é o melhor. Tenho três assistentes trabalhando em tempo integral e posso dispor de mais uma dúzia, se precisar. Mas, naqueles dias, eu caminhava pela estrada de terra até uma escola que só tinha uma sala, com os livros amarrados num cinto sobre o ombro, e Katrina ia comigo. Às vezes, na primavera, íamos descalços. Isso em dias anteriores à época em que você só conseguiria ser servido numa lanchonete ou comprar numa loja se estivesse calçado.

Mais tarde, minha mãe morreu — Katrina e eu estávamos no ginásio em Columbia City, nessa época — e, dois anos depois, meu pai perdeu as terras e foi trabalhar com venda de tratores. Foi o fim da família, embora na época não parecesse tão ruim assim. Papai se saiu bem com seu trabalho, comprou uma concessionária e foi sondado para ocupar um cargo de gerência há mais ou menos nove anos. Ganhei uma bolsa de estudos como jogador de futebol americano na Universidade de Nebraska, e consegui aprender alguma coisa além de como passar a bola dentro do campo.

E Katrina? Mas é sobre ela que quero falar.

O tal incidente no celeiro aconteceu num sábado, no começo de novembro. Para dizer a verdade, não sei dizer ao certo qual foi o ano, mas Ike* ainda era presidente. Mamãe estava num concurso de bolos em Columbia City, e papai tinha ido até a casa de nosso vizinho mais próximo (que ficava a 11 quilômetros de distância) para ajudá-lo a consertar um carro de juntar feno. Devia haver um empregado em casa, mas naquele dia ele não apareceu, e meu pai o despediu menos de um mês depois.

Papai me deixou uma lista de tarefas a cumprir (e havia algumas para Kitty também), e nos disse para não começar a brincar até que todas estivessem terminadas. Mas isso não levou muito tempo. Estávamos em novembro, e a essa altura do ano já ficara para trás o período em que era preciso dar duro para não ir à falência. Naquele ano, nós nos saímos bem. Mas nem sempre isso aconteceria.

Lembro-me com muita clareza daquele dia. O céu estava encoberto, e, embora não fizesse frio, dava para sentir o tempo *querendo* ficar frio, querendo começar logo com as geadas, a neve e o granizo. Os campos estavam nus. Os animais estavam indolentes e rabugentos. Parecia haver na casa pequenas correntes de ar que nunca haviam existido ali antes.

Num dia como aquele, o único lugar realmente agradável para se estar era o celeiro. Lá dentro era quente, e reinava um agradável aroma misto de feno e pêlo e estrume, além dos sons misteriosos e dos arrulhos das andorinhas no terceiro andar. Se você dobrasse o pescoço para trás, podia ver a luz branca de novembro penetrando pelas frestas no telhado e tentar soletrar seu nome. Era um jogo que realmente só parecia agradável em dias nublados de outono.

Havia uma escada pregada numa viga transversal no terceiro andar, uma escada que descia verticalmente até o chão do celeiro. Estávamos

---

* Dwight Eisenhower (presidente dos EUA entre 1953 e 1961). (N. da T.)

proibidos de subir nela porque era velha e tremia muito. Papai tinha prometido mil vezes a mamãe que iria descer com aquela escada e trocá-la por uma mais forte, mas alguma outra coisa sempre parecia surgir quando havia tempo... ajudar um vizinho com seu carro de juntar feno, por exemplo. E o empregado simplesmente não dava conta do recado.

Se você subisse por aquela escada frouxa — havia exatamente 43 degraus, Kitty e eu os havíamos contado vezes suficientes para saber com certeza —, terminava numa viga que ficava a 23 metros acima do chão coberto de palha do celeiro. Então, se você caminhasse com cuidado sobre a viga por mais ou menos 4 metros, os joelhos tremendo, as juntas dos tornozelos estalando, a boca seca e com gosto de fusível queimado, ficava bem em cima do monte de feno. Então podia saltar da viga e cair verticalmente 23 metros, com um mergulho suicida terrível e hilariante, desabando numa cama fofa de feno macio. Ele tem um cheiro doce, o feno, e você caía em cima daquele cheiro de verão, com seu estômago ainda lá atrás, em pleno ar, e se sentia... bem, como Lázaro devia ter-se sentido. Você caíra e sobrevivera para contar a história.

Era um esporte proibido, é claro. Se fôssemos pegos, minha mãe gritaria como louca e meu pai nos daria uma surra de cinto, mesmo já estando crescidos como estávamos. Por causa da escada, e porque se por acaso você perdesse o equilíbrio e despencasse da viga antes de chegar sobre a pilha de feno, seria o seu fim, sobre o piso duro de tábuas de celeiro.

Mas a tentação era simplesmente grande demais. Quando o gato sai... bem, vocês conhecem o ditado.

Aquele dia começou como todos os outros, uma deliciosa sensação de medo misturado com expectativa. Estávamos junto à escada, e nos entreolhávamos. Kitty estava bastante corada, e seus olhos, mais escuros e faiscante do que nunca.

— Duvido — eu disse.
Kitty de pronto respondeu:
— Quem duvida vai na frente.
Eu de pronto respondi:
— Meninas primeiro.
— Não se for perigoso — ela disse, baixando recatadamente os olhos, como se todo mundo não soubesse que ela era o segundo maior

moleque em Hemingford. Mas ela era assim mesmo. E iria, mas não iria primeiro.

— Tudo bem — eu disse. — Lá vou eu.

Eu tinha 10 anos naquela época, e era magro como o capeta, com mais ou menos 45 quilos. Kitty estava com 8 anos, e pesava 10 quilos menos do que eu. A escada sempre agüentara o nosso peso, e pensávamos que sempre agüentaria mais uma vez, filosofia que mete homens e nações em encrenca repetidamente.

Eu podia senti-la naquele dia, começando a vibrar um pouquinho no celeiro empoeirado, à medida que eu subia, cada vez mais alto. Como sempre, mais ou menos na metade do caminho, imaginei o que me aconteceria se eu subitamente me largasse e entregasse a alma a Deus. Mas continuei subindo até conseguir agarrar a viga, içar-me para o alto e olhar lá para baixo.

O rosto de Kitty, voltado para cima a me observar, era um pequeno oval branco. Com sua camisa quadriculada e desbotada e seus jeans azuis, ela parecia uma boneca. Ainda mais no alto, acima de mim, nos recantos empoeirados das calhas, as andorinhas arrulhavam suavemente.

Mais uma vez, de acordo com o roteiro:

— Oi, você aí embaixo! — gritei, minha voz flutuando até ela em grãos de farelo.

— Oi, você aí em cima!

Fiquei de pé. Vacilei para trás e para a frente um pouco. Como sempre, parecia subitamente haver estranhas correntes de ar que não existiam lá embaixo. Eu podia ouvir meu próprio coração batendo quando comecei a avançar devagar, os braços abertos para manter o equilíbrio. Uma vez, uma andorinha passara voando rente à minha cabeça durante essa parte da aventura, e ao recuar quase perdi o equilíbrio. Tinha muito medo de que a mesma coisa voltasse a acontecer.

Mas não dessa vez. Por fim estava de pé sobre a segurança do feno. Agora, olhar para baixo não era tão assustador, mas sensual. Houve um momento de expectativa. Então avancei para o espaço vazio, apertando o nariz para dar mais efeito, e como sempre acontecia, a repentina ação da gravidade, me puxando brutalmente para baixo, me fazendo mergulhar, me deu vontade de gritar: *Ah, me desculpe, cometi um erro, deixa eu voltar lá para cima!*

Então caí sobre o feno, fui atirado sobre ele como um projétil, seu cheiro doce e empoeirado num turbilhão ao meu redor, enquanto continuava afundando, como se dentro de água pesada, e por fim parando, enterrado no monte. Como sempre, sentia um espirro se formando em meu nariz. E ouvi um ou dois camundongos amedrontados correr em busca de uma parte mais tranquila do monte de feno. Lembro-me de Kitty me dizer, certa vez, que depois de mergulhar no feno ela se sentia fresca e nova, como um bebê. Não dei importância àquilo na época — eu em parte sabia o que ela queria dizer, em parte não sabia —, mas, desde que recebi a carta, também penso sobre isso.

Saí do monte de feno, como que nadando dentro dele, até que consegui voltar outra vez para o chão do celeiro. Tinha feno grudado nas calças e nas costas da camisa. Havia feno nos meus tênis e nos cotovelos. Sementes de feno no cabelo? Pode apostar que sim.

Ela estava na metade da escada a essa altura, as marias-chiquinhas douradas batendo em seus ombros, enquanto ela subia através de um empoeirado facho de luz. Em outros dias, a luz talvez fosse tão brilhante quanto seu cabelo, mas naquele suas marias-chiquinhas não tinham rival — eram de longe a coisa mais colorida que havia lá em cima.

Lembro-me de pensar que não estava gostando do jeito como a escada oscilava para a frente e para trás. Parecia nunca ter estado tão frouxa assim.

Então ela estava sobre a viga, bem lá no alto acima de mim — agora, eu era o pequenino, meu rosto era o pequeno oval branco voltado para cima, enquanto sua voz flutuava lá para baixo entre os grãos de farelo levantados pela minha queda:

— Oi, aí embaixo!

— Oi, aí em cima!

Ela andou cautelosamente sobre a viga, e meu coração se afrouxou um pouco dentro do peito quando achei que ela já estava sobre a segurança do feno. Era sempre assim, embora ela sempre fosse mais graciosa do que eu... e mais atlética, se não soa estranho demais dizer uma coisa dessas sobre sua irmã caçula.

Ela parou, equilibrada sobre as pontas de seus tênis Keds de cano baixo, as mãos estendidas para a frente. Então mergulhou. Imagine coisas que você não consegue esquecer, coisas que não consegue descrever.

Bem, consigo descrever aquele mergulho... de certo modo. Mas não de modo a fazer com que compreendam como era belo, como era perfeito, uma das poucas coisas na minha vida que parecia completamente real, completamente verdadeira. Não, não sou capaz de descrevê-lo desse modo. Não tenho a habilidade, nem com minha pena, nem com minha língua.

Por um momento, ela pareceu suspensa no ar, como se sustentada por uma daquelas misteriosas correntes que só existiam no terceiro andar, uma andorinha brilhante de plumagem dourada, como Nebraska jamais vira antes. Ela era Kitty, minha irmã, os braços estendidos para trás e as costas arqueadas, e como eu a amei naquele instante de tempo! Então ela caiu e mergulhou no feno, sumindo de vista. Uma explosão de farelo e risadinhas se ergueu do buraco feito por ela. Eu me esqueci de quanto a escada parecia sem segurança enquanto ela subia, e quando ela por fim saiu do feno, eu já estava na metade do caminho outra vez.

Tentei imitar o mergulho dela, mas o medo se apoderara de mim, como sempre fazia, e meu mergulho se transformou numa bomba de canhão. Acho que nunca acreditei que o feno estivesse lá da maneira como Kitty acreditava.

Por quanto tempo a brincadeira continuou? Difícil dizer. Mas olhei para cima uns dez ou 12 mergulhos mais tarde e vi que a luz se modificara. Papai e mamãe deviam voltar a qualquer momento, e estávamos todos cobertos de feno... o que equivalia a uma confissão assinada. Concordamos em ir apenas mais uma vez cada um.

Subindo primeiro, senti a escada se movendo sob meu corpo e pude ouvir — muito de leve — o rangido de pregos velhos soltando-se da madeira. E pela primeira vez fiquei real e intensamente amedrontado. Acho que, se estivesse perto do chão, teria descido e aquilo teria sido o fim da brincadeira, mas a viga estava mais perto e parecia mais segura. A três degraus do alto, o rangido de pregos se soltando ficou mais alto, e eu subitamente fiquei gelado de terror, com a certeza de que brincara demais com a sorte.

Então a viga cheia de farpas estava em minhas mãos, retirando meu peso da escada, e havia um suor frio e desagradável colando em minha testa os pedaços de feno. A graça daquela brincadeira se acabara.

Avancei depressa até o ponto que ficava sobre o feno e pulei. Até mesmo a parte prazerosa da queda se acabara. Ao descer, imaginei qual seria a sensação se fosse o piso duro de madeira vindo ao meu encontro em vez do feno macio.

Desci do monte até o meio do celeiro e vi Kitty subindo rapidamente a escada. Gritei:

— Ei, desça! Não é seguro!

— Ela vai me agüentar! — Kitty respondeu, confiante. — Sou mais leve do que você!

— Kitty...

Mas não cheguei a terminar. Porque foi nesse instante que a escada cedeu.

Quebrou com um estalo forte de madeira podre e lascada. Gritei, e Kitty deu um berro. Ela estava mais ou menos no lugar onde eu estava quando me convenci de que brincara demais com a sorte.

O degrau em que ela pisava cedeu, e depois os dois lados da escada se quebraram. Por um instante, a escada embaixo dela, que se soltara completamente, parecia um inseto enorme — um louva-a-deus ou um inseto-escada — que simplesmente resolvera sair dali.

Então a escada veio abaixo, caindo sobre o chão do celeiro com um estampido surdo que levantou poeira e fez com que as vacas rugissem, assustadas. Uma delas deu um coice na parede da baia.

Kitty deu um grito agudo e estridente.

— *Larry! Larry! Me ajude!*

Eu sabia o que tinha de ser feito. Vi no mesmo instante. Estava morrendo de medo, mas não o suficiente para perder a razão. Ela estava a mais de 20 metros acima de mim, suas pernas vestidas de calças jeans chutando alucinadamente o vazio, e andorinhas arrulhando acima dela. Eu estava realmente com medo. Sabe, até hoje não consigo assistir a um número de acrobacia aérea no circo, nem mesmo na TV. Fico de estômago embrulhado.

Mas eu sabia o que tinha de ser feito.

— Kitty! — berrei para ela. — Tente apenas ficar quieta. Fique quieta!

Ela me obedeceu no mesmo instante. Parou de espernear e ficou pendurada imóvel na vertical, suas mãozinhas agarradas no último degrau da escada quebrada, como um acrobata cujo trapézio tivesse parado.

Corri até o monte de feno, peguei dois punhados de palha, corri de volta e joguei-os no chão. Voltei. E mais uma vez. E mais uma vez.

Na verdade, não me lembro do que aconteceu depois disso, exceto que o feno entrou no meu nariz e comecei a espirrar sem conseguir parar. Corria de um lado para outro, formando um monte de palha no lugar onde antes estava o pé da escada. Era um monte bem pequeno. Olhando para ele, e depois olhando para Kitty pendurada tão alto lá em cima, você se lembrava de um daqueles desenhos animados em que o sujeito pula de 100 metros de altura dentro de um copo d'água.

De um lado para outro. De um lado para outro.

— Larry, não vou conseguir segurar por mais muito tempo! — a voz dela era aguda e desesperada.

— Kitty, tem que conseguir! Tem que conseguir segurar!

De um lado para outro. Feno dentro da minha camisa. De um lado para outro. O monte de feno estava agora na altura do meu queixo. Mas o monte em que estávamos mergulhando tinha mais de 7 metros de profundidade. Pensei que se ela apenas quebrasse as pernas sairíamos lucrando. E sabia que, se ela de todo não caísse no monte de feno, estaria morta. De um lado para o outro.

— *Larry! O degrau! Está quebrando!*

Eu podia ouvir o rangido prolongado do degrau cedendo sob o peso dela. Kitty começou a espernear outra vez em pânico, mas, se continuasse a se mexer daquele jeito, com certeza erraria o monte de feno.

— Não — eu gritei. — Não! Pare com isso! Apenas se solte! Se solte, Kitty! — porque era tarde demais para pegar mais feno. Tarde demais para qualquer outra coisa que não fosse a esperança cega.

Ela se soltou e caiu no instante em que eu lhe disse para fazê-lo. Caiu verticalmente, como uma faca. Tive a impressão de que ela ia cair para sempre, as marias-chiquinhas douradas na vertical sobre sua cabeça, os olhos fechados, o rosto pálido como porcelana. Ela não gritou. Suas mãos estavam cruzadas sobre seus lábios, como se ela rezasse.

E atingiu o feno bem no meio. Sumiu de vista dentro dele — o feno voou para toda parte, como se uma granada tivesse explodido ali

— e eu ouvi o baque de seu corpo sobre o piso de madeira. Aquele som, um baque forte, provocou um calafrio terrível em mim. Tinha sido alto, alto demais. Mas eu tinha de ver.

Começando a chorar, atirei-me sobre o monte de feno e abri caminho, jogando para trás a palha em grandes punhados. Uma perna usando calças jeans veio à luz, depois uma camisa quadriculada... e então o rosto de Kitty. Estava mortalmente pálido, e seus olhos estavam fechados. Ela estava morta, eu soube disso quando olhei para ela. O mundo se tornou cinza para mim, de um cinza de novembro. As únicas coisas que possuíam alguma cor eram suas marias-chiquinhas, de um dourado brilhante.

Em seguida, o azul profundo de suas íris, quando ela abriu os olhos.

— Kitty? — minha voz estava rouca, embargada, incrédula. Minha garganta estava cheia de farelo de feno. — Kitty?

— Larry? — ela perguntou, atordoada. — Estou viva?

Tirei-a de dentro do feno, abracei-a, ela envolveu meu pescoço e também me abraçou.

— Você está viva — eu disse. — Você está viva, você está viva.

Ela quebrara o tornozelo direito, isso havia sido tudo. Quando o Dr. Pendersen, o clínico-geral de Columbia City, foi até o celeiro com meu pai e eu, ficou olhando para a escuridão lá em cima durante um bom tempo. O último degrau da escada ainda estava pendurado, de viés, preso por um único prego.

Ficou olhando, como eu disse, durante um bom tempo. "Um milagre", ele disse para o meu pai, e deu um chute desdenhoso no feno que eu colocara ali. Saiu do celeiro em direção ao seu empoeirado DeSoto, e partiu.

Senti a mão de meu pai sobre o ombro.

— Vamos para o depósito de lenha, Larry — ele disse, com a voz muito calma. — Acredito que você saiba o que vai acontecer por lá.

— Sim, senhor — sussurrei.

— A cada vez que eu te bater, Larry, quero que agradeça a Deus por sua irmã ainda estar viva.

— Sim, senhor.

E fomos. Ele me bateu várias vezes, tantas vezes que tive de comer de pé durante uma semana e com uma almofada na cadeira por duas semanas depois disso. E a cada vez que ele me batia com sua mão grande, vermelha e calejada, eu agradecia a Deus.

Em voz alta, muito alto. Nas duas ou três últimas palmadas, tinha certeza de que Ele me ouvia.

Deixaram que eu fosse vê-la logo antes da hora de dormir. Havia um tordo do lado de fora da sua janela, lembro-me disso. Seu pé, todo enfaixado, estava apoiado numa tábua.

Ela olhou para mim durante tanto tempo e com tanta ternura que me senti desconfortável. Então ela disse:

— Feno. Você colocou feno.

— Claro que coloquei — eu disse, abruptamente. — O que mais eu poderia fazer? Como a escada estava quebrada, não havia jeito de chegar até lá em cima.

— Eu não sabia o que você estava fazendo — ela disse.

— Devia saber! Estava bem debaixo de você, caramba!

— Eu não tinha coragem de olhar para baixo — ela disse. — Estava sentindo medo demais. Fiquei com os olhos fechados o tempo todo.

Fitei-a, atônito.

— Você não sabia? Não sabia o que eu estava fazendo?

Ela balançou a cabeça.

— E quando eu disse para se soltar... Você simplesmente *obedeceu?*

Ela fez que sim.

— Kitty, como você pôde fazer uma coisa dessas?

Ela olhou para mim com aqueles profundos olhos azuis.

— Eu sabia que você devia estar fazendo alguma coisa para dar um jeito — ela disse. — Você é meu irmão mais velho. Eu sabia que você ia tomar conta de mim.

— Oh, Kitty, você escapou por muito pouco, sabia?

Eu colocara as mãos sobre meu rosto. Ela se sentou e as afastou. Beijou minha face.

— Não — ela disse. — Mas sabia que você estava lá embaixo. Puxa, estou com sono. Vejo você amanhã, Larry. Vou ter que engessar o pé, o Dr. Pendersen disse.

Ela ficou com o gesso por pouco menos de um mês, e todos os seus colegas de turma assinaram — ela fez com que eu próprio assinasse. E quando tirou o gesso, foi o fim do incidente no celeiro. Meu pai substituiu a escada que levava ao terceiro andar por uma outra, nova e forte, mas eu nunca mais subi até a viga transversal e saltei sobre o monte de feno. Até onde sei, Kitty também não.

Esse foi o fim, mas por um lado não foi. De certo modo, nunca terminou a até nove dias atrás, quando Kitty saltou do alto do prédio de uma companhia de seguros em Los Angeles. Guardo na carteira o recorte do *The L. A. Times*. Acho que vou levá-lo comigo sempre, não daquele jeito gostoso com que as pessoas carregam fotografias de quem desejam se lembrar, ou ingressos de um show realmente bom, ou parte de um programa de um jogo da World Series. Carrego o recorte do modo como se carrega alguma coisa pesada, porque carregar é o nosso dever. A manchete diz: PROSTITUTA DE LUXO MERGULHA PARA A MORTE.

Nós crescemos. É tudo o que sei, além de fatos que não significam nada. Ela ia estudar administração em Omaha, mas no verão seguinte, ao se formar no ginásio, ganhou um concurso de beleza e se casou com um dos jurados. Parece uma piada suja, não parece? A minha Kitty.

Enquanto eu estava na faculdade de direito, ela se divorciou e me escreveu uma carta comprida, dez páginas ou mais, me contando como havia sido, como fora complicado, e como teria sido melhor se ela pudesse ter tido um filho. Perguntou-me se eu podia ir vê-la. Mas perder uma semana na faculdade de direito seria como perder um semestre do curso de ciências humanas. Aqueles caras são como galgos. Se você perde de vista o coelhinho mecânico, ele some para todo o sempre.

Ela se mudou para Los Angeles. e se casou outra vez. Quando esse casamento acabou, eu já tinha terminado a faculdade de direito. Recebi uma outra carta, mais curta, mais amargurada. Ela nunca ia ficar presa *naquele* carrossel, ela me disse. Era um armadilha. A única maneira de conseguir apanhar o anel de metal era cair do cavalo e quebrar a cabeça. Se esse era o preço de uma volta grátis, quem ia querer? PS, Pode vir me ver, Larry? Já faz muito tempo.

Respondi à carta dizendo que adoraria ir, mas que não podia. Arranjara emprego numa firma das grandes, e estava lá embaixo na hierarquia; ficava com todo o trabalho e nenhum crédito. Se quisesse subir o próximo degrau, teria de ser naquele ano. Essa foi a *minha* carta comprida, toda ela falando sobre minha carreira.

Eu respondia a todas as suas cartas. Mas nunca conseguia realmente acreditar que era Kitty a escrevê-las, você sabe, da mesma forma como não conseguia acreditar que o feno estava realmente lá... até que ele interrompesse minha queda no final da linha e salvasse minha vida. Eu não conseguia acreditar que minha irmã e a mulher derrotada que assinava "Kitty" dentro de um círculo no final de suas cartas eram realmente a mesma pessoa. Minha irmã era uma garota de maria-chiquinha, ainda sem seios.

Foi ela quem parou de escrever. Eu recebia cartões de Natal, cartões de aniversário, e minha mulher respondia. Então nós nos divorciamos, e eu me mudei, e simplesmente esqueci. No Natal e no aniversário seguintes, os cartões vieram reencaminhados pelo correio. Na primeira mudança. Eu continuava pensando: Caramba, tenho que escrever para Kitty e dizer a ela que mudei. Mas nunca escrevi.

Mas como lhes disse, esses são fatos que não significam nada. As únicas coisas que importam são que crescemos juntos e que ela mergulhou do alto daquele edifício, e que Kitty era quem sempre acreditava que o feno estaria lá. Kitty era quem dissera: "Eu sabia que você devia estar fazendo alguma coisa para dar um jeito." Essas coisas importam. E a carta de Kitty.

As pessoas se mudam tanto hoje em dia, e é engraçado como aqueles endereços riscados e adesivos de mudança de domicílio assumem, às vezes, o aspecto de acusações. Ela anotara o endereço do remetente no canto esquerdo superior do envelope, o endereço onde ela estava até pular do edifício. Um prédio muito bom em Van Nuys. Papai e eu fomos lá apanhar as coisas dela. A senhoria foi simpática. Gostava de Kitty.

A carta fora colocada no correio duas semanas antes de sua morte. Teria chegado às minhas mãos muito antes, se não fossem os seguidos reendereçamentos do correio. Ela deve ter ficado cansada de esperar.

> *Querido Larry,*
> *Tenho pensado bastante a respeito ultimamente... e a conclusão a que cheguei é de que teria sido melhor para mim se o último degrau tivesse quebrado antes de você conseguir colocar o feno embaixo.*
>
> *Sua,*
> *Kitty*

Sim, acho que ela deve ter-se cansado de esperar. Prefiro acreditar nisso do que achar que ela concluiu que eu a esquecera. Não gostaria que pensasse isso, porque essa única frase era talvez a única coisa capaz de fazer com que eu tivesse ido correndo.

Mas nem mesmo essa é a razão pela qual pegar no sono se tornou tão difícil agora. Quando fecho os olhos e começo a adormecer, vejo-a caindo do terceiro andar, os olhos grandes e profundamente azuis, o corpo arqueado, os braços jogados para trás.

Ela era quem sempre soube que o feno estaria lá.

O Homem que Adorava Flores

No início de uma noite de maio de 1963, um jovem com a mão no bolso andava com passos rápidos pela Terceira Avenida, em Nova York. O ar estava leve e agradável, o céu escurecia aos poucos passando do azul ao suave e adorável violeta do crepúsculo. Há pessoas que amam a cidade, e essa era uma das noites que justificavam tal amor. Todos os que estavam nas portas das delicatessens e lavanderias e restaurantes pareciam sorrir. Uma senhora empurrando dois sacos de compras de mercearia num velho carrinho de bebê sorriu para o jovem e o cumprimentou: "Oi, bonitão!" O jovem retribuiu com um meio-sorriso e acenou com a mão.

Ela seguiu seu caminho, pensando: *Ele está apaixonado.*

Ele tinha esse ar de apaixonado. Ele usava um terno cinza-claro, a gravata ligeiramente afrouxada, o botão do colarinho aberto. Seu cabelo era escuro e curto. Sua tez era clara, e seus olhos, de um azul suave. Não era um rosto extraordinário, mas naquela noite, naquela avenida, em maio de 1963, ele *estava* bonito, e a velha se descobriu pensando, com um momento de doce nostalgia, que na primavera todos podem ficar bonitos... se estão indo às pressas encontrar a pessoa dos seus sonhos para jantar e talvez dançar em seguida. A primavera é a única estação em que a nostalgia jamais parece se tornar amarga, e ela seguiu seu caminho satisfeita por ter falado com ele e satisfeita por ele ter retribuído seu cumprimento ao erguer a mão, num discreto aceno.

O jovem atravessou a rua 63, caminhando saltitante e com aquele mesmo meio-sorriso nos lábios. Na metade do quarteirão, um velho estava de pé junto a um surrado carrinho de mão verde com flores — a cor predominante era amarelo; uma febre amarela de junquilhos e crocos. O velho também tinha cravos e algumas rosas-chá de estufa, em sua maioria amarelas e brancas. Comia um pretzel e ouvia um enorme rádio a transistor que se equilibrava no canto de seu carrinho de mão.

O rádio anunciava notícias ruins a que ninguém prestava atenção: um assassino que cometia os crimes com um martelo ainda estava solto; JFK declarara que a situação num pequenino país asiático chamado Vietnã ("Vaite-nam", era como pronunciava o locutor que anunciava as notícias) merecia ser observada com atenção; uma mulher não identificada tinha sido empurrada para dentro do East River; um tribunal do júri não tinha conseguido indiciar um chefão do crime na luta contra a heroína perpetrada pela atual administração da cidade; os russos tinham explodido uma arma nuclear. Nada daquilo parecia real, nada parecia importar. O ar estava suave e agradável. Dois homens com barriga de cerveja estavam no lado de fora de uma confeitaria, jogando porrinha e trocando provocações. A primavera tremia na beira do verão, e na cidade o verão é a estação dos sonhos.

O jovem passou pelo estande de flores e o som dessas notícias ruins se dissipou. Ele hesitou, olhou por cima do ombro, e pensou no assunto. Colocou a mão no bolso do casaco e tocou outra vez no que havia lá dentro. Por um instante, seu rosto pareceu intrigado, solitário, quase assombrado, e então, quando sua mão saiu do bolso, recuperou sua anterior expressão de ansiosa expectativa.

Ele voltou até o estande de flores, sorrindo. Levaria para ela algumas flores, isso a deixaria contente. Adorava ver seus olhos brilharem de surpresa e alegria quando ele lhe comprava uma lembrança — coisas à toa, porque ele estava longe de ser rico. Uma caixa de bombons. Uma pulseira. Certa vez, uma sacola de laranjas de Valência, porque sabia que eram as favoritas de Norma.

— Meu jovem amigo — o vendedor de flores disse, quando o homem de terno cinza voltou, correndo os olhos pelo estoque no carrinho de mão. O vendedor tinha talvez 68 anos, e usava um suéter cinzento de tricô bem surrado, e um boné leve, apesar do calor da noite. Seu rosto era um mapa de rugas, seus olhos estavam afundados em bolsas e um cigarro passeava entre seus dedos. Mas ele também se lembrava de como era ser jovem na primavera — jovem e tão apaixonado que você praticamente corria de um lado a outro. A face do vendedor era normalmente azeda, mas agora ele sorria um pouquinho, assim como a velha empurrando as compras havia sorrido, porque aquele sujeito era um caso tão óbvio. Limpou os farelos de pretzel na parte da frente do seu suéter largo e pensou: Se este garoto estivesse doente, iam interná-lo no CTI imediatamente.

— Quanto custam as suas flores? — o jovem perguntou.

— Eu te faço um belo buquê por um dólar. Essas rosas-chá, elas são de estufa. Custam um pouco mais, 70 centavos cada uma. Posso te vender meia dúzia por 3,50 dólares.

— Caro — o jovem disse.

— Nada do que é bom custa barato, meu jovem amigo. Sua mãe não te ensinou isso?

O jovem sorriu.

— Talvez ela tenha mencionado algo a esse respeito.

— Claro. Claro que mencionou. Eu te dou meia dúzia, duas vermelhas, duas amarelas, duas brancas. Não posso fazer mais do que isso, não é mesmo? Coloco um pouco de cravo-de-amor... elas adoram... e completo com um pouco de samambaia. Fica bonito. Ou você pode ficar com o buquê de um dólar.

— Elas? — o jovem perguntou, ainda sorrindo.

— Meu jovem amigo — o vendedor de flores disse, jogando a ponta do cigarro na sarjeta e retribuindo o sorriso —, ninguém compra flores para si mesmo em maio. É de lei, entende o que eu quero dizer?

O jovem pensou em Norma, seus olhos alegres e surpresos, seu sorriso doce, e abaixou um pouco a cabeça.

— Acho que sim — ele disse.

— Claro que entende. O que me diz?

— Bem, o que *você* acha?

— Vou te dizer o que eu acho. Ora! Conselhos ainda são de graça, não são?

O jovem sorriu e disse:

— Acho que hoje em dia só os conselhos são de graça.

— Pode ter certeza disso — o vendedor de flores disse. — Muito bem, meu jovem amigo. Se as flores são para sua mãe, você leva o buquê. Alguns junquilhos, alguns crocos, alguns lírios-do-vale. Ela não vai estragar o presente quando disser "Ó, Júnior, gostei tanto quanto custaram ah mas isso é muito caro você ainda não aprendeu a não ficar gastando seu dinheiro à toa?".

O jovem jogou a cabeça para trás e riu.

O vendedor disse:

— Mas se é a sua namorada, isso é uma coisa diferente, meu filho, e você sabe. Se levar para ela as rosas-chá, ela não se transforma num contador, entende que eu quero dizer? Ora! Ela vai jogar os braços em volta do seu pescoço...

— Vou levar as rosas-chá — o jovem disse, e agora foi a vez de o vendedor de flores rir. Os dois homens jogando porrinha olharam na direção deles, sorrindo.

— Ei, garoto! — um deles gritou. — Quer comprar uma aliança barata? Eu te vendo a minha... Não quero mais saber dela.

O jovem riu e corou até a raiz do cabelo escuro.

O vendedor de flores escolheu seis rosas-chá, cortou os talos um pouquinho, borrifou-os com água e os embrulhou num comprido papel em forma de cone.

— O tempo hoje está exatamente como se poderia desejar — o rádio disse. — Bom e agradável, temperatura média de 21 graus, perfeito para subir ao terraço e olhar as estrelas, se você é do tipo romântico. Aproveite, Grande Nova York, aproveite!

O vendedor de flores prendeu o papel com fita adesiva e recomendou que o jovem dissesse à sua namorada para colocar um pouco de açúcar na água das flores, para preservá-las por mais tempo.

— Vou dizer a ela — falou o jovem. E entregou-lhe uma nota de cinco dólares. — Obrigado.

— Só estou fazendo meu trabalho, meu jovem amigo — o vendedor disse, devolvendo-lhe um dólar e duas moedas de 25 centavos. Seu sorriso se tornou um pouco triste. — Dê um beijo nela por mim.

No rádio, os Four Seasons começaram a cantar "Sherry". O jovem colocou o troco no bolso e seguiu pela rua, os olhos bem abertos, alertas e ávidos, olhando menos ao seu redor para a vida que fluía para cima e para baixo pela Terceira Avenida e mais para dentro e para adiante, com expectativa. Mas algumas coisas certamente se impunham: uma mãe empurrando um bebê num carrinho, o rosto do bebê comicamente lambuzado de sorvete; uma garotinha pulando corda e cantando, no ritmo: "Betty e Harry em cima de uma árvore, dando um B-E-I-J-O! Primeiro vem o amor, depois aliança, depois lá vem Betty com um bebê na pança!" Duas mulheres estavam do lado de fora de uma lavanderia, fumando e comparando a gravidez de uma à da outra. Um grupo de homens olhava pela vitrine de uma loja de ferragens para uma gigantesca TV em cores, com preço na casa dos milhares — estava passando um jogo de beisebol, e o rosto de todos os jogadores parecia verde. O campo tinha uma vaga cor de morango, e os New York Mets estavam ganhando dos Phillies por um placar de seis a um no último tempo.

Ele continuou caminhando, levando as flores, sem reparar que as duas mulheres do lado de fora da lavanderia tinham parado de conversar por um momento e ficado a observá-lo com um ar sonhador, enquanto ele passava com seu embrulho de rosas-chá; seus dias de receber flores haviam passado fazia muito tempo. Ele não reparou num jovem guarda de trânsito que parou os carros no cruzamento da Terceira Avenida com a rua 69, apitando para deixá-lo atravessar; o guarda estava noivo e reconheceu a expressão sonhadora no rosto do jovem lembrando-se de seu espelho, ao fazer a barba, onde via com freqüência uma expressão igual ultimamente. Não reparou nas duas adolescentes que passaram por ele no sentido contrário e se cutucaram e deram risadinhas.

Na rua 73, ele parou e virou à direita. Aquela rua era um pouco mais escura do que as outras, com casas de fachadas de arenito pardo e restaurantes com nomes italianos nos porões. Dois quarteirões mais abaixo, um jogo de beisebol de rua continuava animado à luz do crepúsculo. O jovem não caminhou até tão longe; depois de cruzar mais meio quarteirão, fez a volta e entrou numa travessa estreita.

Agora as estrelas já tinham surgido, reluzindo levemente, e a travessa estava escura e tomada pelas sombras, com os vultos vagos das latas de lixo. O jovem estava sozinho agora — não, não totalmente sozinho. Um grito hesitante se ergueu na penumbra púrpura, e o jovem franziu o cenho. Era a canção de amor de algum gato, e não havia nada de bonito *naquilo*.

Ele começou a caminhar mais devagar, e consultou o relógio. Eram 8h15, e Norma devia estar quase...

E então ele a viu, vindo do pátio em sua direção, usando calças azul-escuras e uma blusa de marinheiro que fizeram o coração dele doer. Era sempre uma surpresa vê-la pela primeira vez, era sempre um choque delicioso — ela parecia tão *jovem*.

Agora o sorriso dele brilhava — *irradiava-se*, e ele caminhava mais rápido.

— Norma! — ele disse.

Ela levantou os olhos e sorriu... mas, quando se aproximaram um do outro, o sorriso esmaeceu.

Seu próprio sorriso tremeu um pouco, e ele sentiu um momento de inquietude. O rosto dela acima da blusa de marinheiro subitamente pareceu borrado. Estava escurecendo, agora... será que ele estava enganado? Claro que não. *Era* Norma.

— Trouxe flores para você — ele disse, feliz e aliviado, e lhe entregou o embrulho.

Ela olhou para as flores por um momento, sorriu — e as devolveu.

— Obrigada, mas você se enganou — ela disse. — Meu nome é...

— Norma — ele sussurrou, e tirou o martelo de cabo curto do bolso do paletó, onde ele estava o tempo todo.

— São para você, Norma... sempre foi para você... tudo para você.

Ela recuou, o rosto uma mancha redonda e pálida, a boca um crescente O de terror, e ela não era Norma, Norma estava morta, estava morta fazia dez anos, e isso não importava porque ela ia gritar, e ele golpeou com o martelo para parar o grito, para matar o grito, e quando golpeou com o martelo, o embrulho de flores caiu de suas mãos, o embrulho se desembrulhou e abriu, derramando rosas-chá vermelhas, brancas e amarelas junto às latas de lixo amassadas onde os gatos faziam um amor estranho no escuro, gritando em meio ao amor, gritando, gritando.

Ele golpeou com o martelo e ela não gritou, mas podia ter gritado porque não era Norma, nenhuma delas era Norma, e ele golpeou com o martelo, golpeou com o martelo, golpeou com o martelo. Ela não era Norma, e então ele golpeou com o martelo, como tinha feito cinco vezes antes.

Sem saber quanto tempo depois, ele deslizou o martelo de volta para dentro do bolso interno do paletó e se afastou da sombra escura estendida sobre as pedras do pavimento, se afastou das rosas amontoadas junto às latas de lixo. Virou-se e saiu da travessa estreita. Agora era noite fechada. Os jogadores de beisebol haviam entrado. Se houvesse manchas de sangue em seu paletó, não apareceriam, não no escuro, não no escuro daquela suave noite de fim de primavera, e o nome delas não era Norma, mas ele sabia qual era o seu próprio nome. Era... era...

Amor.

Seu próprio nome era amor, e ele caminhava por aquelas ruas escuras porque Norma esperava por ele. E ele a encontraria. Algum dia, em breve.

Começou a sorrir. Seu andar voltou a ser saltitante, enquanto ele descia pela rua 73. Um casal de meia-idade, sentado nos degraus de seu prédio, observou-o passar, a cabeça empinada, os olhos muito distantes, um meio-sorriso nos lábios. Depois que ele passou, a mulher disse:

— Por que é que *você* nunca mais ficou desse jeito?

— Hã?

— Nada — ela disse, mas ficou observando o jovem de terno cinza desaparecer na escuridão da noite que avançava e pensou que se havia alguma coisa mais bonita do que a primavera, era o amor dos jovens.

A Saideira

Eram 10h15 e Herb Tooklander estava pensando em fechar, quando o homem usando o sobretudo elegante, de rosto pálido e olhos arregalados, irrompeu no Tookey's Bar, que fica na parte norte de Falmouth. Era dia 10 de janeiro, bem na época em que a maioria das pessoas está aprendendo a viver confortavelmente com todas as promessas de Ano-Novo que não cumpriram, e havia uma tempestade miserável caindo lá fora. Quinze centímetros de neve já tinham se acumulado antes de escurecer, e a tempestade continuava a cair com grande intensidade desde então. Por duas vezes, ele vira Billy Larribee passar lá no alto, na cabine do trator de limpar neve da prefeitura, e da segunda vez Tookey levara para ele uma cerveja — um gesto de pura caridade, minha mãe teria dito, e Deus sabe que ela bebera um bocado da cerveja de Tookey na sua época. Billy lhe disse que estavam conseguindo manter a estrada principal desimpedida, mas as secundárias estavam fechadas e provavelmente continuariam assim até a manhã seguinte. O rádio em Portland previa mais 30 centímetros de neve e um vento de 65 quilômetros por hora para empilhá-la.

Só havia Tookey e eu no bar, escutando o vento uivar ao redor das calhas e vendo como fazia o fogo dançar na lareira.

— Tome a saideira, Booth — Tookey disse. — Vou fechar o bar.

Serviu uma para mim e uma para si mesmo, e foi então que a porta se abriu de repente, e aquele desconhecido entrou cambaleando, neve até os ombros e no cabelo, como se ele tivesse rolado sobre açúcar de confeiteiro. O vento soprava uma cortina de neve fina como areia atrás dele.

— Feche a porta! — rugiu Tookey. — Você por acaso nasceu num celeiro?

Nunca vi um homem que parecesse tão apavorado. Era como um cavalo que tivesse passado uma tarde comendo urtigas. Seus olhos rolaram na direção de Tookey e ele disse, "Minha mulher... minha filha..." e desabou no chão, desmaiado.

— Minha nossa — disse Tookey. — Quer fechar a porta, Booth, por favor?

Fui até a porta e a fechei, e empurrá-la contra a força do vento deu bastante trabalho. Tookey estava agachado sobre um dos joelhos, segurando a cabeça do sujeito no alto e dando-lhe uns tapas nas bochechas. Fui até lá e vi na mesma hora que a coisa era séria. Seu rosto estava muito vermelho, mas havia manchas cinzentas aqui e ali, e quando você já atravessou os invernos do Maine desde que Woodrow Wilson era presidente, como eu, sabe que essas manchas cinzentas significam enregelamento.

— Desmaiou — Tookey disse. — Quer pegar o conhaque no bar, por favor?

Peguei a bebida e voltei. Tookey tinha aberto o casaco do sujeito. Ele recobrara ligeiramente os sentidos; os olhos estavam semi-abertos e ele murmurava alguma coisa baixa demais para que conseguíssemos entender.

— Encha uma tampa.

— Só uma tampa? — perguntei.

— Esse troço é dinamite — disse Tookey. — Não dá para sobrecarregar o carburador dele.

Enchi a tampa e olhei para Tookey. Ele fez que sim.

— Bem na goela.

Derramei a bebida. Foi uma coisa notável de se assistir. O homem tremeu da cabeça aos pés e começou a tossir. Seu rosto ficou mais vermelho. Suas pálpebras, que estavam a meio mastro, saltaram para o alto como persianas de uma janela. Ele estava um pouco alarmado, mas Tookey apenas fez com que sentasse como se fosse um bebezão e deu-lhe um tapinha nas costas.

O homem começou a ter ânsias de vômito, e Tookey lhe deu outro tapa.

— Agüente firme — ele disse —, esse conhaque é caro.

O homem tossiu mais um pouco, mas agora já estava diminuindo. Dei a primeira boa olhada nele. Um cara da cidade, com certeza, e de algum lugar no sul de Boston, pelo meu palpite. Usava luvas de pelica, caras mas finas. Havia provavelmente outras daquelas manchas de um branco acinzentado em suas mãos, e ele teria sorte se não perdesse um ou dois dedos. Seu casaco era bem elegante; um casaco de 300 dólares, se eu já vira um na minha frente. Ele usava botinhas curtas que mal chegavam aos seus tornozelos, e comecei a imaginar em que estado se achariam os dedos dos seus pés.

— Melhor — ele disse.

— Muito bem — Tookey disse. — Você consegue vir até a lareira?

— Minha mulher e minha filha — ele disse. — Elas estão lá fora... na tempestade.

— Pelo jeito como você entrou, não imaginei que elas estivessem em casa vendo TV — Tookey disse. — Você pode contar tudo junto da lareira tão bem quanto aqui no chão. Ajude aqui, Booth.

Ele ficou de pé, mas um pequeno gemido escapou de sua boca, que se contorceu de dor. Mais uma vez me perguntei sobre como estariam seus pés, e me perguntei por que Deus achava certo criar idiotas de Nova York que tentavam dirigir pelo sul do Maine no meio de uma nevasca forte. E me perguntei se sua mulher e sua filhinha estariam vestidas com roupas mais quentes do que as dele.

Levamos o sujeito até a lareira e fizemos com que se sentasse numa cadeira de balanço que era a favorita da Sra. Tookey, até ela falecer, em 74. Sra. Tookey era a responsável pela maior parte dos negócios naquele lugar que fora citado no *Down East* e no *Sunday Telegram* e até mesmo uma vez no suplemento de domingo do *Globe* de Boston. Era na verdade mais uma taberna do que um bar, com seu amplo piso de tábuas corridas, presas com cavilhas em vez de pregos, o bar de madeira de bordo, o antigo teto de vigas aparentes, e a monstruosa lareira de pedra. Sra. Tookey começou a meter algumas idéias na cabeça depois que foi publicado o artigo do *Down East,* quis chamar o local de Estalagem do Tookey ou Pousada do Tookey, e admito que há um toque colonial aqui, mas prefiro simplesmente Tookey's Bar. Uma coisa é ser pedante no verão, quando o estado está cheio de turistas, e outra coisa totalmente diferente no inverno, quando você e seus vizinhos têm que conviver entre si. E muitas haviam sido as noites de inverno, como aquela, que Tookey e eu passamos juntos, completamente sozinhos, bebendo scotch com água ou apenas umas cervejas. A minha Victoria faleceu em 1973, e o Tookey's era um lugar onde havia vozes suficientes para não ouvir os passos da aproximação da morte — mesmo se só houvesse Tookey e eu, era suficiente. Eu não teria a mesma sensação se o nome fosse Pousada do Tookey. Parece maluquice, mas é verdade.

Colocamos esse sujeito em frente à lareira, e ele começou a tremer mais do que nunca. Abraçava os joelhos e seus dentes chacoalhavam e algumas gotas de muco transparente escorriam de seu nariz. Acho que começava a se dar conta de que mais 15 minutos lá fora teriam sido suficientes para matá-lo. Não é pela neve, é pelo vento gelado. Ele rouba o calor de seu corpo.

— Em que lugar você saiu da estrada? — Tookey lhe perguntou.

— D-dez quilômetros ao s-sul d-daqui — ele disse.

Tookey e eu nos entreolhamos, e de repente senti frio. Frio pelo corpo todo.

— Tem certeza? — Tookey perguntou. — Você veio andando por 10 quilômetros na neve?

Ele fez que sim.

— Verifiquei o odômetro quando atravessamos a cidade. Estava seguindo instruções... indo visitar a irmã da minha mulher... em Cumberland... nunca estive lá antes... somos de Nova Jersey...

Nova Jersey. Se existe alguma coisa mais completamente idiota do que um cara de Nova York é um cara de Nova Jersey.

— Dez quilômetros, tem certeza? — Tookey perguntou.

— Certeza absoluta. Encontrei a rampa de saída, mas ela estava obstruída... estava...

Tookey o agarrou. Sob a luz trêmula do fogo, seu rosto parecia pálido e tenso, uns dez anos mais velho do que os 66 que ele realmente tinha.

— Você virou à direita?

— Isso mesmo, à direita. Minha mulher...

— Viu uma placa?

— Placa? — ele olhou desconcertado para Tookey e enxugou o nariz. — Claro que vi. Estava nas minhas instruções. Siga pela Jointner Avenue, passando por Jerusalem's Lot até a rampa de acesso 295 — ele olhou de Tookey para mim e outra vez para Tookey. Lá fora, o vento assobiava, e uivava e gemia nas calhas. — Não era isso, senhor?

— Lot — Tookey disse, quase baixo demais para se ouvir. — Oh, meu Deus.

— Qual o problema? — o homem disse. Sua voz se elevava. — Não era isso? Quer dizer, a estrada parecia obstruída pela neve, mas eu pensei... se há uma cidade por lá, os tratores estarão trabalhando e... e então eu...

Ele simplesmente deixou a frase morrer no ar.

— Booth — Tookey me disse, em voz baixa. — Vá até o telefone. Ligue para o xerife.

— Claro — disse o idiota de Nova Jersey — isso mesmo. O que há de errado com vocês, afinal? Parece que viram um fantasma.

Tookey disse:

— Não há fantasmas em Lot, meu senhor. Disse a elas que ficassem no carro?

— Claro que sim — ele disse, parecendo ofendido. — Não sou maluco.

Bem, isso não se podia provar, na minha opinião.

— Qual seu nome? — perguntei. — Para o xerife.

— Lumley — ele disse. — Gerard Lumley.

Ele voltou a conversar com Tookey, e cruzei o bar até o telefone. Tirei-o do gancho e tudo o que ouvi foi um silêncio mortal. Bati algumas vezes no gancho. Nada.

Voltei. Tookey tinha servido mais um trago de conhaque a Gerard Lumley, e essa dose já descia bem mais suavemente pela sua garganta.

— Ele não estava? — Tookey perguntou.

— O telefone está mudo.

— Diabo — Tookey disse, e nos entreolhamos. Lá fora, o vento soprava em rajadas, jogando neve contra as janelas.

Lumley olhou de Tookey para mim e para ele outra vez.

— Bem, nenhum de vocês dois têm um carro? — ele perguntou. A ansiedade voltara à sua voz. — Elas têm que ficar com o motor ligado para a calefação funcionar. Eu só tinha mais ou menos um quarto de tanque, e levei uma hora e meia para... Ouçam, será que podem me *responder?* — ele se levantou e agarrou a camisa de Tookey.

— Meu senhor — Tookey disse —, acho que suas mãos não estão mais obedecendo ao seu cérebro.

Lumley olhou para a própria mão, para Tookey, depois largou-o.

— Maine — ele disse. Pelo tom, parecia estar xingando a mãe de alguém. — Muito bem — ele disse. — Onde fica o posto de gasolina mais próximo? Eles devem ter um reboque...

— O posto de gasolina mais próximo fica no centro de Falmouth — eu disse. — A 5 quilômetros daqui, descendo pela estrada.

— Obrigado — ele disse, com um certo sarcasmo, e dirigiu-se para a porta, abotoando o sobretudo.

— Mas não vai estar aberto — acrescentei.

Ele se virou devagar e nos fitou.

— Do que é que está falando, velhote?

— Ele está tentando dizer que o posto no centro pertence a Billy Larribee, e Billy está lá fora dirigindo o trator para retirar a neve, seu tolo — Tookey disse, pacientemente. — Agora por que não volta para cá e se senta, antes que tenha um troço?

Ele voltou, parecendo aturdido e assustado.

— Estão me dizendo que não podem... que não existe...?

— Não estou lhe dizendo nada — Tookey falou. — O senhor é que está dizendo coisas sozinho. E se parar por um instante, talvez a gente consiga pensar no assunto.

— Que cidade é essa, Jerusalem's Lot? — ele perguntou. — Por que a estrada estava obstruída? E não havia luzes acesas em parte alguma?

Eu disse:

— Jerusalem's Lot foi destruída por um incêndio há dois anos.

— E nunca a reconstruíram? — ele não dava a impressão de acreditar.

— Parece que não — eu disse, e olhei para Tookey. — O que vamos fazer?

— Não podemos deixá-las lá fora — ele disse.

Eu me aproximei dele. Lumley se afastara para olhar pela janela, para a noite tomada pela neve.

— E se elas foram apanhadas? — perguntei.

— Pode ser — ele disse. — Mas não sabemos com certeza. Minha Bíblia está na prateleira. Você ainda está usando a medalha do papa?

Tirei o crucifixo de dentro da minha camisa e o mostrei a ele. Nasci e fui criado como evangélico, mas a maioria das pessoas que vivem perto de Lot usam alguma coisa — crucifixo, medalha de São Cristóvão, rosário, alguma coisa. Porque há dois anos, no espaço de um sombrio mês de outubro, Lot se tornou má. Às vezes, tarde da noite, quando só havia uns poucos fregueses assíduos junto à lareira de Tookey, as pessoas conversavam sobre o assunto. Conversavam acerca do assunto, parece mais certo dizer. Veja, as pessoas em Lot começaram a desaparecer. Primeiro algumas, depois outras, e depois uma grande quantidade. As escolas fecharam. A cidade ficou vazia durante quase um ano. Oh, algumas pessoas se mudaram para lá — em sua maioria, completos idiotas de fora do estado, como aquele belo espécime ali — atraídos pelos baixos preços das propriedades, suponho. Mas não duraram. Uma boa parte se mudou de lá passados um mês ou dois. As outras... bem, desapareceram. Então a cidade pegou fogo até não sobrar nada. Foi no fim de um longo e seco outono. Imaginam que o incêndio tenha começado junto à Marsten House, na colina que se erguia ao lado da Jointner Avenue, mas ninguém sabe como começou, até o dia de hoje. A cidade queimou descontroladamente durante três dias. Depois disso, por algum tempo, as coisas melhoraram. E então recomeçaram.

Só ouvi mencionarem uma vez a palavra "vampiro". Richie Messina, um motorista doido de caminhão madeireiro, vindo de Freeport, estava no Tookey's aquela noite, e bebera um bocado.

— Jesus Cristo — rugiu aquele brutamontes que de pé parecia ter quase três metros de altura, com suas calças de lã e sua camisa quadriculada e suas botas de couro. — Vocês têm tanto medo assim de dizer? Vampiros! É no que todos estão pensando, não é? Credo em cruz, santo nome de Jesus! Exatamente como criancinhas assustadas no cinema! Sabem o que é que existe lá em 'Salem's Lot? Querem que eu lhes diga? Querem que eu lhes diga?

— Diga logo, Richie — Tookey falou. O bar estava agora no maior silêncio. Você podia ouvir a lareira estalando, e lá fora a chuva suave de novembro que caía na escuridão. — O palco é seu.

— O que existe por lá é basicamente uma matilha de cães selvagens — Richie Messina disse. — É isso o que existe. Isso e um monte de velhinhas que adoram uma história de terror. Ora bolas, por 80 pratas vou até lá e passo a noite no que restou daquela casa assombrada que mete tanto medo em vocês. O que me dizem? Alguém aposta?

Mas ninguém apostou. Richie era um fanfarrão, e ficava agressivo quando bebia, e ninguém ia derramar lágrimas quando ele se fosse, mas nenhum de nós desejava vê-lo ir para 'Salem's Lot depois do escurecer.

— Que todos vocês se danem — Richie disse. — Tenho minha espingarda na mala do meu Chevy, e ela é capaz de deter qualquer coisa em Falmouth, Cumberland *e* Jerusalem's Lot. E é para lá que eu vou.

Ele saiu batendo a porta do bar e ninguém disse uma única palavra por algum tempo. Então, Lamont Henry falou, em voz muito baixa:

— Essa é a última vez que Richie Messina foi visto. Meu Deus — e Lamont, educado para ser metodista desde o colo da mãe, fez o sinal-da-cruz.

— Ele vai ficar mais sóbrio e mudar de idéia — Tookey disse, mas parecia inquieto. — Vai voltar quando estivermos fechando e dizer que foi tudo uma brincadeira.

Mas Lamont estava certo daquela vez, porque ninguém jamais voltou a ver Richie. Sua mulher disse à polícia estadual que pensava que ele tinha ido para a Flórida, fugindo dos credores, mas você podia ver a verdade em seus olhos — olhos doentes de medo. Não muito tempo depois, ela se mudou para Rhode Island. Talvez pensasse que Richie iria atrás dela, em alguma noite escura. E não sou eu que vou dizer que ele não iria.

Agora, Tookey olhava para mim e eu olhava para Tookey, enquanto enfiava o crucifixo outra vez dentro da camisa. Nunca me senti tão velho ou tão apavorado em minha vida.

Tookey repetiu:

— Nós não podemos simplesmente deixá-las lá fora, Booth.

— É. Eu sei.

Nós nos entreolhamos por mais um momento, e então ele estendeu o braço e segurou o meu ombro.

— Você é um bom homem, Booth.

Isso foi o suficiente para me animar um pouco. Parece que depois que você passa dos 70 as pessoas começam a se esquecer de que é um homem, ou de que algum dia tenha sido.

Tookey foi até Lumley e disse:

— Eu tenho um Scout com tração nas quatro rodas. Vou buscá-lo.

— Pelo amor de Deus, homem, por que não disse antes? — ele se voltou bruscamente da janela, e olhava para Tookey com raiva. — Por que teve de passar dez minutos fazendo rodeios?

Tookey disse, com muita calma:

— Meu senhor, por favor, feche essa boca. E se por acaso tiver muita vontade de abri-la, lembre-se de quem entrou naquela estrada obstruída no meio da maldita nevasca.

Ele começou a dizer alguma coisa, e depois se calou. Sua face agora estava rosada. Tookey saiu para tirar o Scout da garagem. Tateei embaixo do balcão, à procura de sua garrafa de bolso, e a enchi de conhaque. Achei que poderíamos precisar, antes do fim da noite.

Uma nevasca no Maine — você por acaso já esteve em alguma? A neve cai tão densa e fina que mais parece areia, e o som também lembra areia quando a neve bate nas laterais do seu carro ou da sua picape. Não se pode usar farol alto, porque reflete na neve e você não consegue ver 3 metros à sua frente. Com o farol baixo, talvez dê para ver uns 5 metros. Mas a neve não me incomoda tanto assim. É do vento que eu não gosto, quando ele aumenta e começa a uivar, soprando a neve numa centena de formas voadoras estranhas, com aquele som que parece concentrar todo o ódio, a dor e o medo do mundo. Há morte na garganta do vento durante a nevasca, morte branca — e talvez alguma coisa além da morte. Não é um som bom de se ouvir quando você está no conforto da sua cama, dentro das cobertas, com os ferrolhos passados nas janelas e as portas trancadas. Mas é muito pior se está dirigindo. E nós íamos dirigir diretamente para 'Salem's Lot.

— Será que vocês não podem ir um pouco mais depressa? — Lumley perguntou.

Eu disse:

— Para um homem que chegou quase congelado, você está com uma pressa danada de acabar a pé outra vez.

Ele me lançou um olhar ressentido e confuso, e não disse mais nada. Seguíamos pela auto-estrada com uma velocidade constante de 40 quilômetros por hora. Era difícil acreditar que Billy Larribee acabara de limpar aquele trecho uma hora antes; outros 5 centímetros de neve já o cobriam, e mais se acumulava. As rajadas mais fortes de vento faziam o Scout oscilar sobre suas molas. Os faróis dianteiros mostravam um nada branco e rodopiante à nossa frente. Não tínhamos cruzado com um só carro.

Cerca de dez minutos mais tarde, Lumpley disse, ofegando:

— Ei! O que é aquilo?

Ele apontava para o meu lado do carro; até então, eu estava olhando fixamente para a frente. Virei-me, mas era tarde demais. Acreditei ver um vulto curvado afastando-se do carro, lá atrás, no meio da neve, mas poderia ter sido minha imaginação.

— O que era aquilo? Um cervo? — perguntei.

— Acho que sim — ele respondeu, a voz trêmula. — Mas seus olhos... pareciam vermelhos — ele me fitou. — Os olhos dos cervos ficam assim, à noite? — ele parecia quase suplicante.

— Podem ficar de qualquer jeito — eu disse, pensando que isso talvez fosse verdade, mas já tinha visto um bocado de cervos à noite, de dentro de um bocado de carros, e jamais vira um par de olhos reluzindo vermelhos com o reflexo dos faróis.

Tookey não disse nada.

Cerca de 15 minutos mais tarde, chegamos ao lugar onde o monte de neve à direita da estrada não era tão alto, porque os tratores precisam erguer suas lâminas um pouco quando passam por um cruzamento.

— Parece ser este o lugar em que entramos — Lumley disse, mas seu tom de voz não estava muito seguro. — Não estou vendo a placa...

— É aqui mesmo — Tookey disse. A voz não parecia em absoluto a sua. — Só dá para ver o alto do poste.

— Oh. Claro — Lumley parecia aliviado. — Ouça, Sr. Tooklander, peço desculpas por ter perdido a calma agora há pouco. Estava com frio e preocupado e xingando a mim de duzentas formas diferentes. E quero agradecer a vocês dois...

— Não agradeça a Booth e a mim enquanto as duas não estiverem aqui dentro do carro — Tookey disse.

Engrenou a tração nas quatro rodas e abriu caminho em meio a um monte de neve até a Jointner Avenue, que atravessa Lot e vai dar na 295. A neve jorrava dos pára-lamas. As rodas traseiras começaram a derrapar um pouco, mas Tookey dirigia pela neve desde o tempo do onça. Ele manobrou com perícia, falou com o carro, e lá fomos nós em frente. Os faróis dianteiros iluminavam as fracas marcas deixadas por outros pneus de tempos em tempos, as marcas feitas pelo carro de Lumley, que então desapareciam outra vez. Lumley estava inclinado para a frente, procurando seu carro. E de repente, Tookey disse:

— Sr. Lumley?

— O que foi? — ele voltou os olhos para Tookey.

— As pessoas por aqui são um pouco supersticiosas a respeito de 'Salem's Lot — Tookey disse, parecendo bastante calmo, mas eu podia ver os profundos sulcos de tensão em volta da sua boca, e a maneira como seus olhos não paravam de saltar de um lado para o outro. — Se sua família estiver no carro, será ótimo. Vamos pegá-las, voltar para minha casa, e amanhã, quando a tempestade passar, Billy ficará feliz em rebocar o seu carro para fora da neve. Mas se elas não estiverem no carro...

— Se não estiverem no carro? — Lumley interrompeu, bruscamente. — Por que elas não estariam no carro?

— Se elas não estiverem no carro — Tookey prosseguiu, sem responder —, vamos fazer meia-volta e ir para o centro de Falmouth procurar o xerife. De qualquer modo, não faz sentido ficar perambulando por aí à noite, no meio de uma tempestade de neve, não é mesmo?

— Elas vão estar no carro. Onde mais poderiam estar?

Eu disse:

— Uma outra coisa, Sr. Lumley. Se virmos alguém, não vamos falar com essa pessoa. Nem mesmo que fale conosco. Entendeu?

Bem devagar, Lumley perguntou:

— O que são essas superstições exatamente?

Antes que eu pudesse dizer qualquer coisa — só Deus sabe o que teria dito — Tookey interrompeu.

— Chegamos.

Fomos nos aproximando da traseira de uma grande Mercedes. Todo o capô estava enterrado na neve, e um outro monte cobria por completo a lateral esquerda do carro. Mas as luzes traseiras estavam acesas e podíamos ver a fumaça saindo do cano de descarga.

— Seja como for, não ficaram sem gasolina — Lumley disse.

Tookey parou e puxou o freio de mão do Scout.

— Lembre-se do que Booth disse, Lumley.

— Claro, claro — mas ele não pensava em outra coisa que não fosse sua mulher e sua filha. E não vejo como alguém possa culpá-lo.

— Pronto, Booth? — Tookey me perguntou. Seus olhos estavam fixos nos meus, sombrios e cinzentos sob a luz do painel.

— Acho que estou — eu disse.

Saímos todos do carro, e o vento nos agarrou, jogando neve em nossos rostos. Lumley ia na frente, dobrado contra o vento, o sobretudo elegante esvoaçando atrás dele como a vela de um barco. Projetava duas sombras, uma criada pelos faróis de Tookey, a outra pelas lanternas traseiras de seu próprio carro. Eu vinha em seguida, e Tookey estava a um passo atrás de mim. Quando cheguei ao porta-malas da Mercedes, Tookey me agarrou.

— Deixe ele ir — disse.

— Janey! Francie! — Lumley gritava. — Está tudo bem? — ele abriu a porta do motorista e se inclinou para dentro do carro. — Está tudo...

Parou, petrificado. O vento arrancou a pesada porta de suas mãos e a escancarou para trás.

— Meu Deus do céu, Booth — Tookey disse, um tom abaixo do grito do vento. — Acho que aconteceu de novo.

Lumley se virou para nós. Seu rosto estava assustado e perplexo, seus olhos arregalados. Subitamente, atirou-se contra nós em meio à neve, escorregando e quase caindo. Empurrou-me para o lado como se eu não existisse e agarrou Tookey.

— Como você sabia? — ele rugiu. — Onde elas estão? O que diabos está acontecendo aqui?

Tookey se livrou dele e o afastou para o lado, avançando. Ele e eu olhamos juntos para o interior da Mercedes. Estava quente como pão fresco, mas não continuaria daquele jeito por muito tempo. A luz âmbar que indicava o tanque na reserva estava acesa. O carrão estava vazio. Havia uma boneca Barbie no tapete do assento do carona. E uma parca infantil de esqui jogada no assento traseiro.

Tookey cobriu o rosto com as mãos... e então desapareceu. Lumley o agarrara e o jogara sobre o monte de neve. Seu rosto estava pálido e desvairado. Sua boca se contorcia como se ele tivesse mastigado alguma coisa muito amarga que ainda se agarrava aos seus dentes e ele não conseguia cuspir. Enfiou o braço no interior do carro e apanhou a parca.

— O casaco de Francie? — ele disse, numa espécie de sussurro. E depois repetiu, aos brados: — *O casaco de Francie!* — ele se virou, segurando-o na frente do corpo pelo pequenino capuz com borda de pele e olhou para mim, perplexo e incrédulo. — Ela não pode ficar aqui fora sem o casaco, Sr. Booth. Ela... ela... vai morrer congelada.

— Sr. Lumley...

Ele passou por mim, andando às cegas e ainda segurando a parca. Gritava:

— *Francie! Janey! Onde estão vocês? Onde estão vocêêês?*

Dei a mão a Tookey e o ajudei a se levantar.

— Você está...

— Não se importe comigo — ele disse. — Temos que pegá-lo, Booth.

Saímos atrás dele o mais rápido que conseguimos, o que não era muito rápido, com a neve chegando aos nossos quadris em alguns lugares. Mas então ele parou e conseguimos alcançá-lo.

— Sr. Lumley... — Tookey começou a dizer, colocando a mão em seu ombro.

— Por aqui — Lumley disse. — Elas vieram por aqui. Olhem!

Olhamos para o chão. Havia uma espécie de depressão ali, e a maior parte do vento passava por cima de nossas cabeças. E você podia ver dois pares de pegadas, um grande e o outro pequeno, que começavam a ser cobertos pela neve. Se tivéssemos chegado cinco minutos depois, teriam desaparecido.

Ele começou a avançar, a cabeça baixa, e Tookey o segurou.

— Não! Não, Lumley!

Lumley virou o rosto enlouquecido para Tookey e cerrou o punho. Ergueu o braço... mas alguma coisa no rosto de Tookey o fez hesitar. Olhou de Tookey para mim, e depois para ele outra vez.

— Ela vai congelar — ele disse, como se fôssemos dois garotinhos idiotas. — Não estão entendendo? Está sem o casaco, e só tem 7 anos de idade...

— Elas podem estar em qualquer lugar — Tookey disse. — Não há como seguir essas pegadas. Vão desaparecer assim que o vento soprar um pouco mais de neve.

— E o que você sugere? — Lumley berrou, a voz aguda e histérica. — Se voltarmos para chamar a polícia, ela vai morrer congelada! Francie *e* a minha mulher!

— Pode ser que já estejam congeladas — Tookey disse. Seus olhos encontraram os de Lumley. — Congeladas, ou algo pior do que isso.

— O que você quer dizer? — Lumley sussurrou. — Fale logo, diabo! Me diga!

— Sr. Lumley — Tookey disse —, há alguma coisa em Lot...

Mas fui eu quem finalmente concluiu a frase, dizendo a palavra que nunca achei que fosse dizer.

— Vampiros, Sr. Lumley. Jerusalem's Lot está cheia de vampiros. Imagino que seja difícil engolir isso...

Ele me olhava como se eu tivesse ficado verde.

— Malucos — sussurrou. — Vocês são dois malucos.

Então se virou, colocou as mãos em concha em volta da boca e gritou:

— *FRANCIE! JANEY!*

Começou a avançar às cegas outra vez. A neve chegava à bainha do seu elegante sobretudo.

Olhei para Tookey.

— O que fazemos agora?

— Vamos atrás dele — Tookey disse. Seu cabelo estava empapado de neve, e ele *parecia* mesmo um tanto louco. — Simplesmente não sou capaz de abandoná-lo aqui, Booth. Você é?

— Não — eu disse. — Acho que não.

Então começamos a avançar em meio à neve atrás de Lumley da melhor forma possível. Mas ele ficava cada vez mais distante à nossa frente. Tinha a juventude ao seu lado, compreende? Estava apagando as pegadas, avançando por aquela neve como um touro. Minha artrite começou a me incomodar de maneira terrível, e comecei a olhar para minhas próprias pernas, dizendo a mim mesmo: Um pouquinho mais, só um pouquinho mais, continuem andando, diabos, continuem andando...

Esbarrei em Tookey, que estava de pé, com as pernas abertas, sobre um monte de neve. Sua cabeça estava baixa e as duas mãos comprimidas contra o peito.

— Tookey — perguntei —, você está bem?

— Estou bem — ele disse, afastando as mãos. — Vamos ficar junto dele, Booth, e quando se cansar ele vai ouvir a voz da razão.

Chegamos ao alto de uma elevação e lá estava Lumley, na parte de baixo, procurando desesperadamente mais pegadas. Pobre homem, não havia a mínima chance de encontrá-las. O vento soprava diretamente na direção do lugar em que ele estava, e qualquer pegada teria sido apagada três minutos depois de ser feita, quanto mais em duas horas.

Ele ergueu a cabeça e gritou para a noite:

— *FRANCIE! JANEY! PELO AMOR DE DEUS!*

E você podia ouvir o desespero em sua voz, o terror, e sentia pena dele por isso. A única resposta que teve foi o lamento do vento, semelhante a um trem de carga. Quase parecia estar rindo dele, dizendo: *Eu as levei, Senhor Nova Jersey, junto com seu carro elegante e seu sobretudo de pêlo de camelo. Levei as duas e apaguei suas pegadas e pela manhã elas estarão tão lindas e congeladas quanto dois morangos no freezer...*

— Lumley! — Tookey gritou, mais alto do que o vento. — Ouça, deixe para lá os vampiros, as assombrações ou coisas desse tipo, mas ouça o que eu estou dizendo! Está tornando as coisas piores para elas! Temos que ir chamar...

E então *houve* uma resposta, uma voz saindo da escuridão como sininhos de prata, e meu coração ficou tão frio quanto gelo numa cisterna.

— *Jerry... Jerry, é você?*

Lumley virou-se na direção do som. E então *ela* veio, flutuando para fora das sombras de um pequeno bosque como um fantasma. Era uma mulher da cidade, com certeza, e naquele momento me pareceu a mulher mais bonita que eu jamais tinha visto. Senti vontade de chegar perto dela e lhe dizer como estava feliz por ela estar bem, afinal de contas. Ela usava um pesado pulôver verde, ou uma coisa desse tipo, um poncho, acho que é assim que se chama. Ele flutuava ao seu redor, e seu cabelo escuro esvoaçava no vento tempestuoso como as águas de um riacho em dezembro, logo antes de o frio do inverno o imobilizasse e trancasse dentro de seu curso.

Talvez tenha mesmo dado um passo em sua direção, porque senti a mão de Tookey em meu ombro, áspera e quente. E ainda assim — como posso dizer? — eu *ansiava* por ela, tão escura e bonita com aquele poncho verde flutuando em volta de seu pescoço e de seus ombros, tão exótica e estranha a ponto de fazer você pensar em alguma beldade de um poema de Walter de la Mare.

— Janey! — Lumley gritou. — *Janey!* — ele começou a cambalear em meio à neve na direção dela, os braços estendidos.

— Não! — Tookey gritou. — Não, Lumley!

Ele sequer olhou... mas ela, sim. Olhou para cima, em nossa direção, e sorriu. E quando fez isso, senti meu anseio e meu desejo se transformarem num horror tão frio quanto um túmulo, tão branco e silencioso quanto ossos numa mortalha. Mesmo no alto da elevação, podíamos ver o brilho vermelho sinistro daqueles olhos. Eram menos humanos do que os olhos de um lobo. E quando ela riu, você podia ver como seus dentes tinham-se tornado longos. Ela não era mais humana. Era algo morto que de algum modo voltara à vida em meio àquela tempestade negra e uivante.

Tookey fez o sinal-da-cruz para ela. Ela se encolheu... e então riu para nós outra vez. Estávamos longe demais, e talvez amedrontados demais.

— Faça-o parar! — sussurrei. — Não podemos impedir?

— Tarde demais, Booth! — Tookey disse, sombrio.

Lumley a alcançou. Parecia ele próprio um fantasma, envolvido pela neve como estava. Estendeu os braços para ela... e então começou a gritar. Continuo ouvindo aquele som em meus sonhos, aquele homem gritando como uma criança no meio de um pesadelo. Tentou se afastar dela, mas seus braços, longos e nus e brancos como a neve, moveram-se como cobras e o puxaram para si. Pude vê-la erguer a cabeça e então lançá-la para a frente...

— Booth! — Tookey disse, a voz rouca. — Temos que sair daqui!

Então corremos. Acho que alguns diriam que corremos feito ratos, mas quem dissesse isso não estivera lá naquela noite. Voltamos correndo sobre nossa própria trilha, caindo, levantando de novo, escorregando e deslizando. Eu não parava de olhar por cima do ombro, para ver se aquela mulher nos seguia, sorrindo aquele seu sorriso e olhando para nós com aqueles olhos vermelhos.

Voltamos para o Scout e Tookey se dobrou no meio, apertando o peito.

— Tookey — eu disse, completamente apavorado. — O que...

— O coração — ele disse. — Tem estado ruim há cinco anos ou mais. Me coloque no assento do carona, Booth, e vamos dar o fora daqui.

Enfiei um braço por baixo de seu casaco, arrastei-o até o outro lado do carro, e dei um jeito de levantá-lo e colocá-lo sentado lá dentro. Ele inclinou a cabeça para trás e fechou os olhos. Sua pele parecia de cera, e estava amarelada.

Contornei o carro às pressas, e quase dei um encontrão na garotinha. Ela estava simplesmente ali, ao lado da porta do motorista, o cabelo preso em marias-chiquinhas, usando apenas um vestidinho amarelo.

— Tio — ela disse, numa voz aguda e clara e doce como a névoa da manhã —, será que não pode me ajudar a encontrar minha mãe? Ela sumiu e eu estou com tanto frio...

— Meu bem — eu disse —, meu bem, é melhor você entrar na picape. Sua mãe...

Parei de falar e, se em algum momento da minha vida estive perto de desmaiar, foi esse. Ela estava ali, entende, mas estava *sobre* a neve, não havia pegadas, em nenhuma direção.

Ela então levantou os olhos para mim, Francie, a filha de Lumley. Não tinha mais do que 7 anos de idade, e teria 7 anos por uma eternidade de noites. Seu rostinho tinha um branco medonho, cadavérico, e seus olhos, um vermelho e um prata capazes de tragá-lo para dentro. E logo abaixo do seu queixo pude ver dois furinhos como picadas de agulha, as bordas horrivelmente laceradas.

Ela estendeu os braços para mim e sorriu.

— Me pega no colo, tio — disse, delicadamente. — Quero te dar um beijo. Então pode me levar para junto da minha mamãe.

Eu não queria, mas não havia nada que pudesse fazer. Inclinei-me para a frente, os braços estendidos. Pude ver sua boca se abrindo, pude ver as pequenas presas dentro do anel rosado de seus lábios. Alguma coisa escorreu pelo seu queixo, brilhante e prateada, e com um horror vago, muito distante, me dei conta de que ela estava babando.

Suas mãozinhas se fecharam em torno do meu pescoço e eu pensava: Bem, talvez não seja tão ruim, talvez não seja tão terrível depois de algum tempo — quando alguma coisa preta voou para fora do Scout e a atingiu no peito. Houve um sopro de fumaça com um cheiro estranho, um clarão luminoso que se extinguiu um instante depois, então ela recuava, sibilando. Seu rosto estava deformado, transformado numa máscara astuta de raiva, ódio e dor. Ela se virou de lado e então... e então desapareceu. Num momento estava ali, e no momento seguinte havia um redemoinho de neve que lembrava um vulto humano. E o vento o soprou para longe por sobre os campos.

— Booth! — Tookey sussurrou. — Depressa, agora!

E fui depressa. Mas não tão depressa a ponto de não ter tempo de ver o que ele jogara naquela garotinha do inferno. A Bíblia Douay de sua mãe.

Isso aconteceu faz algum tempo. Já estou mais velho agora, e não era nenhum frangote naquela ocasião. Herb Tooklander faleceu há dois anos. Morreu tranqüilamente, durante a noite. O bar ainda funciona, um homem e sua mulher de Waterville compraram o lugar, boa gente, e mantiveram tudo praticamente inalterado. Mas não vou muito ali. De algum modo é diferente, agora que Tookey se foi.

As coisas em Lot continuam do jeito que sempre estiveram. O xerife encontrou o carro daquele tal de Lumley no dia seguinte, sem gasolina, a bateria arriada. Nem Tookey nem eu dissemos qualquer coisa a respeito. De que adiantaria? E, de vez em quando, alguém que viaja de carona ou acampando desaparece em algum lugar por ali, em Schoolyard Hill ou perto do cemitério de Harmony Hill. Encontram a mochila do sujeito, ou um livro de bolso todo inchado e ensopado de chuva ou neve, coisas desse tipo. Mas nunca as pessoas.

Ainda tenho sonhos ruins sobre aquela noite de tempestade em que fomos até lá. Não tanto com a mulher quanto com a garotinha, e o modo como ela sorria quando estendeu os braços para que eu pudesse pegá-la. Para que ela pudesse me dar um beijo. Mas estou velho, e logo chegará o momento em que os pesadelos acabam.

Você talvez tenha a oportunidade de viajar pelo sul do Maine um dia desses. Uma região muito bonita. Talvez queira até parar no Tookey's Bar para tomar um drinque. Um lugar agradável. Mantiveram o nome. Então, tome seu drinque, e em seguida meu conselho é que continue em frente, em direção ao norte. O que quer que faça, não tome aquela estrada para Jerusalem's Lot.

Sobretudo depois que escurecer.

Há uma garotinha em algum lugar por lá. E acho que ela ainda está esperando pelo seu beijo de boa-noite.

A Mulher no Quarto

A questão é: Será que ele consegue fazer aquilo?

Não sabe. Sabe que ela as mastiga de vez em quando, fazendo careta por causa do horrível gosto de laranja, e de dentro da sua boca vem um som como o de palitos de picolé se quebrando. Mas estas são pílulas diferentes... cápsulas gelatinosas.* O rótulo da caixa diz COMPLEXO DARVON. Ele as encontrou no armário de remédios dela, e revirou a caixa entre as mãos, pensando. Algo que o médico lhe deu antes que ela tivesse que voltar ao hospital. Algo para as noites de palpitação. O armário está cheio de remédios, cuidadosamente dispostos em fileiras como drogas de um curandeiro. Encantamentos do mundo ocidental. SUPOSITÓRIOS FLEET. Ele nunca usou um supositório em toda sua vida e a idéia de colocar no reto uma coisa gordurosa, que o calor do corpo vai amolecer, o deixa enojado. Não há dignidade em enfiar coisas na bunda. LEITE DE MAGNÉSIA PHILLIPS. FÓRMULA ANALGÉSICA PARA ARTRITE ANACIN. PEPTO-BISMOL. Mais. Ele pode reconstituir o curso da enfermidade dela através dos remédios.

Mas essas pílulas são diferentes. Parecem o Darvon normal, a não ser pelo fato de que vêm em cápsulas gelatinosas cinzentas. Mas são maiores, aquilo que o seu falecido pai costumava chamar pílulas pica-de-cavalo. A caixa diz Asp. 350 g, Darvon 100g, e será que ela conseguiria mastigá-las, mesmo se ele as desse? Será que *iria* mastigá-las? A casa ainda está funcionando; o motor da geladeira liga e desliga, a fornalha é acionada e desativada, volta e meia o cuco põe a cabeça para fora do

---

* Termo da fauldade de Farmácia da USP. (N. da E.)

relógio, mal-humorado, anunciando as horas cheias e as meias-horas. Ele imagina que depois que ela morrer caberá a Kevin e a ele desmontar a casa. Ela se foi, com certeza. A casa inteira afirma isso. Ela

está no Central Maine Hospital, em Lewinston. Quarto 312. Foi para lá quando a dor ficou tão forte a ponto de ela não conseguir mais ir até a cozinha fazer seu próprio café. Às vezes, quando ele ia visitá-la, ela chorava sem saber.

O elevador range ao subir, e ele se vê examinando o certificado azul do elevador. O certificado deixa claro que o elevador é seguro, com ou sem rangido. Ela está ali faz quase três semanas, e hoje fizeram nela uma operação chamada "cortotomia". Ele não tem certeza de que é assim que se escreve, mas o som é esse. O médico disse a ela que a "cortotomia" consiste em enfiar uma agulha no pescoço e dali até o cérebro. O médico disse que é como enfiar um alfinete numa laranja e espetar uma semente. Quando a agulha tiver atingido o centro de dor, um sinal de rádio será enviado até a ponta, e o centro de dor será eliminado. É como desligar a TV. Então, o câncer na sua barriga deixará de incomodar tanto.

Pensar nessa operação faz com que se sinta ainda mais desconfortável que pensar em supositórios derretendo calidamente no ânus. Faz com que pense no livro de Michael Crichton chamado *O Homem Terminal*, que trata da colocação de fios na cabeça das pessoas. De acordo com Crichton, isso pode ser uma cena muito ruim. Acredite.

A porta do elevador se abre no terceiro andar e ele sai. Esta é a antiga ala do hospital, e seu cheiro é como o cheiro adocicado da serragem que jogam por cima do vômito de alguém numa feira do interior. Ele deixou as pílulas no porta-luvas de seu carro. Não bebeu nada antes desta visita.

As paredes ali em cima são de dois tons: marrons embaixo e brancas no alto. Ele acha que a única combinação de dois tons no mundo inteiro capaz de ser mais depressiva do que marrom e branco é rosa e preto. Corredores de hospitais como gigantes balas Good'n'Plenty. O pensamento o faz sorrir e se sentir nauseado ao mesmo tempo.

Dois corredores se juntam num T diante do elevador, e há um bebedouro onde ele sempre pára a fim de adiar um pouco as coisas. Há peças de equipamento hospitalar aqui e ali, como estranhos brinquedos de playground. Uma maca de laterais cromadas e rodas de borracha, o tipo de coisa que eles usam para te levar lá para cima, até a sala de cirurgia onde estão prontos para fazer a sua "cortotomia". Há um grande objeto circular cuja função ele desconhece. Parece aquelas rodas que você às vezes vê em gaiolas de esquilos. Há um suporte de soro tipo pedestal do qual pendem dois frascos, como um par de seios oníricos pintados por Salvador Dalí. Seguindo por um dos corredores, fica a sala das enfermeiras, e risadas abastecidas com café chegam até ele.

Bebe sua água e depois se encaminha ao quarto dela. Tem medo do que pode encontrar e espera que ela esteja dormindo. Se estiver, ele não vai acordá-la.

Acima da porta de cada um dos quartos, há uma pequenina luz quadrada. Quando um paciente aciona sua campainha, essa luz se acende, com um brilho vermelho. Nos dois sentidos do corredor pacientes caminham devagar, usando robes baratos de hospital sobre seus pijamas de hospital. Os robes têm finas listras brancas e azuis, e gola redonda. O pijama de hospital é chamado de "johnny". Os "johnnies" ficam bem nas mulheres, mas decididamente estranhos nos homens, porque são como vestidos ou combinações chegando à altura do joelho. Os homens sempre parecem usar chinelos marrons de couro falso nos pés. As mulheres preferem chinelos de tricô com bolas de lã na parte de cima. A mãe dele tem um par, e as chama de "mulas".

Os pacientes lhe recordam um filme de terror chamado *A Noite dos Mortos-vivos*. Todos andando devagar, como se alguém tivesse aberto a tampa de seus órgãos como potes de maionese, e os líquidos estivessem quase se derramando lá dentro. Alguns usam bengalas. Seu ritmo vagaroso, enquanto passeiam de um lado para o outro dos corredores, é assustador, mas também é digno. É o andar de pessoas que estão indo lentamente para lugar algum, o andar de estudantes universitários com barretes e becas dirigindo-se ao salão de cerimônias.

Música ectoplasmática soa por toda parte, emitida por rádios a transistor. Vozes tagarelam. Ele pode ouvir Black Oak Arkansas cantando "Jim Dandy" ("Go Jim Dandy, go Jim Dandy!", uma voz em falsete grita alegremente para os andarilhos vagarosos do corredor). Ele pode ouvir o mediador de um programa de debates discutir Nixon em tons que respingam ácido. Pode ouvir uma polca com letra francesa — Lewiston ainda é uma cidade francófona, e as pessoas apreciam suas jigas e contradanças quase tanto quanto apreciam se apunhalar umas às outras nos bares da parte baixa de Lisbon Street.

Ele pára diante do quarto de sua mãe e

por algum tempo ficou ali, apavorado o suficiente para vir bêbado. Ficava envergonhado por estar bêbado na frente de sua mãe, embora ela estivesse por demais dopada e cheia de Elavil para perceber. Elavil é um tranqüilizante que dão aos pacientes de câncer, para que não se aborreçam muito com o fato de estarem morrendo.

Sua rotina era comprar duas embalagens de seis cervejas Black Label no Sonny's Market, à tarde. Sentava-se com as crianças e assistia aos programas infantis na TV. Três cervejas com "Vila Sésamo", duas cervejas durante "Mister Rogers", uma cerveja durante "Electric Company". Depois mais uma no jantar.

Levava as outras cinco cervejas no carro. Eram 35 quilômetros de distância entre Raymond e Lewiston, via Rotas 302 e 202, e era possível estar num porre razoável ao chegar ao hospital, com uma ou duas cervejas sobrando. Ele trazia coisas para sua mãe e as deixava no carro, a fim de ter uma desculpa para voltar e apanhá-las e também beber mais meia cerveja e manter-se alto.

Também lhe dava uma desculpa para urinar lá fora, e de certo modo essa era a melhor parte de toda aquela miserável história. Ele sempre parava no estacionamento lateral, que era de terra batida e congelada pelo frio de novembro, e o ar frio da noite lhe garantia contração total da bexiga. Urinar num dos banheiros do hospital assemelhava-se por demais a uma apoteose de toda a experiência hospitalar: o botão para chamar a enfermeira junto à descarga, o apoio cromado preso num ângulo de 45 graus, o frasco de desinfetante cor-de-rosa sobre a pia. Era muito ruim. Acredite.

Ele não sentia vontade de beber ao dirigir de volta para casa. Então, as cervejas que sobravam ficavam em casa, na geladeira, e quando houvesse seis delas, ele

jamais teria vindo se soubesse que seria tão ruim assim. A primeira coisa que lhe passa pela mente é *Ela já dobrou o cabo da boa esperança* e a segunda é *Ela agora está mesmo morrendo depressa,* como se tivesse que pegar um trem cancelado. Ela se retorce na cama, sem se mover, exceto pelos olhos, mas se retorce dentro de seu corpo, alguma coisa se move lá dentro. Seu pescoço foi tingido de laranja por alguma coisa que parece Mercurocromo, e há um curativo abaixo de sua orelha esquerda onde algum médico enfiou cantarolando a agulha de rádio e destruiu 60 por cento de seu controle motor junto com o centro da dor. Os olhos dela o acompanham como os olhos de uma dessas gravuras populares de Jesus, reproduzidas aos montes.

— Acho melhor você não me ver esta noite, Johnny. Não estou lá muito bem. Talvez esteja melhor amanhã.

— O que você está sentindo?

— Está coçando. Está coçando no corpo todo. Minhas pernas estão juntas?

Ele não consegue ver se suas pernas estão juntas. São apenas um V que se eleva debaixo do lençol amarrotado do hospital. Está muito quente no quarto. Não há ninguém na outra cama, naquele momento. Ele pensa: Colegas de quarto vêm e colegas de quarto se vão, mas minha mãe está sempre aqui. Cristo!

— Estão juntas, mãe.

— Puxe-as para baixo, está bem, Johnny? Depois disso, é melhor ir embora. Nunca estive antes numa situação como esta. Não consigo mexer nada. Meu nariz está coçando. Não é uma coisa miserável, estar com seu nariz coçando e não conseguir coçar?

Ele coça o seu nariz, depois segura suas panturrilhas através de lençol e as puxa para baixo. Consegue colocar uma das mãos em torno das duas panturrilhas sem dificuldade, embora suas mãos não sejam particularmente grandes. Ela geme. As lágrimas escorrem por seu rosto na direção das orelhas.

— Mamãe?

— Pode puxar minhas pernas para baixo?

— Acabei de fazer isso.

— Oh. Está bem, então. Acho que estou chorando. Não queria chorar na sua frente. Queria ficar livre disto. Faria qualquer coisa para ficar livre disto.

— Quer um cigarro?

— Poderia me trazer um pouco d'água primeiro, Johnny? Estou seca feito uma lasca de madeira velha.

— Claro.

Ele pega o copo dela, com um canudinho flexível, e leva lá para fora, até o bebedouro. Um homem gordo com uma atadura elástica numa das pernas passa lentamente pelo corredor. Não está usando um daqueles robes listrados e segura seu "johnny" nas costas, para que fique fechado.

Ele encheu o copo e o levou de volta ao Quarto 312. Ela parara de chorar. Seus lábios apertam o canudinho de um modo que lembra camelos que viu em registros de viagens. Seu rosto está esquelético. A lembrança mais nítida que tem dela, da vida que levou como seu filho, é de uma época em que estava com 12 anos. Ele e seu irmão Kevin e essa mulher se mudaram para o Maine, para que ela pudesse tomar conta dos pais. A mãe dela estava velha e inválida. A pressão alta fizera de sua avó uma mulher senil, e, para piorar, deixara-a cega. Feliz aniversário de 86 anos. Eis aqui algo com que vai ter de se acostumar. E ela ficava deitada na cama o dia todo, cega e senil, usando fraldas grandes e calças plásticas grandes, sem conseguir se lembrar qual havia sido o café-da-manhã, mas capaz de recitar os nomes de todos os presidentes até Ike. E assim as três gerações tinham vivido juntas naquela casa onde ele tão recentemente encontrara as pílulas (embora os dois avós estejam agora mortos há muito tempo) e aos 12 anos ele estava reclamando de alguma coisa na mesa do café-da-manhã, não se lembra do que, mas de alguma coisa, e sua mãe estava lavando as fraldas sujas de urina da avó e depois passando-as pelo torcedor da antiga máquina de lavar, e ela se virara para ele e batera nele com uma das fraldas, e o primeiro tapa da fralda molhada e pesada virara sua tigela de sucrilhos e a arremessara rodopiando por cima da mesa como num jogo de disco, e o segundo o atingira nas costas, sem machucar, mas fazendo com que ele, de susto, parasse de falar, e a mulher que agora se deitava toda encolhida nessa cama nesse quarto bateu nele repetidas vezes, dizendo: fique com essa sua boca grande *fechada*, a única coisa que é grande em você é a sua *boca* e trate de ficar com ela fechada até que o resto do seu corpo esteja do mesmo *tamanho,* e cada palavra em itálico era acompanhada por um golpe da fralda molhada de sua avó — *PLAFT!* — e as outras coisas que ele talvez tivesse para dizer simplesmente evaporaram. Não havia lugar no mundo para gracinhas. Ele descobriu naquele dia e para sempre que não há nada no mundo tão perfeito para mostrar a um garoto de 12 anos o seu lugar no esquema das coisas quanto apanhar nas costas com a fralda molhada de sua avó. Ele levou quatro anos depois daquele dia para reaprender a arte da bancar o esperto.

Ela se engasga um pouquinho com a água e isso o assusta, muito embora ele estivesse pensando em lhe dar as pílulas. Pergunta-lhe outra vez se quer um cigarro e ela responde:

— Se não te der trabalho. E depois é melhor você ir embora. Talvez eu esteja melhor amanhã.

Ele pega um Kool de um dos maços espalhados na mesa junto à sua cama e o acende. Ele segura o cigarro entre os dedos indicador e médio da mão direita, e ela traga, os lábios esticando-se para alcançar o filtro. Sua inalação é fraca. A fumaça escapa de seus lábios.

— Vivi 60 anos para que no fim meu filho segurasse meus cigarros para mim.

— Não me importo.

Ela traga mais uma vez e mantém o filtro preso aos lábios por tanto tempo que ele ergue o olhar em direção aos olhos dela, e vê que estão fechados.

— Mãe?

Os olhos se abrem um pouco, vagamente.

— Johnny?

— Isso.

— Há quanto tempo você está aqui?

— Não faz muito tempo. Acho que é melhor ir embora. Deixar você dormir.

— Hnnnnn.

Ele apaga o cigarro no cinzeiro e sai do quarto furtivamente, pensando: Quero falar com aquele médico. Diabo, quero falar com o médico que fez aquilo.

Ao entrar no elevador, ele pensa que a palavra "médico" se torna sinônimo de "homem" depois que um certo grau de proficiência na atividade é alcançado, como se fosse previsível e esperado que os médicos devessem ser cruéis e assim atingir um grau especial de humanidade. Mas

— Não acho que ela vá durar mais muito tempo — ele diz ao irmão mais tarde, naquela noite.

Seu irmão mora em Andover, 110 quilômetros a oeste. Só vai ao hospital uma ou duas vezes por semana.

— Mas a dor melhorou? — pergunta Kev.

— Ela diz que está coçando.

Está com as pílulas no bolso do suéter. Sua mulher dorme tranqüila. Ele as apanha, o punhado de pílulas roubadas da casa vazia de sua mãe, onde outrora viveram todos, junto com os avós. Revira a caixa na mão enquanto fala, como um pé de coelho.

— Bem, então ela está melhor.

Para Kev, tudo está sempre melhor, como se a vida caminhasse na direção de um ápice sublime. Uma visão de que o irmão mais novo não compartilha.

— Ela está paralisada.

— E isso faz diferença, a esta altura?

— É claro que *faz diferença!* — ele explode, pensando nas pernas dela sob o lençol branco amarrotado.

— John, ela está morrendo.

— Ela ainda não morreu.

Isso, na verdade, é o que o horroriza. A conversa andará em círculos a partir daqui, os lucros pertencendo à companhia telefônica, mas este é o ponto crucial. Ainda não está morta. Está simplesmente deitada naquele quarto com uma etiqueta de hospital presa ao punho, escutando rádios-fantasmas de um lado para o outro do corredor. E

ela vai ter de lutar contra o tempo, o médico diz. É um homem grandalhão com uma barba ruiva alourada. Tem talvez 1m90 de altura, e ombros heróicos. Conduziu-o atenciosamente lá para fora, para o corredor, quando ela começou a cochilar.

O médico prossegue:

— Veja, algum dano motor é quase inevitável numa operação como a "cortotomia". Sua mãe tem agora algum movimento na mão esquerda. É razoável esperar que recupere a mão direita dentro de duas a quatro semanas.

— Ela vai voltar a andar?

O médico olha para o teto de cortiça furada do corredor com atenção. Sua barba alcança a gola de sua camisa quadriculada, e por alguma razão ridícula Johnny pensa em Algernon Swinburne;* por que, não sabe dizer. Este homem é o oposto do pobre Swinburne em todos os aspectos.

— Eu diria que não. O tumor avançou demais.
— Vai ficar confinada à cama pelo resto da vida?
— Acho que pode se presumir que sim.

Ele começa a sentir uma certa admiração por este homem que esperava que fosse seguramente detestável. A aversão segue-se ao sentimento; será que deve ter admiração pela mera verdade?

— Por quanto tempo ela pode viver desse jeito?
— É difícil dizer. (Agora está melhor.) O tumor está bloqueando um de seus rins agora. O outro está funcionando bem. Quando o tumor bloqueá-lo, ela vai dormir.
— Coma urêmico?
— Sim — o médico diz, mas com um pouco mais de cautela.

"Uremia" é um termo técnico-patológico, normalmente propriedade exclusiva de médicos e de patologistas. Mas Johnny o conhece porque sua avó morreu da mesma coisa, embora não houvesse um câncer envolvido. Seus rins simplesmente deixaram de funcionar, e ela morreu flutuando em urina interna até as costelas. Morreu na cama, em casa, na hora do jantar. Johnny foi quem primeiro suspeitou que ela estava morta de verdade dessa vez, e não apenas dormindo daquele jeito comatoso, de boca aberta, como os velhos normalmente dormem. Duas pequenas lágrimas tinham escorrido de seus olhos. Sua velha boca desdentada estava repuxada para dentro, lembrando um tomate cujas sementes tivessem sido retiradas, talvez para que o enchessem com salada de ovo, e então esquecido na prateleira da cozinha por vários dias. Segurou um espelho redondo de maquiagem junto aos seus lábios por um minuto, e quando o espelho não embaçou escondendo a imagem de sua boca de tomate, ele chamou a mãe. Tudo aquilo parecera correto, assim como isso parecia errado.

— Ela disse que ainda sente dor. E coceiras.

---

* Delicado poeta vitoriano. (N. da E.)

O médico deu um tapinha solene na cabeça, como Victor De-Groot nos antigos desenhos animados de psiquiatras.

— Ela *imagina* a dor. Que não é menos real por isso. É real para ela. É por isso que o tempo é tão importante. Sua mãe não pode mais contar o tempo em termos de segundos e minutos e horas. Precisa reestruturar essas unidades e transformá-las em dias e semanas e meses.

Ele entende o que este homem corpulento de barba está dizendo, e isso o deixa perplexo. Uma campainha soa baixinho. Ele não pode falar mais com este homem. Trata-se de um técnico. Fala suavemente a respeito do tempo, como se tivesse compreendido o conceito com a mesma facilidade com que pega um vara de pescar. E talvez tenha.

— Pode fazer mais alguma coisa por ela?

— Muito pouco.

Mas ele fala de forma serena, como se tudo aquilo estivesse certo. Ele não está, afinal de contas, "alimentando falsas esperanças".

— Pode ser pior do que um coma?

— Claro que *pode*. Não temos como prever essas coisas com um grau real de precisão. É como ter um tubarão solto dentro de seu corpo. Ela pode inchar.

— Inchar?

— Seu abdome pode aumentar, depois diminuir, depois aumentar de novo. Mas por que falar sobre essas coisas agora? Acredito que podemos, com certa segurança, dizer

que elas fariam o serviço, mas suponhamos que não façam? Suponhamos que me peguem? Não quero ir para os tribunais com uma acusação de eutanásia. Nem mesmo se puder vencer. Não tenho causas a defender. Ele pensa em manchetes de jornal gritando MATRICÍDIO e faz uma careta.

Sentado no estacionamento, revira a caixa de um lado para o outro nos mãos. COMPLEXO DARVON. A questão ainda é: Será que consegue fazer aquilo? Será que deve fazê-lo? Ela disse: *Queria ficar livre disto. Faria qualquer coisa para ficar livre disto.* Kevin tem falado em preparar para ela um quarto em sua casa, para que ela não morra no hospital. O hospital quer que ela saia. Deram-lhe umas novas pílulas e ela começou a delirar. Isso foi quatro dias depois da "cortotomia." Gostariam de vê-la em outro lugar, porque até hoje ninguém aperfeiçoou uma "cancerotomia" a toda prova. A essa altura, se tirassem todo o câncer, não sobraria a ela nada além das pernas e da cabeça.

Ele tem pensado em como o tempo deve ser para ela, como algo que saiu de seu controle, como uma caixa de costura cheia de novelos espalhados pelo chão, à disposição de um gato grande e malvado. Os dias no Quarto 312. A noite no Quarto 312. Tiveram de puxar uma corda do botão da campainha e amarrá-la em seu indicador esquerdo, porque ela já não consegue mover a mão o suficiente para apertar o botão quando acha que vai precisar da comadre.

De qualquer modo, já não importa muito, porque ela não consegue sentir a pressão lá embaixo; seu ventre poderia muito bem ser uma pilha de serragem. Seu intestino funciona em cima da cama, e ela urina na cama, e só sabe quando sente o cheiro. Baixou dos 68 quilos que pesava para 42, e os músculos do seu corpo estão tão flácidos que não passam de uma bolsa frouxa atada ao seu cérebro, como a boneca que uma criança leva numa sacola. Seria diferente na casa de Kev? Será que ele consegue cometer assassinato? Sabe que é assassinato. Do pior tipo, matricídio, como se ele fosse um feto consciente numa das primeiras histórias de terror de Ray Bradbury, determinado a virar a mesa e abortar o animal que lhe deu a vida. Talvez seja de todo modo sua culpa. Ele é o único filho nutrido dentro dela, um bebê quase da época da menopausa. Seu irmão foi adotado quando um outro médico sorridente disse-lhe que ela jamais conseguiria ter um filho. E é claro, o câncer que agora cresce dentro dela começou no útero como um segundo filho, seu próprio e sombrio irmão gêmeo. A vida dele e a morte dela começaram no mesmo lugar. Será que ele não deveria fazer o que o outro já está fazendo, tão lenta e desajeitadamente?

Ele vem lhe dando aspirina às escondidas para a dor que ela imagina ter. Ela as guarda numa caixa de balas Sucrets na gaveta da mesa do hospital, junto com seus cartões estimando melhoras e os óculos que já não servem mais. Tiraram dela a dentadura, porque têm medo de que ela a engula e sufoque, então agora ela simplesmente chupa a aspirina até a sua língua ficar ligeiramente branca.

É claro que ele poderia lhe dar as pílulas; três ou quatro seriam suficientes. Cem gramas de aspirina e 30 gramas de Darvon administrados a uma mulher cujo peso corporal baixou 33 por cento ao longo de cinco meses.

Ninguém sabe que ele está com as pílulas, nem Kevin, nem sua mulher. Ele acha que talvez tenham colocado outra pessoa na cama vaga do Quarto 312, e ele não terá motivos para se preocupar. Pode escapar com segurança. Imagina-se se na verdade isso não seria mesmo o melhor. Se houver uma outra mulher no quarto, ele não terá mais opções e poderá considerar o fato um sinal da Providência. Acha que

— Você está com a cara boa, esta noite.

— Estou mesmo?

— Claro. Como está se sentindo?

— Oh, não estou muito bem. Não estou muito bem esta noite.

— Vamos ver se consegue mexer a mão direita.

Ela a levanta de cima do lençol. A mão flutua com os dedos abertos diante de seus olhos por um momento, depois cai. Um baque. Ele sorri e ela lhe sorri de volta. Ele pergunta:

— Você viu o médico hoje?

— Sim, ele esteve aqui. É bondade dele vir todos os dias. Pode me dar um pouco d'água, John?

Ele lhe dá um pouco d'água pelo canudinho flexível.

— É bondade sua vir com tanta freqüência, John. Você é um bom filho.

Ela está chorando de novo. A outra cama está vazia, de um jeito acusador. De vez em quando, um dos roupões listrados de azul e branco passa esvoaçando pelo corredor. A porta está entreaberta. Ele pega delicadamente o copo d'água de volta, pensando, como um idiota: Este copo está meio cheio ou meio vazio?

— Como está a sua mão esquerda?

— Oh, está ótima.

— Vamos ver.

Ela levanta a mão. Sempre foi canhota, e talvez por isso aquela mão tenha-se recuperado tão bem dos efeitos devastadores da "cortotomia". Ela fecha o punho. Flexiona-o. Estala sem muita força os dedos. Depois a mão volta para cima do lençol. Um baque. Ela reclama:

— Mas eu não sinto a mão.

— Deixe-me ver uma coisa.

Ele vai até o armário, abre a porta e estica a mão por trás do casaco com o qual ela veio para o hospital, a fim de pegar sua bolsa. Ela guarda a bolsa ali porque é paranóica com relação a ladrões; ouviu dizer que alguns dos atendentes são mestres do furto, e somem com qualquer coisa em que conseguem colocar as mãos. Ela ouviu de uma de suas antigas colegas de quarto, já em casa há um bom tempo, que uma mulher na ala nova perdeu 500 dólares que guardava dentro do sapato. Sua mãe está paranóica acerca de muitas coisas ultimamente, e uma vez disse a ele que um homem às vezes se esconde debaixo da sua cama tarde da noite. Parte disso é a combinação de drogas que estão experimentando nela. Fazem com que a benzedrina que ele ocasionalmente tomava na faculdade pareça Excedrin. Você pode fazer a sua escolha no armário de remédios trancado que fica no final do corredor, logo depois da sala das enfermeiras: estimulantes, sedativos, analgésicos e soníferos. A morte, talvez, a morte misericordiosa como um suave cobertor preto. As maravilhas da ciência moderna.

Ele leva a bolsa até a cama e a abre.

— Você consegue pegar alguma coisa aqui de dentro?

— Oh, Johnny, não sei...

Ele diz, persuasivo:

— Tente. Por mim.

A mão esquerda se ergue de cima do lençol como um helicóptero aleijado. Voa. Mergulha. Sai da bolsa com um único lenço Kleenex amarrotado. Ele aplaude:

— Ótimo! Ótimo!

Mas ela vira o rosto.

— No ano passado, eu conseguia puxar com estas mãos dois carrinhos cheios de pratos-feitos.

Se tem de haver um momento certo, é agora. Está muito quente no quarto, mas o suor na testa dele é frio. Ele pensa: se ela não pedir a aspirina, não vou fazer nada. Não esta noite. E sabe que, se não for esta noite, não será nunca. Muito bem.

— Pode roubar umas duas pílulas para mim, Johnny?

É assim que ela sempre pede. Não deve tomar nenhuma pílula além de seus medicamentos habituais, porque perdeu muito peso corporal e desenvolveu o que os amigos drogados que ele tinha na faculdade chamariam de "um lance sério". A imunidade do corpo fica a uma distância mínima da dose letal. Uma pílula a mais e você cruzou a fronteira. Dizem que foi isso que aconteceu com Marilyn Monroe.

— Eu trouxe umas pílulas de casa.
— É mesmo?
— São boas para a dor.

Ele estende-lhe a caixa. Ela só consegue ler de muito perto. Franze a testa diante das letras grandes e depois diz:

— Já tomei esse Darvon antes. Não adiantou.
— Este é mais forte.

Os olhos dela se desviam da caixa para os dele. Distraidamente, pergunta:

— É mesmo?

Tudo o que ele consegue é sorrir como um tolo. Não consegue falar. É como na primeira vez em que transou: estavam no banco de trás do carro de algum amigo, e, quando ele voltou para casa, sua mãe lhe perguntou se ele tinha se divertido, e ele só conseguiu sorrir aquele mesmo sorriso tolo.

— Posso mastigá-las?
— Não sei. Você pode experimentar.
— Tudo bem. Não deixe que eles vejam.

Ele abre a caixa e tira a tampa de plástico do frasco. Puxa o algodão que está no gargalo. Será que ela poderia fazer tudo aquilo com o helicóptero aleijado da sua mão esquerda? Será que acreditariam? Ele não sabe. Talvez eles também não. Talvez nem viessem a se importar.

Sacode o frasco e deixa cair seis pílulas em sua mão. Observa sua mãe a observá-lo. São pílulas demais, até mesmo ela deve saber disso. Se disser alguma coisa a respeito, ele vai guardá-las todas outra vez e oferecer-lhe uma única pílula da Fórmula Analgésica para Artrite.

Uma enfermeira passa lá fora e a mão dele treme, sacudindo as pílulas cinzentas, mas a enfermeira não olha para dentro do quarto, a fim de ver como sua "garota da cortotomia" está passando.

Sua mãe não diz nada, apenas olha para as pílulas como se fossem pílulas absolutamente comuns (se é que existe uma coisa dessas). Mas, por outro lado, ela nunca apreciou cerimônias; não haveria de quebrar uma garrafa de champanhe em seu próprio barco.

— Aqui está,

ele diz, com voz perfeitamente natural, e coloca a primeira pílula dentro de sua boca.

Ela a mastiga pensativamente até que a gelatina se dissolva, e depois faz uma careta.

— O gosto é ruim? Eu não...

— Não, não é tão ruim.

Ele lhe dá mais uma. E mais uma. Ela as mastiga com a mesma expressão pensativa. Ele lhe dá uma quarta pílula. Ela sorri para ele, que vê com horror que sua língua está amarela. Talvez se bater na sua barriga ela vomite tudo. Mas não pode. Jamais poderia bater na própria mãe.

— Pode ver se as minhas pernas estão juntas?

— Só tome estas aqui primeiro.

Ele lhe dá uma quinta pílula. E uma sexta. Então verifica se suas pernas estão juntas. Estão. Ela diz:

— Acho que vou dormir um pouco agora.

— Tudo bem. Vou beber um pouco d'água.

— Você sempre foi um bom filho, Johnny.

Ele coloca o frasco dentro da caixa e enfia a caixa dentro da bolsa, deixando a tampa de plástico no lençol ao lado dela. Deixa a bolsa aberta a junto a ela e pensa: Ela pediu a bolsa. Eu a apanhei e a abri logo antes de sair. Ela disse que conseguiria pegar lá dentro o que queria. Disse que chamaria a enfermeira para colocá-la de volta no armário.

Ele sai e vai beber sua água. Há um espelho acima do bebedouro, ele coloca a língua para fora e a examina.

Quando volta para o quarto, ela está dormindo, com as mãos juntas. As veias ali são grossas, saltadas. Ele lhe dá um beijo e os olhos dela se mexem sob as pálpebras, que, no entanto, não se abrem.

Sim.

Ele não se sente diferente, nem bem nem mal.

Dirige-se para fora do quarto e pensa numa outra coisa. Volta para junto dela, tira o frasco da caixa e o esfrega com a camisa. Depois aperta as pontas dos dedos inertes de sua mão esquerda adormecida no frasco. Então o coloca de volta e sai do quarto rapidamente, sem olhar para trás.

Vai para casa e espera o telefone tocar e deseja que tivesse dado um outro beijo nela. Enquanto espera, assiste à TV e bebe bastante água.

2ª EDIÇÃO [2008] 10 reimpressões

ESTA OBRA FOI COMPOSTA PELA ABREU'S SYSTEM EM ADOBE GARAMOND
E IMPRESSA EM OFSETE PELA LIS GRÁFICA SOBRE PAPEL PÓLEN DA
SUZANO S.A. PARA A EDITORA SCHWARCZ EM OUTUBRO DE 2024

A marca FSC® é a garantia de que a madeira utilizada na fabricação do papel deste livro provém de florestas que foram gerenciadas de maneira ambientalmente correta, socialmente justa e economicamente viável, além de outras fontes de origem controlada.